发条鸟年代记

[日]村上春树 ——— 著
赖明珠 ——— 译

上海译文出版社

NEJIMAKI-DORI KURONIKURU
By Haruki Murakami
Copyright © 1994-95 Harukimurakami Archival Labyrinth
All rights reserved.
Originally published in Japan by SHINCHOSHA Publishing Co., Ltd., Tokyo.
Chinese (in simplified character only) translation rights arranged with
Harukimurakami Archival Labyrinth, Japan
through THE SAKAI AGENCY and BARDON CHINESE CRATIVE AGENCY LIMITED.

本书中译本由时报文化出版企业股份有限公司委任英商安德鲁纳伯格联合国际有限公司代理授权

图字：09-2022-1002号

图书在版编目（CIP）数据

发条鸟年代记/（日）村上春树著；赖明珠译.
上海：上海译文出版社, 2025.1（2025.6重印）.
ISBN 978-7-5327-9687-8

Ⅰ.I313.45

中国国家版本馆CIP数据核字第2024E26L68号

发条鸟年代记
[日] 村上春树/著　赖明珠/译
总策划/冯涛　责任编辑/吴洁静　装帧设计/柴昊洲　封面插画/Cici Suen

上海译文出版社有限公司出版、发行
网址：www.yiwen.com.cn
201101　上海市闵行区号景路159弄B座
山东韵杰文化科技有限公司印刷

开本 890×1240　1/32　印张 23.375　插页 5　字数 473,000
2025年1月第1版　2025年6月第2次印刷
印数：8,001—11,000册

ISBN 978-7-5327-9687-8
定价：108.00元

本书中文简体字专有出版权归本社独家所有，非经本社同意不得转载、摘编或复制
如有质量问题，请与承印厂质量科联系．T：0533-8510898

目 录

第一部　鹊贼篇　1
1　星期二的发条鸟，关于六根手指和四个乳房　5
2　满月和日蚀，关于在马厩里陆续死去的马　29
3　加纳马耳他的帽子，果冻色调、艾伦·金斯伯格与十字军　39
4　高塔与深井，或远离诺门坎　55
5　柠檬水果糖中毒，飞不动的鸟和干涸的井　67
6　冈田久美子是如何出生的，绵谷升是如何出生的　81
7　快乐的洗衣店，以及加纳克里特的出现　97
8　加纳克里特的长谈，关于痛苦的考察　104
9　电的绝对不足和暗渠，笠原 May 对假发的考察　120
10　有魔力的触碰，浴缸之死，遗物送达者　135
11　间宫中尉的出现，从温暖的泥土中来的东西，古龙水　149
12　间宫中尉的长谈 1　158
13　间宫中尉的长谈 2　174
　　参考文献　198

第二部　预言鸟篇　199
1　尽可能具体的事实，文学上的食欲　203
2　本章没有任何好消息　215

3	绵谷升谈话，低级岛的猿猴	228
4	失去的恩宠，意识的娼妇	239
5	遥远城镇的风景，永远的半月，被固定的梯子	249
6	遗产继承，对水母的考察，仿佛乖离的感觉	258
7	关于怀孕的回想和对话，关于痛苦的实验性考察	271
8	欲望的根，208号房中，穿越墙壁	283
9	井和星，梯子是如何消失的	291
10	笠原May关于人类的死和进化的考察，在别的地方被制造出来的东西	300
11	以疼痛显示的空腹感，久美子的长信，预言鸟	308
12	刮胡子时发现的事，醒来时发现的事	328
13	加纳克里特继续说	340
14	加纳克里特的新出发	352
15	正确的名字，夏天的早晨浇上沙拉油烧掉的东西，不正确的比喻	366
16	笠原May家发生的唯一坏事，笠原May对稀稀烂烂的热源的考察	380
17	最简单的事，以最洗练的形式复仇，吉他盒子里的东西	393
18	从克里特岛寄来的明信片，从世界边缘掉落的东西，好消息小声说出来	410

第三部　刺鸟人篇　　429

1	笠原May的观点	431
2	上吊屋之谜	435
3	冬天的发条鸟	439

4	从冬眠中觉醒,另一张名片,金钱的无名性	449
5	半夜发生的事	455
6	买新鞋,回到家来的东西	460
7	仔细想的话就会知道的地方(笠原May的观点2)	472
8	纳姿梅格与西那蒙	477
9	在井底	487
10	袭击动物园(或不得要领的虐杀)	492
11	那么下一个问题(笠原May的观点3)	510
12	这铲子是真的铲子吗?(半夜发生的事2)	515
13	M的秘密治疗	518
14	等候的男人,甩不掉的东西,人不是岛屿	521
15	西那蒙不可思议的手语,音乐的献礼	534
16	这里也许就是终点(笠原May的观点4)	544
17	全世界的疲劳和重担,神灯	549
18	假缝室,后继者	556
19	迟钝麻木的雨蛙的女儿(笠原May的观点5)	560
20	地下迷宫,西那蒙的两扇门	565
21	纳姿梅格的故事	573
22	上吊屋之谜2	584
23	全世界的各种水母,变形的东西	588
24	数羊,在圆轮中心的东西	596
25	信号变红,伸出来的长手	605
26	损伤的东西,成熟的果实	612
27	三角形耳朵,雪橇的铃声	618
28	发条鸟年代记#8(或第二次不得要领的虐杀)	620
29	西那蒙遗失的联结	636

30	房子这东西是不能信任的（笠原May的观点6）	641
31	空屋的诞生，换乘的马	646
32	加纳马耳他的尾巴，剥皮的波利斯	658
33	消失的球棒，回来的《鹊贼》	675
34	让别人想象的工作（剥皮的波利斯 续）	683
35	危险场所，电视前的人们，空虚的男人	695
36	《萤之光》，解除魔法的方法，早上有闹钟会响的世界	705
37	只不过是一把现实的刀子，事先预言的事	715
38	鸭子人的故事，影和泪（笠原May的观点7）	723
39	两种不同的新闻，消失无踪的东西	729
40	发条鸟年代记#17（久美子的信）	735
41	再见	739
	参考文献	743

第一部 鹊贼篇

一九八四年六月至七月

1　星期二的发条鸟，关于六根手指和四个乳房

我在厨房正煮着意大利面时，电话打来了。我正配合着 FM 电台播放的罗西尼的《鹊贼》序曲吹着口哨。那是煮意大利面时最恰当不过的音乐了。

我听到电话铃时，也想过不要理会它算了。因为意大利面差一点就快煮熟了，而且克劳迪奥·阿巴多这一刻正要把伦敦交响乐团带上那音乐的最高潮。不过虽然如此，我还是把瓦斯火调弱，走到客厅去拿起听筒。因为我想或许是朋友打来告诉我有新工作的消息了也不一定呢。

"我要你给我十分钟时间。"女人唐突地说。

我对别人音色的记忆力是相当有自信的。不过那却是我不认识的声音。"对不起，你找哪位？"我试着很有礼貌地问。

"我找你呀。我只要十分钟时间就好。那样我们就可以充分互相了解了。"女人说，以低沉温和，而且无从掌握的声音。

"可以互相了解？"

"我是说彼此的心情。"

我从门边探头看看厨房。煮意大利面的锅子正冒起白色蒸汽，阿巴多正继续指挥着《鹊贼》。

"很抱歉，我现在正在煮着意大利面呢。你可以等一下再打来吗？"

"意大利面？"女人发出惊讶的声音，"早上十点半钟在煮意大利面啊？"

"那跟你没关系吧。什么时候要吃什么是我的自由。"我有点生气

地说。

"这倒是。"女人以毫无表情的干干的声音说。只要一点点感情的变化，声音就完全变调了。"噢，没关系，我等一下会再打。"

"请等一下。"我急忙说，"如果你想推销什么的话，不管打几次都没有用的。因为我现在正在失业，没有余裕买什么新东西。"

"我知道，没问题。"

"你说你知道是什么意思？"

"你不是失业中吗？我知道啊，这件事。所以你赶快去煮你那宝贝意大利面吧。"

"喂，你到底是——"我正要说下去，电话就断了。非常唐突的切断方式。

感情还没有地方着落，我一时望着手上握着的听筒，终于想起意大利面的事而走回厨房。于是把瓦斯火关掉，把意大利面倒进滤水竹笼。意大利面因为电话的关系，以要做得有点硬又不会太硬的标准来看，面芯煮太软了，不过还不到致命的程度。

互相了解？我一面吃着那意大利面一面想。可以充分互相了解彼此的心情？我无法理解那个女人到底想说什么。也许只是恶作剧电话。或许是一种新的推销手法。不管怎么样都跟我无关。

不过当我回到客厅的沙发上一面读起从图书馆借来的小说，一面抬眼看看电话机时，却开始在意起那个女人所说的"只要十分钟就可以互相了解的什么"了。十分钟到底能互相了解什么呢？仔细回想起来，女人从一开始就把十分钟这时间很明确地区分出来。而且她对于设定那限定的时间似乎抱有相当切实的信心。那也许九分钟就太短，十一分钟就太长也不一定。就像意大利面有点硬又不会太硬一样。

一面这样想着，逐渐失去了读书的心情。我想干脆来烫衬衫吧。头脑一混乱起来，我经常就会烫衬衫。从以前到现在一直都这样。我

1　星期二的发条鸟，关于六根手指和四个乳房

烫衬衫的工程全部分为十二个步骤。那就是从（1）衣领（正面）开始，到（12）左袖口为止。我一面一一数着编号，一面依照顺序切实地烫下去。如果不这样，就烫不好。

烫了三件衬衫，确认没有皱纹之后挂在衣架上。把熨斗关掉，连同烫衣板一起收进壁橱里之后，我的头脑似乎多少清楚一点了。

我正想喝水走向厨房时，电话铃又响了。我迟疑了一下，还是决定拿起听筒。如果是那个女人打来的，就说我正在烫衣服，挂断就行了。

然而打电话来的却是久美子。时钟的针正指着十一点半。"你好吗？"她说。

"好啊。"我说。

"你在做什么？"

"刚刚在烫衣服。"

"有什么事吗？"那声音里带着些微的紧张感。因为她很清楚我一混乱就会烫衣服。

"只是烫了衬衫而已呀。没什么事。"我在椅子上坐下，把左手上拿的听筒移到右手。"那，你有什么事？"

"你会不会写诗？"

"诗？"我吃惊地反问。诗？什么诗呢？怎么回事？

"我朋友的杂志社在出给年轻女孩看的小说杂志，他们正在找一个能评选删改投稿诗歌的人。而且也希望每个月写一篇扉页用的短诗。工作算起来很简单，而报酬又不错。当然只能算是打工兼差的程度，不过如果这个做得顺利的话，也许会分配一些编辑的工作过来也不一定——"

"简单？"我说，"等一下噢。我要找的是跟法律有关的工作噢，怎么突然从什么地方冒出诗的评选删改的话题来呢？"

"你不是说过你高中时代写过什么的吗？"

7

"那是新闻哪。高中校刊新闻。足球大赛哪一班优胜了，物理老师从楼梯上跌下来住院了之类的穷极无聊的报导而已，不是诗。我才不会写什么诗呢。"

"不过说是诗，只是给高中女生读的诗啊。又不是叫你写什么可以留在文学史上的了不起的诗。所以只要随便写一写就行了。你懂吗？"

"随便也好，什么也好，我绝对不会写什么诗的。从来没写过，也不打算写。"我断然地说。没有理由写那种东西吧。

"噢。"妻很遗憾似的说，"不过你说跟法律有关的工作，那不是很难找吗？"

"我跟很多人打过招呼。差不多应该要有消息回来了，如果那不行的话，到时候再来考虑。"

"是吗？那也好啊。对了，今天是星期几？"

"星期二。"我考虑了一下然后说。

"那你去银行帮我缴瓦斯费、电话费好吗？"

"差不多该去买晚餐的菜了，就顺路经过银行吧。"

"晚餐要吃什么？"

"还没决定。去买菜的时候再想。"

"还有啊，"妻以郑重其事的口气说道，"其实我想，你不一定要急着找工作嘛。"

"为什么？"我又吃了一惊地说。全世界的女人好像都是为了要让我吃惊而纷纷打电话来似的。"失业保险不久就会停掉呢。总不能老是这样游手好闲地闲逛啊。"

"可是还有我的薪水呀，副业也算顺利，还有存款，只要不太奢侈浪费，总是够吃吧。像现在这样在家里做家务，你不喜欢吗？这种生活对你来说很无趣？"

"不晓得。"我坦白说。不知道。

1 星期二的发条鸟,关于六根手指和四个乳房

"这件事没关系,你慢慢考虑看看。"妻说,"还有猫回来了没有?"

这么一说,我才发现从早上到现在我都完全忘了猫的事了。"不,还没回来。"

"你可以到附近去找找看吗?不见已经一星期了啊。"

我漫应着,又把听筒移到左手。

"我想大概在后巷深处空房子的院子里吧。有鸟的石像的那个院子啊。因为我在那边看到过它几次。"

"后巷?"我说,"可是,你什么时候到后巷里去了?我怎么从来都没听——"

"嘿,抱歉我要挂电话了噢。我必须回去工作了。猫的事就拜托你了。"

于是电话就断了。我又再望了一会儿听筒,然后把它放下。

为什么久美子非要到后巷里去不可呢,我想。要进后巷必须从院子翻越砖墙才行,这样大费周章地进入后巷没有任何意义嘛。

我到厨房喝水,然后走到檐廊外查看一下猫吃食物的盘子,盘子里昨天晚上我装的小鱼干还一条也没减少。猫终究还是没回来。我站在走廊上,望着初夏阳光照射下我家狭小的庭院。并不是望了就能令人心旷神怡的庭院。一整天只有很短时间才能照到阳光的泥土总是黑黑湿湿的,说起植栽也只有角落里种的两棵或三棵不怎么起眼的紫阳花而已。而且首先我对紫阳花这种花就没什么好感。附近的树林里听得见简直像是在卷着发条似的叽咿咿咿的规则的鸟啼声。我们把那鸟叫作"发条鸟"。是久美子取这样名字的。真正的名字我不知道叫什么。也不知道长成什么样子。不过这都没关系,发条鸟每天都飞到附近的树林里来,为我们所属的安静世界卷着发条。

真要命,还要找猫啊,我想。我从以前就一直喜欢猫。这只猫我也喜欢。不过猫有猫的生活方式。猫绝对不是愚笨的生物。猫如果不见了,那是因为猫想要到什么地方去了。如果肚子饿了身体疲倦了,

到时候自然会回来。不过结果我还是必须为了久美子去找猫吧。反正也没有其他的事可做。

四月初我辞掉一直从事的法律事务所的工作,并没有什么特别的理由。对工作内容也没有什么不满意。虽然不能算是如何令人振奋的工作内容,但薪水还不错,工作场所的气氛也很友善。

我在那家法律事务所的工作任务,以一句话简单说就是专业性的跑腿。不过我自己认为做得很好。虽然自己这样说也许有点奇怪,但光以执行这种实务性工作来说,我算是相当能干的人。理解迅速,行动利落,既不抱怨,想法又实际。所以当我提出想辞职时,老先生——也就是那家法律事务所的持有人父子律师中的父亲——甚至还说可以给我加一些薪水呢。

不过我终于还是辞了那家事务所的工作。辞职之后并没有要做什么的明确希望或展望。重新再一次窝在家里开始准备司法考试是怎么想都嫌麻烦了,再说最关键的是,事到如今已经不再怎么想当律师了。我只是不想再一直留在那家事务所,一直继续做那件工作了。如果要辞职,大概只有趁现在吧,我想。如果再待更久的话,我的人生很可能就那样一直溜滑下去到结束了。因为我已经三十岁了。

晚餐的时候,我提出"我想辞职","是吗?"久美子说。那"是吗?"我虽然不太明白是什么意思,但她之后就沉默了一会儿。

我也一样沉默着时,"想辞就辞吧。"她说,"这是你的人生啊,只要你高兴就好了。"而且只说了这个之后,就开始把鱼骨头用筷子拨到盘子边缘。

妻的工作是在一家以健康食品和自然食物料理为专业的杂志社当编辑。拿的薪水很不错,还有做其他杂志编辑的朋友常会找她做一些插画的工作(她学生时代一直学的是设计,她的目标是做个自由插画家),那收入也不能小看。我这边失业之后暂时还可以领到失业保险金。而且如果我每天在家好好做家务的话，外食费和洗衣费这些多余的开支也可以节省下来，生活和我在上班领薪水时应该不会有太大的改变。

于是我就这样辞掉工作了。

买菜回来正把食物塞进冰箱时，电话铃响了。在我听来铃声好像非常愤怒的样子。我把塑胶包装才拆开一半的豆腐放在桌上，走到客厅，拿起听筒。

"意大利面煮完了吧？"就是那个女人。

"结束了。"我说，"不过现在开始我必须去找猫。"

"不过总可以等十分钟吧，要找猫的话。这跟煮意大利面不一样啊。"

虽然不知道为什么，但我还是没办法干脆挂断电话。那个女人的声音里有什么东西引起我的注意。"说的也是，如果只要十分钟的话。"我说。

"那么我们可以互相了解了噢？"女人安静地说。可以感觉到她好像在电话那头重新在椅子上舒服地坐下来，跷起腿似的。

"那可不一定。"我说，"因为只有十分钟啊。"

"所谓十分钟，或许比你所想象的还要长噢。"

"你真的认识我吗？"我试着问。

"当然哪，见过好几次啊。"

"什么时候，在哪里？"

"某个时候，某个地方啊。"女人说，"这种事要在这里一一向你说明的话，十分钟实在不够。重要的是现在呀，对吗？"

"不过能不能提出什么证据，你认识我的证据？"

"例如？"

"我的年龄多少？"

"三十。"女人即刻回答,"三十又两个月。这样行了吗?"

我沉默下来。这个女人确实知道我。但我怎么想,都记不起这女人的声音。"那么现在轮到你试着想象一下我的事情了。"女人像在引诱似的说,"从声音想象噢。我是什么样的女人。大概几岁,在什么地方,是什么模样之类的。"

"不知道。"我说。

"试试看哪。"

我看了一下时钟。才过了一分零五秒而已。"不知道。"我重复说道。

"那么我告诉你吧。"女人说,"我现在正躺在床上噢。刚刚冲过淋浴什么也没穿喏。"

真要命,我想。这简直就像色情录影带嘛。

"你觉得我是穿上内衣好呢,还是穿上丝袜好?怎么样感觉比较好?"

"怎么样都无所谓。你高兴就好。想穿什么就穿什么好了。不想穿就赤裸好了。不过很抱歉,我没兴趣在电话上谈这些。我还有事必须做呢——"

"只要十分钟就好了啊。为我花十分钟总不会使你的人生遭受致命的损失吧?反正你回答我的问题呀。赤裸好,还是穿上什么好?我有很多种东西哟。例如黑色蕾丝纱的内衣之类的。"

"那样就好了。"我说。

"保持赤裸就好吗?"

"对,保持赤裸就好了。"我说。这就四分钟了。

"阴毛还是湿的噢。"女人说,"没有用浴巾好好擦干。所以还是湿的。暖暖的湿湿的噢。非常柔软的阴毛噢。漆黑的,柔软的。摸摸看。"

"喂,很抱歉——"

1 星期二的发条鸟,关于六根手指和四个乳房

"那下面也一直都很温暖噢。简直就像热过的奶油一样,非常温暖喏。真的噢,你想我现在是什么样子?右膝立起来,左腿往旁边张开。以时钟的针来说是十点零五分左右。"

从声音的调子听来,可以知道她并没有说谎。她真的把双腿打开成十点零五分的角度,让性器温暖而潮湿。

"摸摸我的唇。慢慢地噢。然后张开。慢慢地噢。用指腹慢慢地抚摸。对,非常慢喏。然后用另外一只手弄左边的乳房,从下面温柔地往上抚摸,轻轻抓住乳头。这样重复好几次,一直到我快要受不了为止。"

我什么也没说地挂掉电话。然后躺在沙发上,一面望着座钟一面深深叹一口气。在电话上和那个女人谈话的时间大约五分钟或六分钟。

过了十分钟左右,电话铃又响了,但这次我没有拿起听筒。电话铃响了十五次,然后断了。铃声停止之后,深深冷冷的沉默降临四周。

快要两点时,我翻过庭院的砖墙走进后巷。虽说是后巷,但那并不是原来意思的后巷。说真的,那是什么也称不上的东西。准确地说,连路都算不上。路应该有入口和出口,是经过它的话应该可以到达该去的地方的通道。但后巷却没有入口也没有出口,两头都走不通。那连死胡同都不算。因为至少死胡同还有个入口。附近的人们只是为了方便而把那段小径称为后巷罢了。后巷就像把每家的后院之间缝合起来似的大约延伸二百米左右。虽然路宽说起来有一米多一点,但因为有些地方的围墙凸出来一些,或路上放着各种东西,所以有好几个地方如果身体不侧过来就没办法通过。

据说——告诉我这件事的是以特别便宜的租金把那房子租给我们的舅舅——过去后巷也是有入口和出口的,曾经发挥过连接两条道

路的捷径功能。但到了经济高度成长期之后，过去是空地的地方也接连盖了新房子，因此道路就被挤成非常狭窄，住户也不喜欢自己家的屋檐下后院里有人来来往往，因此小径的入口就被不着痕迹地悄悄堵起来了。刚开始只是像一道用来遮视线用的大大方方的墙而已，但后来有一家住户把庭院扩张，用砖墙把一边的入口完全塞住，于是好像一呼一应似的另一边的入口也被人家用牢牢的铁丝网封得连狗都没办法通过了。因为住户们本来就不太用到那道路，因此两边的入口被堵塞起来也没有人抱怨，为了防止犯罪，这样反而更好。所以现在那条路简直就像被放弃的运河似的，没有人使用，只扮演分隔一家和一家之间的缓冲地带的角色而已。地面长满杂草，到处都是黏糊糊的蜘蛛网。

妻为了什么目的曾经出入这样的地方好几次呢？我实在弄不清楚。我到目前为止也只不过走进过那"后巷"两次而已，久美子平常就很讨厌蜘蛛的。算了，我想。既然久美子叫我到后巷去找猫，我就去找吧。与其在家里等电话铃响，不如这样到外面走走。

异常清晰的初夏阳光，把伸张在头上的树枝影子零落地散布在后巷的地面。由于没有风，那影子看起来就像被固定在地表的宿命性的斑点似的。周遭没有任何声音，好像连草叶沐浴在日光下呼吸着的声音都听得见似的。天空飘浮着几朵小云，一切简直就像中世纪的铜版画背景一样鲜明而简洁。由于眼前所能看见的一切都异样地清晰，使我感觉自己的身体好像是一片模糊而无从掌握的存在。而且非常热。

我身上虽然只穿着Ｔ恤衫、薄棉长裤和网球鞋，但在太阳下走久了，便觉得腋下和胸窝渐渐开始冒汗。Ｔ恤衫和长裤都是那天早上刚从塞满夏季衣物的箱子里抽出来的，因此防虫剂的气味强烈刺鼻。

附近的房子很清楚地分为老房子和新建的房子，新房子大概说来比较小，庭院也狭窄。有些地方晒衣架凸出到后巷来，我不得不闪开毛巾、衬衫和床单的行列才能通过。从有些屋檐下传来电视的声音、抽水马桶的声音，有些地方飘出煮咖喱的气味。

和这比起来，从早期就有的房子里就不太能感觉出生活的气息了。围墙里有效地配置着遮蔽外人目光的种种灌木或龙柏，从那缝隙可以窥见整理得很细致的宽阔庭院。

有一家后院的角落里孤零零地摆着一棵枯成茶色的圣诞树。另一家庭院里好像搜集了好几个人的少年期遗迹似的，把所有各式各样的儿童玩具全部倾囊陈列出来。三轮车、飞盘、塑胶剑、皮球、乌龟形状的玩偶、小球棒之类的。有装篮球架的庭院，也有排列着豪华庭院椅和陶制桌子的庭院。白色的庭院椅好像已经几个月（或几年）没用了，上面盖了一层厚厚的灰尘。桌上紫色的木莲花瓣被雨打得粘在上面。

另外一家，可以透过铝门窗的玻璃，一眼看尽客厅的内部。有整套皮制的沙发，有大型电视，有装饰橱柜（上面放着热带鱼水槽和两个什么奖杯），有装饰性的落地灯。简直就像电视剧的道具似的。也有庭院里有大型狗用的犬舍，但里面看不见狗的影子，门就那么敞开着。铁丝网简直就像有人好几个月都一直从里面倚靠着似的膨胀成圆形。

久美子所说的空房子就在那有犬舍的房子前面一点。那一眼就看得出是一间空房子。而且不只是空了两个月或三个月那么简单而已。作为一栋比较新的两层楼建筑，只有那紧闭的防雨木板窗老旧得特别醒目。二楼窗上的扶手栏杆露出红色的铁锈。小巧精致的庭院里，确实放着展开翅膀的鸟形石像。石像虽然安在高度达到一个人胸部的台座上，但周围茂盛地长满杂草，特别高的麒麟草尖端长得高到鸟的脚下。鸟——虽然我不知道那是哪一种鸟，但看起来好像迫不及待地想尽早飞离这样不愉快的地方似的张开着翅膀。

除了那座石像之外，庭院里没有什么像装饰的装饰。屋檐下叠放着几张老旧的塑胶庭院椅，旁边的杜鹃奇怪地开着没有现实感的色彩鲜艳的红花。除此之外只能看到杂草。

我靠在高及胸部的铁丝网围篱上，望了一会儿庭院。虽然看起来好像是猫会喜欢的庭院，但却看不见猫的影子。只有一只鸽子停在屋顶的电视天线上，向周围发出单调的声音而已。石鸟的影子落在生长茂密的杂草叶上，被切断成斑斑点点。

我从口袋里拿出柠檬水果糖来，剥开包装纸放进嘴里。虽然借着辞掉工作的机会戒了烟，但取而代之变得手边离不开柠檬水果糖。"柠檬水果糖中毒。"妻说，"不久你就会变成满口蛀牙了。"但我却不能不含着糖。望着庭院的时候，鸽子站在电视天线上，像事务员在传票本上打着号码似的一直以相同的调子规则而准确地继续啼叫着。到底在那铁丝网上靠了多久时间，我不清楚。因为柠檬水果糖在嘴里化成夠甜了，我只记得把那融化成一半的水果糖吐掉在地上。然后我的视线重新回到鸟的石像影子一带。那时候好像听见有人从后面叫我的声音。

回过头一看，对面屋子的后院里站着一个女孩子。个子小小的，头发梳成马尾辫。戴着麦芽糖色边框的深色太阳眼镜，穿着浅蓝色无袖T恤衫。从袖口伸出的纤细两臂，以在这梅雨季都还没过的时节来说，却已经晒得又黑又亮。她一只手插进短裤口袋，另一只手搭在高及腰部的门扉上，不安定地支撑着身体。她和我的距离只有一米左右。

"好热噢。"女孩子对我说。

"好热。"我也说。

只交换了这样的话之后，她就以原来的姿势看了我一会儿。然后从短裤口袋拿出 Short Hope 香烟盒抽出一根烟来，含在嘴上。嘴小小的，上唇稍微往上翘。然后以熟练的手势用纸火柴点着香烟。女孩子低下头时，就能清楚地看出耳朵的形状。光滑漂亮的耳朵，好像刚刚才做好的似的。沿着那细致的轮廓，短短的汗毛闪亮着。

女孩子把火柴丢在地上，噘起嘴唇把烟吐出来，好像忽然想起来似的抬头看我的脸。镜片颜色很深,而且是反光的,因此无法看出那后面她的眼睛。"住在附近吗?"女孩子问。

"对。"我回答,本来想伸手指出自己家的方向,但已不能肯定到底正确方向是哪一边了。因为是穿过了几个奇怪角度的转弯走来的。于是我随便指了一个方向应付了事。

"我在找猫。"我一面把冒着汗的手心在长裤上摩擦着,一面好像在解释似的说。

"大概从一星期以前就没回家了,有人说在这附近看见过。"

"什么样的猫?"

"很大的雄猫。有茶色条纹,尾巴尖端有一点弯曲。"

"叫什么名字?"

"升。"我回答,"绵谷升。"

"以猫来说,倒是相当气派的名字啊。"

"这是内人哥哥的名字。因为感觉上很像,所以就开玩笑地给它取这名字。"

"怎么个像法?"

"总觉得有点像。比方说走路的样子,还有没什么精神的眼神之类的。"

女孩子第一次微笑起来,表情一松开,看起来比第一印象孩子气得多。大概十五岁或十六岁吧。微微往上翘的嘴唇以不可思议的角度往空中凸出。摸摸看,觉得好像听得见这声音似的。是那通电话的女人的声音。我用手背擦擦额头的汗。

"你说是茶色条纹,尾巴尖端有一点弯曲的噢。"女孩子像在确认似的重复说,"有没有戴项圈之类的?"

"戴了一个驱跳蚤的黑项圈。"我说。

女孩子一只手还搭在门上,思考了十秒或十五秒。然后把变短的香烟丢在脚边,用凉鞋踩熄。

"如果是那只猫的话，也许我看见过。"女孩说，"尾巴尖端的弯法不太清楚，不过茶色的虎纹猫，很大的，好像有戴项圈。"

"是什么时候看见的？"

"嗯，到底是什么时候呢？不管怎么说，总是这三四天的事吧。我们家院子已经变成附近猫的通道了，有各种猫来来去去的。都是从泷谷家过来，横穿我家庭院，然后进到宫胁家的庭院去。"

女孩子这样说着，指指对面的空房子。在那里石鸟依然张开着翅膀，麒麟草承受着初夏的阳光，电视天线上鸽子继续发出单调的啼声。

"嗨，怎么样，要不要在我家院子里等一等？反正猫都是要经过我家到对面去的，而且你在这附近徘徊会被当成小偷报警噢。以前发生过好几次这样的事呢。"

我犹豫着。

"没关系呀，反正我们家只有我在，两个人在院子里一面日光浴一面等猫通过不是很好吗？我眼睛很好，可以帮你看哪。"

我看看手表。两点三十六分。今天一整天我剩下来的工作，说起来只有在天黑前把洗晒的衣服收起来和准备晚饭而已。

打开木门进入里面，跟在女孩子后面走在草地上时，发现她右脚有点轻微地跛着。她走了几步后停下来，回头转向我。

"我坐在摩托车后座，被甩出去了。"女孩子若无其事似的说，"那是不久以前的事。"

草坪的尽头有一棵大榉树，下面并排放着两张帆布躺椅。一张椅背上披着蓝色的大浴巾，另一张躺椅上凌乱地散布着 Short Hope 的新烟盒、烟灰缸、打火机、大型收录音机和杂志。收录音机的喇叭正小声地播放着重摇滚音乐。她把散布在躺椅上的东西移到草地上，让给我坐，把收录音机的音乐关掉。坐在椅子上时可以从树木之间看见隔着后巷的空房子。也可以看见鸟的石像、麒麟草和铁丝网围篱。女孩子一定是坐在这里一直观察着我的样子吧。

庭院很宽大。草坪以和缓的斜坡延伸出去,有些地方种有矮灌木。躺椅左边有用混凝土造的大水池,但好像好久没放水了,露出变成淡绿色的底部曝晒在太阳下。背后的灌木丛后面虽然看得见古老西洋风格的建筑物主体,但房子并不怎么大,也不显得豪华,只有庭院特别宽,而且整理得很仔细。

"这么大的庭院整理起来很费事吧?"我一面看着周围一面说。

"是吗?"女孩子说。

"我曾经在割草公司打过工。"我说。

"哦?"女孩子以好像没什么兴趣的声音说。

"经常都是你一个人在家吗?"我问道。

"嗯,对呀。白天我经常一个人在这里。中午以前和傍晚欧巴桑会来,其他时候都是我一个人。嘿,你要不要喝个冷饮?也有啤酒噢。"

"不,不用。"

"真的?不必客气哟。"

我摇着头。"你不用上学吗?"

"你不用上班吗?"

"想上班也没工作可做啊。"

"失业中啊?"

"嗯,不久以前辞职的。"

"那以前你是做什么的?"

"做类似律师的跑腿之类的工作。"我说,"到公所或政府机关搜集各种文件,整理资料,查查判例,办办法院的事务手续之类的。"

"可是辞掉了是吗?"

"对。"

"你太太在上班吗?"

"在上班。"我说。

在对面屋顶上啼叫的鸽子似乎不知道什么时候已经飞走了。回过神时，我正被深深的沉默似的东西所包围。

"猫经常都从那一带通过噢。"女孩子指着草坪的对面那边，"泷谷先生那家的围墙后面不是看得见焚化炉吗？就从那旁边出来，一直穿过草坪，钻过木门下，到对面的庭院去。每次都是同样的路线喏。嗨，泷谷先生是有名的插画家噢。叫作东尼泷谷。你知道吗？"

"东尼泷谷？"

女孩子向我说明东尼泷谷。东尼泷谷是他的本名。他是一个专门画机械插画的非常认真的人，前一阵子因为太太车祸死了，就一个人住在那么大的房子里。几乎从来都不出门，也不跟附近的邻居交往。

"人倒不坏哟。"女孩子说，"虽然我没有跟他说过话。"

女孩子把太阳眼镜挪到额头上，眯细着眼睛看看四周，然后又戴上太阳眼镜，把香烟的烟吐出来。摘下太阳眼镜之后，可以看出左眼旁边有一个长约两公分的伤口。深得可能一辈子都会留下痕迹的伤口。这女孩子大概是为了隐藏那伤口才戴上深色太阳眼镜的吧。虽然容貌并不是特别美，但脸上却有什么吸引人心的地方。也许是眼睛的活泼灵动和颇有特征的嘴唇形状的关系吧。

"你知道宫胁太太吗？"

"不知道。"我说。

"就是住在那空房子的人哪。也就是所谓的正派家庭。有两个女儿，两个上的都是有名的私立女子学校。先生经营两三间家庭式餐厅。"

"怎么不见了呢？"

她一副不晓得似的样子把嘴微微噘起来。

"大概是欠人家钱吧。杂草那样猛长，猫也多起来，又不用心，我妈经常都抱怨呢。"

"有那么多猫吗？"

女孩子还含着香烟抬头望着天空。

"有各种猫噢。有毛都掉了的,也有单眼的,眼睛掉了,那里变成一块肉团呢。很要命吧。"

我点点头。

"我的亲戚里面有人有六根手指的噢。年龄比我大一点的女孩子,小指头旁边长出了另外一根像婴儿手指一样的小手指。不过她每次都很巧妙地弯起来,所以猛一看还不知道。很漂亮的女孩子噢。"

"噢。"

"你想这会不会遗传?怎么说呢……在血统上。"

关于遗传的事我不太清楚,我说。

她沉默了一会儿。我一面含着柠檬水果糖,一面一直盯着猫通过的路。猫还一只也没出现。

"你真的不要喝点什么吗?我可要喝可乐噢。"女孩子说。

不用,我回答。

女孩子从躺椅上站起来,一面轻微拖着一只脚一面消失到树丛后面去,于是我拿起脚边的杂志随便啪啦啪啦翻翻看。那和我预料的正相反,是适合男性看的月刊。正中央的彩色页上,一个女人穿着单薄透明得看得见性器形状和阴毛的内裤,坐在凳子上以不自然的姿势把双腿大大地张开。真要命,我想,于是把杂志放回原位。双手叉在胸前重新把眼睛转向猫的通道。

过了相当久的时间之后,女孩子手上拿着装可乐的玻璃杯回来。那是个炎热的下午。坐在躺椅上身体任由太阳晒着时,头脑渐渐变得恍恍惚惚,懒得想事情了。

"嘿,如果你知道了自己喜欢的女孩子手有六根手指的话,你会怎么样?"女孩子开始继续说下去。

"把她卖给马戏团。"我说。

"真的?"

"开玩笑的。"我笑着说,"我想大概不会介意吧。"

"就算会遗传给小孩也不介意吗?"

关于这点我稍微考虑了一下。

"我想我不介意。多一根手指,也没什么妨碍呀。"

"如果有四个乳房呢?"

关于这点我也考虑了一下。

"不知道。"我说。

四个乳房?看起来这话好像没完没了似的。因此我决定试着改变话题。

"你几岁?"

"十六。"女孩子说,"不久前才刚刚满十六岁。高中一年级。"

"那么,一直没去学校吗?"

"走久了脚会痛啊。眼睛旁边也有伤口。学校很啰嗦,如果知道是从摩托车上跌下来受伤的话,我想一定会说什么的……所以我就请病假啊。就算休学一年也可以。因为我并不急着想升高二啊。"

"噢。"我说。

"不过,刚才你说的,你是说可以跟六根手指的女孩子结婚,但四个乳房的就讨厌,对吗?"

"我没说讨厌,只说不知道。"

"为什么不知道?"

"因为没办法想象啊。"

"六根手指就可以想象吗?"

"好像多少可以。"

"到底差别在哪里,六根手指和四个乳房?"

关于这点我又试着考虑了一下,但想不到什么好的解释。

"嗨,我是不是问题太多了?"

"有人这样说过你吗?"

1 星期二的发条鸟,关于六根手指和四个乳房

"常常有。"

我把视线移回猫的通道。我到底在这里做什么,我想。猫不是一只都没出现吗?我的手依然交叉在胸前,眼睛闭了二十秒或三十秒。一直闭着眼睛时,可以感觉到身体的各部分正在冒着汗。太阳光带着奇妙的重量感,投注在我身上。女孩子一摇动玻璃杯,冰块便发出牛铃般的声音。

"如果困的话,睡一下没关系呀。如果看见猫出现,我会叫你。"女孩子小声地说。

我依然闭着眼睛默默点点头。

没有风,周围听不见一点声音。鸽子似乎已经飞到某个遥远的地方去了。我试着想想打电话的女人。我真的认识那个女人吗?对那声音和说话方式都没有印象。然而那个女人却很清楚我的事。简直就像基里科的画中情景一样,只有女人的影子横越过路面往我的方向拉长着而已。但那实体却远远地离开我意识的领域。我耳朵边电话铃声一直不断地响个不停。

"嘿,你睡着了吗?"女孩子以好像听得见又好像听不见的声音问。

"没睡。"

"我可以靠近一点吗?小声说话我比较轻松。"

"没关系。"我仍然闭着眼睛说。

女孩子把自己的躺椅往旁边挪来和我坐着的躺椅连在一起。木框相碰时发出咔哒一声干干的声音。

真奇怪,我想。张开眼睛时听到的和闭着眼睛时听到的女孩子声音,简直判若两人。

"我可以说一点话吗?"女孩子说,"我会非常小声,而且你不回答也可以,途中睡着了也没关系。"

"好啊。"

"人死掉这件事，很棒噢。"

因为她就在我耳边说，那话语随着温暖的湿气一起悄悄潜进我体内。

"为什么？"我问。

女孩子好像要封住我的嘴似的，把一根手指放在我嘴唇上。

"不要发问。"她说，"而且不要张开眼睛噢，知道吗？"

我配合她的小声只轻轻点头。

她的手指从我嘴唇上离开，这回却放到我的手腕上。

"我想用解剖刀把它切开来看看。不是指尸体哟。我是说那像死的块状物一样的东西。我觉得那种东西好像不知道存在于什么地方似的。好像垒球一样钝钝的、软软的，神经麻痹着。我想把那东西从死人身上拿出来，切开来看看。我经常这样想，不知道那种东西里面到底是什么样子。就好像牙膏在管子里变硬了似的，里面是不是有什么变硬了呢？你不觉得吗？不，不用回答。周围是软绵绵的，越往里面却变得越僵硬，所以我先把外皮切开，取出里面软软的东西，用解剖刀或竹篦之类的把那软软的东西拨开。于是越往里面，那软软的东西就变得越硬，最后变成一条小芯似的。像球承轴里的滚珠一样小，非常硬噢。你不觉得吗？"

女孩子轻轻咳嗽了两三次。

"最近经常在想这件事。一定是因为每天都很闲吧，没事可做时头脑就会越来越往很远很远的地方去想。想得太远了，变得没办法追踪跟上。"

然后女孩子把放在我手腕上的手指移开。拿起玻璃杯喝着剩下的可乐。从冰块的声音可知玻璃杯已经变空了。

"我会帮你守着猫，你不用担心。看见绵谷升我会告诉你。所以你就这样闭着眼睛。绵谷升现在一定在附近走动着。一定快要出现了。绵谷升正穿过草丛，钻过围墙，在什么地方停下来一面闻一闻花

1 星期二的发条鸟,关于六根手指和四个乳房

香,一面逐渐接近这里哟。你想象一下那样子。"

然而我所想到的,却是好像沐浴在逆光下的照片一样极为模糊的猫的形象而已。太阳光透过眼睑使我的黑暗不安定地扩张开来,因此我无论如何也没办法想起猫的准确样子。能够想起来的猫的样子,简直就像失败的人像画一样总有什么地方歪斜而不自然。只有特征很像,但重要的部分却残缺不全。连它走路的样子,我都已经想不起来了。

女孩子又再把手指放在我的手腕上,在那上面画着形状不定的奇怪图形。于是就像和那呼应着似的,和过去曾经有过的不同种类的黑暗潜入我的意识里来。也许是我正要睡着了吧,我想。虽然不想睡,但却没办法不睡。在帆布躺椅上,我的身体感觉上就像是别人的尸体一般沉重。

在那样的黑暗中,只浮现绵谷升的四只脚。腿的末端附着着四个像是橡皮一般柔软隆起的茶色安静的脚。那样的脚无声地踏在什么地方的地上。

是什么地方的地上呢?

只要十分钟就好,电话里的女人说。不,不对,我想,有时候十分钟并不是十分钟。那会伸长缩短的,我知道。

醒来时,我是一个人。旁边紧靠着的躺椅上女孩子不见了。浴巾、香烟和杂志还依旧在那里,但可乐玻璃杯和收录音机却消失了。

太阳稍微西斜,樫木树枝的影子拉长到我的膝部。手表显示着四点十五分。我身体从躺椅上坐起来看看四周。宽广的草坪、干枯的水池、围墙、鸟的石像、麒麟草、电视天线。看不见猫的影子。也看不见女孩子的影子。

我依然坐在躺椅上,眼睛望着猫的通道,等女孩子回来。但过了十分钟,猫和女孩子都没出现。四周没有一件活动的东西。觉得在睡

着的时间里好像老了很多似的。

我站起来，看看建筑物主体的方向。但那里也没有人的动静。只有凸出的角窗玻璃承受着西晒的阳光反射出的炫目的光线而已。没办法，只好穿过庭院草坪走入后巷，转回家去。虽然没找到猫，但总之找是找过了。

回到家，我把洗晒的衣服收进来，准备了简单的晚餐。五点半时电话铃响了十二次，但我没拿起听筒。铃声停止之后，那余韵还仿佛灰尘一般飘在房间的淡淡昏暗中。时钟以那坚硬的爪尖嘀嗒嘀嗒地敲着浮在空中的透明板子。

我忽然想到写写看关于发条鸟的诗如何？但那最初的第一节却怎么也想不出来。而且我也不认为高中女生会喜欢读有关发条鸟的诗。

久美子回到家时是七点半。这一个多月来，她回家的时间逐渐变晚了。过八点才回家也不稀奇，有时候还超过十点。也因为有我在家做饭，所以她不必赶着回家。她解释说本来人手就不够了，又有一位同事最近因病休假。

"对不起。事情一直谈不完。"她说，"兼职的女孩一点都帮不上忙。"

我站在厨房用黄油烤着鱼，做沙拉和味噌汤。在那之间妻坐在厨房的桌前发呆。

"嗨，你五点半左右出去了吗？"她问，"我打过电话回家想告诉你会晚一点回来。"

"因为黄油没了，出去买了一下。"我说了谎。

"去银行了没有？"

"当然去了。"我回答。

"猫呢？"

"找不到。我照你说的到后巷的空屋去了。可是连个影子也没有。我想大概是到更远的地方去了吧。"

久美子什么也没说。

吃过晚饭后我从浴室出来时,久美子正一个人孤零零地坐在电灯关掉的客厅黑暗里。穿着灰色的衬衫安静不动地蹲在黑暗中时,她看起来就像被遗留在错误地方的行李一样。

我用浴巾擦着头发,在久美子对面的沙发坐下。

"猫一定已经死了。"久美子小声地说。

"怎么会呢?"我说,"一定是到什么地方去开心地到处玩着呢。不久肚子饿了就会回来的。以前不是同样也有过一次吗?住在高圆寺的时候也是……"

"这次不一样了。这次不是这样的。我知道。猫已经死了,正在什么地方的草丛里腐烂中。你到空屋的草丛去找过吗?"

"喂,不管怎么样,空屋也是别人家的房子啊,总不能随随便便进去吧。"

"那你到底去哪里找了?"妻说,"你根本就没打算要找到猫,所以才找不到的。"

我叹了一口气,再一次用浴巾擦头发。我正想说什么,但知道久美子正在哭,于是作罢。没办法算了,我想。那是刚结婚之后开始养的,她一直很宠爱的猫。我把浴巾丢进浴室的待洗衣笼,走到厨房从冰箱拿出啤酒来喝。真是乱七八糟的一天。乱七八糟的一年的,乱七八糟的一个月的,乱七八糟的一天。

绵谷升,你在哪里,我想。发条鸟没为你上发条吗?

简直就像诗句嘛。

绵谷升
你在哪里?

发条鸟没为你
上发条吗?

啤酒才喝了一半时电话铃开始响了。
"你去接呀。"我朝着客厅的黑暗方向喊道。
"我不要,你去接呀。"久美子说。
"不想接。"我说。
没有人应答的电话铃声一直继续响着。铃声在黑暗中迟钝地搅拌着浮在空中的灰尘。我和久美子在那之间一句话也没说。我喝着啤酒,久美子不出声地继续哭着。我数着铃声到第二十声,接下来就随它响了。这东西总不能永远数下去。

2 满月和日蚀，关于在马厩里陆续死去的马

一个人，要完全了解另外一个人，到底有没有可能？

也就是说，你为了要了解一个人，花了很长的时间，不断地认真努力，那结果我们到底能够接近那对象的本质到什么程度呢？我们对于我们深信非常了解的对方，其实真的了解什么重要的事吗？

我开始认真思考这件事，是从辞掉法律事务所的工作大约经过一星期以后。在我过去的人生过程里，我从来没有一次真正切实地抱有过那种疑问。为什么呢？大概是因为在确立自己的生活这项活动上已经穷于应付。而且太忙碌于思考自己的事情了吧。

正如世界上重要事物的发端大体上都一样，我会抱有那样的疑问，契机是非常细微的事。久美子急急忙忙吃过早餐离开家之后，我把要洗的衣服丢进洗衣机里，在那时间里整理床铺，洗盘子，用吸尘器把地板吸过。然后和猫一起坐在檐廊下，看着报纸上的征人启事、拍卖广告之类的。到了中午，做简单的一人份午餐吃，到超级市场去买菜。买好晚餐的菜，在特卖区买了清洁剂、面纸和卫生纸。然后回家准备晚餐，躺在沙发一面看报纸一面等妻回来。

因为那时候失业还不久，这种生活对我来说倒还很新鲜。已经既不必挤电车去上班，也不必和不想见的人见面。既不必接受什么人的命令，也不必命令什么人了。既不必和同事一起到附近拥挤的餐厅吃中午的快餐，也不必向别人报告昨天夜晚棒球比赛的情形了。即使读卖巨人队的四号打击手在二出局满垒的情况下本来想打出全垒打却遭到三振出局，都跟我无关了。真是太棒了。而且比什么都棒的是，可

以在自己喜欢的时候，读自己喜欢的书。这样的生活不知道能够持续到什么时候。不过至少现在我对于这一星期以来连续悠闲自在的生活很满意，至于未来的事就尽量努力不去想它。这对我的人生来说很可能是像休假一样的东西。总有一天会结束。不过在结束之前，何不好好享受享受呢，我想。

不管怎么说，已经好久没有像这样纯粹为了自己的快乐而读书了，尤其是读小说。这几年来所读的书，说起来不是和法律有关的，就都是一些为了在通勤的电车上方便阅读的凑合性的书。虽然没有人这样规定，但在法律事务所上班的人如果手上拿着多少还值得一读的小说的话，虽然并不至于被说成是品性不良，也会被视为不太受欢迎的行为。如果被人家发现我的公事皮包里，或书桌抽屉里有那样的书的话，我想人们一定会像看到一只得了皮肤病的狗一样地看我吧。而且一定会这样说吧："啊哈，你喜欢看小说啊。我也喜欢看小说噢。年轻的时候看了好多呢。"对他们来说，所谓小说这东西是在年轻的时候看的。就像春天采摘草莓，秋天收获葡萄一样。

但那天傍晚，我却没办法像平常那样埋头于读书的喜悦里。因为久美子没回来。她就算晚一点大体也都会在六点半以前回到家，如果会比较晚的话，就算晚个十分钟也一定会先联络的。关于这类事她的性格是过分认真地认真。不过那天，过了七点久美子依然没回家，也没打电话回来。我已经把菜准备好，只等久美子一回来立刻就可以开始做菜了。不是什么了不起的菜。只不过是牛肉薄片、洋葱、青辣椒和豆芽，用中华炒菜锅大火一起炒，洒上盐巴和胡椒，浇上酱油。然后最后再唰啦一声浇一点啤酒。一个人生活的时候，经常这样做。饭已经煮好了，味噌汤也在热着，蔬菜也切好分别放在大盘子上，随时都可以下锅炒了。但久美子却没回来。我肚子饿了，想想要不要把自己吃的份先做好吃了呢。不过不知怎么却提不起劲。虽然没有什么特别的根据，但觉得那似乎是不太妥当的行为。

2 满月和日蚀,关于在马厩里陆续死去的马

我坐在厨房桌前喝起啤酒,嚼了几片残留在食品柜深处已经起潮不脆了的苏打饼干。然后时钟的短针已经快要接近七点半了,然而我就那样只是呆呆望着它通过那一点。

结果久美子回到家时已经过了九点。她一副精疲力尽的样子。眼睛红红的,布满血丝。那是个噩兆。她的眼睛变红的时候,一定会有什么不好的事发生。我对自己说:"要冷静。多余的闲话什么也别说。尽量安静地、自然地,别刺激她。"

"对不起。工作怎么也解决不了。好几次想打电话,可是由于各种原因没办法联络。"

"没关系。不要紧,别放在心上。"我若无其事似的说。而且说真的,我并没有不高兴。我自己也曾经有过几次这种经验。外出工作并不是一件简单的事。不像从自己家庭院里摘一朵开得最美的玫瑰花,送去隔两条马路前面,因为感冒而躺在床上的老祖母的枕头边,一天就结束的那样和平美好的事情。偶尔也不得不和一些无聊的家伙在一起做一些无聊的事。有时候就是无论如何都找不到机会可以打电话回家。"今天晚上会晚一点回家。"打这样一通电话回家只要三十秒就足够了。电话也到处都有,然而有时候就是办不到。

于是我开始做菜。把瓦斯火点着,在锅里放油。久美子从冰箱拿出啤酒,从餐具橱拿出玻璃杯。并检查一下我正要开始做的料理。然后就什么也没说地坐在桌子前,喝起啤酒。从她脸上看来,啤酒似乎并不怎么美味。

"你可以先吃的啊。"她说。

"没关系呀。反正我肚子也不怎么饿。"我说。

当我在炒着肉和蔬菜时,久美子站起来走到洗手间。听得见她在洗脸台洗脸、刷牙的声音。过一会儿从洗手间出来时,她双手好像拿着什么东西。是我白天在超级市场买回来的面纸和卫生纸。

"你怎么买这种东西回来呢?"她以疲倦的声音对我说。

我手上还拿着中华炒菜锅看看久美子的脸。然后看看她手上拿着的面纸盒和卫生纸包。她想说什么呢，我真是想象不到。

"我不明白。"我说，"那不就只是面纸和卫生纸而已吗？没有了不是很麻烦吗？虽然还有一些存货，但多了也不会坏掉啊。"

"你要买面纸或卫生纸一点都没关系哟。那是当然的吧。我在问的是，为什么买了蓝色的面纸和有花纹的卫生纸回来啊。"

"这我又不明白了。"我很有耐心地说，"确实蓝色的面纸和有花纹的卫生纸是我买的。两种都在特卖很便宜呀。鼻子不会因为用蓝色面纸擤就变成蓝色。有什么不好呢？"

"不好。我讨厌蓝色的面纸和有花纹的卫生纸。你不知道吗？"

"不知道。"我说，"不过你有什么讨厌它的理由吗？"

"为什么讨厌，我没办法说明。"她说，"你不是也讨厌电话加套子、有花纹的热水瓶、附有钉头的喇叭牛仔裤吗？我不讨厌擦指甲油。这总不能一一说明理由吧？那只是喜欢或讨厌而已呀。"

这些理由我都可以全部说明。不过当然我没那样做。"我明白了。那只是喜欢或讨厌而已。非常明白。不过你从结婚到现在的六年里，难道一次也没买过蓝色的面纸或有花纹的卫生纸吗？"

"没有。"久美子斩钉截铁地说。

"真的？"

"真的啊。"久美子说，"我买的面纸颜色只有白色、黄色或粉红色，这样而已。而且我买的卫生纸一直都绝对是没有花纹的。你一直都跟我生活在一起，居然会没注意到这个，真是令人吃惊啊。"

对我来说这也令人吃惊。这六年之间，我居然连一次也没用过蓝色的面纸和有花纹的卫生纸。

"还有如果顺便让我多说一句的话，"她说，"我最讨厌牛肉和青椒一起炒了。这你总该知道吧？"

"不知道。"

"总之我讨厌就是了。你不要问理由。我不知道为什么,不过这两样东西放在锅子里一起炒的时候,那气味我就是受不了。"

"你这六年来,一次也没有把牛肉和青椒放在一起炒过吗?"

她摇摇头。"青椒的沙拉我吃。牛肉和洋葱会一起炒。不过从来没有一次把牛肉和青椒放在一起炒过。"

"真要命。"我说。

"不过你从来没有把这当作疑问吧?"

"因为我从来没注意这种事情啊。"我说。我试着想想自从结婚以来到现在,有没有吃过牛肉炒青椒呢。不过想不起来。

"你就算跟我一起生活,其实却几乎从来没注意过我的事,不是吗?你是只想着自己的事情活着噢,一定是。"她说。

我关掉瓦斯,把锅子放在炉台上。"喂,等一下噢。我希望你不要这样把各种事情混在一起。确实或许我对面纸、卫生纸的事,还有牛肉和青椒的关系没注意到。这点我承认。不过我想总不能因为这样,就说我对你的事情一直都没在意哟。事实上我对面纸的颜色不管是哪种都无所谓。当然如果是漆黑的面纸放在桌上的话,那我想是会吓一跳。不过不管是白色也好,蓝色也好,我可没兴趣去注意哟。牛肉和青椒也是一样。我对牛肉和青椒是不是曾经一起炒过,都无所谓。就算牛肉和青椒放在一起炒的行为在这个世界上半永久性地丧失了,我也一点都不介意。这和你这个人的本质几乎没有关系呀,不是吗?"

久美子对此什么也没说。把玻璃杯里剩下的啤酒用两口喝干,然后沉默地望着桌上的空瓶子。

我把锅子里的东西全部倒进垃圾箱。牛肉、青椒、洋葱和豆芽,全都倒光在那里面。真奇怪,我想。在一瞬间之前那还是食物。现在那只不过是垃圾。我打开啤酒瓶栓,就着瓶子喝起来。

"为什么要倒掉?"她问。

"因为你讨厌哪。"

"你吃就行了啊。"

"不想吃。"我说,"牛肉和青椒一起炒出来的东西已经不想吃了。"

妻耸了一下肩。"随你高兴。"她说。

然后她把两只手臂放在桌上,脸伏在那上面。她就那样一直不动。既没有哭,也没有睡。我望一望炉台上变空的锅子,望一望妻,然后喝一口剩下的啤酒。要命,我想。到底怎么了?只不过是面纸、卫生纸和青椒,不是吗?

我走到妻身边,把手放在她肩上。"嗨,我知道了。再也不会买蓝色的面纸和有花纹的卫生纸。我发誓。已经买的明天我拿去超级市场换别的东西。如果不肯换,我就在院子里把它烧掉。把灰拿到海边去丢掉。关于青椒和牛肉已经解决了。也许还留下一点气味,不过很快就会消失。所以把这件事忘掉吧。"

不过她还是什么也没说。如果她能就那样走出家门,散步一个小时左右再回家,然后心情完全复原就好了,我想。不过这种事情发生的可能性是零。那是我必须用自己的手解决才行的。

"你累了。"我说,"稍微休息一下,好久没去附近的餐厅吃披萨了,要不要去吃?凤尾鱼洋葱披萨一人各吃一半。偶尔到外面吃一次也不会挨罚的。"

然而久美子什么也没说。只是一直不动地把脸伏在那里而已。

我再也没话可说了。于是我在桌子对面坐下来,望着她的头。从短而黑的头发之间看得见耳朵。耳垂上戴着我所没看过的耳环。鱼形状的金色小耳环。久美子什么时候在什么地方买了那样的耳环?好想抽烟。戒烟才不过一个月多一点而已。我想象着自己从口袋拿出香烟盒和打火机,含起一根带滤嘴的香烟,正点上火的样子。然后我猛然吸一口空气到胸部。空气混合着牛肉和青椒一起炒过的气味刺激着鼻孔。说真的,我肚子非常饿。

2 满月和日蚀,关于在马厩里陆续死去的马

然后我忽然看了一下壁上挂的月历。月历上显示着月亮的圆缺记号。月亮正逐渐接近满月的地方。这么说来快接近她的生理期了,我想。

老实说,我是在结婚之后,才第一次清清楚楚地感觉到自己真的是住在这个叫作地球的太阳系第三行星上的人类的一员。我住在地球上,地球绕着太阳转,而月亮则绕着那地球周围转。那不管你喜欢或不喜欢,都会永远(和我生命的长度比较起来的话,在这里用永远这个词应该也没什么妨碍吧)继续下去。我之所以会这样想,是因为妻几乎正好每二十九天迎接一次生理期。而且那和月满月缺真是吻合极了。她的生理期很沉重,从那要开始的前几天精神就变得极不安定,经常变得非常不开心。所以那对我来说,虽然是间接的,但却是相当重要的循环。我对那开始有所防备,为了不发生不必要的争执我必须巧妙处理。结婚之前,几乎没注意过月亮的圆缺。虽然偶尔也会抬头看看天空,但现在的月亮是什么形状,是跟我毫无关系的问题。不过结婚之后,我大概变得经常会把月亮的形状放在脑子里。

过去我曾经交过几个女孩子,当然她们也各有生理期。有的轻,有的重,有只持续三天的,有整整持续一星期的,有切切实实规则地来的,有迟个十天才来而对我冷冷淡淡的。有变得非常不开心的,也有几乎毫不在意的。不过一直到和久美子结婚为止,我从来没有和女孩子一起生活过。对我来说,自然的周期,说起来只有季节的巡回而已。冬天到了把大衣拿出来,夏天到了把凉鞋拿出来。这样而已。但由于结婚,我和同居人一起,都变成对月亮的圆缺拥有了新的周期概念。她只有几个月的期间缺少那周期。那之间她怀孕了。

"对不起。"久美子抬起脸来说,"我并没有打算对你发泄哟。只是有点累,情绪不稳而已。"

"没关系。"我说,"别介意。累的时候还是对谁发泄一下比较好。

发泄一下会畅快得多。"

久美子慢慢吸进一口气，暂时让它停在肺里，然后又慢慢吐出来。

"你又怎么了呢？"她说。

"我又怎样了吗？"

"你就算累了也不会对谁发泄吧？我觉得好像都是我一个人在发泄似的，这是为什么呢？"

我摇摇头。"我没注意到这个。"

"你身体里面是不是有一个像深井一样的东西开着呢？而且如果朝那里叫一声'国王的耳朵是驴子的耳朵'的话，大概很多事情都可以顺利解决吧。"

我想想她说的话。"也许是噢。"我说。

久美子又再一次看空瓶子。看瓶子的标签，看瓶子的口，然后拿起瓶颈的地方团团旋转着。

"我生理期快要来了。所以才这样焦躁吧。"

"我知道。"我说，"不过别在意。不只是你才会受影响，连马在满月的时候也会死掉很多。"

久美子把瓶子放下，张开嘴巴看我的脸。"你说什么？为什么忽然冒出马的事情呢？"

"上次看到报纸啊。我一直想跟你说，但忘记说了。有一个地方的兽医在被探访的时候说的，马不管肉体上也好精神上也好，都是深受月亮的圆缺影响的动物。随着满月的接近，马的精神波动就会非常乱，肉体上也会出现各种麻烦。满月的夜里很多马都会生病，死掉的马数也压倒性地增加。为什么会变这样，谁也不知道准确的原因。不过看看统计数字确实是这样。据说专门看马的兽医，在满月那天忙得连睡觉的时间都没有呢。"

"噢。"妻说。

2 满月和日蚀,关于在马厩里陆续死去的马

"不过比满月更糟的是日蚀。日蚀那天马所处的状况就更悲剧性了。日全蚀那天多少马死掉,我想你一定想象不到。总之,我想说的是,即使是现在这样的时候,世界上的某个地方也有马正——倒下死掉噢。比起那个来,你对谁发泄一下也没什么不好啊,这种事你不用放在心上。试着想象一下快要死的马。想想满月的夜里躺在马厩的稻草上,一面口吐着白沫,一面苦闷地喘气的马噢。"

她好像暂时想了一下关于在马厩里陆续死去的马。

"你真的是有不可思议的说服力哟。"她放弃似的说,"这点不得不承认。"

"那么换衣服,到外面去吃披萨吧。"我说。

那天夜里,我在关了灯的卧室里,躺在久美子旁边一面望着天花板,一面问自己对这个女人到底了解什么呢。时钟指着凌晨两点。久美子睡得很熟。我在黑暗中,想着蓝色的面纸、有花纹的卫生纸、牛肉炒青椒的事。我活到现在居然一直不知道她对这些无法忍受。这些确实是些无聊的芝麻小事。本来可以一笑置之的程度。并不是需要大吵大闹的问题。也许在几天之内我们就会忘掉这种无聊的争吵了。

然而我对这件事却奇怪地在意起来。简直就像喉咙里卡着一根小鱼刺似的,令我觉得不自在。"那也许已经是更致命的事情也说不定",我所思考的是这个。"那很有可能是致命的"。或者那实际上,是某种更大的、更致命的事情的开端而已。那也许只是个入口而已。而且在那深处,还有我所未知的只属于久美子的广大世界也说不定。那令我想象到一个漆黑巨大的房间。我拿着一个小打火机进入那房间,以打火机的火所能够看见的,只不过是那房间的极小部分而已。

我是不是有一天能够知道那全貌呢?或者我到最后为止依然对她不太了解,就那么老下去,而且死去呢?如果是那样的话,我这样过

着的结婚生活到底又算什么呢？而且和这样未知的对象一起生活，躺在同一张床上睡觉的我的人生又算是什么呢？

那是我当时所想的事情，也是后来一直断断续续继续想的事情。而且虽然在很久以后才知道，那时候其实我正一脚踏进了问题的核心。

3 加纳马耳他的帽子，果冻色调、艾伦·金斯伯格与十字军

我正在准备午餐的时候，电话铃又响了。

我站在厨房切好面包，涂上黄油和芥末，夹上番茄片和奶酪。并把那放在切菜板上，正要用刀子切成两半。就在这时候电话打来了。

我让电话铃响了三次之后，用刀子把面包切成两半，把它放在盘子上，把刀子擦干净收进抽屉里，然后把预先热好的咖啡倒进杯子。

这样电话还是继续响个不停。我想大概响了有十五次左右吧。我放弃地拿起听筒。如果可能的话，我是不想接电话的。不过那也有可能是久美子打来的电话。

"喂。"女人的声音说。没听过的声音。既不是妻的声音，也不是上次正在煮意大利面时打奇怪电话来的女人的声音。是别的，我不认识的女人的声音。

"请问这是冈田亨先生的府上吗？"女人说。感觉上好像把写在纸上的文章照着念出来似的说法。

"是的。"

"是冈田久美子太太的先生吗？"

"是的。冈田久美子是我内人。"

"绵谷升先生是您太太的哥哥吗？"

"是的。"我很有耐心地说，"确实绵谷升是内人的哥哥。"

"我姓加纳。"

我什么也没说地等对方继续说下去。突然冒出内人哥哥的名字，

使我警戒不少。我用放在电话机旁的铅笔背搔着脖子后面。大约五秒或六秒，对方沉默着。从听筒不但听不见声音，也听不见其他任何声响。或许那个女人用手堵着话筒，而和旁边的什么人讲着话也说不定。

"喂。"我担心起来，试着出声招呼。

"对不起失礼了。那么我会再重新打电话来。"女人突然说。

"喂，请等一下。这是——"但那时候电话已经切断了。我手一时还拿着那听筒，注视了一下。然后再一次把耳朵贴在听筒上试试看。但没错，电话已经切断了。

总觉得情绪还没办法收拾，便面对着厨房的桌子喝咖啡，吃三明治。我已经想不起那通电话打来之前自己在想什么了。右手拿着刀子，准备切面包时，我确实在想着什么。那好像是什么重要的事。那种想要回想但却很久都想不起来的事。它在我准备把面包切成两半时，忽然浮上我的脑海。但现在，那是什么呢，却完全想不起来了。我一面吃着三明治，一面努力回想，那是什么？不过不行。那记忆已经回到它以前生息着的意识的黑暗边缘去了。

吃完午餐，正在清理盘子的时候，电话铃又响了。这次我立刻拿起听筒。

"喂。"女人说。是妻的声音。

"喂。"我说。

"还好吗？吃过午餐了吗？"她说。

"吃过了。你吃什么？"我问。

"什么也没吃。"她说，"从早上一直忙，所以没空吃东西。再过一会儿，到附近去买三明治回来吃。你中午吃了什么？"

我说了自己吃的东西。"噢。"她说。似乎并没有多羡慕的样子。

"早上想跟你说却忘记了，我想有一位姓加纳的人今天会打电话给你。"她说。

3　加纳马耳他的帽子，果冻色调、艾伦·金斯伯格与十字军

"已经打了。"我说，"刚刚打的。把我和你以及你哥哥的名字排列出来，然后什么事也没说就挂掉电话了。那到底是怎么回事？"

"挂掉了吗？"

"嗯，说还会再打来。"

"那么如果加纳小姐再打一次来的话，你就照她说的做吧。因为是重要的事，我想会要你去跟她见面吧。"

"去见面，今天现在？"

"今天有什么安排或约定吗？"

"没有。"我说。昨天也没有，今天也没有，明天也没有，我没有任何安排或约定。"不过加纳小姐是谁呀，还有到底有什么事找我，你能不能告诉我。我也希望能多少先知道一下是什么事。如果跟我的就业有什么关系的话，我希望这不要牵涉到你哥哥。这我以前也曾经说过。"

"这不是关于你就业的事。"她以嫌麻烦的声音说，"是跟猫有关的。"

"猫的事？"

"嘿，很抱歉，我现在一时没空。人家在等我呢。我是勉强打的。我不是说过连午餐都还没吃吗，可以挂电话了吗？如果有空，我会重新再打。"

"我知道你忙啊。不过，把这样莫名其妙的事突然往我身上推来，我也伤脑筋哪。猫到底怎么了呢？那叫作加纳的人到底——"

"总之请你照她说的去做就是了。明白吗？这是认真的噢。你不要出去，好好在家，等那个人的电话。那我要挂断了噢。"她说。然后挂断。

两点半电话铃响时，我正在沙发上打瞌睡。刚开始时，我以为那是闹钟的铃声。然后伸手想把按钮按下，让铃声停止。但旁边并没有

闹钟。原来我睡的不是床,而是沙发。而且时间不是早晨,是下午。我站起身走到电话旁。

"喂。"我说。

"喂。"女人说,是和中午以前打来的同一个女人的声音,"请问您是冈田亨先生吗?"

"是的,我是冈田亨。"

"我姓加纳。"

"刚才打来过的吗?"

"是的。刚才真是非常抱歉。不过不知道冈田先生今天从现在开始有没有什么安排?"

"没有什么称得上特别安排的事。"我说。

"那么,虽然我知道这样非常冒失唐突,不过现在可以跟您见个面吗?"女人说。

"今天,现在吗?"

"是的。"

我看看时钟。因为三十秒之前才刚刚看过,实在没有必要看的,不过为了慎重起见又再看了一次。时钟依然是午后两点半。

"那会花很长时间吗?"我试着问。

"我想应该不会太花时间。不过或许会比预料中长也不一定。现在这时候我也没有办法准确奉告。真是不好意思。"女人说。

不过那不管要花多少时间,我都没有选择的余地。我想起久美子在电话里说的话。她跟我说,照对方说的去做吧。因为那是认真的事情。所以总之我就只好照她说的去做了。如果她说那是认真的,那么那就是认真的事了。

"我明白了,那么我要到什么地方去好呢?"我问。

"冈田先生不晓得知不知道品川车站前面有一家太平洋饭店?"她说。

3 加纳马耳他的帽子,果冻色调、艾伦·金斯伯格与十字军

"知道。"

"一楼有个咖啡厅。四点钟我在那里等您。这样好不好?"

"很好。"

"我三十一岁,戴着红色的塑胶帽子。"她说。

要命,我想。这女人说话的方式不知道什么地方有点奇怪,我想。那奇怪使我一瞬间感到混乱。但那女人说的话到底什么地方怎么奇怪法,我也无法解释清楚,没有任何理由说三十一岁的女人不能戴红色塑胶帽子。

"我明白了。"我说,"我想大概可以找到。"

"那么为了慎重起见,可不可以请冈田先生告诉我您的外表特征?"女人说。

我试着就自己的外表特征重新思考了一下。我到底有什么外貌特征呢?

"三十岁。身高172公分,体重63公斤,短头发。没戴眼镜。"不,这实在不能说是特征啊,我一面介绍一面想到。拥有这种外貌的人,在品川太平洋饭店的咖啡厅里或许有五十个人左右也不一定。我以前去过那里。那是个非常大的咖啡厅。大概需要什么更引人注目的特别的特征吧。但我实在想不起任何一点那样的特征。当然并不是说我没有特征。我拥有迈尔斯·戴维斯签名的《西班牙素描》唱片。脉搏相当慢,通常一分钟47次,即使发烧到38.5度的高热时,脉搏也只有70次而已。失业期间,把《卡拉马佐夫兄弟》的兄弟名字全部记住了。但这些事情当然从外貌是看不出的。

"您打算穿什么衣服来呢?"女人问。

"噢这个啊。"我说,不过我不太能思考,"不知道。还没决定呢。因为实在太突然了。"

"那么请您系小雨点的领带来。"女人以斩钉截铁的声音说,"冈田先生有没有小雨点的领带?"

"我想有。"我说。我有一条深蓝底的奶油色小雨点的领带。那是两年或三年前我生日时妻送我当生日礼物的。

"请系那条。那么我们四点钟见面。"女人说。然后挂断电话。

我打开衣橱寻找小雨点的领带。但领带架上却没有小雨点的领带。我把抽屉全部打开来看。壁橱里的衣箱也全都打开来看。但到处都没有小雨点的领带。如果那条领带在家里的话,我绝对应该已经找到了。久美子总是把衣服整理得非常整齐,而且我不认为我的领带会放在我经常放的地方以外。衣服都和平常一样,我的和她的都干干净净整理得很好。衬衫没有一丝皱纹地收在抽屉里,放毛衣的箱子里铺了好多的防虫剂。甚至到了一打开盖子眼睛就会痛的地步。有一个箱子里放着她学生时代的衣服。迷你的花连衣裙、高中的深蓝色制服,感觉像是老相簿似的收藏在那里。为什么要把这些东西特地保存着呢,我真摸不透。也许因为没有丢掉的机会就一直保存到现在。或许有一天会寄去给孟加拉共和国。或者打算一直留下来当文化资料也说不定。不过总之,我的小雨点领带到处都找不到。

我手还放在衣橱门上,试着回想我最后系那条领带是在什么时候。不过怎么也想不起来。那是一条品味很好的雅致领带。系着去法律事务所是稍嫌华丽了些。如果我系那条领带去事务所的话,中午休息时间就会有人走过来,说"好帅的领带哟,颜色既好,感觉也很明朗"之类的,说好半天吧,我想。不过那是一种警告。在我所上班的事务所,领带被称赞绝对不是一件光荣的事。所以我没有系过那条领带去上班。系那条领带不是去听音乐会,就是去参加正式晚宴的时候,只限于这种私人性的,而且比较正式的场合。也就是说妻会对我说"今天穿整齐一点出去吧"的场合。虽然没有很多这种机会,但遇到那样的时候,我就会系那条小雨点的领带。和深蓝色的西装很搭配,而且妻也喜欢那条领带。不过最后一次是什么时候系那条领带的

3 加纳马耳他的帽子,果冻色调、艾伦·金斯伯格与十字军

呢,我完全想不起来。

我眼睛又再一次往衣橱里巡视一遍,然后放弃了。小雨点的领带已经由于某种原因而消失到什么地方去了。没办法。我穿上深蓝色西装、蓝色衬衫,打一条斜条纹的领带。总会有办法吧。也许她找不到我。不过只要由我这边去找戴红帽子的三十一岁的女人就行了。

我穿着那套西装坐在沙发上,定定地望着墙壁一会儿。好久没穿西装了。虽然一年适合穿三季的深蓝色西装,通常在这个季节穿是有些热,但幸亏那天下雨,因此以六月来说,肌肤还有些觉得凉。那是我工作的最后一天(还是四月间)穿的同一套西装。我忽然想到试着在西装的每一个口袋摸摸看,从胸前口袋的底部,找到一张去年秋天日期的收据。是一张在什么地方搭计程车的收据。如果向事务所申请的话,应该可以领到钱的,但现在已经太迟了。我把那张收据揉成一团,丢进纸屑箱。

辞掉工作之后大约有两个月之间,我一次也没穿过这套西装。隔这么久之后穿起来,觉得自己的身体好像被什么异质性的东西硬包起来似的。那既沉重又僵硬,总觉得不贴身。我站起来,在屋子里来回走了一会儿,走到镜子前面拉拉袖子和领子让它服帖身体。把手臂尽量伸直,深呼吸,弯弯身体,确认一下这两个月来体形是不是改变了。然后重新坐回沙发。不过还是安定不下来。

直到那个春天为止我每天都穿着西装上班,那时候从来没有特别感觉到不舒服之类的东西。我上班的法律事务所对服装相当严格,连像我这样的下级职员都要求穿西装。所以我很理所当然地,就穿西装去上班。

但现在这样穿着西装一个人坐在客厅的沙发上时,却觉得自己好像在做着什么错误的不道德的行为似的。好比怀着什么卑鄙目的谎报经历,或悄悄穿上女装,那一类感觉的亏心不安。我逐渐觉得呼吸困难起来。

我走到玄关，从收藏鞋子的柜里拿出茶色皮鞋，用鞋拨穿上，皮鞋上薄薄地积了一层白色的灰尘。

我没有必要去寻找那个女人。女方已经先发现我了。我到达咖啡厅时，就先在店里绕一圈想找找看红帽子。然而并没有看到任何一个戴红帽的女人。看着手表，离四点钟还有大约十分钟。我在椅子上坐下，喝着送来的水，向女服务生点了咖啡。于是一个女人从后面喊我的名字。"是冈田亨先生吧。"我吃一惊回过头。在店里巡视一下，我坐下来还不到三分钟呢。

女人穿着白上衣外套、黄色丝质衬衫，戴着红色塑胶帽子。我反射性地站起来，面对那女人。说起来算是漂亮的美女。至少比我从电话的声音所想象的漂亮多了。体形苗条，化妆很淡。穿着也很高雅。她所穿的上衣外套和衬衫，都是做工良好的高级品。上衣襟上闪着羽毛形的金别针。看起来可以说像一个一流公司的秘书也不为过的样子。只有红帽子却总好像显得放错了地方似的。对服装那样用心，为什么却非要戴一顶红色塑胶帽不可呢？我真弄不清楚理由何在。或许只是在互相辨认的时候为了好认，所以每次都以那红色帽子当记号戴也说不定。我想那倒是个不错的想法。因为从醒目与否的观点来看，确实是很醒目。

她在对面的座位坐下，我也重新坐回自己的位子。

"难得你居然认出我了。"我觉得奇怪地问，"我没有找到小雨点的领带。绝对应该在什么地方的，却怎么也找不到。所以没办法系了条纹的领带来。我想由我来认你的。结果你怎么认出我了呢？"

"当然认得出。"女人说。然后把手上拿的白色漆皮皮包放在桌上，脱下红帽子盖在那上面。皮包完全被帽子隐藏起来。简直就像现在开始要变魔术了的气氛，帽子拿起来的话，里面的皮包就会消失掉似的。

"因为领带的花纹不一样啊。"我说。

3 加纳马耳他的帽子,果冻色调、艾伦·金斯伯格与十字军

"领带?"她说。然后以不可思议的眼光看着我的领带。一副好像这个人到底在说什么似的表情。然后点点头。"没关系。请不用介意这小事情。"

感觉好奇怪的眼睛啊,我想。非常没有深度的样子。明明是漂亮的眼睛,却好像什么也没在看的样子。就像义眼一样地扁平。不过当然那不是义眼。确实在动着,在眨着。

为什么在这样混杂的咖啡厅里,能够立刻认出初次见面的我呢?我完全无法理解。宽大的咖啡厅几乎是客满的,而且跟我类似年纪的男人又到处都是。我想问她能够立刻认出我的理由。不过又似乎觉得最好闲话少说。因此我没有再多说什么。

女人把一个忙得团团转的服务生叫住,点了巴黎水。服务生说没有巴黎水。不过汤力水倒是有。女人想了一下,然后说,那个也好。直到汤力水送来之前,女人什么也没说地沉默着。我也沉默着。

女人终于把桌上的红帽子拿起来,打开放在那下面的皮包金属绊扣,从里面掏出比卡式录音带尺寸小一点的,有光泽的黑皮夹来。那是个名片夹。名片夹也有金属绊扣。有金属绊扣的名片夹我还是第一次看到。她从里面很慎重地拿出一张名片给我。我也想递一张名片给她,但伸手到西装口袋里后,才想起自己没带名片。

名片是一张薄塑胶做的,好像有一股微微的香气似的。拿到鼻子下试闻一下,那香气就更明确了。不错是香的。而且上面只有一行字,用黑黑的小字写着名字。

加纳马耳他

马耳他？

然后我翻到背面看看。

什么也没写。

当我正在对那张名片的意思想东想西时，服务生走过来，在她前面放一个加了冰块的玻璃杯，倒了半瓶汤力水。玻璃杯里有一片切成楔形的柠檬。然后拿着银色咖啡壶和托盘的女服务生走过来，在我前面放下咖啡杯，在里面注入咖啡。并且像是把噩运神签推给别人似的，悄悄把账单插在账单插座上转身走开。

"什么也没写。"加纳马耳他对我说。因为我又发呆地望了什么也没写的名片背面一下。"只有名字而已。既没有电话号码也没有住址，对我没有必要。因为没有人会打电话给我。是由我这边打电话给别人的。"

"原来如此。"我说。那无意义的搭腔，就像《格列佛游记》里出现的浮在空中的岛一样，暂时虚无地飘浮在餐桌的上空。

女人双手像支持着似的拿着玻璃杯，用吸管吸了一小口。然后微微皱了一下眉头，好像不再有兴趣似的，把玻璃杯推到旁边去。

"所谓马耳他，并不是我真正的名字。"加纳马耳他说，"加纳真的是我的姓。不过马耳他是职业上的名字。从马耳他岛取的。冈田先生有没有到过马耳他？"

没有，我说。我没有去过马耳他岛。最近也没有安排要去。连想都没想过要去。我对马耳他所知道的，只有赫伯·亚伯特演奏的《The Maltese Melody》而已。这是一首不敢领教的烂曲子。

"我在马耳他待了三年。住在那里三年。马耳他是个水很难喝的地方。真是不能喝。简直就像在喝用海水冲淡的水一样。面包也是咸的，那并不是因为放了盐，而是因为水本来就是咸的。不过面包的味道倒是不错。我喜欢马耳他的面包。"

我点点头，喝着咖啡。

3 加纳马耳他的帽子，果冻色调、艾伦·金斯伯格与十字军

"马耳他虽然是一个水这么难喝的地方，不过岛上某个特定地方所涌出来的水，却能对身体的组成产生很棒的影响。那甚至可以说是具有神秘性的特殊的水。那种水只有在马耳他的那个场所才涌得出来。那泉水在山里面，从山麓的村子爬到那里得花好几个小时。"女人继续说，"而且那水不能带走或运走。那水移到别的地方就会失去效力。所有要喝那水的人，必须亲自到那里才行。关于那水的记述，还留在十字军时代的文献里。他们称之为灵水。艾伦·金斯伯格也去那里喝过那水。基思·理查兹也去过。我在那里住了三年。我是说在那个山麓的小村子。住在那里学习种菜、织布。而且每天到那山泉去，喝那水。从一九七六年到一九七九年。曾经有过一星期之间，只喝那水，其他什么也没吃。一星期之间除了那水之外，什么也没有吃进嘴里。这种训练是必要的。我想这也可以称之为修行吧。这样让身体净化。那真的是非常棒的体验。因为这样，我回到日本以后，就选择马耳他这个地名作为我工作上的名字。"

"对不起，请问是什么样的职业呢？"我试着问她。

加纳马耳他摇摇头。"准确说并不是职业。因为并不是用这个来赚钱。我的任务是应人家要求解答疑难，或向大家谈谈身体的组成。也在研究对身体组成有效的水。钱不是问题。我自己有一点财产。父亲在经营医院，以生前赠与的方式分给我和妹妹股票和不动产。税务师帮我们管理。每年有固定的收入。我也写了几本书，从那方面也有收入，虽然少但总是有。我在身体组成方面的工作都是没有报酬的。所以电话号码和地址都没写。而是由我这边打电话的。"

我点点头。不过那只是点头而已。她嘴里说的话一句一句的意思我都可以理解。但那整体上意味着什么，我却搞不清楚。

身体的组成？

艾伦·金斯伯格？

我情绪逐渐不安起来。我绝不是直觉敏锐型的人。不过那不会

错，有某种新的麻烦的气味。

"很抱歉，可以请你稍微有顺序地说明吗？因为刚才内人只告诉我，叫我跟你见面请教有关猫的事。因此，现在听你说这些事，老实说我还弄不清楚事情的前因后果，那跟我们家的猫有关系吗？"

"是的。"女人说，"不过在那之前，我想让冈田先生知道一件事。"

加纳马耳他又打开皮包的金属绊扣，从里面拿出一个白色信封。信封里放着相片。她把那递给我。"是我妹妹的相片。"加纳马耳他说。那彩色相片上照出两个女人。一个是加纳马耳他，她在相片上也是戴着帽子。黄色编织的帽子。那帽子和服装也一样不搭配，给人一种不祥的感觉。妹妹——从她的话推测那是妹妹——穿着一九六〇年代初期流行的那种粉彩色套装，并戴着和那搭配的帽子。人们过去好像把那样的色调称为"果冻色调"。我想象一定是喜欢戴帽子的姐妹吧。发型酷似杰奎琳·肯尼迪在当总统夫人时代的那个样子。显示喷了相当量的发胶。化妆有些过浓，但容貌本身是端庄的，不妨用美丽来表述，年龄大约是二十出头到二十五之间。我看了一会儿之后把那相片还给马耳他。她把相片放回信封，收进皮包，合上金属绊扣。

"妹妹比我小五岁。"加纳马耳他说，"而且妹妹被绵谷升玷污了。以暴力侵犯的。"

要命，我想。我真想就那样什么也不说地站起来就走掉。不过总不能这样。我从上衣口袋拿出手帕擦擦嘴边，又把它放回同一个口袋里。然后干咳一下。

"详细情形我不太了解，如果你妹妹因此受伤的话，我也觉得非常难过。"我干脆说了，"不过我想请你先明白一件事，我和内人的哥哥并不怎么亲近。因此如果是有关那件事的话——"

"我并不是为那件事在责备冈田先生。"加纳马耳他以斩钉截铁的口气说，"如果那件事情有谁应该受到责备的话，首先我就不得不被责备。因为我不够小心。本来我必须保护妹妹的。不过因为有种种事情，而没做到。你听我说，冈田先生，这种事是有可能发生的。我想冈田先生也知道，这是一个充满暴力的混乱世界。而且在这世界的内部还有更暴力的、更混乱的地方。你知道吗？已经发生的事是已经发生的事。我妹妹也许会从那伤害中，从那玷污中复原，而且也不得不复原。幸亏那并不是致命的事。这点我也对我妹妹说过，更糟糕的事都有可能。在这里我最在意的问题，是妹妹身体的组成。"

"组成？"我反问道。看来她谈的主题似乎都一贯和身体的组成有关。

"关于那件事的前后状况我不能在这里详细说明，因为又长又复杂。这样说或许有点失礼，不过我想目前这个阶段冈田先生要正确理解那事情的真实内容恐怕有困难。因为那是我们专门处理的世界的事。因此，我并不是为了向冈田先生申诉那件事而把您请出来的。当然冈田先生您没有任何责任。也不用向您提起。我只是想把妹妹因为绵谷先生而就算是暂时性的也好，组成受到玷污的事，让冈田先生预先知道。我想或许以后冈田先生和我妹妹会有某种形式的关系也不一定。为什么呢？因为刚才也已经说过了，妹妹是在做类似我的助手的工作。这种情况下，绵谷先生和我妹妹之间曾经发生过什么，我想冈田先生还是先知道比较好。而且希望你知道这种事也是有可能发生的事实。"

然后暂时沉默了一阵子。加纳马耳他，以一副请稍微思考一下这件事的表情，一直安静地沉默着。我也试着考虑了一下。关于绵谷升侵犯了加纳马耳他的妹妹这件事，关于那和身体的组成之间的关系。还有关于这些和我们家行踪不明的猫的关系。

"那么你是说，"我试着战战兢兢地提出，"你和你妹妹都不打算把这件事公开披露，或报警吗？"

"当然。"加纳马耳他面无表情地说，"准确地说，我们并没有责怪谁。我们只是想更准确地知道那是什么所带来的而已。如果知道而不解决的话，恐怕有发生更坏事情的可能性啊。"

我听了稍微安心一点。我对绵谷升因为强奸罪被逮捕，被判有罪而坐牢并不特别在乎。甚至觉得遭遇那样的事也好。不过因为内人的哥哥在社会上算是相当有名的人，所以应该会变成不小的新闻，久美子因此一定会深受打击。以我来说，为了我自己的精神卫生，也不希望变成那样。

"今天和您见面纯粹是为了猫的事。"加纳马耳他说，"因为猫的事，绵谷先生来找我商量。您的太太冈田久美子女士到绵谷先生那儿去找他商量猫失踪的事，于是绵谷先生来找我商量。"

原来如此。这样一来我才明白，原来她是通灵者或什么的，我们家猫失踪了找她商量。绵谷家全家从以前就对算命卜卦之类的很相信。当然这种事情是个人的自由。相信的人就去相信好了。不过，为什么非要偏偏去侵犯那种人的妹妹不可呢？为什么非要去惹这种不必要的麻烦不可呢？

"你对于寻找东西这一类的很专业吗？"我试着问她。

加纳马耳他以那没有深度的眼睛凝视我的脸。好像一副从窗户往空房子里窥伺似的眼神。从那眼神看来，她好像完全没理解我问题的用意。

"您住在很不可思议的地方噢。"她无视于我的问题。

"是吗？"我说，"到底怎么个不可思议法？"

加纳马耳他没有回答这个。只把几乎没碰过的汤力水的玻璃杯又再往旁边推出大约十公分。"而猫这东西是很敏感的生物。"

我和加纳马耳他之间暂时沉默下来。

"我所住的地方是不可思议的地方，猫是很敏感的动物，这个我知道。"我说，"不过我们在那里已经住很久了。我们和猫一起住的。为什么现在会突然跑掉呢？为什么不在更久以前跑掉呢？"

"虽然我不能明白说，不过大概是流向改变了吧。因为某种关系流向被阻碍了吧。"

3 加纳马耳他的帽子,果冻色调、艾伦·金斯伯格与十字军

"流向?"我说。

"猫是不是还活着,我不知道。但现在这时候,猫不在您家附近,这是可以确定的。因此不管在附近怎么找,猫大概都不会出来。"

我拿起杯子,喝一口凉掉的咖啡。看得见玻璃窗外正下着细细的雨。天空乌云低垂。人们撑着伞,一副忧郁的样子在人行步道陆桥上上下下。

"请把手伸出来。"她对我说。

我右手掌朝上,放在桌上。我以为对方要看看我的手相。但加纳马耳他似乎对手相完全没有兴趣。她把手笔直地伸出来,手掌叠在我的手掌上。然后闭上眼睛,保持那样的姿势一直安静不动。简直就像安静地谴责不忠实的恋人一样。女服务生走过来,一副好像没看见我和加纳马耳他什么话也没说却把手合放在桌上的样子似的,在我的杯子里帮我加咖啡。周围桌的客人们偶尔往这边偷瞄一眼。我一直想但愿没有认识的人在这里。

"今天到这里来之前,看过什么东西,只要一件就可以,请想想看。"加纳马耳他说。

"只要一件吗?"我问。

"只要一件。"

我脑子里浮现妻的衣箱里那件花花的迷你连衣裙。不知道为什么,总之那就忽然浮现在脑子里。

然后再过五分钟左右,我们的手依然不动地就那样接触着。感觉上那时间非常长。不只是因为在意着周围人偶尔投过来的眼光而已,而是她手的接触方式里,有某种令人情绪无法踏实的东西。她的手相当小。而且既不冷也不热。那种触感既不像恋人的手那样亲密,也不像医师的手那样机能性。那手的触感非常像她的眼睛。被她触摸着时,就像被她注视着时一样,觉得自己好像变成一间空荡荡的空屋子似的。里面既没有家具,没有窗帘,也没有地毯。只是个空空的容器

而已。加纳马耳他好不容易终于把手从我手上离开,深深地深呼吸。然后点了几次头。

"冈田先生。"加纳马耳他说,"我想从现在开始会有一段时间将会有很多事情发生在你身上。猫的事恐怕只是这个的开始而已。"

"很多事情?"我说,"那是好事,还是坏事呢?"

加纳马耳他好像在思考似的稍微偏着头。"也有好事,也有坏事吧。也许也有猛一看像是好事的坏事,和猛一看像是坏事的好事。"

"你这种说法,我听起来只是像一般论而已呀。"我说,"能不能再给我一点更具体的讯息呢?"

"正如您说的,我所告诉您的确实听起来像是一般论。"加纳马耳他说,"但冈田先生,所谓事物的本质,在非常多的情况下只能以一般论来说。这点请您理解。我们既不是占卜师,也不是预言家。我们能够说的只有像那样茫茫模糊的事情而已。那多半是不值得特别一提的理所当然的情况,有时候甚至是陈腐的。不过坦白告诉您,我们也只能够说到这里,而没办法再往前进了。或许具体性的事物确实能够吸引人们的眼光,但大部分只不过是琐碎的事项而已。说起来这些其实是像不必要的多绕路而已。越是想往远看,事物会变得越一般化。"

我默默点头。不过我对她所说的事情,当然一点都不能理解。

"我可以再打电话给您吗?"加纳马耳他说。

"嗯。"我说。其实我内心真希望谁都不要打什么电话给我。不过除了"嗯"之外我也无法回答。

她迅速拿起桌上的红塑胶帽子,把隐藏在那下面的皮包提着站了起来。我不知道该如何反应,就依然坐在那里不动。

"我只告诉您一件琐碎的事项。"加纳马耳他戴上红色帽子之后,好像俯视着我似的说道,"您的小雨点领带,会在家里以外的地方找到噢。"

4 高塔与深井,或远离诺门坎

我回到家时,久美子非常高兴。甚至可以说是极其高兴。我和加纳马耳他见过面之后,回到家是六点不到,因此在久美子回来之前,我并没有充裕的时间好好准备像样的晚餐,所以只用冷冻食品做了简单的晚餐。然后两个人一面喝着啤酒一面吃。就像她平常心情好的时候那样,谈着工作的事。那天在办公室遇到谁,做了什么事,同事里谁很能干谁却不行之类的事。

我一面听着一面漫应着。虽然大约只听进一半,不过听人说话本身我并不讨厌。不管话的内容怎么样,我总是喜欢看她在餐桌上热心谈工作的姿态。家庭,我想。我们在那里面分别尽着被分派的责任义务。她谈着工作场所的事,我准备晚餐,并听她说话。那和我结婚以前所模糊描绘的家庭景象相当不同。不过不管怎么说,那是我所选择的东西。当然我小时候也曾经拥有过自己的家庭。但那不是经由自己的手所选择的。那是先天的,也就是不管你喜不喜欢就给你的东西。不过现在,我却身在以自己的意志选择的后天的世界里面。我的家庭。那当然很难说是完美的家庭。但不管有什么样的问题,基本上我是主动去接受我这个家庭的。那毕竟是我自己选择的,而且我想如果那里面有什么样的问题存在的话,那问题本身应该包含着我自己的本质吧。

"那么,猫的事情怎么样了?"她问。

我简单地说了一下在品川的饭店和加纳马耳他见面谈话的情形。说了小雨点领带的事情。说不知道怎么会在衣橱里找不到小雨点领带的事。而加纳马耳他在混杂的咖啡厅里居然能立刻发现我。她的装扮怎样、讲话的方式如何，这些事情。久美子对加纳马耳他的红色塑胶帽感到很高兴。不过对于我们行踪不明的猫变怎么样了的问题得不到明确答案，她似乎有些失望。

"总之，猫怎么样了，她也不太清楚是吗？"她脸色为难地问我，"只知道一件事，就是猫不在这附近，对吗？"

"嗯，大概就是这样吧。"我说。关于加纳马耳他所指出的我们住的地方是"流向被阻碍"的地方，这也许和猫的失踪有关，这点我决定不提。因为我想久美子一定会对这点很在意。我不想再增加麻烦。而且如果她说既然这是个不好的地方，那么我们立刻搬家吧，那可就伤脑筋了。首先以我们现在的经济能力，要搬到别的地方就不可能。

"猫已经不在附近了——这是那个人说的啊。"

"那么，也就是说那只猫已经不会回家来了吗？"

"那倒不清楚。"我说，"说法非常暧昧。全都是暗示性的。不过她说等她知道更详细的事，会跟我们联络。"

"那个人说的话，你觉得可以相信吗？"

"这个我可不知道。关于这方面的事情，我完全是个门外汉。"

我在自己杯子里注入啤酒，暂时看着那泡沫逐渐消沉下来。在那之间久美子在桌上托腮沉思。

"那个人，完全不接受任何金钱之类的礼物呢。"

"幸亏这样。"我说，"那么一切都不成问题，不拿钱，不收魂，也不会把公主带走。没有任何损失啊。"

"我希望你了解，那只猫对我是非常重要的存在哟。"妻说，"也可以说，那猫对我们是非常重要的存在。那只是我们结婚后第二周，两个人一起发现的猫噢，你记得吗，捡到那只猫的时候的事？"

"记得啊，当然。"我说。

"还是一只小猫噢，被雨淋得像落汤鸡似的。下大雨的日子，我到车站去接你。拿着伞。回家的路上在酒铺旁边发现那只小猫被遗弃在啤酒箱子里。而且那只猫是我这辈子养的第一只猫。那只猫对我来说好像是一个重要的象征似的噢。所以我不能失去那只猫。"

"这个我很了解。"我说。

"不过不管怎么找——不管你怎么帮我找都找不到,已经失踪了十天了。所以没办法我才打电话给哥哥。问他认不认识可以帮忙找猫的占卜师和通灵人。也许你不喜欢拜托我哥哥什么,不过他从父亲那里遗传来的,跟那方面的人很熟噢。"

"家庭的传统。"我以像黄昏掠过河川入海口的风一般凉的声音说,"不过绵谷升和她,到底是什么关系认识的呢?"

妻耸耸肩。"一定是在什么地方偶然认识的吧。最近他变得好像人缘蛮广的。"

"我想也是。"

"听说那个人拥有非常优越的能力,不过人很怪。"妻一面用叉子机械性地拨着烤意大利通心粉一面说,"你说她叫什么名字?"

"加纳马耳他。"我说,"到马耳他岛去修行的加纳马耳他。"

"对了,那个加纳马耳他小姐。你觉得她怎么样?"

"这个啊。"我说,然后望着自己放在桌上的两手,"至少跟她谈话不会觉得无聊,所谓不会无聊是不坏的事噢。反正这世界上莫名其妙的事情多得很。而且必须有人去埋上那空白。既然必须有人把那埋起来,那么与其由无聊的人,不如由不无聊的人来埋好得多了,不是吗?比方说本田先生之类的。"

妻听了之后好像很高兴地笑了。"嘿,你不觉得他人不错吗?我蛮喜欢本田先生的噢。"

"我也是。"我说。

结婚一年多那时候,我们每个月一次,去拜访那位叫作本田先生的老人家。他是对绵谷升家评价很高的（和神有缘的）人之一，可是耳朵非常聋，经常听不到我们所说的话。虽然戴了助听器，不过还是可以说几乎都听不到。因此我们不得不用大得把纸门的纸震得哗啦哗啦响的声音跟他说话。我曾经想过那样坏的耳朵大概也不怎么听得到神灵所说的话吧。或者正相反，反而是耳朵不好的人才容易听到神灵的话也不一定。他的耳朵是因为战争受伤才变坏的。他在一九三九年发生蒙古战争时，以关东军的下士官从军，就在伪满洲①、蒙古国境地带，和苏联及蒙古的联合部队作战时，被炮弹或手榴弹震破了鼓膜。

我们去见本田先生，并不是因为特别相信他的通灵能力。我对这些并不关心，久美子比起她的双亲和哥哥，对那方面的超自然能力的信仰心也稀薄多了。虽然她对吉凶有点迷信，如果被预言说会不吉利的话，就会心情大受影响。不过倒不会自己主动积极想去涉及这方面的事。

我们会去见本田先生，是因为她父亲要我们去。说得更明白的话，那是他答应我们结婚的附带条件。以结婚条件来说，是一件很奇怪的事，不过我们为了避免不必要的争执就顺从了。说真的，我和久美子都不认为她父母会很容易就答应我们的婚事。她父亲是公务员。虽然是新潟县不能算富裕的农家次男，不过却以领奖学金的优异成绩从东京大学毕业，成为运输省的精英官僚。光凭这点我就觉得很了不起。但是，正如许多这一类人物一样，往往自尊极高，而且独善其身。习惯于命令别人，对自己所属世界的价值观丝毫没有怀疑。对他来说，阶层组织就是一切。对比自己上层的权威很轻易地恭敬顺服，对下面的人也毫不迟疑地强硬压制。像我这样既没有地位没有金钱也

---

① 编者注：伪满洲，是日本占领中国东北地区后所扶植的一个伪政府。"首都"设于下文中的"新京"（今吉林长春）。

没有家世，学历既不怎么样，未来又几乎等于毫无展望的，身无分文的二十四岁青年，我和久美子都不认为他会乐意接受我作为他女儿的结婚对象。因此我们原来打算如果遭遇她父母强烈反对，就自己做主结婚，和他们无关地生活下去。我们深深相爱，而且还年轻。我们确信即使和父母断绝关系，身无分文，只要两个人在一起就可以幸福地过下去。

事实上我到她家去请求让我们结婚时，她父母的反应非常冷淡。简直就像全世界的冰箱门都同时一起打开了似的。然后他们开始对我的家庭背景展开彻底的调查。我没有什么值得一提的特别好或坏的家庭背景。所以这样做，只有浪费时间和费用而已。自己的祖先在江户时代做了什么，在那之前我完全不知道。根据他们的调查，我的祖先之中，以僧侣和学者比较多。教育程度整体来说属于高的，但从现实中的有用性来说（也就是赚钱的才能）却不怎么受惠。既没有称得上天才的人物，也没有犯罪者。既没有领过勋章的人，也没有和女明星一起自杀的人。其中只有一个曾经是新撰组的一员，虽然完全不知名，不过在明治维新的时候，因为担忧日本的未来前途而在某个寺院大门口切腹死掉。那是我的祖先里面色彩最鲜明的人物。不过他们对这样的祖先们似乎并没有什么太好的印象。

那时候我在法律事务所上班。他们问我是不是准备要参加司法考试。我说是准备要参加。事实上那个时候，虽然还相当迷惑，不过也曾经想过既然读了就再努力一点向考试挑战看看吧。但是如果调查一下我大学的成绩，应该可以一目了然，我考上的希望其实很渺茫。换句话说，我大概并不是一个和他们的女儿结婚的适当人选。

然而他们虽然不是很乐意，却也勉强答应了——那真是接近奇迹的事——那都是托本田先生的福。本田先生听过有关我的种种情况之后，竟然断言道，府上的千金如果要结婚的话，实在没有比这更理想的对象了。如果小姐说要跟这个人结婚的话，绝对不能反对，那样会带来非常坏的结果。久美子的父母亲，当时全面信赖本田，因此对这件事也就无法唱反调了。没办法只好接受我当他们女儿的丈夫。

不过对他们来说，我终究是个坐错位子的局外人，一个未被邀请的不速之客。我和久美子刚结婚的时候，每个月两次半义务性地去拜访他们家和他们一起用餐，那真是令人厌烦的经验。是一种正好介于无意义的苦行和残酷的拷问之间的行为。用餐的时间，对我来说，他们的餐桌，感觉上好像新宿车站一般长。他们坐在对面吃着什么谈着话。但我的存在却实在太遥远了，在他们眼里只不过是个微小的影子而已。结婚后大约经过一年，我和她父亲激烈地吵了一架，从此以后就没有再碰过面。这样一来我总算能够打从心底里松一口气。人不需要为了无意义且不必要的努力而消耗自己。

不过结婚后有一段时间，我确实曾经尽量努力和妻的一家人保持良好关系。而和本田先生每个月见一次面，则是那些努力之中，显然属于痛苦最少的事了。

至于对本田先生的谢礼则全部都由妻的父亲出。我们只要带一瓶一升装的酒，到目黑的本田家去，一个月拜访一次就行了。而且只要听他说话然后回家就行了。事情很简单。

不过我们立刻就喜欢上本田先生。本田先生耳朵很聋，除了他每次都把电视放很大音量一直开着之外（那真的是很吵），实在是一个给人感觉很好的老爷爷。他喜欢喝酒，我们带一瓶一升装的酒去，他就一脸开心的样子。

我们每次都是上午时间去本田家。本田先生不管夏天或冬天都坐在和室的凹洞炉桌前。冬天就在那上面盖上棉被，底下点火取暖，夏天则没有棉被，也没点火。虽然他好像是蛮有名的占卜师，但他的生活却极为简朴。与其说简朴，不如说是抛弃世俗更接近吧。房子很小，玄关只有一个人勉强可以穿脱鞋子程度的大小而已。榻榻米已经快磨破了，破玻璃窗用胶带粘贴着。房子对面是汽车修理厂，总是有人在大声怒吼着什么。他穿的衣服是介于睡衣和工作服中间的那种东西,几乎完全看不出不久的过去曾经洗过的任何痕迹。一个人过日子,每天有家政妇来打扫、做饭。不过不知道理由何在,他似乎坚决拒绝人家帮他洗衣服。消瘦的脸颊总是长出薄薄一层没刮干净的白胡子。

如果说他家有什么还算像样的东西的话,那就是巨大得有点威迫感的彩色电视机。而且电视画面总是映出 NHK 的节目。不知道是本田先生特别爱 NHK 的节目,还是只因为转台嫌麻烦,或是只有 NHK 频道的特殊电视,这我就无法判断了。

我们去的时候,他面向摆在木板间的电视机坐着,手正在拨弄旋转散乱的占卜用竹签。在那时间里 NHK 则毫不中断地大声播放着料理节目、盆栽整理法、定时新闻报导、政治座谈会之类的节目。我们从以前开始就一直对 NHK 播音员的说话方式没有好感,因此每次到本田家,总是心情无法安定。一听到 NHK 播音员的讲话方式,就觉得好像有人想试着借人为方式把人们的正当感觉磨损消耗掉,以消除社会的不完美所带给他们的种种痛苦似的。

"你也许不适合法律方面也不一定噢。"有一天本田先生这样对我说。或者他是对着在我后方二十米左右的什么人说的也不一定。

"是吗?"我说。

"所谓法律这东西,简单说啊,是司掌地上界的现象的。所谓阴是阴,阳是阳的世界。所谓我是我,他是他的世界。'我是我,他是他,秋天的黄昏'。但是你不属于那里。你所属于的是,那上面或那下面。"

"那上面和那下面,哪一边比较好呢?"我纯粹为了好奇心而试着这样问问看。

"没有什么哪一边好不好。"本田先生说。然后一连咳嗽了一会儿。在卫生纸上呸地吐一口痰。他盯着自己那痰看了一阵子,然后把卫生纸包成一团丢进垃圾箱。"不是那种哪一边好哪一边不好的问题。而是不要逆着流向走,该往上走就往上走,该往下走就往下走。该往上走时,就去找最高的塔,登到那最顶上去就好了。该往下走时,就去找最深的井,下到那底下去就好了。没有流向的时候,安静不动就行了。如果逆着流向的话,一切都会干涸。一切都干涸的话,这世界就黑暗了。'我是他,他是我,春天的夜晚'。把我舍弃之后,才有我。"

"现在是没有流向的时候吗?"久美子问。

"什么?"

"现在是没有流向的时候吗?"久美子大吼道。

"现在没有。"本田先生一面自己一个人点着头一面说,"所以只要安静不动就行了。什么都不必做。只是要注意水比较好。这个人以后,也许会因为和水有关的事而受苦也不一定。在该有的地方没有的水。在不该有的地方有的水。总而言之,多注意水比较好。"

久美子在旁边一脸认真地点着头。不过我知道她正在强忍着不要笑出来。

"什么样的水呢?"我试着问。

"不清楚,就是水嘛。"本田先生说。

电视上某个大学教授正在谈着日语语法的混乱如何与生活样式的混乱准确地呼应着。"准确地说,也不能称之为混乱。所谓语法就像是空气一样,就算有人在上面决定从今以后要怎么样,也不可能照那样改变。"他说。蛮有趣的话题,不过本田先生还在继续谈水。

"说真的,我也为了水吃了不少苦头。"本田先生说,"诺门坎完全没有水。战线错综混乱,补给都断绝了。没有水,没有粮食,没有绷带,也没有弹药。那真是凄惨的战争。后面的高层将官们只对多快能够占领什么地方感兴趣。谁也没有考虑到补给的事。我曾经有三天几乎都没喝水。早上拿出毛巾,那上面只渗着些微的朝露而已,把那绞紧可以绞出几滴水来喝，只有这样而已。除此之外完全没有所谓的水。那时候真的觉得不如死掉。世上没有比喉咙干渴更难过的事。喉咙这么干渴，还不如干脆让敌人的子弹打死。腹部中弹的战友们，喊着要水。有人甚至发疯了。那简直就是活生生的人间地狱。眼前流着一条大河。到那里的话，要多少就有多少水。但是却到不了那里。苏联装有火焰放射器的大型坦克整挡在我们与河的中间。机关枪阵地像针山一般排列着。山丘上还有手腕厉害的狙击兵。半夜里那些家伙还一直射出照明弹。我们所拿的是三八式步枪，还有每人二十五发子弹而已。我的很多战友即使这样还是去河边汲水。因为实在受不了了。但没有一个回来。全都死了。嘿，能够不动，就一直不要动好了噢。"

他拿起卫生纸大声擤鼻子，检查了一下自己的鼻涕之后，才把那包起来丢掉。

"流向这东西要等它出现是很辛苦的，但不得不等的时候，就是不得不等。那时候就当作自己已经死了好了。"

"也就是说我暂时死掉比较好吗？"我试着问。

"什么？"

"也就是说我暂时死掉比较好吗？"

"对。"他说，"有时候唯有决心一死，河滩才会浮上来，破釜沉舟浮濑滩，背水一战诺门坎。"

然后大约有一个小时他一直继续谈着诺门坎的事。我们只是听着。一年之间，我们每个月去拜访本田先生一次，然而却几乎没有从他那里"受到任何指示"。他几乎从来不占卜。他跟我们谈的几乎都是诺门坎战争的事。身旁的中尉头被炮弹炸得飞去一半，或跳上苏联的坦克用火焰瓶烧，偶尔有一架不幸迫降在沙漠的苏联飞机，大家就追赶那飞行员把他射杀，都是谈这些。虽然每一件都相当有趣而刺激，不过世上任何话题如果重复听过七次、八次的话，那光辉也会逐渐减淡。何况那又不是以所谓"谈话"式的轻松音量谈，而是感觉像在强风的日子，对着对面山崖大声吼似的说的，或像坐在偏僻郊外电影院的第一排，看着黑泽明的老电影一样的感觉。我们两个人从本田先生家出来，甚至有一会儿耳朵都到了不太能听见的程度。

不过我们，至少我是很喜欢听本田先生说话的。那些事情都超越我们的想象力范围。多半还是一些充满血腥的事，但从一个穿着脏衣服像随时都会死掉的老人口中一五一十地听着战争的来龙去脉，简直就像在听故事一样失去了真实感。他们在半世纪前，曾经在伪满洲和蒙古间的国界地带，草都不太长的一片荒野上巡回展开激烈的战斗。我在听本田先生谈起之前，对于诺门坎的战争几乎一无所知。不过那却是绝对想象不到的壮烈战争。他们几乎是赤手空拳地向装备优越的苏联机械化部队挑战，而且被击溃。好几个部队毁灭了，全军覆没了。为了避免全军覆没而独断地往后方移动的指挥官，则被上级长官强制自杀，空虚抱憾地死去。被苏联军俘虏的士兵们，很多因为恐惧被冠以敌前逃亡罪，而在战后拒绝以俘虏身份被交换，决定埋骨于蒙古的异地。至于本田先生则因为听觉受损而退伍，变成这样一个占卜师。

"不过以结果来说，或许这样比较好也不一定。"本田先生说，"如果我的耳朵不受伤的话，也许会被派到南方的海岛上死掉也不一定。事实上从诺门坎生还的军人，很多都被送到南方死掉了。因为诺门坎对帝国陆军来说，好比忍辱偷生的战争一样，所以从这战役中生还回来的残留军人，都被送到战况最激烈的战场去。简直就像叫人到那边去死似的。在诺门坎胡乱指挥的参谋们，后来在中央出人头地。他们之中有一些人战后甚至变成政治家。不过在他们下面卖命战斗的家伙们，几乎全都被杀光了。"

"为什么诺门坎战争对陆军来说那么羞耻呢？"我试着问，"军人全都英勇壮烈地作战了不是吗？好多军人不都死了吗？为什么生还的人会被那样冷落对待呢？"

不过我的问题似乎没有到达他的耳朵。他再一次喳啦喳啦地搅拌着占卜竹签。

"多注意水比较好。"他说。

这就是那天的结尾。

自从我和妻的父亲吵架之后，我就不再去本田先生那里了。因为过去一直是妻的父亲在付着钱，现在总不能再像过去一样，只要自己支付谢礼（不知道到底该付多少），我们又完全没有那余裕。刚结婚那时候，我们的经济状况就像好不容易头才勉强能够伸出水面的程度而已。而且我们终于把本田先生的事都忘了。正如大多年轻而忙碌的人似乎总会逐渐把大多老人的事给遗忘一样。

上床之后，我还在想着本田先生。我试着把本田先生所说的水的事和加纳马耳他的水的事互相重叠起来。本田先生叫我注意水。加纳马耳他为了研究水而在马耳他岛上长久修行。也许是偶然的一致，不过他们都非常在意水。这点使我觉得有些不放心。然后我试着想象诺门坎战场的光景。苏联军的坦克和机关枪阵地，那对面流着一条河。还有难以忍受的激烈干渴。我可以在黑暗中清晰地听到那条河流水的声音。

"嘿。"妻小声说，"你醒着吗？"

"醒着。"我说。

"那条领带的事，我现在忽然想起来了。那条小雨点的领带，我年底送去洗衣店洗了。因为皱巴巴的，我想还是不得不请人家帮我们烫。结果居然忘了去拿。"

"年底？"我说，"不是已经过了半年多吗？"

"嗯。这种事情从来没发生过噢。你应该很了解我的个性吧？这种事情我是绝对不会忘记的噢。真糟糕。那是一条很帅的领带呀。"她伸出手，触摸我的手臂，"就是那家车站前的洗衣店，你想领带还在吗？"

"明天我去看看。我想大概还在吧。"

"为什么这么想呢？已经过了半年了噢。如果是一般的洗衣店，不去拿的东西，经过三个月就处理掉了。他们是可以这样做的噢。你为什么认为还在呢？"

"因为加纳马耳他说没问题呀。"我说，"她说领带会在家里以外的地方找到。"

黑暗中我感觉到她脸转向我这边。"你相信吗，她说的话？"

"我渐渐觉得好像可以相信的样子。"

"或许不久之后你跟我哥哥也会变成谈得来也不一定噢。"妻以很高兴似的声音说。

"或许。"我说。

妻睡着之后，我还在想诺门坎战场的事。所有的士兵都睡在那里。头上是满天的星星，无数的蟋蟀在鸣叫着。而且听得见河流的声音。我一面听着那河流的声音一面睡着。

5 柠檬水果糖中毒，飞不动的鸟和干涸的井

把早餐收拾完毕之后，我骑上自行车到车站前的洗衣店去。洗衣店的主人是一位额头上有深深皱纹的四十五岁以上的瘦男人，正在听着放在架子上的收录音机所播放的珀西·菲斯交响乐团的录音带。在那附有低音专用喇叭的 JVC 大型收录音机旁边，放着一大堆录音带。交响乐团正驱使着那华丽的琴弦演奏着《乱世佳人》电影主题曲《Tara's Theme》。他在店的靠里那边一面配合着音乐吹口哨，一面以轻松愉快的动作用蒸汽熨斗烫着衬衫。我站在柜台前面，说真抱歉，我去年底送一条领带来洗，结果一直忘了来拿。对于早晨九点半的他那安详的小世界来说，我的出现一定是仿佛希腊悲剧中带来不幸告知的使者的降临吧。

"我想你一定也没带领取衣物的收据吧。"洗衣店老板以非常缺乏重量感的声音说。他并不是在对我说。而是对着贴在柜台旁墙壁上的月历说的。月历上六月的相片是阿尔卑斯山的风景。那上面有绿色山谷，牛群正悠闲地吃着草。那远方马特峰或勃朗峰之类的山头正挂着白色清晰的云。然后他露出"反正已经忘了，何不干脆一直忘下去呢"的表情看看我的脸。那真是相当直接而雄辩式的表情。

"去年底呀，这就很难啰。已经超过半年了啊。不过我找还是帮你找找看。"

他把熨斗电源关掉，立在烫衣板上，一面合着《A Summer Place》的录音带一面用口哨吹着，在后面的屋子里翻找着。

那首曲子的电影我高中时代和女朋友两个人一起看过。是特洛

伊·多纳休和桑德拉·迪主演的。因为是重演的旧片，所以我记得是和康妮·弗朗西斯的《Where the Boys Are》两部一起连续放映。《A Summer Place》在我记忆中那是一部不怎么样的电影。不过十三年后，在洗衣店的门口听着那主题曲，却只能想起那时候的好事情。看完电影，我们走进公园里的咖啡厅去喝咖啡、吃蛋糕。既然《A Summer Place》和《Where the Boys Are》是两部连着在电影院放映，那么我想应该是暑假。那里有蜜蜂。两只小蜜蜂停在她的蛋糕上。我可以记起那微弱的翅膀飞扑声。

"你说是蓝色小雨点的领带吗？"洗衣店老板说，"姓冈田吗？"

"对。"我说。

"你运气很好噢。"他说。

我回到家，立刻打电话到妻工作的地方。"领带居然还在呢。"我说。

"真不简单哪。"妻说。

她的说法里，似乎含有一种在夸奖一个得到好成绩的孩子时的人工式音调。那令我感到有些不舒服。也许应该等到中午休息时间再打会比较好吧。

"你找到了，我总算松一口气。不过，我现在手上工作放不开。这是硬塞进来的电话噢。能不能中午再打来，抱歉。"

"我中午再打。"我说。

挂上电话后，我拿着报纸走到檐廊下，像平常那样趴在地板上摊开招人广告页，把那充满不可解的暗号和暗示的广告栏，从头到尾慢慢花时间读着。世界上存在着各式各样的职业种类。那些简直就像新墓场的分割图一样，把报纸版面切割成一排排整齐漂亮的小格子。不过我觉得几乎不可能从那里面发现适合自己的任何一个职业。确实在那格子里，例如就算片断也好，确实存在着一些讯息或事实，不过看着那些讯息或事实，不管怎么样却都无法产生所谓印象这东西。排在那上面的整排名字、记号或数字，对我来说，都一一化为零零散散的细小碎片，令人想起变成不可能复原的动物骨头。

　　长时间注视着招人广告页之后，我每次总会感觉到某种类似麻痹的东西。现在自己到底要什么，今天到底要往哪里走，或者不要去哪里，这些事我变得越来越搞不清楚了。

　　依照往例，听得见发条鸟在某棵树上啼叫着。叽咿咿咿咿咿，这样叫着。我放下报纸坐起来，靠在柱子上望着庭院。过一会儿鸟又再叫了一次。从隔壁庭院的松树上方，听得见叽咿咿咿咿咿咿的啼叫声。我睁大眼睛看，却无法找到那只鸟。只有啼声而已。就像平常那样。总之就像这样上着世界一天份的发条。

　　十点前开始下起雨来。不是多大的雨，而是搞不清楚有下没下的那种程度的微雨。不过眼睛仔细看时，就知道确实是在下着。世界上有下着雨的状况和没下雨的状况，这两种状况应该在某个地方画一条界线才行。我有一阵子，就坐在檐廊下，一直凝视着那应该要有界线的某个地方出神。

　　然后我犹豫一下，现在到中午吃饭时间之前，是要去附近区营的游泳池游泳好呢，还是到后巷去找猫好呢？

　　靠在檐廊的柱子上，一面望着下在庭院的雨一面考虑了一下。

　　游泳／找猫

　　结果我决定去找猫。加纳马耳他说猫已经不在这附近了。不过那天早上，我却觉得有点想去找猫。去找猫已经变成我日常生活的一部分了，而且如果久美子知道我去找过猫的话，或许也会稍微开心一点。我穿上薄雨衣。决定不拿伞。穿上网球鞋，把家里的钥匙和几颗柠檬水果糖放进雨衣口袋走出家里。穿过庭院一手搭在围墙上时，听见电话铃响起来。我保持那样的姿势一直静静侧耳倾听。不过那是我们家的电话声，还是别人家的电话声，却分不出来。电话铃声这种东西，一旦踏出家门一步之后，听起来觉得都一样。我放弃地翻越过砖墙，跳下后巷。

网球鞋薄薄的橡胶底可以感觉到草的柔软。后巷比平常更静。我站在那里试着屏息细听一会儿，但听不见任何声音。电话铃声也已经停了。听不见鸟啼声，也听不见街上的嘈杂声。天空没有一分空隙，被单色的灰涂满了。我想云大概把地表的声音全都吸进去了吧。不，它们所吸进去的不只是声音而已。还有更多其他的东西也被吸进去了。例如连感觉之类的东西。

我把手一直插在雨衣口袋里，穿越着狭小的后巷。侧身穿过被晒衣场挤成狭小缝隙的砖墙之间，通过某一家的屋檐，静悄悄地走在那像被废弃的运河般的小径上。网球鞋的橡胶底在草地上并没有发出任何细微的声音。中途有一家独栋住宅收音机开着。那是我所听到的唯一像声音的声音。收音机的节目是人生对谈。中年男人的声音，正在对岳母的事情列举一些怨言。虽然只能听到一些片断，但岳母似乎是六十八岁，热衷于赛马。不过走过那一家之后，收音机的声音逐渐变小，最后终于消失。不仅是收音机的声音而已，觉得应该存在于这世界某个地方的中年男人，和那疯狂着迷于赛马的岳母，也逐渐一点一点变淡而消失了似的。

我终于来到那家空屋前面。空屋依然静悄悄地在那里。窗外用钉子紧紧钉上防雨木板窗的两层楼建筑，背景衬着低垂密闭的灰色雨云，显得几分阴郁地耸立在那里。看起来好像在很久以前的暴风雨夜晚在入海口触礁，于是就那样被遗弃的货船似的。如果不是庭院的杂草比上次看见的时候长得更高了，即使有人说因为某种理由只有那个地方的时间停止了，或许我都会相信也不一定。由于连续几天的漫长梅雨，草叶闪着鲜明的翠绿光泽，只有根部伸入泥土之下的东西才能如此放肆地散发的野性气息充溢于周遭。在那草海的正中央一带，鸟的石像以和上次见到时完全一样的姿势，仿佛立刻就要飞走了似的张开着翅膀。不过当然那只鸟是不可能飞走的。这一点我很明白，鸟也很明白。他只能一直被固定在那里，等待被运到什么地方，或者被破坏而已。除此之外，鸟没有离开这庭院的可能。在那里能够动的东西，说起来只有飘飘忽忽徘徊在草上落后于季节的白纹蝴蝶而已。白纹蝴蝶看起来也像在寻找着东西，却在找着找着时，逐渐忘了自己在找什么的人似的。五分钟左右漫无目的地寻找之后，蝴蝶也不知飞到什么地方去了。

我一面靠在墙上，含着水果糖，一面眺望庭院一阵子。没有猫的动静。没有任何动静。那里看起来像是被强大力量不讲理地阻挡自然的流动所形成的沉淀。

背后忽然感觉到好像有人的动静似的，我往后转身。然而没有任何人。隔着后巷是对面房子的围墙，有一扇小门。上次，女孩子站在那门口。但门是关闭着的，围墙内的庭院里也没有人影。一切东西都含着些微的湿气，静悄悄的。有杂草和雨的气味。有我穿着的雨衣的气味。还有在我舌头里侧融化了一半的柠檬水果糖。只要一深呼吸，各种气味便合而为一。我再一次巡视四周。到处都没有人。安静侧耳倾听时，听得见远方直升机模糊的声音。它们大概在云的上面飞着吧。不过那声音也逐渐远去，周遭终于又被原有的沉默所覆盖。

包围着空屋庭院的铁丝网围栏的出入口，附着一扇同样以铁丝网做的门。试着推推看时，竟然令人意外地简单就开了。简直就像在招呼我进去似的。没什么不得了的，很简单哪，只要一直走进去就好了，那门这样对我说。不过不管怎么说是空屋，随便踏进别人家的私有土地，即使不去刻意搬出我大约八年来点点滴滴累积起来的法律知识，总还是一种违反法律的行为。如果附近的人发现我在空屋里，居然起了疑心去报警的话，警察一定会立刻过来查问我。我大概会说是来找猫的吧。说我养的猫不知去向了，我正在附近到处找。警察大概会问我的住址和职业。于是我就不得不把正在失业的事说出来。那事实一定会让对方怀起警戒心。警察最近因为极左派恐怖分子事件而变得非常神经质。他们认为东京到处都隐藏着极左派恐怖分子的秘密据点，在那地板下悄悄私藏着来福手枪、手制炸弹。搞不好或许还会为了确认我的说辞而打电话到妻的办公室。如果那样的话，久美子一定会非常慌乱吧。

不过，我还是走进那庭院里。而且迅速地反手把后面的门关上。管他的，我想。要发生什么，就让它发生吧。有什么想要发生的话，就发生好了。我不在乎。

我一面探望周围一面穿过庭院。踏在草上的网球鞋依然没有发出任何脚步声。有几棵不知名的矮小果树，有一面生长相当繁茂的宽广草坪。果树中有两棵被丑陋的百香果蔓藤所缠住，看起来好像就要窒息而死了。沿着铁丝网排列的金木樨，由于虫卵的关系而被污染成一片斑白。细小的羽虫在耳朵边吵闹地纠缠了一阵子。

我越过石像旁边，走到屋檐下堆积起来的白色塑胶庭院椅的地方，试着拿起一张。叠在最上面的椅子虽然满是泥灰，但那下面的一张椅子却不怎么脏。我用手把表面的灰尘拂掉，就在椅子上坐下来。因为选了被杂草茂密隐蔽起来的位置，从后巷看不到我的身影。又因为进到屋檐下，也不必担心被雨淋湿。坐在那里，一面眺望承受着微雨的庭院，一面小声吹着口哨。那是什么曲子，我一时没留意。不过那竟是罗西尼的《鹊贼》序曲。那个怪女人打电话来，而我正在一面煮着意大利面时，同样也用口哨吹着的那曲子。

坐在谁都不在的庭院，一面眺望杂草和鸟的石像一面吹着差劲的口哨时，有一种好像回到自己小时候的感觉。我在一个没有人知道的秘密场所。谁也看不见我。这样想时，心情就会变得非常安静。会想往什么地方丢石头。往一个目标丢出小石头。大概鸟的石像就挺好吧。即使碰到也只会发出咔嚓一个小小声而已地轻轻丢出石头。小时候，经常一个人玩这种游戏。在很远的地方放一个空罐头，往那边丢出可以装满一罐那么多的石头。我可以连续这样玩几个小时而不腻。但脚边却没有石头。没有任何地方是一切都完全齐备的。

我把脚缩到椅子上，弯曲着膝盖，在那上面托着腮。而且闭了一下眼睛。依然听不见声音。闭上眼睛时的黑暗，和被云覆盖的天空相似，但灰色的调子比那稍微浓一些。然后几分钟过后有人来了，那使得灰色被涂上几许不同的感触。变成混合了金色的灰，或加上绿色的灰，或凸显红色的灰。我真佩服居然有这么多种灰色的存在。人真是不可思议的东西啊，我想。只是在那里安安静静闭着眼睛十分钟而已，竟然可以看见这么多种灰色。

我一面望着那样的灰色色彩样本，一面什么都不想地吹着口哨。

"嘿。"有人说。

我连忙睁开眼睛。并且往旁边探身出去，从杂草后面看栅栏的门口方向。门是开着的。门扇大开着。在我之后有人进到里面来了。心脏鼓动变得激烈起来。

"嘿。"那人又再反复一遍。是女人的声音。她从石像后面现身出来，往我这边走过来。就是上次，在对面房子的庭院做日光浴的女孩子。她和上次一样穿着浅蓝色阿迪达斯的T恤衫、短裤，轻微跛着脚。跟上次不同的，只有没戴太阳眼镜。

"你在那种地方到底在做什么啊？"她说。

"来找猫啊。"我说。

"真的？"她说，"我看倒不像。而且，一直安静坐在那地方，闭着眼睛吹着口哨，也没办法找到猫吧？"

我有点脸红起来。

"我是无所谓啦，不过不认识的人看到你这样子可能会以为你变态哟。你要小心才好。"她说，"你不是变态吧？"

"我想不是。"我说。

她来到我身边，从屋檐下重叠的庭院椅里，花时间选出没那么脏的，再重新仔细检查一遍之后放在地上，在那上面坐了下来。

"虽然我不知道那是什么曲子，不过从你的口哨，实在听不出什么旋律来。你该不会是同性恋吧？"

"我想不是。"我说，"为什么？"

"因为我听说，同性恋很不会吹口哨。是真的吗？"

"谁知道。"我说。

"其实不管你是同性恋也好，变态也好，什么也好，我都一点也不在乎噢。"她说，"你叫什么名字？因为不知道名字不好叫。"

"冈田亨。"我说。

她把我的名字在嘴里反复念了几次。"好像不怎么样的名字嘛？"

"也许。"我说，"不过我觉得冈田亨这名字发音听起来好像有点像战前的外务大臣似的。"

"你这样说我也不懂啊。我的历史很差，不过那没关系啦。那，你还有没有其他绰号之类的，冈田亨先生，更容易叫的名字？"

我想想看，想不起任何什么绰号。从出生到现在，从来没有人给我取过这种东西。为什么呢？"没有。"我回答。

"比方说熊哥，或蛙弟之类的？"

"没有。"

"真要命。"她说，"你想一个嘛。"

"发条鸟。"我说。

"发条鸟？"她嘴巴张开一半看着我的脸，"那是什么啊？"

"上发条的鸟啊。"我说，"每天早上在树上卷着世界的发条。叽咿咿咿咿这样。"

她还一直安静看着我的脸。

我叹了一口气。"只是忽然想到而已。而且那只鸟每天都到我们家附近来。在邻家的树上叽咿咿咿咿地叫着。不过谁都还没看过那只鸟的样子。"

5 柠檬水果糖中毒，飞不动的鸟和干涸的井

"噢。"她说，"不过没关系。那虽然也相当难叫，不过比起冈田亨好多了，发条鸟先生。"

"谢谢。"我说。

她把两脚缩在椅子上，下颌放在膝头。

"那么你的名字呢？"我试着问。

"笠原May。"她说，"五月的May。"

"五月生的吗？"

"那当然哪。要是六月生的却取个什么May的名字，岂不是麻烦透顶？"

"那倒是。"我说，"那么你还没去上学啰？"

"我一直在看你哟，发条鸟先生。"笠原May没回答我的问题，就这样说。

"你打开铁丝网门走进这家庭院的时候，我在屋子里用望远镜看喏。我每次手边都带着一个小望远镜。而且在监视这条后巷。你也许不知道，这里有很多人通过呢。不只是人，还有各种动物也通过。你一个人一直坐在这里到底在做什么呢？"

"只是在发呆呀。"我说，"想想从前的事，吹吹口哨。"

笠原May咬咬指甲。"你有一点怪哟。"

"没什么怪的。谁都会这样啊。"

"或许吧，不过没有人会特地跑进附近的空屋子这样做噢。如果只是想发个呆，想想从前的事，吹吹口哨的话，那在自己家的庭院里做不就得了吗？"

确实正如她所说的，我想。

"不过总之，你们的猫绵谷升君还没回家，对吗？"她说。

我摇摇头。"你没看到我们家的猫吗，自从上次以后？"

"茶色条纹的猫，尾巴尖端有一点弯曲对吗？一次也没看到。自从上次以后我都一直在注意看呢。"

笠原 May 从短裤口袋拿出 Short Hope 香烟盒，用纸火柴点上。她沉默地抽了一会儿烟，然后才终于开始一直注视我的脸。"嘿，你的头发有没有变薄？"

我无意识地用手摸摸头发。

"不是啦。"笠原 May 说，"不是这里，额头发根的地方。你不觉得往后退得太快了点吗？"

"我没特别注意。"

"一定从那里开始秃噢。我知道的。你的情况啊，会渐渐地，这样子往后退哟。"她把自己的头发紧紧抓成一把往后面拉，把露出的白色额头朝向我这边，"你最好注意一下。"

我试着用手摸摸自己额头发根的地方。被这么一说，也许是心理作用吧，感觉发根的地方好像真的比以前后退了一些似的。我有点不安起来。

"你说注意一下，要怎么个注意法才好呢？"

"嗯，其实也没办法注意噢。"她说，"对秃头并没有所谓的对策呢。会秃的人就是会秃，要秃的时候就会秃啊。这种事情，是没办法阻止的。所以，人家不是常说吗，说什么如果平常好好整理头发就不会秃。不过那都是谎话。骗人的。因为你到新宿车站去看看那些睡在那里的流浪汉吧。没有一个秃头的吧？你以为他们每天每天都用倩碧或沙宣洗发精洗头发吗？你以为他们每天每天都在头上涂满护发乳吗？那只是化妆品厂商用巧妙的语言从头发稀薄的人身上压榨金钱而已。"

"原来如此。"我佩服地说，"不过你为什么对秃头这么清楚呢？"

"因为我，最近都在假发厂商那里打工啊。反正又不上学，太闲了。做做问卷啦，搞搞调查之类的工作。所以我对秃头的事相当清楚。我有好多资料噢。"

"噢。"

5 柠檬水果糖中毒,飞不动的鸟和干涸的井

"不过。"她说着,把香烟丢在地上,用鞋底踩熄,"在我打工的公司,绝对禁止用秃头这字眼。我们也不得不用'头发比较稀薄的人士'。秃头,你听,这是一种差别用语哟。我,曾经有一次开玩笑地试着说'头发不自由的人士'。结果人家非常生气。你知道吗,世上的人大体上都非常认真的噢。"

我从口袋里拿出柠檬水果糖,放一个在嘴里,也问笠原May要不要。她摇摇头,取而代之的是又拿出香烟。

"嘿,发条鸟先生,"笠原May说,"你上次不是说正在失业吗?现在还在失业吗?"

"还在呀。"

"你是认真地想工作吗?"

"认真地啊。"不过我对自己所说的却逐渐没有信心起来。"不知道。"我更正道,"怎么说呢?我想也许我需要时间思考一下吧。自己也不太清楚,所以没办法说清楚。"

笠原May一面咬着指甲一面看了一会儿我的脸。

"嘿,发条鸟先生,你下次要不要跟我一起去那个假发厂商那里打工啊?虽然工钱不是很多,但却是轻松的工作,时间也相当自由。所以呀,不用想太深,做做看那种凑合凑合的工作,很多事情说不定就更容易明白了,不是吗?而且可以改变一下心情。"

这倒也不坏,我想。"不错啊。"我说。

"OK,那么下次我去接你。"她说,"你家在哪里?"

"不太好说明,从这条后巷一直走,顺着路转几次弯之后,左边有一家停着红色本田思域车的,车前缓冲板上贴着'世界人类和平'贴纸。那家的前面一家就是我家,因为朝后巷没有门,所以必须翻过砖砌的围墙才行。有比我身高矮一点的围墙。"

"没问题。要是那样程度的围墙,我可以轻松翻过。"

"脚不痛了吗?"

77

她发出像是叹息似的声音，吐出香烟的烟。"没问题啦，我只是不想去上学才故意那样装跛的。只是在父母面前装样子而已。不过不知不觉居然变成习惯性的毛病了。没人看见的时候，或一个人在屋子里的时候，也装成脚有毛病的样子。我，是个完美主义者。不是有一句话说要骗别人，先骗自己吗？嘿，发条鸟先生，你是属于有勇气的人吗？"

"我想不太有。"我说。

"从以前就一直没有吗？"

"从以前就一直没有，以后我想大概也不会改变吧。"

"有好奇心吗？"

"好奇心倒是有一点。"

"勇气和好奇心不是很类似吗？"笠原 May 说，"有勇气时就有好奇心，有好奇心时就有勇气，不是吗？"

"这倒也是，或许确实很像也不一定。"我说，"而且在某些情况下，也许正如你说的，好奇心和勇气是重叠合而为一的。"

"一声不响地走进人家的庭院之类的情况噢。"

"你说得没错。"我把舌头上的柠檬水果糖转动着，"像一声不响地走进人家庭院的时候，好奇心和勇气看起来似乎是一起运作的。有时候，好奇心像会挖起或挑起勇气。不过好奇心这东西多半的情况是立即会消失。勇气却必须走更长远的路。好奇心就像是一个不可信赖的兴致勃勃的朋友一样。起先拼命地挑逗煽动你，到了一定程度的时候，却一下子就消失不见了。这么一来，你只好自己一个人勉强鼓起勇气应付下去。"

关于这点她想了一会儿。"是啊。"她说，"或许确实也有这种想法。"笠原 May 从椅子上站起来，用手拍拍沾在短裤屁股上的灰尘。然后俯视我的脸。"嘿，发条鸟先生，想不想看井？"

"井？"我问。井？

5 柠檬水果糖中毒，飞不动的鸟和干涸的井

"有一口干掉的井，在这里哟。"她说，"我蛮喜欢这口井的，发条鸟先生不想看吗？"

井在穿过庭院，绕进房屋侧面的地方。直径大约一米半左右的圆形井，上面覆盖着厚厚的圆形木板盖，盖子上放有两块水泥砖当镇石。从地面建起一米左右高度的井壁旁边，长有一棵老树，好像自己在保护着那口井似的长着。看起来像是什么果树，但不知道叫什么名字。

井，就像属于这房子的其他东西一样，好像已经被放弃、遗弃很长一段时间。那里面有一种令人感到想要称之为"压倒性无感觉"的东西。或许当人们的视线停止再投注之后，无生物就会变成更无生物性了吧。如果以"被遗弃的房子"为题，要画一张以这房子为模特儿的画时，应该是不会省略那口井的。那看起来就像那些塑胶制的庭院椅、鸟的石像、褪色的防雨木板窗一样，被人们遗忘、丢弃之后，就那样顺着和缓的时光斜坡，朝向宿命性的毁坏无声地滑落下去似的。

不过靠近去试着仔细深入观察时，则可以知道那口井事实上似乎是比周围的其他东西在更古老的时代就建好的。或许在这房子兴建的更早以前，井已经存在于这里了。就以盖子来说，看起来就是非常古老的东西。虽然井壁被水泥牢牢地涂封起来，但那看起来好像是在以前就有的什么的墙上——大概是为了加固——重新涂上水泥使它更牢固的样子。连立在井边的树，都给人一种印象，好像在主张自己比周围任何树都更早就在这里的。

移开砖块，把分为两片的半月形木板盖拿起，手扶在井边弯身往里面探视看看，但实在没办法看到底。似乎是个相当深的井，从中途开始就完全被吸进黑暗里去了。我闻一闻气味。只有一点发霉的味道。

"没有水哟。"笠原 May 说，"没有水的井。"

不能飞的鸟，没有水的井，我想。没有出口的后巷，还有……

她捡起掉落在脚边的破瓦片，往井里一丢。过一会儿之后听得见扑通一声微弱的干干的声音。只有这样而已。令人觉得可以拿在手上磨碎似的，那种粗粗沙沙的干脆声音。我抬起身看看笠原May的脸。"为什么没有水呢？是干掉了呢，还是有人把它埋起来了？"

她耸耸肩。"如果是埋起来的话，为什么不全部埋掉呢？像这样半途而废地只留下个空洞也没什么意义呀，如果有人掉下去不是很危险吗，你不觉得吗？"

"确实是这样。"我承认，"大概是因为某种原因水干掉了吧。"

我忽然想起本田先生以前说过的话："该往上走时，就去找最高的塔，登到那最顶上去就好了。该往下走时，就去找最深的井，下到那底下去就好了。"总之，在这里找到一口井了，我想。

我再一次弯腰探身看，并没有特别想什么，只是往下一直看着那黑暗而已。在这样的地方，这样的大白天，居然有这样深的黑暗，我想。干咳一声，吐了一口唾液。干咳在黑暗中，听起来像是别的什么人的干咳声似的。唾液里还留有柠檬水果糖的味道。

我把那口井的盖子再度盖上，砖块照原来那样压上。然后看看手表。已经接近十一点半了。午休时间必须打个电话给久美子。

"我差不多必须回家了。"我说。

笠原May稍稍皱一下眉。"好啊。发条鸟先生。你回去吧。"

我们穿过庭院时，鸟的石像依然没变地以那干枯的眼睛睨着天空。天空依然没有一分空隙地被灰色的云覆盖着，然而雨已经停了。笠原May揪下一把草叶，把它丢向空中。因为没有风，于是草叶就那样又纷纷散落掉回她脚边。

"嘿，从现在开始到天黑还有很多时间吧？"她不看我的脸说。

"还有很多。"我说。

6 冈田久美子是如何出生的，绵谷升是如何出生的

我因为没有兄弟姐妹，因此无法想象已经成人、各自独立生活的兄弟或姐妹，是怀着什么样的感情互相对待的。久美子每次在话题中提起绵谷升时，就好像把什么味道奇特的东西错放进嘴里了似的，每次脸上都会露出奇妙的表情，但那表情深处到底隐藏着什么样的感情，我却一点也不知道。久美子很明白我对她哥哥丝毫不怀有任何称得上好感的感情，也认为那是当然的。而且以她自己来说，也绝不认为绵谷升这个人是令人喜欢的。因此假如她和绵谷升之间没有血缘关系存在的话，我想他们两个人也许几乎没有亲密交谈的可能性吧。然而实际上他们却是兄妹，因此事情便稍微带有一点复杂的模样了。

现在久美子和绵谷升实际上几乎没有见面的机会。我和妻的娘家完全没有来往。正如前面说过的，我和久美子的父亲吵架，并决定性地诀别了。那是一场相当激烈的争吵。虽然我有生以来只和数得出来的人吵过架，不过相反地，一旦吵起来却会很认真，没办法中途停下来。但是把想说的话全部抖出来之后，奇怪的是对她父亲并不生气。只是觉得长久以来一直被附加的重担仿佛终于解除了而已。既没留下憎恨，也没留下愤怒。甚至觉得他的人生——不管那形态在我眼中看来是显得多么不愉快且愚蠢——一定很辛苦吧。我从今以后再也不要和你父亲或母亲见面了，我对久美子说。不过如果你想见你父母的话，那是你的自由，跟我没关系。但久美子并没有去见他们。"没关系，不要紧。反正过去也不是因为特别想见面才见面的啊。"久美子说。

绵谷升当时是和双亲住在一起，但那时候我和他父亲吵架，他却完全没有参与，而是超然地退到什么地方去了。那并不是特别奇怪的事。因为绵谷升对我这个人的一切都不关心，而且除了非不得已的场合之外，是拒绝和我拥有任何个人性关联的。因此自从和妻的娘家断绝往来之后，我也已经没有理由和绵谷升碰面了。而对久美子来说也没有什么理由和他见面。他很忙，她也很忙。而且两个人本来就不是感情多么亲密的兄妹。

虽然如此，久美子还是有时候会打电话到大学的研究室和绵谷升谈话。绵谷升也有时候会打电话到她公司去（但绝对不会打到我们家来）。久美子会向我报告，今天我打电话去哥哥那里，或今天哥哥打电话到我公司来。不过却不知道他们在电话上谈些什么。我并没有特别去问她，如果没有必要，她也不会特别说明。

我对她和绵谷升的谈话内容既没什么兴趣，对她和绵谷升打电话交谈也不觉得不愉快。不过老实说，我只是无法理解而已。久美子和绵谷升，怎么想都不太谈得来的两个人之间到底存在着什么样的话题呢？还有那是不是要透过所谓兄妹这特殊血缘的滤色镜才能成立呢？

我的妻和绵谷升，虽然说是兄妹，但年龄却相差九岁之多。而且小时候，久美子有几年被带回父亲的老家去抚养，因此两个人之间不太看得出类似兄妹的亲密感。

本来绵谷升和久美子不只是兄妹二人。他们两个之间还有一个女孩子，算是久美子的姐姐。比久美子大五岁。因此他们本来是三兄妹的。不过三岁的时候，久美子因为被带回父亲的老家而离开东京到新潟去。并在祖母手下抚养。说是因为生下来身体就不太强壮，所以在空气比较新鲜的乡间抚养会比较好，这是后来从双亲口中听来的理由，不过久美子并不以为然。因为她并不特别虚弱。既没生过什么大病，也不记得在乡下住的时候，周围人对她的身体特别用心照顾过。

6 冈田久美子是如何出生的,绵谷升是如何出生的

"那大概只是借口吧。"久美子说。

一直到很久以后,才从一个亲戚口中听说,祖母和母亲之间长久以来各持己见,一直不和睦,久美子被带回新潟的老家养,就像是所谓那两个人之间的暂定协约一样。久美子的双亲因为暂时把她交出去而使祖母的怒气平息了,而祖母那边或许由于把一个孙辈放在身边,而可以具体确认自己对儿子(也就是对久美子的父亲)还拥有某种联系。就像是人质一样。

"而且,"久美子说,"因为已经有了哥哥和姐姐,即使我一个人不在,也没什么不方便哪。我想虽然父母亲当然没有打算抛弃我,不过因为还小,短期间内应该没关系吧,我想大概是在这种轻松的心态下,把我交到那边去的。在各种意义上,对大家来说那或许是最轻松的解决方式。这种事你相信吗?不知道为什么,那些人真是完全不了解哟。不了解那对一个幼小的孩子会产生多么糟糕的影响。"

她在新潟的祖母身边从三岁被养到六岁。那绝不是不幸的生活,也不是不自然的生活。久美子是被祖母溺爱着过日子的,而且与其和年龄相差许多的兄姐在一起,不如和年龄更接近的堂兄弟们玩来得快乐。到了该上小学的年龄时,她才终于又回到东京。双亲对久美子的长久离开逐渐感到不安起来,怕再那样子下去会太迟无法挽回,因此还是趁早强行带回东京。但在某种意义上来说却已经太迟了。自从她回东京的事决定后,几星期之间,祖母变得非常激动,情绪非常亢奋。祖母拒绝吃东西,几乎不能睡觉。她有时候哭,有时候激怒,有时候默不作声。一会儿忽然把久美子紧紧抱住,下一个瞬间却又用尺使劲打得她的手臂一条条红肿起来。而且满嘴脏话地骂久美子的母亲是多么糟糕的女人给她听。一会儿说我不要放你走,要是不能再看到你的脸,我宁可就这样死掉算了,一会儿又说我才不想再看到你呢,你快点去掉好了。祖母甚至拿出剪刀来准备要割自己的手腕。久美子完全无法理解自己身边到底会发生什么事情。

那时候久美子所做的是暂时把心对外界封闭起来。停止做任何思考，停止对任何事情抱希望。状况远超出她的判断能力。久美子闭起眼睛，塞起耳朵，停止思考。从此之后几个月间的记忆她几乎都没有。她说她不记得那期间发生过任何事情。不过总之一回神，久美子已经在一个全新的家庭里了。那是本来她应该在的家庭。在那里有双亲，有哥哥姐姐在。但那不是她的家庭。那只是新的环境而已。

久美子不清楚自己是在什么情况下被从祖母那里拉开、带到这里来的，她只能凭本能了解到不能够再回新潟的家了。只是那个新地方，对六岁的久美子来说，几乎是一个超越她理解程度的世界。久美子以往住的世界，和那个世界，一切的一切都呈现着相异的模样，看起来很像的东西，也会以完全不同的方式移动。对她来说不但无法掌握那个世界成立的价值观或原理之类的东西，甚至连加入家人的谈话都办不到。

久美子在那样的环境里，变成一个话很少又别扭的少女。她弄不清楚可以信赖什么人，或谁是可以无条件地靠近依偎的。偶尔被母亲或父亲抱在膝上，心还是没有敞开。因为他们身体所发出的气味是她的记忆中所没有的，那气味让她觉得非常不安。有时候甚至憎恨那气味。家人里面唯一勉强能让她敞开心的，只有姐姐。父母亲对久美子的别扭感到疑惑不解，哥哥甚至从当时开始就几乎没注意到她的存在。但只有姐姐，知道她正一个人静静地困坐在混乱、孤独之中。她有耐心地照顾着久美子。和久美子在同一个房间睡觉，一点一点地告诉她许多事情，读书给她听，一起去上学，从学校回来后看着她做功课。当她躲在房间的角落一个人哭好几个钟头时，会在她身旁抱紧她。而且努力想多少敞开妹妹的心。因此如果她回到家的第二年，那个姐姐没有因为食物中毒而死掉的话，很多事情大概都会很不一样。

"如果姐姐一直还活着的话，我想我们一家会比较顺利吧。"久美子说，"虽然姐姐才小学六年级，但已经是我们全家所谓重要的存在了。我想如果她一直没有死的话，也许我们大家都会比现在正常。至少我会比现在多少有救一些。嘿，你明白吗，我从那以后一直对大家怀有罪恶感。为什么我没有代替姐姐死掉呢？反正我活着，对谁都没有帮助，也不能让谁高兴啊。而且我父母亲和哥哥，一方面感觉到我这样想，一方面却没有对我说任何温暖安慰的话噢。不但这样，他们只要一有机会，就谈起死掉姐姐的事。她是个多么漂亮、多么聪明的孩子。大家都多么喜欢她。她是多么会体贴人家，多么会弹钢琴。嘿，我也学过钢琴喏。因为姐姐死了以后，家里还留下一部大钢琴。可是我对弹钢琴却一点也没兴趣。我想自己一定不能像姐姐那样弹得那么好，我不想一一证明自己样样都不如姐姐。我没办法代替任何人，也不想那样。但是他们都不听我的。我所说的话谁都没在听。所以我到现在都还讨厌看到钢琴。也讨厌看到人家弹钢琴的样子。"

我听久美子谈起这件事时，对她的家人很生气。对他们对久美子所做的行为，对他们对久美子所没有做的行为感到生气。那时候我们还没结婚。认识才不过两个月多一点而已。那天是个安静的星期天早晨，我们躺在床上。她好像在解开纠缠在一起的绳结似的，一面慢慢一一确认着，一面谈着自己少女时代的事。久美子这么长时间谈自己的事，那还是第一次。在那以前我对她的家庭和成长经历几乎一无所知。说起来我对她所知道的，只有她很少说话，喜欢画画，留着直溜溜漂亮的头发，右肩胛骨上有两颗黑痣而已。还有对她来说，跟我睡觉是最初的性体验。

久美子一面说着一面哭了一会儿。想哭的心情，我也很能够理解。我抱着她，抚摸她的头发。

"我想如果姐姐还在的话，你一定也会喜欢她，任何人只要看到她一眼就会喜欢她噢。"久美子说。

"也许是吧。"我说，"不过总之我喜欢你。嘿，这是非常单纯的事噢。这是我跟你之间的事，跟你姐姐没有任何关系哟。"

然后有一阵子久美子闭着嘴巴安静想着什么。星期天早晨七点半，一切的声音听来都显得温柔而空虚。我听着公寓屋顶上鸽子的脚步声，听着有人在远方叫着狗名字的声音。久美子真的是凝视着天花板的某一点很长一段时间。

"你喜欢猫吗？"久美子问我。

"喜欢哪。"我说，"非常喜欢。从小时候就一直养着猫。总是跟猫一起玩。连睡觉的时候都在一起。"

"那样好棒噢。我也从小时候就一直好想养猫。可是家里都不让我养。因为我妈讨厌猫。我这一生，真的想要的东西，从来没有一次得到过。连一次也没有噢。你是不是觉得不会有这种事？你一定不会了解，那是怎么样的人生。当你习惯了自己所要的东西都得不到的人生之后，渐渐地，你会越来越搞不清楚自己真的要什么了。"

我握住她的手。"确实过去也许是这样。不过你已经不是小孩了，有权利重新选择自己的人生啊。如果你想养猫的话，只要自己选择可以养猫的人生就好了。事情很简单。你有权利这样做，对吧？"我说。

久美子一直注视着我的脸。"对噢。"她说。然后过了几个月，我和久美子就谈到结婚的事了。

如果说久美子在那家庭里度过了曲折而复杂的少女时代的话，绵谷升在另一层意义上也度过了不自然而歪斜的少年时代。他的父母虽然溺爱这独生子，但不只是疼爱他，同时也要求他极多的事情。父亲是一个认为想正常地生活在日本这个社会，至少要能拿到好成绩，而且必须压倒一个是一个地比别人强才行，他是拥有这种信念的人。真的是认真地这样相信。

才结婚不久的时候，我曾经听岳父亲口说过这种话。人本来就不是生来平等的，他说。所谓人人平等，只不过是学校拿来当方针教的而已。那纯粹只是梦话。日本这国家结构上虽然是民主国家，但同时也是个炽烈的弱肉强食的阶级社会,如果不能当上精英的话,活在这个国家几乎没有任何意义。只有在研磨钵里被慢慢地磨碎下去而已。所以大家总想尽可能多往上爬一级梯子。那是极健全的欲望。人们如果丧失了那欲望的话,这个国家恐怕就要灭亡了吧。我对岳父那意见并没有说出什么感想。他也并没有征求我的意见或感想。他只是在吐露着自己即使在将来也可能永远都不会改变的信念而已。

那时候我想,是不是往后漫长的岁月里,我在这个世间,都必须和这样的人呼吸一样的空气活下去呢?这只是第一步而已。然后这种事情大概还会重复好几次又好几次吧。想到这里,我身体的骨髓便感到类似激烈疲劳似的东西。他那意见是浅薄得可怕的、单面性的傲慢哲学。既缺乏对支撑这个社会真正根干的无名众人的观点,也缺乏对人类内面性和人生意义之类东西的省察。缺乏想象力,缺乏所谓怀疑这东西。不过这个男人打从心底里相信自己是正确的,无论任何事物,都无法动摇这个男人的信念。

母亲这边是在东京都市中心山手圈物质上没有任何匮乏的富裕环境下长大的高级官僚的女儿,并没有任何足以和丈夫意见对抗的意见和人格。以我所见,她对于自己眼前所能见到范围之外的事物(实际上她就是极严重的近视眼),并没有什么意见。对于比这更广大的世界必须持有自己的意见时,她总是借用丈夫的意见。也许只要这样的话,她就不会给谁添麻烦吧。不过她的缺点是,正如这种类型的女性经常表现的那样,虚荣得无可救药。因为没有所谓自己的价值观这东西,所以如果不借用他人的尺度和观点的话,就没办法好好掌握自己所站立的位置了。支配那头脑的是所谓"自己在别人眼里到底显得怎么样",只不过这样而已,于是她变成一个眼前只看得见丈夫在政府机构里的地位和儿子学历的器量狭小而神经质的女人。至于没有进入她狭小视野里的东西,对她来说就变成不具有任何意义的东西了。她对儿子的要求是,进入最有名的高中、最有名的大学。至于以一个人来说，儿子度过什么样的快乐少年时代，而那过程又会养成什么样的人生观，这种事情则远远超出她想象力的框架。如果有人从这观点提出任何微小疑问的话，或许她就会认真地生起气来吧。那在她的耳朵听起来就像是对她个人的侮辱一样提不得的事。

就这样，父母亲在幼小的绵谷升头脑里彻底地灌输他们那充满问题的哲学和扭曲的世界观。他们的关心集中在生为长男的绵谷升一个人身上。父母亲绝对不容许绵谷升躲在任何人的背后心满意足。在班上或学校这么狭小的场所都拿不到第一名的人，如何能在广大世界里拿到第一名呢，父亲说。父母亲总是为他请最高级的家庭老师，不断地鞭策儿子。如果得到好成绩，为了奖赏他，不管儿子希望要什么都买给他。因此他在物质上度过了极优裕的少年时代。但在人生最多愁善感的时期，他却没有时间交女朋友，也没有余裕和朋友尽情畅快地游玩。为了继续保持第一名，为了那唯一的目的，他不得不倾注所有的力气。绵谷升对这样的生活是不是喜欢，我不知道，久美子也不知道。绵谷升不是一个可以把自己的心情对她，对父母亲，或对其他任何人坦白透露的人。不过不管他喜不喜欢这种生活，大概都没有他选择的余地吧。虽然这只是我的想法，但某种思考体系，由于它的单面性、单纯性，会使它变成不可能被反驳的东西。不管怎么样，总之就这样他从优秀的私立高中，进入东京大学的经济学系，以接近优等的成绩从那里毕业。

虽然父亲期望他大学毕业之后能当政府官员，或进入某大企业，但他却选择留在大学当学者的路。绵谷升不是傻瓜。因为他知道与其走入现实世界在集团里行动，不如留在一个需要对知识具备系统性的处理训练，又比较重视个人知性技能的世界，来得更适合自己。他到耶鲁大学研究所留学两年，然后回到东大的研究生院。回日本后不久就在父母亲安排下相亲，然后结婚，但那婚姻生活终究只维持了两年。离婚后他又回到家里，和父母亲一起过日子。而我第一次见到他

6　冈田久美子是如何出生的，绵谷升是如何出生的

的时候，绵谷升已经变成一个相当奇怪又不快乐的人了。

距离现在三年前，三十四岁那年，他写完并发表了一本很厚的书。那是一本专业性的经济学书，我也拿到一本试着读了一读，但说真的完全无法理解。可以说几乎一页都不能理解。即使想读，文章本身就无法解读。到底是因为那上面所写的内容本身难解，还是单纯因为文章差劲，连这个都无法判断。不过那本书在专家之间倒相当引起话题。有几个评论家极赞美那本书，说是"从崭新观点所写的全新种类的经济学"，不过连那些评论想要说的事情我都完全不能理解。但是大众媒体终于逐渐开始把他当作新时代的英雄来介绍。甚至出现了几本解释那本书的书。他在书中所用的"性的经济与排泄式经济"甚至成为那年的流行语。报纸和杂志，把他当作新时代的解读者之一，还出了特辑。我实在不认为他们真的了解绵谷升所写的经济学书的内容。连他们是不是翻开过那本书，都很怀疑。不过这种事情他们都无所谓。对他们来说，绵谷升既年轻又单身，头脑清晰得能够写出莫名其妙的难解的书。

总之那本书的出版，似乎使得绵谷升在世间有了知名度。他在各种杂志上写评论，上电视节目扮演起有关经济或政治方面评论家的角色。不久后变成谈话类节目的常客。绵谷升周围的人（虽然也包括我和久美子）完全没想到他会适合这样华丽的工作。说起来他被认为是比较神经质的、只对专业问题有兴趣的学者型人物。然而一旦进入大众传播媒体之后，他竟然把自己被赋予的角色扮演得令人咋舌地漂亮。即使面对摄影机，也丝毫不畏缩怯场。甚至令人觉得他面对摄影机时反而比面对现实世界时更放得开似的。我们都哑然地望着他那急速改变的面貌。上电视时的绵谷升身上穿着看起来很花钱的手工精良的西装，系着和那完全搭配的领带，戴着高级玳瑁边的眼镜。发型也改成摩登的现代风格。我想大概身边有专门的造型师吧。因为我过去从来没有一次见他穿过气派的衣服。不过即使那是电视公司为他设计

穿戴的也好，那个样子真的是非常贴切地适合他。真叫人想说早就应该这样穿的嘛。到底这个男人是怎么回事，那时候我想。这个男人的所谓实体到底在哪里呢？

在摄影机前，他的举止动作可以说是沉默寡言。有人询问他的意见时，他会用简单的语言、易懂的逻辑，适切明确地陈述意见。当人们大声争论时，他总是冷静地摆开架势。不被挑拨所动摇，让对方把想说的话尽量说完之后，最后再一语道破，推翻对方的论点说词。他晓得以面带微笑、沉着稳健的声音，在对方的背上给予致命的一击。而且不知道为什么，电视上拍出的他，比实际真人显得更富于知性、更值得信赖似的。虽然并不是特别英俊，但高高瘦瘦的，一副教养很好的样子。如果用一句话来表示的话，就是绵谷升在电视这个大众媒体中找到了完全适合自己活动的场所。大众媒体乐意接受他，他也乐意接受大众媒体。

不过我既讨厌读他的文章，也讨厌看电视上他的样子。他确实有才气，有才能，这点我也承认。他可以用简短的语言，在短时间内把对方有效地打倒。拥有瞬间能够判断风向的动物性直觉。但如果注意听他的意见，或读他所写的东西，会非常明白那里面缺少所谓一贯性的东西。他并没有一个以深厚信念支撑的世界观这东西。那是以单面性思考体系复合性地组合架构起来的世界。他能够把那组合顺应需要，随时瞬间任意重组更换。那是巧妙的思想上的顺序组合。甚至可以称之为艺术性的。不过要我说的话，那只不过是一种游戏而已。如果他的意见里有类似一贯性的东西的话，那就是"他的意见经常没有一贯性"这一贯性而已，如果他有所谓世界观的话，那就是"他自己并不拥有世界观"这一世界观。不过这些缺失，反过来说甚至是他知性的资产。所谓一贯性或坚固切实的世界观这种东西，在把时间细分切割的大众媒体上的知性机动战里是不必要的，能够不背负那样的沉重包袱，对他来说变成一个很大的优势。

6 冈田久美子是如何出生的,绵谷升是如何出生的

　　他没有什么需要守。所以能够全神贯注在纯粹的战斗行为上。他只要攻就行了。只要把对方打倒就行了。在这层意义上绵谷升是知识上的变色龙。可以因对方的颜色,改变自己的颜色,分别在不同场合制造有效的逻辑,因此动员了所有一切的修辞学、雄辩术,大多的修辞学基本上都是从什么地方借来的东西,有些场合显然是无内容的。但他每次总是像魔术师一般迅速巧妙地把那从空中一把抓出来,因此几乎不可能当场拆穿那空洞来。而且就算不巧人家发现了他那逻辑的阴险,那也比其他多数人所陈述的正论(那些或许确实是正直的,但论旨的展开却太费功夫,多数情况下只会给视听者凡庸的印象而已)新鲜得多,更能强有力地引起人们的注意。虽然我不知道他到底是在什么地方学到这套技术的,不过他确实学到了直接煽动大众情感的诀窍。他真是非常晓得大多数人是如何转动逻辑的。那并不一定需要正确的逻辑。只要看起来像逻辑就行了。重要的是,那能不能唤起大众的情感。

　　有些场合,他也可以把看似难解的学术用语之类的东西一堆一堆地列出来。当然几乎没有人会明白那些到底真正意味着什么。不过他在那样的场合也能制造出"如果不懂这些的话,那是不懂的人的错"的空气。或者把数字一串又一串地抬出来。这些数字全都已经刻在他的脑子里。而且这些数字非常有说服力。但事后如果仔细想想,那些数字的出处是否公正?或那根据是否可以信赖?对这些,则没有一次进行过像样的议论。数字这东西,只要一引用,就可以随便转下去。这谁都知道。但因为他的战略实在太巧妙了,很多人都无法简单地识破那样的危险性。

　　像那样巧妙的战略性,虽然使我感到难以忍受的不快,但那不快却无法向别人准确说明。我无法论证。那正如以没有实体的幽灵为对象玩拳击一样。不管怎么一再挥出拳,却都只有打个空而已。为什么呢?因为本来就没有所谓会反应的实体呀。我见过连在知识上相当洗

练的人们，都被他的煽动所动摇，我为此而惊讶不已。而且那使我不可思议地气愤难平。

就这样绵谷升被视为最富知性的人之一。对社会来说，所谓一贯性这东西似乎已经变成随便怎么样都可以了。他们所要的是能够在电视画面上展开的知性斗剑士的比武，人们想看的东西是在那里壮烈流出的赤红鲜血。即使星期一和星期四同样的人说出完全相反的意见，那都无所谓。

我和绵谷升第一次见面，是在我和久美子决定结婚的时候。我决定在见她父亲之前，先见绵谷升。儿子比父亲当然在年龄上和我们更近，如果事先谈好的话，或许会帮我们什么忙也不一定，我这样打算。

"不过，我想最好不要寄望太大。"久美子有点难以启齿似的说，"我也说不清楚，但他不是那种人。"

"不过反正迟早总要见面吧。"我说。

"这倒是。确实是这样。"久美子说。

"那么谈一谈总可以吧。什么事情不试一试怎么会知道呢？"

"是啊，也许确实是这样。"

打电话过去时，绵谷升对于和我见面似乎并不怎么带劲的样子。不过如果无论如何都想见面的话，是可以挪出三十分钟左右，他说。于是我们约好在御茶水车站附近的咖啡店见。他当时还是个没出过书的一介大学助教而已，模样也不怎么起眼。上衣口袋很可能由于长期把手插在里面而膨胀起来，头发过长了两星期左右。芥末色的 Polo 衫和蓝灰色的斜纹花呢外衣颜色一点都不配。一副任何大学都可以见到的和钱没什么缘分的年轻助教的风貌。他好像从早上就一直在图书馆里查什么资料，现在好不容易抽身出来似的，睡眼惺忪有些困倦的样子，但仔细看时，却可以发现那深处闪着锐利的冷光。

6 冈田久美子是如何出生的,绵谷升是如何出生的

我自我介绍之后,就说自己在不久的将来打算和久美子结婚。我尽可能坦诚向他说明。现在虽然在法律事务所工作,但那准确说并不是自己希望的工作。自己还在摸索的阶段,我说。这样一个人要想和她结婚,或许是接近鲁莽的行为吧。不过我爱她,我想我可以让她幸福。我想我们可以互相愈合,互相给对方力量。

刚开始,我在他面前感觉非常不自在。我想那大概是因为自己所处立场的关系吧。对着第一次见面的人,托出其实我是想跟你妹妹结婚,这确实不是一件令人自在的事。但和他面对面的时间里,除了坐立不安的不自在之外,我还逐渐觉得不愉快起来了。就像发出馊掉气味的异物一点一点逐渐在腹部底下堆积起来似的心情。并不是他言语举动中的什么刺激了我。我讨厌的是绵谷升这个人的脸本身。那时候我凭直觉感觉到的是,这个人的脸被什么别的东西覆盖住了。那里有什么错误的东西。这不是他真正的脸。我这样感觉。

如果可能的话,我真想就那样站起来走掉算了。不过既然已经开始说了,总不能像那样子半途而废地切断话题。因此我一面喝着冷咖啡,一面在那里顿住,等他开始说话。

"说真的,"他简直就像在节约能源一般以细小安静的声音开始说,"你现在说的话我不太能够理解,我想我也不太有兴趣。我有兴趣的是其他方面的事情,那些我想你大概不能了解,也不会有兴趣。结论简单说,你想跟久美子结婚,如果久美子想跟你结婚的话,我对这个既没有反对的权利,也没有反对的理由。所以我不反对。也不用考虑。只是除此之外,希望你们不要对我有任何期待。还有,对我来说这是最重要的事,希望你不要再剥夺我更多私人的时间。"

然后他看看手表,站起来。我想也许他是以稍微不同的说法说的,我想不起他准确的措辞了。但不会错,这就是他那时候发言的精髓。总之那是非常简洁而有要领的发言。既没有多余的部分,也没有不足的部分。他想说的事情可以非常明确地理解,他对我这个人拥有

什么样的印象也可以大致理解。

我们就这样分手了。

由于我和久美子结婚，我们变成义理上的兄弟关系，因此我和绵谷升后来也有几次交谈的机会。不过那都称不上是谈话。我们之间，确实正如他所说的那样，没有所谓共通基础这东西。因此不管怎么谈，都不构成谈话。我们好像分别在说着完全不同的语言似的。就算是面对临终卧床的达赖喇嘛，艾瑞克·达菲凭着低音单簧管的音色变化，述说选择汽车引擎机油的重要性，或许也比我们的谈话来得多少有益而有效吧。

过去我几乎不曾因为和什么人交往，而长期有过什么感情上的混乱。当然由于不愉快的感觉，而对谁感到气愤，或焦躁似的情形是有过。但都不持久。我有能力区别，我自己的存在和他人的存在，是属于完全不同领域的东西（我想这称为能力并无妨。因为，不是我自夸，那绝对不是简单的作业）。也就是说，每当我因为什么事情而感到不愉快或生气的时候，就会先把那对象移动到和我个人没有关系的其他区域去。然后这样想：好！我现在不愉快又生气。不过那原因，已经被放进不在这里的领域中去了。所以关于这个以后再慢慢检查、处理吧，像这样。通过这样做而暂时把自己的感情冻结起来。到后来，再试着把那冻结的东西解冻，慢慢进行检查，确实感情有时候还会乱。不过那样的情形几乎是接近例外的。由于经过一段必要的时间之后，大多的事物早已经变成毒气散失后的无害东西了。而且我迟早总会把那事情忘掉。

在以往的人生过程里，由于适用那样的感情处理体系，我回避了无数争执，使我能够把我自己的世界保持在一个比较安定的状态。而且对自己能够保持那样有效的体系，感到非常自豪。

但是对绵谷升，那体系却可以说完全无法发挥机能。我没办法把绵谷升这个人物简单地推到"和自己无关的领域"去。相反地倒是

6　冈田久美子是如何出生的，绵谷升是如何出生的

绵谷升把我这个人毫不迟疑地推到"和自己无关的领域"去。而那事实令我气愤难平。虽然久美子的父亲是个傲慢而令人不快的人物，但他终究只是个固执于单纯信念而活着的视野狭小的人物。因此我可以把他忘得一干二净。但绵谷升却不是这样。他对于自己是一个什么样的人拥有清楚的自觉。而且对我这个人的内在可能也有相当准确的掌握。如果他有意的话，是有可能把我体无完肤地打倒的。他之所以没这样做，单纯因为他对我完全没有所谓的关心这东西。对他来说，我这个人是不值得特别多浪费时间和精力去打倒的对象。我想我气绵谷升大概是因为这个吧。他本质上是个低劣的人，无内容的自私的人。但却显然是个比我能干的人。

和他见过面后，有一段期间，我一直抱着余味相当恶劣的感情过着日子。简直就像嘴里被塞了一团气味令人嫌恶的小虫子似的感觉。虽然虫子吐出来了，但那触感还留在嘴里。有好几天我一直在想着绵谷升的事。即使想要试着想别的什么，也还是只能想绵谷升的事。我去听音乐，去看电影。甚至和公司同事一起去看棒球比赛。酒也喝了，预先买起来等有时间再享受的书也读了。但他总是在我的视野之中，双手交抱胸前，以泥沼般的混浊不祥眼睛看着我。那使我焦躁不安，激烈地摇晃着我所站立的基础似的东西。

其次见过面之后，久美子问我你觉得我哥哥怎么样。然而我不能够坦白把自己当时的感觉说出口。关于他一定是戴着假面具没错，和一定有不自然而扭曲的什么潜藏在那深处，我很想向久美子问个清楚。很想把自己不愉快的感觉和混乱的心情坦白供出。不过终究什么也没说。因为我想不管我说明得多认真，可能都没办法恰当传达吧。而且如果不能恰当说明的话，现在最好不要对她开口。

"确实是有点怪的人。"我说。而且想要补充一点适当的话，脑子里却没有浮现任何语言，久美子除此之外什么也没再问。只是默默点头而已。

我对绵谷升的心情，从那时候到现在几乎没有变化。现在和那时候一样，还继续感觉到对他的气愤难平。那好像是些微的发烧一样一直留在我身上。我们家没摆电视机。但奇怪的是，我到任何地方眼睛只要忽然转向电视画面，那上面经常都映出绵谷升正在发言谈着什么。而在什么地方的候客室拿起杂志翻阅时，每次上面都刊登着绵谷升的照片、绵谷升的文章。甚至令我觉得简直就像绵谷升在全世界的每一个转弯角上埋伏着等候我似的。

OK，我坦白承认，或许我憎恨着绵谷升。

7 快乐的洗衣店，以及加纳克里特的出现

我带着久美子的衬衫和裙子到车站前的洗衣店去。我经常送衣服到我家附近的洗衣店去洗。并不是对那家店特别有好感，单纯只是因为距离近而已。车站前的洗衣店，则是妻在上班途中偶尔会光顾。去公司上班前顺路送去，回家的时候去拿回来。这边价钱稍微高一些，不过她说处理比附近那家店仔细。因此她自己重要的衣服，即使稍微麻烦一些，也宁可送去车站前那家店。所以我那天特地骑着脚踏车决定到车站前面去一趟。因为我想她大概比较喜欢自己的衣服被送去那家店洗吧。

我穿上绿色薄棉的长裤、经常穿的网球鞋，穿上久美子不知道从什么地方领回来的唱片公司宣传用的范·海伦的黄色 T 恤衫，抱着她的衬衫和裙子出门。洗衣店的老板还是和上次一样以巨大的音量听着 JVC 的收录音机。今天放的是安迪·威廉姆斯的录音带。我打开门的时候，正唱完《夏威夷婚礼曲》，正开始唱《加拿大落日》。老板一面用圆珠笔在笔记上快速地写着什么，一面合着那旋律快乐地吹着口哨。架子上堆积的卡式录音带收藏中，看得见塞尔吉奥·门德斯、贝特·肯普菲尔特和 101 Strings 等名字。他很可能是轻音乐迷。艾伯特·艾勒、唐·切利和西塞尔·泰勒的热烈信奉者却当起商店街洗衣店老板，到底有这样的事吗，我忽然想到。或许有吧。但他们大概不会是很快乐的洗衣店老板吧。

我把绿色花纹的衬衫和鼠尾草色的宽裙子放在柜台上时，他把那摊开来迅速查看一下，然后在传票上以细心的字写上衬衫和裙子。我

喜欢写字细心的洗衣店老板。何况他还喜爱安迪·威廉姆斯，那就更不用说了。

"是冈田先生吧？"他说。我说是的。他把我的名字写上，撕下碳粉复写的那联交给我。"下星期二可以好，下次不要忘了来拿噢。"他说，"太太的衣服吗？"

"对。"我说。

"颜色很漂亮噢。"他说。

天空沉沉地阴着。气象报告预告着雨的来临。时间虽然已经过了九点半，但带着公事包和雨伞的上班族，还正朝着车站的阶梯快步走着。应该是较晚上班的工薪阶级吧。虽然是个闷热的早晨，但他们和那没关系，依然工整地穿着西装，工整地系着领带，工整地穿着黑皮鞋。虽然也可以看到许多和我同年龄的上班族似的男人，但没有一个是穿着范·海伦T恤衫的。他们在西装的翻领上戴着公司的纹章，腋下夹着《日本经济新闻》。月台的铃声响了，有几个人往楼梯跑上去。好久没看到这些人的那种样子了。试着想想，我这一星期之间，只在家里和超级市场、图书馆和附近的区营游泳池之间来往着而已。我这一星期来所看到的，只有主妇、老人和儿童，还有几个商店老板而已。我站在那里有一会儿，恍惚地眺望穿着西装打着领带的人们的身影。

我想既然难得来到这里了，就走进车站前的咖啡店喝一杯早晨优惠的咖啡吧，不过觉得麻烦又作罢了。想一想，并不特别想喝咖啡。我望着映在花店玻璃窗上自己的模样。T恤衫的衣角不知道什么时候竟沾染上番茄酱了。

骑着脚踏车回家的路上，我在不知不觉间用口哨吹起《加拿大落日》。

十一点加纳马耳他打电话来。

7 快乐的洗衣店,以及加纳克里特的出现

"喂。"我拿起电话听筒说。

"喂。"加纳马耳他说,"这是冈田亨先生家吗?"

"是的。是冈田亨。"电话的另一头是加纳马耳他,我一开始就认出声音了。

"我是加纳马耳他。前几天失礼了。不知道您今天下午有没有什么安排?"

没有,我说。就像候鸟没有抵押用的资产一样,我也没有所谓安排这东西。

"那么今天下午一点我妹妹加纳克里特可以到府上打搅吗?"

"加纳克里特?"我以干干的声音说。

"是我妹妹。我想上次应该有给您看过相片的。"加纳马耳他说。

"噢,我记得你妹妹。可是——"

"加纳克里特是我妹妹的名字。妹妹代理我去府上拜访。一点钟方便吗?"

"那倒没关系。"

"那么我就失礼了。"加纳马耳他说着挂了电话。

加纳克里特?

我拿出吸尘器打扫地板,整理家里。把报纸叠好,用绳子绑起来放进壁橱里,把散乱的录音带放进盒子里整理好,到厨房洗东西。然后冲过淋浴,洗过头,换穿上新的衣服。重新煮了咖啡,吃了火腿三明治和白煮蛋。然后在沙发坐下来,读《生活手帖》,考虑晚饭要做什么菜。我在"羊栖菜豆腐沙拉"那一页做了记号,把必要的材料写进购物单里。打开 FM 电台时,迈克尔·杰克逊正在唱着《比利金》。然后我想想加纳马耳他、加纳克里特。真是姐妹一起取的成对名字啊。这样简直就像唱双簧的组合嘛。加纳马耳他、加纳克里特。

我的人生确实正朝着奇怪的方向前进没错。猫逃走了。奇怪的女人打了莫名其妙的电话来。认识不可思议的女孩子,开始在后巷的空

屋进出。绵谷升侵犯加纳克里特。加纳马耳他预言领带的出现。妻说我可以不用工作了。

我把收音机关掉，把《生活手帖》放回书架，再喝了一杯咖啡。

一点整加纳克里特按了我家的门铃。她真的和相片上一样。小个子，大概不到二十五岁，看起来很老实的样子。而且居然保持着一九六○年代初期的外表。如果《美国画刊》要以日本为舞台来制作的话，加纳克里特大概可以那个模样上特刊吧。她和相片上所见到的一样，头发蓬蓬的，前面卷曲着。从发根的地方往后拉紧，用一个闪闪发亮的大发夹固定夹住。黑色的眉毛用眉笔清晰漂亮地描画出来，眼影在眼睛旁形成神秘的影子，口红则惊人地再现当时流行的色调。仿佛只要把麦克风给她，就可以那样开始唱起《约翰尼天使》似的。

至于她穿的衣服则远比化妆简朴，而没有什么特征。甚至可以说是事务性的。穿着简单的白衬衫、简单的绿窄裙。几乎没戴什么称得上饰品的东西。然后腋下抱着一个白色漆皮皮包，穿着前端尖起的白色高跟皮鞋。鞋子尺寸很小，鞋跟像铅笔芯一般细细尖尖的，看起来就像玩具鞋一样。穿上那样的东西居然能够平安走到这里来，我真是非常佩服。

比起相片，实物看起来要漂亮多了。要说是模特儿都说得过去的漂亮程度。看着她时，不禁觉得好像在看从前的东宝电影似的。加山雄三和星由里子主角出现，坂本九演面店外送伙计，而大怪兽正要扑袭他们的那种电影。

总之我让加纳克里特进到屋里，请她在客厅沙发坐下，把热过的咖啡端出来。我问她是否吃过午饭。因为看她好像是饿着肚子。她说还没吃午饭。

"不过请不要费心。"她急忙补充道，"请不要在意。中午我都是只吃一点点的。"

7 快乐的洗衣店,以及加纳克里特的出现

"真的?"我说,"因为做三明治一点也不麻烦,所以不用客气哟。这种简单东西我很习惯做,所以一点也不麻烦。"

她轻轻摇了几次头。"谢谢你的好意。不过真的不用。请不要操心。只要咖啡就够了。"

不过我还是装了一盘巧克力饼干出来。加纳克里特以一副很好吃的样子吃了四块。我也吃了两块饼干,喝了咖啡。

吃过饼干,喝过咖啡之后,她好像稍微镇定下来了。

"今天我代理姐姐加纳马耳他来这里。"她说,"我叫作加纳克里特。也就是加纳马耳他的妹妹。当然这不是本名。我本名叫作加纳节子。不过自从帮姐姐工作之后,就开始改用这样的名字。怎么说呢,这是职业上的名字。并不是我和克里特岛有什么特殊关系。也没有去过克里特岛。只是因为姐姐用马耳他这名字,因此顺应着选了一个和那有关系的名字而已。是马耳他帮我选了这个克里特的名字的。说不定冈田先生去过克里特岛呢,有吗?"

很遗憾没有,我说。过去既没去过克里特岛,不久的将来也没有去的打算。

"我想有一天我要去克里特岛。"她说,而且以一副一本正经的表情点点头,"克里特岛是希腊最接近非洲的岛。是一个很大的岛,古代文明很昌盛。姐姐马耳他也曾经去过克里特岛,她说那是个很棒的地方。风很大,蜂蜜非常美味。我非常喜欢蜂蜜。"

我点点头。我并不怎么喜欢蜂蜜。

"今天来这里想拜托您一件事。"加纳克里特说,"其实是想取一点府上的水。"

"水?"我说,"自来水管的水吗?"

"自来水管的水就可以了。还有如果这附近有井的话,也希望能取一点那井水。"

"我想这附近大概没有井吧。虽然有一口井,但那是在别人家的

地上，而且是干掉没有水的。"

加纳克里特以复杂的眼神看着我。"那井真的不出水吗？您确定吗？"

我想起那个女孩子往空屋井里丢进石头，发出扑通一声干干的声音。"那确定已经干涸了，不会错。"

"没关系。那么请让我取一点府上自来水管的水吧。"

我带她到厨房。她从白色漆皮皮包里拿出两个像药瓶一样的东西。然后在其中一个瓶子里装满自来水管的水，小心翼翼地盖好盖子。然后她说想到浴室去。我带她到浴室。在脱衣室里妻晾着好多内衣和丝袜，但加纳克里特并不在意这些，扭开水龙头在另一个药瓶里装了水。她把那瓶子盖上之后，把瓶子倒过来，确认水不会漏。两个药瓶的盖子颜色各不相同，可以区别浴室水和厨房水。装浴室水的瓶盖是蓝色的，装厨房水的瓶盖是绿色的。

她回到客厅，把那两个药瓶放进可以冷冻用的小塑胶袋，把拉链似的封口封住。然后很宝贝地收进白色漆皮皮包里。发出啪吱一声脆脆的声音，把皮包绊扣关起。从她的手势可以看出她到目前为止已经做过很多次同样的动作。

"谢谢。"加纳克里特说。

"这样子就可以了吗？"我问道。

"嗯，目前这样就可以了。"加纳克里特说。然后我看着她把裙子下摆调整一下，把皮包夹在腋下，从沙发站起来的样子。

"等一下。"我说，因为完全没有预料到她会这样突然就要回去，我有些慌乱。"请等一下。关于猫的行踪去向，后来怎么样了？我内人想要知道。不见已经快两星期了，如果知道一点什么的话，能不能告诉我？"

加纳克里特以一副宝贝兮兮的样子把皮包夹在腋下看着我的脸，然后轻轻点了几次头。她一点头，卷起的头发就像六〇年代那样地飘

7 快乐的洗衣店,以及加纳克里特的出现

呀飘的。她一眨眼睛,那又大又黑的假睫毛就像黑人奴隶手上拿着的长柄扇子一般慢慢上下张合着。

"坦白说,这件事也许比眼前看到的更说来话长噢,姐姐这样说。"

"比眼前看到的更说来话长?"

"说来话长"这表述,令我想起一望无际一无所有的平坦荒野上只立着一根高高的木桩似的东西。太阳一西斜之后,那影子便逐渐拉长,那尖端已经变得肉眼看不到地远了。

"是的。也就是说事情不只是到猫失踪为止。"

我有些迷惑。"可是我要的,只是帮我找到猫的去向而已。只要找到猫就好了。如果已经死了,也明白告诉我们。这为什么会变成说来话长呢?我真不明白。"

"我也不太清楚。"她说,然后她手摸摸头上闪闪发亮的发夹,把那往后稍微调一下,"不过请相信我姐姐。当然姐姐并不知道所有的事。但如果姐姐说'那个还说来话长'的话,那么就真的是'说来话长'噢。"

我默默点点头。除此之外也没话可说了。

"冈田先生现在忙吗?等一下有没有什么安排?"加纳克里特转换新的声调说。

一点也不忙,没有任何安排,我说。就像铁丝虫夫妇没有避孕知识一样,我也没有所谓安排这东西。确实我是想在妻回家之前,到附近的超级市场去,买几样菜,然后做"羊栖菜豆腐沙拉"和"番茄虾通心粉"。不过时间还绰绰有余,而且也不是非要做那菜不可。

"那么可不可以谈一下关于我自己的事?"加纳克里特说。她把手上拿着的白色漆皮皮包放在沙发上,把手叠放在绿色窄裙的膝上。两只手的指甲擦着漂亮的粉红色指甲油。手指没戴任何戒指。

请说吧,我说。于是我的人生——这件事从加纳克里特按了玄关门铃时就已经充分被预测到了——便越发朝奇异的方向流去了。

8 加纳克里特的长谈，关于痛苦的考察

"我是五月二十九日生的。"加纳克里特开始说，"然后，在我二十岁生日的那天傍晚，决心断绝自己的生命。"

我把倒了新咖啡的咖啡杯放在她前面。她在那里面加了奶精，用汤匙慢慢搅拌着。没放糖。我像平常一样，不放糖也不放奶精，喝了一口黑咖啡。时钟发出喀吱喀吱干干的声音敲着时间的墙壁。

加纳克里特好像要看穿我似的一直注视我的脸说："也许从更以前开始按顺序谈比较好吧。也就是我出生的地方、家庭环境，这些事情？"

"随你高兴怎么谈。很自由的，依你觉得比较容易谈的方式。"我说。

"我是三兄妹中的老三。"加纳克里特说，"姐姐马耳他之上还有一个哥哥。父亲在神奈川县经营一家医院。家庭方面没有什么问题。是一个极普通，到处可见的那种家庭。父母亲尊敬勤劳这东西，是非常认真的人。虽然教养算是严格，但只要在不给别人添麻烦的范围内，我觉得细微的地方倒是让我们拥有某种程度的自主性。经济上环境是优厚的，但不做多余的奢侈，不给孩子不必要的钱是父母亲的方针。我想生活反而可以说是朴素的。"

"姐姐马耳他比我大五岁半，但她从小就有一点不寻常的地方。很多事情都被她说中了。例如刚才第几号病房的患者死掉了，或遗失的皮包掉在什么地方之类的，都完全准确地被她说中了。刚开始大家觉得很有趣，认为是珍贵的宝贝，后来却逐渐觉得害怕起来。而且父

8 加纳克里特的长谈,关于痛苦的考察

母亲对她说'没有明确根据的事情'不可以在别人面前讲。父亲有身为医院院长的立场,不喜欢女儿拥有那种超自然能力的事传到别人耳里。从此以后马耳他就完全闭口不说了。不只是那种'没有明确根据的事情'不说而已,连极普通的日常生活的谈话也几乎都不参加进来了。

"不过马耳他只对身为妹妹的我敞开心来说话。我们是作为感情很好的姐妹长大的。她会悄悄告诉我,绝对不可以告诉别人喏。'最近我们家附近会有火灾哟'或'世田谷的叔母会生病噢'之类的。而那些事情真的就变成像她说的那样。因为我还是个小孩,所以觉得很好玩。根本没想到恐怖、可怕或不舒服之类的。我懂事以后,一直都跟着马耳他到处走,听着她的'告知'。

"马耳他的那种特殊能力,随着成长而逐渐增强。但她却不知道自己身上的这种能力到底应该如何处置、如何伸展才好。马耳他一直为这件事而烦恼。她不能跟谁商量。也无法仰赖任何人的指示。从这层意义上来说,十几岁的她是非常孤独的人。马耳他必须靠自己一个人的力量去解决所有的事情。这些答案她必须全部自己去寻找。在我们家里,马耳他绝对不算快乐。她在那里没有一刻能够放下心来。在那里她必须压抑自己的能力,避开别人的眼光。那就像一棵生长力旺盛的植物却必须在一个小花盆里生长一样。那是不自然的,也是错误的。马耳他所知道的,只有自己必须尽早离开这里而已。她开始想,世界上应该有某个地方,是对自己而言正确的世界,有适合自己的生活方式才对。但她一直到高中毕业之前都不得不一直安静地忍耐着。

"马耳他高中毕业后,没有上大学,而决心一个人到国外去寻找新的道路。但因为我父母亲是过着非常常识化人生的人,所以并不轻易容许这样的事情发生。于是马耳他便想尽办法存钱,瞒着父母亲自己离家出走。她首先到夏威夷去,在考艾岛上生活了两年。因为她曾经在什么地方读到过考艾岛北海岸有个地区出很好的水的报导。马耳

他从那时候开始就对水这东西怀着非常深的关心。开始抱着一个信念，认为水的组成对人类的存在具有很大的支配力量。因此她决定在考艾岛住下来。考艾岛深处当时还留有很大的嬉皮社区。她在那里成为社区一分子生活着。那里的水赋予马耳他的灵能力很大的影响。她因为把那水喝进体内，而能让她的肉体和她的能力"更加融合"。她写信告诉我，那真是一件很棒的事。我读了以后也觉得非常高兴。然而她终究对那块土地无法感到十分满足。确实是块美丽、和平的土地，人们远离物欲追求精神上的平稳。但人们太过于依赖麻药和性的放纵。那不是马耳他所需要的。于是两年后她又离开了考艾岛。

"然后她到了加拿大，在美国北部到处巡回游走，又去到欧洲大陆。她一面喝着各地的水一面旅行。她发现了几处出很棒的水的地方。不过那些都不是完美的水。就那样马耳他继续旅行。钱用完了，就做些类似占卜的工作。帮人家找寻失去的东西和人，接受谢礼。她不喜欢接受谢礼。以天赋的能力交换物质，绝不是一件好事。但当时不这样就活不下去。马耳他的占卜在每个地方都得到好评，要积蓄金钱并不太费事。在英国甚至曾经协助警察搜查。搜到去向不明的小女孩尸体隐藏的地方，也发现了掉落附近的犯人手套。犯人被逮捕，立刻自己招供出所犯的行为。那件事还上了报纸。下次如果有机会也让冈田先生看看那剪报。就这样她在欧洲到处流浪，最后终于跋涉到马耳他岛。到达马耳他的时候，已经是离开日本的第五年了。而那里就是她对水探索的最终土地。不过关于那件事您一定听马耳他提过了吧？"

我点点头。

"马耳他在那流浪生活期间，一直写信给我。当然除了有什么事情没办法写之外，大约一星期就会写一封长信寄给我。写自己现在在什么地方做着什么之类的。我们是感情很好的姐妹。我们即使远远分离，在某种程度上心也还是可以通的。那些真是很棒的信。如果让您

8 加纳克里特的长谈,关于痛苦的考察

读的话,我相信冈田先生一定也会了解马耳他是一个多么棒的人。我透过她的信能够知道世界的各种形貌。可以知道这世上有各种有趣的人存在。就这样姐姐借着信鼓励我。而且帮助我成长。由于这些,我深深感谢姐姐。我不打算否定这个。不过,信毕竟只是信而已。在我十几岁最难过的时期,最需要姐姐的时候,姐姐却总是在什么遥远的地方。即使我伸出手,姐姐也不在那里。我在家里是孤零零的。我的人生是孤独的。我充满痛苦地——关于这痛苦我以后再详细说——度过了十几岁的年代。我也没有商量的对象。在这层意义上我终究也是和马耳他一样孤独。如果那时候马耳他能近在身边的话,我想我的人生应该会和现在有点不同吧。我想她会给我有效的建议,因此而救了我也不一定。不过,现在说这些都没有用了。正如马耳他不得不一个人去寻找自己的路一样,我也不得不自己一个人去寻找自己的路。二十岁的时候,我决定自杀。"

加纳克里特手拿起咖啡杯,喝着剩下的咖啡。

"很好喝的咖啡哟。"她说。

"谢谢。"我装作若无其事地说,"刚才我做了白煮蛋,你要不要吃?"

她犹豫了一下,说吃一个也好。我从厨房拿出白煮蛋和盐。并在杯子里加咖啡。我和加纳克里特慢慢剥着蛋壳吃蛋,喝咖啡,在那之间电话铃响了,但我没拿起听筒。响了十五次或十六次,然后铃声突然停止。看起来加纳克里特好像并没注意到电话铃响的事。

加纳克里特吃完蛋之后,从白色漆皮皮包里拿出小手帕来擦擦嘴角。然后拉拉裙摆。

"决心要死之后,我决定写遗书。我面对书桌大约一小时,准备把自己想死的理由写下来。我想死并不是因为谁的关系,原因完全在我本身,这点我想写明白留下来。因为我不希望在自己死后,有人会搞错而感觉到类似责任之类的东西。

不过我没办法把那封遗书写完。虽然我试着重写了好几次,但不管重写几次,重新再读时,看起来总觉得那些都极愚蠢而滑稽。越是想认真写,那些看来似乎越是滑稽。结果,我决定什么也不写。我想死掉以后的事去想也没有用啊。于是我把写坏的遗书全部撕碎丢掉了。

这是很单纯的事,我想。我只是单纯对自己的人生失望而已。我再也无法忍受自己的人生持续给我的各种不同种类的痛苦。到目前为止的二十年之间,我一直忍受着那痛苦。所谓我的人生只不过是二十年来不间断痛苦的连续而已,除此之外没有别的。不过我过去一直努力忍耐着熬过那痛苦。对那努力我拥有绝对的自信。我可以拍胸脯在这里断言。我过去一直比谁都努力,不输给任何人。绝不轻易放弃斗争。不过迎接二十岁生日的时候我终于这样想:实际上,人生并没有付出那样努力的价值啊。那完全是无谓浪费掉的二十年哪。这样的痛苦我已经再也无法忍受了啊。"

她沉默了一会儿,把放在膝上的白色手帕的边角拉整齐。她一低垂眼睛,黑色的假睫毛便在她脸上形成安静的影子。

我干咳一下。虽然也觉得最好说一点什么,但又不知道说什么才好,因此只沉默着。听得见远方发条鸟啼叫的声音。

"我决意要死的原因正是那痛苦。那痛。"加纳克里特说,"虽然这么说,但我所说的痛既不是精神上的痛,也不是比喻上的痛。我所说的痛是纯粹肉体上的痛。是单纯的、日常的、直接的、物理的,而且正因为如此而更切实的痛。具体说出来,也就是头痛、牙痛、生理痛、腰痛、肩膀酸、发烧、肌肉痛、火伤、冻伤、扭伤、骨折、打伤……这类的痛。我一直远比别人频繁,而且强烈地继续体验着这些痛。例如我的牙齿似乎天生就有缺陷。我的牙齿总是整年都有什么地方在痛。不管怎么仔细地,一天刷几次牙,多么控制少吃甜的东西还是不行。不管多么努力还是会有蛀牙。偏偏我的体质对麻醉又不

8 加纳克里特的长谈,关于痛苦的考察

太有效。因此牙医对我来说简直就像噩梦一样。那是超过任何表述的痛苦。以及恐怖。其次生理痛也很糟糕。我的月经极端沉重,整整一星期之间,下腹部像锥子钻进来似的疼痛。头也会痛起来。我想冈田先生大概无法想象,那真是眼泪都要流出来的痛苦。一个月里有一星期,我就那样,简直像被拷问一般被疼痛所袭击。

"搭飞机的时候,由于气压的变化,每次头都像要裂开似的疼。医生说大概是因为耳朵的构造吧。据说耳朵内部如果长成对气压变化敏感的形状的话,就会发生这种事。搭电梯也经常会这样。所以我即使到高层大楼去也不能搭电梯。头上有好几个地方像要裂开,然后从那里喷出血来似的那种疼痛会忽然袭来。还有,至少每星期有一次左右,早上醒来之后胃就会撕裂般疼得起不来。几次到医院检查过,但却没发现原因。说是也有可能是精神方面的。但不管原因是什么,痛总是不会改变。然而那样的时候我却又不能休息不去学校。因为如果一感觉疼痛就不去学校的话,那我几乎都不能上学了。

"不管碰撞到什么,身体一定会留下黑色斑痕。每次我看到自己的身体映在浴室镜子里时,都觉得想哭。身上到处都留下受伤的苹果一般的黑色斑痕。因此我不喜欢在人家面前穿游泳衣,懂事以后几乎都没去游过泳。还有左右两边的脚大小不同,每次买新鞋子的时候,脚都会被鞋子磨痛到烦恼极了。

"就这样我几乎不能做什么运动,上中学的时候曾经被人家邀约勉强去溜冰。那次因为跌倒腰部严重摔伤,从此以后每逢冬天,那个部位就变得开始激烈地刺痛。好像被粗壮的针使劲刺进去那样的痛。好几次从椅子上站起来时,就那样跌倒。

"便秘也很严重,三天或四天一次的排便除了痛苦之外没有别的。肩膀酸痛也很惨。肩膀一酸痛起来那个部分简直就像变成石头一样坚硬。痛苦得没办法一直站着,但躺下来还是痛。以前我曾经在书上看到过关于把人封进狭小木箱里好几年的刑罚的事,我想象那痛苦

的感觉大概就是像这样吧。肩膀痛得厉害的时候,我几乎都不能呼吸了。

"我还可以把我其他几种痛一一列举出来。不过老是继续谈这些,恐怕冈田先生也会很无聊吧,还是适可而止好了。我想传达的意思是,我的身体是如此这般像痛苦的样本簿一样。各式各样的痛苦都降临在我身上。我想我是被什么诅咒了。我想不管别人怎么说,人生真是不公平,又不公正。如果世界上的人都像我一样背负相同的痛苦而活着的话,对我来说还可以忍受。然而事情并不是这样。痛这东西是非常不公平的。我曾经试着问过各种人,关于痛的事。不过谁也不了解真正的痛是怎么回事。世上大多数的人,在日常生活中几乎没有感觉到什么痛而活着。我知道这件事后(是在刚上中学那时候开始清楚地认识到的),伤心得眼泪都快掉下来。为什么只有我,非要背负这样沉重的包袱活着不可呢,我想。如果可能的话,真想就这样死掉算了。

"不过同时我也这样想。不,这种事情不可能永远继续下去,一定会有一天早晨醒来,痛苦就在没有任何理由之下突然消失,而一个完全崭新轻松、没有任何痛苦的人生便从此展开。不过,我没有确实的信心。

"我试着干脆全部向姐姐坦白说出来。这样辛苦的人生活着真讨厌。我到底该怎么办才好呢?马耳他考虑了一下。然后这样说:'我也觉得你确实有什么不对的样子。不过那到底是怎么个不对法,我不知道。怎么办才好,我也不知道。我还没有那样的判断力。我能说的只是最好等到二十岁再说。我想你忍耐到二十岁,然后再做各种决定比较好。'姐姐这样说。

"就这样,总之我决定试着活到二十岁再说。但不管经过多少岁月,事态依然丝毫没有好转。不但如此,痛苦反而比以前变得更激烈。我所知道的只有一件事。那就是'身体越成长,痛苦的量也和那相应地越变大'。但八年之间,我忍耐过来了。在那之间,我一心努力只看人生好的一面活着。我已经不再对谁抱怨。不管多么痛苦的时候,都努力随时保持微笑。我训练自己即使在痛苦激烈得站都站不住的时候,也能装作若无其事似的安逸脸色。就算哭也好,抱怨也好,反正痛苦都不会减轻嘛。那样做只有使自己更显得可怜而已。不过那样的努力使得很多人开始喜欢我。人们以为我是一个乖巧而给人感觉很好的女孩。年纪大的人信赖我,因此我也能交到许多同年龄的朋友。如果没有那痛苦存在的话,或许那真是没得抱怨的人生,没得抱怨的青春吧。不过痛苦却经常存在。痛苦就像我的影子一样。我只要稍微快要忘记它了,它立刻就会来到,在我身上的某个地方猛袭而来。

"上大学时我也交了男朋友,大学一年级那个夏天我失去处女之身。不过那——当然是可以预测的事——除了痛苦之外没有别的。有经验的女朋友告诉我说:'只要忍耐一段时间就会习惯的,如果习惯了就不会痛了,所以没问题的。'不过实际上,不管过多久,痛苦还是不消失。每次跟那个男朋友睡觉,我都痛得流眼泪。而且我已经对做爱感到厌烦了。有一天我对男朋友这样说:'我虽然喜欢你,可是这么痛的事情我再也不做了。'他大吃一惊,说怎么有这种莫名其妙的事呢。'你一定是有什么精神上的问题哟。'他说,'不妨放轻松一点哪。那样就不会痛了,而且心情也会很愉快。大家不都在做吗?不可能就你不能做吧?你是努力不够吧?终究是你太任性了。你把各种问题都推到痛上面去。光抱怨也没有用啊。'

"我听完这话之后,让过去一直忍耐着的东西,在身上名副其实地爆炸开了。'不是开玩笑噢,'我说,'你对痛苦知道什么吗?我所感觉到的痛可不是普通的痛噢。如果是痛方面的事,我可是经历过所有各种一切的痛噢。既然我说痛,那么就真的是痛噢。'我这样说。而且把我过去所经历过的能够称之为痛的痛全部不保留地列举出来一一说明。不过他几乎什么也不能理解。真正的痛这东西,是没经历过的人绝对无法理解的。就这样我们分开了。

"然后我迎接二十岁的生日。我是二十年来一直忍耐过来的。我想在什么地方,应该会有什么更大的光辉灿烂的大转变吧。但并没有这种事情发生。我真的失望极了。觉得自己如果更早死掉就好了。我绕了长远的路,却只有拉长痛苦而已。"

加纳克里特说到这里吸了一大口气。她面前放着装蛋壳的盘子和变空的咖啡杯。裙子膝上还整齐地叠放着那小手帕。她好像忽然想起来似的,眼睛望了一下架子上放的时钟。

"对不起。"加纳克里特以干干的声音说,"话比我想象的长多了。再说下去,我想只有占冈田先生的时间,给您添麻烦而已。无聊的话说这么长,真不知道该怎么道歉才好。"

这么说着她抓起白色漆皮皮包的拎手,就从沙发站起来。"请等一下。"我急忙说。不管怎么样,我不想让她这样半途而废地把话结束。"如果你只是介意我的时间的话,没有这个必要。我今天下午反正闲着。你既然已经说到这里了,还是请你好好把它说到最后好吗?话应该可以继续更长吧?"

"当然还可以继续更长。"加纳克里特说着还站在那里,低下头看着我的脸说。她用两只手紧紧握着皮包的拎手。"刚才说到的地方只不过是像前言一样的东西而已。"

我说请在那里等一下,于是到厨房去。对着水槽做了两次深呼吸,然后从餐具橱拿出两个玻璃杯,在那杯子里放了冰块。再注入冰箱的橘子汁。然后把那两个玻璃杯放在小托盘上,端着回到客厅。我花了不少时间慢慢做那些动作,但我回来时,加纳克里特却还一直安静站在那里没动。不过当我在她前面把玻璃杯放下时,她则像是改变了主意似的在沙发上坐下,把皮包放在身旁。

"真的可以吗?"她好像在向我确认似的问道,"可以谈到最后吗?"

"当然。"我说。

加纳克里特喝完半杯橘子汁后开始继续说。

"当然我死的事情是失败了。这我想冈田先生也已经知道了。因为如果死的事情成功的话,我就不会像这样坐在这里喝果汁了啊。"说到这里加纳克里特一直注视我的眼睛。我表示同意地微笑一下。"如果我依照计划死掉的话,那对我来说应该是最后的解脱。如果我死掉的话,所谓意识这东西便永久消失,因此应该再也不会感觉到痛这东西了。那是我的希望。不过不幸的是我选择了错误的方法。

"五月二十九日下午九点我走到哥哥的房间去,说我想借车子。因为是刚买的新车,哥哥一脸的不乐意,但我却不理他。哥哥买那部车的时候也向我借了钱,没有理由拒绝。我拿到钥匙,坐上那部闪闪发亮的丰田 MR2,让车子试跑了三十分钟左右。车子还只不过是跑了一千八百公里的新车。很轻巧,一踩油门速度瞬间就加快。跟我的目的真是完全吻合。开到接近多摩川的堤防附近时,我找到一面看起来十分坚固的大石墙。是某一栋公寓的外墙。而且正巧是一条 T 字路的尽头。我为了提高加速度而取好足够的距离,用力把油门踩到底。并迎头撞进那堵墙壁。我想时速应该是高到一百五十公里吧。车子前端撞上墙壁的瞬间我就失去知觉了。

"然而对我来说不幸的是,那堵墙居然建得比看起来脆弱多了。大概工人偷懒,没有把基础认真做好吧。墙壁倒塌下来,车子前面的部分整个压扁了。不过也只有这样而已。墙壁是柔软的,把那冲击完全吸收掉。再加上,我大概一时头脑糊涂混乱吧,居然忘了把安全带解开。

"因此我一条命是留住了。不但如此,还几乎没受伤。奇怪的是连痛都几乎没感觉到痛。我觉得好像被狐狸逮住了似的。我被送到医院,只断了一根的肋骨也被接好了。警察到医院来调查,我说我什么也不记得。我说不过我想大概是错把油门当刹车踩了吧。警察完全相信我说的话。因为我才刚满二十岁，拿到驾驶执照才不过半年而已。而且我猛一看，也看不出像是会自杀的那种类型。而最主要的是没有人会系着安全带企图自杀。

"但是出院以后我就面临了几个困难的现实问题。首先第一个是我不得不还那被压扁的MR2的汽车贷款。不巧的是，和保险公司间的手续出了一点差错，汽车还没有完成投保手续，因此还不能享有理赔保障。

"早知道会变成这样，还不如去租一部已经切实加入保险的出租汽车。不过那时候根本没想到保险的事。完全没想象到哥哥居然没有为那部笨车子投保，而偏偏我自杀又失败。明明是以一百五十公里的时速冲进石墙，居然还活着真是不可思议。

"然后过了不久，公寓管理委员会要求赔偿墙壁修理费的通知也来了。赔偿通知书上写着一百三十六万四千二百九十四圆。这个我也不能不付。不能不立刻以现金支付。没办法我只向父亲借钱支付。不过父亲对金钱是很认真的，他对我说你用借款来还那钱吧。因为发生那样的意外事故是你的责任，所以这笔钱你必须一块钱都不差地好好还给我才行，父亲说。而且实际上，父亲也没有多余的钱。因为医院那时候正好在扩建中，父亲也正为了筹钱在伤脑筋。

"我也曾经想过再死一次。我想这一次可真的要死噢。从大学校总部大楼的十五楼跳下去。那样一定会死。绝对不会出差错。我调查了好几次，也确保了一个可以跳下去的窗口。我真的差一点就要从那里跳下去了。

"不过那时候，有什么把我制止了。不知道是什么奇怪的东西。有什么在我心里牵扯着。而且那个'什么'就在最后的瞬间，好像名副其实地从我背后把我拉住似的，把我制止住了。不过我花了相当长的时间才留意到那个'什么'到底是什么。

8 加纳克里特的长谈,关于痛苦的考察

"痛没有了。

"自从那件意外事故发生导致我住院之后,几乎没有再感觉到痛这东西了。因为事情一件又一件地发生,因为一直忙忙乱乱的,我没留意到这件事,然而痛这东西居然从我身上完全消失无踪。通便也变自然了,生理期不痛了,头不痛了,胃也不痛了。连骨折的肋骨都几乎没感觉到痛。为什么会有这种事情发生呢?我真是无法想象。不过总之称得上痛的痛是消失掉了。

"我想暂且再多活一阵子吧。我觉得有一点兴趣了。没有痛的人生,到底是怎么样的东西呢?就算一点点也好,我想尝一尝。要死随时都可以死啊。

"然而对我来说,延长生命这件事,不管怎么说,就意味着偿还借款。借款全部加起来超过三百万圆。因此,我为了还那钱就去当娼妇。"

"当娼妇?"我吃惊地说。

"是的。"加纳克里特若无其事地说,"因为短期间内就需要钱。想尽早把借款还清,除此之外我没有其他有效的赚钱手段。在那节骨眼上完全没有所谓的犹豫。我是认真想死的。而且我想或迟或早,我总是会死的。那时候,对于没有痛的人生的好奇心,只是暂时让我活下来而已。比起死来,出卖肉体并不算什么了不起的大事。"

"原来如此。"

加纳克里特用吸管搅拌着冰块已经融化的橘子汁,然后喝了一点。

"可以问一个问题吗?"我试着问。

"当然。请说。"

"关于这件事你有没有跟你姐姐商量?"

"马耳他那时候一直在马耳他岛上修行。姐姐在修行中绝对不告诉我她的住址。因为这样会扰乱修行。妨碍注意力的集中。所以,她

在马耳他的三年之间,我几乎没办法写信寄给姐姐。"

"原来如此。"我说,"还要不要喝一点咖啡?"

"谢谢。"加纳克里特说。

我到厨房去热咖啡。在那之间我一面望着换气扇一面深呼吸几次。咖啡热了之后我把它倒入新的咖啡杯,连同装了巧克力饼干的盘子一起放在托盘上端进客厅。我们暂时喝喝咖啡,吃吃饼干。

"你想自杀是什么时候的事?"我试着问。

"那是我满二十岁的时候,因此从现在算起是六年前,也就是一九七八年五月的事。"加纳克里特说。

一九七八年五月是我们结婚那个月。正好那时候加纳克里特企图自杀,加纳马耳他正在马耳他岛上修行。

"我到热闹的市区找适当的男人搭讪,交涉价钱,然后到附近的旅馆睡觉。"加纳克里特说,"对做爱这件事,我已经不再感觉到任何肉体上的痛苦了。已经不再像以前那样痛了。完全没有所谓快感可言。不过也没有痛苦。那单纯只是肉体的运动而已。我对拿钱做爱这件事一点也不觉得有什么罪恶感。我被一种看不见底的深沉的毫无感觉所包围。

"那是很容易赚钱的。我在第一个月就存了将近一百万圆。照那样下去,只要持续三四个月,应该就可以还清借款的。我从大学下课回来,傍晚就上街,最晚十点为止就工作完毕可以回家了。我跟父母亲说是去餐厅做女服务生的工作。没有人怀疑。因为如果一次还太多钱怕别人觉得奇怪,所以我每个月只还十万圆。其他的都存进银行。

"不过有一天晚上,我像每次那样在车站附近开口向男人搭讪时,我的手臂突然被两个男人从后面抓住。我以为是警察。但仔细一看,他们是在当地活动的流氓。他们把我拖进巷子里亮出刀子之类的凶器,就那样把我带到附近的办公室。然后他们把我拉进后面的房间,把我脱光衣服再绑起来。然后花很长时间强暴我。并把那过程从头到

8 加纳克里特的长谈,关于痛苦的考察

尾用录影机拍摄下来。我在那之间一直闭着眼睛,什么也不去想。那并不是一件困难的事。因为我既没有痛苦也没有快感。

"在那之后,他们把录影带给我看。然后说如果不希望那录影带被公开的话,就加入我们的组织工作吧。他们从我的皮夹里拿出学生证,说如果我不答应的话就把录影带的拷贝寄去给我父母,把我所有的钱榨取光。我没有选择余地。我说我什么都不在乎,就依他们说的做吧。我那时候真的是什么都无所谓了。"确实加入我们的组织工作的话,也许拿到手的钱会减少。"他们说,"因为我们要抽七成。不过因此,你不用费事去找客人。也不用担心被警察抓。还可以接到素质好的客人。像你这样没个准则地向男人搭讪,终究有一天会被勒死在旅馆里哟。"他们说。

"我已经不必站在街角了。每到黄昏我就到他们的事务所露面,依他们的话到指定的饭店去就行了。他们确实为我介绍好客人。不知道为什么,他们好像特别优待我。我外表看起来像个没经验的人,而且看起来比别的女孩教养好。也许喜欢我这种型的客人比较多吧,我想。其他女孩子通常一天要接三个以上的客人,我的情况一天只接一个或两个都没关系。其他女孩子皮包里都放有呼叫器,事务所一呼叫她们,就必须赶快到某个落魄的饭店去,和身份不明的男人睡觉。不过我的情况大体上经常都事先预约好。场所几乎都是体面的一流饭店。有时候也会到住宅大厦里的一户去。对方大多是中年男人,有时候也有年轻人。

"每星期一次,我到事务所领钱。那金额虽然没有以前多,但客人也会私下给小费,金额就变得不错。当然也有客人会提奇怪的要求,但我都不在乎。要求越奇怪,他们给我的小费越多。有几个人好几次都指定要我。那些人大概都是付钱爽快的人。我把那些钱分几个银行存起来。不过那时候,钱的事已经无所谓了。那已经只不过是数字的罗列而已。我只是,好像为了确认自己的毫无感觉而活着似的。

"早上醒来,我还躺在床上,先确认自己的身体是否感觉得到任何可以称之为痛的痛。张开眼睛,慢慢整理意识,然后从头上到脚尖,一一按顺序确认着自己肉体的感觉。没有任何地方痛。痛真的不存在吗?还是痛本身是存在的,只是自己对那没有感觉呢?我无法判断。但不管怎么样,就是不痛了。不只是痛而已,身上任何种类的感觉都没有。然后我下床,到洗手间去刷牙。脱掉睡衣赤裸着身体,冲个热水淋浴。身体感觉非常轻。非常轻飘飘的,感觉好像不是自己的身体似的。简直就像自己的灵魂,寄生在不是自己的肉体上似的,那种感觉。我试着看看映在镜子里的自己的身体。但我感觉映在那里面的东西好像非常遥远似的。

"没有痛的生活——那是我长久以来梦寐以求的。但实际实现之后,我在那新的无痛生活中却没办法适当地找到自己所属的地方。那里面有很明显的差错似的东西。那使我很混乱。我感觉到所谓自己这个人好像无法和这个世界的任何地方联系在一起似的。过去我一直强烈痛恨着世界这东西。我一直痛恨着那不公平和不公正。但至少,在那里,我是我,世界是世界。但现在世界连世界都不是了。我连我都不是了。

"我变得经常哭。我白天一个人到新宿御苑或代代木公园去,坐在草地上哭。有时候会一小时、两小时一直哭着。也曾经大声哭过。经过的人都讶异地看着,但我不在乎。那时候,五月二十九日晚上,如果能够干脆地死掉不知道有多幸福,我想。不过对现在的我来说连死都办不到了。我在毫无感觉中,连断绝自己生命的力气都丧失殆尽了。那里既没有痛,也没有喜悦。那里什么都没有。有的东西只有毫无感觉。而且我连我自己都不是了。"

加纳克里特吸了一口大气,然后拿起咖啡杯,凝视了一会儿。然后轻轻摇头,把杯子放回碟子上。

"我和绵谷升先生相遇就是在那个时期。"

8 加纳克里特的长谈,关于痛苦的考察

"和绵谷升相遇?"我吃惊地说,"那么,也就是,以客人的身份吗?"

加纳克里特沉默地点头。

"可是。"我说。然后过一阵子,我默默吟味着那语言。"我有点搞不清楚。你姐姐告诉我的,好像是你被绵谷升强暴了的意思噢。难道那又是另一回事吗?"

加纳克里特拿起膝上的手帕,用那轻轻擦擦嘴角。然后好像要看进我的眼睛似的凝神注视着我。她的瞳孔里有什么使我的心乱起来。

"不好意思,可以再给我一杯咖啡吗?"

"当然。"我说。我把桌上的咖啡杯放在托盘上收下去,到厨房热咖啡。我两只手插进长裤口袋,靠在沥水台等咖啡沸腾。当我拿着咖啡杯回到客厅时,沙发上已经不见加纳克里特的影子。她的皮包、她的手帕,一切的一切都消失了。我走到玄关看看。那里也没有她的鞋子。

真要命,我想。

9　电的绝对不足和暗渠，笠原May对假发的考察

早晨，送久美子出门之后，我到区营游泳池去游泳。中午以前是游泳池最空的时候。回到家我在厨房泡咖啡，一面喝着，一面寻思半途就结束掉的加纳克里特奇怪身世的种种。我按顺序一一回想她所说的事情。越回想越觉得奇怪。不过不久之后头脑就不怎么灵光了。觉得想睡觉。困得好像要失去知觉似的。我在沙发上躺下闭起眼睛，就那样睡着。而且做了梦。

梦里加纳克里特出现了。但首先出现的是加纳马耳他。梦里加纳马耳他戴着蒂罗尔风格的帽子。帽子上插着很大而色彩鲜艳的羽毛。有很多人混杂在一起（好像是个大厅的地方），但戴着帽子的加纳马耳他的身影立刻就引人注目。她一个人坐在酒吧的吧台。一个装着热带饮料似的大玻璃杯放在她前面，但我不知道，加纳马耳他实际上有没有沾口喝它。

我穿着西装，系着那条小雨点的领带。一看见她，我就想笔直走到她面前，但被人群遮断，无法顺利往前进。好不容易跋涉到吧台时，加纳马耳他的身影已经不见了。只有热带饮料的玻璃杯还孤零零放在那里。我在那旁边的座位坐下来，点了苏格兰威士忌加冰块。酒保问我要哪一种威士忌，我说顺风。虽然什么品牌都无所谓，但最先浮上脑海的是顺风的名字。

不过在我点的饮料送来之前，有人从后面像握住一个易碎品似的，悄悄抓住我的手臂。回头一看，是个没有脸的男人。不清楚是不是真的没有脸。不过应该有脸的部分被暗影完全覆盖住，无法看出

9　电的绝对不足和暗渠，笠原May对假发的考察

那后面到底有什么。"在这边，冈田先生。"男人说。我想说什么，但他不给我开口的时间。"请你到这边来。没什么时间了，快点。"他依然抓着我的手臂快步穿过混杂拥挤的大厅，走到走廊。我没有刻意抵抗，就在男人引导下走到走廊。这男人至少知道我的名字。并不是不管什么人，不管什么地方随便跟他去。而是那里有什么理由或目的存在。

没有脸的男人在走廊走了一会儿之后，停在一扇门前面。门上挂着208的门牌。"门没上锁。请你打开。"我照他说的打开那扇门。里面是一间很宽敞的房间。看起来像是古老饭店的套房似的。天花板很高，从上面垂下一盏老式的水晶灯。不过水晶灯的灯光并没有亮。只有墙上装的小壁灯发出幽暗的光线而已。窗户的窗帘全都紧紧拉上。

"你想喝威士忌的话，这里要多少有多少。你说想喝顺风对吗？不用客气，请尽管喝。"没有脸的男人指着就在门边的橱子说。然后把我留在屋子里，无声地关上门。我还搞不清楚到底是怎么回事，长久依然伫立在屋子中央。

屋子墙上挂着一幅大油画。是一条河的画。我为了让心情平静下来而看了一会儿那油画。河上月亮出来了。月亮把对岸朦胧地映照出来，但那里到底是什么样的风景，我都看不出来。月光未免太弱了，一切的轮廓都模糊不清无从掌握。

不过在不知不觉之间我变得非常想喝威士忌。我像没有脸的男人说的那样，打开橱子想喝一口威士忌。但橱子怎么也打不开。看起来像是门的地方，却是制作巧妙的假门。我试着在一些凸起凹入的地方压压看拉拉看，但还是怎么都打不开。

"那不是很容易开的，冈田先生。"加纳克里特说。一回过神，加纳克里特就在那里。她还是打扮成一九六〇年代初期的样子。"要打开它太花时间了。今天已经没办法。你就放弃吧。"

她在我眼前，简直就像剥豆荚一样顺溜地把衣服脱光变成裸体。既没有前兆，也没有说明。"嗨，冈田先生，没有很多时间。让我们赶快把事情办完。虽然不能慢慢来我觉得很抱歉，不过有很多原因，能来到这里已经不容易了。"于是她向我走来，把我长裤拉链拉下，非常理所当然似的拿出我的阴茎。然后将戴了黑色假睫毛的眼睛悄悄闭上，把那完全放进嘴里。她的嘴比我想的大得多。我的阴茎在她嘴里立刻变硬变大。她的舌头一动，卷过的头发就像被微风吹拂着似的轻微晃动。那发梢抚触着我的大腿。我能看到的，只有她的头发和睫毛。我坐在床上，她跪在地上，把脸埋在我的下腹部。"不行。"我说，"绵谷升不是马上就要来了吗？要是被他碰见的话就糟了。我不想在这样的地方跟那个人见面。"

"没关系。"加纳克里特嘴巴从我的阴茎移开说，"离那还有一点时间。不用担心。"

然后她又让舌尖在我的阴茎上爬行。我不想射精。但却停不住。那就像要被吞进什么地方去了的感觉。她的嘴唇和舌头简直就像滑溜溜的生命体似的，把我紧紧抓住。我射精了。然后，醒过来。

要命，我想。我到浴室去把弄脏的内衣洗了，为了把黏糊糊的梦的触感去掉，我冲了个热水澡，仔细把身体洗干净。到底几年没梦遗了。我努力回想最后一次梦遗是什么时候的事。但想不起来。总之那已经是想不起来之久的往事了。

冲过澡走出来，正用浴巾擦着身体时，电话铃响了。打电话来的是久美子。我刚刚在梦里以其他女性为对象射完精，因此和久美子讲话有点紧张。

"你声音有点怪，发生什么事吗？"久美子说。她对这种事敏感得可怕。

"没什么。"我说，"刚才有点困打了一下瞌睡，现在才刚醒过来。"

9　电的绝对不足和暗渠，笠原May对假发的考察

"噢。"她好像很怀疑似的说。她所感觉到的怀疑经过听筒传过来，那使我更紧张。

"很抱歉，我想今天会稍微晚一点回家。说不定要到九点左右。不管怎么样，反正我会在外面吃饭。"

"没关系，晚饭我会一个人随便吃。"

"对不起噢。"她说。好像突然想起来追加一句似的。然后隔了一会儿挂上电话。

我望一望听筒，然后走到厨房，削苹果吃。

我从六年前和久美子结婚到现在，从来没有一次和别的女人睡过觉。虽然这么说，但这并不表示我对久美子以外的女性完全没有性欲。或者完全没有机会。只是我并不特别去追求那样的机会而已。虽然，那没办法恰当说明，不过我想那是像人生里各种事物的优先顺位一样的事情吧。

只有一次，在偶然的情况下，曾经在一个女孩子家住过一夜。我对那女孩子怀有好感，她觉得可以跟我睡觉，我也知道对方这样想。虽然如此，但我还是没和她睡觉。

她是在我工作的事务所里一起共事几年的女孩子。年龄我想大概比我小二或三岁。工作性质是接接电话，调整大家的工作进度，在这方面她真的很能干。给人感觉很好的女孩子，记忆力也很优越。什么人现在在什么地方做什么，什么资料放在哪个资料柜里，问她的话，绝对没有不知道的。会谈也都是她在安排。大家都喜欢她、信赖她。我和她可以说私下很亲近，两个人曾经一起去喝过几次酒。虽然谈不上美，但我蛮喜欢她的长相的。

她为了要结婚而辞掉工作时（结婚对象因为工作关系不得不搬到九州去），上班的最后一天，我和办公室里其他几个人一起邀她去喝酒。因为回家搭同一班电车，而且时间也不早了，所以我送她回

家。到公寓门口时，她邀我进去坐一下喝个咖啡。虽然我顾虑着最后一班电车的时刻，但因为从此以后可能再也见不到面了，加上也想喝点咖啡解酒，于是决定到她屋里去。那是个看起来很像是女孩子一个人生活的房间。设有以一个人生活来说多少有些过于豪华的大型冰箱和装在书柜里的小型音响设备。她说冰箱是朋友免费送的。她在隔壁房间换上轻松的衣服，到厨房泡了咖啡。我们两个人并肩坐在地板上聊天。

"嘿，冈田先生你有没有特别害怕具体的什么东西？"谈话中断时，她好像忽然想起来似的这样问我。

"我想没什么这种特别的东西吧。"我想了一下说。害怕的东西是有几个，但要说是特别的，则想不起来。"你呢？"

"我害怕暗渠。"她以双手抱着膝盖的姿势这样说，"你知道什么是暗渠吧？就是地下水道。被盖子盖起来的黑漆漆的暗流。"

"àn qú？"我说。字该怎么写才好，我想不起来。

"我是在福岛乡下出生的，我们家附近有一条小河。经常有的那种流淌着农业用水的小河，但那中途变成暗渠。我那时候才两岁或三岁，和附近比我年纪大一点的孩子们一起玩。那些小孩把我放在一艘小船上顺着河水漂。那大概是经常玩的游戏吧。不过那时候刚下过雨，水量增加了，于是船脱离小孩子们的手，而我就被笔直冲向暗渠的入口往前漂着。如果不是碰巧附近的阿伯从那里经过的话，我想我一定已经被那暗渠吸进去，从此去向不明了。"

她好像要再一次确认自己还活着似的用左手手指抚摸着嘴边。

"那时候的情景现在还记得很清楚噢。我变成仰躺着被冲下去。看得见石墙似的河壁，那上面清清楚楚的漂亮蓝天一直延伸出去。而我则一直一直、一直一直被冲流下去。我不知道到底发生了什么事。不过渐渐地，我突然明白，那前面就是一团黑暗。而且那是真的。终于那黑暗接近了，正要把我吞进去。凉凉的影子的触感立刻就要把我包进去了。那对我来说,是人生最初的记忆。"

她喝了一口咖啡。

"好可怕啊,冈田先生。"她说,"我好怕、好怕,怕得不得了。怕得无法忍受。就像那时候一样。我渐渐漂进那里去。我无法从那里逃出来。"

她从皮包里拿出香烟含在嘴上,用火柴点着,并且慢慢地把烟吐出来。看她抽烟那还是第一次。

"你是说结婚吗?"

她点点头。"对,我是说结婚。"

"对结婚你有什么具体的问题吗?"我问。

她摇摇头。"我想没什么具体的问题。当然如果要谈到细节会没完没了。"

虽然我不知道该怎么说才好,但总之好像有不得不说点什么的气氛。

"即将跟什么人结婚的时候,我想大家都多多少少会有类似的心情吧。好像觉得自己说不定即将犯下大错似的。不过这种不安应该说是当然会有的吧。要跟一个人一起过一辈子,终究是一个重大的决定啊。所以我想也没那么可怕吧。"

"这样说起来是很简单,大家都这样噢,大家都一样嘛。这样说。"她说。

时钟正绕过十一点。我想必须总结性地说点什么好话以便告辞了。不过在我说出什么之前,她突然对我说我要你抱紧我。

"为什么?"我吃惊地问。

"我希望你为我充电。"她说。

"充电?"

"我身体的电不足啊。"她说,"从前一阵子开始我每天几乎都睡不着觉。睡一会儿就醒过来,然后就睡不着了。什么都没办法想。那样的时候，就必须有人为我充电才行。要不然，就没办法再活下去了。真的噢。"

我想她是不是喝醉了，看看她的眼睛。不过她的眼睛已经恢复和平常一样聪明而冷静的样子。完全没有喝醉。

"不过，你下星期就要结婚了啊。你可以要他尽情地抱你呀。每天晚上都可以抱你呀。结婚这件事好像就是为了这个嘛。以后你就不会不够电了。"

她没有回答这个。只是闭着嘴唇，一直看着自己的脚尖而已。两只脚整齐地并在那里。小而白皙的脚，上面附着十个形状漂亮的指甲。

"问题是现在呀。"她说，"不是明天、下星期或下个月，是现在不够啊。"

因为她似乎是真的认真地希望有人抱她，因此我暂且把那身体抱紧。那实在是非常奇怪的事。对我来说她是个能干的、给人感觉很好的同事。我们在同一个办公室工作、开玩笑，有时候也一起去喝酒。但像这样放开工作在她房间里抱着那身体时，那只不过是一团温暖的肉块而已。终究，我们只是在工作场所这舞台上，各自扮演着被分派的角色而已呀，我想。一旦走下那舞台，只要去除在那里所交换的暂定的印象，我们都只不过是既不安定又笨拙的肉块而已。那只是一套具备了骨骼、消化器、心脏、脑和生殖器的活生生温暖的肉块而已。我把手绕到她背上，她把乳房紧紧压在我身上。实际上互相接触之后，她的乳房比我想的更大更柔软。我坐在地上靠着墙，她则软趴趴地整个贴上来。我们什么也没说地，长久安静地以那姿势互相拥抱着。

"这样可以吗？"我问。那听起来不像是自己的声音。好像是其他的什么人代替我说的似的。我知道她点头了。

她穿着毛线衬衫、及膝的薄裙子。不过我终于明白，她在那下面居然什么也没穿。明白这个之后,几乎是自动地勃起了。而且她似乎也留意到我正勃起。她温暖的气息一直吹在我脖子上。

我没有和她睡觉。不过我终究一直为她"充电"到两点左右。拜托你不要留下我一个人自己回去,等我睡着为止留在这里抱着我,她说。我带她到床上,让她睡下。然而她一直没睡。我就一直抱着换上睡衣的她为她"充电"。我可以感觉到手臂中她的脸颊变热,胸部怦怦地跳着。我自己也不知道这样做是不是对。不过除此之外,想不到该怎么处理那状况。最简单的是干脆和她睡觉,但我总算把那可能性从脑子里赶走。我的本能告诉我不应该那样做。

"冈田先生,你不要因为今天的事而讨厌我噢。我只是电不够实在没办法而已。"

"没问题。我很了解。"我说。

我不能不打电话回家,我想。但该怎么向久美子说明才好呢?我不喜欢说谎,但也不认为这种事情只要逐一向她说明她就能够理解。不过在那之间,我已经逐渐觉得都无所谓了。随它去吧,我想。两点钟走出她的房间,回到家已经三点。因为找计程车花了一些时间。

久美子当然很生气。她没有睡,就坐在厨房餐桌前等我。我说跟同事去喝酒,然后打了麻将。为什么不打一通电话回来呢,她说。根本没想到电话的事,我说。但她当然不能接受,而且谎话立刻就被拆穿了。因为我已经好几年不打麻将了,而且大体上,我生来就不擅长说谎。没办法,我只好说出实话。从最初到最后——当然只省略掉勃起的部分——把真实的事情说出来。不过我跟她真的什么也没有做,我说。

久美子从此三天之间没跟我说话。完全一句话也没说。她到别的房间去睡,一个人吃饭。那也可以说是我们结婚生活所面临的最大危机。她真的认真生我的气了。而且她生气的心情我也很能理解。

"如果你是处于对方立场的话，你会怎么想？"三天的沉默之后久美子对我这样说。那是她的第一句话。"如果我一通电话也没打，却在星期天早晨三点才回家，说我刚才和男人一起上床，不过什么也没做，所以没问题哟，请相信我。因为我只是为那个人充电而已。好了，现在开始吃早餐然后要好好睡一觉了。我这样说，你会不生气就相信我吗？"

我沉默着。

"你的情况比那更糟糕噢。"久美子说，"你是一开始先说谎了噢。说什么跟谁喝酒，又打麻将了。而那其实是谎话。我怎么能相信你跟那个人没睡觉呢？我怎么能相信那不是谎话呢？"

"我觉得刚开始说谎是我不好。"我说，"我会说谎是因为，说明真正的事实很麻烦哪。那不是能够简单说明的。不过我只希望你相信。真的没有任何不对劲的事情。"

久美子把脸伏在桌上一会儿。周围的空气感觉上似乎逐渐变稀薄了。

"虽然我不太会说，不过我除了希望你相信我之外也没办法说明了。"我说。

"如果你要我相信你的话，我也可以相信你。"她说，"不过希望你记住这一点。我也许有一天，也会对你做出一样的事。那时候请你相信我噢。我有那样的权利哟。"

她还没有行使那权利。我常常想如果变成那样的话，我大概会相信她的话吧。不过，大概我还是会有复杂而无法释怀的感觉吧。为什么非要刻意去做那样的事不可呢？而且那真的是，久美子那时候对我所感觉到的心情。

"发条鸟先生？"有人在庭院那边叫着。那是笠原 May 的声音。

我一面用毛巾擦着头发一面走出檐廊。她在檐廊旁坐着啃着拇指

9 电的绝对不足和暗渠，笠原May对假发的考察

的指甲。戴着第一次见到她时戴的同样的深色太阳眼镜，奶油色的棉长裤，上面穿着黑色的Polo衫。手上拿着档案夹。

"我从那个地方翻墙过来的。"笠原May说，指着砖墙。然后拍拍沾在长裤上的灰尘。"大致上看准了才翻过来的，不过幸好是你家。如果爬墙过来发现是别人的家那就麻烦大了。"

她从口袋里拿出Short Hope点上火。

"那么，发条鸟先生你好吗？"

"还好。"我说。

"嘿，我现在要去打工，发条鸟先生要不要一起去呀？因为是两个人一组的工作，跟认识的人一起对我来说比较轻松。因为，你看，跟第一次见面的人一起，人家都会问很多问题对吗？你几岁呀？为什么没去上学呀？这些个问题好麻烦哪。说不定对方是变态的人呢。那种事情也不是没有可能，对吗？所以，如果发条鸟先生可以一起来的话，对我也很有帮助呢。"

"就是你上次说过的假发厂商的调查工作吗？"

"对。"她说，"只要从一点到四点，在银座数秃头的人数。事情很简单。而且我想对你也有好处噢。因为看你的样子，反正总有一天会秃头，所以趁现在多看看先研究起来比较好，不是吗？"

"不过，你不去上学，却从大白天就在银座做那样的事，不会被辅导吗？"

"只要说是社会课的课外活动，正在做调查什么的就行了。我每次都这样蒙骗过关，所以没问题的。"

我因为也没什么特定的安排，于是决定陪她去。笠原May打电话到那家公司，说现在要过去。她在电话上规规矩矩地用一般的说话方式。是的，我想和那个人一组一起工作。嗯，是的。没问题。谢谢。是，我知道了，我明白，我想十二点过我会过来，她说。为了妻提早回家预做准备，我留下一张六点前回来的留言条，便和笠原May

一起出门。

　　假发厂商的公司在新桥。笠原 May 在地铁列车上向我简单说明调查内容。根据她的说明，我们要站在街角，数通过的秃头（或者头发比较稀薄的）行人数量。并把他们依秃头演变的程度分类为三个阶段。"梅"是觉得头发稍微变稀薄的人，"竹"是变得相当稀薄的人，"松"是完全秃的人，这三个阶段。她打开档案夹拿出调查用的说明书，让我看那上面各式各样秃法的实例。各种秃法，都依演变程度分为松竹梅三个阶段。

　　"这样你已经知道大致要领了吧？什么程度不同秃法的人，该归入哪一阶段。虽然要详细说的话是没有止境的，不过大致上已经知道什么样的属于什么了吧。只要大概就行了。"

　　"我想大概知道了吧。"我以不太有信心的声音说。

　　她旁边的座位上坐着一位显然已经达到"竹"阶段胖胖的上班族模样的男人，以一副很不自在的眼神不时瞄一下那说明书，但笠原 May 似乎对那一点也不在意。

　　"我来区别松、竹、梅。你只要站在我旁边，每次我说松或竹的时候，你就在调查表上记录下来就行了。怎么样，很简单吧？"

　　"嗯。"我说，"不过做这种调查，到底有什么好处呢？"

　　"这个我就不知道了。"她说，"他们在很多地方都做这种调查。新宿、涩谷或青山之类的地方。大概在调查什么地方秃头人数最多吧。或许在查松竹梅的人口比率也不一定。不过不管怎么说，那些人钱太多了。所以才能在这方面花钱哪。因为假发产业是很赚钱的。奖金也比一般商社多。你知道为什么吗？"

　　"不知道。"

　　"因为假发的寿命啊，其实相当短呢。也许你不知道，不过大约才两三年喏。最近的假发做得非常精巧，因此消耗也激烈。经过两年或长则三年，大体上都必须重新买过。因为它和皮肤很密合，所以假

9　电的绝对不足和暗渠,笠原May对假发的考察

发下面自己的头发比以前变得越薄,就越需要更换更密合的东西才行。所以总之,如果你使用了假发,经过两年后那不能用了,你会这样想吗?嗯,这顶假发已经消耗掉。不能用了。不过要买新的也很花钱,所以我明天开始不戴假发去上班吧。会这样想吗?"

我摇摇头。"我想大概不会。"

"对呀,不会这样想吧。也就是说,使用了一次假发的人,就有一直使用假发的宿命。因此假发厂商才赚钱哪。这样说虽然有点过分,不过就像毒品贩卖者一样。只要抓住顾客一次,那个人就一直是顾客。大概到死都是顾客。因为一旦秃头的人,没听说忽然又生出黑黑的头发来吧?假发一顶大约要五十万圆,制作起来最麻烦的大约一百万圆噢。这每两年要买一次,所以很不简单嗬。汽车可以开个四年或五年,不是吗?而且有人接手买旧车。可是假发的循环寿命就短多了,而且没有人会接手买旧的。"

"原来如此。"我说。

"而且,假发厂商还自己经营美容院。大家都到那里去洗假发、剪自己的头发,不是吗?因为你要是到理发店去坐在镜子前面,好了把假发一拿下来,说道请帮我剪头发,总是很难开口吧?光是这种美容院的收入就相当可观呢。"

"你知道好多事情啊。"我佩服地说。坐在她旁边属于"竹"的上班族热心地竖着耳朵听我们谈话。

"嗯,我跟他们公司的人很要好,从他们那里听到很多事情。"笠原May说,"因为他们赚钱赚得不得了。他们到东南亚等工资便宜的地方去制造假发。头发也是在那边买的。泰国和菲律宾之类的地方。在那种地方女孩子把头发剪了,卖给假发公司。那有时候可以当她们的嫁妆资金呢。世界真是奇怪啊。这边的某个地方的叔叔伯伯的头发,其实是印度尼西亚女孩子的头发也不一定噢。"

这样一说时,我和那位属于"竹"的上班族便反射性地巡视电

车里。

我们到新桥那家假发公司去,领了装在纸袋里的调查用纸和铅笔。公司据说是业界营业额第二大的,但为了让顾客能轻松地进门,公司的入口反而非常收敛静悄,外表连一片招牌都没有挂。纸袋和用纸也都没有放公司名称。我的姓名、住址、学历、年龄填在打工登记用纸上,向调查课提交。那是个静得可怕的工作场所。既没有人朝着电话大声吼,也没有人卷起衬衫袖子拼命敲电脑键盘。大家都穿着清洁的衣服,各自安静地进行工作。在假发公司,这是理所当然的吧?看不到一个秃头的人影。其中有几个人或许戴着自己公司的假发也不一定。但看不出来谁有戴谁没戴假发。那是我到目前为止看过的公司里,气氛最奇怪的一家。

我们从那里出来就搭电车到银座路上去。因为还有一点时间,肚子也饿了,我们便走进冰雪皇后去吃汉堡。

"嘿,发条鸟先生。"笠原 May 说,"如果你秃头了,你想会不会戴假发?"

"不晓得。"我说,"因为我很怕麻烦,所以大概秃头就让它秃头吧。"

"嗯,我想那样比较好噢。"她用纸餐巾把沾在嘴边的番茄酱擦掉。"秃头其实没有本人想象的那么糟噢。我觉得没有必要那么在意。"

"噢。"我说。

然后我们在和光名店前的地铁站入口坐下,花三个小时数着头发稀薄的人们的数量,坐在地铁站入口,俯视着从楼梯上上下下的人头时,最能正确掌握头发的情况。笠原 May 一说松或竹时,我就在纸上写下来。看来笠原 May 对这种作业似乎非常熟练。她一次也不曾犹豫,或说得含糊,或重说一遍。她真的是迅速而切实地将头发的稀

9　电的绝对不足和暗渠,笠原May对假发的考察

薄程度区分为三个阶段。她让步行者不会留意到地小声而短促地说着"松"或"竹"。有时候一下子有好几个头发稀薄的人通过,这时候她就必须很快地这样说:"梅梅竹松竹梅。"有一次有一位看起来很高雅的老绅士(他自己满头都是可观的白发)看了一会儿我们的工作之后,对我问道:"对不起,请问你们在那里做什么呢?"

"做调查。"我简短地说。

"做什么调查?"他问。

"社会课的调查。"我说。

"梅松梅。"笠原 May 小声对我说。

他露出一副很不以为然的脸色,在那之后还继续看着我们工作了一会儿。不过终于放弃地走掉了。

隔着马路,对面三越的时钟告知四点之后,我们就停止调查。然后又再到冰雪皇后去喝咖啡。虽然不是特别需要用劳力的工作,但肩膀和脖子却奇怪地僵硬起来。或许我对于暗中悄悄数着秃头人数这种行为,有点觉得类似愧疚的感觉吧。我们搭电车到新桥的公司途中,我每看到秃头的人,就会反射性地把他们区分为松或竹,那并不能说是很愉快的感觉。不过不管怎么想停止这样做,却像一种已经形成的情势似的,停也停不下来。我们把那调查用纸交给调查课,领到报酬。以劳动时间和劳动内容来说算是不错的金额。我在收据上签字,把那钱放进口袋。我和笠原 May 搭电车到新宿去,然后转小田急线回家。差不多开始进入下班的高峰塞车时段了。真是好久没搭拥挤的电车了,但并不特别怀念。

"不错的工作吧?"笠原 May 在电车里说,"既轻松,报酬又马马虎虎。"

"不错。"我一面含着柠檬水果糖一面说。

"下次要不要再一起做?每星期可以做一次左右。"

"再做也可以。"

"嘿，发条鸟先生。"沉默一会儿之后，笠原 May 好像忽然想起来似的说，"这只是我的感觉，人害怕秃头，是不是因为那令人想起人生的终结呢？也就是说，人开始秃头之后，就会觉得自己的人生好像在持续磨损下去吧。觉得自己正面对死亡，朝向最后的消耗，又大踏一步，更接近了似的。"

我试着考虑了一下。"确实也有这种想法也说不定。"

"嘿，发条鸟先生，我常常会想，要是慢慢花时间，一点一点地死去，到底是怎么样的感觉噢？"

我因为不太明白问题的主旨，因此依然抓着吊环，改变一下姿势，探视一下笠原 May 的脸。"慢慢地一点一点死去，例如具体说来是什么样的情况呢？"

"例如嘛……对了，比方说一个人被关闭在某个黑暗的地方，既没有吃的东西，也没有喝的东西，逐渐一点一点地死去的情况啊。"

"那确实很难过，大概很痛苦吧。"我说，"尽可能不要是那种死法。"

"不过，发条鸟先生，人生本来不就是这样吗？大家不都是被关闭在某个黑暗的地方，吃的东西喝的东西都被拿走，逐渐慢慢死去，不是吗？一点、一点地。"

我笑了。"你以你的年龄来说，倒经常有一些非常 Pessimistic 的想法啊。"

"你说的那个 Pessi 什么的是什么意思？"

"Pessimistic。就是只把世上的黑暗面拿出来看的意思啊。"

Pessimistic，她在嘴里重复几次。

"发条鸟先生，"她一面抬头一直睨着我的脸一面说，"我才十六岁，还不太明白世上的事情，不过只有这点我可以断言。如果我是 Pessimistic 的话，世上不是 Pessimistic 的大人都是傻瓜。"

10 有魔力的触碰，浴缸之死，遗物送达者

我们搬到现在住的独栋住宅，是在结婚后的第二年秋天。以前住的高圆寺的公寓要改建，我们不得不搬出来。因此我们到处找便宜又方便的公寓，不过能符合我们预算的房子不是那么容易找。我舅舅听到这件事之后，就说自己在世田谷有一栋房子，要不要暂时先过来住。那是他在年轻时候买的，自己住了十年的房子。对舅舅来说，是想把那老旧房子拆掉，重新盖一栋功能新一点的房子，但因为建筑法规的限制，并不能依照自己想盖的样子盖。听说不久后法规将放宽，舅舅在等着，在那期间如果没有人去住而空着，税金比较重，但话说回来，如果租给不认识的人，要人家搬走的时候很可能会发生争执。因此，为了对付税金而收取的名目上的租金，舅舅说只要和过去公寓租金（那是相当便宜的）一样就好了，不过另一方面如果到了要我们搬走的时候，三个月内就要搬出去。关于这点我们没有异议。虽然我们不太明了税金的情况，但就算是很短期间内能以便宜租金住独栋住宅，都是非常幸运的事。虽然离小田急线车站还有相当一段距离，但房子周围是宁静的住宅区，即便小，但还有一个庭院。虽然是别人家，不过实际搬过去之后，我们竟然好像有了一种"成家"的踏实感。

舅舅是我母亲的弟弟，他是个不啰嗦的人。个性很豪爽，可以说非常通情达理，但什么多余的话都不说，因此有一些莫测高深。不过我在亲戚里面对这位舅舅最有好感。他从东京的大学毕业之后，就在广播电台上班当电台的播音员，不过大约持续做了十年之后，就说

"做腻了"而辞掉电台的工作，在银座开始经营酒吧。一家没什么装饰感的小酒吧，但因为鸡尾酒做得很地道而小有名气，几年之内，又开了另外几家餐饮店。他似乎具备了那种生意所需的才能，每一家都生意兴隆。学生时代，有一次我问过舅舅，你开的店为什么都那么顺利呢？例如在银座同样的场所开同样外观的店，有些店就生意兴隆，有些店却倒闭关门。我不太了解理由在哪里。舅舅把双手的手掌摊开，给我看。"有魔力的触碰嘛。"舅舅一本正经地说。此外什么也没说。

或许确实舅舅拥有类似有魔力的触碰般的东西。但不只那样，他不知道怎么就是有集合优秀人才的才能。舅舅给这些人优厚的待遇，他们也很仰慕舅舅而努力工作。"觉得不错的人就大方地付钱，给他机会呀。"舅舅曾经对我说，"能用钱买的东西，不太需要考虑得失，就用钱买最好。剩下的精力可以留下来用在钱买不到的东西上。"

他很晚婚，四十五岁左右经济上已经成功之后，才好不容易安定下来。对方是小他三岁或四岁离过婚的女性，她也有相当的资产。舅舅并没有提起和她是在什么地方如何认识的，我也无法推测，不过看起来教育很好的样子，人蛮温和的。两个人之间并没有小孩。她上一次结婚好像也没有小孩。或许那是婚姻不顺利的原因吧。不管怎么说，舅舅在四十五岁左右，即使不能算是资产家，至少也已经拥有不必再为钱奔波劳累就能过得不错的境遇了。除了餐厅收入之外，还有出租房屋和公寓的收入，有从投资获得的厚实股利。因为舅舅从事的是餐饮业，所以在我们以固定职业和简朴的生活模式为一般人所知的家族里，有些被瞧不起，但他本人本来就不太喜欢和亲戚交往。不过舅舅对唯一的外甥我，却从以前就一直很关心。我上大学那年母亲去世，和再婚的父亲之间相处不太好之后，他尤其如此。我在东京一个人过着贫苦大学生生活的那段期间，舅舅在银座的几家自己开的店里就常常请我免费吃。

说是住独栋住宅太麻烦，舅舅夫妇俩便住到麻布的坂上一栋大厦里。他并不是特别喜欢奢侈生活的人，不过买名贵车是他唯一的乐趣，车库里有古老车型的捷豹或阿尔法·罗密欧。都是接近古董车了，但保养得真好，简直就像刚出生的婴儿一样闪闪发亮。

我有事打电话给舅舅，顺便想到，就试着问了一下笠原May家的事。

"笠原家啊。"舅舅想了一会儿，"不记得笠原这个姓。因为我住那里的时候是单身，完全没有和邻居来往。"

"那笠原家隔着后巷的里侧，有一间空房子。"我说，"以前好像住过姓宫胁的人，现在房子空着，防雨木板窗都钉牢关着。"

"那宫胁家我倒很清楚。"舅舅说，"从前，那家主人经营过几家餐厅。银座也有一家。因为工作上的关系，我们见面谈过几次。店老实说，并不是怎么样的店，不过地点很好，我想经营也很顺利。宫胁这个人是给人感觉蛮好的人，不过因为是作为少爷长大的。没吃过什么苦吧，或者不习惯吃苦，不管怎么说，就是永远长不大的那一型。不知道听了谁的劝告，去买起股票，结果那家伙在不妙的时候把钱都投进去，亏得一塌糊涂，土地、房子、店全部都丢掉了。正好不巧得很，为了开新店而把房子和土地拿去抵押。就像刚拿掉撑篱笆的木棍时，却迎面吹来一阵强风一样，真是屋漏偏逢连夜雨。我记得好像有两个刚成年的女儿。"

"从此以后那一家就一直没人住吗？"

"噢。"舅舅说，"没人住吗？那么一定是所有权有问题，资产变成冻结状态之类的吧。不过那房子就是便宜一点也不要买比较好噢。"

"那样的房子，就是便宜一点也买不起呀。"我笑着说，"不过为什么呢？"

"我也是在买自己的房子时调查了一下，那边曾经发生过很多不好的事。"

"闹鬼或是那一类的事吗？"

"有没有闹鬼我倒不知道，不过关于那个地点没有什么好话。"舅舅说，"那里在战争以前，是一个相当有名的军人住的地方。战争期间到过中国北方的上校，是陆军里的佼佼精英干部。他们率领的部队在那边曾经建立相当卓越的功勋，但同时似乎也做了很多很残忍的事。把战时俘虏接近五百人一次处刑，或把几万农民搜集起来，强制劳动，残酷使役，使得半数以上都死去。这些都是听来的传闻，是真是假我不清楚。他在战争结束稍前被调回内地，在东京迎接战争结束，不过看看周围的状况，估计自己以战犯嫌疑者的身份被远东军事法庭判刑的可能性极大。在中国耀武扬威的将军和校官级都一一被宪兵抓走。他不打算接受裁判。不愿被当成枭首示众的罪人，最后接受绞首刑罚。他想要是那样，不如自己了结生命。所以当那位上校看到美军的吉普车停在自己家门前面，美国兵从车上下来时，就毫不犹豫地举枪射穿自己的脑袋。本来是打算切腹自杀的，但没有充裕的时间那样做。还是手枪可以比较干脆快速地死掉。而他太太也追随在丈夫之后在厨房上吊了。"

"噢。"

"不过那美国兵却只是来找女朋友家，迷了路的普通美国陆军。正想在附近找个人问路时，把吉普车暂停一下而已。你也知道，那附近的路，第一次来的人有点难找。人，要认定生死分界线其实没那么简单喏。"

"是啊。"

"那件事之后有一段时间那房子变成空屋，不过终于有一个电影女明星买了。已经是很久以前的人了，并不是多有名的明星，因此我想你可能不知道名字。那个女明星住在那里，对了，大概住了十年左右吧。单身，和女佣两个人住。不过那女明星搬来那房子几年后眼睛出了毛病。眼睛模糊,很近的东西,都只能隐约看见。不过因为是女明星,总不能戴眼镜工作。隐形眼镜那时候还没有现在这么好,而且还不普遍。所以她每次都先调查好摄影现场的地形,这边走几步有什么,从那边往这边走几步有什么,先在脑子里记下这些,再施展演技。因为是从前松竹的家庭戏剧,这样就应付得过去了。从前什么事情都是这样悠闲的啊。不过有一天,她跟平常一样事先调查好现场,心想这样没问题,于是安心回到后台化妆室,然而不明究竟的年轻摄影师,却把道具布景的很多东西都各移动了一点。"

"噢。"

"于是她一脚踩个空就摔倒了,变得不能走路,而且,那次事故之后视力又越来越衰退。变成几乎接近盲人的地步。真可怜,还那么年轻漂亮呢。当然已经不能再从事电影工作了。只能在家里安静不动而已。就这样一折腾,连完全信赖的女佣都跟男人卷款逃走了。从银行的存款、股票到一切的一切全部拿光。真是过分。你想结果她怎么样?"

"从事情的自然发展来看,总之没有好结果吧?"

"是啊。"舅舅说,"她在浴缸里放满水,把脸栽进去自杀了。我想你也知道。要不是意志相当坚强,是没办法那样死的。"

"事情不太明朗啊。"

"完全不明朗。"舅舅说,"在那之后有一阵子,宫胁买了那块地。环境很好,地势高,日照也好,土地又宽,大家都很想要。不过他也听过有关以前住在那里的人一些黑暗的传闻,所以总把房子从基础全部拆毁,全新改建过。也请人来驱邪过。但这样好像还是不行的样子。住在那里不会有什么好事噢。世上就是有这样的土地。免费送我,我都不要呢。"

我在附近的超级市场买菜回来,把晚餐的事前准备做好。把洗晒的衣物收进来，叠好收进抽屉。到厨房去，泡咖啡喝。那是电话铃一次也没响的安静一天。我躺在沙发看书。没有任何人妨碍我看书。偶尔庭院里发条鸟会啼叫。除此之外没有任何像声音的声音。

四点左右，有人按了玄关的门铃。是邮差。他说是挂号件，于是交给我一个厚厚的信封。我在签收纸上盖了印章，收下信。

一枚非常郑重的和纸信封上用毛笔黑黑地写着我的名字和住址。看看背面，寄件人的姓名是"间宫德太郎"。住址是广岛县＊＊郡。我对间宫德太郎这名字以及那广岛县和地址都完全没有记忆。而从那毛笔的笔迹看来，间宫德太郎氏似乎也是相当年长的人。

我坐在沙发上，用剪刀把信封剪开。信纸是老式的和纸拉页，同样用毛笔流畅地写着。看起来是颇有教养的人物相当体面的字迹，不过因为我没有那种教养，所以读起来吃力极了。文体也相当古朴而严谨。不过花时间试着去解读时，则可以理解那上面写的大概内容。根据他的信，我们以前经常去拜访的占卜师本田先生已经在大约两周前在目黑的自家住宅死亡。原因是心脏病发作。根据医生的说法，并没有很痛苦，可能是在短时间内就停止呼吸了。因为是一个人独居，所以应该可以说是不幸中的大幸，信上这样说。早晨女佣来扫除时，发现他伏在暖炉桌上死掉了。间宫德太郎氏是战争时候驻留伪满洲的陆军中尉，作战中偶然和本田伍长成为出生入死的伙伴。而这次，本田大石氏之死，依照故人的强烈遗志，由他代替遗族负责代送故人的纪念遗物。故人对纪念遗物的送法留下遗书，做了非常详细的指示。"那想必是他本人已预期自己即将来临的死亡，而详细周密地写下的遗书。且冈田亨先生如果能接受该纪念品则幸甚，遗书中故人如此交代。"信上写道，"对冈田先生而言，拜察百忙之中有所打扰，但请汲取故人之遗志，如能接受此一怀念故人的微小纪念品，则以一位往昔短暂战友而言，此欢喜实为无与伦比。"而且在信的最后写着东京暂住的地址。文京区本乡二丁目＊＊号间宫某转。大概是在亲戚家暂住吧。

　　我到厨房桌上写回信。打算在明信片上暂且把简单要件先写下来，但拿起笔时，却想不起什么适当词句。吾有缘受故人于生前照顾，想到本田先生已不在人世，胸中不禁忆起几件往事。由于年龄相距悬殊，且仅来往一年，然已深感故人似拥有摇撼人心的某种力量。对我如此之不才，能指名留下纪念品，诚属意料之外。且不知在下是否有资格接受这样物品。但如为故人的希望，当然理应敬谨拜受。敬请于方便的时候，与在下联络则甚幸。

　　我把那张明信片投入附近的邮筒。

　　破釜沉舟浮濑滩，背水一战诺门坎——我自言自语地说。

　　久美子回来已经是晚上将近十点了。她六点前打电话回来，说今天大概不能早回家，所以你先吃饭，我会在外面随便吃。没关系，我说。于是一个人做了简单的晚餐吃。那之后又看了书。久美子回来时说想喝一点啤酒，于是我们拿出一瓶中瓶的啤酒各倒了一半喝。她看起来很累的样子。她对着厨房的桌子支着下巴。我跟她说话，她也没回很多。好像在想什么别的事似的。我把本田先生去世的事告诉她。哦？本田先生去世了啊，她叹了一口气说。不过已经上了年纪了嘛，耳朵都不太听得见了，她说。不过我说他留给我纪念品时，她简直像有什么从天上掉下来似的吃惊。

　　"留给你纪念品吗？那个人？"

　　"对。为什么会留给我什么纪念品呢，我真是不明白。"

　　久美子皱着眉头想了一下。

　　"或许他喜欢你吧。"

　　"可是我和他，几乎没谈过什么像样的话啊。"我说，"至少我是几乎什么也没说。就算说什么对方也听不见几句。每个月去一次，和你两个人一直安静坐在他面前，拜听他的话而已呀。而且多半都是诺门坎战争的话题。丢出火焰瓶之后哪一部坦克燃烧起来，但哪一部没烧起来，都是那一类的事啊。"

"真不明白。一定是他喜欢上你的哪一点吧。那个人所想的事，我实在不太了解。"

然后她又沉默下来。有点气闷的沉默。我望一眼墙上挂的月历。离生理期还有一段时间。也许公司发生了什么讨厌的事，我想象着。

"工作太忙了吗？"我试着问。

"有一点。"久美子一面望着只喝一口就剩在那里的啤酒玻璃杯一面说。她的口气含有一点挑衅的音调。

"晚回来是不好。因为是杂志的工作，有忙碌的时期呀。不过这么晚，并不是经常有吧？这也是我勉强争取尽量少加班才有的。以结婚了为理由。"

我点点头。"因为是工作，有时候难免会晚一点嘛。那没关系。我只担心你是不是累了而已呀。"

她到浴室去冲了很久的淋浴。我一面啪啦啪啦翻阅着她买回来的周刊，一面喝啤酒。

忽然把手伸进长裤口袋，发现打工赚来的钱还放在里面。那钱我还放在信封里原封未动。而且我没向久美子提起那打工的事。并不是刻意要隐瞒，但没有机会说，就那样自然拖延下来了。而且随着时间过去，那件事情不可思议地变成很难说出口了。跟住在附近的一个奇怪的十六岁女孩子认识，两个人一起去打工，帮假发厂商做调查，报酬比预料的更不错噢，这样说就了事了。久美子会说："噢，这样啊，很好啊。"于是事情就结束也说不定。不过她也许想对笠原 May 多知道一点也说不定。也许对我和一个十六岁的女孩子认识的事会在意也说不定。那么一来，也许我就不得不把笠原 May 是什么样的女孩子，我是什么时候在什么地方如何认识她的这些事情，从头到尾一五一十地向她说明。而我又不太擅长把事情依照顺序向别人好好说明。

10 有魔力的触碰，浴缸之死，遗物送达者

　　我只把钱从信封拿出来，放进皮夹，信封揉成一团丢进纸屑箱。人们就是这样一点一点地制造所谓秘密这东西的啊，我想。我并不是刻意想把那件事对久美子保守秘密。本来就不是什么重要的事，说或不说都可以的。不过那在经过微妙的渠道之后，不管最初的打算是怎么样，结果却被盖上所谓秘密这不透明的外衣了。加纳克里特的事也一样。我把加纳马耳他的妹妹到家里来的事告诉妻。妹妹的名字叫作加纳克里特，装扮得像一九六〇年代初的模样噢，她到我们家里来取自来水管的水，我说。不过对于她在那之后突然莫名其妙地开始坦白她的身世，又在话说到一半的途中什么也没说地忽然消失的事则没说。因为加纳克里特的话实在太突然而奇怪了，要把那细微的语意再现出来，准确地向妻传达，首先就不可能。说不定久美子对加纳克里特办完事情之后还长时间留在我们家，向我谈起她私人的复杂身世会觉得不高兴吧。于是那件事对我来说也变成一个小小的秘密了。

　　或许久美子，对我也抱有和这同样的秘密吧，我想。不过如果是这样的话，我也不能怪她。任何人都会有这种程度的秘密。不过或许，比起她来，我有这种秘密的倾向，应该比较强吧。说起来久美子是属于想到什么就会说出口的那一型。一面说一面想的那一型。不过我却不是。

　　我有点不安起来，走到洗手间去。洗手间的门是开着的。我站在门口，望着妻的背影。她已经换上蓝色素面的睡衣，站在镜子前面用毛巾擦着头发。

　　"嘿，关于我工作的事情啊，"我对妻说，"我想了很多。也试着请朋友帮忙留意。自己也试着接触各方面。工作并不是没有。所以如果想做的话，随时都可以做噢。只要下决心的话，明天就可以开始工作。不过，总觉得心情还没有准备好。我也不太明白。像那样随便决定工作是不是一件好事。"

　　"所以我上次不是也说过吗，你想做什么就做什么啊。"她一面看

着我映在镜子里的脸一面说,"又不是非要在今天或明天决定工作不可。如果你在意经济上的事的话,那你不必担心。不过如果你不工作精神上觉得不踏实的话,如果我一个人出去工作而你在家做家务觉得有心理负担的话,那就暂且先找一份什么工作就行了啊。我是怎么样都可以哟。"

"当然迟早是一定要找工作才行的。这一点我绝对明白。总不能一辈子像这样游手好闲地过下去呀。迟早总要找到工作。不过说真的,要做什么样的工作,现在的我还不太清楚。辞掉工作不久的一段期间,我还轻松地想,只要再找什么和法律有关的工作就行了。因为如果是那方面的关系的话,我还有一些。不过现在却没这种心情。离开法律的工作时间越久,越对法律这东西逐渐不感兴趣了。觉得那不是适合我的工作。"

妻看看镜子里我的脸。

"不过话虽这么说,如果要问那么想做什么呢,我什么也不想做。如果叫我做的话,我也觉得大多的工作我也都可以做。不过就是没有想要做这个的具体意象。这对现在的我而言是个问题。没有意象啊。"

"嘿,那么你当初为什么想学法律呢?"

"有一点那样想啊。"我说,"我本来就喜欢读书。所以对我来说其实上大学是想读文学的。不过要决定升大学的时候我却这样想:所谓文学这东西,怎么说呢,应该是更自发性的东西吧。"

"自发性的?"

"也就是说,文学这东西并不是适合专门攻读或研究的东西,而是极自然地从普通的人生中自然涌出来的东西吧。所以我选择法律。当然对法律也确实是有兴趣。"

"但是现在却对法律失去兴趣了吗?"

我从手上拿着的玻璃杯里喝了一口啤酒。"真不可思议。在事务所上班的时候,工作还做得相当快乐。法律这东西就好像是有效率地收集资料,然后把拼图玩具组合起来似的。那里头有战略,有诀窍。所以认真做时还相当快乐呢。不过一旦远离那个世界之后,我已经无法再感觉到那里面的任何魅力了。"

"嘿,"她放下毛巾,转身向着我说,"如果讨厌法律的话,就不要再做法律方面的工作好了。司法考试的事情最好也忘掉。既然没有必要急着找工作,如果没有意象,就等意象浮现了再说吧。这样可以吗?"

我点点头。"我想事先跟你说明,我是怎么想的。"

"嗯。"她说。

我走到厨房,洗了玻璃杯。妻从洗手间走出来,坐在厨房的桌前。

"嘿,其实今天下午哥哥打电话来了。"她说。

"噢。"

"哥哥好像无论如何很想出来选举的样子。与其这么说,不如说是几乎已经决定的样子。"

"选举?"我吃了一惊地说。我真的是,吃惊得一时出不了声音。"所谓选举,难道你是说国会议员吗?"

"是啊。下次的选举据说要从新潟伯父的选区推出候选人。"

"可是从那个选区,不是已经决定要推伯父的一个儿子当后继者出来参选吗?在电通广告公司当导演还是什么的你堂兄不是要退休回新潟吗?"

她拿出棉花棒开始清洁耳朵。"本来是这样预定好的,不过那位堂兄好像还是不愿意。在东京他有家室,工作得也很愉快,现在他说他不想回新潟去当议员。他太太强烈反对他出来参选,也是主要原因。也就是说他们不愿意牺牲家庭。"

久美子父亲的长兄是从他们新潟选区选出来的众议院议员,当了四期或五期。虽不能说是重量级,但拥有相当不错的资历,有一次担任过不是很重要的大臣职务。但因为高龄和心脏病的关系,要出马下一次选举有困难，于是必须有人承继那个选区的地盘。那位伯父有两个儿子，长男一开始就完全不打算当政治家，次男于是被看上。

"而且选区方面无论如何希望哥哥出来。他们期待年轻、头脑灵光，又有干劲的人。期待现在开始能连续担任几任议员，能在中央变成实权者的人才。而且，哥哥知名度高，可以拉到年轻人的票，真是没话说。反正他虽然在地方上不能威震一方，但因为后援会很强，所以那边愿意出力帮忙，如果要住在东京也没关系。只要肯挺身出来参选就好了。"

绵谷升当上国会议员的样子，我无法恰当地想象。"你对这怎么想？"

"他的事情跟我无关。要当国会议员或当太空人，只要他喜欢就好了。"

"那么为什么特地找你商量呢？"

"哪里有。"她以干干的声音说，"不是来找我商量的。那个人不可能找我商量吧。只是有这么一件事来通知我而已。毕竟是家族的一分子啊。"

"噢。"我说，"不过离过婚，又是单身，当国会议员的候选人会不会成问题呢？"

"不知道啊。"久美子说，"我对政治啦选举啦都不太清楚，也没兴趣。不过那姑且不管，那个人很可能不会再结婚了噢。跟谁都不会。本来就不应该结婚的。因为他所追求的是别的东西哟。跟你或我所追求的完全不同的什么。我不太知道那是什么。"

"哦？"我说。

久美子把两根棉花棒包在面纸里，丢进垃圾箱。然后仰起脸一直注视着我。"以前，我曾经在无意间撞见哥哥正在自慰。我以为没有人在，打开门一看，哥哥就在那里。"

"谁都会自慰呀。"我说。

"不是这样啦。"她说,而且叹了一口气,"那是在姐姐死掉三年左右的时候。他是大学生,我是小学四年级吧,差不多是那时候。我母亲还在为该把姐姐的衣服处理掉还是留着犹豫不决,结果留了下来。大概是想我长大了可以穿吧。于是放进纸箱,收在壁橱里。哥哥把那拉出来,一面闻着味道一面做那个。"

我沉默不语。

"我那时还小,对性什么也不懂,所以哥哥在那里做什么,我其实无法正确理解。不过只知道那是一种不可以看的复杂行为。而且那是比表面看起来更深沉的行为。"久美子这样说完就安静地摇摇头。

"绵谷升怎么知道你看见了?"

"因为我们眼睛对视了啊。"

我点点头。

"那件衣服后来怎么样了?你,长大后有没有穿姐姐的衣服?"

"怎么可能。"她说。

"他喜欢你姐姐吗?"

"不晓得。"久美子说,"虽然我不知道他对姐姐是不是有性方面的关心,不过我想其中一定有什么,我想他也许无法脱离那个什么吧。我说他不应该结婚,就是指这个。"

然后久美子长久之间沉默着。我也什么都没说。

"他在这层意义上,是抱有相当深刻的精神性困惑的噢。当然我们多多少少都抱有一些精神上的问题。不过那个人所抱有的精神上的问题,和你我所抱的东西是不同的东西哟。那是更深、更坚硬的。而且他的那种算伤痕也好,弱点也好,不管怎么样都绝对不愿意暴露在别人眼里。我说的,你明白吗?关于这次选举也一样,我有一点担心。"

"担心,你指什么?"

"不知道。有什么噢。"她说,"不过我累了。不想再多想。今天就睡觉了吧。"

我到洗手间去一面刷牙，一面望着自己的脸。我辞掉工作后三个月来，几乎都没有去过外面的世界。只在附近的商店、区营游泳池和这个家之间来来往往而已。除了银座的和光以及品川的大饭店之外，我所去过的离家最远的地方就是车站前的洗衣店。在那之间，我几乎和谁都没见面。三个月之间我所"见过"的对象，说起来除了妻之外，只有加纳马耳他和加纳克里特姐妹，以及笠原May而已。那真是个狭小的世界。而且几乎是像停止了步伐似的世界。但包含着我的世界越像那样变小，越变成静止的东西，我就越觉得那个世界好像充满了奇妙的事物和奇妙的人。好像他们一直隐藏在事物的阴影后面，一直等待着我停下脚步来。而每次当发条鸟飞到庭院来卷着那发条时，世界就越发加深那混沌迷惑的程度。

我漱了口，然后又再看了一会儿自己的脸。

没有意象，我对自己说。我三十岁，站定下来，然后就此不拥有意象。

从洗手间走到寝室时，久美子已经睡了。

11　间宫中尉的出现，从温暖的泥土中来的东西，古龙水

三天后间宫德太郎打电话来了。是早晨七点半，我和妻正在一起吃着早餐的时候。

"一大清早打电话来打搅，很抱歉。希望没有吵到您休息。"间宫氏一副非常抱歉的样子说。

早上经常都是六点多就起来了，所以没关系，我说。

他说明信片收到了很感谢，希望在我出门工作之前能取得联络。并且说如果今天中午休息时间能够和我见一下面的话则非常感激。因为可能的话，他想在今天傍晚搭新干线回到广岛。本来时间应该稍微充裕一些的，但因为忽然有急事，不得不在今天或明天内回去。

我跟他说，现在自己没有就业，一整天都有空，因此不管早上、中午、下午随时都可以，只要他方便的时间就可以见面。

"不过不知道您有没有其他的安排？"他非常有礼貌地问我。

没有任何安排，我回答。

"如果是这样的话，今天上午十点钟，我到府上拜访可以吗？"

"很好。"

"那么就那时候见面了。"说着他挂断了电话。

电话挂断之后，我想到我忘了向他说明从车站到我家的路怎么走。算了，我想，反正他知道地址，只要有心总是可以找到这里吧。

"是谁？"久美子问。

"送本田先生纪念品的人。说是今天中午以前，要特地送到家里来。"

"噢。"她说。然后喝了咖啡,在吐司上涂奶油。"相当亲切的人啊。"

"一点都没错。"

"嘿,去本田先生家上个香会不会比较好呢?至少你一个人去也好。"

"说得也是。这件事我也问他一下。"我说。

出门前久美子走到我面前来说,帮她把连衣裙的拉链拉上。是一件完全贴身的连衣裙,拉拉链有一点费事。她耳朵后面气味非常香。一种十分适合夏天早晨的香气。"是新的香水吗?"我问。不过她没有回答这问题。她很快地看了一眼手表,伸手理理头发。"我不走不行了。"她说,拿起桌上的手提包。

我整理着久美子工作用的四叠半房间,正在收集垃圾的时候,目光被纸屑箱中丢掉的黄色丝带所吸引。在写坏的二百字原稿用纸和DM印刷品的下面,那丝带只露出一点点。我之所以会注意到那丝带,是因为那是非常鲜艳的黄色。是用在礼物包装的那种丝带。整理成一卷卷像花瓣似的。我把那从纸屑箱里拿出来看。和丝带一起还有松屋百货公司的包装纸也被丢在里面。包装纸下面有一个附有Christian Dior商标的盒子,打开盒子一看,有一个瓶子形的凹痕敞开着。光看盒子,就可以推测里面装的是相当昂贵的东西。我拿着那盒子,到洗手间去,打开久美子的化妆品柜看看。结果发现里面有一瓶还几乎没有用的Christian Dior的古龙水。那瓶子形状和盒子的凹痕完全吻合。我把瓶子的金色盖子打开闻闻看。那香气和我刚才在久美子耳朵后面闻到的完全一样。

我坐在沙发上,一面喝着早晨剩下的咖啡,一面试着整理头脑。一定是有人送久美子古龙水。而且是相当高价的东西。在松屋百货公司买了,再请人系上礼物用的丝带。如果那是男人送的礼物,那对象

11 间宫中尉的出现,从温暖的泥土中来的东西,古龙水

应该是和久美子拥有相当亲密的关系了。如果不是关系很亲密的男人是不会送女性(尤其是已婚女性)古龙水的。如果那是女的朋友送的话……到底女人会不会送女的朋友古龙水呢?这点我不清楚。我所知道的只有,久美子在这段时期没有任何特别的理由从别人那里得到什么礼物。她的生日是五月。我们的结婚纪念日是五月。或者她自己买了古龙水,要人家系上漂亮的包装用丝带也不一定。为什么呢?

我叹一口气望着天花板。

我是不是应该直接问久美子呢?那瓶古龙水是谁送的?于是她可能这样回答:啊,那个啊,是我帮了一个一起工作的女同事一点私人的忙。事情说来话长,总之她非常困扰,我就好意帮她一下。她为了感谢我就送我那礼物啊。香味很棒吧?这是相当贵的噢。

OK,道理说得通。于是事情就过去了。那么为什么我非要特地问她不可呢?为什么我非要介意不可呢?

不过有什么卡住我的头脑。她要是把那古龙水的事跟我提一下也好啊。回到家来,走到自己房间,一个人解开丝带,拆开包装纸,打开盒子,把那些全部丢进纸屑箱,把瓶子放进洗手间的化妆品柜,如果有这样的时间的话,只要告诉我"今天,共事的一个女孩子送我这样的礼物噢",不就好了吗?不过她却沉默不语。也许是想没有必要特地讲吧。不过,即便是这样的话,到了现在也已经披上一层名叫"秘密"的薄外衣了。我对这件事有点在意起来。

我长久之间恍惚地望着天花板。努力想要想点别的什么,但不管想什么,头脑都无法灵活转动。我想起拉上连衣裙拉链时久美子白皙光滑的背和耳后根的香气。好久没这么想抽烟了。我想含一根烟,在尖端点火,再把烟猛然吸进肺里。那样的话,或许心情可以稍微镇定下来吧,我想。不过却没有香烟。没办法只好拿柠檬水果糖来含。

九点五十分电话铃响了。我想大概是间宫中尉吧。我住的地方是相当不好找的。连来过几次的人都还会迷路。不过那并不是间宫

尉。从听筒听到的是上次打莫名其妙电话的谜一般的女人的声音。

"你好，好久不见。"那个女人说，"怎么样，上次不错吧？感觉到一点了吗？不过为什么中途挂断了呢？才正要进入精彩部分呢。"

我一瞬间错觉以为她所说的，是加纳克里特出现的那个有梦遗的梦的事。不过那当然是另外一回事。她是说上次煮意大利面时打电话的事。

"喂，对不起我现在正在忙。"我说，"再十分钟就有客人要来，我必须做各种准备。"

"以失业中来说每天还是蛮忙的嘛。"她以带着讽刺的声音说。和上次一样。忽地声音的质改变了。"煮煮意大利面，等等客人。不过没关系哟，只要有十分钟就够了。两个人谈十分钟话吧，客人来了你就挂断好了。"

我真想就那样默默把电话挂断。不过却办不到，我因为妻古龙水的事还有一些混乱。跟谁都好，想要说一点什么。

"我不知道你是谁。"我拿起电话机旁边的铅笔，一面把那在手指之间旋转着一面说，"我真的认识你吗？"

"当然哪。我认识你呀，你也认识我。这种事情我是不会说谎的。我也没那闲工夫打电话给完全不认识的人喏。你的记忆里一定有什么死角似的地方噢。"

"这我就不太清楚了，也就是说——"

"嗨，这样好吗？"女人把我的话忽然打断地说，"不要再胡思乱想了。你认识我，我也认识你。重要的是——嘿，我对你非常体贴哟。不过你什么也不用做就行了。你不觉得这样很棒吗？你什么都不用做就行了，你什么责任也没有，全部由我来帮你做。全部噢。怎么样，你不觉得这样很棒吗？不要再想很难的问题，只要变成一片空白就好了。就像在温暖的春天下午躺在柔软的泥土里一样。"

我沉默不语。

11 间宫中尉的出现，从温暖的泥土中来的东西，古龙水

"像在睡觉一样，像在做梦一样，躺在泥土里一样……把太太的事忘掉。失业的事、将来的事也忘掉。一切的一切都忘掉吧。我们都是从温暖的泥土中来的，有一天还要回到温暖的泥土里去哟。总而言之——冈田先生，你上一次和太太做爱是什么时候还记得吗？说不定已经很久了，对吗？对了，两星期前对吗？"

"抱歉，客人来了。"我说。

"嗯，其实是更久以前噢。从你声音的感觉可以知道。嗨，三星期左右吧？"

我什么也没说。

"那都无所谓哟。"女人说。那声音感觉简直就像用小扫把把百叶窗帘上堆积的灰尘沙沙沙地扫落似的。"那怎么说都是你和你太太间的问题。不过你所要的东西我什么都可以给你。而且你对那个不需要负任何责任就可以哟。冈田先生。只要转一个弯，就有那样的地方噢。在那里有一个你没看过的宽广世界展开着呢。我说你有死角对吗？你对这件事还不明白哟。"

我还握着听筒一直沉默着。

"你看一看你的四周围呀。"女人说，"然后告诉我，那里有什么？可以看见什么？"

这时候玄关的门铃响了。我松了一口气，什么也没说地挂断电话。

间宫中尉是一位头秃得很漂亮的高个子老人，戴着金边眼镜。看起来像是个适度劳动肉体的人，皮肤浅黑色，血色相当好。也没有多余的赘肉。两眼旁边各整齐地刻入三条深深的皱纹，给人一种好像觉得太耀眼而把眼睛眯细起来似的印象。年龄无法判断，不过超过七十是可以确定的吧。年轻时候一定是个相当顽强的人物。从姿势之好和没有多余的身段，可以看出来。举止和言谈极其客气，但那里头有不

虚饰的切实感存在。看起来间宫中尉像是个习惯于凭自己的力量判断事情、自己一个人负责任的人物。他穿着没有特征的浅灰色西装、白衬衫,系着灰和黑色的条纹领带。那看起来礼貌端庄的西装在七月闷热的早晨穿来,质料似乎稍嫌厚了一些,但他并没有一点流汗的样子。而且左手是义手。他在那义手上,戴着和西装同色的浅灰色薄手套。比起日晒过毛很深的右手背来,那被手套包着的手,显示出必要之上的冷和无机性。

我让他在客厅的沙发上坐下,端出茶来。

他为没带名片道歉。"我在广岛乡下的县立高中当社会课教员,已经退休了,之后什么也没做。因为有一点田地,所以就略带兴趣地种一点简单的农作物而已。就这样,没有用名片,真失礼。"

我也一样没有名片。

"很抱歉,冈田先生您几岁啊?"

"三十岁。"我说。

他点点头。然后喝茶。三十岁给他什么样的感想我不太清楚。"不过您住的房子真是非常宁静啊。"他像要改变话题似的说。

我说这房子是以便宜租金向舅舅租来的。平常的话,以我们的收入连这一半大的房子都住不起呢,我说。他一面点点头一面暂时客气地往四周看一圈。我也一样地往四周看一圈。你看一看你的四周围呀,女人的声音说。我重新看一次之后,感觉到那里面似乎飘着一股什么陌生的空气。

"我在东京已经住了两星期。"间宫中尉说,"不过冈田先生这次纪念品分发,冈田先生是最后一位了,这样我也可以安心回去广岛了。"

"我想到本田先生府上去上个香不知道方便吗?"

"你这心意很感谢,不过因为本田先生的故乡在北海道的旭川,坟墓也在那边。这次他家人从旭川上京来到目黑的家里把行李都全部整理好，已经搬走了。"

"原来如此。"我说，"那么本田先生是离开家人一个人住在东京的啊？"

"是的。住在旭川的长男，不放心让他老人家一个人住东京，外面听闻也不好，好像请过他一起去住，但他本人说无论如何都不要。"

"他有孩子啊？"我有些吃惊地说。总觉得本田先生好像是天涯孤独孑然一身似的。"那么他太太已经过世了吗？"

"这个倒有些复杂，本田先生的太太，其实在战后不久就跟别的男人一起殉情自杀死了。那是昭和二十五年或二十六年的事吧。那一部分的详细情形我也不清楚。本田先生没有详细谈过，我也总不能一一向他打听。"

我点点头。

"本田先生后来以一个男人家的手把一个儿子一个女儿抚养长大。等儿女各自独立之后，他就一个人到东京，正如您所知道的，开始做占卜的工作。"

"在旭川做过什么样的工作呢？"

"和他哥哥一起共同经营印刷厂。"

我试着想象穿着工作服的本田先生，站在印刷机前，检点着印出来的东西时的样子。不过对我来说，本田先生还是那个穿着有点脏的和服，腰上绑着像是睡衣带子似的东西，不分冬夏都坐在暖炉桌前，拨弄着竹签的脏兮兮的老人。

间宫中尉于是把手上拿着的布包用单手灵巧地解开，拿出像是小点心盒似的东西来。那是用牛皮纸卷起来，用绳子牢牢绑了几圈的。他把那东西放在桌上，推向我的方向。

"这就是本田先生托我交给冈田先生的纪念品。"间宫中尉说。

我收了下来，拿在手上看看。那几乎没有重量。里面到底放了什么，真是无法想象。

"现在在这里打开好吗？"

间宫中尉摇摇头。"不，真抱歉，请你一个人的时候再打开，故人的指示是这样。"

我点点头，把那包东西放回桌上。

"其实说起来，"间宫中尉开始说，"我接到本田先生的信，是在他真正去世的一天前。那信上已经写着自己不久即将死去。死这件事没有什么可怕。这是自己的天命。只有顺从天命而已。但我还有没做完的事。事实上自己家的壁橱里有这些、这些东西。这是我经常想着要留传给各种人的东西。但我似乎无法做到。于是想借您的手，但愿能依照我在别张纸上所写的分配给他们当纪念。我非常知道这是十分厚脸皮的不情之请。不过可否把这当作我的末期心愿，请费心帮我这个忙好吗——这样写着。我吃了一惊——因为我和本田先生已经六七年音讯断绝了，却突然收到这样一封信——于是立刻写了一封信给本田先生。但那信刚寄出，就收到他儿子寄来本田先生已经去世的通知了。"

他手上拿起茶杯，喝了一口茶。

"他已经知道自己将要死了。一定是达到我们所无法达到的境地。正如您在明信片上所写的那样，他确实有让人心动摇的东西。我在昭和十三年春天第一次遇到他的时候开始就有这种感觉。"

"间宫先生在诺门坎战争中是和本田先生属于同一个部队吗？"

"不。"间宫中尉这样说，然后轻轻咬着嘴唇，"不是这样。我和他是属于不同部队、不同师团的。我们一起行动是在诺门坎战争的先锋小规模作战行动的时候。本田伍长在那之后在诺门坎的战斗中负伤，被送回国内。我则没有参加诺门坎的战斗。我——"说到这里间宫中尉举起戴着手套的左手，"我失去这左手，是在昭和二十年八月苏联军侵略攻击的时候。在坦克战的热战中肩膀被重机枪子弹打中，暂时失去知觉，又被苏联军坦克的履带压碎。然后我被苏联军俘虏，

11　间宫中尉的出现，从温暖的泥土中来的东西，古龙水

在赤塔的医院接受治疗，然后被送到西伯利亚的收容所，结果到昭和二十四年之前都被拘留在那里。自从昭和十二年被送到伪满洲以来，总共在大陆停留十二年。在那之间从来没有一次踏进国内的土地。亲戚们都以为我已经在和苏联军作战中战死了。故乡的墓地里有我的坟墓。在离开日本之前，虽然不太确定，但已经有互相约定的女性，可是她已经和别的男人结婚。没办法。十二年实在是漫长的岁月。"

我点点头。

"冈田先生这么年轻，跟您谈这些从前的事一定很无聊吧？"他说，"不过我只想说一件事，那就是我们和您一样，只是极普通的青年。我从来没有一次想当军人过。我是想当教员的。但大学毕业立刻就被召集，被半强制地当上干部候补生，就那样终于一直没能回到国内。我的人生简直像一场虚幻无常的梦一样。"间宫中尉就那样暂时闭上嘴。

"不知道能不能请您说一说您和本田先生互相认识那时候的事？"我试着说。我真的很想知道。本田先生以前到底是什么样的人物。

间宫中尉双手整齐地放在膝盖上不动，想了一下什么。并不是在犹豫该怎么办才好，只是在想着什么。

"话可能变得很长噢。"

"没问题。"我说。

"这件事从来没有跟任何人提过。"他说，"本田先生应该也没有跟别人提过。因为我们……决定只有这件事不向任何人说。不过本田先生已经去世了。剩下来的只有我一个人。说出来大概也不会给谁添麻烦了吧。"

于是间宫中尉开始说。

12　间宫中尉的长谈 1

"我到达伪满洲是在昭和十二年初的事。"间宫中尉开始说,"我以少尉身份到新京的关东军参谋本部报到。我在大学里主修的是地理,因此被编到隶属于专门制作地图的兵要地志班的部队里。对我来说真是非常庆幸。因为我被指定的勤务,说真的,在军队的勤务里算是属于相当轻松的种类。

"再加上,当时伪满洲内的情况可以算是比较平稳的,或还算安定的。由于中日战争突然爆发,战争的舞台已经由伪满洲往中国内地移转,和战斗有关的部队也从关东军改变为支那派遣军了。虽然反日游击战的扫荡战还在继续着,但那也是比较偏远地方的事,整体来说大致都已经克服了。关东军将那强有力的军队安置于伪满洲,一方面睥睨着北方,一方面企图维持刚独立不久的伪满洲的安定和治安。

"虽说是平稳,不过毕竟还是战时,因此经常在演习。但我不必参加这些。这也很庆幸。在气温会降到零下四十摄氏度、五十摄氏度的极严寒的冬天里举行演习,虽说是演习,但如果搞不好很可能会丢掉性命。每举行一次演习,就有数百名士兵冻伤,必须住院或送去温泉治疗。新京街上,虽然称不上大都会那样繁华,不过也是个充满异国情调的有趣场所,想玩的话,还蛮有可玩的地方。我们新任的单身军官们并不住在军营,而是聚集在类似学生宿舍的地方生活。那说起来倒像是学生生活的延长似的轻松。就这样一连过了一些和平的日子,但愿什么事也没发生,就这样服完兵役该多好,我轻松地想着。

"但当然那只不过是表面的和平而已。除了那一小圈日光照得到的地方之外，战争正炽烈地继续进行着。和中国的战争大概会变得如同陷身于泥沼中无法自拔吧，我想大多的日本人都知道这点。只要是有正常头脑的日本人，应该都知道。例如，就算在几个局部地区战胜了，但那样大的国家，日本是不可能长期占领统治的。这种事只要冷静考虑的话就会知道。果然不出所料，战争一延长，战死者和负伤者的人数就逐渐增加。而且对美关系也像从斜坡道跌倒一样地急速恶化。即使在内地，也知道战争的阴影一天比一天浓重。昭和十二三年是那样一个黑暗时代。但是在新京过着悠闲军官生活时，说真的，感觉哪里有什么战争呢？我们每天晚上喝酒，大家乱开玩笑，到有白俄女郎的咖啡店去玩。

"但是有一天，昭和十三年四月底左右，我被叫到参谋本部去和一个姓山本的穿平民服的男人见面。头发短短的、留着胡髭的男人。个子不很高。年龄我想大概三十五岁。脖子上有一道被刀割过的疤痕。长官这样说。山本先生是平民，接受军方委托，帮我们做住在伪满洲内的蒙古人生活习俗调查。这次要到呼伦贝尔草原的蒙古国界地带做调查。军方打算派几名士兵作为警卫同行参加调查。你也是被指派中的一名。不过我不相信那话。山本这男人，虽然穿着平民服装，但看起来怎么都像是职业军人。无论眼神也好，说话方式也好，姿势也好，一看就知道。我猜是高级将校，而且很可能是情报关系方面的。也许他的任务性质，要求他不能暴露是军人身份。因此散发着某种类似不祥预感之类的东西。

"和山本同行的士兵人数包含我在内一共三个人。以警卫角色来说人数未免太少了，但士兵人数一多，在国境附近展开活动容易吸引外蒙古军队的注意。希望可以说是少数精锐，但实际上并非如此。就以唯一的军官我来说，就完全没有实战经验。算得上战力的，只有滨野这位军曹而已。滨野是属于参谋本部的军队，我相当熟悉，也就是相当强壮善战、受过严格训练的下士官。在中国也曾立过战功。是个大个子，豪勇大胆，万一有状况是可以信赖的男人。但另外一位姓本田的伍长我就不知道为什么会被派加入了。本田和我一样，是被从内地送来不久的，当然同样没有实战经验。猛一看是一位乖巧沉默的男人，一到战斗的时候大概也发生不了太大作用吧。而且他属于第七师团。是参谋本部特地为了这次使命从第七师团把他提调过来的。也就是说他是有这价值的军人。至于那理由则是在很久之后才明白。

"我之所以被选为那警备兵的指挥军官，是因为我主要负责伪满洲西部边境，哈尔哈河流域方面的地志。充实这方面的地图是我的主要工作。我曾经搭飞机在那一带上空飞过。所以我一起去大概比较方便吧。此外另一方面，我被指派的任务是在警卫之余多方搜集该地区更详细的地志情报，以便制作精密度更高的地图。算是一举两得。我们那时候所带的呼伦贝尔草原的外蒙古和国境地带的地图，说真的是非常粗糙的。只是清朝时期的地图稍微加一点工的程度而已。关东军自从伪满洲建立以来实施了几次调查测量，想制作正确的地图，但无论如何毕竟国土太大了。加上伪满洲西部是像沙漠一样的荒野无止境地延伸，因此国境线有等于没有一样。而且原来住在那里的是蒙古游牧民族。他们几千年来都不需要国境线，那种概念本身就没有。

"加上政治情势也使准确地图的制作延迟了。因为如果这边随自己的意思画出一条国境线制成正式地图的话，很可能会引起很大的纷争。与伪满洲交界的苏联和蒙古，对于国境线的侵犯都非常神经质，过去就曾经好几次为境界线而展开激烈的战斗。那时候，陆军并不欢迎和苏联爆发战争。因为陆军主力正投入中国战争中，没有兵力余裕可以拨出大批军队对苏联作战。师团数目已经不足，坦克、重炮、航空飞机的数目也不足。而且对建立以来时日尚浅的伪满洲来说，首先暂且安定国体才是先决条件。至于北部、西北部国境线的明确界定可以等以后再说，这是军方的想法。总之计划暂且维持不明确的状况，以争取一些时间。向来逞强好胜的关东军大致上也尊重该见解，采取静观态度。因此一切便放任其继续保持暧昧不明。

"不过不管想法如何，万一有什么事故而引起战争（实际上诺门坎战争就在那第二年发生），我们没有地图就没办法作战。而且不是民间的地图，必须是战争用的专业地图。什么地方可以构筑什么样的阵地，重炮放置什么位置最有效，步兵部队徒步到达该地要花几天，饮水可以在什么地方取得，马匹粮草需要多少，战争必须要有加进这些详细情报的地图。如果没有那样的地图而想打近代战是不可能的。因此我们的工作和情报部的工作互相重叠的部分很多，和关东军情报部及在海拉尔的特务机关频繁进行情报交换。彼此的面孔也都大致认识。但山本这个人则是第一次见到。

"准备了五天之后，我们就搭火车从新京往海拉尔。并从那里搭卡车经过一个叫甘州庙的喇嘛教寺庙，到达哈尔哈河附近伪满洲军队的边境监视所。正确数字已经记不得了，不过距离我想大约有三百到三百五十公里左右。放眼四顾，真的是一望无际什么也没有的空旷荒野。我基于职业上的习惯，在卡车上一直对照着地图和地形。但不管对不对照，上面都没有任何一个东西是可以称之为陆标的记号。只有乱蓬蓬杂草丛生的低矮丘陵不断延伸，地平线无止无境地延续下去，天上飘浮着白云而已。在地图上自己到底在哪里，都无从准确知道。只能依照行进的时间来计算，推测大概在这一带吧。

"在那样荒凉的风景中默默前进时，有时候会失去所谓自己这个人的整体感，而被一种逐渐解体下去的错觉所侵袭。周围的空间太大了，因此变得很难掌握所谓自己这存在的平衡感。您可以了解吗？只有意识和风景一起逐渐膨胀、扩散下去，那变得无法和自己的肉体联系在一起。这是我在蒙古的原野正中央所感觉到的。我想这是个多么广大的地方啊。在我的感觉上，那与其说是荒野，不如说是接近海似的东西。太阳由东方地平线升起，慢慢横切过半空，然后沉入西边的地平线。说起来在我们周围眼睛所能看见的变化，只有这个而已。在那动作之中，能够产生某种可以称之为巨大的、宇宙性的慈悲之类的感觉。

"在伪满洲军队的监视所，我们下了卡车换成骑马。那里除了我们骑的四匹马之外，另外还备有囤积粮食、水和装备的两匹马。我们的装备是属于比较轻的。我和叫作山本的男人只带了手枪而已。滨野和本田则除了手枪之外还带有三八式步枪，并各带两个手榴弹。

"指挥我们的，实质上是山本。他决定一切，对我们下达指示。因为表面上他是民间的人，从军方规则来说应该是我当指挥官来行动才对。但在山本的指挥之下谁也没有夹杂任何疑问。因为任谁看来他都是适合指挥的男人，我在阶级上虽然是少尉，但实际上却是没有实战经验的事务人员而已。军队这东西就是能够正确看穿这种实力的地方，大家自然会顺从有实力的人。而且加上出发前我的长官交代过要绝对尊重山本的指示。总之以超越法规的方式服从山本的命令。

"我们走出哈尔哈河，从那里沿河往南下。由于雪融解，河水量增加。河里可以看见很大的鱼。偶尔，也曾看过远方有狼的影子。也许不是纯种的狼，而是和野狗混血的品种。但不变的是都很危险。到了夜晚，我们为了保护马不被狼偷袭而不得不站步哨。还可以看到不少鸟。其中似乎有许多是要回西伯利亚的候鸟。我和山本针对地势做各种商量。我们一面以地图确认着自己所经过的路途，一面把眼前所见的详细情报一一记入笔记里。但除了这些专业的情报交换之外，山本几乎没对我开过什么口。他只默默策马前进，一个人远离我们进食，什么也不说地睡觉。我所获得的印象，是他并不是第一次到这附近来。他对那一带的地形和方向，拥有令人吃惊的正确知识。

"两天之间平安无事地往南前进之后，山本把我叫去，说明天天还没亮就要越过哈尔哈河。我吃了一惊。为什么呢？因为哈尔哈河对岸是蒙古的领土。我们现在所在的哈尔哈河右岸确实也是危险的国界纷争地带。蒙古主张那是自己的国家领土，伪满洲主张那是伪满洲的领土，经常引起武力冲突。但我们如果在那里被蒙军逮捕的话，只要在右岸，可以称之为所谓两国见解的不同，大体上还有话可说。而且现在这雪融时期很少有从这里渡河的外蒙军部队，因此事实上很少有和他们遭遇的危险。但哈尔哈河左岸的话，就是另一回事了。那里确实有蒙军的巡逻队。如果我们在那里被逮捕的话，可没有借口可说了。因为是明显的国境侵犯，搞不好会变成政治问题。即使当场被射杀也没得抱怨。而且我并没有接到长官说要越过国界的指示。只接到要服从山本指示的命令。但那是不是包含侵犯国界这样重大的行为呢，我无法立即决断。第二点，这时期的哈尔哈河刚才也说过河水增涨很多，要渡河的话流水冲势太猛。加上又是融雪的水，一定冷得可怕极了。连游牧民族都不太愿意在这时期渡河。他们渡河大都在结冰期，或流水较少水温也较高的夏季。

"我这样说时，山本注视了一会儿我的脸，然后点了几次头。'你担心侵犯国界这我很了解，'他好像在说给我听似的这样说，'因为你是带兵的军官，责任所在有话说是当然的。部下的生命无意义地暴露在危险境地不是你的本意。但这件事就交给我吧。关于这件事我会负一切责任。以我的立场不能告诉你很多事，不过这些话军方的最高级都知道。关于渡河技术上没有问题。渡河有可以妥当隐藏的地点。外蒙军确保了几个这样的点。这件事你也知道吧？我以前就越过几次。去年同一时期也从同一个地方进入外蒙古。你可以不用担心。'

"精通这一带地理的外蒙军，在这雪融时期，虽然不多，但确实送了一些战斗部队进入哈尔哈河右岸。在哈尔哈河他们只要愿意，是有几个可供以部队为单位渡河的地点存在。而且如果他们能够在那里渡河，这位叫山本的男人应该就可以渡河，我们也并不是不可能渡河。

"那是一般被认为由外蒙军所建立的秘密渡河地点。被巧妙伪装过，一眼看不出是渡河地点。浅滩和浅滩之间以木板桥渡过水中，避免被急流冲走而穿有绳索。如果水位减少一些的话，显然兵员输送车、装甲车和战车都可以轻松渡过这里。因为是水中的桥，飞机从空中也难以侦察出所在地点。我们抓住那绳索横切过河流。首先由山本单独渡河，确定没有外蒙的巡逻兵之后，我们再继续渡河。水冷得脚都失去感觉了，但我们总算和马都站上了哈尔哈河的左岸。左岸的土地比右岸高得多，可以瞭望右岸宽阔的沙漠一望无际地延伸出去。这也是在诺门坎战争时苏联军始终占尽优势的原因之一。土地的高度差也会产生很大的大炮着弹精度差。姑且不论这个，我记得当时深深感觉河的这边和河的那边视野相当不同。被冰一般的河水泡湿的身体长久之间神经都麻痹着。一时间甚至连声音都出不来。但一想到自己完全在敌人的阵地上，说真的，就紧张得连冷都忘掉了。

"然后我们沿着河南下。哈尔哈河在我们左手的眼底，像蛇一样曲折蜿蜒地流着。不久之后山本对我们说，大家最好把阶级章拿下来。我们依他说的做。我想如果被敌人逮捕的话，明白阶级可能不妙吧。基于同样的理由，我把军官用的长统靴脱下，改穿西式绑腿鞋。

"渡过哈尔哈河那天傍晚，我们正在准备野营时一个男人走过来。男人是蒙古人。因为蒙古人采用比一般高的马鞍骑马，因此远远地就可以分辨出来。滨野军曹发现他的身影之后就准备步枪，山本向滨野说'不要开枪'。滨野什么也没说地放下步枪。我们四个人安静站在原地，等那个人骑马走近来。男人背上挂着苏维埃制的步枪，腰上插着毛瑟枪。脸上满是胡子，戴着有护耳的帽子。男人虽然穿着像是游牧民族常穿的脏衣服，但从举止动作一看就知道是职业军人。

"男人下了马，就对山本开口说话。我想那是蒙古话。我在某种程度上多少了解一点俄语和中国话，但他说的都不是这两种话。所以我想是蒙古话没错。山本也对男人说蒙古话。于是我更确信他是情报部的军官。

"'间宫少尉，我跟这个人一起出去。'山本说，'不知道要花多少时间，不过我希望你们在这里伺机。我想不用我说，你们还是要经常轮流站步哨。如果三十六小时还没回来的话，希望你们跟司令部报告情况。派一个人渡河回满军的监视所去。'明白了，我回答。山本骑上马，和蒙古人两人一起朝西奔去。

"我们三个人准备野营，吃了简单的晚饭。既不能煮饭，也不能烧火。除了低矮的沙丘之外，眼睛所及是无一遮蔽物的旷野，因此烟一升起，一定立刻会被敌人逮捕。我们在沙丘后面张开低帐篷，躲起来啃干面包，吃冷肉罐头。太阳一落入地平线，黑暗立刻覆盖周围，天空闪着无数的星星。混合着哈尔哈河轰轰的声音，远方听得见狼号声。我们躺在沙丘上，让白天的疲劳休息静养。

"'少尉，'滨野军曹对我说，'我们好像陷入危险中了。'

"'是啊。'我回答。

"那时候我和滨野军曹、本田伍长互相已经变得相当知心了。因为我是几乎没有军历的新任军官，本来是会被像滨野这样战争经历丰富的下士官所排斥或轻视的，但他和我之间并没有这样的情形。由于我是在大学受过专门教育的军官，他对我抱有一种类似敬意的东西。而我也不拘泥于阶级，经常有心把他的实战经验和现实判断力放在眼里。加上他是山口县出身，而我是离山口县境很近的广岛出身，自然比较投缘谈得来，容易产生亲密感。他告诉我有关在中国的战争。他只有小学毕业，是天生当兵的料，但在中国大陆那不知何日终止的麻烦战争里，他也颇抱怀疑。他把那种心情坦白说了出来。自己是当兵的，打仗当然没关系，他说。为国家而死也没关系。因为那是我的职业。但我们现在在这里打的仗，怎么想都不是正常的战争噢，少尉。那并不是有明确战线，敌人从正面挑战的正式战争。我们往前进，敌人几乎不战而逃。而败走的中国兵脱掉军服潜进老百姓里面去。于是连我们都弄不清楚谁是敌人。所以我们声称捉匪贼，捉残兵，而杀了许多无罪的人，掠夺粮食。战线一直往前推进，补给却追不上，因此我们只好掠夺。收容俘虏的地方也因为没有粮食，而不得不杀掉俘虏。这是不对的。在南京一带做了非常糟糕的事噢。我们的部队也做了。把几十个人丢进井里，从上面投进几颗手榴弹。还做了一些其他说不出口的事情。少尉，这个战争没有任何大义可言。这只是互相残杀而已。而被践踏的，结果还是贫苦的农民。他们没有什么思想。没有国民党、张学良、八路军、日本军，什么都没有。只要有饭吃，什么都可以。因为我是贫苦渔夫的孩子，所以很了解贫穷百姓的心情。所谓庶民就是从早到晚努力劳动，虽然如此也只能赚到勉强糊口的钱而已，少尉。对这些人毫无意义地杀伐，说这是为了日本，我怎么都不以为然。

"和他比起来，本田伍长就不太谈自己的事。他大致是个沉默的男人，经常不开口，只是侧身倾听我们谈话而已。不过虽然沉默，却并不阴郁。只是不主动开口说话而已。这确实使我觉得不知道这个人在想什么，但他并没有予人不快的感觉。在他那安静之中，反而有令人心安的东西。可以说悠然自得不疾不徐，即使发生什么事情，脸色也几乎不会改变。他是旭川出身的，父亲在那边开一家小印刷厂。年龄比我小两岁，中学毕业之后就和哥哥一起帮忙父亲工作。家里只有男孩子三兄弟，他是最小的，大哥两年前在中国战死了。他喜欢读书，一有自由时间，就躺下来读跟佛教有关的书。

"正如我说过的，本田没有实战经验，只在内地接受过一年教育，但以军队来说，他依然是个优秀军人。正如任何小队里一定有一两个这样的军人一样。他们很有耐性，从不抱怨，任务都一一认真达成。有体力，灵感敏锐。教他什么，一教立刻就会。而且可以正确地应用。他就是这样的一个军人。由于受过骑兵训练，在我们之中最了解马，我们的六匹马都由他照顾。而且不是普通的照顾。他甚至让我们觉得连马的心情他都一清二楚完全明白。滨野军曹也立刻认定本田伍长的能力，各种事情都安心地交给他。

"因此缘故，虽说是临时聚集起来的队伍，但我想我们之间的意见沟通都很圆滑顺利。由于不是正规的分队，没有中规中矩的严格规定。说起来，彼此有一种很投缘的袍泽之亲之类的轻松感。因此不管滨野军曹或我，都不拘泥于下士官或军官的阶级框架，而能相当坦诚地敞开心无话不谈。

"'少尉你对那个山本怎么想？'滨野问。

"'大概是特务机关的吧。'我说，'能讲蒙古话是相当不简单的专家噢。而且对这附近的详细情况都很了解。'

"'我也这样想。起初以为是军方长官收编的一旗特别编组的马贼或大陆浪人，但好像又不是。如果是那些家伙的话，我也很清楚。他们不管有没有的事都爱乱吹嘘。而且立刻就想卖弄枪法什么的。但山本这个人却没有这方面的轻薄。看起来胆识非常大。有上级将校的气味。我曾经无意间听到过这种事，听说军方这次要召集一些兴安军里的蒙古人组成谋略部队。因此召集了几个谋略专业的日系军官。也许和那有关系也不一定。'

"本田伍长拿着步枪在稍离一点距离的地方监视着。我把勃朗宁步枪放在随时伸手可及的地上。滨野军曹解开绑腿，正在揉着脚。

"'这只是我的猜测而已，'滨野继续说，'说不定那个蒙古人是想和日本军串通的反苏联派蒙军将官也不一定。'

"'有可能。'我说，'不过对外还是闲话少说为妙。说不定要砍头的。'

"'我也没那么傻。因为在这里我才说。'滨野一面嘻嘻地笑着一面这样说。然后一本正经地恢复正色。'不过少尉。如果真是这样的话，我们真的很危险喏。说不定会有战争噢。'

"我点点头。蒙古虽说是独立国，但也可以说是被苏联压制下的卫星国家。这一点就跟伪满洲是由日本军掌握实权的一样半斤八两。不过据说其中也有反苏联派在暗中活跃。过去，反苏联派就曾经和伪满洲的日本军串通，几次发起动乱。叛乱分子的核心是对苏联军人的残暴怀着反感的蒙古军人、反抗强制农业集中化的地主阶级和超越十万人的喇嘛教僧侣。那样的反苏联派所能依赖的外部势力，只有驻在伪满洲的日本军而已。而且对他们来说，似乎与其和苏联人，不如和同样是亚洲人的日本人比较有亲近感。前年昭和十二年在首都乌兰巴托，一个大规模叛乱计划事迹败露，遭到大肃清。数以千计的军人和喇嘛教僧侣，以与日本军串通的反革命分子罪而被大量处刑。虽然如此，反苏联派感情依然没有消失，仍然隐藏在各种地方。因此就算日本的情报军官越过哈尔哈河，悄悄和反苏联派蒙古军官取得联络也绝不是一件奇怪的事。蒙军正因警戒这个而频繁派出巡回警备队，虽然禁止进入伪满洲与边境线的十公里乃至二十公里内的地区，但因为是宽广的边境地带，监视的目光没办法完全顾及。

"不过就算他们的叛变成功，苏联军也会即时介入，镇压那反革命吧，这是可以预见的。而且一旦苏联军介入，反叛军可能会要求日本军增援，于是关东军就有军事介入的大义名分了。取得蒙古等于是在苏联经营的西伯利亚侧腹部插入一把刀一样。虽然内地大本营说要踩刹车，但没有比这更好的机会，像一团野心团块般的关东军参谋们是不会安静放过这机会的。那么一来，将不是什么国境纷争而可能演变成正式的日苏战争了。一旦'满苏国境'爆发正式的日苏战争，希特勒可能也会和那呼应而进军波兰或捷克。滨野军曹想说的是这样的事。

"天亮之后山本还是没有回来。轮到最后一个站步哨的是我。我借了滨野军曹的步枪，坐在稍微高起的小沙丘上，一直眺望着东边的天空。蒙古的黎明真是壮观。在一瞬之间地平线呈一条微明的线从黑暗中浮起，然后忽然往上方拉起。看起来简直像从空中伸出一只大手，从地面慢慢把夜幕拉掉似的。那真是雄壮的风景。就像刚才我也说过的那样，是远远超越所谓我这个人的意识领域的那种雄壮。看着看着，甚至觉得自己的生命好像要逐渐变薄而消失了似的。那里面丝毫都不含有所谓人的营生这种细微的事物。从没有一件被称为所谓生命之类的东西存在的太古开始，和这同样的现象就已经运行几亿或几十亿次了。我忘记了守卫的事，呆呆地眺望着那黎明的光景。

"太阳完全升上地平线之后，我点上香烟，喝了水筒的水，再小便。然后想想日本。我脑子里浮现五月初故乡的风景。想起花的气味，河川的潺潺声，天空的云。想起老朋友和家里人。并想起松软的甜柏饼。虽然我不是特别喜欢甜的东西，但只有那时候，觉得想吃柏饼想得要命。如果这里有柏饼可以吃的话，即使要付半年的薪水我也愿意。想起日本时，我觉得自己好像被遗弃在世界尽头似的。为什么非要在这杂草丛生除了臭虫之外什么也没有的广大土地，几乎既在军事上也在产业上没有任何价值的不毛土地，拼着死命去争不可呢？我实在无法理解。如果是保卫故乡的土地，我即使送了命也要战。但为了这不长任何谷物的荒凉土地而舍弃唯一的生命，则真是愚蠢。"

"山本回来是在第二天的黎明时分。那天早晨还是由我站最后的步哨。我那时候正在恍惚地望着河，从背后传来像是马嘶似的声音，我急忙回过头，但什么也没看见。我安静不动地一直朝向听得见马嘶声的方向准备着步枪。我吞一口唾液，就发出咯一声巨响。那是令自己都大吃一惊的巨大声音。扣在扳机上的手指不停地抖颤。到目前为止我还从来没有一次向人开过枪。

"但几秒钟之后，摇摇晃晃地越过沙丘而来的是骑在马上的山本身影。我的手指依然按在步枪的扳机上回头四顾，但除了山本之外，看不见其他人影。既没见到来迎接他的蒙古人的影子，也没见到敌兵的影子。只有白色的大月亮像不祥的巨石一般浮在东方的天空。他的左臂好像受伤了。绑在手臂上的手帕染上一片鲜红的血，我把本田伍长叫起来，让他照顾山本骑的马。似乎是奔驰了很长一段距离，马喘着粗气，流着大量的汗。滨野代替我站步哨，我拿出医药箱为山本治疗手臂的伤。

"'子弹拔出来了，流血也止住了。'山本说道。确实子弹以巧妙的姿态漂亮地贯穿了。只有那部分的肉被挖出来。我把代替绷带的手帕拿掉，伤口用酒精消毒，卷上新的绷带。在那之间他的脸都没皱一下。只有上唇一带微微浮现汗滴而已。他以水筒的水润润喉之后，点起一根香烟，把那烟好像很美味似的吸进肺的深处。然后拿出勃朗宁步枪夹在腋下，把弹夹拔出来用单手灵巧地装上三发子弹。'间宫少尉，我们立刻从这里撤退。渡过哈尔哈河，回满军的监视所。'

"我们几乎都没开口地急忙拔营撤退，骑上马奔向渡河地点。到底在什么地方发生了什么事，被谁开枪射击的，我什么都没问山本。我没有资格向他质问这些，就算有资格问，他大概也不会回答吧。不管怎么说那时候我脑子里想的，总之只有早一刻离开这敌人的阵地，渡过哈尔哈河到达比较安全的右岸而已。

"我们只是默默在草原上骑马前进。虽然依然没有人开口说话，但显然大家脑子里想的是同一件事。到底能不能平安无事地渡过河这件事而已。如果外蒙军的巡逻队比我们先到达那座桥，我们就万事休矣。我们实在没有什么胜算。我记得腋下一直不停地渗着汗水。那汗一直都不干。'间宫少尉，你有没有被枪射中过？'山本在长久沉默之后，从马上问我。

"没有，我回答。

"'有没有射过谁？'

"没有，我重复着同样的回答。

"我那样的答案给他什么样的感想，我不知道。或者到底基于什么目的问我这样的问题，我也不知道。

"'事实上我身上带着一件必须送回军司令部的文件。'他说，并把手放在马鞍上附的置物袋上，'如果没办法送到的话，这必须断然处分掉。烧掉也好，埋掉也好，但无论如何都不可以落入敌人手中。不管发生什么。这是最优先事项。这件事要请你预先了解。这是非常非常重要的事。'

"'我知道了。'我说。

"山本一直注视着我的眼睛。'如果陷入不妙的事态，首先把我射死。不要犹豫地射死。'他说，'如果我能自己射就自己射了。但我的手臂受伤，依情况也许无法自决。那时候请你帮我射击。而且射击的时候，一定要杀死。'

"我默默点头。"

"我们在黄昏之前到达渡河地点时，证明我在路上所抱的危机念头并不是没有根据的。外蒙军已经在那里展开一个小部队。我和山本登上小高沙丘，交替地用望远镜头探视。军队的人数总共有八个人，虽然不是很多，但以国境巡逻队来说是相当的重装备。有一个人带着轻机枪。其次在稍高的地方盘踞着一挺重机枪。重机枪周围堆积着沙袋。机关枪朝向河面，目的十分明显。他们为了不让我们渡河到对岸，而守在那里。他们在河边张开天罗地网，打了桩系着十头左右的马。直到捉到我们为止，他们打算在那里按兵不动。

"'渡河地点除了这里没有其他地方吗？'我试着问。

"山本眼睛离开望远镜，看看我的脸摇摇头。'有是有，但太远了。从这里骑马要花两整天，我们没有那么充裕的时间。所以，虽然勉强，也只好从这里渡河。'

"'那么，是要趁夜晚悄悄渡河吗？'

"'是啊。没有其他办法。马留在这边。只要解决步哨卫兵，其他士兵大概都在沉睡吧。河的流水声可以把大多的声音掩盖掉，所以不用担心。步哨由我来解决。在那之前没有什么可做，所以趁现在好好睡一下休养一下身体比较好。'

"我们决定渡河作战的时刻定在凌晨三点。本田伍长把马背上堆的行李全部卸下，把马带到远方去放掉。多余的弹药和粮食挖了深穴埋掉。我们身上带的只有水筒、一天份的粮食、步枪和少量的弹药而已。如果被拥有压倒性火力优势的蒙军逮捕的话，不管我们有多少弹药，都没有胜算。然后我们决定在时间来临之前睡一点觉。如果能顺利渡河的话，接下来应该有一段时间没有可能睡觉。要睡只能趁现在睡。最初由本田伍长站步哨，其次换滨野军曹。

"在帐篷里一躺下来，山本立刻开始睡着了。到目前为止他似乎一直都没睡的样子。他那收藏重要文件的皮包放在枕头边。终于滨野也开始睡了。我们都很疲劳。但我因为紧张而长久无法入睡。明明想睡得要命，为什么却睡不着。一想到要杀死蒙军的步哨卫兵，而后面重机枪正冒火射击着正在渡河的我们，神经便逐渐高亢起来。手掌直冒冷汗，太阳穴疼痛不止。万一出事，自己是不是能够探取身为军官不至于羞耻的行动呢，我没有自信。我走出帐篷，走到正在站步哨的本田伍长旁边，在他身边坐下。

"'本田哪，我们也许会死在这里吧？'我说。

"'是啊。'本田回答。

"我们沉默了一会儿。但我对他的那个'是啊'的回答里所含的意思有点不满。好像里面含有某种犹豫的意味似的。我不是感觉很灵的人。但多少明白他隐藏了什么使得回答暧昧不明。我试着问个清楚。如果有什么话，就不客气地说出来吧。因为这也许是最后的机会了。肚子里藏有什么话，就清楚说出来，怎么样，我说。

"本田嘴唇闭得紧紧的。用手指抚摸了一会儿脚边的沙地。看来他心中有什么纠葛在一起。'少尉，'过了一会儿之后他才说，他一直注视着我的脸，'少尉在我们四个里面是最长寿的，你会在日本死掉。比你自己预想的还要长寿得多。'

"这次换我一直注视他的脸。

"'为什么你会知道这种事呢,少尉一定会有这疑问吧。不过这我自己也无法说明。我自己只是知道而已。'

"'那是,像灵感一样的东西吗?'

"'也许是。不过灵感这字眼和我自己的心情并不吻合。不是这么夸张的事。就像刚才我也说过的,自己只是知道而已。只有这样。'

"'你有这种倾向吗?从以前开始就这样?'

"'有。'他以明确的声音说,'但自从懂事以后,我一直向别人隐藏这件事。这次是因为关系生死,而且是对少尉,我才说出来。'

"'那么其他的人怎么样呢?这你也知道吗?'

"他摇摇头。'有的知道,有的不知道。不过我想少尉还是不要知道比较好。对于大学毕业的少尉您,像我这样的人,这样了不起似的说也许有些僭越也不一定,不过人的命运这东西是在过去以后回头看的。不是走在前面看的。我自己多少有点习惯了。但少尉您并不习惯。'

"'不过总之我不会死在这里吗?'

"他捧起脚边的一把沙,让它们从手指缝之间沙啦沙啦地漏掉。'只有这点我可以说。少尉您不会在这大陆上死掉。'

"我还想谈更多,但本田伍长只说完这个之后就闭口不说了。似乎进入自己的思索或冥想之中。我握着步枪一直注视着旷野。除此之外我说什么,都似乎进入不了他的耳朵了。

"我走回低低地张在沙丘后面的帐篷,在滨野身旁躺下,闭起眼睛。这次睡意来袭。那简直就像脚被扯着往深海里拉一样深沉的睡眠。"

13　间宫中尉的长谈 2

"把我惊醒的是来福枪去除安全装置，咔嚓一声的金属声。在战场的士兵，不管多么沉睡，都不可能听漏那声音。那怎么说，都是一种特别的声音。就像死本身一样沉重、冰冷。我几乎是反射性地伸手要拿放在枕边的勃朗宁步枪，但有人用靴底在我的太阳穴踢了一脚，那冲击使我瞬间什么也看不见。调整过呼吸之后，我眼睛略微张开，看见好像踢我的人弯身捡起我的勃朗宁步枪。我慢慢抬起头时，两支来福枪的枪口正对着我的头。那枪口的尽头则看得见蒙古兵的身影。

"我睡着的时候应该还在帐篷里的，但不知道什么时候帐篷已被拆除，头上闪着满天的星光。其他蒙古兵则用轻机枪对着山本的头。山本大概认为抵抗也没用吧，简直就像在节约能源似的模样，安静躺在那里。蒙古兵都穿着长外套，戴着战斗用的钢盔。两个士兵手上拿着大型手电筒，照着我和山本的身体。刚开始，我还不太明白到底发生了什么事。我想是因为实在睡得太深了，而且所受的冲击实在太大了。但看见蒙古兵的样子，看着山本的脸之间，我也终于了解是怎么回事了。我们在渡河之前，先被他们发现我们的帐篷了。

"其次我脑子里浮现的是本田和滨野怎么了，我慢慢转动着头巡视着周围，但都没看到他们两个人的影子。他们是不是已经被蒙古兵杀死了，或者想办法逃走了呢，我不知道。

"他们似乎是那些刚才在渡河地点发现的巡逻队的士兵。人数没有那么多。装备只有一部轻机枪和其他的小枪。担任指挥的是一个大个子下士官，只有他穿着正式的长统靴。就是最初踢我头的男人。他弯下身拿起山本枕边的皮包，打开来看看里面。又把那倒过来啪哒啪哒摇晃着。但掉在地上的只有一包香烟而已。我吃了一惊。因为，我确实看见山本把文件放进那皮包里去的。他从附在马鞍上的袋子里拿出文件，把它收进手提皮包里，放在枕头边的。山本虽然也想装出平常那若无其事的样子，但那表情在一瞬之间好像即将崩溃的样子我并没有看漏。那文件是在什么时候、怎样消失的，他似乎也完全不知道的样子。但不管怎么说，那对他都应该是值得庆幸的。因为，正如他自己对我说的那样，那文件不要交到敌人手上，是对我们来说最优先的事项啊。

"士兵们把我们的行李全部翻倒，仔细检查每个角落。但没有找到任何重要东西。其次他们把我们穿的衣服全部脱掉，检查每一个口袋。他们用刺刀穿破衣服和背囊。但任何地方都找不到文件。他们把我们带的香烟、笔、皮夹、笔记、手表拿走，放进自己的口袋里。把我们的靴子轮流试穿，合尺寸的人就把它当作自己的东西。关于谁要拿什么，在士兵之间引起激烈的争吵，但下士官则装成不知道的样子，大概在蒙古把从俘虏或敌方的战死者身上取得所有物当成自己的东西，是理所当然的吧。下士官自己也拿了一只山本的手表，其他的就任由士兵们去争。除此之外的军用品，也就是我们的步枪、弹药、地图、磁石、望远镜之类的东西，就一起装进一个布袋里。这些大概是要送到乌兰巴托的司令部去吧。

"然后他们用又细又坚牢的绳子把我们紧紧绑住。一靠近，蒙古兵身上就散发出好像长久没有清扫的家畜畜舍似的气味。军服是极粗糙的东西，沾满泥土灰尘和食物的污点，脏得灰扑扑的。连原来是什么颜色的都几乎辨认不出来。靴子是破破烂烂开了几个洞的，好像立刻就要散开了似的。难怪他们想要我们的靴子。他们大多面貌粗野，牙齿脏污，胡须留得长长的。他们猛一看与其说是军队，不如说像马贼、盗匪一样，但他们所持有的苏联制的武器、附有星号的阶级章，则显示他们是正规蒙古人民共和国的军队。其实在我们眼里看来，他们的战斗集团的秩序和士气并不怎么高。蒙古人是很有耐性而坚强的军人。但并不适合集团作战的近代战争。

"夜晚冷得像快要结冰似的，黑暗里看着他们呼出一团白色的气息又消失掉时，觉得自己好像被编进什么错误的噩梦里的一部分似的。我无法确切感受到那是现实发生的事。那确实是个噩梦。不过，当然那是在后来才明白的，一个巨大噩梦的小开端而已。

"不久一个士兵从黑暗中拖着一个沉重的什么过来。然后嬉皮笑脸地笑一笑之后，把那扑通丢到我们旁边。那是滨野的尸体。滨野的靴子大概已经被什么人拿走了，赤裸着脚。然后他们把滨野的尸体也脱光。把口袋里的东西全部检查过。把手表、皮夹和香烟拿走。他们大家一起分着香烟，一面吸着烟一面检查皮夹里的内容。皮夹里放有几张伪满洲的纸币，还有像是他母亲的女人照片。担任指挥的下士官说了什么，把纸币拿走。母亲的照片被丢在地上。

"滨野大概是在站步哨的时候，被从后面悄悄接近的蒙古兵用刀子割破喉咙。我们想做的事，他们却先做了。从洞然张开的裂口，流出鲜红的血来。但血似乎也已经流尽的样子，从裂口大张的伤口，流出来的血量不是很多。一个士兵从挂在腰上的刀鞘拔出刃大约十五公分长的弯曲刀子，亮给我看。我第一次看到形状那样古怪的刀子。好像是用在什么特殊用途的刀子。那个士兵用那做出切割喉咙的手势，发出'咻'一声。几个士兵笑了。那刀子似乎不是军方的配给品，而是他私有的东西。因为，大家腰上都插着长枪的尖刀，只有他一个人插着那弯曲的刀子。看来就是他用那刀子割裂滨野喉咙的。他利落地把那刀子在手上团团耍了一阵之后，再收回刀鞘里。

"山本什么也没说，只以眼睛动一下往我的方向瞄一眼。虽然那只是极短的一瞬间而已，但我立刻了解他要说什么了。'本田可能顺利逃走了吧。'他的眼睛向我这样说。而在那混乱和恐怖之中,其实我也和他想着同样的事。'本田伍长到底去哪里了?'如果他能顺利逃过蒙军的袭击,我们就或许还有机会。但那或许只是个靠不住的机会。一想到本田一个人能做什么,心情就不得不变得暗淡下来。不过机会总是个机会。比什么都没有好一些。

"我们依然被绑着,一直到天亮为止都被迫躺在沙上。扛着轻机枪的士兵和拿着手枪的士兵留下来看守我们,其他士兵似乎因为捉到我们而放下心来,在稍微离有一点距离的地方聚在一起吞烟吐雾,聊着天,笑着。我和山本没有开口说一句话。虽说是五月了,但黎明前的温度降低到零下。我们被剥光衣服,因此觉得好像就要那样冻死掉了。但那寒冷,和我那时候所感觉到的恐怖比起来似乎还不怎么样。我们现在开始会遭遇什么样的情况呢,我实在无法想象。因为他们只是单纯的巡逻队而已,应该无法判断如何处置我们吧。只有等待上面的命令。所以我们大概暂时还不会被杀。但接下来的情形,就完全无法预测了。山本很可能是间谍,而我和他一起被捕,当然就变成他的协力者。不管怎么样,事情都不会简单解决。

"天亮后不久,天上听得见像是飞机的轰轰声。然后终于有一架银色的机身进入视野。是附有蒙古标志的苏联制侦察机。侦察机在我们头上回旋了几次。士兵们都在挥着手。飞机的机翼上下了几次,朝我们送出记号。然后飞机在附近一个开阔的场所扬起沙尘着陆了。这一带地盘既硬,又没有障碍物,即使没有滑行的跑道,也可以相当轻松地着陆和起飞。或许他们曾经将同一个场所当作飞机场用过很多次也不一定。一个士兵跨上马背,带着两匹预备的马往那边跑去。

"士兵让两位看起来像是高级军官的男人骑着马回来了。一个是俄国人,另一个是蒙古人。我推测巡逻队的下士官大概以无线电向司令部传达逮捕到我们的事,两个军官为了询问我们而从乌兰巴托赶来。大概是情报部的将校军官吧。去年大量逮捕、大肃清反政府派时，据说在背后操纵的就是GPU[①]。

"两位军官都穿着清洁的军服，胡髭刮得很干净。俄国人穿着附有腰带的短外套。从外套下露出的长统靴闪闪发亮，没有一丝灰尘。以俄国人来说个子不算高，瘦瘦的。年龄大约在三十出头。额头宽阔，鼻子细长，皮肤接近浅粉红色，戴着金属边的眼镜。以整体来说，是谈不上能给人留下什么印象的脸，外蒙军的军官和俄国人相反，是个结实而肌肤黑黑的小个子男人，站在他旁边，看起来好像是一只小熊似的。

"蒙古军官叫下士官过去，他们三个在离大家有一段距离的地方站着，谈一些什么。我推测大概在接受详细报告。下士官把装有从我们身上搜走东西的布袋拿出来，把里面的东西给他们看。俄国人仔细检查过每一件东西，但终于又全部放回布袋里。俄国人对蒙古军官说了什么，军官对下士官说了什么。然后俄国人从胸部口袋拿出香烟，敬外蒙军官和下士官。于是三个人一面抽烟一面互相谈着话。俄国人一面用右手拳头在左手掌敲了几次，一面对两个人说着什么。他好像有点急躁生气的样子。蒙古军官脸色难看地交抱着手臂，下士官摇了几次头。

"军官终于慢慢走到我们这边来。然后站在我和山本前面。'要不要抽烟？'他对我们开口说俄语。我因为在大学里学过俄语，正如刚才说过的，俄语大多的会话还可以理解。但因为不想被卷进麻烦里，所以装成完全听不懂的样子。'谢谢。但不用。'山本以俄语回答。相当熟练的俄语。

"'很好。'苏联军队的军官说，'会讲俄语就好办了。'

"他脱下手套，把那放进大衣口袋。可以看见左手无名指上戴着一个小金戒指。'我想你也很清楚，我们正在找一样东西，而且是认

[①] 编者注：指苏联时期的"国家政治保卫局"。

真在找。我们也知道你拥有那东西。至于为什么知道你不用问。我们就是知道。不过你现在身上并没有带着那东西。那么,从理论上来思考,在被捕之前你已经把那个藏起来了。还没有送到那边——'说着他指着哈尔哈河的方向,'还没有人渡过哈尔哈河。书简应该还藏在河这边。我说的话听得懂吗?'

"山本点点头。'你说的话我可以听懂。不过关于你所说的书简,我们什么也不知道。'

"'很好。'那个俄国人面无表情地说,'那么我问你一个小问题。你们在这边到底在做什么?这边你们也很清楚,是蒙古人民共和国的领土。你们在别人的土地上是以什么目的进来的?我想听听那理由。'

"我们是在制作地图,山本说明道。我是在地图公司上班的民间百姓,在这里的人和被杀的人,是担任我的护卫陪我来的。我们知道河这边是你们的领土,而且越过国境我们觉得很抱歉。但我们并没有要侵犯领土的意思。对我们来说,只是想从这边河岸的高台地上看看地形而已。

"俄国军官一副不太有趣似的,歪曲着薄嘴唇笑笑。'觉得抱歉。'他慢慢反复着山本的措辞,'原来如此,想从高台地看地形啊。原来如此。爬上高一点的地方可以看得比较远。很有道理。'

"暂时有一段时间,他什么也没说,只沉默地眺望着天空的云。然后视线回到山本身上,慢慢地摇头叹气。

"'我想如果能相信你的话不知道有多好。拍拍你的肩膀:"我懂了。好吧,渡过河去,回到那边去吧。下一次多注意一下啊。"如果能这样说的话,不知道该有多好啊。我不骗你。我真的这样想。但是很遗憾,我不能这样做。因为我非常清楚你是谁。也非常清楚你在这里做什么。我们在海拉尔也有几个朋友。就像你们在乌兰巴托有几个朋友一样。'

"俄国人把手套从口袋里拿出来,重新叠好,又再放进口袋。'说真的，我个人并不特别对让你们吃苦，或杀你们感兴趣。只要能够把书简交出来，你们就没有别的事了。依我的裁判，你们可以当场立刻被释放。就这样渡过河回到那边去。这点我以名誉保证。以后的事情，是我们国内的问题，和你们没有关系。'

"从东方射来的太阳光，好不容易开始温暖我们的肌肤。没有风，天空飘浮着几块白色坚硬的云。

"漫长的沉默继续着。没有人开口说一句话。俄国军官、蒙古军官、巡逻队的士兵、山本，每个人都沉默不语。山本被捕之后似乎已经做好死的心理准备了，那脸上完全没露出任何可以称之为表情的东西。

"'或许你们两个都要在这里死。'俄国人一面一个字一个字分开，一面像说给小孩子听似的慢慢说，'而且是相当惨的死法。他们——'俄国人说着，看看蒙古兵那边。捧着轻机枪的大个子士兵看看我的脸，露出脏污的牙齿嬉笑一下。'他们最喜欢讲究而又麻烦的杀法。要说清楚一点的话，也就是他们是那种杀法的专家。从成吉思汗的时代开始，蒙古人就一直非常乐于极残酷暴虐的杀法，也精通那种方法。我们俄国人，虽然讨厌，但知道得非常清楚。在学校历史课上学过噢，蒙古人过去在俄国做过什么。他们入侵俄国的时候，杀了几百万人。几乎没有任何意义地杀。在基辅被俘虏的俄国贵族几百人被一次杀死的事你们知道吧？他们制作一个很大的厚板子，把贵族排列铺在那下面，大家则在那板子上大摆庆祝宴席，用那重量把他们压溃杀死。那样的事情普通人是不太想象得到的。你们不觉得吗？既花时间，准备也不容易。不是只有添麻烦吗？不过他们就是胆敢这样做。为什么呢？因为那对他们来说是一件快乐的事。他们现在还是在做这种事噢。我以前亲眼看过一次。过去我自认为看过很多野蛮的事情，不过那天晚上我记得自己果然没有食欲。我说得够不够明白？我说话是不是太快了呢？'

"山本摇摇头。

"'很好。'他说。然后干咳一声停顿了一下。'这次是第二次,所以如果顺利的话,到晚饭为止或许食欲可以恢复。但对我来说,我希望尽可能避免无用的杀生。'

"俄国人把两手背在后面,抬头望一会儿天空。然后拿出手套,看飞机的方向。'天气真好,'他说,'是春天啊。虽然还有一点冷,但这样的程度很好。如果再热起来的话,蚊子就出来了。这东西很讨厌。与其夏天,不如春天好多了。'他再一次拿出烟盒来,含了一支用火柴点着火。然后慢慢把烟吸进去,慢慢把它吐出来。'我只再问一次,你说真的不知道书简的事吗?'

"'Nett.'他简单地说。

"'很好。'俄国人说,'很好。'然后他朝向蒙古军官,用蒙古话说了什么。军官点点头,向士兵传达命令。士兵们不知从什么地方搬来粗壮的圆木,用枪的刺刀把那尖端利落地削尖,做成四根木桩样的东西。然后他们以步幅测一下必要的距离,把那四根木桩大约呈四角形,用石头牢牢敲进地里。准备这些我想大概就花了二十分钟。现在开始要做什么,我一点都无法猜测。

"'对他们来说,所谓卓越的杀戮,就和卓越的料理一样。'俄国人说,'准备的时间花得越长,那欢喜也越大。如果只是要杀死的话,用一发子弹砰一声就解决了。一瞬间就结束了。但是那样的话——'他用手指尖慢慢抚摸着光滑的下颌,'——没意思。'

"他们把绑住山本的绳子解开,把他带到木桩那边去。然后把他全裸地手脚绑在那木桩上。被仰天呈大字形绑住的身体上看得见好几处伤痕。都是活生生的新伤。

"'你们也知道,他们是游牧民族。'军官说,'游牧民族是饲养羊,吃那肉,取那羊毛,剥那皮的。也就是羊,对他们来说是完整的动物。他们和羊一起过日子,和羊一起生活。他们会很技巧地剥

羊皮。而且用那皮做帐篷，做衣服。你们有没有看过他们剥羊皮的样子？'

"'要杀就快点杀吧。'山本说。

"俄国人一面把手掌合起来慢慢摩擦，一面点头。'没问题，会好好地杀。不用担心。该担心的事，一件也没有。虽然要花一点时间，但确实是会死的，不必心烦。不用着急。这里是一望无际什么也没有的荒野。时间倒是多得很。而且，我还有很多话要说。关于那件，剥皮作业的事啊，任何团体里都有一个像剥皮专家似的人。职业的。他们真的很会剥皮。这已经可以说是奇迹了。艺术品。真的是一转眼之间就剥下来噢。活生生的皮剥下来了，却让人觉得怎么没留意在剥已经快速剥下来了。但是啊——'他说着从胸部口袋拿出香烟盒，把那拿在左手上，右手指尖则咚咚地敲着，'——当然不可能没留意的。活生生地剥的话，被剥的人也非常痛。无法想象的痛。而且要死，还非常花时间呢。因为大量出血而死，这总是很花时间的。'

"他啪吱一声弹响手指。于是和他一起搭飞机来的蒙古军官走到前面来。他从大衣口袋里，取出一支带鞘的刀子。那是和刚才做出割脖子模样的士兵所带的同样形状的刀子。他把刀从鞘里拔出来，把那在空中亮一亮。在早晨的阳光下那钢铁的刀刃发出钝重的白光。

"'这个男人，是那样的专家之一。'俄国军官说，'注意哟，我希望你们好好看看那把刀子。这是为了剥皮，专门用的刀子。打造得真巧妙。刃像剃刀一般薄而锐利。而且他们的技术水准非常高明。因为他们是几千年来持续在剥动物皮的人哪。他们真的是像在剥桃子皮一样地剥人皮。非常了不起地、利落地、不留一点伤痕地。我说话是不是太快了呢？'

"山本什么也没说。

"'一点一点剥。'俄国军官说，'要不伤到皮而漂亮地剥，最好的办法就是慢慢剥。如果中途想到要说什么的话，立刻中止下来，所以请尽管说。那样就可以免于一死。他们曾经做过很多次,但没有一个人到最后还不开口的。这一点请记住。如果要中止的话,最好尽量快一点。这样彼此都比较轻松噢。'

"那个拿着刀子像熊一样的军官,望着山本的方向嬉笑着。我现在都还记得很清楚那笑。现在做梦都会梦见。那笑我无论如何都没办法忘记。然后他开始操作起来。士兵们用手和膝盖压着山本的身体,军官用刀子仔细地剥着皮。他真的像在剥桃子的皮一样地把山本的皮往下剥下去。我无法直视。我闭上眼睛。我一闭上眼睛,蒙古士兵就用枪托殴打我。他一直殴打我,直到我张开眼睛为止。但不管张开眼睛,或闭上眼睛,都会听见他的声音。他刚开始一直勉强忍耐着。但从中途开始哀号起来。那不像是这个世界上的哀号。男人首先从山本的右肩用刀子快速插入筋骨。然后从上方开始往下剥右臂的皮。他简直就像慈悲似的,慢慢仔细剥着手臂的皮。确实正如俄国军官所说的那样,那手法真的可以说像艺术一样。如果听不见哀号的话,甚至令人以为那是不会痛的吧。但是那哀号,则述说着那所伴随的疼痛之凄惨。

"终于右臂的皮完全剥下来,变成一张薄纸一般。剥皮人把那交给旁边的士兵。士兵用手指抓住摊开来,四处展示给大家看。从那皮上还滴答滴答地滴着血。剥皮的军官这次移到左臂。反复着同样的动作。他把两腿的皮剥下,性器和睾丸切下,耳朵削落。然后剥头皮,剥脸皮,终于全部剥掉。山本已经昏过去,然后又恢复意识,又再昏过去。昏过去时声音停止,意识恢复时又继续哀号。但那声音逐渐虚弱,最后终于消失。俄国军官在那之间,一直用长统靴的靴跟,在地面画着无意义的图形。蒙古士兵们都一律沉默不语,一直安静望着那操作。他们都面无表情。那里面既没有厌恶的神色,也没表现出感动、惊愕的样子。他们简直就像以我们在散步途中顺便参观某个工地现场时的那种脸色,望着山本的皮被一片一片地剥下来。

"我在那之间吐了好几次。最后变成什么都吐不出来了，但我还是继续吐。像熊一样的蒙古军官最后把剥下来的山本胴体的皮整个漂亮地展开来。那上面还附有乳头。那样可怕的东西，我从来没见过，以后也没再见过。有人把那拿起来，好像晾床单一样地晾干着。剩下来的，只有皮被剥除之后变成血淋淋肉块的山本尸体，摊在地上而已。最令人难过的是那脸。血红的肉里白色的大眼睛依然张开着。牙齿露出来，嘴巴好像在喊叫着似的大张着。鼻子被削落之后，只留下小洞而已。地面真是一片血海。

"俄国军官往地上吐唾液，看看我的脸。然后从口袋拿出手帕来擦擦嘴边。'那个人好像真的不知道的样子。'他说。然后又把手帕收回口袋里。他的声音比刚才干了几分。'如果知道的话，应该绝对会说的。真是做得过分了。不过他怎么说都是专家，迟早总是不得好死的。没办法。那姑且不管，他既然不知道，那么你也不可能知道吧。'

"俄国军官含着香烟，擦亮火柴。

"'这么说也就表示，你已经没有利用价值了。既没有拷问开口的价值，也没有俘虏留下活口的价值。说真的以我们来说，这次的事希望能极秘密地处理掉。不想太惊动外界。因此，带你回乌兰巴托，也有点麻烦。最好的办法，就是现在立刻在你的脑袋上射一枪，埋到什么地方，或烧掉随哈尔哈河流走。这样一切都很简单地结束了，不是吗？'他说着，一直凝视我的脸。但我继续装作完全不了解他说的话的样子。'你好像听不懂俄语的样子，所以跟你一一说明我想也是白浪费时间，算了。这就算是我自言自语吧。就当是这样听吧。不过，可以告诉你一个好消息。我决定不杀你。这就当作是我对你的朋友，虽然无意义但却被白白杀死的一点谢罪心情来解释也不妨。今天从早晨开始大家已经杀得够多了。这种事情一天一次就够了。所以不杀你。不但不杀你，而且给你留下活下去的机会。如果顺利的话——可以得救。可能性确实不高。可以说几乎没有也不一定。但机会总是机

会。至少比被剥皮好太多了，不是吗？'

"他举起手叫蒙古军官。那军官当时正把用来剥皮的刀子用水筒的水宝贝地洗过，用小砥石磨完。蒙古士兵们正把从山本身上剥下的皮摊开来，在那前面互相交谈着。看起来似乎在交换关于那剥皮技术细节的意见。蒙古军官把刀子收入鞘内，把那放进大衣口袋里后，走到这边来。他看了一会儿我的脸，然后转向俄国人那边。俄国人向他用蒙古语简短地说了什么，蒙古人面无表情地点点头。士兵为他们牵来两匹马。

"'我们现在要搭飞机回乌兰巴托去。'俄国人对我说，'空手回去很遗憾，但没办法。事情有时候顺利，有时候不顺利。但愿吃晚饭以前能够恢复食欲，但不太有自信。'

"于是他们骑着马走了。飞机起飞，化为一个银色小点在西方的天空消失之后，只剩下我、蒙古兵和马。"

"蒙古兵把我紧紧绑在马鞍上，组成一个队伍朝北边出发。就紧在我前面的蒙古兵以低低的微小声音，唱着旋律单调的歌。除此之外能够听见的，说起来就只有马蹄把沙子沙喀沙喀地弹起来的干干的声音而已。他们到底要把我带到哪里去呢，还有自己今后将遭遇什么样的事情呢，我完全无法想象。我所知道的只有，我这个人对他们来说已经是没有任何多余的存在价值了，这个事实而已。我在脑子里试着反复回想几次那个俄国军官的话。他说不杀我。不杀——但活下去的机会也几乎没有吧，他说。那具体是什么意思呢？我不明白。他所说的实在太模糊了。或许那是把我用在含有什么讨厌趣味的恶作剧上也不一定。不是干脆地杀死，而是慢慢地幸灾乐祸的阴谋。

"不过虽然这么说，自己没有被当场干脆地杀死，也没有像山本那样被活生生剥皮，总算安笃地叹了一口气。就算难免要被杀，至少不用死得那么惨。而且不管怎么说，至少我还这样活着，正在呼吸着。而且如果俄国军官说的话可以相信的话,我不会立刻被杀。到死为止还有时间余裕的话,至少表示还有生还的可能性。那不管是多么微小的可能性,我都只能紧紧抓住不放了。

"然后我脑子里忽然想起本田伍长的话。我不会死在大陆上这奇怪的预言。我被缚在马鞍上,赤裸的背一面被沙漠的太阳火辣辣地烧着,我一面好几次一再反刍着他口里说的每一句话。他那时候的表情、抑扬顿挫、话语的声响,我花时间回想着。而且打从心里想要相信那预言。对了,自己不能在这样的地方毫无意义地死去,一定要逃出这里,活着踏上故乡的泥土,我这样强烈地说给自己听。

"他们往北边前进了两小时或三小时。然后在一个有喇嘛教石塔的地方停下来。那样的石塔被叫作欧伯。那东西既像是道祖神似的,又扮演沙漠中贵重标识的角色。他们在那欧伯前面下了马,把绑我的绳索松开。然后两个士兵从我的腋下撑着我的身体把我带到稍微离开一点的地方去。我想大概要在这里把我杀掉了吧。他们把我带去的地方,地面掘了井。井边围一圈高约一米的石壁。他们让我在那井边跪下,抓住我脖子后面,让我往里面探看。那似乎是一个深井,里面一片漆黑什么也看不见。穿着长统靴的下士官拿来一颗大约拳头大的石头,把它丢进井里。过了一会儿才听见咚一声干干的声音。那似乎是一个干涸了的井。曾经发挥过沙漠中井的作用,但可能由于地下水脉的移动,好久以前就已经干涸了吧。从石头到达底部的时间来看,似乎相当深。

"下士官看看我的脸,嘻笑了一下。然后他从附在皮带上的套子上掏出一把很大的自动手枪。他把安全装置除掉。发出咔嚓一声把子弹送进弹道里去。然后把枪口对着我的头。

"但他很久都没有扣下扳机。他慢慢把枪身放下。然后他举起左手,指着我背后的井。我一面用舌头舔舔干燥的嘴唇,一面一直注视着他的手枪。换句话说是这么一回事。我可以从两种命运中选择一种。首先第一种是，现在立即被他开枪射死。我会很干脆快速地死去。另一种是自己跳进井里。因为是很深的井，如果跳不好也许会摔死。要不然，我就会在那黑暗的洞里慢慢死去。我好不容易终于了解了。这就是那个俄国人所说的机会的意思。然后下士官指了一下现在已经变成他的东西的山本的手表，然后举起五根手指。表示让我考虑五秒钟。我在他数到三的时候，脚往壁上一蹬，心一横便往井里跳进去。除此之外我已经没有可选择的路了。我抓住井壁，想顺着那往下面去，但实际上不容许我有那余裕。我没有抓牢井壁，于是就那样跌落下去。

"那是一个深井。我感觉好像花了相当长的时间才到达地面，当然那实际上顶多也不过几秒钟，实在不能称之为'长时间'。但在我持续在那黑暗中落下的时间里，记忆中好像真的想起很多事情。我想起遥远故乡的事。我想起出征前我唯一一次抱过女孩子的事。想起父母亲的事。我感谢我有妹妹而没有弟弟的事。就算我在这里死了，至少她不会被军队征召而可以留在父母亲身边。我想起柏饼的事。然后我的身体摔在干干的地面上，由于那冲击，我一瞬间便失去知觉。简直就像全身的空气都弹开了似的感觉。我的身体像沙袋一样沉重地撞击井底的地面。

"但我因受到冲击失去知觉，我想只有极短的一瞬间而已。当我恢复意识时，好像有什么水沫似的东西溅在我身上。刚开始我以为是下雨。但并不是。那是小便。蒙古兵全体朝向井底的我小便。我抬头往最上面看，他们站在圆圆的井口边，轮流小便的姿势像剪影轮廓似的小小地浮在上面。那在我眼里看来好像什么极超现实的东西。我感觉那简直就像吃了麻药时所产生的幻觉。不过那却是现实。我在井底下，他们正以真正的小便溅在我身上。他们全部小便完毕之后，有人用手电筒灯光照我的身影。听得见笑声。然后他们从井口边消失踪影。他们走掉之后，一切沉入深沉的沉默中。

"我在那里暂时把脸伏下安静一会儿,想看看他们是不是会回来。但二十分钟过去,三十分钟过去了(当然没有手表,因此只是猜测大约是这么久而已),他们没有回来。他们似乎已经撤走了。我在那里,在沙漠正中央的井底,一个人独自被留了下来。当我明白他们不会再回来的时候,决定先检查一下自己的身体变成什么样了。黑暗中要检查自己身体的状态是相当困难的事。我看不见自己的身体,也就不能用眼睛确认到底变成什么样了。不得不只凭自己的感觉,去判断那状态。然而在深沉的黑暗中,自己现在所感觉到的感觉真的是准确的感觉吗?这也变得迷糊起来了。甚至觉得好像自己被什么愚弄了、欺骗了似的。那是一种非常奇怪的感觉。

"不过我还是一点一点,而且很小心注意地,一一掌握着自己所处的状态。首先我所了解的,而且对我来说非常幸运的是,井底算是比较柔软的沙地。要不然的话,以井底之深,我的骨头大概多半在冲撞井底的时候,破碎或折断了吧。我大大地深呼吸一次之后,试着动一动身体看看。首先我动动看手指。手指,有一点不太能随心所欲地动,但总算能动。然后我想让身体从地上站起来。但我没办法让自己的身体站起来。我感觉身体好像失去了所有一切的感觉。确定意识十分清楚。但那意识和肉体不能够适当地联结起来。我想要做什么,但自己的想法却不能转换成肌肉的动作。我放弃地暂时在黑暗中安静躺了一阵子。

"我到底在那里安静不动多久,我不知道。不过感觉终于逐渐一点一点地恢复。然而呼应着感觉的复原,当然疼痛也来临了。那是相当激烈的疼痛。我想大概是腿骨折了吧。也许肩膀也脱臼了。或者,运气更坏的话,折断了也不一定。

"我保持那样的姿势,忍耐着疼痛,眼泪在不知不觉中流下脸颊。那是从疼痛而来的,也是从对往后的绝望而来的。一个人独自被遗弃在世界尽头的沙漠正中央的深井底下,在黑漆漆里,全身被激烈的疼痛所袭击,是多么孤独、多么绝望,我想你一定无法了解。我甚至后悔没有让那下士官一枪把我射死。如果我被什么人射死的话,至少我的死他们还知道。但是如果死在这里,那真的是一个人孤零零的死。那是谁也不关心谁也不知道的、无声的死。

"偶尔听得见风的声音。风吹过地面时,在井的入口发出不可思议的声音。那听起来好像在什么遥远的世界女人在叹息哭泣的声音。那遥远的某个世界,和这个世界有一个细小的洞穴相连,那声音可以从这边听见。但听见那声音也只是偶尔而已。我独自一个人被遗弃在深深的沉默和深深的黑暗中。

"我一面忍受着疼痛,一面悄悄伸手探索周围的地面。井底是平坦的。不怎么宽。以直径来说,大约有一百六十公分或一百七十公分左右。用手摸索着地面时,我的手突然触摸到坚硬尖起的东西。我吃了一惊,反射性地快速缩回手,但又再一次小心翼翼地慢慢伸手试探,于是我的手又再触摸到那尖尖的东西。刚开始,我以为那是树枝或是什么。但终于明白那是骨头。不是人的骨头。是更小的动物的骨头。也许已经过了很长时间,或者因为在我落下时被压在下面,已经变得零星散落了。除了那什么小动物的骨头之外,井底没有任何东西。只有沙啦沙啦的细沙而已。

"然后我用手掌心试着抚摸井壁。井壁好像是用薄而平坦的石头重叠堆积起来做成的。白天虽然地表相当炎热,但那暑热并没有到达这地下的世界,那简直就像冰一般凉凉的。我让手在井壁上爬行,试着一一检查石头与石头的缝隙之间。如果顺利的话,我想说不定能顺着那石缝当踏脚点往地上爬也不一定。但那缝隙之间,要当作踏脚点实在是太狭小了,再想到我负的伤,那就几乎更接近不可能了。

"我拖着身体勉强从地上站起来,好不容易才倚靠在井壁上。身体一动,肩膀和脚筒直像被几根粗针扎进去似的疼。有一阵子甚至每呼吸一次,身体都感觉像要散开裂开了似的。手往肩膀一摸,才知道那个部分正烧热地肿起来。"

"然后我不知道时间经过了多久。但在某一个时点，发生了一件意想不到的事情。太阳光简直像是某种启示似的，忽然射进井里来。那一瞬间，我可以看见我周围所有的东西。井里充满了鲜明的光线，像是光的洪水一样。我在那瞬间令人窒息一般的明亮中，几乎无法呼吸。黑暗和冰冷忽然之间不知消失到什么地方去了，温暖的阳光温柔地包住我赤裸的身体。连我的疼痛，都感觉好像被那太阳的光线所祝福着似的。我身旁有某种小动物的骨骸。太阳光把那白骨也温暖地照射出来。在光之中连那不祥的骨骸，都让我感觉像是温暖的伙伴似的。我可以看见包围着我的石壁。在那光亮中的片刻里，我连恐怖、疼痛和绝望都忘掉了。我发呆着，坐在那耀眼的光明里。但那并没有持续多久。终于光线，就像它来的时候一样，一瞬之间便忽然快速地消失掉了。深深的黑暗，再度覆盖周遭。那真正是短暂发生的事。以时间来说我想顶多十秒或十五秒吧。在深深的井底，太阳都能直接射下来，由于角度的关系恐怕一天里只能有一次而已。那光之洪水，就在我理解和未理解那意思之间，已经消失了。

"太阳光消失之后，我处于比以前更深的黑暗中。我的身体不太能动。既没有水、没有粮食，也没有任何东西。而且身上连一片遮体的布都没有。漫长的下午过去之后，夜来临了。一到夜晚，气温逐渐下降。我几乎都不能睡觉。我的身体渴求睡眠，但寒冷像无数的刺一般扎着我的身体。我感觉自己生命的骨髓好像正逐渐变硬一点一点地死去。抬头往上看，可以看见好像冰冻在那里似的星星。数目多得可怕的星星。我一直眺望着那星星慢慢移动的样子。我只睡了一点点，就又因寒冷和疼痛而醒来，又睡了一点点，又醒来。

"终于早晨来临。清晰的星星形迹从圆形洞开的井口逐渐变淡变薄下去。淡淡的晨光圆圆地浮在上面。但即使天亮了，星星也还没消失。星星虽然很淡，但一直还留在那里。我舔着沾在井壁石头上的朝露，缓解着喉咙的干渴。以量来说当然只是极微少的，但虽然如此，对我来说那感觉依然像是天的恩赐一般。回想一下，我已经整整一天以上，水也没喝，东西也没吃了。但我完全没有感觉到所谓食欲这东西。

"我在洞穴底下安静不动。除此之外我没有任何事情能做。我连想事情都不能。我那时候所处的绝望和孤独，是那么深。我什么也没做，什么也没想，只是呆坐在那里。但我在潜意识里期待着那一道光线。一天之中仅有的短暂时间里射进这深深井底的笔直光线，那让眼睛都要晕眩似的阳光。以原理上来说，光线以直角射在地面是在太阳升到最高的半空时，因此我想那应该是接近正午的时分吧。我只在等待着那光的来临。为什么呢？因为我所能够期待的，除此之外已经没有别的任何东西了。

"然后我想大概经过相当漫长的时间吧。我在不知不觉之中恍恍惚惚地睡着了。由于什么动静忽然醒过来时，光已经在那里。我知道自己又再度被那压倒性的光所包围。我几乎是无意识地大大张开双手的手掌，在那里承受着太阳。那是比第一次更强烈的光。而且比第一次持续更长久。至少我是这样感觉。我在那光之中眼泪潸潸流下。觉得好像全身的体液都要化成眼泪，从我的眼睛里溢出来落下来似的。甚至觉得我的身体本身都要融化掉变成液体就那样在这里流光似的。我感觉到如果能够在这了不起的光的至福之中死去的话也好。不，我甚至感觉想要死去。在那里有的是，一种现在有某种东西在这里变成一体的感觉。一种简直压倒性的一体感。对，人生的真正意义就存在于这只持续几十秒的光之中，我想自己应该在这里就这样死去啊。

"但那光依然是那样短促而不留情地消失而去。回过神时发现我还是和以前一样独自一个人被遗留在这凄惨的井底。黑暗和寒气，简直就像那光从最初就从来未曾存在过似的，更不用说又把我牢牢捕捉住。然后长久之间我安静地蹲在那里。我的脸被眼泪濡湿了。就像被巨大的力量敲击震撼后，我什么都没办法思考。我连自己身体的存在都没办法感觉。觉得自己好像是干瘪的残骸，或脱落的空壳似的。然后变成像空洞洞的房子一样的我的脑子里，本田伍长的预言又再一次回来了。所谓我不会在大陆上死去的那句预言。那光线来临又消去的现在，我似乎变得可以清清楚楚地相信他的预言了。因为我没有能够在应该死去的场所、应该死去的时间死去。我不是死在这里，而是在这里我死不了。你知道吗？就是那样我失去了恩宠啊。"

间宫中尉说到这里，眼睛看了一下手表。

"而且正如你所看到的，我现在还在这里。"他安静地说。然后好像要拂掉眼睛看不见的记忆之丝似的，轻轻摇摇头。"我正如本田先生所说的没有死在大陆上。而且在四个人里面活得最长寿。"

我点点头。

"很抱歉。说了这么长的话。没有死成的老人的往事，一定很无聊吧？"间宫中尉说。然后在沙发上重新坐正姿势。"再这样长久说下去，新干线的出发时间恐怕都要过了。"

"请等一下。"我急忙说，"请不要在这样的地方停下来。后来到底怎么样了？我想继续听下去。"

间宫中尉看了一会儿我的脸。

"怎么样？我真的没时间了，要不要跟我一起走到巴士站去？在那之间我想我可以简短地把剩下的话说完。"

我和间宫中尉一起离开家门，走到巴士招呼站。

"第三天早上我被本田伍长救出来。我们被捕的那天夜晚，他察觉蒙古兵来了，于是一个人逃离帐篷，一直躲起来。他那时候悄悄把山本带的文件从皮包里拿出来。为什么呢？因为不管付出多大的牺牲都不能把那文件交到敌人手中，这对我们来说是最优先的事项。既然知道蒙古兵来了,他为什么不把我们叫起来,大家一起逃呢?为什么只有自己一个人逃呢?也许你会有这样的疑问。但如果那样做,我们还是没有胜算。他们知道我们在哪里。那是他们的土地,人数和装备也是他们占优势。他们可能很简单地就能找出我们,把我们全部杀掉,把文件拿到手。也就是在那状况下,他有必要一个人逃走。本田伍长的行为在战场上是很明显的敌前临阵逃亡。但在出这样的特殊任务时,所谓临机应变是最重要的事。

他看着俄国人他们把山本的皮整个剥掉。而且看着蒙古兵把我带走。但因为他已经失去马,没办法立刻追上来。本田伍长只能走路过来。他把埋在土里的装备挖出来,又在那里把文件埋掉。然后他在我们后面追来。虽然这么说,他能够跋涉到井边却是非常不容易。为什么呢?因为他连我们往什么方向走都不知道。"

"为什么本田先生能找到那口井呢?"我试着问。

"这个我也不明白。他对这点也没多说。但是我想他就是知道。他找到我之后,把衣服撕开做成长长的绳子,费尽辛苦把几乎已经失去意识的我从井里拉上来。然后他不知道从什么地方找到了马来,把我载着越过沙丘,渡过河,带我回到满军的监视所。我在那里接受负伤的治疗,搭上从司令部开来的卡车被运往海拉尔的医院。"

"那什么文件还是书简到底怎么样了?"

"我想大概还依旧在哈尔哈河附近的土里继续睡觉吧。我和本田伍长没有余力去挖掘那个出来,而且也找不到什么非要勉强挖出来不可的理由。我们所得到的结论是那东西或许从一开始就最好不存在。在军方查问的时候,我们很有默契地配合着说,没听到过什么有关文件的事。因为我想如果不这么说的话,我们没带那文件回来就会被追究责任了。我们被按以治疗为名目,分别被严格监视在隔离病房里,每天都受到调查。好几个高级将领过来,盘问几次同样的话。他们的质问既绵密,又狡猾。不过他们似乎相信了我们的话。我把自己所体验过的事情毫不保留地详细说出来。只是很小心地避开有关文件的这一件事。他们把我说的话作成笔录之后，就对我说，这次的事是机密事项，在军方正式记录上都不会留下来，因此关于这件事对外要一律绝口不说。万一我们泄露口风被知道，将会接受严厉的处分，他们说。然后两星期后，我被送回原来的部队。我想本田先生也被送回原来的部队了吧。"

"我不太明白，为什么本田先生会被特地从他的部队调来呢？"我问。

"关于这点本田先生也没对我说很多。我想大概禁止他向别人说吧，而且我觉得我还是什么都不知道比较好吧。但我从和他谈的话里想象，山本这个人和本田先生之间可能有什么私人的关系。而且我想那和他的特殊能力大概有关系吧。因为，我也听过陆军里面有专门研究那一类特殊能力的部署，从全国集合有灵能或念力之类能力的人，进行各种测试。我推测本田先生也因为这关系而认识山本吧。而且实际上，如果他没有那方面能力的话，我想他就不可能找到我所在的地点，并把我准确地带回满军监视所。因为既没有地图也没有磁石，他却能不迷路地笔直走到那里。那样的事情以常识来思考是不可能做到的。我是地图专家。那一带的地理也大致有个谱。但就算是这样的我，都实在没办法做到。我想山本大概是对本田这方面的能力有所期待吧。"

我们走到巴士招呼站，等着巴士。

"当然谜留到现在依然还是谜。"间宫中尉说，"我到现在很多事情还无法理解。在那里等着我们的蒙古军官到底是谁？如果我们把那文件带回去交给司令部的话，又会发生什么事？为什么山本没有把我们留在哈尔哈河右岸一个人渡河过去？那样他应该可以更轻松地行动啊。或许他想把我们当蒙古军的诱饵而一个人逃走也不一定。那是有可能的。或许本田伍长从最初就知道这件事。所以他才让山本被杀也不一定。

"不管怎么说，我和本田伍长自从那次以来很久之间，一次都没见过面。我们一到海拉尔立刻就被分别隔离起来，被禁止互相见面和说话。虽然我想对他表示最后的感谢，但连那都不可能。就那样，他在诺门坎的战役中负伤被送回国内，我到战争结束还留在伪满洲，然后又被送到西伯利亚。我是在从西伯利亚拘留返国的几年之后，才找到他住的地方的。而且从那以后，我们见过几次面，偶尔有书信来往。但本田先生似乎在避免拿那哈尔哈河发生的事当话题，我也觉得不太想谈那件事。那对我们两个人来说，实在是太大的事情了。我们由于对那件事情什么都不谈，而共同拥有着那体验。你可以理解吗？

"话变得很长，不过我想要传达给你的，是所谓我的真正人生，大概已经在那外蒙古沙漠中的深井底下结束了吧。我在那井底下，一天之中只射进来十秒或十五秒的强烈光线中，觉得好像已经把生命的核似的东西完全烧光了。那光，对我来说，是那么神秘的东西。虽然我无法恰当说明，但我坦白把我所感觉到的全部说出来，从那以后不管我看见什么、经验什么，心底里已经不会有任何感觉了。连面对苏联军的大坦克部队时，或失去这左手时，在地狱般的西伯利亚收容所时，我都在某种毫无感觉里。说起来很奇怪，不过那些事情我已经全都无所谓了。我体内的某种东西已经死了。而且很可能我，就像那时候所感觉到的那样，应该在那光里像消失在里面一样地迅速死去。那是我的死时。但正如本田先生所预言的那样，我没有在那里死掉。或者应该说是没有能够死掉吧。

"我失去一只手臂，和十二年这贵重的岁月，然后回到了日本。当我到达广岛时，双亲和妹妹已经死亡。妹妹被征去广岛市内的工厂做工时，遇上原子弹投放而死去。父亲那时候正好去看妹妹，同样也送命了。母亲受到这打击就卧病不起，昭和二十二年去世。正如我刚才所说的那样，我本来有一个内定要订婚的对象，那个女的已经跟别的男人结婚，生了两个孩子了。墓地上有我的坟墓。我已经什么也没剩下了。我觉得自己真的是变成一无所有、一片空虚。自己不应该回到这里来的。从那以后一直到现在为止，自己是怎么活着过来的，都记不太清楚了。我当了社会课的教员，在高中教地理和历史。但我在真正的意义上，并没有活着。我只是把人家交付给自己的现实中的角色，一个又一个地扮演下去而已。我没有一个称得上是朋友的人，和学生之间也没有什么像是人性化牵绊之类的东西。我没有爱谁。我已经不知道爱一个人是怎么一回事。眼睛一闭起来，就浮现活生生被剥掉皮的山本的身影。做了几次那样的梦。山本在我梦中好几次又好几次被剥掉皮，变成血肉模糊的肉块。他悲痛的哀号，我还听得很清楚。而且好几次我也梦见自己在井底下活生生地腐朽下去。有时候会觉得那才是真的现实，而眼下的我的人生才是梦吧。

"本田先生在哈尔哈河畔，说我在大陆上不会死的时候，我听了很高兴。不管相信不相信，那时候我的心情，不管是什么，都想要紧紧抓住。我想本田可能是知道这点，为了安抚我的心情而告诉我的吧。但实际上，那并没有什么值得高兴的。回到日本之后，我一直像个脱落的空壳子般地活着。而一个脱落的空壳子不管活多么长，都不能算是真的活着。我希望冈田先生了解的，其实只有这个而已。"

"那么间宫先生回国之后，一次也没有结婚吗？"我试着问问看。

"当然。"间宫中尉说，"既没有妻子，也没有父母亲和兄弟姐妹。完全是一个人。"

我有点犹豫之后，这样问问看："你认为像本田先生的预言之类的东西，还是不要听比较好吗？"

间宫中尉沉默了一下。然后一直注视着我的脸。"或许是这样也不一定。或许本田先生不应该说出来也不一定。或许我不应该听也不一定。正如本田先生那时候所说的那样，命运是在事后回顾的东西，不是事先知道的东西。不过我这样想，事到如今，怎么样都一样了。

我现在只是在完成继续活着的任务而已。"

巴士来的时候，间宫中尉向我深深地低头行礼。而且对我说，占了我的时间很抱歉。"那么失礼告辞了。"间宫中尉说，"非常感谢。不管怎么说，能把那东西交给您真好。这样一来我总算也能够告一段落。可以安心回家了。"他用义肢和右手灵巧地拿出零钱，放进巴士的车费箱里。

我站在那里，一直看着巴士消失在转弯角。巴士看不见之后，我心情觉得奇怪地空虚。感觉上简直就像一个被留在陌生城镇的小孩，那种无法排遣的心情一样。

然后我回到家，坐在客厅的沙发上，把本田先生留给我的纪念品包裹打开。是顺风送礼用的礼盒。但从重量就可以知道里面不是威士忌。我打开那盒子看看。然后发现那里面什么也没有。那完全是空洞的。本田先生留给我的，只是一个空洞的盒子。

参考文献

《诺门坎美谈录》忠灵显彰会　新京　满洲图书株式会社　昭和十七（1942）年

《诺门坎空战记苏联空军将领的回忆》阿·贝·波罗杰金　林克也·太田多耕译　弘文堂　昭和三十九（1964）年

《诺门坎战　人间的记录》御田重宝　现代史出版会　发行德间书店　昭和五十二（1977）年

《诺门坎战记》小泽亲光　新人物往来社　昭和四十九（1974）年

《安静的诺门坎》伊藤桂一　讲谈社文库　昭和六十一（1986）年

《我与满洲国》武藤富勇　文艺春秋　昭和六十三（1988）年

《日本军队用语集》寺田近男　立风书房　平成四（1992）年

《诺门坎上下——草原的日俄战争1939》阿尔文·D.库克斯　岩崎俊夫·吉本晋一郎译　秦郁彦监修　朝日新闻社　平成一（1989）年

《满洲帝国Ⅰ·Ⅱ·Ⅲ》儿岛襄　文艺春秋　文春文库　昭和五十八（1983）年

第二部　预言鸟篇

一九八四年七月至十月

1 尽可能具体的事实，文学上的食欲

送间宫中尉到巴士招呼站的那天夜晚，久美子没有回家。我一面看看书、听听音乐，一面等她回来，然而时针绕过了十二点之后我就放弃再等，先上床了。并且在不知不觉之中灯光还点着我就睡着了。醒来时是早上六点前。窗外已经完全亮起来了。透过薄薄的窗帘那边可以听到鸟正在啼啭着。床上身旁没有妻的身影。白色枕头还干净漂亮地蓬松着。看来夜里似乎没有人把头放在那上面过。床头柜上，还整齐地叠放着刚洗晒过的她的夏季睡衣。是我洗的、我叠的。我把枕边的电灯关熄，好像要调整时间之流似的，大大地深呼吸一次。

我穿着睡衣在家里试着探寻一圈。首先走到厨房，巡视客厅，窥探她的房间。查过浴室和厕所，为了慎重起见，连壁橱也打开来看过。然而到处都没有久美子的影子。不禁觉得家里看起来好像比平常静悄悄。简直就像只有我一个人在到处移动，把那安静的调和无意义地扰乱了似的。

因为没有什么特别需要做的事，于是我到厨房去把水壶加了水，把瓦斯火点着。水烧开了之后就用那泡了咖啡，在桌子前面坐下来喝。然后又用烤面包机烤了吐司，从冰箱里拿出马铃薯沙拉来吃。真是好久没有一个人独自吃早餐了。想想看自从我们结婚到现在，没有一次没吃早餐的。午餐倒是偶尔会省掉，有时候晚餐也会省掉，不过不管有什么事情，唯有早餐是不会省略的。那是一种默契，几乎接近仪式的行为。我们无论多晚上床，早上都会早起，尽可能做好像样的早餐，并在时间容许的范围之内慢慢吃它。

但是那天早晨，久美子的身影却不在餐桌边。我默默地一个人喝着咖啡，默默地一个人吃着面包。对面只有一张没人坐的椅子而已。我一面看椅子，一面想起昨天早晨她擦了古龙水的事。而且试着想象也许送了她那瓶古龙水的男人的事。我脑子里浮现久美子和某个男人在床上相拥睡觉的情景。想象那个男人的手正抚摸着她赤裸的身体。想起昨天早晨我帮她把连衣裙的拉链拉上时，眼睛所见到的，她那瓷器般光滑的背。

不知道为什么，咖啡里有肥皂的味道，喝了一口过一会儿之后，嘴里开始留下讨厌的余味。起初还以为是错觉吧，但第二口还是有同样的气味。我把杯里的咖啡倒在水槽，试着用别的杯子注入咖啡喝。然而那里面还是有肥皂的气味。为什么会有肥皂的气味呢？我真不能理解。水壶是洗得很干净的，水也没问题。但那确实是肥皂或化妆水似的气味。我把咖啡壶里的咖啡全部倒掉，正想重新烧开水，中途又嫌麻烦，于是作罢。然后就在杯子里接了自来水，代替咖啡喝了。因为并不是特别想喝咖啡。

我等到九点半，试着打电话到她的公司。我在电话上对接听的女孩子说请转冈田久美子。冈田好像还没到公司的样子，她说。我道过谢挂了电话。然后就像每次我心神不宁的时候经常会做的那样打扫家里。把旧报纸和杂志整理好用绳子绑起来，把厨房水槽和餐具柜擦干净，把厕所和浴室洗干净。用玻璃清洁剂擦镜子和玻璃，把灯罩拆下来洗，把床单换下来洗，铺上新的床单。

到了十一点，我又再试着往久美子的公司打电话。是和刚才同一个女孩子接的，回答同样的话。冈田还没到公司，她说。

"她今天请假吗？"我试着问。

"不知道，没听说这样啊。"她的声音里不含有任何感情。只是把那边的事实照实陈述出来而已。

1 尽可能具体的事实，文学上的食欲

不管怎么说，都十一点了，久美子还没到公司上班，这就不是一件平常的事了。一般来说，出版社的编辑部上班时间是比较胡乱随便的，但久美子的公司却不是这样。因为她们所出版的是和健康或自然食品有关的杂志，和他们有关的作者、食品公司、农场、医师们，都是早上很早起床工作，傍晚就结束工作的人。所以久美子和久美子的同事们也都配合他们，早上九点全体准时上班，除了编辑作业繁忙的时期之外，六点以前就下班了。

挂上电话后，我到卧室去把吊在衣橱里久美子的连衣裙、衬衫、裙子检查一遍。如果久美子要离开家的话，应该会带自己的衣服。当然我并不能记得她所拥有的全部衣服。连自己有什么样的衣服都几乎不记得，不可能记得别人的衣服清单。不过因为我曾经多次帮久美子把衣服送去洗衣店，或拿回来，所以她经常穿什么衣服，特别宝贝什么衣服，大致上还可以掌握。而根据我的记忆，她的衣服全都还在那衣橱里。

而且久美子应该没有多余的时间把衣服带出去。我试着再一次准确地回想她昨天早上离开家门时的情形。穿的是什么样的衣服，拿的是什么样的皮包。她所带的，只有平常她去公司上班时的单肩包而已。那里满满塞着小记事本、化妆品、皮夹、笔、手帕、面纸之类的。实在不是能够装下换洗衣服的皮包。

我试着打开她的衣柜。抽屉里整整齐齐地放着首饰、袜子、太阳眼镜、内衣、运动衫之类的。从那里实在看不出少了什么。或许那个皮包装得下内衣和丝袜。不过想一想，那种东西即使不带出去，也到处可以很简单地买到。

然后我到浴室去把放化妆品的抽屉拉出来检查一遍。那里面也没有明显的变化。只是塞满了琐碎的化妆品和小装饰品而已。我再打开那一瓶 Christian Dior 古龙水盖子，又闻了一次看看。和上次同样的香味。真的是很适合夏天早晨的白色花的香味。于是我又想起她的耳

朵和白皙的背。

　　我回到客厅,在沙发上躺下。然后闭起眼睛侧耳倾听。但除了时钟刻着时间的声音之外,听不到像声音的声音。既听不见车声、鸟啼,也听不见其他任何声音。现在开始该怎么办,我不知道。我想再打一次电话去她公司,拿起电话拨着号码,但一想起可能又是同一个女孩子来接就觉得心情沉重起来,中途放下电话。这么一来,我已经没有任何事情可以做了。我所能做的唯一的事,只有等待了。或许她会抛弃我吧——不知道理由何在,但总之那是有可能发生的事。不过如果是那样的话,她不像是会一句话都不说就抛弃我的人。如果久美子要从我身边离去的话,她应该会尽可能好好地准确地告诉我她离我而去的理由。对这一点我几乎拥有百分之百切实的信心。

　　也许她走在路上出了什么事故了。也许被汽车撞上被送进医院了也不一定。而且在意识不清的状态下正接受着输血也不一定。一想到这里,我心跳加快起来。不过她的皮包里放有驾驶执照、信用卡、户籍登记之类的。如果发生了这样的事情的话,医院或警察局应该会联络这里才对。

　　我坐在檐廊呆呆地眺望着院子。然而实际上什么也没在看。想要思考什么,然而意识又无法集中在任何一件特定的事上。我好几次又好几次想起帮她把连衣裙拉链拉上时所看见的久美子的背。并想起耳朵后面散发的古龙水的气味。

　　一点过后电话铃响了。我从沙发上起来拿起听筒。

　　"喂,请问是冈田先生家吗?"女人的声音说。那是加纳马耳他的声音。

　　"是的。"我说。

　　"我是加纳马耳他。因为猫的事情打电话来。"

　　"猫?"我以恍惚的声音说。我已经完全忘了猫的事。然后当然想起来了。不过觉得那好像已经是好久以前的事。

1 尽可能具体的事实,文学上的食欲

"就是您太太在寻找的猫。"加纳马耳他说。

"嗯,是的,当然。"我说。

加纳马耳他在电话那边好像在推测什么似的沉默了一会儿。也许是我声音的调子给了她什么感觉吧。我干咳一下,把听筒换到相反一边的手上。

过一会儿之后加纳马耳他说:"我想除非有什么重大的意料之外的事发生,否则大概不会再找到猫了。虽然觉得很抱歉,不过我觉得你们还是放弃比较好。猫已经走了。我想猫大概不会回来了。"

"除非有什么重大的意料之外的事发生是指什么意思?"我反问道。然而她没有回答。

加纳马耳他长久沉默着。虽然我一直在等她开始说话,但安静地注意听,电话听筒里却连一声呼吸都听不见。当我开始怀疑起电话是不是出故障了时,她才好不容易又开了口。

"冈田先生,"她说,"这种事情说出来我想也许很失礼,不过除了猫之外,您还有别的事情,也许我可以帮上忙的吗?"对这句话我一时之间答不出来。手上依然握着听筒,身体往后面的墙壁靠。花了一些时间才说出话来。

"还有很多事情不清楚的。"我说,"已经清楚的事情也还一点都搞不懂。我只是在头脑里想着而已。不过总之我觉得我太太离家出走,不知道去哪里了。"于是我把久美子昨天晚上没回家和今天早上也没去上班的事,向加纳马耳他说明。

加纳马耳他似乎在电话那边考虑了一会儿。

"我想您一定很担心吧。"加纳马耳他说,"现在这个时候,我还什么都说不上来。不过我想近日之内,很多事情都会明朗化吧。现在只能等,没有别的。虽然或许你很难过,不过什么事情都有所谓该做的时期。就像潮水的涨退一样,这是谁都无法改变的事情,该等的时候只有等了。"

"请问一下，加纳马耳他小姐，虽然猫的事已经麻烦你很多了，再这样说实在过意不去，不过我现在，并没有心情去听一般合情合理的道理。怎么说呢，我实在是无路可走了，真的是走投无路了。而且有一种讨厌的预感。但我完全不知道自己该怎么办才好。你听我说，我连这通电话挂掉之后该做什么才好都不知道了。我所要的，不管多么微小无聊的事都没关系，只要是具体的事实。你明白吗？眼睛看得见、手摸得到的事实。"

听得见电话那一头好像有什么掉落地上的声音。不是太沉重的，例如门把手的球状物，掉落地上的声音。然后听得见什么摩擦的声音。好像把制图用半透明纸夹在手指之间，用劲拉扯似的声音。好像在离电话口不是很远，也不是很近的地方，这些动作正在进行着。

不过加纳马耳他似乎并不太去注意这些声音动静。

"我明白了。你说要具体的事情噢。"加纳马耳他以平板的声音说。

"是的。最好尽可能具体。"

"你等电话吧。"

"如果说是电话，我一直到现在都在等啊。"

"应该有一个名字开头的发音是 O 的人马上会打电话来。"

"那个人知道久美子的什么事吗？"

"这我就不清楚了。不管什么事情都好，想知道具体事实可是您说的噢，我只是告诉您而已。另外一件就是，这几天就会有连续好几天的半月。"

"半月？"我说，"你是说浮在天空的月亮吗？"

"是的。浮在天上的月亮。但不管怎么样，冈田先生，你要等。等是一切。那么近日再联络。"说着加纳马耳他把电话挂掉。

我从茶几上把电话号码簿拿过来，试着翻开 O 那一页来看。那上面一共有四个姓名、住址和电话号码，久美子用小而工整的字写着。第一个是我父亲的名字——冈田忠雄。一个是姓小野田的我大学时代的朋友，一个是姓大塚的牙医，然后是大村酒铺，附近的一家卖酒的商店。

首先我想可以把酒铺除外吧。酒铺虽然就在距离大约走路十分钟的地方，但除了偶尔打电话去叫整箱的啤酒之外，我们和那店并没有任何特别的关系。牙医也没有关系。虽然我在大约两年前接受过臼齿的治疗，但久美子一次也没去过。至少她在和我结婚之后，没有看过任何牙医。我和姓小野田的朋友已经好几年没见面了。他大学毕业后在银行就职，第二年就被调到札幌支店上任，从此以后一直住在北海道。现在只有互相寄寄贺年卡而已。我连久美子和他见过面没有，都想不起来了。

最后剩下的只有我父亲。不过我不认为久美子和我父亲有什么特别的来往。自从母亲去世，后来父亲再婚之后，我和父亲既没见过面，没书信来往，也没打电话谈过话。而久美子连一次也没见过我父亲。

在啪啦啪啦翻着电话簿的时候，我不由得重新留意到我们是一对人际关系多么差的夫妇。结婚后的六年之间，我们似乎除了和工作场所的同事间方便性的交往之外，几乎和什么人都不相关，只有两个人隐居在这里。

午餐我又决定做意大利面。肚子并不特别饿，甚至几乎没什么食欲。不过总不能老是一直坐在沙发上等着电话铃响啊。必须有一个什么目标，总之能让身体动一动。我在锅子里放进水，把瓦斯点着，然后在等水沸腾之前，一面听着 FM 广播一面做番茄酱。FM 电台正播放着巴赫无伴奏的小提琴奏鸣曲。技巧非常高明的演奏，但那里头似乎有什么令人焦躁不安的东西。那原因是在演奏者那边，还是在听者自己的精神状态,我无法判断,总之我把收音机开关关掉,继续沉默地烹饪着。把橄榄油热过放进大蒜,然后把切碎的洋葱放进去炒,等洋葱颜色开始转变之后,再把事先切好吸干水分的番茄放进去。切切东西炒东西的感觉还不错。那里面有切实的手感反应,有声音,有气味。

锅里的开水沸腾之后,加进盐,抓一把意大利面放下去。然后把定时器设定十分钟,把水槽里的餐具洗干净。然而面对做好的意大利面时,食欲依然丝毫涌不上来。好不容易勉强吃了一半,剩下的全部丢掉。留下的酱放进容器里收进冰箱。没办法啊,本来就没有食欲嘛。

我记得从前曾经在什么地方读过,有一个男人正在等什么的时候,一直在吃着东西。我相当认真地长久思考之后,才想起来那是海明威的《永别了,武器》。主角(名字我忘了)从意大利划小船越过国境,好不容易才逃到瑞士,在那小村子里等候妻子生产,但他在那时间内,经常走进对面的咖啡厅,吃吃什么喝喝什么。小说的情节我几乎都不记得了。在我记忆里,只有主角在异国土地上,一面等待妻子生产,一面一道又一道地继续吃着东西,那个接近结束的场面而已。我会特别记得那个场面,是因为感觉那里面似乎含有强烈的写实感。我觉得由于不安,与其不吃不喝,反而是食欲异常地涌现,要来得更具文学性的写实感似的。

不过实际像这样安静地在家里一面望着时钟,一面等候什么事情发生的时候,却和《永别了,武器》不同,食欲简直一点都涌不上来。然后过一会儿,忽然想到,食欲没有涌现,或许是因为我体内缺乏类似文学性写实感之类的东西吧。觉得自己好像变成自己所写的不美味的小说中的一部分似的。好像被什么人批评你一点也不写实似的。或许实际上正是如此也说不定。

电话铃响,是在下午两点钟前。我立刻拿起听筒。

"是冈田先生府上吗？"是记忆中没听过的男人的声音。低沉而圆润的声音，年轻男人的声音。

"是的。"我以有些紧张的声音说。

"是二丁目二十六号的冈田先生吗？"

"是的。"

"这里是大村酒铺。经常蒙您照顾。现在想去收钱，不知道方便吗？"

"收钱？"

"是的，两箱啤酒、一箱果汁的费用。"

"可以呀，我想我暂时会在家。"我说。于是我们的会话结束了。

我放下听筒之后，试着想想那对话中是否含有和久美子有关的什么讯息呢。但那无论从任何角度看，都是酒铺打来的要收钱的简短而现实的电话而已。我确实叫了啤酒和果汁，而且酒铺也送来了。三十分钟之后酒铺的人来了，我付给他两箱啤酒、一箱果汁的钱。

酒铺的年轻店员是个很会体贴客人嘴很甜的男人。我付了钱之后，他一面笑嘻嘻的一面写着收据。

"冈田先生，今天早上车站前发生一件事故您知道吗？早上九点半左右。"

"事故？"我吃了一惊地说，"是谁出事了？"

"是一个小女孩，被一辆倒车的小卡车撞倒了。好像很严重。我也正好在那事故之后经过那里，不过，一大清早就看见这样的事有点讨厌。小孩子是很可怕的。倒车的时候你从后视镜里看不到她啊。你认识车站前那个洗衣店吗？正好在那前面。那一带停了一些脚踏车，堆了一些纸箱，视线有点被遮住了。"

酒铺的人回去之后，我无法再忍受继续待在家里像这样安静不动了。家里好像突然变得很闷热、阴暗、狭窄。我穿上鞋子，总之走出家里。门也没上锁，厨房的电灯也没关。我一面含着柠檬水果糖，一面在附近漫无目的地到处逛着。不过就在回想着酒铺的人说的事情时，我想起我送去车站前洗衣店的东西一直还没去拿回来，久美子的衬衫和裙子。虽然凭据放在家里，不过我想去了再说吧。

街上看起来有点和平常不一样。迎面擦身而过的人，样子都有点不自然，有点造作。我一面走着一面观察他们每个人的脸。并思考他们到底是什么样的人。到底住在什么样的房子里？家里有什么人？过着什么样的生活？他们是不是和妻子以外的女人睡觉？和丈夫以外的男人睡觉？幸福吗？他们知道自己看起来不自然而造作吗？

洗衣店前面还活生生地留下事故后的痕迹。路面有好像是警察画的白粉笔线，几个买东西的客人聚在一起脸色凝重地谈着事故的话题。不过店里则和平常一样。那个漆黑的收录音机，照例演奏着情调音乐。后方一台旧式空调冷气机正发出吟声，电熨斗的蒸汽旺盛地往天花板升腾。播放着的曲子是《退潮》。罗伯特·麦克斯威尔的竖琴曲。要是能到海边该有多棒，我想。我想象着沙滩的气味，海浪冲碎的声音。想起海鸥的姿态，想起冰得凉凉的罐装啤酒。

我跟洗衣店老板说我忘了带凭据。"我记得上星期五或星期六送过衬衫和裙子来洗。"

"冈田先生噢，冈田先生……"老板说。然后翻阅着大学笔记簿。"嗯，有了。衬衫和裙子。不过，这衣服太太已经来拿走了噢，冈田先生。"

"是吗？"我吃了一惊。

"是昨天早上来拿的噢。是我直接交给太太的，所以还记得很清楚。好像是上班前顺便过来的。那时候凭据也拿到了。"

我说不出话来，只是默默看着他的脸。

"你再问太太确认一下吧。没错噢。"洗衣店老板说。然后从放在收银机上的香烟盒里拿出一根香烟来含在嘴上，用打火机点了火。

"是昨天早上吗？"我试着问他，"不是傍晚吗？"

"是早上啊。八点左右吧。你太太是早上第一个客人,所以我特别记得。你看,早上第一个客人又是个年轻女人,心情不是很好吗?"

我无法做出适当的表情,说出来的声音听来也不像我的:"那就好,因为我不知道我太太来拿过了。"

洗衣店老板点点头,瞄一眼我的脸之后,就把才吸了两三口的香烟揉熄,又再回去烫衣服。他似乎对我的什么感兴趣。看起来好像要跟我说什么。不过结果却决定什么也不说的样子。我也想问他很多问题,比方说久美子来拿衣服的时候是什么样子,手上拿着什么。不过我心很乱,喉咙非常干渴。总之暂且想找个地方坐下来喝一点冰凉的东西。要不这样做,我觉得好像什么都不能思考了。

我走出洗衣店走进附近的咖啡店,点了冰红茶。咖啡店里凉凉的,客人只有我一个。墙上小扩音喇叭正扩放着编曲成大交响乐的披头士的《Eight Days A Week》。我又再想了一次海。想象打着赤脚,朝向海浪翻涌的岸边走在沙滩上的情景。沙滩像烤过一般热,风中浓重地混合着潮水的气息。我深深吸一口气,抬头看天。伸出双手迎向天空时,可以实实在在地感觉到那夏日艳阳的灼热。终于海浪凉凉地冲洗着我的脚。

久美子会在上班前先到洗衣店拿衣服,这怎么想都很奇怪。这样一来,她必须提着那刚烫好的衣服去挤客满的电车,而且回程的时候,也同样必须那样提着再搭一次客满的电车。既多一个行李的负担,而且特地送去洗的衣服也会变成皱巴巴的。我不认为对衣服的褶皱和污渍十分神经质的久美子会去做那样无意义的事。只要下班回家时经过洗衣店去拿就可以的。如果回家会晚,只要叫我去帮她拿也可以。想得到的可能性只有一个,那就是那时候的久美子已经不打算再回家了。她手上拿着衬衫和裙子,就那样不知道到什么地方去了吧?只要有那衣服,暂时就有得换穿,其他的东西在什么地方买就行了。

她既带有信用卡,也带有银行卡,她拥有自己单独的存款账户,只要她想走,爱到什么地方,就可以到什么地方。

而且她大概跟什么人——男人一起吧。除此之外她没有任何理由离家出走啊,我想大概是。

事态大概相当严重吧。久美子把衣服、鞋子之类的全部留下,自己消失了。她喜欢买衣服,而且总是很慎重地整理好。能够把这些全部抛弃,几乎是光着身子离家出走的,自然需要有相当坚决的意志。不过久美子居然丝毫不犹豫地——我这样认为——只提着衬衫和裙子离家出走了。不,那时候久美子或许根本没考虑到衣服的事。

我背靠在咖啡店的椅子上,一面听着根本没听进去的被杀菌到近乎悲切程度的背景音乐,一面想象手上提着装在洗衣店塑胶袋里、悬挂在铁丝衣架上的衣裙,正要搭上客满通勤电车的久美子的姿态;想起她穿着的连衣裙的颜色,想起耳后根古龙水的香气,想起光滑完美的背部。我觉得自己非常疲倦,好像只要一闭上眼睛,就会飘飘忽忽地走到不是这里的其他什么地方去了似的。

2 本章没有任何好消息

走出咖啡店之后，我又在那附近漫无目的地到处走着。走着走着时，由于下午强烈的暑热，我逐渐感觉不舒服起来。甚至感到像是一阵恶寒似的。不过却不想回家。一想到在静悄悄的家里，一直等待毫无把握会打来的电话，就变得无法忍受快要窒息了。

能够想到的，说来只有笠原May了。我回到家便翻越围墙，经过后巷来到她家的后院。然后身体倚靠在隔着后巷对面"空屋"的围墙上，眺望有鸟的石像的那家庭院。只要站在那里，不久之后笠原May总会看到我吧？除了到假发公司去打工之外，她不管在庭院里做日光浴，还是在自己的房间里，多半的时候都会在家里守望着庭院的动静。

不过笠原May却久久没有出现。天空没有一片云。夏天的阳光灼热地烤着我的脖子。脚下蒸起一股闷热的野草气息。我一面眺望着鸟的石像，一面想起不久前听舅舅说过的话，于是试着去一一回想住过那房子的人们的命运。然而我脑子里能够浮现的只有海。冷冷的蓝色的海。我做了好几次深呼吸，然后看手表。就在我想今天大概已经不行，正要放弃的时候，笠原May终于现身了。她走过庭院，慢慢往这边走来。穿着牛仔布的短裤、蓝色的夏威夷衬衫、红色塑胶凉鞋。她站在我前面，从太阳眼镜后面向我微笑。

"你好，发条鸟先生。猫找到没有，绵谷升君？"

"没有，还没找到。"我说，"不过你今天倒花了好长时间才出来噢。"

笠原May双手插在牛仔短裤的臀部口袋，觉得很奇怪似的张望一下周围。

"喂喂，发条鸟先生，虽然说我很空闲，但也总不能每天都从早到晚睁大着眼睛一直盯着后巷过日子啊。我也有一些我要做的事噢。不过总之，对不起。你等了有那么久吗？"

"也没那么久。只是，站在这里非常热而已。"

笠原May仔细地注视着我的脸很久。然后稍微皱起眉头。"你怎么了？发条鸟先生，你的脸色非常糟糕噢。感觉上好像是被埋在什么地方一段时间，刚刚才被挖出来似的脸色。你还是过来这边，到树荫底下休息一下比较好吧。"

她拉起我的手，把我带到她自己家的庭院去。移动了一把帆布躺椅到橙树下，要我坐在那里。茂密的绿色枝叶，落下充满生命香气的凉快影子。

"没问题的，就像平常一样没有人在家。你可以完全不用担心。就在这里好好休息一下，什么也别想。"

"嘿，我想麻烦你一件事。"我说。

"你说说看。"

"我想请你代替我打一通电话。"

我从口袋里拿出手册和圆珠笔，写下妻公司的电话号码。然后把那一页撕下交给她。附有塑胶封面的手册因为汗湿而变得热热的。

"你打到这里，然后问冈田久美子有没有到公司去。如果没去的话，就问她昨天有没有去公司上班，我只希望你能帮我问一下这个。"

笠原May接过那张纸片，闭紧嘴唇注视着纸片。然后看看我的脸。"没问题，我会好好帮你打，所以你只要脑袋一片空白，躺在那里就好。不可以动噢。我马上回来。"

笠原May走掉之后，我照她说的躺在那里闭上眼睛。我浑身都是湿湿的汗。想要想一点什么时，头脑深处便疼起来，胃底下一带像有一团丝屑的团块沉积在那里似的。偶尔涌起一阵恶心想吐的预感。周围静悄悄的。这么说来，好像这一阵子好久没听见发条鸟的鸣叫声了，我忽然想。最后一次听发条鸟的叫声是什么时候的事了？是四天或五天前吧，不过记忆不很准确，回过神时已经听不见发条鸟的声音了。那鸟说不定是随着季节的变化而移动的候鸟。这么说来，开始听见发条鸟的叫声，是在这一个月左右的事。然后有一阵子，发条鸟就每天继续卷着我所居住的小世界的发条。那是发条鸟的季节啊。

过了十分钟左右，笠原May回来了。她手上拿着一个大玻璃杯递给我。递给我的时候，发出咔啦咔啦冰块的声音。感觉上那声音好像从遥远的世界传来的。我所在的场所和那世界之间，存在着几扇门。但现在正巧全部的门都开着，因此我可以听见那声音。"这是加了柠檬的水，你喝一杯吧。"她说，"喝了头脑会清楚一点。"

我把那水喝了一半再还给她。冰冷的水通过喉咙，慢慢降下到我身体里去。然后一阵激烈的恶心感袭来。胃里腐败的凌乱丝屑解开了，滑溜溜地往喉咙口涌上来。我闭上眼睛，等那通过。一闭上眼睛，就浮现提着衬衫和裙子搭电车的久美子的身影。我想也许吐出来比较好，然而我并没有吐。在深呼吸几次之后，那感觉逐渐慢慢地消失了。

"没问题吗？"笠原May问。

"没问题的。"我说。

"我打过电话了。我说我是她的亲戚。这样说可以吧？"

"嗯。"

"她是发条鸟先生的太太吧？"

"是。"

"说是昨天也没上班。"笠原May说，"也完全没跟公司有任何联络，就那样休息了。所以公司的人也正在伤脑筋呢。说她不是这种人哪。"

"对。她不是那种没有任何联络就不声不响地休息不上班的人。"

"昨天就不见了吗?"

我点点头。

"可怜的发条鸟先生。"她说,她似乎真的觉得我很可怜的样子。然后伸出手,放在我额头上。"我能帮你什么忙吗?"

"我想现在还没有什么。"我说,"不过总之谢了。"

"嘿,我可不可以再多问一点?还是,不要多问比较好?"

"你问也没什么关系呀。不过我不知道能不能回答。"

"你太太是不是跟男人一起离家出走了?"

"不知道。"我说,"不过说不定是这样。我想有这种可能性。"

"不过,你们不是一直都住在一起吗?住在一起也不知道这种事情吗?"

确实是这样,我想。为什么连这种事都不知道呢?

"可怜的发条鸟先生。"她又再说了一次,"如果我能告诉你什么就好了,可是很遗憾我也完全不知道,结婚生活到底是怎么回事。"

我从椅子上坐起来。这么做竟然比我想象中需要更大的力气。"谢谢你,帮了我很多忙。不过我差不多该走了。"我说,"也许有人跟家里联络也说不定。有人打电话来也说不定。"

"你一回家就马上冲个澡噢。第一件事就是先洗澡。知道吗?还要换上漂亮的衣服,然后把胡子刮一刮噢。"

"胡子?"我说。然后用手摸摸看自己的下颌。确实我忘了刮胡子。从早上开始一次都没想过刮胡子的事。

"这种小事情还蛮重要的噢,发条鸟先生。"笠原 May 一面注视我的眼睛一面说,"回到家好好照照镜子吧。"

"我会。"

"然后我还可以去你家玩吗?"

"可以呀。"我说,然后我补充一句,"我想你如果能来的话,会很有帮助。"

笠原 May 默默点头。

回到家我看着映在镜子里的自己的脸。确实我脸色非常糟糕。我脱掉衣服冲淋浴，仔细地洗头发，刮胡子，刷牙，脸上擦了乳液，然后再一次仔细检查镜子里自己的脸。比刚才好像好一些了。恶心的感觉也平静下来了。只有头脑还有些恍惚。

我穿上短裤，拿出新的 Polo 衫来穿。然后坐在檐廊靠在柱子上，一面望着庭院一面让濡湿的头发风干。然后试着整理这几天来发生在自己身边的事情。首先从间宫中尉打电话来开始，那是昨天早晨的事——对了，没错，那是昨天早晨。然后妻离开家，我帮她把连衣裙背后的拉链拉上，然后发现古龙水盒子。然后间宫中尉来，谈到奇怪的战争的事，被蒙古的军队逮捕、丢进井里的事。他放下本田先生遗留下来的纪念品，然而那只是个空盒子。然后久美子没回家，她昨天早上就到车站前的洗衣店把洗的衣服领走了，然后就那样消失了，也没有和公司联络。那是昨天发生的事。

不过这些事真的全部是在一天之内发生的，我实在不太能相信。因为实在发生太多事了。

就在想着这一些事情时，我变得非常困。那不是普通的困，那可以说是暴力性的激烈困倦。就像有人从无法抵抗的人身上剥掉衣服一样，困意正要把我清醒的意识剥夺。我什么也没想地走到卧室去脱掉衣服，只剩内衣躺在床上。我想看放在枕头边桌上的时钟。然而连转过头去都办不到。我就那样闭上眼睛，急速沉落看不见底的深沉睡眠中。

睡眠中我帮久美子拉上连衣裙的拉链。看得见白皙的背。然而拉链拉到顶之后，才知道那不是久美子，而是加纳克里特。在那房间里只有我和加纳克里特。

那是和上次的梦中同一个房间。饭店里的套房。桌上放着顺风威士忌酒瓶和两个玻璃杯。也有装满了冰块的不锈钢冰桶。外面走廊有人一面大声说话一面走过。声音听不太清楚，但听起来像是外国话。天花板垂吊着没有点亮的水晶灯。照亮房间的只有昏暗的壁灯而已。厚厚的窗帘依然紧紧拉上。

加纳克里特穿着久美子夏天的连衣裙。浅蓝色的，有鸟的花纹，半透明像浮雕一般地穿着。连衣裙裙长大约在膝上一点。加纳克里特就像平常那样，化妆得像杰奎琳·肯尼迪一样。而且左手腕上戴着两个一组的手镯。

"嘿，这连衣裙是怎么回事，是你的吗？"我问。

加纳克里特转向我，然后摇摇头。她一摇头，卷起来的发梢便舒服地晃动着。"不是。这不是我的，只是暂时借来的。不过请你不要在意，冈田先生。因为这不会给谁添麻烦。"

"这到底是什么地方？"我说。

加纳克里特没有回答这问题。和上次一样，我在床边坐下。我穿着西装，打着小雨点的领带。

"你什么都不用想，冈田先生。"加纳克里特说，"没什么可担心的。没问题，一切都很顺利。"

然后她和上次一样地拉下我长裤的拉链，拿出我的阴茎，把它含在嘴里。和上次不一样的是，她没有脱衣服。加纳克里特一直穿着那件久美子的连衣裙。我想动身体，然而身体却像被眼睛看不见的线绑着似的一点都动不了，而我的阴茎在她嘴里立刻就变硬变大。

我可以看到她的假睫毛在动，卷过的发梢在摇晃。她的两圈手镯发出脆脆的声音。她的舌头长而柔软，像缠绕着纠结着似的舔着我。然后她，正要把我引导到即将射精时，突然又离开我的身体。然后慢慢地脱掉我的衣服。脱掉上衣，拿下领带，脱掉长裤，脱掉衬衫，脱掉内衣，让赤裸的我仰卧在床上。然而自己却不脱掉。她坐在床上，拿起我的手，轻轻拉到连衣裙下面。她没有穿内衣。我的手指感觉到她性器的温暖，那里既深，又温暖，又充分濡湿。我的手指没有抵抗，简直像被吸进去似的进到那里面。

"嘿，绵谷升马上就要到这里来了吧？你不是在等他吗？"我说。加纳克里特什么也没说地悄悄把手放在我的额头。"冈田先生什么都不必想。这些事全部交给我们，让我们来办吧。"

"我们？"我说。然而她并没有回答。

她像骑在我身上似的跨上来，拿起我变硬的阴茎便滑溜溜地导入她体内。然后等进入深处之后，便开始慢慢扭动腰部。就像呼应她的身体一样，浅蓝色的连衣裙裙摆，便在我赤裸的腹部和腿上抚摸着。把连衣裙裙摆张开着骑在我身上的加纳克里特，看起来简直像柔软的巨大蘑菇似的。像在夜之羽翼中悄悄张开那纤维，在落叶之上无声地露出脸来的隐花植物似的。她的阴部既温暖，同时又阴冷。那把我包进去，诱进去，同时又正在往外推。在那里头，我的阴茎变得更硬、更大。简直像就要那样破碎掉了似的。那真是不可思议的感觉。那是超越性欲和性的快感之类的东西。感觉好像她体内不知道有什么，什么特别的东西，透过我的性器，一点一点地潜入我体内来似的。

加纳克里特闭上眼睛把下颌轻微往上抬，我像在做梦似的静静地前后推动着身体。可以看见连衣裙下她的胸部随着呼吸而膨胀、收缩。前发垂下几根，贴在额头上。我想象自己独自一个人漂浮在广大的海洋正中央的情景。闭上眼睛，侧耳倾听，想听拍在脸上小浪花的声音。我的身体，被微温的海水完全包住。海潮慢慢地流着。我一面漂浮在那上面，一面不知道正在朝什么地方流去。正如加纳克里特所说的，什么都不要想。闭着眼睛，身体放松，随波逐流。

回过神时房间里黑漆漆的。我试着环视房间，但几乎什么都看不见。墙上的壁灯不知道什么时候已经一盏也不留地全熄灭了。我身上加纳克里特蓝色的连衣裙轻飘飘地摇晃着，但只能隐约看见类似轮廓的影子。"忘掉吧。"她说。然而那却不是加纳克里特的声音。"一切都忘掉吧——像睡觉一样，像做梦一样，像躺在温暖的泥土中一样。我们都是从温暖的泥土中来的，终究还要回到温暖的泥土中去哟。"

那是打电话女人的声音。骑在我身上，现在和我交欢的是那打电话的女人。她依然穿着久美子的连衣裙。在我不知不觉之间，加纳克里特和那个女人不知道在什么地方交换了。我想说什么，但不知道想说的是什么，不过总之想说点什么。然而我非常混乱，发不出声音来。从我嘴里能够吐出来的东西，只有热空气团而已。我把眼睛尽量张开，想把我身上女人的脸看个清楚。然而房间里实在太暗了。

女人除此之外没有再说什么，开始比刚才更娇艳地扭动腰部。她柔软的肉包着我的性器，紧紧收缩起来。那简直像是个独立的生物似的。我听到她身体背后的门把手旋转的声音。或者感觉像听到了似的。有什么在黑暗中闪一下白色的光。也许是桌上的冰桶承受了走廊的光线而闪出的光也不一定，或者那是锐利的刀刃的闪光也不一定。不过我已经什么都不能想了，然后我射精了。

我冲了淋浴，洗了身体，用手洗过沾了精液的内衣。要命，我想。为什么偏偏非要在这样杂乱的时候梦遗不可呢？

我再一次换上新的衣服，再一次坐在檐廊眺望庭院。看得见太阳光在茂密的绿叶树荫下闪闪烁烁地舞动着。由于一连下了几天雨，庭院到处旺盛地长出鲜绿繁茂的杂草，那给庭院添加若干微妙的退缩和停滞的影子。

又是加纳克里特。在短暂期间内梦遗了两次，而每次对象都是加纳克里特。到目前为止，我一次都没想过要和加纳克里特睡觉，连一闪的念头都没有过，然而我却每次都在那个房间里和加纳克里特交欢。我不明白理由何在。而且中途和加纳克里特交换的打电话的女人

2 本章没有任何好消息

到底又是谁呢？那个女人说她知道我，而且说我也知道她。我试着一一回想过去曾经和我有过性交往的对象，然而打电话的女人不是其中的任何一个。不过虽然如此，我心中还有什么地方不能释然。那使我焦虑不安。

好像有什么记忆，在我脑子里想要出来似的。我可以感觉到那某种笨拙的蠢动，只要有一点点暗示就好了。只要能够拉出那线索的一根线，一切都应该能够清楚地解开了。而且那正在等待着我去解开，不过我却无法找到那一根细线。

我终于放弃再思考。"一切都忘掉吧——像睡觉一样，像做梦一样，像躺在温暖的泥土中一样。我们都是从温暖的泥土中来的，终究还要回到温暖的泥土中去哟。"

到了六点电话还没有打进来。只有笠原 May 来玩。因为她说想喝一点啤酒，于是我去从冰箱拿出冰啤酒，两个人分着喝。因为肚子饿了，于是我吃起面包夹火腿和生菜。看我在吃，笠原 May 说也要吃一样的东西。于是我为她做了同样的东西。我们两个人默默地吃三明治，喝啤酒。我偶尔看看墙上的时钟。

"这屋子没有电视吗？"笠原 May 问。

"没有电视。"我说。

笠原 May 咬了一下嘴唇边。"嗯，有点这种感觉，我就猜这里好像没有电视。你讨厌电视吗？"

"也没有特别讨厌。只是没有也没什么不方便。"

笠原 May 独自想了一下这件事。"发条鸟先生结婚几年了？"

"六年。"我说。

"那六年之间就这样一直没有电视吗？"

"是啊。刚开始没有多余的钱可以买电视，不过不久就习惯了没有电视的生活了。安安静静的很好。"

"一定很幸福噢。"

"为什么这么想？"

笠原May皱了一下眉。"因为，我没有电视，日子一天都过不下去呀。"

"那是因为你不幸吗？"

笠原May无法回答。"不过久美子不回家了，所以发条鸟先生也不怎么幸福。"

我点点头喝一口啤酒。"是啊，就是这样吧。"就是这样。

她含起香烟，以习惯的手势用火柴点火。"嘿，我希望你能非常坦白地照你想的说出来，你觉得我丑吗？"

我放下装啤酒的玻璃杯，重新看看笠原May的脸。我那时候一面和她谈着话，一面心里却恍惚地在想着别的事情。她穿着略大的无袖短上衣，因此弯身朝下时，那小而隆起的少女式乳房的上半部便清楚地看得见。

"你一点也不丑。真的。为什么特地这样问呢？"

"我交往的男孩子常常这样说：你好丑，胸部也好小。"

"就是那个骑摩托车出事的男孩子吗？"

"对。"

我看着笠原May慢慢从嘴里吐出烟。"那个年龄的男孩子经常会说这种话啊。因为无法恰当地表达自己的心情，所以会特地说出一些完全和事实相违背的话。而且无意间伤害别人，或伤害自己。总之你一点也不丑。我觉得非常可爱哟。不是谎话或奉承。"

笠原May想了一下我说的话。她把烟灰弹在啤酒的空瓶子里。"发条鸟先生的太太漂亮吗？"

"这个嘛。我不太清楚。有人这样说，也有人没这样说，这是偏好问题吧。"

"噢。"笠原May说。然后无聊地用指甲在玻璃杯上咯吱咯吱地弹了几下。

"那么你那骑摩托车的男朋友怎么样了？已经不跟他见面了吗？"我试着问。

"已经不见面了。"笠原 May 说。然后轻轻用手指摸一下左眼旁边的伤口。"我已经不要再跟他见面了，这是真的。百分之二百的真实噢。我用右脚的小指头打赌都可以哟。不过那件事，现在不想谈。因为怎么说呢，有些事说了就变成谎话噢。这个发条鸟先生懂吗？"

"我想我懂。"我说。然后我忽然望了一下客厅的电话。电话在茶几上穿着沉默的外衣。那看起来就像装成非生物的模样蹲踞着，正在等待经过的猎物从旁游过的深海生物似的。

"嘿，发条鸟先生，下次有机会再跟你谈那个男孩子的事，等我想说的时候。不过现在不行，现在还一点都不想谈。"

然后她看看手表。"我必须回家了，谢谢你的啤酒。"

我送笠原 May 到砖墙的地方，接近满月的月亮，在地面投下粒子粗糙的光线。我由于看到月亮而想起久美子的生理期已经接近了。不过结果，那或许已经变成和我无关的事了。一想到这里，自己身体内侧就似乎充满了未知的液体，奇怪的感触向我袭来。那是类似悲哀的某种东西。

笠原 May 的手搭在砖墙上，然后看着我的脸。"嘿，发条鸟先生，你喜欢久美子对吗？"

"我想是吧。"

"就算假定你太太有了别的恋人，和他一起到什么地方去了，发条鸟先生还是喜欢你太太吗？如果你太太说还想回到你身边的话，发条鸟先生会不会接受你太太？"

我叹了一口气。"这是个很难的问题。只能在实际上变成那样时，再想了。"

"也许我话说得太多。"笠原 May 说。并且稍微咋舌一下。"不过请你不要生气。我只是单纯地想知道而已。太太突然离家出走到底是怎么一回事,因为,我不知道的事情还有很多啊。"

"我并没有生气呀。"我说。然后再一次抬头看满月。

"那么你保重吧,发条鸟先生。但愿你太太能回来,一切都能顺利。"笠原 May 这样说完,就以惊人的轻巧身手跳越砖墙,身影消失在夏天的夜里了。

笠原 May 走了之后,我又变成独自一个人了。我坐在檐廊,试着思考笠原 May 丢给我的问题。如果久美子有了恋人,她和那个男人一起到什么地方去了,我是不是能够再一次接受她呢?我不知道,真的不知道,我也一样有很多事情不知道。

突然电话响了。我几乎像条件反射似的伸手抓起听筒。

"喂,"女人说,那是加纳马耳他的声音,"我是加纳马耳他,常常打电话来,真对不起。不过明天冈田先生有没有什么安排?"

我说没有什么安排。我——没有所谓安排这回事,总之。

"那么我想明天中午左右跟冈田先生见个面,方便吗?"

"这跟久美子有什么关系吗?"

"我想大概会有吧。"加纳马耳他慎重地选择着措辞说,"而且我想绵谷升先生可能也会一起来。"

我听了之后听筒差一点滑落。"这么说,是我们三个人一起见面谈话吗?"

"我想是这样。"加纳马耳他说,"现在有必要这样做,电话上没办法说明得更详细。"

"我明白了。这没关系。"我说。

"那么,一点钟在上次见面的同一个地方好吗?品川太平洋饭店的咖啡厅。"

一点钟在品川太平洋饭店的咖啡厅,我复诵一次,然后挂上电话。

十点钟笠原May打电话来,并没有什么特别的事,她只是想跟人说话而已。我们谈了一会儿无害的话题,最后她说:"嘿,发条鸟先生,后来有没有什么好消息?"

"没有好消息,"我回答,"什么也没有。"

3　绵谷升谈话，低级岛的猿猴

　　到达咖啡厅时，虽然离约定好的一点钟还有十分钟以上的时间，但绵谷升和加纳马耳他已经坐在位子上等我了。由于和午餐时间重叠，咖啡厅里人很多，但我立刻就能找到加纳马耳他。晴朗的夏天下午戴着红色塑胶帽子的人，世上并不很多。如果她不是收集了几顶同样形状和颜色的塑胶帽子的话，那么应该就是和第一次见面时戴的同一顶帽子了。而且她和上次一样，穿着清爽而且品味很好。白色半短袖麻外套底下，一件圆领棉衬衫，外套和衬衫都是没有一丝皱纹的纯白色。没有戴饰品，也没有化妆，只有红色塑胶帽子跟那些衣服的气氛和材质完全不搭调。我来到座位前时，她就像正在等着这一刻似的脱掉帽子放在桌上。帽子旁边放着一个黄色小皮包。她点了汤力水似的东西，但好像依然还完全没碰过。那在大型长脚杯里仿佛有些不自在似的空虚地冒着细小的泡沫。

　　绵谷升戴着绿色的太阳眼镜。我在位子上坐下之后，他就把眼镜摘下，暂时拿在手上一直望着镜片，终于又戴起来。他穿着深蓝色棉运动外套，底下是看来崭新的白色 Polo 衫。前面放着冰红茶玻璃杯，但他也几乎还没碰那饮料。

　　我点了咖啡，喝了一口冰水。

　　有一会儿谁也没有开口。绵谷升看起来好像连我到了都没发现似的。我为了确认自己并没有变透明，把手掌在桌上翻转了好几次看看。服务生终于来了，在我前面放下咖啡杯，从壶里倒出咖啡。服务生走了之后，加纳马耳他好像在试麦克风的状况似的小声咳嗽一下。

但什么也没说。

首先开口的是绵谷升。"因为没什么时间,所以我们就尽量简单地、坦率地说吧。"他说。他猛一看似乎是对着放在桌子正中央的不锈钢糖罐说话,但他说话的对象当然不用说就是我。他只是为了方便,而对着位于两者之间的糖罐说。

"简单地、坦率地谈什么呢?"我试着率直地问。

绵谷升终于拿下太阳眼镜把它叠放在桌上,然后看我的脸。最后一次和他见面谈话已经是三年之前的事了,但现在在一起,却完全没有好久不见的感觉。我想大概是因为在电视上、杂志上偶尔会看到那张脸的关系吧。所谓有些讯息,是不管你喜不喜欢,不管你要不要,都会像烟一样潜入人们的意识和眼睛的。

不过这样靠近地面对面仔细看时,却发现这三年来,他脸给人的印象改变了相当多。以前从他脸上看到的那种混浊的、说不上来的沉淀似的东西已经被推到某个深处去了,一种干练的人工性的什么则把那痕迹掩埋了。如果用一句话说的话,就是绵谷升已经获得一张更洗练、更崭新的假面具了。那确实是一张做得很好的假面具。那也许像是一种新的皮肤一样的东西吧。不过不管那是假面具也好,皮肤也好,我——连我这个人——都不得不承认在那新的什么之中,具有某种像魅力似的东西。我忽然想,简直像在看着电视画面一样嘛。他像出现在电视上的人说话那样地说话,像出现在电视上的人行动那样地行动。我和他之间可以感觉到经常隔着一片玻璃似的。我在这边,他在那边。

"要谈的事我想你大概也知道,是久美子的事。"绵谷升说,"关于今后你们要怎么样的事啊。你和久美子。"

"你说要怎么样,具体地说是怎么回事呢?"我说,拿起咖啡杯,喝了一口。

绵谷升以近乎不可思议的毫无表情的眼睛一直注视着我的脸。

"怎么回事,你大概也不想永远继续这种状态吧?久美子已经另外有了男人离家出走了,留下你一个人嗒。这对谁都没有好处。"

"有了男人?"我说。

"好了好了,请等一下。"加纳马耳他在这时候插嘴进来,"谈话要有个顺序。绵谷先生和冈田先生,都依照顺序来谈好吗?"

"我真不明白。因为没什么顺序不顺序的啊。"绵谷升以无机性的声音说。

"到底这种事情什么地方有顺序呢?"

"首先让他来说吧。"我向加纳马耳他说,"然后大家再来适当地排出顺序,我是说如果有这东西的话。"加纳马耳他暂时轻轻闭紧嘴唇看看我的脸,终于微微点头。

"很好。那么首先请绵谷先生说吧。"

"久美子在你之外,有了别的男人,而且和那个男人一起离家出走。这很明白。那么,再继续结婚生活就没有意义了吧。幸亏没有孩子,从各种情况看来,大概也不必做赡养费的交涉吧,那么事情就很快可以解决了。只要户籍除掉就行了。在律师所准备的文件上签个字,盖个章,就完了。还有为了慎重起见,我事先声明,我所说的话,也是绵谷家最终的意见。"

我交抱手臂,试着想了一下他所说的话。"我有几个问题。首先第一个,你为什么知道久美子有男人呢?"

"因为直接从久美子那里听来的。"绵谷升说。

我因为不知道该怎么说才好,于是把双手放在桌上沉默了一会儿。久美子会向绵谷升坦白道出那样私人性的事,真有些令人不可理解。

"大约是一星期前的事了,久美子打电话来给我,说有事情。"绵谷升说,"于是我们就见面谈了。久美子明白地告诉我说她正在跟一个男人交往着。"

我好久以来没这样想抽烟过,不过当然到处都没有香烟。我取而代之地喝了一口咖啡,然后把杯子放回碟子上。发出咔当一声巨大而干脆的声响。

"而且久美子离家出走了。"他说。

"我明白了。"我说,"既然你这么说了,大概就是这样吧。久美子另外有了情人,而且为了这件事去找你商量。虽然我还不太相信,不过我想你不会拿这种事特地向我说谎。"

"当然不会说什么谎。"绵谷升说。他的嘴角甚至浮上一抹微笑。

"那么,你想说的就是这些吗?久美子已经有了别的男人,离家出走了,因此要我同意离婚,对吗?"

绵谷升好像要节省能源似的微微点一次头。"我想你大概也知道吧,我本来就不赞成你跟久美子结婚。但我想那是别人的事,也就没有特别积极地反对,不过到现在看来,也并不是没有想过或许当初明白反对的话就好了。"他这样说完之后喝了一口水,再把那玻璃杯安静放回桌上。然后又继续说:"我从第一次见到你的时候开始,就对你这个人没有抱过任何希望。从你这个人身上,看不出任何想要好好达成什么,或者想把自己培养成正常人之类的积极向上的要素。那里既没有原来就发光的东西,也没有想让什么发光的东西。我想你做的一切事情大概都会半途而废,什么都无法达成吧。而事实上正是如此,你们结婚六年了,而在那之间,你到底做了什么?什么也没做——对吗?你这六年之间所做的事,说起来只有从上班的公司辞职,为久美子的人生添加麻烦而已。现在你既没有工作,也没有将来要做什么的计划。说得明白一点的话,你脑子里有的,几乎全都是垃圾或石头之类的东西哟。

"为什么久美子会和你在一起,我到现在都还无法理解。或许她对你脑子里所抱有的垃圾或石头之类的东西觉得有趣吧。不过终究垃圾就是垃圾,石头就是石头。总之一开始你们就配错对了,当然久美子也有问题,那孩子因为遇到过各种事情,从小时候开始,就有几分别扭的地方。我想一定是因为这样,那孩子才会一时被你吸引了。不过那终于也结束了。不管怎么说,既然已经变成这样了,还是赶快解决好。久美子的事由我和双亲来考虑,你不必再插手了,久美子在哪里你也不用找了,这已经不是你的问题。你再多出面,只有给事情添加麻烦而已。你可以在别的地方开始过适合你的人生,这对双方都好。"

为了表示话已经说完了,绵谷升把玻璃杯里剩下的水喝干,叫服务生来,加新的水。

"其他还有什么话想说吗?"我试着问。

绵谷升又再微微地,这次是往横向摇头。

"那么,"我转向加纳马耳他说,"那么这件事情到底什么地方可以按顺序呢?"

加纳马耳他从皮包里拿出白色小手帕,用那擦擦嘴角,然后拿起放在桌上的红色塑胶帽子,把它放在皮包上。

"我想这件事情一定给冈田先生很大的打击。"加纳马耳他说,"对我们来说,要这样面对面谈这种事情,心里也觉得非常难过,我相信您也明白。"

绵谷升为了确认地球正在自转着,宝贵的时间正在丧失中,而看了一下手表。

"我知道了。"加纳马耳他说,"我就坦率地、简单地说吧。您太太首先来见过我,来找我商量。"

"在我介绍之下。"绵谷升插嘴道,"久美子以猫失踪的事来找我商量,于是我把她们两个人拉在一起。"

"那是在我和你见面之前的事情,还是之后的事?"我问加纳马耳他。

"之前的事。"加纳马耳他说。

"那么,"我对加纳马耳他说,"按顺序来整理的话,就变成这样了。也就是说久美子透过绵谷升先生,从以前就知道你的存在了,而且为了猫失踪的事去找你商量。然后在那之后,不知道为了什么理由,把自己已经见过你的事隐瞒下来,又要我跟你见面。于是我在这同一个地方和你见面谈话。大概是这样吗?"

"大概是这样。"加纳马耳他一副很难开口的样子说,"刚开始是为了猫失踪的事,但我感觉到其中还有什么更深的东西。因此我想和冈田先生见个面,想直接见面谈。然后我不得不再和太太见一次面,问她各种更深入的个人性的事情。"

"于是就在那时候久美子跟你说出自己有情人的事噢。"

"整理起来我想就变成这样,除此之外更详细的事,以我的立场就不方便说了。"加纳马耳他说。

我叹了一口气。虽然叹气并不能解决什么,但却不能不叹气。"那么,久美子和那个男人是很久以前开始交往的吗?"

"两个半月前吧,我想大约是这样的期间。"

"两个半月。"我说,"居然有两个半月了,为什么我居然一点都没有注意到呢?"

"那是因为冈田先生,对太太完全没有怀疑呀。"加纳马耳他说。

我点点头。"确实正如你所说的,我对这种事情一次也没怀疑过。我不认为久美子能就这种事说谎,现在都还不太能相信。"

"不管结果怎么样,能够对一个人完全信任,是人类的正面资质之一。"加纳马耳他对我说。

"相当能干嘛。"绵谷升说。

服务生走过来,在我的咖啡杯注入第二杯咖啡。旁边的桌上年轻女人发出很大声音笑着。

"那么,这次聚会原本的主题到底是什么?"我面对绵谷升说,"我们三个人为什么聚在这里呢?要我答应跟久美子离婚吗?还是还有别的更深的目的之类的东西呢?你所说的话猛一听好像很有道理似的，但要紧的地方却暧昧不明。你说久美子有了男人，因此离家出走了。那么离开家到哪里去了？到什么地方去做什么了？一个人走的，还是跟那个男的一起走的？久美子为什么没和我有任何联络？如果有了男人，那也没办法。不过我要从久美子自己嘴里听到，要不然我什么都不相信。你听好噢，当事者是我和久美子，我们会商量解决。这不是你可以开口的问题。"

绵谷升把手都没沾过的冰红茶玻璃杯推到旁边。"我们到这里来，是来通知你的。而且是我拜托加纳小姐来这里的。我想与其两个人谈，不如有第三者在比较好。久美子的对象那个男人是谁，现在在什么地方，我不知道。久美子已经是大人了，所以她可以依自己喜欢去做，或者就算知道在哪里也不打算告诉你。如果久美子不跟你联络，是因为她不想跟你说话。"

"久美子到底跟你说了什么？据我所知你们两个人好像并不怎么亲密吧？"我说。

"如果久美子跟你那么亲密的话，为什么会跟别的男人睡觉呢？"绵谷升说。

加纳马耳他轻轻干咳一下。

"久美子说她跟别的男人有了关系，而且很多事情想要厘清，我建议她离婚就好了，久美子说这个她会考虑看看。"绵谷升这样说。

"只有这样吗？"我问。

"其他到底需要什么？"

"我怎么都无法理解。"我说，"说真的，我不觉得久美子只是为了这个而去找你商量。这样说也许有点失礼，不过久美子如果是为了这个程度的事情的话，是不会去跟你商量的噢，她会用自己的头脑想，或直接跟我说。说不定有其他的什么事情吧？你跟久美子不能不碰面谈的那种事情？"

绵谷升嘴角稍微浮现一丝微笑。这次是像黎明时分浮在空中的新月一般,淡薄、清冷的微笑。"你这家伙真是自取其辱啊。"他以安静而清楚的声音说。

"自取其辱?"我试着说出口看看。

"是啊。太太被别的男人睡了,而且已经离家出走了,你还想把责任推给别人,我从来没听过这么逊的事。我可不是想来而来这里的,是没办法才来的。这种事情只有消耗精神没别的,简直就像把时间丢到臭水沟里一样。"

他说完之后,深深的沉默随之来临。

"你知道低级岛的猴子的事吗?"我对着绵谷升说。

绵谷升没兴趣似的摇摇头。"不知道。"

"在某个非常遥远的地方,有一个低级岛。不知道名字叫什么,因为不是一个值得取名字的岛。一个形状非常低级的低级岛。在那里长有形状非常低级的椰子树,而且那椰子树结出气味低级的椰子果。不过那里住着低级的猴子,喜欢吃那气味低级的椰子。而且排出低级的粪便。那粪便掉落地上,培育出低级的土壤,那土壤使得长出的椰子树变得更低级,就是这样的循环。"

我喝着剩下的咖啡。

"我看着你,忽然想起那低级的岛。"我对绵谷升说,"我想说的是这种事情,某种低级、某种沉淀、某种阴暗,会凭自己的力量,借着自体的循环而逐渐增殖下去。而且在超越某个点之后,谁也无法使它停止下来,即使是当事者想要停止也没办法停下来。"

绵谷升的脸没有露出任何表情。微笑消失了,焦躁的影子也没有了。只能看见眉宇之间出现一道像是小皱纹似的东西而已。那皱纹是原来就有的吗?我记不起来。

我继续说:"你听好噢,我非常知道你其实真正是什么样的人。你说我像是垃圾或石头,而且心想如果想揍我的话,不费吹灰之力就可以把我打倒。不过事情并没有那么简单,或许我对你来说,以你的价值观来看，确实是像垃圾或石头，不过我并不像你所想的那么愚蠢。我非常知道在你那张适合上电视的、光溜溜的、大众化的假面具之下有的是什么，我知道那里面的秘密。久美子知道，我也知道。只要我愿意，我就可以把它抖出来。可以把它暴露在光天化日之下。这也许要花一些时间，不过我可以办到。也许我是个无聊的人，但至少不是个挨揍的沙袋，是个活生生的人。挨揍的话是会还击的。这一点你最好牢牢记住。"

绵谷升什么也没说，以那无表情的脸盯着我看。那脸看起来简直就像是浮在空中的石块似的。其实我所说的话几乎都是虚张声势，绵谷升的秘密我什么也不知道，只是可以想象到那里面应该含有某种扭曲歪斜的东西而已。至于那具体是什么样的东西，我却无从知道。不过我所说的话，似乎击中了他心中的什么，我从他的脸上可以清楚地看到那反应。绵谷升既不像经常在电视讨论会上所做的那样，嘲笑我的发言，也不吹毛求疵地来抓我的毛病，或巧妙地攻击我的不备之处。他几乎一动也不动地只是一直沉默着而已。

然后绵谷升的脸开始起了奇怪的变化，他的脸逐渐一点一点地变红起来，而且那红法也很不可思议。脸上看起来有些地方变得非常红，有些地方变成淡淡的粉红，其他部分则变成奇怪的苍白。那令我想起各种落叶树、常青树任意混合生长，因而染成漫无章法斑斑点点红绿相间的深秋树林的景象。

终于绵谷升默默地站了起来，从口袋拿出太阳眼镜戴上，脸色依然不变地染成不可思议的斑斑点点，那看起来仿佛已经完全固定在他脸上了。加纳马耳他什么也没说，一动也不动，只是一直安静坐在那里。我一副若无其事的样子。绵谷升想对我说什么，但结果似乎决定什么也不说。他默默离开桌子，消失踪影。

绵谷升回去之后，我和加纳马耳他暂时都没有开口。我感觉非常

3 绵谷升谈话，低级岛的猿猴

疲倦。服务生走过来，问我要不要加咖啡。我说不用。加纳马耳他手拿起放在桌上的红帽子，两三分钟之间只是一直注视着那帽子，但终于把它放在邻座的椅子上。

嘴里有一股苦味。我喝了玻璃杯的水，想洗掉那气味，然而那气味却去不掉。

过一会儿加纳马耳他开口道："感情这东西，有时候有必要向外解放。要不然，内部的流就会沉淀下去。想说的事情说出来之后，心情畅快一些了吧？"

"有一点。"我说，"不过什么也没解决，什么也没结束。"

"冈田先生好像不喜欢绵谷先生噢？"

"我每次跟他说话，心里就会变得非常空虚。周围的一切事物，看起来都好像变成没有实体的东西似的，眼睛看到的一切都显得空荡荡的。不过如果问我那到底为什么呢，我又没办法开口准确说明。因此我经常会说一些不像是我会说的话，做一些不像是我会做的事，而且后来心情都会变得非常坏。如果能够永远不必再和他见面的话，对我来说没有比这更高兴的事。"

加纳马耳他摇了几次头。"很遗憾，冈田先生从今以后，大概还要和绵谷升先生见很多次面吧，这是不可能避免的。"

我想大概正如她所说的吧，那个人也许不是那么简单就能断绝关系的。

我拿起桌上的玻璃杯，又喝了一口水。这讨厌的气味到底从什么地方来的呢，我想。

"我只想请教你一个问题，关于这件事，你到底站在哪一边？是绵谷升那边，还是我这边？"我试着这样问加纳马耳他。

加纳马耳他双肘支在桌上，手掌在面前合起来。"没有哪一边，"她说，"因为这没有所谓的边，这种东西是不存在的。不像有上有下，有左有右，有里有外之类的东西，冈田先生。"

"听起来好像禅一样啊。以想法的系统来说是很有意思，不过它本身并不能成为任何说明。"

她点点头，并把在脸前合掌的双手离开约五公分，稍微做出一个角度朝向我的方向。是一对小而形状美好的手掌。"确实我所说的话，完全不得要领，令人生气也难怪。但是我现在就算告诉冈田先生什么，那大概在现实中也没有任何帮助，不但没有帮助，可能对事情反而有害。这只有靠您自己的力量，凭自己的手去赢取。"

"野生的王国。"我微笑地说，"以牙还牙。"

"正是这样。"加纳马耳他说，"正如您所说的。"然后她简直就像在回收什么人的遗物似的，安静拿起手提包，戴上红塑胶帽子。加纳马耳他一戴上那帽子，就有一种时间因而告一段落的不可思议的真实感。

加纳马耳他回去后，我什么也没想，只是长久一个人安静坐在那里。因为完全想不到站起来之后要到什么地方去做什么。不过总不能因此就一直坐在那里。大约二十分钟之后，我付了三人份的账走出那咖啡厅。因为结果他们谁也没付账。

4 失去的恩宠，意识的娼妇

回到家看看信箱，有一封很厚的信在里面。是间宫中尉寄来的。信封依然是用黑黑的漂亮的毛笔字体，写着我的姓名和住址。我先换掉衣服，在浴室洗了脸，到厨房去喝了两玻璃杯的冷水。喘了一口气之后，才打开信封。

薄薄的信纸上，间宫中尉用钢笔写着细细的字。信纸总共有十张吧。我啪啦啪啦翻过一遍信纸之后，又把它重新收回信封里。要读这么长的信，我有点太累了，已经失去集中力。老是眼睛追逐那手笔写的字的罗列，那些字看起来就像一群群蓝色的奇怪虫子一样，而且我脑子里还轻微响着绵谷升的声音。

我在沙发上躺下，什么也不想地长久闭着眼睛。什么也不想，对那时候的我来说并不是多么困难的事。为了什么也不想，只要各想一点种种事情就行了。种种事情各想一点，然后就那样把它们放到空中去就行了。

我决定把间宫中尉的来信读完，结果是在傍晚的五点前。我坐在檐廊靠在柱子上，从信封里把信纸拿出来。

第一页是被很长的季节问候、为上次访问的礼貌道谢和为了花很长时间谈了很长的话之类的道歉所占满。间宫中尉真是个非常有礼貌的人，是一个从所谓礼节是占日常生活的重要部分的时代生存下来的人。我把那一部分很快浏览过去，然后移到下一页。

　　前置文不觉变得如此冗长，真抱歉。本次我不顾失礼，并明知对冈田先生会造成困扰依然寄出本信的目的，是想让您知道，我上次所说的事，既非虚拟，亦非老年人随意回想，而是甚至连细节皆为严整的真实。正如冈田先生所知，战争结束已经过相当时间，所谓记忆这东西也会因此自然地变质。正如人之老化一般，记忆与思想同样也会老化。然而其中也有绝对不会老化的思想，也有永不褪色的记忆。

　　我一直到现在为止，除了冈田先生之外，从来没有对任何人提过这件事。恐怕在世上大多的人耳里听来，我所说的这番话都好像是荒唐无稽捏造的事吧。很多人，把不是自己可理解范围之内的一切事情，都认为是不合理的，不值得去考虑的，因而将其忽视并抹杀。此外对我来说，如果那些事情真的是荒唐无稽捏造的事的话，我想真不知道该有多好。我但愿那是自己搞错了，或单纯只是妄想或梦想，以这一丝希望维系着，一直拖拖拉拉地活到现在。好几次想努力说服自己，那是妄想，那是什么地方搞错了。但我每次把那记忆勉强推到什么阴暗的地方时，它便恢复得越来越坚固，越来越鲜明。而且那记忆仿佛癌细胞一般，在我的意识中扎根漫延，渗入肌肉之中了。

　　到现在都还像昨天才发生的事一般，我鲜明清晰地记得那细节的每一个部分，甚至可以用手抓起沙和草，嗅那气味，记得浮在空中的云的形状；脸颊还可以感觉到混杂有沙的干燥的风。对我来说，反而那以后自己身上所发生的种种事情，仿佛梦幻似的非现实妄想一般。

　　能够算是属于我自己的人生根干，已经在那一望无际毫无遮蔽的蒙古平原之中，冻僵了，烧尽了。那往后我在和越过国界入侵进来的苏联军坦克队的激烈战斗中失去一只手臂，在极寒冷的西伯利亚收容所尝到无法想象的辛酸，后来归国后当起乡下学校的社会课教师，平安无事地就职约三十年，然后一面从事农耕

4　失去的恩宠,意识的娼妇

一面独立一个人过活到现在。然而这些岁月,对我来说简直像一幕幻影一般,这些岁月既是岁月又非岁月。我的记忆,就像那空虚的形骸一般在一瞬间便越过了岁月,笔直地回到那呼伦贝尔的荒野上了。

我的人生就那样丧失,化为形骸的原因,我想很可能是隐藏在那井底我所见到的光里吧。只有十秒或二十秒笔直地射进井底来的,那强烈的太阳光里。那在一天之中只有一次,没有任何前兆地突然降临,然后又在转瞬之间消失而去。然而我在那仅有的时间之光的洪水之中,看到了即使耗费终生也无法看到的事物。而且看到那之后的我,和看到那之前的我,变成了完全不同的两个人。

在那井底发生的事,到底是什么呢？经过四十年以上的现在,我依然还无法准确把握那意义。因此现在我要告诉你的事情,只不过是我所作出的一个假设而已。其中没有任何像是理论上的根据。不过现在,我认为这个假设是最接近我所经历过的事情的实际真相的。

我被蒙古军队的士兵们带到蒙古平原正中央丢进黑暗的深井里,脚和肩膀受伤疼痛,没有食物也没有水,只有等死而已。在那之前,我眼睁睁地看着一个人活生生地被剥皮。处在那样的特殊状况之下,我的意识被极浓密地凝聚起来,而就在那时候由于一瞬间射进强烈的阳光,我便笔直地掉进了自己意识的核心般的地方了吧。总之,我在那里看到了某种东西的模样。我周围被强烈的光线所覆盖。我就在那光之洪水正中央。我的眼睛什么也看不见。我只是被光完全包住而已。然而在那里我看见了什么。在暂时的盲目中,有什么正要成形。那是某种东西。那是拥有生命的东西。在光之中,正如日食的影子一般。那东西正黑黑地准备浮上来。然而我却无法看清楚它的模样。它正要朝向我这边走过来。它好像正要赐给我什么恩宠似的东西。我一面颤抖着一面等待它。然而那东西,不知道是重新考虑,还是时间不够,结果并没有来到我的地方。它在清楚成形的片刻之前忽然形影融解了,再度消失在光之中。而光则逐渐淡化。光射进来的时间结束了。

  那连续了整整两天。同样事情的反复。在满溢的光线之中,有什么正要浮现那形体,而终于又在未完成之下便消失无踪了。我在井中饥饿着、干渴着。那苦楚是不寻常的。但那样的事情终究还不是大问题。我在那井里感到最痛苦的,是无法看清楚那光中的东西的模样。无法看清该看清的东西的饥饿,无法知道该知道的事情的干渴。如果能够明确地看清楚那模样的话,我觉得即使就那样饿死渴死都没有关系。我真的这样想。我为了看清那模样不管付出多大的牺牲都愿意。

  然而那模样却从我眼前永远被夺走了。那恩宠未能赐给我便结束掉了。而且我前面也说过了,离开那口井之后的我的人生,就变成像一副空壳子一样的东西了。因此我在临战争结束之前,苏联军攻击侵犯伪满洲时,我便志愿赴前线作战。在西伯利亚的收容所里,也努力有意地把自己放置在困难的状况中。然而无论如何都没有能够死成。正如本田伍长那夜所预言过的那样,我命中注定会回到日本,活到长得令人惊奇的寿命。我还记得第一次听到这话时,非常高兴。然而那就像是一种近乎诅咒似的东西。我不是不死,而是死不了。就像本田伍长所说的那样,我最好不要知道那种事情。

  为什么呢?因为在丧失了启示和恩宠之后,我的人生也随之丧失了。过去在我身上所有的有生命的东西,不知道为什么,曾经有过价值的东西,已经一个不剩地死光了。在那激烈的阳光之中,那些已经燃烧成灰了。或许,那启示也好,恩宠也好,所发出的热，把我这个人的生命之核燃烧尽了吧。我大概并不拥有耐得了那热的力量吧。因此，我并不怕死。迎接肉体之死，对我来说甚至是一种救援。那是从身为我的痛苦中，从无救的牢狱中，永远地解放。

话又变这么长了。请原谅。不过我真的想告诉冈田先生的就是这样的事。我是一个在某种情况下丧失了自己的人生，随着那丧失的人生却活了四十年以上的人。而且我，作为一个身在那样立场的人所感觉到的是：人生这东西，是比正处于那漩涡中的人们所想的更有限的东西。在所谓人生这行为之中，光能射进来的，只有极限的短暂期间而已。那或许是十几秒的事。那一旦逝去之后，如果未能及时抓住那里头所显示的启示的话，就没有所谓第二次的机会存在了。而且人在那以后的人生或许就不得不在无救的深沉孤独和悔悟中度过了。在那样的黄昏世界中，人已经无法再期待什么了。他手上所有的东西，只不过是应该有过的东西的虚幻残骸而已。

我首先感到能和冈田先生见面谈起这件事真是非常高兴。至于对冈田先生来说，有没有帮助，我却不知道。但我由于把那件事说出来，觉得好像已经获得了某种解救似的。虽然只是微小的解救，但唯有那种微小的解救，对我来说才是像宝物似的贵重。而且那还是由本田先生引导来的，这件事使我不得不感觉到命运之线的存在。我在这里私下祝福，冈田先生今后能度过幸福的人生。

我把那封信从头再慢慢重读一遍，然后放回信封。

间宫中尉那封信不可思议地打动我的心，然而虽然如此，那所带给我的只是遥远而模糊的印象而已。我可以信赖间宫中尉这个人，可以接受他。而且可以把他所断言为事实的一切，当作事实来接受。只是所谓事实或真实这词语本身，对现在的我来说并不具有强大的说服力。他信中最能够强烈吸引我心的，是那信的文章中所隐含的焦虑。他想要描写而描写不出来，想说明而无法说明的，那种焦虑。

我到厨房去喝水，然后在家里到处来回走了一阵子。走到卧室，在床边坐下望着衣橱里排列着的久美子的衣服。然后我想一想到目前为止自己的人生，到底是什么。我非常了解绵谷升所说的话。被他说的时候虽然很生气，但试着想想又确实正如他所说的。

"你们结婚六年了，而在那之间，你到底做了什么？你这六年之间所做的事，说起来只有从上班的公司辞职，为久美子的人生添加麻烦而已。现在你既没有工作，也没有将来要做什么的计划。说得明白一点的话，你脑子里有的，几乎全都是垃圾或石头之类的东西哟。"绵谷升这样说。而且我没有理由否认他的主张是正确的。从客观上来看的话，我确实在这六年之间几乎没有做过任何一件有意义的事，脑子里有的尽是垃圾或石头之类的东西。我是零。正如他所说的。

不过我真给久美子的人生添加多余的麻烦了吗？

我长久望着衣橱里她的连衣裙、衬衫和裙子。那些是她遗留下来的影子。那些影子失去了主人，就那样无力地垂挂在那里。然后我到洗手间去，从抽屉里拿出某个人送给久美子的 Christian Dior 的古龙水瓶来，打开盖子。试着闻一闻那香气时，便闻到久美子离家出走那天早晨，我在她耳后根闻到的同样香气。我把那里面的东西全部慢慢倒在洗脸台。那液体流进排水口中，强烈的花香（那花名我怎么都没办法想起来），好像要把我的记忆强烈地勾起来似的在洗手间里飘溢着。我在那强烈的香气中洗了脸，刷了牙。然后我决定去笠原 May 那里。

我像平常那样站在后巷的宫胁家后门，等着看笠原 May 现身，然而不管怎么等，她都没出来。我靠在围墙上，含着柠檬水果糖，望

4　失去的恩宠,意识的娼妇

着鸟的雕像,想着间宫中尉的信。不过不久之后天色逐渐暗下来。我等了将近三十分钟,然后放弃。笠原 May 大概出去到什么地方去了吧。

我又再一次穿过后巷回到自己家里,翻过砖墙。家里,被一层夏日黄昏的静悄悄的青蓝暗影所覆盖。而且加纳克里特就在里面。我被一股自己在做梦似的错觉所袭击。不过那却是现实的延续。屋子里还轻微飘散着我所倒掉的古龙水的香气。加纳克里特坐在沙发上,双手放在膝盖上。我走近她,她还像时间已经停止在她身上似的,一动也不动。我把屋里的电灯打开,然后在她对面的椅子上坐下。

"门没上锁。"加纳克里特终于开口了,"所以我就擅自进来了。"

"没关系,这点小事。我多半是不锁门就出去的。"

加纳克里特穿着有蕾丝纱的白衬衫、蓬蓬的紫藤色宽裙子,耳朵上戴着大耳环。而且左手腕上戴着两圈大手镯。那手镯让我吃了一惊。因为那和我在梦中看见的几乎是同样形状的手镯。而且她的发型和化妆也和平常一样。头发依然跟以前一样,像是从美容院出来就直接到这里来似的,喷了发胶,整理得很漂亮。

"没有太多时间。"加纳克里特说,"我必须立刻回家。不过无论如何都想和冈田先生谈一谈话。今天,您跟姐姐和绵谷升见过面了吧。"

"虽然说不上谈得很愉快。"我说。

"那么冈田先生现在是不是有话想问我?"

一个接一个不同的人出现,来问我各种问题。

"我想知道多一点有关绵谷升的事。我觉得好像不得不知道似的。"

她点点头。"我也想多知道一些绵谷升的事。我想姐姐已经说过了,那个人很久以前曾经玷污过我。关于那件事现在我不能在这里说明。下次有机会再谈。不过那是违反我的意志的。其实我本来就和他有关系了。因此那并不是一般意义上的强暴。但是他玷污了我。而且那在很多意义上使我这个人改变很大。我好不容易才能够重新站起来。不，相反地，我因为经历过那件事之后，这当然是借着加纳马耳他的手，才能把自己提升到更高一级的地方去。不过不管结果怎么样，我那时候被绵谷升违反自己的意愿，侵犯、玷污的事实并没有改变。那是一件错误的事，也是非常危险的事。我有可能永远迷失掉。您明白吗？"

当然我不会明白。

"我跟冈田先生当然也相交了。不过那是以正当目的、以正当方法进行的。在那相交里，我并没有受到玷污。"

我好像在眺望墙壁上褪色的斑点一般，望着加纳克里特的脸一会儿。"跟我相交？"

"是啊。"加纳克里特说，"我第一次只用嘴。然后第二次就相交了。两次都在同一个房间里。您还记得吗？第一次不太有时间。所以不得不赶快。不过第二次却比较有充裕的时间。"

我没办法恰当回答。

"第二次的时候，我穿了您太太的连衣裙。蓝色的连衣裙。而且左手戴着和这一样的手镯。不是这样吗？"她把戴着两圈一组手镯的左手腕伸到我面前。

我点点头。

加纳克里特说："当然我们并不是在现实中相交的。冈田先生射精的时候，那不是在我的体内，而是在冈田先生自己的意识里面。您明白吗？那是制造出来的意识噢。不过，虽然如此，我们仍然共同拥有着相交过的意识。"

"为什么要这样呢？"

"为了了解呀。"她说，"为了了解更多、更深哪。"

我叹一口气。不管谁说什么，那都是荒唐无稽的话。然而她却把我梦中出现的情景全部准确地说中了。我一面用手指抚摸着嘴角，一面望了一会儿她左手腕上戴着的两圈手镯。

"也许是我头脑不好吧,我想我不能说我完全了解你所说的话。"我以干干的声音这样说。

"第二次出现在冈田先生梦中的时候,我跟冈田先生相交的中途换成另外一个不认识的女人,对吗?那个女人是谁?我不知道。不过那件事情的发生应该对冈田先生具有某种启示吧。我想告诉你的就是这件事。"

我沉默着。

"您不必因为和我相交而怀有罪恶感。"加纳克里特说,"您听我说,冈田先生,我是娼妇。过去是肉体上的娼妇,现在是意识上的娼妇。我是被通过的东西。"

然后加纳克里特站起来,走到我旁边膝盖和我相碰。而且双手握住我的手。柔软、温暖而小的手。"冈田先生,在这里抱我吧。"加纳克里特说。

我抱住她。说真的,怎么办才好我完全不知道。不过我感觉到现在在这里抱加纳克里特,好像绝对不是错误的行为。虽然无法说明,但就是有这种感觉。我好像要开始跳舞一般,把手臂伸向加纳克里特纤细的腰身。她个子比我矮多了,因此她的头在我下颌稍上一点。乳房压在我胃的一带。她脸颊静静地贴在我胸部。加纳克里特无声地哭泣着。我的T恤衫被她的眼泪温暖地濡湿了。我看着她梳理得很整齐的头发轻微摇动着。感觉好像在做一个美好的梦似的。不过那并不是梦。

相当长一段时间,一直保持那样的姿势安静不动之后,她突然像想起什么来似的离开身体。而且就那样往后面倒退,从稍微离开一点的地方看我。

"谢谢您,冈田先生。今天就这样让我回去了。"加纳克里特说。应该是相当激烈地哭过的,但妆容却几乎没有弄乱。有点奇怪地失去了现实感。

"嗨,你什么时候会不会再出现在我的梦中?"我问。

"这我也不知道。"她说。然后安静地摇摇头。"我也不知道。不过请相信我。不管有什么事,都请不必怕我,戒备我,好吗,冈田先生?"

我点点头。

然后加纳克里特便回去了。

夜的黑暗比之前更增添几许浓度。我 T 恤衫的胸部湿湿的。我无法就那样睡到天亮。因为已经困了,我害怕就这样睡着。觉得一睡着自己就会像流沙一样被卷走,就那样被带到别的什么世界去。而且再也没办法重新回到这个世界来。我一面在沙发上喝着白兰地等天亮来临,一面思考加纳克里特的话。一直到天亮,家里面还有加纳克里特的动静和 Christian Dior 的古龙水的香气,像被囚禁的影子一般残留着。

5 遥远城镇的风景，永远的半月，被固定的梯子

几乎在睡着的同时，电话铃声开始响起来。刚开始时我不理那电话，想试着就那样睡下去，但电话似乎看透了我那心情似的，无止境地固执地十次、二十次继续响着。我勉强张开一只眼睛看看枕头边的时钟。时刻是早晨六点过后。窗外已经微微明亮起来。那或许是久美子打来的电话也不一定。我下了床，走到客厅，拿起听筒。

"喂。"我说。但对方什么也没说。由动静可以知道有人在那一头。不过对方却不打算由自己开口。我也什么都没说。把听筒静静贴在耳边，就可以听见对方微弱的气息。

"是哪一位？"

但对方依然沉默不语。

"如果是每次打电话来的人的话，请再过一会儿打好吗？"我说，"吃早餐以前不想谈关于性的话题。"

"每次打电话来的人是谁？"对方突然发出声音了。那是笠原May。"嘿，你跟谁谈性的话题呀？"

"没有谁呀。"我说。

"昨天晚上你在檐廊拥抱的女人吗？跟那个人在电话上谈性的事情吗？"

"不，不是她。"

"发条鸟先生，你周围到底有多少女人，除了太太之外？"

"说来话长。"我说，"毕竟现在才早上六点哪，昨天晚上也没睡好。不过总之，你昨天晚上来过我这里啊。"

"而且看见你跟那个女人正在互相拥抱噢。"

"那其实没有什么。该怎么说才好呢?有点类似一点点仪式的东西。"

"你不必跟我解释什么,发条鸟先生。"笠原 May 冷淡地说,"因为我又不是你太太。不过这样说也许有点那个,你这个人有点问题哟。"

"也许。"我说。

"不管你现在的处境有多糟糕——我想一定是处在很糟糕的状态——不过我觉得那大概是你自己找的。你有什么根本上的问题,而那就像磁铁一样,吸引来各种麻烦的事噢。所以我想稍微聪明一点的女人的话,就会从你身边赶快逃走噢。"

"也许正如你说的。"

笠原 May 暂时在电话那头沉默下来。然后干咳一声。"你昨天傍晚,到后巷来过,对吗?在我们家后门一直站着,对吗?好像不得要领的小偷一样。我,一直看得很清楚噢。"

"可是你没出来呀。"

"女孩子有时候会不想出来哟,发条鸟先生。"笠原 May 说,"有时候会想这样恶作剧一下。如果对方在等的话,就让他一直等下去吧,会这样想。"

"噢。"

"不过还是觉得这样不太好,所以后来就特地到你家去。好傻啊。"

"然后看到我正在跟女人互相拥抱。"

"嘿,那个女人是不是有一点奇怪?"笠原 May 说,"现在这个时代没人还那样穿着、那样化妆的吧。要不是穿过时光隧道来的话,最好去让医生检查一下看看头脑有没有毛病。"

"这个你不用担心。头脑没什么问题。每个人各有不同的兴趣。"

"要拥有什么样的兴趣那是随个人喜欢。不过要是普通人,再怎么有兴趣，我想也不至于彻底坚持到那个地步啊。那个女人从头顶到脚尖，怎么说呢——好像从古时候的杂志画页里直接跑出来似的，不是吗？"

关于这点我沉默着。

"嘿，发条鸟先生你跟那个女人睡过觉吗？"

"没有。"我犹豫了一下然后说。

"真的？"

"真的啊。没有那种肉体上的关系。"

"那么为什么还拥抱呢？"

"女人有时候会只想被拥抱啊。"

"也许是吧，可是我觉得那念头有一点点危险喏。"笠原 May 说。

"确实正如你所说的。"我也承认。

"那个人叫作什么名字？"

"加纳克里特。"

笠原 May 在电话那头又再沉默了一下。"你不是在开玩笑吧？"

"不是开玩笑。"我说，"她姐姐叫作加纳马耳他。"

"那总不会是本名吧？"

"不是本名。是职业上的名字。"

"那些人，是对口相声的搭档，还是别的什么吗？还是跟地中海有什么关系的人？"

"跟地中海有一点关系。"

"姐姐穿着打扮正常吗？"

"我想大概正常吧。至少比妹妹正常多了。只是每次都戴着同一顶红色塑胶帽子而已。"

"我觉得那也不能算太正常噢。为什么你非要特地跟这些不太正常的人交往呢？"

"那是有很长很长的原因的。"我说，"下次等各种事情稍微安定以后，也许可以跟你说明。不过现在实在不行。我的头脑也太混乱了，那状况就更混乱了。"

"噢。"笠原 May 以疑虑的声音说，"总之你太太还没有回家，对吗？"

"嗯，还没回家。"我说。

"发条鸟先生，你已经是大人，所以稍微用头脑这东西想一想好吗？如果你太太昨天晚上，回心转意回到家来，那时候却看到你跟那个女人紧紧抱在一起，你想会怎么样？"

"当然也有这个可能性。"

"如果现在打电话来的不是我，而是你太太的话，你提到电话上谈性的事情，你太太到底会怎么想呢？"

"确实正如你所说的。"

"我看你还是相当有问题哟。"笠原 May 说，叹了一口气。

"我想是有问题。"我承认。

"你不要什么事情都那么简单地承认嘛。并不是只要把自己所犯的过错乖乖承认道歉，一切就可以顺利解决哟。不管承认不承认，过错这东西到最后还是过错噢。"

"你说的没错。"我说。完全如她所说的那样。

"你真是无药可救。"笠原 May 已经绝望似的说，"那么，昨天晚上你找我有事吗？你到我家来有什么目的吗？"

"那已经不必了。"我说。

"已经不必？"

"嗯。也就是说那件事——已经不必了。"

"因为抱了那个女人，所以已经不需要我了吗？"

"不，不是这样。我只是那时候想到而已——"

笠原 May 什么也没说地挂掉电话。糟了，我想。笠原 May、加纳马耳他、加纳克里特、打电话的女人，还有久美子。确实正如笠原 May 所说的，我也觉得最近身边好像女人的人数有些过多的样子。而

5　遥远城镇的风景，永远的半月，被固定的梯子

且每个人都各抱有莫名其妙的问题。

不过实在太困了，没办法再多想。现在必须暂且先睡一觉才行。而且睡醒之后，我必须做一件事。

我回到床上睡觉。

醒过来时，我从壁橱里拿出帆布旅行背包来。那是紧急避难用的帆布旅行背包，里面放有水壶、饼干、手电筒和打火机。搬家到这里来时，害怕大地震的久美子不知道在什么地方买来的这套东西。不过水壶是空的，饼干变得又湿又软，手电筒的电池也耗尽了。我把水壶装满水，丢掉饼干，手电筒换上新电池。然后到附近的杂货店去，买了火灾时避难用的绳梯子。试着想了想还需要什么东西，但除了柠檬水果糖之外，想不起其他什么来。我环视家里一圈，把窗户全部关闭，把电灯关熄。玄关大门上了锁，重新考虑后又把锁打开。也许有人来找我。或许久美子会回来也不一定。而且家里没有任何什么被拿走会伤脑筋的东西。于是我在厨房桌上留了一张字条。

"暂时外出。会回来。T"我写道。

我想象着久美子回到家看到字条时的情形。她读到这个到底会怎么想呢？我把那便条纸揉掉，重新写过。

"有重要事，暂时外出。不久会回来。请等候。T"

我穿着棉长裤、短袖 Polo 衫，背上帆布旅行背包，从檐廊走下庭院。看看四周，毫无犹疑地夏天就在那里。既没有保留也没有条件，名副其实的夏天。太阳的光辉、风的气味、天空的色调、云的形状、蝉的声音，一切的一切都在告知着美好的真正夏天的来临。于是我背着旅行背包，翻越过后院的围墙，正要走下后巷。

小时候有一次，正好也像现在这样晴朗的夏天早晨，我曾经离家出走过。为什么会想到要离家出走呢？我想不起那由来和经过。大概是对双亲有什么忍无可忍的事吧。不过总之我就那样背起旅行背包，

口袋里放着存下的钱便离家出走了。我向母亲撒谎说是要跟几个朋友一起去爬山,还让母亲做了便当。家里附近有几个适合爬山的地方。即使是小孩子去登山也没什么稀奇。我离开家之后,先搭上事先决定搭的巴士,去到终点。那对我来说是个"遥远的陌生城镇"。然后又转了别的巴士,去到另一个"遥远的(更遥远的)陌生城镇"。我在那连名字都没听过的城镇下车后,就在那里漫无目的地到处走着。那是个没有什么特征的城镇。比我们住的城镇多少热闹一点、脏一点。有商店街,有电车车站,有小工厂。有一条河流着,那条河前面有电影院。电影院的广告看板上挂着西部片的告示板。到了中午,我坐在公园的长椅上吃便当,我一直在那地方逗留到傍晚,但随着天色渐渐暗,我渐渐胆小起来。这是转身回家的最后机会了,我想。如果天黑之后,也许就没办法从这里回家了,我这样想。于是我又和来的时候一样搭上同样的巴士再转巴士回家。回到家里是七点前,但谁都没留意到我是离家出走过了。父母亲还以为我是和朋友一起去爬山。

　　这件事我已经完全忘记了。不过在背上旅行背包正要翻越砖墙的瞬间,当时的心情却忽然苏醒过来。在没看惯的道路、没看惯的人和没看惯的房子之间,独自一个人站着,眼看着下午的阳光逐渐失去光亮,那种无可比拟的寂寥感。然后我想起久美子。想起只带了单肩包,以及从洗衣店拿回来的衬衫和裙子,不知消失到什么地方去的久美子。她已经超过可以转身回家的最后机会了。而且她现在这时候,很可能一个人正独自站在某个遥远的陌生城镇吧。一想到这里,我就觉得无法安心平静下来。

　　然后,不,她不一定只有一个人,我想。或许跟男人一起吧。这样想似乎更合理。

　　于是我不再想久美子的事了。

　　我穿过后巷。

5　遥远城镇的风景,永远的半月,被固定的梯子

　　脚下的草已经失去梅雨时分所看到时的那种鲜活的绿色气息。现在身上披了一层夏草特有的那种傲慢迟钝似的意味。走着走着时,从那草丛里偶尔会有绿色的蝗虫猛然跳出来。也有青蛙跳出来过。现在这后巷已经是那些小东西的世界了,而我则是扰乱它们秩序的侵入者。

　　来到宫胁家的空房子时,我打开那木门,就那样走进庭院里。我把庭院里的草拨开来走进庭院深处,经过依然不变地凝视空中有点脏的鸟雕像旁边,绕到屋子侧面。但愿进来的时候没被笠原May看见,我想。

　　来到井前面时,拿掉盖子上的石头,移开分成两片半月形的木板盖中的一片。然后为了确认里面依然没有水,再往里面试着丢进小石头。小石头和上次一样发出扑通一声干干的声音。没有水。我把背包从背上放下来,从里面拿出绳梯子,把那一端绑在旁边的树干上。然后使劲拉了几次,确认不会滑开。不管多么慎重都不会太过分。如果有什么情况发生而脱落或滑开的话,就再也没办法爬回地上来了。

　　我用双臂抱着那团绳梯子,慢慢地垂下井里去。那长长的梯子已经完全放进井里了,但仍然没有感觉到达底部的手感反应。因为是相当长的绳梯子,不管怎么样都应该不会不够长的。然而井很深,朝正下方用手电筒去照亮,还是无法确定梯子是不是到底了。那光线好像在黑暗的中途就被吸进去了似的中断了。

　　我坐在井的边缘侧耳细听。有几只蝉,好像在互相比赛声音的大小和肺活量似的,在树林间猛烈地鸣叫着。不过却没听见鸟的声音。我想起令人怀疑的发条鸟来。也许发条鸟不喜欢和蝉竞争,而迁移到什么地方去了也说不定。

　　然后我向上摊开双手手掌,试着承受阳光。手掌立刻温暖起来。好像每一条皱纹和指纹都渗进了光似的。那是完全真实不假的光之领

域。周围的一切都承受着满满的光，闪耀着夏日的色彩。连时间和记忆之类无形的东西，都在承受着夏日之光的恩惠。我把柠檬水果糖放进口中，在它完全溶化之前，我就坐在那里。然后为了慎重起见，再一次用力猛拉梯子，确定已经牢牢地固定好了。

顺着柔软的绳梯子下去井里，是比想象更折腾人的事情。梯子是棉线和尼龙的混纺，坚固方面不成问题，但脚底下非常不安定，网球鞋的塑胶底稍微用力一踩就打滑。因此我不得不紧紧抓住梯子，抓得手掌都痛了。我一级又一级地，小心注意地着实往下走。不过怎么走都还不到底。下降似乎永远在继续似的。我想起往井底丢小石头时的声音。没问题，确实有底。只是用这差劲的梯子走下去很花时间而已。

不过在数到二十时，恐怖忽然向我袭来。那恐怖简直就像被电闪击一样唐突地来到，使我的身体当场冻结。肌肉变得像石头一般僵硬。全身冒出冷汗，两腿咔哒咔哒地颤抖。怎么会有这么深的井呢？这是东京的正中央啊。就在我所住的房子的后面哪。我屏住气息侧耳倾听。然而什么也听不见。连蝉的声音都听不见。只有自己心脏巨大的鼓动声，在耳里回响而已。我叹了一大口气。在那第二十级，我紧紧抓住梯子，既不能继续再往下走，也不能往上爬。井里的空气冰冰冷冷的，有一股泥土的气息。那是一个和夏天的太阳毫不惋惜地照耀着的地面隔绝开来的世界。抬头往上看时，可以看见井口小小的。井口的圆，被只剩半边的木板盖从正中央切割成一半。那从下面往上看时，简直就像浮在夜空中的半月一样。暂时那半月会继续存在吧，加纳马耳他说。她在电话里这样预言。

要命要命，我想。一想到这里，身上的力量便减少一些。可以感觉到肌肉放松，身体内凝固的气息正散出去。

我再一次使出力气开始往梯子下走。告诉自己，再往下走一点。只要再走一点。没有什么可担心的，一定有底的。于是在第二十三级

5 遥远城镇的风景，永远的半月，被固定的梯子

终于到达井底。我的脚接触到井底的土。

首先我在黑暗中，依然手抓住梯子，以便有什么发生时随时可以逃出去，我用鞋尖慢慢试着探索井底的地面。在确定那里没有水，也没有不明物体之后，才在井底站定。把旅行背包放下来，用手摸索着打开拉链，从里面拿出手电筒来。手电筒发出的光，清晰地照出井底的情景。井底的地面并不怎么硬，也不怎么软。幸亏土是干的。有几块人们丢下来似的石头滚落在那里。除了石头之外，还掉落了一个陈旧的马铃薯片袋子。被手电筒照亮的井底，令我想起从前在电视上见过的月球表面的样子。

墙壁本身是没有任何特点的平坦水泥表面，有些地方长了苔一样的东西。那像烟囱一般笔直往上升，可以看见那很远的上方半月形的小光穴。笔直往上看时，可以重新感觉到那井深度的真实感。我试着再一次用力拉一下绳梯。有一股切实牢固的手感反应。没问题，只要有这梯子，随时可以回到地上。然后试着吸了一口大气。虽然有一些霉臭味道，但绝不是坏空气。关于这口井我最担心的，是那空气问题。井底空气容易停滞封闭，尤其干涸的井，往往会从地里涌出毒气来。我以前在报纸上看过挖井工人因为甲烷毒气而丧命在井底的报导。

我叹一口气在井底坐了下来，背靠着井壁。然后闭上眼睛，让身体习惯那个场所。那么，我想，我现在就这样，在井底了。

6 遗产继承，对水母的考察，仿佛乖离的感觉

我坐在黑暗中。颈上依然不变的是被木板盖切成漂亮半月形的光，像什么印记一般孤零零地浮在上面。但地上的光并没有到达井底。

随着时间的流逝，眼睛逐渐习惯黑暗。不久之后，眼睛靠近时，手的形状虽然模糊，但已经可以辨认出来了。周围的各种东西，开始有了朦胧的形影。简直就像胆小的小动物一样逐渐向对方让步。不过不管眼睛多么习惯，黑暗依然是黑暗。想要看清楚什么时，那些东西在一转眼之间隐晦了形状，无声地潜进不明中去了。或许那可以称之为"淡暗"吧。不过即使这样，那淡暗里依然自有淡暗浓密的暗度。那有时候含有比完全黑暗更意味深长的黑暗。在那里可以看见什么。但同时又什么也看不见。

在拥有那样奇妙意含的黑暗中，我的记忆开始现出过去从未有过的强劲力量。这些记忆偶尔会唤起深藏我体内的各种印象片段，连细部都不可思议地鲜明，清晰得仿佛可以直接伸手掬取一般。我闭起眼睛，试着回想将近八年前，第一次遇见久美子时候的事。

我遇见久美子，是在神田的大学医院住院患者家属会客室里。我那时候因为遗产继承的案件，不得不每天去见正在那里住院的委托人。委托人是一个六十八岁的男人，一个以千叶县为主拥有许多山林和土地的资产家。名字曾经有一次刊登在报纸上的高额纳税者排行榜上。而麻烦的是，定期改写遗书是他的兴趣之一（虽然这么说，但他

除此之外还有什么其他兴趣,我却无从知道),他似乎可以从这极其麻烦不过的行为中找出平常人所无法得知的喜悦。事务所里每个人对这位人物的人格、癖性都有点厌烦,但因为对方是屈指可数的资产家,每改写一次遗书就会有数额绝不算小的手续费进来,而且改写遗书的手续本身并不特别困难,所以对事务所来说,也没有理由抱怨。于是就把这件工作交给新进事务所的我来直接负责。

当然虽然说是负责,但因为我没有律师资格,所以只是比单纯的跑腿多少长了一点毛而已的程度。专门的律师听取委托人所希望的遗书内容,再针对这个从法律观点提出现实性的劝告(正式遗书有严格的格式,有规则,违反这些则不被承认为遗书),决定大概的架构之后,就根据那个把遗书原稿打字出来。我则把这送去委托人所在的地方读给他听。如果没有问题,接下来就由委托人自己用笔重写那遗书,签名盖章。因为这位人物所写的遗书在法律上被称为"亲笔证书遗言书",所以必须名副其实全文由本人亲笔书写才行。

顺利写完之后,放进信封里封印,然后由我无比珍贵地带回事务所。事务所把它放进金库保管。本来事情这样就告一段落了,但这位人物却没这么简单。为什么呢?因为他卧病在床,没办法一次写完全部。那是很长的遗书,因此全部写完,大约花了一星期。在那期间我每天都到医院去,回答他的问题(我也是学法律的,因此常识范围的事答得上来),如果是我答不上来的事,则打电话回事务所请求指示。他的个性对细节很啰嗦,因此对每一句措辞都在意得不得了。不过虽然如此,每天还是稍微有一点进展,而且只要有进展,这令人厌烦的工作总能够期待有结束的时候吧。然而,每次好不容易眼看就要到最后了,这位人物绝对会突然想起什么前面忘记说的事,或以前决定的事忽然又变卦了。如果是微细的变更,也可以加上变更附记,但比较大的事情,就不得不从头开始重新写过了。

总之就是这种事情的一再反复。加上在那期间又插进来手术、检查之类的，即使依指定时间到医院去，也不一定能立刻见到他跟他谈。有时叫你几点钟来，到了之后又说因为不舒服请下次再来。在能见到面之前让你等个两小时、三小时也不稀奇。因此，我在两星期到三星期之间，不得不几乎每天都在医院住院患者家属会客室里的椅子上一直坐着，打发那感觉上好像是永远的时间。

医院的会客室，我想谁都可以想象到，绝对不是个温馨的场所。沙发的塑胶好像死后变僵硬一般硬邦邦的，那空气只要吸一口就好像会生病一样。电视总是播放着无聊的节目，自动贩卖机的咖啡发出好像把报纸煮熟了似的味道。人们都露出阴沉难过的脸色。那是令人想起如果蒙克为卡夫卡的小说画插画的话，画的一定是像这样的场所。不过总之我就是在那里遇见久美子的。久美子为了照顾因十二指肠溃疡手术而住院的母亲，在大学上课的空当时间每天到医院来。她大多穿牛仔裤，或清爽的短裙，穿着毛线衣，头发绑个马尾辫。季节是十一月初，因此有时候穿大衣，有时候没穿。而且背着单肩包，经常抱着看来像是大学教科书似的几本书和素描簿之类的东西。

从我第一次到医院去的那个下午开始，久美子已经在那里了。她坐在沙发上，跷着穿上黑色低跟鞋的脚，热心地读着书。我坐在她对面，一面每分钟看一次手表，一面等委托人面谈时间的来临。那次不知道由于什么理由——没有人告诉我那理由——大约迟了一小时半。久美子眼睛几乎没有从书本上抬起来过。我还记得当时觉得她的腿好漂亮啊。看着她的姿态时，我的心情可以稍微变得明朗一点。年轻、给人感觉很好的五官（至少她的脸看起来好像很聪明的样子），拥有漂亮的双腿，不知道会有什么样的感觉，我试着想了一下。

在那里见过几次面之后，我和久美子开始稍微浅谈起来。交换读过的杂志，分着吃探病剩下的水果。因为两个人到最后都已经是极无聊，极厌烦了，正需要正常而同年龄的谈话对象。

我问久美子是不是有亲人在这里住院。于是我把自己正在帮一个

6　遗产继承，对水母的考察，仿佛乖离的感觉

委托人写遗书，而这个人个性有多别扭——一向她说明。我对那工作也觉得相当厌烦了，因此很想对什么人毫不保留地说出来。既冗长又阴暗的话题。然而久美子却安静地听我说。我偶尔因为担心起自己是不是让对方很无聊而忽然停下话时，她就会露出"没问题，我在听着，你继续说下去吧"似的安稳的微笑。

"他太太六年前死了，有四个小孩。两个儿子两个女儿。既然有四个孩子，至少有一个正常的也好啊，我想。然而每个都真是很糟。长男迟早是要接下他的事业的，不过却是个天生狡猾的男人，满脑子只想钱的事。不知道是因为胆小，还是只是小气而已，为了一点小钱就会立刻动气。个性或许最接近父亲也说不定。不过父子感情非常恶劣，经常扭打吵架。但在医院里毕竟有所顾忌外面的听闻，因此没有公然吵过。

"次男经营不动产生意，不过却是个只会嘴甜舌滑的家伙，最喜欢做不劳而获暴发户的梦，大约五年前曾经有一次因为诈欺事件惊动警察。虽然后来也是父亲花钱消灾把事情盖掉了，不过到现在也没干什么好事。大概和地方上的流氓也有勾结吧。那家伙迟早会被捉去关起来的。不过不知道为什么，父亲在几个孩子之中，好像就是最喜欢这个儿子。

"大女儿十六岁的时候，就跟父亲的部下私奔。那时候一声不响地把父亲的钱带出去相当大一笔金额。她现在在横滨经营两家美容院，生意还不错。在四个兄弟姐妹里好像是她最有经营能力。五年前带着逃走的钱也已经还回去，总算又跟父亲恢复关系了。只是不知道怎么教养的，总是大声嚷着不堪入耳的事情。小女儿快三十岁还单身，在夏威夷买了房子，每天每天打高尔夫球过日子。脑子里除了买衣服和打高尔夫之外几乎没有别的事。而且这样说也许有点失礼，他们每个都非常面目可憎。并不是特别丑之类的意思，只是让人看了就会心逐渐变暗的那种长相。"

"你跟他们四个都见过面吗？"

"因为有遗产继承的事，所以都带着太太小孩相当勤快地来探病。如果不经常露脸，就不知道遗书上到底会写什么。我在的时候，他们一来，父亲就特地把我介绍出来。这位是法律事务所的人，这样让孩子们紧张。他还告诉大家，现在他正在改写遗书中。"

"他的病况方面怎么样？遗书有必要那么赶吗？"

"这我不清楚。关于病况的详细情形我也不知道。听说肝脏不好，好像切掉了还是怎么样了。心脏好像也不怎么好。说是心律不齐。不过以我的预感，觉得那个人好像还可以再活二十年，重新改写一百五十次遗书吧。"

"有钱也是一件很麻烦的事啊。"

"那也因人而异。"我说，"有些有钱人也能过着心平气和的生活。不过那些人不太会来法律事务所。"

我们在医院附近一起用过几次简餐。因为不能离开医院太久，所以虽说是用餐，也只是在麦当劳吃吃汉堡，吃吃披萨饼之类的程度，即使如此，总比医院里烤鱼看起来简直像尸体一样的餐厅伙食好多了。她刚开始很少开口，几乎什么也没说，不过在我说了几次半带玩笑式的话之后，逐渐放轻松下来。我每次谈过什么很长的话题之后，她便像和那交换似的，稍微谈一点她自己的事。她说她在都内女子大学上学，主修社会学，兴趣是画画。参加大学的美术社团，比起油画，更喜欢线画和水彩画。如果可能，希望从事设计方面的工作。

"我母亲的手术不是什么大手术。"有一次久美子一面用水果刀削着苹果皮一面很无聊地这样说，"以十二指肠溃疡来说也算是比较小的手术。只是尽可能现在拿掉比较好而已。不过总之是生平第一次住院，所以她本人觉得好像要死了似的。因此如果我一天不来露面，她就会歇斯底里起来。我母亲一歇斯底里起来，父亲就会生气，所以没办法我只好每天来这里。其实这里是不需要家属照顾的完全看护式的，一切必要的东西都具备了，我来了，也没有什么特别的事可做。而且我现在为了准备考试也很忙。"

不过关于自己的家人，除此之外的事她不想多谈。我即使问她什么，她也总是只露出暧昧的微笑而已，却不清楚地回答。那时候我对久美子的家人所得知的讯息，只有她仅有一个哥哥，父亲是公务员而已。而且她对父亲和母亲所抱持的态度，与其说是亲情，不如说是像什么安静的认命似的东西。从这些我想象她大概是一个生活方式相当良好的家庭的女孩子。因为她经常穿着整齐，母亲（虽然我见过）也住的是单人病房。那个医院要住单人病房，我听说需要相当多钱和特殊关系。

我和久美子之间，觉得从一开始就好像有某种心情相通的地方。并不是那种一碰面就会有什么紧张冲动之类的强烈感觉。而是更安稳更优雅的那种。例如两个小灯光在模糊昏暗的空间里并行前进之间，不知不觉地逐渐靠近似的那种感觉。随着和久美子见面的次数增加，不知不觉之间，我觉得每天到医院去变成并不那么痛苦了。当我发现这件事时，连自己都觉得有点不可思议。因为那种心情与其说是与某个新的人相遇，不如说是更接近忽然遇到某个怀念的人似的。

我经常想，如果不只是在医院附近趁什么空当时间谈一些零碎的事，而是能在别的地方两个人慢慢坐下来好好谈谈多好。有一天，我便鼓起勇气试着约久美子。

"我想我们大概需要转换一下气氛吧。"我说，"两个人离开这个地方，随便找个没有病人和委托人的地方去。"

久美子想了一下，然后说："水族馆？"

那是我和久美子的第一次约会。星期天早晨，久美子把她母亲要换穿的衣服送到医院，然后和我在会客室碰面。那是个晴朗温暖的日子，久美子在相当简单的白色连衣裙上，披一件浅蓝色毛衣外套。她的穿着从那一阵子开始，有了一点令人心动的地方。例如，即使是朴素的衣服，也会加上一些重点或花些心思，光是一个袖子的折法、领子的立法她都可以让那立刻变得华丽起来。她懂得这方面的要领之类的。再加上，久美子对自己的衣服非常珍惜，似乎是用心在处理的样子。我每次跟久美子见面，经常会一面并排走着，一面佩服地看着她所穿的衣服。衬衫没有一点皱纹，折线经常是整齐的，白色的衣服总是看来像是全新的一般洁白，鞋子没有一点脏污或灰尘。看着她所穿的衣服，我就可以想象到她衣柜的抽屉里折得整整齐齐的衬衫、毛衣，包在塑胶袋里吊在衣橱里的裙子和连衣裙的模样（而实际上这种光景就变成婚后我眼前所看到的事实）。

那天我们在上野动物园的水族馆一起度过下午的时光。因为我想好不容易天气那么好，不如在动物园里悠闲地散步好像更轻松，于是在往上野的电车里，就向久美子试着这样暗示，不过她似乎一开始就打定主意要去水族馆了。当然如果她想去水族馆的话，我也没有什么异议。正好水族馆正在举行水母的特别展示，于是我们便一一按顺序地参观了从世界各地收集而来的珍奇水母。从像手指尖那么一点大的轻飘飘的绒毛似的东西，到像伞一样直径达一米以上的怪物般的东西为止，水槽里真是漂浮摇曳着各式各样不同的水母。虽然是星期天，水族馆却并不怎么拥挤。甚至可以说是空荡荡的。这么好的天气，相信谁都会觉得与其逛水族馆看水母，不如选择在动物园看象或长颈鹿吧。

虽然我没有对久美子说，不过说真的我是最讨厌水母的。小时候，我到附近的海里去游泳，曾经有几次被水母刺到。也曾经一个人朝向海上游着时，不觉游进了水母群的正中央。等到发觉时，身边全是水母。那时候我所感觉到的水母们滑溜溜的冷冰冰的感触，到现在还记得很清楚。我在水母的漩涡中，像被拉进幽深的黑暗中似的感到一阵强烈的恐怖。不知道为什么那时候身体没被刺到,但由于一阵惶恐而着实喝了不少水。因此可能的话,我真希望能跳过水母的特别展示,而去看鲔鱼或比目鱼之类比较普通的鱼。

然而久美子好像完全被水母吸引住了似的。在每一个水槽前面停下来,探出身体,似乎忘了时间的流逝一般一直停在那边不动。

"嗨,你看。"她对我说,"世界上居然有这么鲜艳的粉红色水母啊。而且游得好漂亮噢。这些就这样一辈子漂游流浪在全世界的海里呀。怎么样,你不觉得很棒吗?"

"是啊。"我说。不过为了陪她,虽然不情愿,也只好一一慢慢地看着水母时,我逐渐觉得胸口难过起来。不知不觉地变得很少开口,心慌意乱地数了好几次口袋里的零钱,用手帕擦了好几次嘴边。祈祷着能赶快看完水母的水槽。然而水母却无止境地一一出现。全世界的海里真是有好多种类的水母啊。我忍耐了大约三十分钟,但因为紧张的关系,头逐渐昏沉起来。最后连靠在扶手上站着都觉得难过,于是在附近的长椅上一个人坐了下来。久美子走到我身旁来,担心地问我是不是不舒服。很抱歉,看着水母之间头渐渐觉得昏昏沉沉起来,我坦白地说。

久美子认真地注视了我的眼睛一会儿。"真的。眼睛变得涣散空虚了噢。真是难以相信。只是看水母,人就会变成这样啊。"久美子好像很惊讶似的说。不过总之她牵起我的手,从阴湿幽暗的水族馆把我带到阳光下。

在附近的公园坐了十分钟左右,慢慢地深呼吸之间,我的意识逐渐恢复正常。秋天的太阳光舒服而耀眼,完全干掉的银杏叶子一面发出微小的声音一面偶尔被风吹拂而移动着。过了一会儿久美子问我:"嗨,没问题吗?"

"你真是怪人。如果那么讨厌水母的话,为什么要一直忍耐到身体不舒服呢?一开始就明讲不是很好吗?"久美子笑着说。

265

天空好高，风好舒服，星期天走在周围的人们脸上都露出快乐的表情。苗条的漂亮女孩牵着长毛的大型狗在散步，戴着软帽的老人正在看守着荡秋千的孙女儿。有几对情侣和我们一样地坐在长椅上。远方有人在吹着萨克斯风的音阶练习。

"你为什么那么喜欢水母？"我试着问。

"嗯，大概只是觉得很可爱吧。"她说，"不过，刚才一直看着水母的时候，我忽然这样想。其实我们眼睛所看到的这种光景，只是世界的极小一部分而已。虽然我们习惯性地把它想成这个就是世界，其实并不是这样。真正的世界是在更暗、更深的地方，那大部分是被像水母一般的东西所占据着噢。只是我们忘记了这个事实而已，你不觉得吗？地球的表面三分之一是海，我们肉眼所能看到的只是所谓海面这皮肤而已呀。在那皮肤之下真正有什么，我们几乎什么也不知道。"

然后我们散步了很长一段。到了五点，久美子说她必须去医院了，于是我送她到医院。"今天谢谢你。"分别的时候她对我说。在她的微笑中，我看到了过去所没有的类似安稳的光彩一般的东西。看到这个，我知道今天这一整天自己已经稍微接近她一点点了。大概是因为水母的关系吧，我想。

我和久美子从此以后约会了几次。她的母亲平安地出院了，我的委托人在遗书上的无理取闹也告一段落，已经不必再到医院之后，我们还一星期见一次面，去看电影，去听音乐，或者只是散散步。每次见面，我们就更习惯彼此的存在。和她在一起觉得很快乐，身体因故相碰触时胸口便会一震。接近周末时有时会变得不能专心工作。她确实对我怀有好感。要不然，不会每星期跟我见面吧？

不过我并不想和久美子很急地加深关系。因为我发现她好像不知怎么地，对什么总有点迷惑的样子。虽然并不是具体怎么样，不过在久美子的言谈和动作中，会忽然让你看到那迷惑似的东西。我问她什么的时候,她的回答会迟个一个呼吸。那里有些微的空白空间出现。在那一瞬间的空白方式之中,我每次都不可能不感觉到那"影子"似的东西。

冬天来临,变成新的一年。我们在那之间每周都见面。我对那"东西"没有问过一句,久美子也什么都没说。我们见面,到某些地方去,吃东西,谈一些无关痛痒的话。

"嗨,你是不是有情人或男朋友?"有一天我忽然放大胆试着这样问。

久美子看了一会儿我的脸。"为什么这样想?"

"因为有一点这样感觉呀。"我说。我们那时候,正在没有人影的新宿御苑里散步。

"怎么说呢?"

"你好像有什么话要说。如果能说的话,可以跟我说没关系呀。"

我看出久美子的脸上表情稍微动摇了。不过那动摇几乎是眼睛看不出的微小程度。也许她犹豫了一下吧。不过结论却从一开始就很清楚了。"谢谢。不过并没有什么值得特别说的。"久美子说。

"你还是没有回答第一个问题。"

"我有没有男朋友或情人的事?"

"对。"

久美子停下脚步,脱下手套,把那放进大衣口袋里。然后握着我没戴手套的手。她的手又温暖又柔软。我轻轻回握她那手时,觉得她的吐气变得更小、更白了似的。

"现在可以到你住的地方吗?"

"当然可以。"我吃了一惊说,"你来没关系呀。虽然不是什么可以自豪的地方。"

那时候我住在阿佐谷。是一间有小厨房、厕所,有公共电话亭那么小的淋浴室的公寓。房间在朝南的二楼,窗外是建筑公司的建材放置场。因此只有日照很好。虽然是不怎么起眼的房间，不过光线好是唯一可取的优点。我和久美子长久之间就并排在那窗外照进来的阳光中，靠着墙壁。

那天我第一次抱久美子，不过到现在我还依然觉得，那天她是希望我抱她的。在某种意义上是她引诱我的。并不是具体说了什么引诱我。当我伸手环抱久美子的身体时，就知道她从一开始就打算让我抱了。那身体好柔软，从那里没有感觉到所谓抵抗感这东西。

对久美子来说那是第一次的性体验。相交之后长久之间，久美子没有开口说一句话。我好几次试着跟她说话，但她都没回答。她去冲淋浴，穿上衣服，重新坐在阳光中。因为不知道该说什么才好，我也只好在她旁边坐着一直沉默不语。太阳移动一些，我们便跟着稍微移动一下。到了傍晚，久美子说她差不多该回家了，于是我送她回家。

"其实你不有话想说吗？"我在电车上试着再问一次。

久美子摇摇头。"那件事不用了。"她小声说。

于是我不再提那话题。久美子结果选择了这样被我拥抱，而且她心中就算有什么不能对我恰当说出口的事情，那也应该会随着时间的流逝而自然解决吧。

从此以后我们还是一星期约会一次。她大多会到我的公寓来，在那里做爱。在互相拥抱、肌肤接触中，她逐渐开始多谈一些她自己的事。关于自己本身，关于自己经历过的各种事情，还有关于这些事自己怎么感觉怎么想。于是我逐渐可以理解在她眼里所捕捉到的世界的模样了。然后，我也可以对她渐渐说出自己眼里所捕捉到的世界的模样。我深深爱上久美子，她也说不想离开我。等到她大学毕业，我们就结婚。

结婚之后，我们过得很幸福。没有任何成问题的事。不过虽然如此，我偶尔还是不由得会感觉到，久美子心中存在着我们无法进入的只属于她的领域。例如正在极普通的或很热心的谈话中，久美子会忽然落入沉默。并没有特别的理由（至少我想不起有什么会成为理由），谈话中途会突然落入沉默。就好像走在路上突然扑通掉进一个陷阱里似的。虽然沉默本身并没有持续很久，但那之后她会变得"心不在焉"。而且不经过相当程度的时间便不能恢复。她在听着我说话时会发出"嗯，是啊""确实是这样""对呀"之类不痛不痒的回答。不过头脑里似乎在想着别的事情。刚结婚不久，她每次这样时，我就会问："你怎么了？"因为我为此很迷惑，担心是不是我说了什么话伤了她的心。不过久美子总是微微笑着说："没什么啊。"仅此而已。而且过了一段适当的时间，她就恢复过来了。

第一次进入久美子体内时，我记得也有类似那样奇怪的迷惑感。久美子第一次时应该是只有痛苦的感觉吧。她觉得痛，而且身体一直僵硬着。不过我所感到的那类似迷惑的理由并不只是这点而已。那里还有某种奇怪的清醒的东西。虽然我无法恰当说明，但那里有一种乖离的感觉。自己所抱着的这个身体，好像不是那个刚才还并排坐在身边亲密谈话的女人的身体，我被一种不可思议的想法所捕捉，好像在自己没留意的时候被什么地方的别人的肉体对调了似的。我一面拥抱着她，一面用手掌继续抚摸那背。小而平滑的背，那触感使我浑然忘我。然而同时又觉得那背好像在离我很远的地方。好像久美子一面像这样被我抱着，一面又一直在很远的地方，想着什么别的事情。而且甚至觉得现在我抱着的，只是暂时在这里的一个虚幻肉体。或许因为这关系吧，虽然处于性兴奋的状态，但却花了很长时间才射精。

不过有这感觉，只在第一次性交的时候。从第二次开始，就觉得她的存在好像更接近身边了。肉体上的反应也变得比较敏感了。我想或许那时候我会怀有那种类似乖离的感觉，是因为对她来说那是第一次的性体验吧。

我一面追溯着记忆，一面偶尔伸手抓住壁上的绳梯子，用劲拉扯一下，确定它没有脱落。我心中一直有一种恐惧，害怕梯子会一下子脱落。每次想到万一脱落，在黑暗中我的心情就变得非常浮躁不安。心脏鼓动声大得连自己的耳朵都可以听见。不过在拉了几次——大约二十次或三十次——确认之后，我才逐渐恢复镇定。梯子牢牢系在树上。不会轻易脱落。

我看看手表。附有夜光漆的针指着三点稍前。下午的三点。头上还浮着半月形的光斑。地上大概正满溢着耀眼的夏日阳光吧。我可以记起闪闪发光的小河流水、被风摇曳的绿叶。在那样可以说是压倒性的光的正下方脚底下，就存在着这种黑暗。只要沿着绳梯稍微往地下下来就可以。就有这样深的黑暗。

我再拉一次绳梯确定它还被固定着。然后头靠在井壁上闭起眼睛。终于慢慢地像涨潮一样，睡意来临了。

7 关于怀孕的回想和对话，关于痛苦的实验性考察

我醒来时，半月形的井口已变成夕暮昏暗的深蓝色。手表的针指着七点半。夜晚的七点半。那么，我在这里竟然睡了四小时半之久。

井底的空气接触皮肤感觉有点冷。下到这里来的时候，大概因为精神很高亢吧，脑子还没想到温度的事情。不过现在肌肤却可以清楚地感觉到周围的冷气。我把露出的双臂一面用手掌摩擦着取暖，一面想到应该在背包里放一件可以加在T恤上面穿的衣服才对。我完全忘了井底的温度会和地上不同。

现在深沉的黑暗把我周围包围住了。不管眼睛睁得多大，已经什么也看不见了。连自己的手在哪里都不知道。我伸手在墙上探索着找梯子，把它拉拉看。梯子还确实固定在地上。在黑暗中试着动一动手，觉得黑暗稍微动摇了一下，或许那只是眼睛的错觉而已。

应该在那里的自己的身体，自己的眼睛居然看不见，这是多么不可思议的事。在黑暗中只是一直不动，自己存在于那里的事实便逐渐变得无法确定了。因此我偶尔轻轻干咳一下，试着用手掌摸一下自己的脸。这样做可以用耳朵来确定我声音的存在，用手来确定我脸的存在，用脸来确定我手的存在。

不过不管多么努力，我的肉体，依然像被水冲走的沙子一样，逐渐一点一点地失去密度和重量。简直像在我身体里正在进行着无言的炽烈拔河似的，我的意识正逐渐把我的肉体往自己的领域拉进去。这黑暗巨大地扰乱了原有的均衡。所谓肉体这东西，终究是为了意识而

把所谓染色体这记号适当地排列组合备用着的，纯粹架空的壳子而已吧，我忽然想到。那记号如果再重排一次的话，我是不是会进入和以前不同的肉体里去呢？"意识的娼妇。"加纳克里特说。我现在似乎可以坦然接受这语言了。我们也可以用意识相交，在现实中射精。在深沉的黑暗中真是有很多奇怪的事情会变成可能。

然后我摇摇头。努力把自己的意识重新放回自己的肉体里。

在黑暗中我把双手的十根手指整齐地合起来。拇指对拇指、食指对食指地。我右手手指确认着左手手指的存在，左手手指确认着右手手指的存在。然后我慢慢深呼吸。不再思考关于意识的事。想一想比较现实的事吧。想一想肉体所属的现实世界吧。我是为这个来到这里的。为了思考现实，我觉得要思考现实，最好离现实远一点的地方。例如像深井底下之类的地方。"该往下走时，就去找最深的井，下到那底下去就好了。"本田先生说。我依然靠在井壁上，慢慢吸进含有霉臭的空气。

我们没有举行结婚典礼。我们既没有举行结婚典礼的经济余裕，也不想让父母亲来负担。相比形式上，不如以自己在尽可能的范围内开始只有两个人的生活为先决条件。我们只在星期天早晨到区公所的星期天窗口去，按了门铃，把还在睡觉的值班人员叫起来，递交结婚申请而已。然后我们走进平常不太上得起的高级法国餐厅，点了一瓶葡萄酒，两个人吃了全套的晚餐。那是代替结婚典礼的。对我们来说那样就足够了。

结婚的时候，我们几乎没有储蓄（虽然我还有死去的母亲留下来的一点钱，但决定不去动用，以备万一），也没有什么像样的家具。未来的展望谈不上多光明。没有律师资格的人在法律事务所上班，也没有什么前途。她上班的公司也是个无名小出版社。大学毕业时，久美子如果想的话，是可以靠父亲的关系找到更像样的工作的。但她不

7 关于怀孕的回想和对话,关于痛苦的实验性考察

喜欢那样,她是靠自己的能力找到那份工作的。不过我们没有什么不满。只要两个人能够活下去就够了。

不过两个人要从零开始建立什么并不是简单的事。我拥有独生子特有的孤僻。想要认真做什么的时候,喜欢一个人去碰着做。相比必须向别人一一说明让人了解,不如自己多花一点时间多费一点事,一个人默默做掉比较轻松。久美子自从姐姐死掉以后,也对家里的人封闭起自己,几乎都是一个人活下来。即使有什么事,她也不会跟家里的什么人商量。在这层意义上是跟我类似的同类。

虽然如此,我和久美子依然逐渐让自己的身体和心为了"我们的家庭"这新单位而同化着。不断训练自己,两个人一起考虑事情,一起感觉事情。把我们自己身上发生的各种事情当作"我们自己的事",努力去共有。当然有些事情顺利,有些不顺利。不过我想我们是把这些试错当作新鲜事来看待,来享乐的。而且即使有激烈的冲突,我们也可以互相拥抱而把它忘记。

结婚第三年久美子怀孕了。因为一直很小心地避孕,所以那对我们来说——至少对我来说——真是名副其实的晴天霹雳。大概有什么地方搞错了吧。虽然想不到什么办法,不过除此之外没有别的可想。总之不管怎么说,我们还没有经济能力可以生养小孩。久美子好不容易刚习惯出版社的工作,可能的话,希望长久继续做下去。但因为是小公司,没有所谓产假之类的像样制度。如果有人要生小孩,只好辞职。这样一来,眼前就只能靠我一个人的薪水过下去,而那在现实中几乎不可能。

"这次只好pass了。"到医院去听过检查结果之后,久美子以没有表情的声音这样对我说。

除此之外,我想大概也没有别的办法了。无论从任何观点来看,那都是最合理的结论。我们还年轻,而且完全还没准备好生养孩子。

我和久美子都还觉得需要有我们自己的时间。先把我们自己的生活建立起来，那是先决问题。从今以后要生孩子的机会还多得是。

说真的，我不想让久美子接受堕胎手术。我大学二年级时，曾经有一次让一个女孩子怀了孕。对方是在打工地方认识的比我小一岁的女孩子。人很灵巧，话也投机。虽然我们当然彼此都怀有好意，不过还谈不上是情人，将来也没有这个可能性。只是两个人都很寂寞，好像需要有互相拥抱的对象。

那女孩子怀孕的理由很清楚。我和她睡觉时每次都由我用保险套，但那天正好疏忽了忘记准备。用完了，我这样说。女孩子犹豫了两三秒，然后说："嗯，这样啊。今天我想没问题吧。"不过她却真的怀孕了。

我虽然无法坦然接受让什么人"怀孕"的真实感。但不管怎么想，却除了堕胎之外没有别的办法。手术费由我来筹措，并陪她一起到医院去。我们搭上电车，到她的朋友介绍的千叶一个小地方的医院去。在连名字都没听过的那个车站下了车时，沿着和缓的丘陵，眼前是一望无际大片拥挤的小商品住宅群。那是这几年间为了在东京都内买不起房子的年轻一代上班族所大批兴建的新兴住宅社区群。连车站本身都是新的，车站前还留着水田。一走出收票口，眼前就是从来没见过的那么大的池塘，路上老是看到房屋租售的广告。

医院的会客室充满了大肚子的年轻孕妇。那多半是结婚四五年，贷了款好不容易在郊外买了一栋小房子，在那里安定下来之后决定生孩子的人们。平常上班日的白天还在这种地方闲逛的年轻男人只有我一个，何况是在妇产科医院的候诊室。孕妇们都以意味深长的眼光偷瞄着我。而且那绝不能算是善意的眼光。不管在谁看来，我都不会超过大学二年级，显然是不小心让女朋友怀孕了，陪着来做堕胎手术的。

7 关于怀孕的回想和对话，关于痛苦的实验性考察

手术完毕之后，我陪那女孩子一起搭电车回到东京。黄昏前开往东京的电车空荡荡的。在电车里我向她道歉。我说因为我的不小心让她受到这样的苦真过意不去。

"没关系，你不必介意。"她说，"至少你还这样陪我一起到医院去，钱也帮我出了。"

我和她，不久以后分不出是由谁开始就不再见面了。因此从那之后，她怎么样了，在什么地方做什么，我都不知道。不过那次手术后过了很久，和她不再见面之后，我还一直继续怀着很糟的不安心情。每次想起那时候的事，我头脑里就会浮现挤满医院候诊室的满怀信心的年轻孕妇们的模样。而且每次我都会想到不该让她怀孕的。

她在电车里为了安慰我——为了安慰我——而向我一一解释那不是什么严重的手术。"那不是像冈田君所想象的那么严重的手术啊。既不花时间，也没什么特别痛苦。只要脱掉衣服，一直安静躺在那里就好了。当然要说羞耻，那是会觉得羞耻，不过医生人很好，护士也很亲切。虽然被骂以后更要小心避孕噢，不过你也不必太介意。因为我也有责任哪。不是我说没问题的嘛，对吗？所以，打起精神来吧！"

不过在搭上电车去那千叶县某个小地方，又再搭电车回来之间，我在某种意义上变成另外一个人了。我送她到家，回到自己房间一个人躺在床上望着天花板时，可以清楚地知道那变化。在这里的我是"新的我"，已经无法再回到原来的地方了。在这里的自己，已经不再是纯洁无垢的了。这认识并不是道德意义上的罪恶感，或自责的念头。而是明知道自己在某个地方犯了过错，却对这件事没有打算去责备自己。那是超越责备、不责备，而我不得不冷静而理论性地面对的"物理性"事实。

我知道久美子怀孕之后，首先浮上脑子的，是挤满妇产科医院候

诊室的年轻孕妇们的模样。和飘浮在那里的一种独特的气味。那到底是什么气味我不知道。或许那并不是具体的什么气味，只是像气味似的东西而已也说不定。那女孩子被护士喊到名字时便慢慢从硬硬的塑胶皮椅子上站起来。笔直走向门的方向。她站起来之前瞄了我一眼，那嘴角浮起做出一半又半途而废似的浅浅的微笑。

虽然我当然明白现在生孩子是不合现实的路，不过难道没有可以不必手术的方法吗，我对久美子说。

"这已经谈过很多了，现在在这种情况下生孩子的话，我的工作就完了，你为了养我跟孩子，也不得不到别的地方，找薪水更高的工作。生活会完全失去余裕，想做的事也会变成什么都不能做。我们以后不管要做什么，那可能性在现实中都会变得相当狭窄。这样你也觉得好吗？"

"我觉得好像那样也好。"我说。

"真的？"

"只要有心，我想工作是可以找到的。比方舅舅就需要人手。他想开新的店，却找不到可以信任的人才还没开。如果是那里，我想可以拿到比现在好多了的薪水。虽然跟法律的工作变成没关系，但说真的，现在也并不是因为特别想做而做的。"

"你要经营餐厅？"

"不是不能做吧。而且万一有什么需要，母亲留下来的钱也还有一点。不会饿死的。"

久美子长久之间沉默着，眼角一面皱起小皱纹，一面考虑着。我喜欢她这种小表情。"你真的想要小孩吗？"

"不知道。"我说，"我只知道你怀孕了，却没有自己可能要当爸爸了的真实感。而且也不知道实际有了孩子之后，我们的生活会变成什么样子。你现在很喜欢你的工作，我也觉得把工作从你手上夺掉好像是不对的。我想过也许我们有必要像现在这样多过一阵子只有两个人的生活，同时也想过生孩子也许可以让我们拥有更宽广的世界。我不知道怎么样才正确。我只是单纯地觉得不想让你接受堕胎手术而已。所以我什么都不能保证。既没有什么切实的信心，也没有令人吃惊的解决办法。只是有这种感觉而已。"

久美子想了一下。并偶尔用手掌摸摸自己的肚子。"嘿，你想为什么会怀孕呢？你有没有想到什么？"

我摇摇头。"我一直很小心避孕，因为不希望为了失败而烦恼啊。所以为什么会变这样，真是没想到。"

"你没想到会不会是我跟别人做了什么吗？没有想到有这种可能吗？"

"不可能。"

"为什么不可能？"

"虽然我不能算是第六感很强的人，不过这点事我知道。"

久美子和我那时候，正坐在厨房的桌前喝着葡萄酒。夜已深了，周遭没有一点声音。久美子眯细了眼睛望着残留在玻璃杯里的一口左右的红葡萄酒。久美子平常几乎都不喝酒，只有在睡不着觉的时候喝一杯葡萄酒。只要一杯葡萄酒就可以切实地睡着。我也陪她喝。我们没有所谓葡萄酒杯这么讲究的东西，而是用附近酒铺送的小啤酒玻璃杯代替而已。

"跟别人做了什么？"我忽然想到，试着问一下。

久美子笑着摇了几次头。"怎么可能？怎么可能做那种事呢？我只是单纯就可能性问题提出来而已呀。"然后她一本正经地，手肘支在桌上说，"不过，说真的，我有时候很多事情会迷糊起来哟。什么是真的，什么不是真的。什么是实际发生的事，什么不是实际发生的事。……有时候。"

"而现在就是那种有时候吗？"

"嗯……你不会这样吗？"

我考虑了一下。"具体不太想得起来。"我说。

"该怎么说呢，认为是现实的事情，跟真的现实之间，有一点差距。有时候我觉得在我身上的什么地方，好像有一点什么东西潜藏在里面似的。好像有东西在家人外出的时候跑进空屋里来，然后就躲进壁橱里一样。而那东西偶尔会跑出外面来，把我自己的各种顺序和理论弄乱。就像磁力把机械弄乱一样。"

"有一点什么东西？空屋？"我说。然后笑一笑。"你说的事情，非常模糊啊。"

"实际上就是很模糊啊。"久美子说。然后把留在玻璃杯里的葡萄酒喝干。

我看了一会儿久美子的脸。"那么，你觉得自己这次怀孕的事，跟你那有一点什么东西之间有相互关系吗？"

久美子摇摇头。"不是有没有关系，而是我有时候会变得搞不清楚事情的顺序。我想说的只是这个而已。"

久美子的话里开始带有一点生气烦躁。时钟已经绕过一点。我想话题应该打住了。我伸出手，越过狭小的桌子握住她的手。

"嘿，这件事让我来决定好吗？"久美子对我说，"当然这是两个人之间的重要问题，我非常明白这点，不过只有这次的事我希望让我来决定。虽然我没办法清楚说明我的想法和感觉，我觉得很抱歉。"

"我想基本上你有决定的权利。我尊重这点。"

"大概在一个月之内，我想必须二选一。到目前为止我们一直都是两个人商量决定事情的，我大概了解你的心情，其他就让我来想。所以我们暂时别再讨论这件事了。"

久美子接受堕胎手术时我在北海道。像我这种基层人员通常是不会被指派出差工作的，但那时候无论如何都没有人可派，于是决定由我去。我把文件塞进皮包带过去，做简单的说明，再从对方那里领文件回来。那是非常重要的文件，因此不能用邮寄，或托别人的手代传。往返札幌、东京间的飞机非常拥挤，我决定在札幌的出差饭店住一夜。就在那之间，久美子一个人到医院去，接受了堕胎手术。然后在夜里十点过后打电话到我住的饭店来，说："今天下午我去做完手术了。"

"像这样变成事后通知，我觉得不太好，不过是突然安排的，而且我觉得你不在的时候我一个人解决掉，对双方都会比较轻松吧。"

"这个你不用介意。"我说，"只要你觉得这样比较好，我想就这样好了。"

"我想再多跟你说一些事情，可是还说不出来。我想那大概不能不跟你说。"

"等我回东京再慢慢说吧。"

挂上电话，我穿上大衣走出饭店的房间，在札幌街头漫无目的地走着。那是三月初的事，道路两旁还积着高高的雪。空气冰冷得让人刺痛，走在路上的行人吐出的气息白白地浮起又消失。人们穿着厚厚的大衣，戴着手套，围巾一直围到嘴边，脚步小心翼翼地踏在结冰的人行道上。轮胎加了铁链的计程车，一面发出喀啦喀啦的声音，一面在路上来来往往。身体冷得无法忍受时，我走进一家眼前看到的酒吧去，喝了几杯纯威士忌。然后又继续到街上走。

相当长一段时间我走在街上。偶尔下起雪来，简直像变淡的遥远记忆一般细薄而短暂即化的雪花。我走进的第二家店在地下室。店里比从入口得到的印象宽大多了。吧台旁边有一个小舞台，一个戴着眼镜的瘦瘦的男人在那里一面弹着吉他一面唱歌。歌手跷脚坐在金属制的椅子上，脚边放着吉他盒子。

我坐在吧台一面喝着酒，一面无心地听着那歌。他在曲子之间，介绍说那些曲子全部都是他自己作词作曲的。年龄大约二十多岁后半，没有什么特征的脸，戴着茶色塑胶边框的眼镜。穿着牛仔裤、系带长靴,格子法兰绒工作衬衫下摆拉出外面。要问那是什么样的歌,说不来。也许在以前的话,可以称之为接近"日式西洋民谣"吧。单调的和弦,单纯的旋律,不痛不痒的歌词。不是我会主动喜欢去听的那种音乐。

我想要是平常的我,大概不会去听那歌,而只会喝一杯酒,付了账就很快走出店门去吧。不过那一夜,我的身体一直冷到骨髓,没等到好好暖和起来的话,无论如何都不想走到外面。我喝了一杯纯威士忌,立刻又点了一杯。我暂时没有脱掉大衣,也没有拿下围巾。因为酒保问我要不要点什么吃,于是我点了起司,只吃了一片。我试着思考什么,但头脑没办法好好运作。也不知道到底该想什么才好。我觉得自己好像变成一间空荡荡的房子。在那里面,音乐听起来像是干燥的回声一般空洞。

男人唱完几曲之后,客人便啪啦啪啦地拍手。虽然不是特别热心的拍手,但也不是纯为善意的拍手。店里不怎么拥挤。客人数我想总共有十个人或十五个人左右。他从椅子上站起来敬礼。说了什么像是玩笑似的话,有几个客人笑着。我把酒保叫来点了第三杯威士忌。然后终于拿下围巾,脱下大衣。

"今天晚上我的歌就唱到这里为止。"歌手说。然后停顿了一下,环视店内一圈。"不过因为各位之中可能有人会说你的歌很无聊吧,所以我现在开始要特地为这样的客人,表演一点类似余兴节目的东西。平常是不表演的,今天特别献丑。所以今天光临的各位客人可以说真的很幸运喏。"

歌手轻轻把吉他放在脚边。从吉他盒子里拿出一根蜡烛来,粗壮的白色蜡烛。他在上面用火柴点上火。把蜡滴在碟子上立起蜡烛。然后简直像希腊的哲学家一样把那碟子高高举起。"可以把灯光照明关暗一点吗?"男人说。一个店员把店里的照明稍微调弱一些。"再暗一点比较好。"他说。店内变暗了好多,变得可以清楚地看见他所捧着的蜡烛的火焰。我一面把威士忌的玻璃杯包在手掌里暖着,一面看着男人的姿势和他手上的蜡烛。

"正如各位所知道的,人生的过程里我们必须体验各式各样的痛苦。"那个男人用安静而清楚的声音说,"有肉体的痛苦,有心灵的痛苦。我过去也经历过各种各样的痛苦,我想各位也一样。但那痛的实际状态,多半的情况却很难向别人用言语来说明。自己的痛苦只有自己知道,有人这样说。但真的是这样吗?我不认为。例如,如果我看见有人真的在承受着痛苦的光景,我们往往会把那痛苦和难过当作自己的痛苦来感受。那是同感共鸣的力量。各位明白吗?"

他切断了话,再次环视店内一圈。

"我想人们唱歌也是因为想要拥有这种同感共鸣的力量。想脱离所谓自己这个狭窄的壳,想和很多人共同拥有痛苦和欢乐的感觉。不过那当然不是简单的事。因此我希望各位在这里,也就是以一种实验,来共同体验更简单的物理性同感共鸣。"

到底现在要发生什么事?大家都屏息注视着舞台。沉默之中男人好像要故意停顿一下,或想让精神集中似的,一直注视着虚空的一点。然后他默默地把左手的掌心移到蜡烛火的上面。然后逐渐一点、一点地,把手掌移近火焰的尖端。客人中的一位发出一声分不出是呻吟还是叹息的声音。终于可以看见那火焰在燃烧着他的手掌。好像可以听见叽里叽里烧焦的声音。女客人发出尖锐的叫声。其他的客人好像冻僵了似的看着那光景。男人一面激烈地扭曲着脸,一面忍耐着那疼痛。这到底是怎么回事,我想。为什么非要做这种愚蠢而无意义的事呢?我感觉嘴里干干的好渴。持续了五秒或六秒之后,他把手慢慢离开火,把装载着蜡烛的碟子放在地上。然后把右手掌和左手掌互相密合重叠起来。

"正如各位所看到的那样,痛苦名副其实地烧进人的肉体。"男人说。他的声音和到刚才为止的声音完全一样。安静而有张力的冷酷声音。脸上苦闷的痕迹已完全消失。甚至浮起轻微的微笑。"而且各位可以把那痛苦，简直当作自己的似的在感受。那就是同感共鸣的力量。"

他把密合的两手慢慢分开。而且从里面拿出一条红色薄薄的丝巾，张了开来。然后把双手大大张开朝向客人席。手掌上完全没有火伤的痕迹。有一瞬间的沉默，然后人们好像回过神似的热心地鼓掌。灯光照明恢复变亮，人们从紧张中被解放出来，终于又开始谈起话。男人若无其事似的把吉他收进吉他盒子，走下舞台就那样消失无踪了。

我付账的时候，试着问店里的女孩子，那个歌手是不是经常在这里唱歌，还有除了唱歌是不是常常表演这种魔术。

"不清楚。"她说，"就我所知，那个人在这家店唱歌，今天是第一次，名字我也是第一次听到。而且完全没听说，除了唱歌还会表演魔术。不过好厉害噢。到底有什么机关啊。像那样岂不是可以上电视表演哪？"

"是啊，好像真的在烧似的。"我说。

我走路回到饭店，躺在床上时，睡意好像早已迫不及待了似的立刻来访。正想睡的瞬间忽然想起久美子的事。但感觉上久美子好像在极其遥远的地方，而且我已经什么也不能想了。我脑子里忽然浮现正在烧手掌的男人的脸。那真的好像是在烧着啊，我想。然后我沉入睡眠中。

8 欲望的根，208号房中，穿越墙壁

黎明之前我在井底做梦。不过那不是梦。只是偶然碰巧采取了梦这形式的什么。

我一个人走在那里。一个摆在宽阔大堂中央的大型电视画面上，正映出绵谷升的脸。他的演讲现在才正开始。他穿着斜纹毛西装、条纹衬衫，系着深蓝色领带，双手交叉握在桌上，绵谷升正朝着镜头开始谈什么。那背后的墙上挂着很大的世界地图。大堂里有令人感觉超过一百以上的人数，没有一个例外地都静止不动，以认真的脸色侧耳倾听他的话。好像现在开始，正要发表一个左右人们命运的重大事件似的。

我站定下来，看着电视画面。绵谷升已经习惯面对没有映入眼帘的数以百万的人们，并以非常真挚的口气向他们说话。和他直接碰面时所感觉到的受不了的不快的什么，已经深藏在眼睛看不见的后方。他的说话方法有独特的说服力。即使是稍微停顿一下，声音的音响、表情的变化等，都可以从中产生不可思议的真实感似的东西。看来绵谷升正以雄辩家的身份逐日成长着。虽然我不想承认这点，但却不得不承认。

"各位请注意，所有的事物既复杂，同时又非常简单。这是支配这个世界的基本规则。"他说，"这件事不可以忘记。看起来复杂的事情——当然那是实际上很复杂的关系——那动机却极其单纯。那是在追求着什么，只有这样而已。所谓动机这东西说起来就是欲望的根。重要的是，要找到那根。把所谓现实这复杂的地面挖开。那可以一直

挖下去。一直到根的最尖端为止，可以一直挖一直挖下去。那么这样一来，"他说，用手指着背后的地图，"所有的事都会变明白。这是世界的本来样子。愚蠢的人们，永远在那看起来很复杂的表象里拔不出来。而且对这个世界的本来样子一点都无法了解，就那样在黑暗中漫无目的地徘徊着一面探求出口一面逐渐死去。他们正好就像在森林深处或在深井底下走投无路了似的。他们走投无路，是因为不了解事物的原则这东西。在他们的头脑里有的只是垃圾或石头似的东西。他们什么也不懂。连哪边是前哪边是后，哪边是上哪边是下，哪边是南哪边是北都搞不清楚。因此他们没办法从那黑暗中逃出来。"

绵谷升在这里顿了一下，让自己的话语慢慢渗透到听众的意识里去，然后再开始说。

"让我们把这些人忘掉吧。走投无路的人就让他走投无路好了。我们还有我们必须先做的事情。"

在听着他的话之间，我心中逐渐涌起一股怒气。那是一种令人窒息苦闷的怒气。他装成在对着世界说话，其实是在对我一个人说话。那里确实没错，一定有什么非常扭曲歪斜的动机般的东西。不过这件事其他人谁也不明白。因此绵谷升才更可能利用所谓电视这巨大的系统，向我一个人发出类似暗号的讯息。我在口袋里紧紧握住拳头。然而那怒气我却无处可发。而且自己所感觉到的这怒气，是和在这里的任何一个人都无法共有的事实，带给我深深的孤立感似的东西。

我横越过充满人群的大堂，这些人正把绵谷升的话一句不漏地侧耳倾听着。我笔直走过通往接待室的走廊。在那里站着那个总是没有脸的男人。当我走近时，他就以那没有脸的脸看着我。并且无声地叉腿站在我前面，挡住我的去路。

"现在时候不对。你不能停留在这里。"

然而绵谷升所带给我的深切伤痛从后面逼迫着我。我伸出手把他推开。男人像影子一般摇摇晃晃，退到旁边。

"我是为你好才说的。"没有脸的男人从我背后说,"从这里再往前进,你会再也回不来。这样也没关系吗?"

不过我不在乎地快步往前进。我已经什么也不怕了。我不能不知道。不能老是走投无路。

我走在一个记得曾经见过的走廊,心里想着没有脸的男人会不会从后面追来阻止我,但走了一会儿回头看时那里已经没有任何人。有好几个地方转折弯曲的长走廊上排列着同样的门。每一个门上都附有房间号码,但我记不起来上次自己被带进去的是几号房间。那时候应该是记得很清楚号码的,现在却怎么也想不起来。总不能一一去打开每一扇门。

我漫无目的地在那走廊上走来走去一会儿,终于迎面遇见一位端着客房服务餐盘的客房服务生。餐盘上放着一瓶新的顺风威士忌酒、一个冰桶和两个玻璃杯。我让他走过去之后,悄悄跟在他后面。那没有一丝污点的银色盘子,承受着天花板灯的光,不时地闪亮一下。服务生一次都没有回过头。他下颔缩紧,以规规矩矩的步调朝向某个方向笔直走着。他偶尔吹着口哨。是《鹊贼》序曲。正是大鼓连击的开头部分。相当高明的口哨。

虽然是一道长走廊,但我在跟踪之间并没碰到其他的什么人。服务生终于在一个房间前面站定下来,安静地敲了三次门。过了几秒钟之后,有人从里面把门打开,服务生带着餐盘走进房间。我藏身到摆在那里的一个中国风格的大花瓶背后,靠着墙壁,等服务生出来。房间号码是208。对了,是208,我想。为什么刚才我想不起来呢?

服务生待在那房间里好久都不出来。我看了一下手表的表盘。但不知道什么时候手表已经停掉了。我望着花瓶里一枝一枝的花,闻一闻那香味。花简直就像刚刚才从什么地方的花园里剪来的似的,每一朵都极新鲜,那色彩和香气依然没有失去。它们大概还没发现自己已经被剪离根部了吧。拥有着肥肥厚厚花瓣的红玫瑰之中有一只小羽虫藏在里面。

　　过了五分钟左右之后，服务生终于从房间里走出来。他空着手从房间里走出来后就和刚才一样地收缩下颌，沿着走来的路回去了。等他消失在走廊的转弯角之后，我走到那门口站住。屏住气息安静侧身倾听，看看里面有没有什么声音。然而没有任何声音，也没有任何动静。然后我放大胆试着敲敲门。和服务生做的那样，安静地敲三次。没有回答。稍微停一下之后，这次比第一次用力一些，试着敲了三次。还是没有回答。

　　我试着悄悄转动门把。门把旋转，门无声地往内侧打开。里面虽然黑漆漆的，但从厚厚的窗帘漏进一点光线，眼睛仔细看时，可以隐约辨认出窗户、桌子和沙发的形状。而且没错，正是以前我和加纳克里特相交的房间。是一间套房，区分为前方的客厅和后方的卧室。虽然模糊，但可以看出客厅桌上放着顺风的酒瓶、玻璃杯和冰桶。打开门的时候，可以看到银色的不锈钢冰桶承受了走廊的光线，发出锐利刀刃般的闪烁光辉。我走进那黑暗之中，从后面反手轻轻把门关上。室内的空气是温暖的，而且有一股浓郁的花香。我屏住呼吸探察周围的动静。我左手一直还放在门把上，以便可以随时开门。这个房间的什么地方应该有人在的。那个人以客房服务的方式点了威士忌、冰块和玻璃杯，打开门让服务生进来。

　　"不要开灯。"女人的声音告诉我。那声音从里面有床的房间传过来。那是谁的声音我立刻就知道了。是那个打了好几次奇怪电话来的谜一般的女人的声音。我的手离开把手，摸索着往黑暗中那声音的方向慢慢前进。里面的房间，比前面的房间黑暗更浓。我在房间和房间的隔墙地方站住，在那黑暗中努力睁大眼睛。

　　听得见床单摩擦的声音，在黑暗中微微可以看见一个黑影在摇动。"让它保持黑暗噢。"那个女人的声音说。

"没问题。我不开灯。"我说。

我安静不动地用手抓住隔墙。

"你是一个人到这里来的吗?"她以有点疲倦的声音说。

"是啊。"我说,"我想到这里来大概可以见到你。或者如果不是你就是加纳克里特。我必须知道久美子到什么地方去了,可以吗?一切都是从你的电话开始的。你打了奇怪的电话给我,然后简直就像打开箱子一样,各种怪事一一开始发生。最后久美子终于不见了。所以我一个人到这里来。我虽然不知道你到底是谁,不过你好像掌握着钥匙似的,对吗?"

"加纳克里特?"她以小心翼翼似的声音说,"没听过这名字。不过那个人也在这里吗?"

"我不知道她在哪里。不过曾经在这里见过几次。"

吸进空气时,依然有一股强烈的花香。空气凝重、沉淀而混浊。我想这房间的什么地方大概有花瓶吧。在这黑暗中的某个地方那些花正呼吸着,扭曲着身子。在那气味强烈的黑暗中,我正逐渐丧失自己的肉体。我觉得自己变成一只小虫似的。我是虫,现在正要进入一个巨大的花瓣里去。而且那里面有黏黏的花蜜、花粉和柔软的毛正在等我。它们需要我的侵入和介入。

我说:"嘿,首先我想知道你是谁。你说你知道我的事。不过不管我怎么想,都没办法想出你是谁。你到底是谁?"

"我到底是谁?"女人像鹦鹉学语一般地说。不过那口气中并没有揶揄的意思。"好想喝酒噢。你能不能调两份威士忌加冰块。你也喝吧?"

我回到客厅打开威士忌的新酒瓶盖子,在玻璃杯里放冰块,调了两杯威士忌。因为很暗,光做这个就很花时间了。我拿着玻璃杯回到卧室。把那放在枕头边的桌上,女人说,然后你在床尾边的椅子上坐下吧。

我照她说的做。把一个玻璃杯放在床边的桌上,拿着自己的玻璃杯在稍微离开一点的布面扶手椅上坐下。眼睛似乎比刚才稍微适应黑暗了。在黑暗中可以看见影子静静地移动。她似乎从床上坐起身。让冰块发出咔啦咔啦的声音,知道她在喝着酒。我也喝了一口自己的威士忌。

那个女人长久之间没有说任何话。沉默继续着,花的香味感觉好像更浓了一些。

女人说:"我是谁,你真的想知道吗?"

"我是为了这个而来这里的。"不过我的声音在黑暗中含有某种令人不舒服的声响。

"你为了知道我的名字而到这里来吗?"

我以干咳代替回答。干咳也一样发出奇怪的声响。

女人摇了几次玻璃杯里的冰块。"你想知道我的名字。不过很遗憾我不能告诉你。我非常了解你。你也非常了解我。不过我却不了解我的事。"

我在黑暗中摇着头。"我无法理解你说的话。我已经很厌烦猜谜了。我需要的是具体的头绪。手能掌握的事实,能够用那作为铁锹来撬开门的事实,我想要的是这个。"

女人好像从身体的骨髓里吐出来似的深深吐了一口气。"冈田亨先生,请你找出我的名字吧。不,也不用特地找啊。你已经知道我的名字了。你只要想起来就好了。只要你能找到我的名字,我就可以从这里出去了。这样一来,我想我也可以帮你找到你太太。找到冈田久美子。如果你想找到太太的话,请你想办法找出我的名字吧。那就是你的铁橇。你可没有走投无路的空闲喏。你如果迟找到一天,冈田久美子就会离开你更远一些哟。"

我把威士忌的玻璃杯放在地上。"嘿,这到底是什么地方?你从什么时候开始在这里?还有你在这里做什么?"

8 欲望的根，208号房中，穿越墙壁

"你最好离开这里。"女人好像忽然想到似的说，"如果那个男人找到你的话，我想一定很麻烦。那个男人比你所想象的还要危险。你很可能真的会被杀掉也不一定。他是一个这样做也不奇怪的男人。"

"你说那个男人到底是指谁？"

女人没有回答。我也不知道要再说什么才好。觉得好像完全失去方向了似的。房间里没有任何声音，沉默一直加深，而且沉闷得令人窒息。我脑子里笼罩着一股热气。或许那是花粉的关系吧。空气中混合着微小的花粉，跑进我的头脑里，使我的神经狂乱。

"嘿，冈田亨先生。"女人说。她的声音带有和刚才不同的声响。由于某种缘故在转瞬之间改变了声音的质。那声音现在，和房间里黏着的空气化为一体。"嘿，什么时候还想再抱我吗？想进入我里面吗？想要舔我的全身吗？嘿，我做什么都可以哟。为你做什么都可以哟。就算你太太冈田久美子不能为你做的事，我也都可以为你做噢。让你舒服得忘不了。如果你……"

没有任何前兆，忽然唐突地听见敲门声。好像在什么坚硬的东西上笔直敲进钉子那样切实的声响。那声音在黑暗中发出不祥的声响。

她从黑暗中伸出手，抓住我的手臂。"到这边来，快点。"女人小声说。她的声音现在恢复正常了。又再听到一次敲门声。准确而同样强度的两次。门并没有上锁，我想起来了。

"快点。你必须离开这里，你离开这里的方法只有这个。"她说。

我被她牵着在黑暗中前进。听得见门把慢慢旋转的声音。那声音没来由地使我毛骨悚然。几乎就在房间的黑暗中射进走廊光线来的同时，我们滑进墙壁里去了。墙壁简直像巨大的果冻一样冷，黏糊糊浓稠稠的。我为了不让那跑进嘴里，不得不紧紧闭着嘴巴。要命，我正在穿越墙壁呀，我想。我为了从某个地方移到某个地方，而正在穿越墙壁呢。然而穿过墙之后的我，觉得穿越墙壁是一件非常自然的行为。

我感觉到女人的舌头伸进我嘴里。温暖而柔软的舌头。在我嘴里四处舔着,终于纠缠着找到了舌头。沉闷的花瓣香气抚慰着我的肺。我感觉腰部后面有一股想射精的慵懒欲望。然而我紧紧闭着眼睛忍住它。稍过一会儿,感觉右脸颊上有一种强烈的热热的东西。那是一种奇怪的触感。没有痛苦。只是有热在那里的感觉而已。那热是从外部来的呢,还是从我自己内部涌出来的呢?我连这个都不知道。不过终于,一切都过去了。舌头、花瓣的香气、射精的欲望、脸颊上的热都过去了。而我已经穿过墙壁。睁开眼睛时,我就在墙壁的这边——深井底下。

9　井和星，梯子是如何消失的

早晨五点过后，天空已经变亮了，但头上还看得见尚未消失的几颗残留的星星。正如间宫中尉所说的那样，从井底下白天都可以看见星星。在被切割成整齐半月形的天空残片里，发出淡淡的光的星星简直像稀有矿物的标本一样漂亮地镶嵌着。

小学五年级或六年级的时候，我和几个朋友去登山露营，曾经看过把整个天空覆盖得满满的无数的星星。甚至觉得好像天空快要承受不了那重量了，令人担心是不是立刻就要裂开掉下来了。过去从来没看过这样壮观的星空，后来也没有。大家都睡着之后，我还睡不着，走到帐篷外面，朝天躺下一直眺望着那美丽的星空。偶尔看得见流星划出一道明亮的线。不过不久之后，我逐渐觉得恐怖起来。星星的数目实在太多了，夜空未免太宽阔、太深了。作为一种压倒性的异物把我包围起来，包裹进去，让我心情不安定。我到那时候为止，还认为自己所站着的这地面，是会永远继续坚固不变的。不，这种事情想都没想过。那是不需要想的。不过实际上，地球只是像浮在这宇宙的一方碎石块而已。从宇宙整体来看的话，只不过是瞬间无常的落脚点而已。只要稍微一点力量的变化，一瞬之间的光闪，那些东西就会包含我们在内连明天都还没到就一口气烟消云散掉了。在令人屏息惊呆的壮观星空之下，我为所谓自己存在的渺小和空虚，感到当场就快昏倒了似的。

从井底抬头看黎明的星星，和在山顶抬头看满天星辰相比，又是另一种不同的特别体验。我通过那被限定的窗户，感觉到所谓自己这意识的存在仿佛正好和这些星星被什么特别的牵绊紧紧地联系着。我对这些星星感觉到类似强烈的亲密感的东西。这些星星很可能只有在漆黑井底的我眼中才辉映得出吧。我把它们当作特别的东西来接受，而相对的它们则给予我类似力量或温暖之类的东西。

　　时间流逝着，随着天空逐渐被更明亮的夏日清晨的光线所支配之后，这些星星便一颗又一颗地从我的视野消失了踪影。星星们非常安静地消失着踪影。我一直静静守候注视着那消失的过程。但夏日之光并没有让所有的星星都从天空消失掉。有几颗光比较强的星星还留在那里。这些星星不管太阳升得多高，都很有耐力地一直屹立不移。我对这觉得很高兴。除了偶尔飘过的云之外，只有星星是我从这里可以看见的唯一的东西。

　　睡着的时候流了汗，那汗逐渐开始变冷。我身体抖颤了几次。那汗令我想起那漆黑的饭店房间，和在那里的打电话的女人。她所说出口的每一句话，还有敲门声，都还在我耳边响着。沉闷而隐微的花香气息还留在鼻腔。绵谷升从饭店大堂的电视画面那头对着我说话。这些感觉的记忆即使随着时间的流逝，都丝毫没有变淡。因为那不是梦啊，那记忆这样对我说。

　　醒来之后，我还继续感觉到右脸颊上的发热。那发热中现在还混合着轻微的疼痛。好像被用粗砂纸磨过之后般的疼痛。我用手掌按一按已长出胡子的那个部分，但热和痛都一直不退。在既没有镜子也没有其他任何东西的黑暗井底，脸颊上发生了什么，都没办法确认。

　　我伸出手触摸着井壁。用手指尖抚摸井壁的表面，然后试着把手掌一直贴在上面看看，然而那只是没有任何特别的水泥墙壁而已。我用拳头轻轻敲敲看。墙壁无表情地坚硬，而且略微湿湿的。我可以清清楚楚记得通过那里时那黏滑的奇妙触感。那真的就像正在钻过果冻一样的感觉。

　　我用手摸索着从旅行背包里拿出水壶喝了一口水。已经整整一天什么也没有入口了。想到这里，肚子忽然饿起来。但稍微经过一段时间之后，空腹感又逐渐变淡下去，被吞进类似中间地带的毫无感觉之中去了。我再一次用手贴贴脸，试探一下胡子长出的情形。我的下颌长出了一天份的胡子。确实经过了一天。不过由于我不在，大概谁都没有受到影响吧。大概没有一个人会注意到我消失了吧。我消失了，世界还是不痛不痒地继续在运转着吧。确实状况很复杂。但能够确定的只有一件，那就是"谁都不需要我了"。

我再一次抬起头，眺望星星。在看着星星的形影时，我心脏的鼓动逐渐安定下来。然后我想到伸出手在黑暗中寻找应该是挂在井壁的绳梯子。然而手摸不到梯子。我小心谨慎地，把手往更大范围的井壁上摸索。但没有梯子。在应该有梯子的地方居然没有。我大大地深呼吸，隔了一会儿之后从旅行背包拿出手电筒来拨亮。但没有梯子的踪影。我站起来用手电筒照地面，又往头上的井壁照照看。能照到的地方都照过了。但到处都没有梯子。冷汗简直就像生物一般从腋下往侧腹部慢慢流下。手电筒沉重地从手上脱离掉落地上，在那冲击之下光消失了。那好像是什么暗号。我的意识转瞬之间迸开飞散，化为沙子般的东西，被同化、吸进周围的黑暗中去了。身体像失去电源似的停止了一切机能。完全的无，覆盖了我。

不过那大概只有几秒钟而已。我终于又恢复自我。肉体的机能逐渐一点一点地恢复过来。我弯身捡起脚边的手电筒，敲了几次之后开关重新接触上。光线顺利地恢复。我想定下心来整理头脑。光是恐惧害怕什么也解决不了。最后一次确认梯子的存在是在什么时候？昨天的午夜过后，睡着之前一会儿。确认之后我才睡的。没有错。而且在睡着之间那梯子消失了。梯子被拿走了，被夺走了。

我把手电筒关掉，靠在井壁上。然后闭上眼睛。首先感觉到的是空腹感。那就像波浪一样从远方推挤着涌过来，无声地洗着我的身体，又安静地退下去。那波浪退下去之后，我的身体简直像被剥制过的动物似的，化为空洞虚脱。但在第一次压倒性的恐慌过去之后，已经没有比这更恐怖的感觉，也没有绝望感了。真是不可思议，我在那里所感觉到的是一种万念俱灰，类似放弃一切的东西。

我从札幌回来之后，抱着久美子安慰她。她既混乱又迷惑。公司也请了假。"昨天一夜都没睡。"久美子说，"正好那天医院的时间和我的工作进度适合，所以我就决定一个人解决掉。"她说。然后哭了一下。

"已经过去了啊。"我说，"关于这件事我们两个人已经谈了很多，结果就变成这样。再多想也没有用了吧。如果有什么话想跟我说的话，现在就可以在这里说啊。然后把这些事完全忘掉。你不是有话想跟我说吗？就像在电话上说的那样。"

久美子摇摇头。"不用了。没关系。照你所说的啊。忘掉吧。"

然后有一阵子，我们一直避免提到有关久美子接受过堕胎手术的一切话题过着日子。不过那并不是简单的事。在说错什么话的时候，在偶然的情况下两个人都会忽然沉默下来。放假的日子，我们经常两个人去看电影。我们在黑暗中或者集中注意力在电影上，或者想着和电影完全无关的事，或者什么也不想地只是让头脑休息。有时候我知道坐在邻座的久美子在想着别的事情。那动静会传过来。

看完电影，我们会到什么地方去喝喝啤酒，吃一点东西。不过经常会不知道要说什么才好。那种生活持续了六星期左右。那真的是漫长的六星期。第六个星期久美子对我说："嘿！我们两个明天开始请假到什么地方去旅行好吗？因为今天是星期天，可以连着休息到下星期天不好吗？偶尔也有必要这样吧。"

"我也知道有必要，可是休假这种漂亮的词汇，到底能不能在我们事务所适用，我还没有自信。"我笑着说。

"那么请病假不行吗？说是恶性流行性感冒什么的，我也一样这样做。"

我们搭了电车到轻井泽去。久美子说想到什么安静的山里,最好是可以随心所欲地散步的地方。于是我们决定到轻井泽去。四月的轻井泽当然还是淡季,饭店还闲散着,商店也几乎都关着门,但我们反而庆幸能这样安静。我们在那里每天每天只是散步。从早晨到黄昏好像都在散步似的。

久美子花了整整一天半的时间,才把自己的心情解放下来。然后她坐在饭店房间的椅子上哭了将近两小时。我在那之间什么也没说地只是一直静静抱着她的身体。

然后久美子好像逐渐一点一点想起来了似的,开始说。关于手术。关于那时候自己所感觉到的事。关于类似强烈失落感的感觉。关于我到北海道去的那期间自己是如何孤独。关于可是只有在那孤独中才能去实行的那件事。

"我并没有后悔哟。"久美子最后说,"除此之外没有别的办法。这点很清楚。不过最难过的是,我不能够把我的心情,把我的感觉,从头到尾准确地向你开口说明这件事。"

久美子把头发往上撩,露出小巧的耳朵。然后摇了一下头。

"我并不是在向你隐瞒什么,我想什么时候一定要好好告诉你。那大概是只能告诉你的事。不过现在我还不能说。还没办法用语言表达。"

"那是过去的什么事吗?"

"不是那样的。"

"如果你需要时间调适心情的话,就好好花时间等到你认为可以为止吧。还有的是时间,而且我以后还是一直会在你身边,所以什么都不用急呀。"我说,"不过我只希望你记住这点,我想只要是你的事情,那不管是什么样的事情,我都会当作自己的事情来接受。所以怎么说呢，我希望你不用担多余的心。"

"谢谢。"久美子说，"我觉得能跟你结婚真好。"

然而那时候时间并没有我想的那么充裕。久美子所谓的不能够准确地开口说明的事情到底是什么呢？那是不是跟这次她的失踪有什么关系？或者那时候即使勉强也应该从久美子口中问出那什么来。那样的话，或许我就不会像这样失去久美子也不一定。不过东想西想了一会儿之后，我又重新想到，即使那样做大概也没有用吧。久美子说她还没办法用语言表达。那是什么？那是超越她能力的事情吗？

"嘿，发条鸟先生。"笠原May大声叫着我。我那时候正在浅浅的困意中，因此即使听见那声音，也以为已经是在做着梦。不过那不是梦。我抬头一看，可以看见笠原May的脸小小的。"嘿，发条鸟先生，你在那里吧？我知道你在哟。所以如果你在就回答啊。"

"在呀。"我说。

"你到底在那里做什么呢？"

"在想事情啊。"我说。

"这我又不懂了，为什么非要跑进井底下去想事情不可呢？那样做不是很费事吗？不是很麻烦吗？"

"因为这样比较能专心想事情啊。又暗、又凉、又安静。"

"你常常这样做吗？"

"不，不可能常常做。这是生平第一次啊。第一次下到井底呀。"我说。

"事情想得顺利吗？在那里就可以顺利想事情吗？"

"还不太清楚。因为现在正在尝试着。"

她干咳一下。干咳的声音大声地传到井底来。

"嘿，发条鸟先生，你有没有注意到梯子不见了？"

"嗯，刚才注意到了。"

9 井和星,梯子是如何消失的

"那么,你知道梯子是我拉上来的吗?"

"不,不知道。"

"那么你想到底是谁做的?"

"不知道。"我坦白说,"虽然我不太会说,不过我没有想到会是那样。没有想到是被谁拿走了。我只想到单纯地消失了。说真的。"

笠原 May 沉默了一会儿。"单纯地消失了。"她以意味深长的声音说。好像担心我所说的话语里面设计有什么复杂的陷阱似的。"那是什么意思呢?所谓单纯地消失了。你是说那个会忽然自然地消失掉吗?"

"也许是吧。"

"嘿,发条鸟先生。事到如今再这样说也有点那个,不过你这个人真的是相当奇怪哟。像你这么怪的人还不太多噢。你知道吗?"

"我倒不觉得自己有什么特别怪。"

"那么梯子为什么会自己消失呢?"

我用双手摸摸脸。然后试着集中精神在笠原 May 所说的话上。"是你拉上去的啊?"

"是啊,当然。"笠原 May 说,"只要动一下脑袋,这一点小事应该会知道吧。是我做的啊。悄悄地在夜里拉上来的。"

"为什么要这样做?"

"我昨天到你家去了好几次呢。我想去问你要不要再一起去打工,过去邀你呀。可是你不在。厨房里有留言条。所以我等了好久噢。可是你一直都不回来。所以我就想会不会……于是我就到这空屋来看看。结果井的盖子打开了一半,还挂着绳梯子。不过那时候我没有想到你真的会在这底下。大概只是施工或干什么的人来,把梯子挂上了吧,我想。因为这个世界上不会有人特地跑进井底去,安静坐在那里想事情的,不是吗?"

"是吧。"我承认。

"可是后来半夜里我又悄悄溜出家里跑到你家去看。结果你还是没回家。所以我才想说不定真的。你真的就在井底也说不定。虽然我猜测不到你会在井底做什么,不过你看,因为你这个人有点怪呀。于是我又到这个井边来,然后把梯子拉上来。你吓了一跳吧?"

"是啊。"我说。

"有没有带水或粮食来呀?"

"水有一点。粮食没带。只剩下三颗柠檬水果糖。"

"你从什么时候开始在那里的?"

"从昨天中午以前。"

"你肚子饿了吧?"

"是啊。"

"小便之类的怎么样呢?"

"随便办哪。没怎么吃喝,所以也不太成问题。"

"嘿,发条鸟先生,你知道吗,说不定只要我一心情不对,你就会死在那里哟。只有我一个人知道你在那里,我又把绳梯子藏了起来。你知道吗,如果我就这样到什么地方去了,你只好死在那里哟。喊叫也没有人会听见,也没有人会想到你居然会在井底下。何况你不见了,也没有人留意到,不是吗?既没有上班,太太也跑掉了。嗯,或许过一段时间会有人发现你不见了去报警也不一定,不过那时候你早就死掉了,一定连尸体都找不到噢。"

"确实正如你所说的。只要你心情一不对,我就会死在这里。"

"你对这件事有什么感觉?"

"好可怕啊。"我说。

"听不出有可怕的感觉呀。"

我又用双手抚摸脸颊。这是我的手,这是我的脸颊,我想。在漆黑中虽然看不见,但我身体还存在于这里。"我想是因为自己都还没有产生真实感吧。"

9 井和星,梯子是如何消失的

"我可有这真实感喏。"笠原May说,"我想大概比所谓的杀人更简单吧。"

"那也要看杀法吧。"

"很简单哪。因为只要这样放下不管就行了啊。什么都不用做噢。你想象看看嘛,发条鸟先生。在黑暗中饿着渴着,变成皱巴巴的渐渐死去是很痛苦的噢。不可能很干脆地死掉噢。"

"大概是吧。"我说。

"嘿,发条鸟先生,你真的不相信吧?你大概想到我实际上不可能做出这么残酷的事吧?"

"我不知道啊。我既不相信你做得出这种事,也不相信你做不出这种事。什么事情都有发生的可能性。我这样想。"

"我可没有在谈什么可能性啊。"她以非常冷漠的声音说,"嘿,我刚刚想到一件事情,一个很好的想法。你既然特地跑进去那里想事情,那么我就让你更能专心地想事情吧。"

"怎么做呢?"我试着问她。

"怎么做啊。"她说。然后把只开了一半的井盖子啪哒地关起来。于是完全的、彻底的黑暗便来临了。

10 笠原 May 关于人类的死和进化的考察，在别的地方被制造出来的东西

我在那彻底的黑暗底下蹲缩着。眼前所能看到的只有无而已。我变成那无的一部分。我闭上眼睛听着自己心脏的声音，听着血液在体内循环的声音，听着肺像风箱般收缩的声音，听着滑滑的内脏在要求着食物而蠕动的声音。在幽深的黑暗中一切的移动、一切的振动都被不自然地夸张了。这就是我的肉体。不过在黑暗中那未免过于活生生，未免过于肉体性了。

而且我的意识，又逐渐一点一点地脱离出那肉体了。

我想象自己变成发条鸟，飞在夏日的天空，停在某个地方的大树枝头，正在卷着世界的发条。如果发条鸟真的不见了的话，那么应该有谁接着扮演发条鸟的角色才行吧。有谁来代替它卷世界的发条才行。要不然，世界的发条会逐渐松掉，那精妙的系统终究便会完全停止运作了。然而发现发条鸟消失了的人，似乎除了我就没有别人了。

我试着想办法从喉咙深处发出类似发条鸟的鸣叫声看看。但不太行。我所能发出的，只有像摩擦着既无意义又可怜的物体时所发出的既无意义又可怜的声音而已。也许发条鸟的声音，只有真正的发条鸟才发得出来吧。能够顺利地卷着世界的发条的，只有发条鸟而已。

不过我决定做一只无法卷发条的无声的发条鸟，暂时飞在夏日的天空。飞在天空中实际上并没有那么困难。一旦飞上去，接下来就只要往适当角度轻轻地飘扑挥动翅膀，调整方向和高度就行了。我的身体在不知不觉之间已经体会了在空中飞的技术，而毫不辛苦地自由

10 笠原May关于人类的死和进化的考察，在别的地方被制造出来的东西

自在地飘浮着。我从发条鸟的观点来眺望世界。偶尔飞腻了，就在某棵树的枝头停下来，从绿叶的缝隙之间眺望家家户户的屋顶和大街小巷。眺望人们在地面移动、营生的姿态。不过很遗憾我用自己的眼睛看不见自己的身体。因为我从来没有看见过所谓发条鸟这生物，也不知道那是长成什么样子的。

长久之间——到底过了多久——我继续做一只发条鸟。不过身为发条鸟，却不能带我去什么地方。当然变成发条鸟飞在天空中很快乐。不过总不能一直永远这样快乐下去。我在这黑漆漆的井底下还有事要做。于是我停止做发条鸟，又恢复成我自己。

笠原May第二次过来是在过了三点之后。下午的三点过后。她把井的盖子打开半边。头上一下子浮出光线。十分耀眼的夏日午后的阳光。我为了不要让习惯于黑暗的眼睛受伤，暂时闭着眼睛安静朝向下面。在那里只要想到有光线存在，就会觉得眼睛不由得涌出眼泪来。

"嘿，发条鸟先生。"笠原May说，"你还活着吗，发条鸟先生？如果还活着，就回答我好吗？"

"还活着啊。"我说。

"肚子饿了吧？"

"我想是饿了吧。"

"还只是想是饿了的程度而已呀。嗯，距离饿死还大有一段时间嘛。不管肚子多饿，只要有水，人就不太会死噢。"

"大概是这样吧。"我说。响在井底的我的声音听来非常模糊。大概是含在声音里的东西因为回声而大为增幅了吧。

"今天早上，我到图书馆去查资料了。"笠原May说，"关于饥饿和口渴，我读了很多本书。你知道吗，发条鸟先生，有人除了水之外什么也没吃，居然还活了二十一天呢。这是俄国革命时候的事情噢。"

"噢。"我说。

"那一定很痛苦吧。"

"大概很痛苦吧。"

"那个人救是被救活了,可是牙齿和头发全都掉光了噢。全都掉光了。像那样,就算被救活了,一定也很难过吧。"

"那确实会很难过吧。"我说。

"牙齿和头发掉光了,只要还有不错的假发和假牙,马马虎虎的普通生活还过得下去吧。"

"嗯,因为如今假发和假牙的技术都比俄国革命那时候进步多了,所以应该稍微轻松一些也不一定。"

"嘿,发条鸟先生。"笠原May说着干咳一声。

"什么?"

"如果人类是永远不死的存在的话,永远不会消失,也不会变老,这个世界可以一直永远活力充沛的话,人类还会像我们现在这样拼命想东想西吗?也就是说,我们或多或少想了很多事情吧?哲学啦,心理学啦,伦理学啦。或者宗教、文学。这些种类复杂麻烦的思考和观念之类的东西,如果没有死的存在,或许就不会生在这个地球上了,对吗?也就是说——"

笠原May忽然在这里把话切断,暂时沉默了一会儿。在那之间,只有"也就是说"这话语,像被用力拉扯过的思考片断一样,静静垂下到井里的黑暗中来。她也许不想再继续多说什么了也不一定。或许她需要时间思考接下来的话也不一定。不过总之我沉默地等着她再开始说话。我依然不变地一直伏着脸。如果笠原May现在立刻想把我杀了的话,那是极简单的吧,这个念头忽然浮上我脑子。她只要从什么地方搬几个大石头来,从上面落下来就行了。落下几个总会有一个打中头部吧。

"也就是说——我这样想,正因为知道自己总有一天会死掉,人

10　笠原May关于人类的死和进化的考察，在别的地方被制造出来的东西

才不得不认真地去想自己在这里这么活着的意义吧。不是吗？如果能够永远那么同样顺利地活着的话，谁还会去认真思考生的事呢？有什么必要呢？假定就算有必要认真去思考，也会变成'还有的是时间，以后再想就行了'吧。但实际上并不是这样。我们不得不现在，在这里，在这个瞬间思考噢。说不定明天下午我就会被卡车碾死了。三天后的早晨说不定发条鸟先生就已经在井底饿死了。对不对？谁也不知道会发生什么事情噢。所以我们为了进化，无论如何，所谓死这东西都有必要。我这样想。死这东西的存在越是既鲜明又巨大，我们越是会疯狂地去思考死。"

笠原May在这里停顿了一下。

"嘿，发条鸟先生？"

"什么？"

"你在那里，在那黑漆漆里，有没有试着想到很多关于自己死的事？关于自己在那里会怎样死去的事？"

我试着稍微想了一下。"没有。"我说，"我想我并没有特别去想这件事。"

"为什么？"笠原May有些吃惊似的说。她像在对着长得差劲的动物说话似的。"嘿，为什么没有想呢？你现在在那里，名副其实在面对死噢。这可不是开玩笑而是认真的噢。我刚才不是说过了吗，你要死或要活就全看我的一颗心喏。"

"也可以落下石头啊。"我说。

"石头？石头是指什么？"

"从什么地方搬大石头来，从上面落下来就行了。"

"这种方法，嗯，说有也是有噢。"笠原May说。不过她似乎不太满意这个点子。"不过暂且不提那个，发条鸟先生，肚子总是饿了吧？现在开始还会更饿下去哟。水也会喝完喏。但为什么你，可以不去想到死的事呢？这怎么想都很奇怪哟。"

"也许确实很奇怪吧。"我说,"不过我一直在想着别的事。大概等更饿的时候,我想也会想到自己死的事吧。因为距离死不是还有三星期吗?"

"如果有水的话噢。"笠原May说,"那个俄国人可以喝水呀。那个人大概是大地主还是什么的,革命的时候被革命军丢进很深的废坑竖穴里,因为从墙壁渗出水来,他就舔那个,总算能维系住一条命。那个人也和你一样在完全黑暗中。不过你并没有带那么多水吧?"

"只剩下一点点了。"我坦白说。

"那么你最好好好珍惜地一次只喝一点点。"笠原May说,"一点一点喏。而且慢慢思考吧。关于死,关于自己即将逐渐死去。因为时间还有很多。"

"你为什么那么希望我去思考死呢?我真不明白,我认真去思考死对你有什么帮助吗?"

"怎么会。"笠原May真的很惊讶似的说,"那对我没什么帮助啊。为什么你会认为你思考你自己的死会对我有帮助呢?那是你的命啊,跟我不是没什么关系吗?我只是觉得很有兴趣而已呀。"

"好奇心吗?"我说。

"大概吧。好奇心噢。人是怎么死去的。逐渐死去是什么样的感觉。好奇心。"

笠原May沉默下来。话一断掉,深深的寂静便迫不及待似的埋没我周围。我抬起脸想看头上。那里看得见笠原May的模样吗,我想确认。然而那光未免太强了。那光一定会把我的眼睛烧掉吧。

"嘿,我有话想跟你说。"我说。

"说说看。"

"我太太另外有情人。"我说,"我想大概是这样。虽然我完全没留意到,不过这几个月之间,她一面跟我生活,一面跟别的男人见面睡觉。刚开始我还没办法理解,不过越想觉得好像越没错。现在试着

10　笠原May关于人类的死和进化的考察，在别的地方被制造出来的东西

回想起来，很多细微的事情从此可以理解了。回家来的时间逐渐变得不规则，或我碰到她的手时她常常会吓一跳。不过我没有能够读取这些讯号。因为我一直相信久美子。我想久美子没有出轨的理由。连想都没有想到这种事情。"

"噢。"笠原May说。

"然后我太太有一天突然离家出走了。那天早晨，我们一起吃早餐。然后她穿成平常要去公司上班的样子，只拿了一个皮包，只带着从洗衣店领出来的洗好的衬衫和裙子，就那样不知道到什么地方去了。也没有说再见，什么都没说，也没留下字条，人就不见了。把衣服和一切东西都留下来。而且我想久美子可能再也不会回来，不会回到我这里来了吧。至少不会自己主动回来。这点我知道。"

"久美子是不是和那个男人在一起呢？"

"不知道。"我说。并且慢慢摇头。一摇头，感觉旁边的空气简直就像没有触感的沉重的水一样。"不过我想大概是这样吧。"

"于是发条鸟先生就失望地走下井底去了吗？"

"是很失望啊。当然。不过并不是因为这样而下到这里来的。并不是在逃避现实躲了起来。而是像刚才说的那样，需要有一个地方可以一个人静静地集中精神想事情。我和久美子的关系到底在什么地方破损了呢，是怎么样分别走到错误的道路上去的呢，我不明白这些。当然到目前为止并不是一切都非常顺利。拥有不同人格的男人和女人，过了二十岁之后偶然在某个地方认识，然后两个人一起生活。完全没有问题的夫妇是没地方找的。不过我一直认为我们基本上是很顺利的。即使有各种细小的问题，我想那只要等时间过去，也就会自然解决的。不过实际上并不是这样。我想我是疏忽了什么重大的事情了。该有什么根本上的错误。我是想思考这件事情的。"

笠原May什么也没说。我吞进一口唾液。

"你知道吗，六年前结婚的时候，我们两个人是打算建立崭新的

世界的。正如同在什么也没有的空地上盖房子一样。我们有我们自己想要追求什么的清楚的意象。并不是特别豪华的房子，只要能够遮风挡雨，只要两个人能单纯在一起就行了。多余的东西反而没有比较好。所以我们把每件事情想得极其简单而单纯。嘿，你有没有想到过，要到别的什么地方去，去做和过去的自己完全不同的自己呢？"

"当然有啊。"笠原May说，"经常都这样想啊。"

"结婚的时候，我们想做的就是那个。我想脱离过去所存在的我自己。久美子也跟我一样。我们想要在那新世界，取得适合于自己原来本性的所谓自己。我们以为我们在那里，可以过着更科学、更吻合自己本性的生活方式。"

笠原May好像在光中稍微移动了一下身体的重心似的。这从些微的动静中可以知道。她似乎在等着我继续说的样子。不过我现在却除此之外没有别的可说了。我什么也想不起来。在水泥筒般的井里响着的自己的声音，令我疲倦。

"我说的你懂吗？"我问问看。

"懂啊。"

"关于这个你怎么想？"

"我还是个孩子，不知道结婚是怎么回事。"笠原May说，"所以你太太是以什么样的心情和别的男人交往，抛弃你离家出走的，我当然不知道。不过现在听你这样讲之后，我觉得你从一开始想法就有点错了。嘿，发条鸟先生，你刚才说的那样，谁也办不到啊。'那么，现在开始来建立一个新世界吧'或'好了，从今以后我要改头换面做一个新的自己'。这种事情是不可能的。我这样觉得。就算自己觉得自己做得到，也已经变成另外一个自己了，但在一层表面之下，原来的你还好好存在着，一旦有什么事的话，那个人就会说'你好'而露出脸来。你大概不明白这个吧？你是在别的地方被制造出来的噢。而且你想要改造自己的这个想法，其实也是在别的地方被制造出来的。

10　笠原May关于人类的死和进化的考察，在别的地方被制造出来的东西

嘿，发条鸟先生，这么一点事情连我都可以明白哟。为什么身为一个大人的你却不明白呢？你不明白这个，我觉得确实是个大问题哟。所以你一定是因此受到报应。来自各种事情。例如来自你想要舍弃的世界，例如来自你想要舍弃的你自己。我说的你懂吗？"

我沉默不语，看着包围着我脚边的黑暗。我不知道该说什么才好。

"嘿，发条鸟先生。"她以安静的声音说，"你想一想吧。想一想吧。想一想吧。"然后井口再一次啪哒地被关闭起来。

我从旅行背包拿出水壶来摇摇看。黑暗中发出扑哧扑哧的轻轻的声响。大概剩下四分之一左右吧。我把头靠在井壁上闭起眼睛。大概笠原May说得对吧，我想。我这个人，终究只是在别的地方被制造出来的东西。而且一切都是从别的地方来的，还要回到别的地方去。我只不过是所谓我这个人的通道而已。

发条鸟先生，这么一点事情连我都可以明白哟。为什么你不明白呢？

11 以疼痛显示的空腹感，久美子的长信，预言鸟

几次睡着，又同样次数地醒来。像坐在飞机座位上的睡眠一样，既不安定又不镇定的短暂睡眠。应该快进入长睡的时候忽然身体拉扯一下就醒过来，应该清明地醒过来的时候，又不知不觉地落入睡眠状态。就这样无止境地反复着。由于缺乏光线明暗的变化，时间就变成像车轴松掉的车船一样不安定，弯曲别扭而不自然的姿势，逐渐将我身上的镇定剥夺掉。每次醒来时我就看看手表，确认时刻。时间的脚步沉重，而不均匀。

没事可做之后，我拿出手电筒到处照照看。照一照地面，照一照墙壁，照一照井盖。不过每次总是只有地面，只有墙壁，只有井盖而已。手电筒的光线陆续往前移动时，那些所描绘出来的阴影，仿佛扭动身躯似的伸伸缩缩着，膨胀缩小着。这个也看腻了之后，便试着花很长时间仔细地抚摸着自己的脸的每个细部。然后重新检查看看自己到底是长有什么样的脸形。到目前为止，我一次也没认真留意过自己耳朵的形状。即使有人叫我大概画画看自己耳朵的形状，说随便画就可以，我可能也没办法吧。不过现在，我可以细密而准确地再现形成自己耳朵的所有边线、凹凸和曲线。而且奇怪的是，沿着每个细部一一探索时，发现右边的耳朵和左边的耳朵相当不同。为什么会这样呢？还有那不对称性会带来什么样的结果呢（大概会带来某种结果吧）？我不知道。

手表指针指着七点二十八分。自从下到这里来之后，我大概看了有两千次手表了吧，我想。总之是夜晚的七点二十八分。如果是棒球

11 以疼痛显示的空腹感，久美子的长信，预言鸟

的夜间比赛的话，大约是第三局下半场或第四局上半场的时刻了。小时候，我喜欢坐在棒球场外野席上方的座位上，看夏天的太阳逐渐西下，天色逐渐变暗。太阳已经落入西边的地平线下消失踪影了，但天边还留着鲜艳美丽的晚霞残照。灯光照明的影子，好像在暗示什么似的在地上拉得长长的，比赛开始不久之后，灯一盏接着一盏很用心安排地陆续点亮起来。但周围天色仍亮到可以读报纸的程度。漫长的白昼太阳余热的记忆，把夏夜的将要来临暂时阻挡在门口。

但那人工的光，很有耐心而安静切实地逐渐凌驾过太阳的明亮。于是周围随着便满溢起节庆般的色彩。草地的鲜艳绿色，黑黑的壮观的泥土地，画在上面崭新笔直的白线，等待着按顺序轮到打击的球员手中拿着的球棒上闪烁的亮光漆，飘在光线中香烟的烟（在无风的日子，那看起来就像在等待招魂的野鬼群似的）——这些东西开始一清二楚地现出形影来。卖啤酒的少年们手指间夹着的钞票透着光招摇，人们每次要看高飞球的去向时便伸直起腰来，随着那球的轨迹应声扬起欢呼或叹息声。看得见归巢的鸟类，形成小群朝海的方向飞去。那是午后七点半的球场。

我头脑试着想一想过去曾经看过的各种棒球比赛。当我还是个小小孩的时候，美国圣路易斯红雀队到日本来参加友谊赛。我和父亲两个人坐在内野席看比赛。作为比赛的前导，红雀队的选手们绕球场一圈，并把笼子里装着的签好名字的球，像运动会时投球比赛一样地往观众席投出。人们拼命地抢着接球。我只是安静地一直坐在那里，但回过神时，发现有一个球已经在我的膝盖上。就像魔术一样地唐突而奇妙地发生了。

我又再看一次手表。七点三十六分，从上一次看手表开始，经过了八分钟。只经过八分钟而已。我把手表摘下来贴在耳朵上听听。手表是在动着。在黑暗中我伸缩一下脖子。时间的感觉逐渐奇怪起来。我决心现在开始暂时不再看手表。就算没有其他的事可做，像这样一

直看手表也不健康。但为了不看手表，我不得不付出相当的努力。很像戒烟时的痛苦一样。自从决定放逐有关时间的思考之后，我的头脑几乎只在思考时间的事。那是一种矛盾、分裂。越想忘掉时间，越不能不想时间。无意识之间，我的眼睛就转向左手腕上戴着手表的方向。每次这样就转开脸，闭上眼睛，努力不去看。而最后只好把手表摘下放进旅行背包里。然而即使这样，我的意识仍在探求着旅行背包中，正在继续刻着时间的手表的存在。

就这样时间脱离了手表指针的行进而在黑暗中流逝着。那是无法分割、无法计测的时间。一旦失去一次目测的刻度之后，时间与其说是一条连续的线，不如说是变成随着想象膨胀缩小的不定型流体了。在那时间之中我睡着，醒来，又睡着，又醒来。然后逐渐习惯于不看手表的这种状况。我让身体记住自己已经不再需要时间这东西了。不过不久之后却变得不安得不得了。确实是从每隔五分钟看一次手表的神经质行为里被解放了。但时间这坐标轴完全消失之后，居然觉得好像从行进中的船板上被抖落夜之海洋一般的感觉。大声叫也不会有一个人注意到，船把我遗留下来就那样继续前进，逐渐开远，终于从视野中消失。

我放弃地从背包里把手表拿出来，再一次戴在手腕上。针指着六点十五分。大概是早晨的六点十五分。最后看手表时，还指着七点超过。是夜里的七点半。然后经过了十一小时，这样想应该恰当。不可能已经过了二十三小时。不过，我不确定。十一小时和二十三小时之间到底有什么本质上的差异呢？不管怎么说——不管是十一小时也好，二十三小时也好——空腹感逐渐强烈起来。而且那和我过去曾经模糊地想象过的"强烈的空腹感大概是这样吧"相当不一样。我想空腹这东西本质上大概是失落感的一种吧。不过那实际上却接近纯粹的肉体上的疼痛。像被锥子刺、被绳子绞着吊起来似的，极为物理性而直截了当的痛。那是缺乏一贯性的不均匀的痛。那痛有时候像涨潮一

11 以疼痛显示的空腹感,久美子的长信,预言鸟

样高涨,迎接快要失去知觉似的高峰之后,又徐徐过去。

我为了分散这种空腹感的痛苦,而努力集中精神思考什么。但是已经不可能认真想什么了。脑子只能浮起片断似的东西,立刻又消失无踪。想要抓住那思考片断时,它却像滑溜溜的抓不住的动物一样从指间滑走消失了。

我站起来,伸展身体,深呼吸。身体的各处都疼痛。由于长时间采取不自然姿势的关系,所有的肌肉和关节都控诉着不满。慢慢往上伸展身体,然后试着做伸屈运动。但只做了十次左右,就忽然感到晕眩。坐回井底,我闭上眼睛。耳鸣起来,脸上流着汗。想抓住什么,但那里没有任何可以抓的东西。想要吐,但身体里面没有任何吐得出来的东西。我深呼吸了几次。想把体内的空气换新,让血液活跃循环,意识保持新鲜。但意识始终都阴沉沉的。身体好像衰弱了好多啊,我想。不只是想而已,实际说出口看看:"身体好像衰弱了好多啊。"但不能顺利动嘴巴。要是至少能够看见星星也好啊,我想。然而却看不见星星。因为笠原 May 把井的盖子完全盖上了。

我想中午以前笠原 May 还会再来吧,但她却没有出现。我只能依靠着井壁,一直安静地等着笠原 May。早上身体所感觉到的不舒服,还一直留在体内,即使只是暂时的,我也已经失去集中精神思考的能力了。空腹感依然来了又去。把我包围住的黑暗,也一会儿变浓,一会儿变淡。而且这些,就像从没有人迹动静的房子把家具搬走的盗贼一样,把我的集中力一个片断又一个片断地夺走。

过了中午,笠原 May 依然没有出现。我闭上眼睛想睡觉。因为我想也许梦中,加纳克里特会出现也不一定。不过,睡眠实在太浅了,连梦的片断都没有。我放弃想集中精神思考事情的努力之后不久,各种片断性的记忆,便来造访我。这些记忆像水静静地充满空洞一般地悄悄来到。过去到过的地方、见过的人、肉体受过的伤痛、交谈过的话、买过的东西、失去过的东西,都可以清清楚楚地记下来。

为什么连这些都记得呢？连自己都吃惊的细部，都能清楚地记得。我记起过去住过的几栋房子和几个房间。记起那里所有的窗户、壁橱、家具、电灯。记起从小学到大学，自己跟过的老师中的几个。这些记忆多半没有脉络可寻。时间的顺序也凌乱纷乱，几乎都是琐碎的、无意义的。而且回忆往往被激烈涌来的空腹感所妨碍。但每一段记忆都鲜明得奇妙，这些就像不知从何方吹进来的强烈旋风似的摇撼我的身体。

就在无意地巡回这些记忆之间，一件三年前或四年前在工作地方发生的事情在脑子里苏醒过来了。那是一起没什么意义的无聊事件。不过在排遣时间之间把那从头到尾在脑子里重现时，不愉快的心情逐渐凝聚起来。而且终于那不快变成明显的愤怒。甚至把疲劳、空腹感、不安和一切的一切都盖过的愤怒捕捉住我。使我身体抖颤，呼吸粗重。心脏鼓动有声，愤怒供给血液以肾上腺素。那是由于细微的误会所引起的口角，对方对我发出几句不愉快的抱怨，我也明白地辩驳。不过因为那是由于一点误会而起的，所以后来彼此道过歉，就不再放在心上。也没有留下什么不愉快。人一忙碌疲倦，说话总会变粗。所以我把那件事完全忘了。但如今和现实隔绝，身处漆黑的井底，那记忆却极鲜明地苏醒过来，焦焦地燃烧着意识。我皮肤感觉到那热，耳朵听到烤肉的声音。我一面咬着嘴唇，一面想为什么对方会那样随便讲，而自己又为什么只答辩到那样的程度而已呢？那时候自己应该向对方开口说出的话，现在一一浮现在我脑子里，将它打磨得更锐利。而且它变得越锐利，我的愤怒就越高涨。

不过那附身的东西好像忽然掉落了似的，突然变得一切都无所谓了。为什么事到如今还非要特地重新挑起来不可呢？对方一定也已经忘掉这吵嘴了吧。其实我，到现在为止都一直没有记起来过。我深呼吸，把肩膀力量放松，让身体习惯在黑暗中。并试图回想其他什么记忆。不过在那激烈得不合道理的愤怒过去之后，一切记忆全都耗尽

11 以疼痛显示的空腹感，久美子的长信，预言鸟

了。我的头脑变得和胃一样空。

然后我在不知不觉中开始自言自语起来。连自己都不知道，嘴里就喃喃说出断断续续的思考片断。我无法抑制它。耳朵听见自己嘴巴正在说着什么。不过几乎无法了解自己到底在说什么。我的嘴巴和意识无关，随意地、自动地动着，在黑暗中滑溜溜地纺织着无从捕抓的语言。那语言从黑暗中现身而来，忽而转瞬间又被吸进别的黑暗中去。自己的身体简直变成像一个空空的隧道一样了。我只能让那些语言从那边到这边地通过而已。那确实是思考的片断。不过，那思考是在我的意识外进行着的。

到底会发生什么呢，我想。是不是像神经箍似的东西逐渐松掉了呢？我看看手表。手表的指针指着三点四十二分。大概是下午的三点四十二分。夏天下午的三点四十二分的光，我脑子浮现那光景。想象自己正在那光里面。耳朵细听着。但听不见任何声响。蝉的声音、鸟的声音、小孩的声音都听不见。也许因为发条鸟没有上发条的关系，我被封闭在井底时，世界就停止了。发条逐渐变慢、变松，而且在某个时间点一切的动作——河的流动、叶的摇曳、飞在天空的鸟，这些全部都——忽然停止了。

笠原 May 到底怎么了呢？为什么没有到这里来呢？她好长好长一段时间没出现了。她身上或许发生了什么突发的事情也说不定的想法忽然浮上我脑子。例如在什么地方遭遇车祸了。如果是这样的话，那么这个世界上已经没有人知道我在这里的事了。于是我真的会在这井底慢慢死去。

然后我改变想法。笠原 May 不是这么轻率不小心的人。不会轻易让车子撞倒。现在一定正在自己的房间里，偶尔拿起望远镜一面观察这庭院，一面想象着井底我的样子。她故意把时间拖长，让我不安。让我觉得被遗弃了。这是我的推测。而且如果笠原 May 是故意把时间拖长的话，那么她的计划果然成功了。实际上我就是变得非常

不安，觉得好像被遗弃了似的，一想到可能会在这深深的黑暗中拖延时间慢慢腐朽下去，就恐惧得连呼吸都困难起来。如果时间再拖久一些，身体再衰弱下去，那么现在所感到的空腹饥饿感将变得更酷烈而致命吧。不久之后或许连移动自己的身体都没那么容易了。即使绳梯子垂放下来，也没办法爬上去了。也许头发和牙齿都会脱落掉光吧。

空气呢，我忽然想。在这么深的狭窄洞口的水泥穴底待好几天，而且盖子又被密密地封起来。空气几乎不能流通。一想到这里，我就感觉周围的空气突然变得沉闷，令人窒息。那只是心理作用吗？或者真的是氧气不足的情况变严重了呢？我无法判断。为了确定这个，我几度吸进大口空气，再吐出。然而越呼吸，越感觉到强烈的呼吸困难。我因不安和恐惧而开始不断冒汗。一想到空气，死便以切实的东西、迫切的东西，占据了我的头脑。它变成漆黑的水无声地来到，满满地浸透我的意识。过去虽然想过饿死的可能性，但在那之前还有充裕的时间。然而氧气不足的话，事情就快得多了。

我想，因呼吸困难而死是什么样的感觉呢？到死为止要花多少时间呢？是长久苦闷而死，还是逐渐失去知觉像睡着一样地死呢？我想象着笠原 May 走过来，发现我已经死掉的情形。她叫了我好几次，但没有回答，于是丢了几颗小石头看看。心想是不是睡着了。但我没有醒过来。于是知道我已经死了。

我想大声呼叫人。叫我被关在这里呀。肚子饿了，空气越来越坏了。我觉得自己又变回一个无力的小孩子。我因为一点小事离家出走，再也回不了家。我忘了回家的路怎么走。我曾经做过无数次又无数次这样的梦。那是我少年时代的噩梦。不知道该往什么方向走，失去了回家的路。已经有好长一段时间，我忘了那样的梦了。不过现在，在深深的井底，我感觉到那噩梦却历历清晰地苏醒过来了。在黑暗中时间逆行，它和现在所有的东西不同，被吞进别的时间性里去。

我打开旅行背包，拿出水壶打开盖子，一滴都不泼漏地小心翼翼地把水含在嘴里，花时间慢慢让那湿气渗入口中，再慢慢喝进去。喝进去时，听得见喉咙深处发出很大的声音。好像有什么坚硬沉重的物体掉落地上似的声音。不过那总之是我喝入少量水的声音。

"冈田先生。"有人在叫我的名字。我在睡眠中听到那声音。"冈田先生、冈田先生，起来呀。"

那是加纳克里特的声音。我总算张开了眼睛，但张开眼睛时周围依然漆黑一片，什么也看不见。睡眠与觉醒之间的分界不清楚。想要起身时，力量还没有充分达到指尖。身体好像长时间被遗忘在冰箱深处的小黄瓜一样冻僵缩小变钝了。疲惫和无力感将意识团团包住。没关系，照你喜欢的去做就行了，我又在意识中勃起，在现实中射精。如果那是你所要的话，就那样吧。在不明确的意识中，我等待着她的手来解开我长裤的皮带。但加纳克里特的声音，听起来好像从很远的上方传来。"冈田先生、冈田先生。"那声音这样叫着。抬起头时，井盖打开了一半，上面看得见漂亮的星空。被切割成半月形的天空。

"在这里呀。"我总算起身站起来，朝向上面再喊一次，"在这里呀。"

"冈田先生，"现实中的加纳克里特说，"你在那里吗？"

"啊，在这里呀。"

"为什么跑进那样的地方呢？"

"说来话长啊。"

"对不起。我听不清楚。你再大声一点说好吗？"

"说来话长啊。"我大吼着，"等我上去再慢慢说。现在没办法大声说啊。"

"这里的绳梯子是冈田先生的吗？"

"是啊。"

"是怎么从下面卷上来的呢？是往上丢上来的吗？"

"不是。"我说。为什么我非要那样做不可呢？我怎么会有那样的技巧呢？"不是，不是我丢上去的。是有人在我不知道的时候拉上去的。"

"这么一来，冈田先生岂不是出不来了吗？"

"是啊。"我很忍耐地说，"正如你所说的，我没办法从这里出去呀。所以请把那个垂下来好吗？那么我就可以上去了。"

"嗯，当然。现在就垂下来。"

"嘿，垂下来之前，请帮我确定一下那另一端是不是好好绑在树上，要不然——"

没有回答。好像那里再也没有人了似的。我仔细定睛看，无法辨认有谁的身影。我从背包拿出手电筒，把光线朝上照照看，但那光无法捕捉谁的影子。可是绳梯子已好好地挂在那里。好像不用说早就从头开始一直在那里了。我深深叹一口气，叹完气，觉得到目前为止，在身体中心的僵硬感已逐渐缓和融解了。

"嘿，加纳克里特小姐。"我说。

还是没有回答。手表指着一点零七分。当然是半夜的一点零七分。从头上星星的光辉可以知道。我把背包挂在肩上，深呼吸一次之后开始登上梯子。要登上不安定的绳梯子并不是一件简单的事。我一用力，身体每一个地方的肌肉和骨骼都在轧轧悲鸣。不过一步又一步小心谨慎地往上爬之中，周围的空气逐渐一点一点缓和起来，里面明显地混合着青草的气息。耳朵开始听得见虫鸣。我手攀在井边，绞出最后一丝力气越过它，差一点跌倒地踏上柔软的地面。是地上了。有一阵子，我什么也不想地静静朝天仰卧在那里。看着天空，把空气吸进肺的深处好几次。虽然是沉闷湿暖的夏夜的空气，但却充满了生命的气息。可以闻到泥土的气味。也有草的气味。只要闻到那气味，手掌就能切实感受到泥土和青草的柔软触感。甚至想抓起那泥土和青草

11 以疼痛显示的空腹感，久美子的长信，预言鸟

就那样全部吃进去呢。

天空已经看不见一颗星星了。那些是只有从井底才能看见的星星。天上只浮现着接近满月的胖胖的月亮而已。我不知道在那里面躺着睡了多久。我长久之间侧耳倾听着心脏的鼓动。觉得我好像可以永远、永远一直只听自己心脏的鼓动活下去似的。不过终于我还是坐起身，慢慢环视周围看看。没有一个人。只有夜晚的庭院伸展着，只有鸟的雕像还像平常那样一直望着天空而已。笠原May家的电灯全部熄灭了，只有一盏庭院的水银灯亮着。水银灯把毫无表情的蓝白色光亮投在没有人迹的后巷。加纳克里特到底消失到什么地方去了。

不过不管怎样，回家是第一件事。首先回到家，喝点什么，吃点什么，慢慢冲个澡把身体洗干净。我的身体一定是非常臭了。首先不得不把那臭味去掉。然后不能不填满空腹的缺失。一切都在那以后再说。

我沿着平常走过的路途朝家走。但那后巷在我眼里显得有点异质性，像是没见惯的东西。也许是那活像生物般的月光的关系吧，那上面比平常更看得出深刻的停滞和腐败的症候。可以闻到像正在腐败中的动物尸体一般的臭味和显然是粪尿的臭味。虽然是半夜里，但许多户人家都还没睡，一面看着电视，一面在谈话吃东西。从一家窗里飘出油油的食物气味，强烈地刺激着我的头脑和胃。空调的室外主机正发出呻吟声，通过那旁边时，有一股暖热的空气冲过来。有一家浴室传来淋浴的声音，那玻璃窗上朦胧地映出人身体的影子。

总算好不容易翻越过自己家的围墙，下到庭院。从后院看屋里一片漆黑，好像屏住气一般静悄悄的。那里已经没有任何种类的温暖、任何种类的亲密残留着。那应该是我每天过着日子的家，而现在却只是了无人踪的空洞建筑物。不过我应该回去的地方，除了这个家也没有其他地方了。

我走上檐廊，悄悄打开玻璃门。由于长久关闭着的关系，空气沉重而混浊。混合着熟水果和防虫剂的气味。厨房桌上还留着我写的简短便条纸。沥水台上还原样放着我洗完堆积在那里的餐具。我从那里拿起一个玻璃杯，一连喝了几杯自来水。冰箱里没有什么像样的东西。只有吃剩的东西、用剩的材料，毫无脉络地塞进去而已。蛋、火腿、马铃薯沙拉、茄子、生菜、番茄、豆腐、奶油奶酪。我打开蔬菜罐头在锅子里热，玉米片浇上牛奶吃。应该是极饿的，但打开冰箱眼睛对着现实中的食品时，几乎涌不起食欲来。相反地还觉得有些恶心。虽然如此，为了缓和空腹所引起的胃的痛苦，我吃了几片饼干。不过除此之外并不想再多吃东西。

我到浴室去把身上的衣服脱掉，丢进洗衣机。然后站在热水下用新的肥皂把身体每个地方清洗完，再洗头发。浴室里还挂着久美子用过的尼龙浴帽。那里还有她专用的洗发精、润丝精、洗头用的发刷。有她的牙刷、牙线。久美子离家出走之后，家里从外表看来还看不出有任何变化。久美子不在所带来的，只有看不见久美子的身影这一件单纯的事实而已。

站在镜子前面看自己的脸。脸被胡子黑黑地覆盖着。不过犹豫一下之后决定不刮胡子。现在刮胡子大概会割到脸吧。明天早上再刮。现在起也没有要见什么人。我刷了牙，漱了好几次口，走出浴室。然后打开啤酒罐头，从冰箱拿出番茄和生菜做了简单的沙拉。吃过沙拉后稍微有一点食欲，于是从冰箱拿出马铃薯沙拉来夹面包吃。我只看了一次手表。然后想一想到底总共在井底多少小时。但头脑迟钝而疼痛，无法想时间。我已经不再想去思考时间了。那是我现在最不愿意想的事情之一。

我到厕所，闭上眼睛小便了很久。自己都难以相信能有那么久的小便。我一面小便一面好像快要晕倒失去知觉似的。然后到客厅的沙发上躺下，望着天花板。心情不可思议。身体是疲倦的。然而意识是

11 以疼痛显示的空腹感,久美子的长信,预言鸟

清醒的。完全不想睡。

过一会儿忽然想到,我从沙发站起来走到玄关,探头看看信箱。我进到井底的几天之间,或许有人寄信来也说不定,我想。信箱里只有一封信。虽然信封上没写寄件人的姓名,从写收件人的笔迹,我一眼就看出是久美子写的。有特征的小字。每一个字都像设计过似的整齐书写着。写起来蛮花时间。不过她只会这样写字。我反射性地看一眼邮戳。邮戳被摩擦过看不清楚,没办法辨认出来,只读得出一个"高"字。可以看成是"高松"。是香川县的高松吗?据我所知,久美子应该没有一个认识的人在高松。我们结婚后既没去过高松,也从来没听说久美子曾经去过那里。高松这地名从未在我们的谈话中出现过。那或许不是高松。

不过总之我带着那封信回到厨房,坐在桌前,用剪刀把封口剪开。小心不要剪到里面的信纸,慢慢地剪开封口,然而我的手指发抖。我为了镇定情绪而喝了一口剩下的啤酒。

"我什么也没说就忽然消失了,大概让你大吃一惊和担心挂虑了吧?"久美子写道。那是她平常用的蓝色万宝龙的墨水,信纸是到处都有的白色薄信纸。

我本来想早一点给你写信,把各种事情好好向你说明,但怎么写才能把自己的心情准确地表达出来呢?怎么说明才能把自己所处的状况让你明白呢?在考虑不定之中,时间很快就溜走了。关于这件事,我觉得对你真抱歉。

到现在也许你已经有一点发现了,我曾经和一个男人交往过。我在近三个月里,和那个男人有过性关系。对方是因工作认识的,是你完全不认识的人。而且,对方是谁,并不是多重要的事。从结论来说的话,我已经不再和那个人见面了。至少对我来

说，那已经完全结束了。虽然不知道这对你来说是不是多少能带来一些安慰。

即使有人问我爱不爱那个人，我也无法回答。因为我觉得那问题本身是极不恰当的。但如果有人问我是不是爱你，这问题则可以立刻回答出来。我是爱你的。我一直觉得和你结婚真的很好。现在也这样想。那么为什么还会有外遇，最后还非要离家出走不可呢，你大概会这样问吧？我也曾经这样问过自己好几次。为什么非要这样做不可呢？

不过我无法说明。除了你之外，我从来没有想要拥有其他的情人，也丝毫没有过想要外遇的欲望。因此和那个人的交往，刚开始并没有其他用意。只是工作上有事见过几次面，有些方面还谈得来，后来偶尔在电话上也聊一点工作以外的话题，这种程度的交往而已。他比我大很多，已经有太太，也有小孩，以男性来说并不能说有什么特别的魅力，所以我脑子里丝毫没有过会和那个人有更深关系的念头。

我心里并不是完全没有过要对你报复的心情。对于你以前曾经在什么地方的女孩子家住过，我心里还没有释然。虽然我相信你和那个女孩子什么也没有做，但那并不是没有做什么就可以的事。那毕竟怎么说都是心情的问题。但并不是说因此我就为了报复而和那个人出轨。我记得以前嘴巴说过类似的话，那只是单纯的威胁。我和他睡觉，只是因为我想跟他睡觉。我那时候忍无可忍。无法抑制自己的性欲。

我们因为某件事在很久没见之后见了面，然后到什么地方吃饭。吃过饭之后去喝了一点酒。当然因为我几乎不能喝，因此只是陪他喝了一滴酒精也没有的橘子汁。因此那也不是酒精的关系。我们极普通地见面，谈着极普通的话。但在某个瞬间，由于某种契机，互相接触了一下时，我突然打从心底里想要让那个人

11 以疼痛显示的空腹感,久美子的长信,预言鸟

抱。互相接触时,我凭直觉感觉到他正需要我的肉体。而且他似乎也知道我正需要他的肉体。那是没有道理也没有其他一切的类似压倒性电流交感的东西。简直就像霹雳从天空一下落在头上似的感觉。脸颊忽然红起来,胸口怦怦跳,下腹部闷闷地变沉重。到了好好坐在高凳子上都有困难的程度。起初,我不知道自己体内发生了什么。不过不久之后,就发现那是性欲。强烈得连呼吸都困难,我正在渴求着他的身体。我们分不出是由谁引诱的,总之走进附近的饭店,在那里贪婪地做了爱。

在详细写着这种事情时,你也许会受伤。不过以长远眼光来看,我觉得还是坦白而详细地写出来比较好。因此也许很难过,但请你忍耐着读下去。

那是和爱之类的东西几乎无缘的行为。我只是让他拥抱,把他的东西放进我体内而已。像这样苦闷地渴求男人的身体,还是生平第一次。过去我曾经在书上看过'性欲高得无法忍受'的表达,我没办法适当想象那具体是怎么回事。

为什么那时候偏偏会突然在我身上发生那样的事呢?为什么不是以你为对象而是以别人为对象发生呢?我真不明白。不过总之那时候我无论如何却无法忍耐,而且也没有想要忍耐的心情。这件事请你理解。自己脑子里完全没有正在背叛你的念头浮现。而且在那饭店的床上,我近乎疯狂地和那个人相交。真的坦白说,这辈子有生以来,从来没有感觉这么舒服过。不,那不是所谓舒服这么简单的东西。我的肉体在热泥中打滚。我的意识把那快感吸上来,像快要迸裂般地膨胀,然后迸裂。那真的是像奇迹一般的东西。那是有生以来,在我身上发生过的最美好的事之一。

而且你也知道,那件事我一直隐瞒着你。你既没有留意到我有外遇,我晚归的时候,你也从来不怀疑。你大概从头到尾完

全信任我吧。我不可能背叛你。不过像这样的你,对于背叛你的信赖,我并没有罪恶感。我从饭店的房间打电话给你,说是工作上的会议会晚一点回家。那样的谎说多了,也一点都不会感到痛苦。我把它当作理所当然的事。我心里在寻求你的生活。和你组成的家庭,是我该回去的地方。那应该是我所属于的世界。不过我的身体却激烈地渴望和那个人的性关系。一半的我在这边,另一半的我在那边。我完全知道迟早要破裂。不过那时候我觉得那种生活好像可以永远继续下去似的。也就是说这边的我正和你心平气和地过日子,而那边的我则和他激烈拥抱的那种双重生活。

　　我只希望你能够明白一点,你并不是在性方面比那个人差,或缺少性的魅力,或我对和你的做爱感到厌烦了,并不是这类的原因。而是我的肉体在那时候,毫无办法地强烈饥饿着。我实在无法抗拒。是什么原因引起这种事情的呢?我不知道。总之是这样。我只能这样说。我和他拥有肉体关系期间,也好几次想和你做爱。因为觉得和他睡觉却没和你睡觉,对你好像不太公平似的。但我却变成即使被你拥抱,也完全没有了任何感觉。我想你大概也注意到了吧。因此这将近两个月来,我一直在找各种理由避免和你有性的关系。

　　不过他有一天说,叫我离开你和他在一起。他说我们是这么般配,所以没有理由不在一起吧?他说他自己也要和家人分开。我说给我一点时间思考。不过在和他分手回家的电车上,我突然发现,自己对他已经没有任何感觉了。我不清楚原因是什么,但当他一把在一起的事提出来的瞬间,我心里某种特殊的东西,就简直像被强风吹散似的忽然消失掉了。连对他的欲望的片断都没剩下了。

　　对你我开始感到罪恶感,是在那之后。就像前面写的那样,对他怀有强烈性欲期间,我丝毫没有这种感觉。你没有发现,我

11 以疼痛显示的空腹感，久美子的长信，预言鸟

只觉得方便而已。我甚至想只要你没发现，自己做什么都没关系。他和我的关系，跟你和我的关系是属于不同世界的两回事。但在对他的性欲全然消失之后，我变成完全看不见自己现在在什么地方了。

我一直以为自己是一个诚实的人。当然我也有各种缺点，不过我从来没有在什么重大事情上向人说谎，或伪装自己。也从来没有一次瞒着你做过什么事。那对我来说曾经像是一个小小的自豪。但我竟然一连几个月对你说了致命的谎言，而且并没有因此有过丝毫的烦恼。

这事实让我苦恼。我觉得自己这个人好像是没有任何价值的空洞的人似的。大概实际上就是这样吧。不过和这又不一样的是，我还有一件非常在意的事。那就是："为什么我会那么唐突地拥有那样激烈得异常的性欲，而且是对并不爱的对象呢？"我无论如何都不了解。如果没有那性欲的话，我现在应该还和你过着幸福快乐的日子。而且我和那个人现在应该还是能够轻松交谈的朋友。然而那种不讲道理的性欲，却把我们过去所建立起来的东西从基础摧毁，连根拔掉了。而且那把我的一切都剥夺得一干二净。把你、把和你建立起来的家庭，还有工作都剥夺了。到底为什么非要发生那样的事情不可呢？

三年前接受堕胎手术时，我说过有一件事情以后非要告诉你不可，你还记得吗？或许我应该向你剖白的。如果那样做的话，或许就不会发生这件事了。不过即使到如今，我依然难以向你开口。因为我觉得一旦说出口，好像很多事情都会更确定地变糟糕似的。所以我想我还是把它一个人吞进自己心里，让它消失掉比较好吧。

在结婚前、结婚后，虽然觉得很抱歉，但我和你之间确实无法拥有真正的性快感。虽然让你拥抱的感觉很美好，但我那时

候所感觉到的是极模糊的，甚至简直好像是别人的事情一样遥远的感觉而已。那完全不是因为你的关系。我不能够好好感觉，纯粹是我这边的责任。我身体里面好像有一根顶门棍似的东西，那东西总是把我的性欲制止在大门口。然而由于和那个男人相交之后，不知道什么原因，那根顶门棍突然被拿掉了，我不知道自己以后到底该怎么办才好。

我和你之间，从一开始就有某种非常亲密而微妙的感觉。不过那现在也已经失去了。那神话般的机械的齿轮咬合已经损坏了。是我把它损坏的。更准确地说的话，是那里有什么使我把它损坏掉。我为此觉得非常遗憾。因为谁也没有得到过同样的机会。而且我强烈地憎恨造成这种结果的东西的存在。你大概不会明白，我有多么强烈地憎恨那东西。我想要准确地知道那到底是什么。我觉得我非要知道那不可。而且觉得非要把那像根一样的东西找出来，把它处罚、断绝掉不可。不过我没有自信，自己是不是有那样的能力。但不管怎么样，那终归是我的问题，是跟你无关的事。

我拜托你，不要再把我的事放在心上。请不要探寻我的去向。请把我忘记，重新思考自己的新生活吧。我娘家方面，我会好好写信，说明一切都是由于自己的过失，你没有任何责任。我想不至于会带给你麻烦。最近大概会办理离婚手续。我想这对彼此都是最好的方式。所以你什么都不用说就请同意吧。我所留下的衣服和其他东西，很抱歉请帮我丢弃或捐赠掉。那一切都已经是属于过去的东西了。和你一起生活时用过的东西，我已经一点都无法再用了。

再见。

我把那封信花时间重新慢慢读过一次之后放回信封里。然后从冰箱里拿出另一瓶啤酒来喝。

要办离婚手续这件事，表明久美子不会立刻自杀。这使我稍微放心。然后我想到自己已经有将近两个月没有和什么人性交过的事实。久美子自己也像在信中所写的那样，一直拒绝和我睡觉。久美子解释说医生说她有膀胱炎的轻微征兆，性生活暂时节制一点比较好。我当然相信这话。因为我想不到任何理由不相信她的说辞。

在那两个月，我在梦中——或者在我的语汇范围内只能以梦来表达的世界里——有几次和女人相交。在那里和加纳克里特相交，并和打电话的女人相交。但在现实世界拥抱现实的女人，想想已经是两个月前的事了。我躺在沙发上，一面一直望着自己放在胸上的双手，一面回想最后看到的久美子的身体。想起帮久美子拉上连衣裙拉链时看见她背后柔和的曲线，和闻到耳朵后面古龙水的香气。不过如果久美子信中所写的是最后的事实的话，我可能再也不会和久美子睡觉了。而且久美子既然已经这样清楚地写出来，那应该就是最后的事实了。

但越想到和久美子的关系可能已经成为过去，我就越怀念起过去曾经属于自己的久美子身体的优雅和温暖。我喜欢和她睡觉。结婚前不用说是喜欢的，即使结婚经过几年之后，最初类似兴奋的感觉在某种程度上已经消失之后，我还是喜欢和她性交。我到现在还记得清清楚楚，久美子苗条的背、脖子、腿和乳房的触感，好像就在眼前似的。我一一想起在性行为的过程中对久美子所做的和久美子对我所做的每件事。

然而久美子却和我不认识的某个人，难以想象地激烈相交。而且久美子还说从其中得到和我做爱时所没有得到过的快感。她或许一面和那个男人相交，一面发出隔壁房间都听得到的巨大声音，身体激动得摇撼卧床吧。可能对那个男人自动做了对我所没有做过的事吧。我站起来打开冰箱门，拿出啤酒来喝。并吃了马铃薯沙拉。因为想听音乐，于是打开 FM 收音机的古典音乐节目小声听。"今天很累，没有心情。很抱歉，对不起。"久美子说。"没关系，不要紧。"我说。柴可夫斯基的弦乐小夜曲结束后放的，我想是舒曼的小曲。记得曾经听过的曲子，但怎么也想不起曲名。演奏完毕之后，女播音员说那是森林情景的第七首《预言鸟》。我想象久美子在那个男人身体下面扭着腰，抬着腿，指甲抓着对方的背，在床单上垂涎的样子。森林中有一只能预言的不可思议的鸟，舒曼幻想性地把那情景描写出来，那播音员介绍道。

我对久美子到底知道什么呢，我想。我把空的啤酒罐静静地捏扁，把它丢进垃圾箱。我以为我了解的久美子，而且几年来作为我的妻子互相拥抱的久美子，结果只是叫作久美子的这个人的极表面层而已吗？正如这个世界的几乎大部分都属于水母之类的领域一样。那么，我和久美子两个人一起度过的这六年岁月到底算什么呢？那有什么意义呢？

当我重新再读一次那封信时，电话铃声极唐突地响起来了。那声音着实把我从沙发上吓得跳了起来。到底谁会在半夜两点多打电话来呢？是久美子吗？不，不是。不管怎么样，她都不会打到这里来。大概是笠原May吧，我想。她看见我从那空屋走出来，因此打电话来吗？或者是加纳克里特。加纳克里特想对我解释自己消失不见的理由。或者是那个打电话来的女人也不一定。她也许想传达什么讯息给我。不过正如笠原May所说的那样，我周围女人有些过多了。我用手边的毛巾擦擦脸上的汗，然后慢慢地拿起听筒。"喂。"我说。"喂。"对方也说。不过不是笠原May的声音。不是加纳克里特的声音。也不是谜一般的女人的声音。而是加纳马耳他。

"喂。"她说，"是冈田先生吗？我是加纳马耳他。您还记得我吗？"

"当然记得很清楚。"我一面让胸口的悸动静下来一面说。要命，不可能不记得吧?

"这么晚了打电话来真不好意思。不过因为事情紧急,所以也顾不得失礼,明明知道会打搅冈田先生惹您生气,我还是打了这通电话。真说不过去。"

不用介意,我说,反正我还没睡,一点都没关系。

12 刮胡子时发现的事，醒来时发现的事

"这么晚打电话来的理由，是想尽早跟冈田先生联络比较好。"加纳马耳他说。正如平常那样，听着她说话的方式时，可以感觉到她好像是非常理性地选择着、工整地排列着每一句措辞似的。"如果方便的话，让我问冈田先生几个问题，可以吗？"

我拿着听筒在沙发上坐下来。"请便。请不要介意，随便问好了。"

"这两天，冈田先生是不是到什么地方去了？因为我打了好几次电话，但您好像一直不在家。"

"对，是这样。"我说，"我离开家有一段时间。因为想一个人静下来想一想事情。有好多事情我不能不想一想。"

"当然。这个我很明白。我了解您的心情。想要好好思考什么事情时，变换一下场所看看，是一件非常好的事。不过，这也有可能是没有用的探索，冈田先生是不是到了什么极其遥远的地方呢？"

"也不能算是极其遥远……"我含糊其词地应着，并把听筒从左手换到右手。"怎么说才好呢？是有点隔绝的地方。不过那个地方的详细情形，我不太能说明。也因为出了很多情况，我刚刚才回来，现在还太累，没有办法长谈。"

"那当然。每个人都会有各种情况。现在您不必在这里勉强说明，没关系。我从声音就听得出来，冈田先生现在相当疲倦了。请不要在意。我在这样的时间随随便便拉拉杂杂地跟您说话，才觉得过意不去呢。那件事我下次再请教。只是，我在这几天之间，很担心冈田先生

身上是不是发生了什么坏事,所以也顾不得失礼,就这样冒冒失失地问您了。"

我小声应答着,但那听起来并不像应答。那听起来就像我的耳朵里,有个搞错呼吸法的水生动物在喘着气似的。坏事,我想。到底在我身上发生的事之中,哪一件是坏事,哪一件不是坏事?哪一件是对的事,哪一件是不对的事呢?

"谢谢你担心我,不过目前没问题。"我调整声音之后说,"虽然我不认为是发生了好事,不过也没发生什么特别坏的事啊。"

"那很好。"

"只是很累而已。"我补充道。

加纳马耳他轻轻干咳一下。"可是,冈田先生,这几天之间,有没有发现身体上有什么大变化?"

"所谓身体上的变化,是我的身体吗?"

"是啊。冈田先生自己的身体。"

我抬起脸,看看映在朝向庭院的玻璃窗上自己的身影。看不出有任何可以称之为身体上变化的东西。淋浴时把身上每个地方都洗过时也没留意到什么。"那例如是什么样的变化呢?"

"什么样的我不知道,不过总之那是谁都看得出来的明确的身体上的变化。"

我把左手的手掌张开在桌上,看了一会儿,那是和平常一样的我的手掌。那上面看起来并没有任何变化。既没有被金箔覆盖,也没有生出蹼来。既不美,也不丑。"谁都看得出来的明确的身体上的变化,例如说,背上长出羽毛这一类的吗?"

"说不定是这一类的。"加纳马耳他以认真的声音说,"当然我是指以一种可能性来说。"

"当然。"我说。

"怎么样?有没有注意到什么?"

"好像还没有这一类的变化,到目前为止。因为如果背上长羽毛的话,大概不管怎么样都会注意到了吧。"

"这倒也是。"加纳马耳他也同意,"不过冈田先生,请您注意一点。了解自己的状态,并不是那么简单的事。例如,人是无法直接用自己的眼睛看到自己的脸的。只能照镜子,看到那反映而已。而且我们只是凭经验相信那镜子里映出来的像是准确的而已。"

"我会注意。"我说。

"不过我还想问冈田先生一个问题就好。说真的,我这一阵子,都没办法联络上加纳克里特。跟您情况完全一样。也许是偶然的一致吧。真奇怪。所以我想或许冈田先生知道一点事情的端倪也不一定,您知道吗?"

"加纳克里特吗?"我吃惊地说。

"是啊。"加纳马耳他说,"关于这点您有没有想到什么?"

我说我想不到什么。虽然没有什么特别明确的根据,不过自己刚才才和加纳克里特见过面说过话,然后她立刻又消失无踪的事,我总觉得好像暂时不要对加纳马耳他说比较好。

"克里特说因没办法联络上冈田先生而担心起来,她傍晚来过这里,说到冈田先生家去看看,可是到这个时候,还没回家。而且不知道为什么,我也不能感受到克里特的动静。"

"我懂了。如果她到我这里来的话,我会请她立刻跟你联络。"

加纳马耳他在电话那头沉默一下。"说真的,我很担心克里特的事。正如冈田先生所知道的,我和克里特所从事的工作,不是世间普通的工作。但妹妹还没有我这么精通那个世界的情形。我并不是说克里特没有那资质。克里特是有资质的。但妹妹对自己的资质还没有很熟练习惯。"

"我明白。"

然后加纳马耳他又再一次落入沉默。这次的沉默比前一次更长。

好像在犹豫什么的样子。

"喂。"我试着说。

"我在这里，冈田先生。"加纳马耳他回答。

"如果我见到克里特的话，会切实告诉她要她跟你联络。"我再重复一次。

"谢谢。"加纳马耳他说。然后再为这么晚打电话来道歉，挂断电话。我把听筒放回原位，再看了一次玻璃上映出的自己的身影。然后那时候我忽然想。说不定，我再也不会和加纳马耳他谈话了。这是最后一次，从此以后她也许会从我眼前完全消失踪影。并没有特别的理由让我这样想。只是，忽然这样觉得而已。

然后，我忽然想起来井边的绳梯子还吊在那里。应该趁早去收回来才好吧。如果有人看见那东西，或许会有什么麻烦。而且还有忽然失踪的加纳克里特的问题。我最后看见她是在那口井边。

我把手电筒塞进口袋，穿上鞋走下庭院，再翻越砖墙。然后穿过后巷来到空房子前。笠原 May 家依然漆黑一片。手表指着三点前。我走进空房子的庭院，直接走到井边。绳梯还和刚才一样，绑在树干上，垂进井里。盖子只打开一半。

我有点担心于是朝井底探头看看。"嘿，加纳克里特小姐。"我试着降低声音呼叫着。没有回答。我从口袋拿出手电筒来，把那光线往井底照着看。虽然光达不到井底，但听得见有人在呻吟似的轻微声音。我再叫了一次名字看看。

"没问题，在这里呀。"加纳克里特说。

"你在那样的地方到底在做什么？"我小声问看看。

"做什么吗……跟冈田先生做一样的事啊。"她以怪惊讶的声音说，"在想事情啊。这里是想事情非常好的地方噢。"

"嗯，那倒是没错。"我说，"可是，刚才你姐姐打电话来我家噢。

她非常担心你失踪了。说半夜了你还没回家,而且也完全没有感觉到你的动静。要我如果见到你,转告你立刻跟她联络。"

"我知道了。谢谢你特地来告诉我。"

"嘿,加纳克里特小姐,那件事姑且不提,你能不能出来呢?我有话想跟你慢慢谈。"

加纳克里特什么也没回答。

我把手电筒的光关掉,把它重新塞回口袋里。

"冈田先生,你下来这里好吗?两个人坐在这里谈话啊。"加纳克里特说。

又再下到井底去,和加纳克里特两个人谈话或许也不坏,我想。不过一想起井底的霉臭和黑暗,我的胃一带就好沉重。

"不,很抱歉,我已经不想下去那里了。你最好也适可而止。也许又有人把梯子拿掉,而且空气流通也不太好。"

"我知道。不过我想在这里多待一下。请你不用担心我。"

既然加纳克里特没有意思上来,我也毫无办法。

"我在电话上和你姐姐谈话时,没有说出刚才跟你在这里见过面的事,这样好吗?因为我有点感觉好像不要说出来比较好。"

"嗯,那样就很好。请你不要告诉姐姐我在这里。"加纳克里特说。然后停顿一下之后再补充道:"我虽然不想让姐姐担心,不过我也有想要思考事情的时候。等我想过一遍之后,会立刻离开这里。所以请你让我暂时一个人静一下。我不想带给你麻烦。"

我决定把加纳克里特留在那里,自己先回家。只要明天早晨再来看看状况就行了。如果夜里笠原 May 来又把梯子拉起来的话,到时候再说,总可以把加纳克里特从井底救出来吧。我回到家脱了衣服往床上一躺。并拿起放在枕头边的书,翻开读到一半的那页。情绪很亢奋,实在不认为那样就能睡着。但在读了一页或两页时,发现自己已经几乎快睡着了。我合上书,熄了灯。于是在下一个瞬间已经落入睡

12 刮胡子时发现的事，醒来时发现的事

眠中了。

醒来时，是第二天早晨的九点半。我记挂着加纳克里特的事，因此脸也没洗就急忙穿上衣服，穿过后巷走到空房子去看看。云低垂着，空气湿湿沉沉的，好像随时下起雨来都不奇怪似的早晨。井边已经不再挂有绳梯子了。大概有人把它从树干上解开，拿走了。两片井盖也盖得好好的。盖子上放着石头。我把一片盖子拿起来，探头看看井底，喊着加纳克里特的名字看看。但没有回答。虽然如此，我还是隔一段时间叫叫她的名字，一连这样做几次。我想也许她在睡觉，我甚至丢了几个小石头进去。但井底似乎已经没有人了。加纳克里特也许今天早晨从井里出来，把绳梯拿掉，人到什么地方去了。我又把盖子盖起来，离开那里。

我走出空房子，靠在围墙上，望了一会儿笠原 May 家那边。笠原 May 或许像平常一样发现我在这里而出来也不一定。然而我等了一阵子，她依然没有出现。周围静悄悄的。既没有人影，也听不见声音。连蝉都没叫。我用鞋尖慢慢踢着挖着脚底的地面。我在井里的几天之间，有一种另外一个现实把过去原有的现实推走，就那样留了下来的异样感。那是从井里出来回到家后就开始一直在心底感觉到的。

我走过后巷回家，在浴室刷牙然后刮胡子。长了几天的胡子把整个脸黑黑地覆盖住。简直就像刚刚被救出来的漂流者一般。生平第一次留这样长的胡子。虽然很想就那样留下去，不过想了一下，还是决定剃掉。总觉得还是保持久美子离家出走时的脸比较好。

用热毛巾蒸脸，再往脸上擦了厚厚的刮胡膏。然后小心翼翼不要伤到脸地慢慢刮着胡子。刮了下颌刮左颊，然后刮右颊。然而刮完右颊，眼睛看一下镜子时，我不禁倒吞了一口气。右颊上附着什么蓝黑色斑痕似的东西。起先我想大概是弄错了，有什么沾在脸上了吧。我把剩下的刮胡膏洗掉，用肥皂仔细把脸洗过，然后用毛巾在那斑痕的

地方用力擦擦看。但斑痕没办法从脸上擦掉。连擦得掉的迹象都没有。那好像已经深深渗入皮肤里去了。我用手指摸摸看。皮肤的那个部分好像比脸上其他部分稍微热一点的样子,但除此之外并没有别的特别的触感。那是个黑斑。正好就是在井里感觉到一股热的部分长出黑斑来了。

脸靠近镜子,试着更仔细观察一下那黑斑。那是在右脸颊骨的稍微外侧一带,大小像婴儿的手掌那样。颜色是接近黑的蓝色,就像久美子平常使用的万宝龙蓝黑墨水一样。

首先可以想到的可能性,是皮肤过敏。也许在井底被什么东西沾上了。比方说被漆树叶沾上而长疮了。不过到底在井底有什么会沾上长疮的呢?我曾经在那井底用手电筒照过每个角落。那里有的只是泥土和水泥墙而已。而且过敏和长疮会形成这样明显的黑斑吗?

接下来的一小段时间里,我被轻微的恐慌所袭。简直像被卷进一波大浪里时一样,我感到混乱,迷失了方向。毛巾掉落地上,纸屑箱被弄翻,脚踢到了什么地方,嘴里冒出无意义的话。然后我重新回过神来倚靠着洗脸台,试着冷静地思考对这件事应该如何处置才好。

再观察一段时间吧,我想。以后再去看医生。这只是暂时性的会过去的东西,如果顺利的话,或许会像漆疮一样不久就自然消失也不一定。只是在几天之内生出来的,因此消失的时候,可能也会很干脆地消失。我走到厨房去煮咖啡。肚子虽然饿了,但实际上想吃什么时,食欲却像气浪一样消失无踪。

我在沙发上躺下,一直凝视着开始下起来的雨。不时走到浴室去看镜子。但黑斑看不出有什么变化。它把我的脸颊极明显地染成深深的蓝色。

说起黑斑的成因,唯一想得到的是在黎明前在那井底所做的像梦似的幻想中,被那打电话来的女人牵着手穿过墙壁那件事而已。那时候为了逃避正打开门要进房间来的危险的某个人,她牵起我的手引我进入墙壁中。就在穿越墙壁时，我明显地感觉到脸颊有一股像热一样的感觉。就正好在那黑斑的一带。至于墙壁和脸上出现黑斑之间又有什么因果关系，当然我无法说明。

那个没有脸的男人，在饭店大堂对我说："现在时候不对。你不能到这里来。"他在警告我。然而我不理那警告，就那样往前进。我对绵谷升生气，对自己的走投无路生气。而也许作为那结果，我就不得不领受这个黑斑了吧。

或许这个黑斑，是那个奇怪的梦也好，幻想也好，给我烙下的印记吧。那不只是一个单纯的梦，他们透过黑斑这样说。那是真正发生的事，而且每次看到镜子你都不得不想起来。

我摇摇头。太多无法说明的事了。只有一件事情是我明确知道的，那就是我没有一件事是正确理解的。头又开始迟钝疼痛起来。我无法再多想了。什么都不想做。我喝了一口冷咖啡，然后又眺望外面的雨。

中午过后我打电话到舅舅家看看。然后谈了一些家常话。不管谁都好，总之如果不谈一点什么的话，觉得自己好像要被切离现实的世界而逐渐远去了似的。

因为舅舅问起久美子好吗，于是我暂且回答很好。并且说现在因为工作上的关系出去旅行几天。虽然坦白承认也没什么不好，不过这次一连发生的事情，要对第三者有条有理地从头道来几乎是不可能的。连我自己都搞不太清楚到底什么是什么。因此没有理由能够向别人好好解释。我决定暂时隐瞒舅舅。

"舅舅以前在这个房子里住过一阵子，对吗？"我试着问看看。

"嗯，我想在那里总共住了六年或七年吧。"他说，"等一下，买那房子是三十五岁的时候，然后住到四十二岁为止，是七年啊。然后结婚。搬到这栋大厦来住。在那之前一直一个人住在那里。"

"我想请教一下，住在这里的时候，有没有发生过什么不好的事？"

"不好的事？"舅舅以不可思议的声音问。

"也就是说，生病啦，或者和女人分手……之类的事啊。"

舅舅在电话那头觉得有趣地笑了。"确实住在那里的时候曾经跟女人分手过，这种事情住在别的房子时也有过，所以我想不能算是不好的事吧。而且坦白说，是分手也并不可惜的对象。生病嘛……我不记得有生过什么病。只是脖子上长了一个小东西，割掉而已。我去理发的时候，人家说为了慎重起见还是割掉比较好，于是我去找医生，并不是有问题的东西。住在那里的期间看医生那是第一次也是最后一次。缴的健康保险都想叫他们退回来呢，真的。"

"也没有什么不愉快的回忆吗？"

"没有啊。"舅舅考虑一下说，"嘿，你为什么忽然问起这种事呢？"

"也没什么严重的事。其实是这样的，上次久美子碰到一个占卜的人，鼓吹说房屋风水怎么样又怎么样。"我说谎道，"那种事情我是无所谓的，只是人家叫我问舅舅看看而已。"

"嗯，我对房屋风水这种事情也很生疏，你要是问我，我也不太知道什么是好、什么是不好。不过从我住的感觉来说，我觉得那房子没有任何问题呀。宫胁那家的事上次我说过了，不过我们离那里相当远哪。"

"舅舅搬出去以后，有什么人住过这里呢？"

"我搬出去以后，是都立高中的老师一家住了三年左右，然后是年轻夫妇住了五年左右。年轻人好像是做生意的。至于做的是什么生意我不记得了。不过他们住在那里是不是幸福快乐我就不知道了。因为我是全权交给不动产业者管理的。既没见过住户的面，也不知道为什么搬走的。但是并没有听说过什么不好的事。我想是因为太小了，所以就自己盖了房子搬出去住了吧。"

"有人说过这地方的流被阻碍了。关于这点您有没有想到什么？"

"流被阻碍了。"舅舅说。

"我也不太了解那是指什么。只是有人这么说而已。"

舅舅考虑了一下。"我想不到任何关联。不过那后巷的两侧被围墙塞住了，也许不太好也不一定。没有入口和出口的路，想起来也奇怪。道路和河流的根本原理是所谓流这东西噢。要是塞住了就会沉淀下来。"

"原来如此。"我说，"还有一件事我想请教一下。舅舅有没有听过发条鸟的声音？"

"发条鸟。"舅舅说，"那是什么？"

我简单地介绍发条鸟。那是停在庭院的树上，每天发出一次像上发条一样的声音叫着。

"不知道。我没见过也没听过这东西。我很喜欢鸟，所以从以前就很用心听鸟的叫声，不过这种鸟还是第一次听说。那和我们的房子有什么关系吗？"

"不，没什么特别的关系。只是想到您不晓得知不知道，问问看而已。"

"如果你想知道关于井或我住过以后的住户详细情形，可以到车站前面一个叫作世田谷第一不动产的不动产店去，提到我的名字，说想问市川伯伯一些事情就行了。他一直处理这房子的事。因为他很久以前就在这里了，所以地方上的各种事大概都可以告诉你吧。其实宫胁家的很多事情我也是听那伯伯说的。因为他喜欢讲话，所以说不定去见见他也好啊。"

"谢谢。我会去试试看。"我说。

"对了，你找工作方面怎么样了？"舅舅说。

"还没有。说真的，我也没有很热心在找。现在久美子在工作，我在家做家务，总算还过得去。"

舅舅好像想了一下什么。"嗯，如果有什么困难，到时候再告诉我好了。说不定我可以帮上忙。"

"谢谢。有困难再去找您商量。"我说。然后挂断电话。

我本来想打电话到舅舅告诉我的不动产店去,问问看有关这房子的由来,或在我之前住过这里的住户的事,但结果因为觉得去想这些有点愚蠢而作罢。

下午雨还是以一样的调子安静地继续下着。雨把家家户户的屋顶濡湿,把庭院的草木濡湿,把泥土濡湿。我烤了吐司当午饭吃,喝了罐头汤。然后整个下午一直在沙发上度过。本来想去买点菜,但一想到脸上的黑斑,就觉得有点麻烦。我后悔刮了胡子,要是还留着没刮就好了。不过冰箱里还有一些剩余的蔬菜,柜子里也还排列着几个罐头。有米也有蛋。只要不求奢侈,大概还可以吃个两天或三天。

我在沙发上几乎什么也没想。我在那里看书,听卡式录音带的古典音乐。或恍惚地望着落在庭院的雨。也许是在漆黑的井底太长时间专注地思考过度,因此思考力已经到底了。一想要思考什么正经事,头就像被柔软的虎头钳绞住了似的隐隐疼痛。快要想到什么的时候,全身的肌肉和神经便轧轧地发出声音。觉得自己好像变成《绿野仙踪》里出现的生锈而没上油的铁皮人一样。

有时走到洗手间,站在镜子前,察看一下脸上黑斑的情况。但没有任何变化。黑斑没有再扩大,也没有缩小。颜色的浓度也完全一样。然后我发现鼻子下的髭毛没有刮干净。刚才刮右颊时因为发现黑斑而一时混乱,竟然忘记刮剩余的部分。我重新再用热水洗一次脸,沾上刮胡膏,刮了剩余的胡髭。

就在看了几次洗手间的镜子映出来的自己的脸时,我想起了加纳马耳他在电话里所说的话。我们只是凭经验相信那镜子里映出来的像是准确的而已。请您注意这一点。我为了确认起见走到卧室去,试着在久美子穿连衣裙时照的穿衣镜前照照自己的脸。但黑斑还在那里。不是镜子的关系。

除了脸上的黑斑之外，身体并没有感觉到变调似的情形。试着量过体温，和平常没有两样。三天左右没吃任何东西，却涌不起什么食欲，和偶尔有轻微的恶心想吐——那大概是在井底所感觉到的恶心的延续吧——除此之外，我的身体完全正常。

那是一个安静的下午。电话一次也没响，信一封也没来。后巷既没有人通过，也听不见附近的人谈话的声音。庭院没有猫穿过，也没有鸟来啼叫。偶尔有蝉叫，但没有平常那么有力。

七点前肚子有点饿起来了，于是我用罐头和蔬菜作了简单的晚饭。好久没听收音机傍晚的新闻了，但世上并没有发生任何特别的事。高速公路上车子超车失败撞到墙壁，车上的年轻人死了几个。某大银行支行长和行员因涉及不法融资而受到警察调查。町田市的三十六岁主妇被路过的年轻男人用铁槌杀死。不过这些都是在别的遥远世界发生的事。我所在的世界，只有庭院里下着雨而已。既无声，又寂静。

时钟指着九点时，我从沙发移到床上，把书读到一个段落后，便熄掉床头灯睡觉。

正在做着什么梦的中途吓一跳醒过来。梦的内容虽然想不起来，但总之好像是带有什么紧张成分的梦，醒来时胸口还怦怦跳着。房间里还黑漆漆的。醒过来有一阵子之间，还想不起来自己现在在哪里。花了很长时间才明白过来是在自己家的自己的床上。闹钟指着凌晨两点过后。是在井里不分昼夜的胡乱睡法，导致了这样混淆不清、不断循环的睡眠和清醒吧。混乱镇定下来之后，我感到尿意。因为睡前喝了啤酒。可能的话真想就那样再躺着睡下去，但没办法。放弃念头总算从床上坐起来时，手碰到身旁谁的肌肤。但我并没有太吃惊。因为那是久美子平常睡的地方，我已经习惯了身旁有人睡着。但我突然想起来，久美子已经不在了——她已经离家出走了。是什么别的人躺在我身边。

我索性把枕头边的台灯打开看看。那是加纳克里特。

13　加纳克里特继续说

　　加纳克里特完全赤裸。她身体朝向我的侧边，也没盖被就赤裸地躺着。看得见形状美好的两个乳房。看得见小小的粉红色乳头，看得见极平坦的腹部下方简直像素描的阴影一样的黑色阴毛。她的皮肤白皙，好像刚刚新生的那样鲜艳。我不明白是怎么回事，一直注视着那身体。加纳克里特双膝整齐并起，双腿呈"く"字形折弯着睡。头发掉在前面遮盖了半边脸，因此看不见她的眼睛。看起来好像睡得非常沉的样子，枕头边的灯点亮起来，她还是一动也不动地发出安静而规则的鼻息。不管怎么说，我已完全清醒过来。我暂且先从壁橱里拿出夏天的薄被子，盖在她身上。然后把枕边的台灯关熄，还穿着睡衣走到厨房去，坐在桌子前面一会儿。

　　然后我想起脸上的黑斑。摸摸看时，脸颊好像还可以感到微热似的感觉。不用特地去看镜子。黑斑还在那里。那不像是会因为一点什么就在一夜之间忽然消失的简单东西。天亮之后我也许该翻一下电话簿查查看附近的皮肤科医院。但医生问我知不知道原因时，我到底该怎么回答才好呢？说将近三天在井里面。不，不是为了工作或那类的，只是想要思考一下事情而已。因为觉得井底好像很适合思考事情的样子。是的，没带粮食。不，不是我家的井。是别人家的井。是附近一家空房子的井。是自己随便走进去的。

　　我叹了一口气，要命，这种话怎么能说得出口呢？

　　我双肘支在桌上也没思考什么只是在发呆时，加纳克里特的裸体奇妙鲜明地浮上脑海来。她在我床上沉沉地睡着。然后我想起在梦中和穿着久美子连衣裙的她相交时的事。我还清楚地记得那时候她皮肤的触感、肉体的重量。到底到什么地方为止是现实,从什么地方开始不是现实?如果不依照顺序去追溯确认的话,就无法好好区别了。隔开两个领域的墙逐渐开始融化。至少在我的记忆中,现实和非现实几乎好像拥有同等的重要和鲜明度同居着似的。我和加纳克里特相交,而同时又没有和加纳克里特相交。

我为了把这样混乱的有关性的印象赶出脑海,而不得不到洗手间去用冷水洗脸。过一会儿之后我去看看加纳克里特的样子。她把我为她盖上的薄被推到腰的地方,依然沉沉地睡着。从我这边只能看见她的背。那背令我想起最后看到的久美子的背。试想起来,加纳克里特的体型和久美子像到令人吃惊的程度。但由于对发型和服装的偏好以及化妆方式完全不同,过去并没有特别留意到。不过两个人看起来身高也差不多,体重也大致相同。大概衣服的尺寸都一样吧。

我拿起自己的被子走到客厅,躺在沙发上翻开书。我从前一阵子开始,就到图书馆去借历史书来读。关于战前日本的伪满洲经营和在诺门坎与苏联战争的书。听了间宫中尉的话之后,我对那个时代中国大陆的情势产生兴趣,便到图书馆去借了几本书来。不过在追寻了详细的历史性记述十分钟左右之后,忽然感到困意。于是打算让眼睛休息一下而把书放在地上,闭上眼睛。不过终于在灯也没熄的情况下,就那样沉沉睡着了。

回过神时,听得见从厨房传来声音。走过去一看,加纳克里特正站在厨房准备着早餐。她穿着白色 T 恤衫、蓝色牛仔裤。都是久美子的衣服。

"嗨,你的衣服在哪里?"我站在厨房门口向加纳克里特出声招呼。

"啊,对不起。因为你在睡觉,所以我就擅自借了你太太的衣服。虽然觉得有点厚脸皮,可是因为完全没有得穿,所以……"加纳克里特只有头转过来说。她不知在什么时候,已经恢复那和以前一样的一九六〇年代风格的妆容和发型。只差没有戴假睫毛而已。

"那件事倒不用放在心上,不过你的衣服到底怎么了?"

"不见了。"加纳克里特干脆地说。

"不见了?"

"嗯,是啊。不知道在什么地方不见了。"

我走进厨房,靠在桌上,看着她作煎蛋卷。加纳克里特手熟练灵巧地敲开蛋,放调味料,迅速地搅拌着。

"那么说,你是赤裸地来到这里的啰?"

"嗯,是啊。"加纳克里特好像很理所当然似的说,"完全赤裸。冈田先生也知道吧?因为是你帮我盖被的。"

"确实是这样。"我嘴巴含糊起来,"也就是说,我想知道的是,你是在什么地方、怎么样遗失衣服的,从那里又是怎么样赤裸地来到这里的呢?"

"这我也不知道。"加纳克里特一面摇着平底锅,一面把蛋弄成圆形。

"你也不知道?"我说。

加纳克里特把煎蛋卷装在盘子上,旁边加上才煮好的西蓝花。然后烤了吐司,和咖啡一起排在桌上。我把黄油、盐和胡椒拿出来。然后像新婚夫妇一般面对面地吃着早餐。

然后我突然想起脸上的黑斑。加纳克里特看见我的脸也一点都没吃惊,并没问一句话。我为了确认而伸手摸摸看。黑斑的微热还留在那里。

"冈田先生,那里会痛吗?"

"不,不痛。"我说。

加纳克里特看了一会儿我的脸。"看起来也有点像黑斑。"

"我看也觉得像黑斑。"我说,"我正犹豫要不要去看医生。"

13　加纳克里特继续说

"这只是印象而已，医生的手是应付不来的吧。"

"也许。但也不能就这样下去不管哪。"

加纳克里特手上还拿着叉子就那样想了一下什么。"如果要买东西或办事，我可以代劳。如果不喜欢外出，就一直待在家里好了嘛。"

"你能这样说我很感谢，不过你有你要办的事，我也不能永远躲在家里吧。"

加纳克里特想了一下。"或许加纳马耳他，对这种事情知道什么也不一定。她知道怎么处理这种事情才好。"

"那么你能不能帮我联络加纳马耳他。"

"加纳马耳他是自己主动联络对方的，不接受联络。"加纳克里特这样说完咬一口西蓝花。

"不过你可以联络吧？"

"当然，我们是姐妹呀。"

"那就在那时候顺便向她问一问关于我这黑斑的事好吗？或者拜托她联络我好吗？"

"很抱歉，但这不行。我不能帮别人向姐姐开口。这是像原则一样的事。"

我一面在吐司上涂黄油一面叹气。"那么照你这样说，我有事找加纳马耳他时，就不得不只有一直等加纳马耳他来联络我了吗？"

"是的。"加纳克里特说。并且点点头。"不过如果既不会痛，也不会痒的话，我想你最好暂时忘掉那个黑斑的事。我对这东西一点也不介意。所以冈田先生也不用介意就好了。人有时候就是会这样。"

"是这样吗？"

然后我们暂时默默地吃着早餐。好久没有和什么人一起用餐了，而且又是相当美味的早餐。我这么说，加纳克里特却并不以为然似的。

"不过关于你的衣服。"我说。

"我擅自穿了你太太的衣服你不高兴吗？"加纳克里特有些担心似的说。

"不，不是这样。你穿久美子的衣服一点都没关系。反正她留下来了，你要穿什么都无所谓。我所在意的，是你在什么地方怎么样遗失了你的衣服这件事啊。"

"不只是衣服，还有鞋子噢。"

"你是怎么会把这些全都丢了呢？"

"想不起来了。"加纳克里特说，"我所记得的，只有一醒过来张开眼睛，就在冈田先生家的床上赤裸地躺着而已。那以前的事什么也记不得了。"

"你下到井里去，对吗？我到那里去过。"

"那个我记得。然后我就在那里睡着了。不过那以后就想不起来了。"

"这么说，你也完全不记得是怎么从那井里出来的吗？"

"什么都记不得。记忆从正中间切断了。"加纳克里特立起双手的食指，向我显示二十公分的距离。那到底代表多少时间，我不太清楚。

"那么也不记得挂在那里的绳梯子后来怎么样了噢？梯子已经不见了呢。"

"梯子的事我什么都不知道。是不是爬上梯子从那里出来的都记不得了。"

我暂时睨着手上拿的咖啡杯。"嘿，你脚底可以让我看看吗？"我说。

"嗯，当然。"加纳克里特说。然后在我身旁的椅子上坐下，腿笔直地伸出来，让我看她双脚的脚底。我拿起她的脚踝，观察脚底。那是非常漂亮干净的脚底。保持着非常美妙的造型，上面没有一点伤痕，也没沾上一点泥土。

"都没沾上泥土,也没受伤。"我说。

"是啊。"加纳克里特说。

"昨天一直下着雨,所以如果你是在外面什么地方掉了鞋子,从那里走来这里的话,我想你的脚底应该会沾上泥土吧。而且你应该是从庭院进来的,所以檐廊也应该会有泥土的痕迹,对吗?不过脚是干净的,檐廊也到处都没有泥的痕迹。"

"是啊。"

"那么,就表示你不是从任何地方赤脚走来的。"

加纳克里特好像很佩服似的歪了一下头。"我想你所说的理论上是正确的。"

"也许理论上是正确的,不过我们还没有得到任何结论。"我说,"你是在什么地方掉了衣服和鞋子,从那里怎么走来的?"

加纳克里特摇摇头。"嗯,我也不知道。"

她面对着水槽热心地洗着餐具之间,我坐在桌前考虑那件事。当然我是想不到什么的。

"这种事情经常发生吗,自己去过哪里,事后想不出来的情形?"我问。

"这种经验不是第一次。自己去了什么地方做了什么,事后却想不起来,这种事虽然不是经常发生,但偶尔也是有的。衣服不见的事以前也有过一次。不过衣服和鞋子都全部遗失,这还是第一次。"

加纳克里特把水龙头的水关掉,用桌布擦擦桌面。

"嘿,加纳克里特小姐。"我说,"上次你跟我讲到一半的事,我还没听完全部。那时候你说到中途就忽然不见了,你还记得吗?如果方便的话,能不能把那话继续说到最后。你被暴力团伙捉住,在那组织里卖春,遇见绵谷升,和他睡觉之后变成怎么样的事。"

加纳克里特靠在水槽看着我。沾在手上的水滴顺着她的手指尖慢慢滴落地上。白色T恤衫的胸部，浮出两个清晰的乳头形状。看着那样子，又使我鲜明地想起昨天夜里看见的她的裸体。

"知道了，那后来发生的事，我就在这里全部说出来吧。"

于是加纳克里特又在我对面的座位坐了下来。

"我那天说话的中途忽然离开回去，是因为我还没有准备好要谈那件事。可是我又觉得对冈田先生尽可能坦白地说出真实的事情比较好，所以我开始说了。但结果却没办法说到最后。我忽然不见了，我想冈田先生一定被吓一跳吧。"

加纳克里特把双手放在桌上一面看着我的脸一面说。

"虽然吓是吓了一跳，不过并不算是最近所发生的事里最吃惊的一件。"我说。

"就像我上次说过的，我以娼妇，肉体的娼妇最后接的客人是绵谷升。第二次，透过加纳马耳他的工作看见绵谷升时，我立刻想起他那张脸。就算想忘记都忘不了。不过我不知道绵谷升是不是记得我。绵谷升是一位不轻易把感情露在脸上的人。

"不过我想我还是依照顺序来说比较好。首先从我以娼妇的身份把绵谷升当客人接待时说起。那是六年前的事了。

"就如我以前说过的那样，那时候我的身体已经变成不会感觉任何疼痛了。不只是疼痛，而是所有的感觉都感受不到了。我活在见不到底的深沉的毫无感觉之中。当然冷、热、痛、苦，这些感觉不是没有。不过我觉得这些感觉好像是和自己没有关系的某个遥远世界的东西。因此我对于自己为了钱而和男人们拥有性关系这种事并没有任何反感。因为不管谁要我做什么，我所感觉到的，都不是我的感觉。因为我的毫无感觉的肉体甚至都不是我的肉体。我已经被编进暴力团伙的卖春组织里去了。因为他们要我和男人们睡觉，于是我这样做，他们给钱，于是我拿钱。我说到这里吧？"

我再点了一次头。

"那天我照着指示去到都市中心一家饭店的十六楼。房间是以绵谷先生的名字订的。而且绵谷并不是到处常见的名字。我敲门时,那个男人坐在沙发上一面喝着叫到房间的咖啡,一面好像在看着书。穿着绿色的 Polo 衫、茶色的棉长裤,短头发,戴着茶色眼镜。沙发前的矮几上,放着咖啡壶、杯子和那本书。大概很专心地在读着吧,眼睛还留有亢奋的神色。虽然是没有什么特征的脸,但只有眼睛看起来却有一种异样的灵活。我看到那眼睛,一瞬间以为自己走错了房间。不过并没有走错。那个男人叫我进去并把门锁上。

"然后他还坐在沙发上,什么也没说地一直注视着我的身体。从头到脚。我一走进房间,大多的人都会上下左右看我的身体或脸。抱歉,请问冈田先生以前买过娼妇吗?"

没有,我说。

"就像看商品一样。那种视线我立刻就习惯。是付钱买肉体,所以检查商品是理所当然的。不过那个男人的视线却和那不一样。他好像透过肉体,正在看着我肉体另一侧的别的东西似的。我一面沐浴在他的视线中,一面觉得自己简直变成一个半透明的人似的不舒服。

"我想我大概有点混乱吧,手上拿着的皮包于是掉在地上。发出很小的声音,但我因为一时恍惚,甚至有一会儿还没留意到自己的皮包掉落地上了。我弯下身从地上捡起皮包。掉落时皮包的绊扣松开了,有几件化妆品散落地上。我拾起眉笔、唇膏和小瓶香水,一一放回皮包。他在那之间继续以同样的视线注视着我。

"我把地上散落的东西拾起来都放回皮包后,他要我把衣服脱掉。'我可以在那之前先冲个澡吗?因为流了汗。'我说。那是非常热的日子,我搭电车到饭店来流了相当多汗。流汗没什么关系,他说。因为没时间,立刻脱吧,他说。

"脱光之后,趴在床上,他说。于是我照他说的去做。就那样不要动,眼睛闭着,我没问你话就什么也不要说,他这样命令我。

"他穿着衣服坐在我身边,但只坐下来,却一根手指也没碰我。坐在旁边,只是一直凝神俯视着趴在床上的我赤裸的身体而已。我想大概看着我的身体将近有十分钟吧。我可以感觉到他那令人疼痛的锐利视线,投在我的脖子、背、臀部和腿上。我想这个人说不定是性无能吧。客人中偶尔有这种人。买了娼妇要她脱光,却只一直注视而已。或者其中也有让对方脱光,在那前面自己处理的人。各种人,因各种理由买娼妇。因此,这个人也是那些人中的一个吧,我想。

"不过终于,他伸出手开始抚摸我的身体。那十根手指在我身上从肩膀到背,从背到腰,慢慢地像在探索什么似的摸下去。那既不是所谓的前戏,当然也不是按摩。他的手指,简直像在探巡地图上的路线一样小心谨慎地在我身上移动着。一面接触着我的身体,他似乎一面一直在想着什么。而且不只是想着什么,而是集中精神在认真地思考着什么。

"那十根手指飘飘忽忽地好像在各个地方徘徊,但忽而又停止下来,长久之间一直停在那里。手指本身好像名副其实地一会儿迷惑,一会儿充满信心似的。你明白吗?十根手指好像是各自活着的,拥有意志的,会思考事情的那样。那种触感非常奇怪。甚至有点令人觉得可怕。

"不过,虽然如此,那指尖的触感却在性方面令我兴奋。那对我来说是头一回有这样的体验。在成为娼妇之前,我只要一想到性,就满脑子对痛的恐惧。而成为娼妇之后,则完全一百八十度大转变,已经什么都没有感觉了。既没有痛,可是也没有任何其他种类的感觉。我为了让对方高兴会呻吟,或装成兴奋的样子。那些都是骗人的。职业上的演技。不过那时候,我在那男人手指下真正深深地吐着大气。那是从身体深处自然涌上来的。我知道自己体内有东西开始动起来。简直就像体内的重心在往这往那地移动着似的。

"终于男人停止了手的动作。然后双手就搭在我腰部凹进的地方,好像在想什么似的。从那手指,传来他正在安静调整呼吸的样子。然后他开始慢慢脱下衣服。我一直闭着眼睛把脸埋在枕头上,等着下一步的到来。脱光之后,他把趴着的我双臂和双腿分开。

"房间里安静得可怕。只能听到空调微小的风声而已。男人几乎没有发出任何声音。连呼吸声都听不见。男人手掌放在我背上。我把身上的力气放松。他的阴茎接触到我的脸。但那还是保持柔软的。

"那时候枕头旁的电话铃响了起来。我睁开眼睛看男人的脸。但他好像连电话铃声都没听见似的。铃声响了八次或九次之后停止不响了。房间再度恢复寂静。"

加纳克里特说到这里慢慢叹一口气。然后沉默地望着自己的手一会儿。"很抱歉,让我休息一下好吗?没关系吧?"

"当然。"我说。我在杯子里注入续杯的咖啡。她喝着冷水。然后我们默默坐在那里十分钟左右。

"他又用那十根手指,把我身上的真是每个角落都抚摸遍了。"加纳克里特继续说,"我的身体没有一个部分他的手指没触摸到的。我已经什么都没办法思考了。心脏在我耳边奇怪地缓慢地发出巨大声音。我已经无法再压抑自己了。被他抚摸着,我几次发出很大的声音。心想不要出声,但好像不是我的别的什么人用我的声音擅自喘着、叫着似的。我觉得身上所有的螺丝都松了。然后,花了相当久的时间之后,他让我依然保持趴着,从后面把什么放进我里面。那是什么,我现在都不知道。非常硬、非常大的东西,不过那总之不是他的阴茎。那是确定的。这个人终究是性无能的,那时候我这样想。

"不管那是什么,被他插入那个时,我的身体可以历历清楚地感觉到自从自杀未遂事件以来第一次的痛。那该怎么说呢?好像我这个肉体从中间裂成两半似的,近乎不近情理的痛。不过我在一面激烈疼痛的同时,又一面因快感而呻吟。那快感是和疼痛浑然化为一体的,你明白吗?那是依附在快感后面的疼痛,是依附在疼痛后面的快感。我不得不把那当成一体的东西来接受。在那样的痛和快感中,我的肉逐渐撕裂开。我已经无法止住它。然后发生了奇怪的事情。从那分裂成截然两半的自己的肉中,我感觉到以前所没见过、以前没触摸过的什么,好像漩涡般旋转出来。我不太知道那有多大。不过简直就像初生的婴儿般湿黏黏的。那到底是什么,我完全没有概念。那原本就在我体内,却是我所不知道的东西。不过这男人,总之把那给引出来了。

"我想知道那是什么。非常想知道。想亲眼看看它。因为不是吗,那是我的一部分。我有权利看哪。然而却不行。我被吞进疼痛和快感的激流中去了。肉体的我高声叫着,垂着口涎,激烈地扭动腰肢。我连张开自己的眼睛都办不到。

"于是我达到性高潮。不过那与其说是高潮,不如说感觉像从高崖上被推下来似的。我高声哀叫,我想房间里的玻璃大概都震破了吧。不只是想而已,而是眼看着玻璃实际上就发出声音裂得粉碎。我感觉那些碎片纷纷掉落在我身上。然后我觉得非常不舒服。意识变得很薄,身体变成冰冷。虽然这比喻也许奇怪,但我觉得自己好像变成冷粥一样了。黏糊糊的,全身到处是莫名其妙的块状。而且那块状正配合心脏的鼓动缓慢地激烈疼着,我对那疼痛确实有记忆。要想起那是什么倒没花多少时间。那是以前,在自杀未遂事件发生前,我经常感觉到的沉重隐约的那种宿命性的疼痛。而且那疼痛简直像铁橇一样,把我意识的盖子强力撬开。疼痛撬开了意识的盖子,和我的意志没有关系,却在那里面把像琼脂一样的我的记忆滑溜溜地一直拉扯出来。虽然比喻得有点奇怪,但就像已经死掉的人,亲眼看着自己被解剖的光景一般的感觉。你明白吗?自己的身体切割裂开,内脏啦什么啦被滑溜溜地拉扯出来,而自己的眼睛则从某个地方正在看着似的心情。

"我身体一面痉挛着,一面继续在枕头上流出涎液。而且小便失禁。我想那必须停下来。但肉体的动作却无法停下。我身体的螺丝几乎一个不剩地失落了。在朦胧的意识中,我痛切地感觉到自己这个人是多么孤独、多么无力的存在啊。各种东西从自己的肉体逐渐溢出而去。有形的东西、无形的东西,一切的东西就像涎液和尿一样,化为液体黏黏稠稠地流出我身体。我想不能就这样一切全都溢出去呀。那是我自己呀,不能这样白白地流失掉啊。但却无法阻止那流溢。我只能恍惚地眼睁睁地袖手旁观而已。那到底经过多少时间,我不知道。好像所有的记忆和所有的意识都完全脱落了。觉得一切的一切都从自己身上跑到外面去了。终于好像一面沉重的窗帘从上面啪啦一声落下来似的,唐突的黑暗把我包围住。

"而在意识复原时,我又变成另外一个人了。"

加纳克里特把话说到这里停下来看我的脸。

"那就是那时候所发生的事。"她安静地说。

我什么也没说地等她继续说。

14 加纳克里特的新出发

加纳克里特继续说：

"那以后的几天之间，我活在身体好像被拆散得支离破碎的感觉中。走在路上，一直不觉得脚是切实踩在地面上的。吃东西也没有自己正在咀嚼着的触感。安静不动时，经常会感觉到自己的身体好像在既没有底也没有天花板的空间里无止境地持续往下跌落，或被气球似的东西拉着无止境地持续上升似的恐怖。我变得无法将自己的肉体动作和感觉与自身联系起来。那些好像都和我的意志没关系，只是自己爱怎么样就怎么样随便乱动似的。那里头没有秩序，也没有方向。然而我却不懂得镇定那激烈混沌的方法。说起来我所能够做的，只有乖乖地安静等待那该收敛的时期来临。我跟家里人说身体不太舒服，于是从早到晚关在自己房间，几乎没吃什么地安静不动。

"在这样的混乱中过了几天。我想大概有三天或四天吧。然后简直就像暴风雨过去了似的一切忽然完全静止，停了下来。我环视周围，望望在那里的自己的身姿。于是知道自己已经变成一个和以前不一样的新人了。换句话说，那是第三个我自己。第一个我，是在持续不断的激烈痛苦中烦闷生活的我。第二个我，是活在无痛苦无感觉中的我。第一个我是原初状态的我。我无论如何都无法把痛苦这沉重的绊绳从脖子上挣脱。而且勉强要挣脱它时——也就是尝试自杀，而以失败结束时——我变成了第二个我。那可以说是处于中间地带的我。过去一直酷虐我的肉体上的痛苦确实消失了。但其他感觉也同时后退而模糊了。生之意志、肉体性活力、精神性集中力，连这些东西都全部和痛苦一起消失了。然后通过这种奇怪的过渡期，现在我变成新的我了。那是不是我本来应有的样子，我自己都还不知道。不过，我虽然其实还很茫然，但总算拥有了自己正朝向正确方向前进的触感了。"

加纳克里特仰起脸来一直注视我的眼睛。就像在寻求对自己的话的感想似的。她双手还放在桌上。

"也就是说，那个男人带给你新的自己，对吗？"我试着这样问。

"我想恐怕是这样。"加纳克里特说。而且点了几次头。她的脸，简直就像晒干的池底一样，缺乏表情这东西。"被那个男人爱抚、拥抱，得到有生以来第一次近乎没道理的性快感，而使我的肉体起了某种巨大的变化。为什么会发生那样的事情，还有为什么碰巧非要经由那个男人之手不可呢？我不明白。不过不管经过怎么样，当我回过神时，我已经进入那新的容器中了。而且，正如刚才向你说过的那样，总算在通过深深的混乱之后，我打算把这新的自己当作'更正确的东西'来接受。因为不管怎么说，我总算能够从那深深的毫无感觉中脱离出来了，那对我来说简直像令人窒息的牢狱一般哪。

"不过，事后的不快感觉，在那以后的很长一段期间仍然像暗影一般纠缠着我。我每次想起那十根手指，每次想起他放进我里面的什么，每次想起从我体内出来的（或感觉到出来的）黏黏滑滑的块状物，我心情就无法稳定。感到一股无处发泄的愤怒和绝望感。我真希望那天发生的事能够从记忆中被消除得一干二净。然而却不可能。为什么呢？因为那个男人把我体内的什么给撬开来了。那被撬开的触感和对那男人的记忆化为一体一直还留着。而且我体内还有不容混淆的像脏污似的东西存在。那是一种矛盾的感情。你明白吗？我所经历的蜕变本身可能是正确的。是没有错误的。但另一方面，那蜕变所带来的东西却是肮脏的东西。错误的东西。那样矛盾的分裂，长久以来变成令我痛苦的事。"

加纳克里特又看了一会儿桌上自己的手。

"然后我不再出卖身体。因为再做那样的事已经变得没有意义了。"她说。加纳克里特的脸上依然没有浮现什么表情。

"可以那么简单地停止吗?"我试着问。

加纳克里特点点头。"我什么也没说,只是很干脆地辞掉。不过并没有什么问题。甚至令我觉得很惊讶。我预料一定至少会打电话来吧,我是做好心理准备并下定决心的,但他们从此以后什么也没来说过。他们知道我的地址和电话号码,大可以威胁我的,但结果什么都没发生。

"就这样,表面上我恢复成为一个普通的女孩子。那时候我把向父亲借的钱也全额还清了,甚至还储蓄了相当一笔钱。哥哥用我还的钱又买了一部不怎么样的新车。至于我为了还那钱做了什么,他大概也想象不到吧。

"我需要时间来习惯新的自己。自己到底是什么样的存在?到底是如何发挥机能的?到底对什么有怎么样的感觉?这些我必须一一以经验来掌握、记忆并储存。你了解吗?我身上的东西大部分都掉落了,丧失了。我既是新的,同时几乎也是接近空无的。我不得不把那空白一点一点地补起来。我必须把所谓我这东西,或者是正在形成的所谓我这东西,靠自己的手一一制作起来。

"虽然我还是学生的身份,但已经不想回大学了。我早上出门离家,走到公园,什么也没做,只是一个人坐在长椅上。或者只是在公园里的路上绕着走,下着雨时就到图书馆去,在桌子前面放着书假装在看。曾经在电影院耗一整天,也曾经搭山手线电车一整天转着圈圈。感觉简直像孤零零一个人浮在黑漆漆的宇宙太空中一样。我没有对象可以商量。如果对加纳马耳他的话,我可以把一切毫不隐瞒地说出来,但正如前面说过的,姐姐那时候正隐居在马耳他岛上继续修行。我既不知道她的住址,也没办法取得联系。因此我不得不一切都

14 加纳克里特的新出发

靠自己一个人的力量来解决。没有一本书能解释像我这样的经验。不过我虽然孤独，但并非不幸。我终于可以紧紧抓住我自己了。至少现在我有了值得紧紧抓住的所谓我自己这东西了。

"这新的我，虽然没有以前那样激烈，但可以感觉到所谓的痛苦。而同时，我在不知不觉之间已经学会如何逃避那痛苦的方法了。也就是说，我可以脱离那能够感觉痛苦的肉身的我了。你理解吗？我可以把自己分割成肉身的自己和非肉身的自己了。或许用语言解释好像很困难，但一旦学会之后，实际上并没有那么困难。当痛苦来临时，我就离开肉身的自己。当不想见的什么人来的时候，我就悄悄移到隔壁的房间去。我可以很自然地做到。我认识到自己肉身的痛苦。可以感觉到痛苦的存在。但我不在那里。我所在的是隔壁的房间。所以那痛苦的绊绳无法捕捉住我。"

"那么，你就可以随时依自己高兴把自己这样分离开来吗？"

"不。"加纳克里特考虑一下后说，"刚开始的时候，我只有在我的肉体感到物理上的痛苦时才能做到。也就是说，痛苦这东西，是我意识分离的钥匙。后来借助于加纳马耳他，我才在某种程度上能够凭意识去进行那分离。不过那是很久以后的事了。

"就在这样折腾来折腾去之间，加纳马耳他来信了。她费了三年时间在马耳他岛上的修行终于结束了，因此在一星期里会回日本。而且说从此以后将不再远行，要一直长住日本。我很高兴又能和马耳他见面了。我们在七年或八年里没见过一次面。而且就像刚才也说过的那样，马耳他是我在这个世上什么都可以毫不保留地倾心诉说的唯一的人。

"马耳他回国那天，我把过去到那时为止所发生的事全部没有保留地说给她听。马耳他一直默默地听我把那漫长而奇怪的事情说到最后。没有提出一个问题。等我说完之后，她深深叹了一口气，然后这样说：

"'其实我也许应该一直守在你身旁不要离开才对的。我为什么没有发现你有这么深的问题呢？也许是因为你对我来说是太近的存在吧。不过不管怎么说，我有不能不去做的事情。我不得不独自一个人到各种地方去。而且那是无法选择的事。'

"这点你不必介意，我说。这是我的问题，而且结果我也因此逐渐变好了啊。加纳马耳他沉默地思考了一会儿。然后这样说：

"'自从我离开日本后到现在的这段时间，我想你所经历过的许多事情，对你来说一定是非常艰辛困苦的。不过就像你所说的，不管怎么样，我想已经逐渐接近你自己应该有的样子了。最辛苦的时期已经过去，不会再回来了，那种事情再也不会发生在你身上了。虽然不容易，不过经过某种程度的时间之后，各种事情都会忘记的。但是人如果没有真正的所谓自己的话，本来就无法活下去的。那就像地面一样。因为如果没有地面的话，就没办法在那上面种东西呀。

"'不过，只有一件事情你必须记得，那就是你的身体被那个男的玷污了。那本来是不容许的。要是搞不好的话，你可能会永远迷失，而徘徊在完全的虚无之中也不一定。不过幸亏那时候的你碰巧不是本来的你，所以那反而起了好的作用。这样一来，你反而能顺利地从"架空的你"中解放出来。那真是很幸运的事。虽然如此，那污点依然留在你身上，你必须在什么地方把那污点弄掉。不过我没有办法帮你洗落它。也不知道那具体的方法。我想那只有靠你自己去发现，靠你自己去做吧。'

"然后姐姐为我取了加纳克里特的新名字。新生的我需要有新的名字。我立刻就喜欢上这新名字。而且加纳马耳他开始用我作为灵媒。在她的指导下，我逐渐一点一点地学习统御新的自己、分开肉体和精神的方法。我好不容易终于有生以来第一次，能够在平稳的心情下过生活了。当然我还不能够掌握所谓真正的我。那还缺少很多东西。不过我现在身边就有加纳马耳他这样一位可信赖的对象。她了解

14 加纳克里特的新出发

我,接受我。她引导我,紧紧地守护我。"

"于是就在这时候,你和绵谷升又再度相遇了,对吗?"

加纳克里特点点头。"对。我又和绵谷升先生再度相遇了。那是今年三月初的事。自从我第一次被绵谷升抱过,因而完成蜕变,又和加纳马耳他一起工作以来,已经过去五年以上了。绵谷升到我家来拜访马耳他,在那里我们碰面了。并没有开口,只在家里的玄关瞬间一瞥而已。然而我只看了他的脸一眼,就像被闪电击中一般地站定了。因为他就是最后一个买我的那个男人。

"我叫加纳马耳他过来,告诉她那就是玷污我的男人。'我知道了。其他的事都交给我,你什么都不用担心。'姐姐说,'你躲在后面安静别作声。绝对不要在那个男人前面露脸喏。'我依她说的去做。所以他和加纳马耳他在那里到底谈了些什么,我都不知道。"

"绵谷升到底找加纳马耳他做什么?"

加纳克里特摇摇头。"我什么也不知道,冈田先生。"

"不过一般人到你们家来总是为了什么吧?"

"是啊。没错。"

"例如他们是为什么来的?"

"各种事情啊。"

"所谓各种事情是指什么?"

加纳克里特稍稍咬着嘴唇。"找东西,问命运、未来……什么都有。"

"而你们都知道这些吗?"

"知道。"加纳克里特说。然后用手指指自己的太阳穴。"当然不是所有的事情都知道。不过大部分的答案都在这里面。只要能进到里面就行了。"

"就像下到井底去吗?"

"是的。"

我在桌上支着头慢慢深呼吸。

"如果你能告诉我的话,我倒想请教你一件事。你好几次到我梦里来。那是刻意依你的意志做的,对吗?"

"是的。"加纳克里特说,"那是刻意做的。我进入冈田先生的意识中,在那里和冈田先生相交。"

"你可以做到这个?"

"可以。那是我的任务之一。"

"我和你在意识中相交。"我说。实际说出口时,总觉得那像在雪白的墙壁上画了一幅大胆的超现实主义绘画一样。我好像在从远处眺望看看那有没有画歪了似的,又再重复说出口一次:"我和你在意识中相交。但我并没有拜托过你们什么,我也并不想知道什么,对吗?那么为什么你非要特地跟我做那种事不可呢?"

"因为加纳马耳他命令我这样做。"

"这么说,加纳马耳他是用你当作灵媒,来试探我的意识,想从中找到什么答案吗?那又是为什么?那是为绵谷升所委托的事找答案呢,还是为久美子委托的事找答案呢?"

加纳克里特沉默了一会儿。看起来她好像有点迷惑。"我也不知道。她并没有给我详细的情报。因为不给情报,灵媒可以比较自动自发。我只是被通过而已。至于对从中发现的事情赋予意义,则是马耳他的任务。不过我希望冈田先生明白的是,加纳马耳他基本上是站在冈田先生您这边的。为什么呢?因为我恨绵谷升,而加纳马耳他是最为我设想的人。我想加纳马耳他大概是为了冈田先生而这样做的。"

"嘿,加纳克里特小姐,我实在不明白噢,自从你们出现之后,我周围就开始发生各种事情。我并不是说都是因为你们的关系。或许你们都是为了我而做的也不一定。不过说真的,我一点都不觉得因此而变快乐了。倒是相反地失去了很多东西。很多东西从我身边离去了。刚开始猫不见了。然后是太太不见了。久美子后来给我一封信，向我坦白说出她长久以来跟别的男人睡觉。我既没有朋友，没有工作，也没有收入。既没有对未来的展望，也没有活下去的目的。这些是为了我吗？你们对我和久美子到底做了什么？"

"您所说的事我当然明白。您会生气也是当然的。我也但愿能够明确地向您说明一切。"

我叹了一口气，手摸摸右颊上的黑斑。"算了，那都无所谓，因为这些都像是我一个人的自言自语而已，请你别介意。"

她一直注视我的脸，然后说："确实冈田先生周围这几个月来发生了各种事情。或许我们有几分责任也不一定。不过我想这些也许迟早在某一时刻都要发生的。而且如果迟早都要发生的话，那不如早一些发生比较好吧。我真的这样觉得。冈田先生，您听我说，还有更糟糕的事情已经发生了呢。"

加纳克里特说要到附近的超级市场去买食品，于是出门去了。我把买东西的钱交给她，然后说如果要出去，是不是换上整齐一点的衣服比较好。她点点头，到久美子房间去，穿了白色棉衬衫和绿色花裙子出来。

"我擅自穿上您太太的衣服，冈田先生不介意吗？"

我摇摇头。"她信上要我把她的衣服都丢掉。所以你穿了也没有谁会介意。"

衣服正如预料的，全部完全合加纳克里特的身材。合身得真不可思议。连鞋子尺寸都一样。加纳克里特穿上久美子的凉鞋走出门去。看到身上包着久美子衣服的克里特的身影时，我感觉现实好像又有点移动方向了似的。好像巨大的客船正在慢慢地旋转着舵似的。

加纳克里特出去之后，我躺在沙发上恍惚地望着庭院。三十分钟左右之后，加纳克里特抱着三个塞满食品的大纸袋搭计程车回来。然后她为我做了火腿蛋和沙丁鱼沙拉。

"冈田先生对克里特岛有兴趣吗？"吃过东西后，加纳克里特突然问我。

"克里特岛？"我说，"地中海中的克里特岛吗？"

"是啊。"

我摇摇头。"不知道。没有什么兴趣不兴趣。我从来没特别想过克里特岛的事。"

"你不想跟我两个人一起到克里特岛去吗？"

"跟你一起去克里特岛？"我重复说。

"其实说真的，我打算暂时离开日本。我跟冈田先生分开后，一个人在井底时一直在想这件事。自从我被按上这个名字之后开始，一直想有一天要到那岛上去。因此我读了很多有关克里特岛的书。甚至为了能在那里悠闲地生活还私下学了希腊语呢。我有暂时生活无忧的相当金额的积蓄。如果是钱的事，倒不必担心。"

"你想去克里特岛的事加纳马耳他知道吗？"

"不，我还没告诉加纳马耳他任何事。不过如果我说想去的话，姐姐应该不会反对。我想她大概会觉得那样对我比较好吧。姐姐这五年来，虽然一直用我当灵媒，不过姐姐并不是只把我当作道具在利用。她这样做，在某种意义上是在帮助我复原。借着让各种人的意识或自我通过我，让我能够获得所谓自己这东西，我想姐姐是这样想的。你明白吗？换句话说，那就像是所谓自我的疑似体验一样的东西。

"试想一想，我过去从来没有明白地对谁开口说过'自己无论如何想要做这个'。一次也没有过。说真的，我连想过'自己无论如何想要做这个'都没有过。我自从生下来之后，就一直过着以痛苦这东西为中心的人生。怎么样才能勉强和严酷的痛苦共存，几乎是我一直以来活着的唯一目的。然后到了二十岁，由于自杀未遂，那痛苦消失之后，取而代之的是深深深深的毫无感觉。我简直就像个行尸走肉一样的东西。厚厚的毫无感觉的一层迷雾把我全身紧紧覆盖。我身上没有丝毫称得上意志的东西。然后在我肉体被绵谷升先生侵犯，意识被撬开后，才得到了第三个我。虽然如此，我仍然还不是我自己。我只是得到最低限度必要的容器而已。只不过是容器而已。然后身为容器的我，在加纳马耳他的指导下，让各种自我通过。这就是二十六年之间我的人生。请你试着想象看看。这二十六年之间我什么东西都不是。我在井里一个人思考时才忽然发现这件事。我这个人，这么长久以来竟然什么东西都不是。我只不过是一个娼妇而已。我既是一个肉体的娼妇，也是一个意识的娼妇。

"不过现在的我，快要得到新的自己了。我既不是容器，也不是通过物了。我正要在这地面让我自己站起来。"

"你说的话我懂。不过为什么你想和我一起去克里特岛呢？"

"因为我想那也许对我和对冈田先生都好吧。"加纳克里特说，"既然我们两个人暂时都没有必要在这里，那么我想不如不在比较好。冈田先生接下来有什么其他安排吗？有什么行动吗？"

"没有什么安排啊。"

"有没有什么想在这里做的事？"

"我想目前还什么都没有。"

"有没有不能不做的事？"

"我想我有必要找工作。不过也不是非要立刻找到不可。"

"那么，你不觉得我们有很多共通点吗？"

"我想确实有。"

"我们两个人都必须从什么地方开始重新做点什么才行。"

加纳克里特一面看着我的眼睛一面说："而且我想到克里特岛去，也是个不错的开始。"

"我想是不错的。"我承认道，"虽然觉得很唐突，不过当作一个开始倒不错。"

加纳克里特对我微微一笑。试想一想,加纳克里特对我微笑,这还是第一次。她一笑,历史好像开始稍微朝向正确的方向前进了一点似的。"还有一些时间。就算现在开始急忙准备,恐怕也要两星期左右才能出发吧。在这期间请慢慢考虑。我不知道我能不能为冈田先生做点什么。我觉得现在我没有什么能给您的。因为我真的是名副其实空空的。从现在开始,我希望能在这空空的容器里,逐渐放进一些内容进去。不过如果您说这没关系的话,我可以把这个自己交给冈田先生。我想我们可以互相帮助。"

我点点头。

"我会考虑看看。"我说,"我很高兴你能这样说。如果能这样的话,我想一定很美好吧。不过我有我不得不考虑的事,也有不得不解决的事。"

"如果冈田先生最后说还是不能去克里特岛的话,我也不会因此受到伤害。虽然会觉得很遗憾,不过请毫无顾虑地告诉我。"

加纳克里特那天夜里也住在我家。傍晚她邀我到附近的公园去散散步。于是我决定忘记脸上的黑斑试着走出家门。我想一一去在意这些事情也没用啊。我们在舒服的夏日黄昏散步了一小时左右,然后回家吃了简单的晚餐。

正在散步时,我把久美子的来信内容详细告诉加纳克里特。我说她大概再也不会回这里来了。她已经有别的情人。跟他睡了两个月以上。虽然好像跟他分手了,但并不因此而打算回到我身边来。加纳克里特默默听着我说。关于这些她并没有开口提出任何感想之类的。看来她似乎早已完全知道这些来龙去脉了。也许这件事我是知道最少的人吧。

吃过饭后加纳克里特说想跟我睡觉。说想和我做肉体上的相交。

14 加纳克里特的新出发

忽然听到她这样说,我一时也不知道该怎么办才好。"忽然听你这样说,我也不知道该怎么办才好。"我坦白对加纳克里特说。

加纳克里特注视着我的脸。"冈田先生不管你要跟我一起去克里特岛也好,不去也好,都和这没关系。我只希望冈田先生能够把我当作娼妇抱一次就好了。今夜就在这里,我想要冈田先生买我的肉体。然后我打算以这作为最后,无论在意识上也好,肉体上也好,断然停止再做娼妇。我想甚至连加纳克里特这名字都丢掉。不过为了这个,我需要一个眼睛看得见的在这里结束了的明显分界。"

"我明白你想要一个分界的用意,但为什么非要和我睡觉不可呢?"

"你听我说,我可以借着和现实的冈田先生做现实的相交,从冈田先生这个人身上走出来。我想借着通过那里,让自己从身上的污点一样的东西中解放出来。那就是分界。"

"嘿,抱歉。我不买别人的肉体。"

加纳克里特咬着嘴唇。"这样好了。请以你太太的几套衣服代替钱给我,还有鞋子。那在形式上作为我肉体的代价。这样可以吗?这样一来,我就可以得救了。"

"你所谓的得救,就是说你可以从绵谷升最后在你身上留下的污点中解放出来吗?"

"正是这样。"

我看了一会儿加纳克里特的脸。没戴假睫毛的加纳克里特的脸比平常看起来显得孩子气得多。"嘿,绵谷升这个人到底是什么东西?那男人是我太太的哥哥。不过仔细想一想,我对那个男人的事几乎一无所知。他到底在想什么?在渴求什么……我完全不知道。我所知道的,只有我们互相讨厌着对方而已。"

"绵谷升先生是属于和冈田先生完全相反世界的人。"加纳克里特说。然后暂时闭嘴寻找着措辞。"冈田先生所失去的世界,绵谷升先生则继续获得。冈田先生所否定的世界,绵谷升则继续接受下去。这反过来也说得通。所以他才会这样强烈地憎恨冈田先生。"

"这我就不明白了。对他来说,我的存在是微小得根本不被他放在眼里的啊。绵谷升有名望,有权力。跟他比起来,我是个完全的零。这样的人,为什么还非要劳神他费事地来憎恨不可呢?"

加纳克里特摇摇头。"憎恨这东西就好比拉长的影子一样。那是从什么地方拉出来的,多半的情况下,本人也不知道。那是一把两刃的剑。在切割对方的同时也切割自己。强烈地切割对方时,也就激烈地切割了自己。有些情况下还会丧命。不过想丢掉又不是那么容易能丢掉的。冈田先生请小心。那真的很危险。一旦根植心中的恨,想要抖落是极困难的事。"

"你可以感觉到这个啊,绵谷升心中那憎恨的根源之类的东西?"

"可以感觉到。"加纳克里特说,"那把我的肉体一分为二,玷污了啊,冈田先生。所以我才不希望那个人是我以娼妇之身所接的最后一个客人,你明白吗?"

那一夜,我上床抱了她。我把加纳克里特身上穿的久美子的衣服脱掉,和她相交,那是一次安静的相交。和加纳克里特相交,感觉上好像是梦的延长似的。我觉得好像把梦中和加纳克里特所做的行为,原样在现实中重复照做了一次。那是真正的活生生的肉体。然而那其中却缺少了什么。那是清楚的和这个女人相交着的真实感。我一面和加纳克里特相交着,一面时时被正和久美子相交着的错觉所袭。我射精的时候,想到这下一定可以醒过来了吧。然而并没有醒来。我在她里面射精。那是真正的现实。然而每当我认识到这是现实时,便觉得现实好像逐渐变得不像现实了似的。现实逐渐一点一点地和现实错开,远离而去。然而那毕竟还是现实。

"冈田先生,"加纳克里特一面用双手围在我背上一面说,"我们两个人到克里特岛去吧。对我来说,和对冈田先生来说,这里都不是该待的地方了。我们不能不去克里特岛。如果留在这里,冈田先生身上迟早会发生坏事。我知道。"

"坏事?"

"非常坏的事。"加纳克里特预言。像住在森林里的鸟一样,以微小而清澈的声音。

15　正确的名字，夏天的早晨浇上沙拉油烧掉的东西，不正确的比喻

早上，加纳克里特失去了名字。

天亮后不久，加纳克里特轻轻把我叫醒。我醒过来，睁开眼睛，看见从窗帘缝隙射进来的早晨光线。然后看看床上身边坐起来正在看着我的她的身姿。她穿着我的旧T恤代替睡衣，那是她身上所穿的唯一东西。在早晨的光线中，那阴毛闪着淡淡的颜色。

"冈田先生，我已经没有名字了。"她说。她不再是娼妇，不再是灵媒，不再是加纳克里特了。

"OK，你不再是加纳克里特了。"我说。然后用指腹揉揉眼睛。"恭喜你。你已经是个新人了。不过没有名字的话，以后要怎么叫你呢？没有名字的话，比方人家想从后面叫你的时候可就伤脑筋了。"

她——到昨天晚上为止还是加纳克里特的那个女人——摇摇头。"不知道。大概不得不另外找个新名字吧。我以前有过本名。然后当娼妇的时候，已经不想再叫那个名字了，不过为了工作有过一个假名。不当娼妇以后，加纳马耳他帮我取了'加纳克里特'的名字，用在当灵媒的我。不过我已经不再是这些了，我想我需要一个完全崭新的名字给新的我。冈田先生有没有想到什么，适合新的我的名字之类的？"

我想了一下，但想不到适当的名字。"我想你大概必须自己找才行。因为你以后要变成一个新的自立的人。就算要花一点时间，我想还是这样比较好。"

15 正确的名字,夏天的早晨浇上沙拉油烧掉的东西,不正确的比喻

"可是,要为自己找一个正确的名字是很困难的。"

"当然不简单。因为名字这东西有时候是代表全部啊。"我说,"或许我也和你一样,现在最好完全舍弃一次名字。我这样觉得。"

加纳马耳他的妹妹在床上坐起身,伸出手,用手指摸摸我右脸颊。那上面应该还有婴儿手掌那么大的黑斑。

"如果冈田先生现在也失去名字的话,我该怎么叫冈田先生呢?"

"发条鸟。"我说。至少我还有一个新名字。

"发条鸟先生。"她说。然后把那名字浮在空中眺望着。"我觉得是个很棒的名字,但那到底是什么样的鸟呢?"

"发条鸟是实际有的鸟。长成什么样子,我不知道。因为实际上我没有看过它的样子。只听过它的声音。发条鸟停在那边的树枝上一点一点地卷着世界的发条。发出叽里叽里的声音卷着发条。如果发条鸟不卷发条,世界就不动。不过谁也不知道这件事。世上的人们都以为是更气派、更复杂而巨大的装置在切实地转动着这个世界的。但没这回事。其实是发条鸟到各个地方去,在各个地方各卷一点小小的发条而转动着世界的。就像上发条式的玩具一样,很简单的发条。只要上那发条就行了。只是那发条只有发条鸟才看得见。"

"发条鸟。"她重复了一次,"卷世界发条的发条鸟先生。"

我抬起头看看四周围。是看惯的和平常一样的房间。这四五年来我一直睡在这房间里。但这房间看起来出奇地空旷、宽大。"但很遗憾,我不知道该到什么地方去才有发条。也不知道那发条长成什么样子。"

她把手指放在我肩膀上。并用那指尖画着小圆圈。

我仰卧着,长久眺望着天花板上一个像胃袋形状的小斑痕。那斑痕就在我的枕头正上方。我第一次发现那斑痕的存在。我想那斑痕到底是从什么时候开始就在那里的呢? 大概从我们住进来以前就在那上面了吧。而且我和久美子在这床上一起睡觉的时候,它都一直静静

地、屏住呼吸紧紧贴在我们的正上方。而有一天早晨，我忽然发觉它的存在。

我感觉到就在身边，过去是加纳克里特的女人气息的温暖。我可以闻到她肉体柔软的气味。她还在我肩膀上继续画着小圆圈。虽然可能的话，我很想伸出手再抱一次她的身体，但我不能判断，那是不是正确的。上下左右的关系实在太复杂了。我放弃思考，就那样默默地继续望着天花板。终于加纳马耳他的妹妹往我身上弯下来，轻轻在我右颊吻一下。她柔软的唇接触到黑斑时，我感到一阵深深的类似麻痹般的感觉。

我闭上眼睛，倾听世界的声音。听得见什么地方有鸽子的啼叫声。咕、咕、咕的很有耐心的鸽子啼叫声。那声音让世界充满了善意。那声音祝福着夏天的早晨，告知人们一天的开始。然而我觉得只有那个还不够啊。一定需要有谁去卷发条才行啊。

"发条鸟先生，"过去曾经是加纳克里特的女人说，"我想总有一天，你一定可以找到那发条的。"

我依然闭着眼睛问道："如果真的这样，如果我有一天找到发条了，可以卷那发条了，我周围是不是会再一次恢复正常的生活呢？"

她静静地摇摇头。她的眼睛悄悄地飘着淡淡的哀愁般的东西。那看起来就像是遥远的天空上方飘浮的一片云似的。"我不知道。"她说。

"谁都不知道。"我说。

世界上有些事情是不知道比较好的，间宫中尉说。

＊＊＊＊＊＊＊＊＊＊＊＊＊＊＊＊＊＊＊＊＊＊

加纳马耳他的妹妹说想去美容院。因为她身上没带一毛钱（名副其实赤裸裸地到我家来的），于是我借了钱给她。她穿上久美子的衬衫、久美子的裙子和凉鞋，到车站附近的美容院去。久美子每次去的那家美容院。

加纳马耳他的妹妹出去之后，我开始做好久没做的打扫工作，用

15 正确的名字,夏天的早晨浇上沙拉油烧掉的东西,不正确的比喻

吸尘器吸地板,把要洗的衣服放进洗衣机。然后把自己书桌的抽屉全部拉开,把那里面的东西全部移到纸箱里去。然后从里面只选出必要的东西。其他的打算全部都烧掉,但实际上几乎没有什么必要东西。那里面有的几乎全部都是没用的东西。旧日记、想写回信但一直长久继续搁着的信、详细地记载着细致安排的旧手册,罗列着从我的人生中经过的人们名字的通讯录、已经变色的报纸杂志剪报、过期的游泳池会员证、卡式录音机的说明书和保修卡、半打左右用了一半的圆珠笔和铅笔、便条纸上记下来的某人的电话号码(现在已经想不起来那是谁的电话号码了)。然后我把放在箱子里保管在壁橱里的旧信全部烧掉。信的将近一半是久美子写的。我们结婚前经常有书信来往。信封上排列着久美子那细小而端正的笔迹。她的笔迹几乎从七年前到现在都没变化。连墨水的颜色都一样。

我把那纸箱搬去庭院,上面浇了大量的沙拉油,划上火柴点着火。纸箱旺盛地燃烧起来,但那些东西全部化为灰烬,却比预料的花了更长的时间。因为是无风的日子,白烟从地面一直笔直地往夏日的天空上升而去。看起来就像出现在《杰克和豌豆》中,长到云上面的巨大的树一样。顺着那一直爬上去的话,或许在那很上面的地方,有我过去和大家聚在一起快乐过日子的小世界也不一定。我一面坐在庭院的石头上流着汗,一面一直眺望那烟的去向。夏日炎热的早晨预告着更热的下午即将来临。身上的T恤衫被汗湿得紧紧贴在身上。俄国旧小说里,信这东西多半是在冬夜的暖炉旁被烧掉的。不会在夏天的早晨在庭院里被浇上沙拉油烧。不过在我们这可怜的现实世界里,人也会在夏天的早晨流着汗烧信。世间有些事情是由不得你选择的。有些事情是等不到冬天的。

那些东西大致都烧尽之后,我用桶子汲了些水来,从上面浇下去把火熄灭。然后把残留的灰用鞋底踏碎。

自己这边的都解决之后,这次走到久美子房间去,查看一下她的

书桌。久美子离家出走之后，我还没查过那里面，因为觉得那样不太礼貌。不过她本人既然已经说过不再回来了，我打开书桌的抽屉，久美子应该不介意吧？

离家出走之前书桌好像全部整理过了，抽屉里几乎是空的。留下来的东西，说来只有新的信纸和信封，装在盒子里的回形针、尺和剪刀，圆珠笔和铅笔加起来半打，这种程度的东西。也许她事前就整理好，以便随时可以离开也说不定。那里没有留下任何一件能够感觉到久美子存在的东西。

那么久美子到底把我的信怎么处理了？她应该拥有和我同样数量的信的。而且那些信应该是保管在某个地方的。然而到处都没看见。

其次我到浴室去，把那里的化妆品全部清到箱子里。口红、清洁霜、香水、发夹、眉笔、棉块、乳液和其他莫名其妙的东西，全部倒进饼干盒里。没有多少量。久美子并不是很热心化妆的女人。然后把久美子用过的牙刷和牙线丢掉。淋浴帽也丢掉。

做完这些，我整个人累极了。我坐在厨房的椅子上，喝了满满一杯水。其他久美子还留着的，说起来只有不太大的一个书柜的书和衣服了。书只要整批卖给旧书店就行了。问题是衣服。久美子信上写着帮她适当处理掉，因为她不再穿了。但具体该怎么"适当"处理才好，她并没有告诉我。是卖给旧衣店好呢，还是装进塑胶袋当垃圾丢好呢？是送给什么想要的人呢，还是捐给救世军好呢？不过任何一种方法我都觉得不太"适当"。算了，不急，我想。暂时还是照样留下来好了。加纳克里特（过去曾经是加纳克里特的女人）也许要穿，或许久美子改变主意回来拿也不一定。虽然那是绝不可能的事，但谁又能够这样断言呢？明天会发生什么，谁也不知道。后天的事，就更难说了。不，这样说起来，连今天下午会发生什么都无法预知。

曾经是加纳克里特的女人从美容院回来时是中午稍前。新的头发短得令人吃惊，最长的地方顶多只有三公分或四公分左右。她把那用

15 正确的名字,夏天的早晨浇上沙拉油烧掉的东西,不正确的比喻

定型发胶之类的东西整理得服服帖帖的。妆几乎都卸掉了,因此第一眼见到时,几乎认不出是谁了。总而言之,她看起来已经不再像杰奎琳·肯尼迪了。

我赞美她的新发型。"这样看起来更自然、更年轻。不过我总觉得你好像变成另外一个人了似的。"

"本来就是真的变了一个人了啊。"她说着笑了。

我邀她一起吃中饭,但她摇摇头。说现在开始有很多事必须一个人去做。

"嘿,冈田先生,发条鸟先生,"她对我说,"这样一来,总算觉得作为一个新人踏出了第一步了。首先我要回家去和姐姐慢慢谈,然后开始做去克里特岛的准备。要领护照,订机票,整理行李。我完全没做惯这些,不知道该怎么办才好。因为我过去从来没有旅行过一次啊。连东京都没离开过。"

"你还想跟我一起去克里特岛吗?"我试着问她。

"当然哪。"她说,"我觉得那样对我和对冈田先生来说,都是最好的选择。所以冈田先生,请您也好好考虑考虑。这是非常重要的事。"

"我会好好考虑看看。"我说。

曾经是加纳克里特的女人走出家里之后,我穿上新的 Polo 衫,穿上长裤。为了让黑斑不要太招眼而戴起太阳眼镜。然后在强烈的日照下走到车站,搭上下午空空的电车去到新宿。在纪伊国屋书店买了两本希腊旅行指南,然后到伊势丹卖场去买了一个中型的旅行箱。先办完购物之后,就走进眼前看到的餐厅去吃中饭。女服务生非常爱理不理的,态度恶劣。我自认为是精通爱理不理、态度恶劣的女服务生的,但从来还没见过比她更爱理不理、态度恶劣的女服务生了。她好像对我这个人和对我所点的东西,彻头彻尾地不喜欢似的。在我看了

菜单，正在考虑要吃什么时，她用简直就像抽到了坏签似的眼神，一直望着我的黑斑。我继续感觉到她的视线停在我的脸颊上。虽然我点了小瓶的啤酒，但过一会儿送来的却是大瓶的。不过我并没有抱怨。光是能好好送来有冒泡的冰啤酒，就不得不感谢了吧。如果量多了，只要喝一半，其他剩下来就好了。

吃的东西送来之前，我一面喝着啤酒一面读着旅行指南。克里特岛是希腊的海岛中最接近非洲的一个细长形状的岛。岛内没有铁路，旅行者大多搭巴士移动。最大的城叫作伊拉克利翁，那附近有以迷宫著称的克诺索斯宫殿的遗迹。主要产业是橄榄的栽培，葡萄酒也很有名。很多区域风力很强，有很多风车。由于各种政治上的原因，在希腊之中是最后从土耳其独立的地域，因此风土和习惯等与希腊的其他各地区有些格格不入。尚武风气很强，第二次世界大战中对德军的炽烈抵抗运动众所周知。卡赞扎基斯以这克里特岛为舞台写成长篇小说《希腊人左巴》。我从与克里特岛有关的指南所能得到的知识大致是这些。至于那边的实际生活到底是什么样子的，我却几乎无从知道。反正都是这样吧，旅行指南这种东西都是为经过那里的人，而不是为打算住在那里的人而写的。

我试着想象一下和曾经是加纳克里特的女人两个人一起在希腊生活的样子。我们在那边到底会过什么样的生活呢？我们会住什么样的房子，会吃什么样的东西呢？早晨起来会做什么事，会谈什么话度过一天呢？还有那到底能够维持几个月、几年呢？但我脑子里完全没有什么称得上意象的东西浮上来。希腊所留给我的具体印象，说起来只有在《星期天不行》和《骑海豚的少年》的电影中出现的东西而已，而且那已经是二十年或三十年前的电影了。

不过，那是好像比喻一样的东西，我也可以就这样去克里特岛啊，我想。我总而言之是可以去克里特岛，和曾经是加纳克里特的女人两个人一起生活的。我暂时交互地望了一会儿放在桌上的两本旅行

15 正确的名字,夏天的早晨浇上沙拉油烧掉的东西,不正确的比喻

指南书和放在脚边的崭新旅行箱。那是采取具体形式的我的可能性。我为了让那可能性这概念成为眼睛看得见的形式,而特地上街买了旅行指南和旅行箱。而且越看越觉得那是显得很有魅力的可能性。只要抛开一切,提起一个旅行箱干干脆脆地离开这里就行了。很简单哪。

我留在日本能做的事情,说起来只有窝在家里一直等着久美子回来而已。不,首先久美子就不会回来了。她在信上清楚地写道不要等她、不要找她。当然不管别人怎么说,我都有权利继续等久美子。但那样做只会使我逐渐耗损下去吧。变得更孤独、更走投无路、更无力吧。问题是,这里谁都不需要我啊。

或许我应该就这样和加纳马耳他的妹妹一起去克里特岛吧。正如她所说的,那对我对她都是最好的。我又再一次注视那个放在脚边的旅行箱。我试着想象自己提着那个旅行箱,和加纳马耳他的妹妹一起在伊拉克利翁机场(那是克里特岛上机场的名字)下飞机站定时的情景。想象在某个村子安定下来生活着,吃着鱼,在碧蓝的海里游泳的情景。但在那像风景明信片照片一样的空想漫无目的地在脑子里重叠的时间里,胸中一股像坚固的云块似的东西却逐渐扩展开来。一面走在挤满了购物客的新宿街上,一面一手提着新的旅行箱时,我继续感到鼻孔里像有什么塞住了一样呼吸困难。觉得自己的手脚没办法正确移动似的。

我走出餐厅走在街上时,手上提的旅行箱和迎面冲过来的男人的脚相撞了。大个子的年轻男人,穿着灰色T恤衫,戴着棒球帽。耳朵上戴着随身听的耳机。我向那个男人道歉一声:"对不起。"但那个男人却一声不响地把帽子重新戴好,然后把手臂伸直往我胸前猛力挥过来。完全没预料到会有这一拳,因此我站立不稳摔了一跤,头撞上大楼的墙壁。男人清楚我倒下去之后,表情丝毫不改地就那样走掉了。一瞬间真想追上去理论,但又改变主意算了。那样做也没用。我站起来,叹一口气,拍拍长裤上沾的灰。然后伸手提起旅行箱。有人帮我

373

把掉落的书捡起来交给我。是一位戴着几乎无边的圆帽子的矮小老妇人。那是一顶形状非常奇怪的帽子。把书交给我时,她什么也没说地轻轻摇摇头。看见那老妇人的帽子和同情的脸色时,我忽然没来由地想起发条鸟的事来。在某个森林深处的发条鸟。

头痛了一阵子,但没有什么伤。只有头后面肿起一个小包而已。别在这种地方闲逛了,早点回家比较好,我想。我必须回到那安静的后巷去。

我为了让自己心情镇定下来,于是在车站内的商店买了报纸和柠檬水果糖。从口袋里掏出皮夹来付账,抱着那报纸朝检票口走时,听见后面有女人的声音。"嘿,先生,"那个女人叫着,"那位高个子,脸上有黑斑的先生!"

那是指我了。呼叫的是商店的女孩子。我莫名其妙地转回身。

"你忘了拿找的钱了。"她说。然后把千圆钞找的零钱交给我。我道了谢收下。

"对不起,提到黑斑的事。"她说,"因为想不起别的叫法,所以就这样叫出口了。"

我表示这种事没关系,脸上勉强挤出微笑摇摇头。

她看看我的脸。"你流了好多汗,没问题吗?是不是不舒服?"

"好热啊,只是走着走着就流汗了而已。谢谢。"我说。

我搭上电车,看着报纸。那时候还没发现,但手上拿报纸真的已经是隔好久的事了。我没有订报纸。久美子偶尔会在上下班搭电车的途中心血来潮时,在车站的商店买早报,帮我带回家来。然后我第二天早晨,再看那前一天的早报。看报纸是为了看征人启事。不过久美子不见了之后,就再也没有人买报纸为我带回来了。

报纸上写的东西没有任何引起我兴趣的。从第一版到最后一版很快浏览一遍,上面并没有任何我非知道不可的事。但合上报纸,依照顺序看着车厢内周刊的吊挂海报广告时,眼睛被绵谷升的名字所吸

15 正确的名字,夏天的早晨浇上沙拉油烧掉的东西,不正确的比喻

引。那上面用相当大的字写着"绵谷升氏政界出马掀起浪潮"。我抬头长久注视着"绵谷升"那三个字。那个男人果然是玩真的。真的打算当政治家。光为这点就值得离开日本了,我想。

我提着空旅行箱从车站搭上巴士,回家去。虽然是个像空壳子似的家,但回家还是松一口气。休息一下之后,我到浴室去冲淋浴。浴室里已经没有久美子的影子留下了。牙刷、浴帽、化妆品,一切的一切都消失了。那里已经没有晾着丝袜、内衣,也没有她专用的洗发精了。

走出浴室,我一面用毛巾擦身体,一面想我是否应该买一本刊登有绵谷升报导的周刊呢?那上面到底写着什么呢?我逐渐在意起来。然后摇摇头。绵谷升想当政治家,就去当政治家好了。这个国家有谁想当政治家,就有权利去当。而且由于久美子已经离我而去了,我和绵谷升的关系等于实质上已经断绝,以后这个男人将遭遇什么样的命运,都与我无关。就像我今后将遭遇什么样的命运,也和绵谷升无关是一样的。很好。从一开始本来就应该这样嘛。

但我没办法把周刊的标题从我脑子里赶出去。那个下午我一直在整理壁橱和厨房的杂物,但不管怎么忙碌地运动着身体想其他的事情,吊挂海报广告上那"绵谷升"的大活字,依然以强烈的残像浮在我眼前,飘扬着。那简直像从公寓的邻室,透过墙壁可以听见的遥远的电话铃声似的。那电话没有应答,就那样一直持续地永久响着。我放弃了,干脆走到附近的便利商店去,买了那本杂志回来。

坐在厨房的椅子上,一面喝冰茶一面读那报导。上面写着以经济学者,以评论家闻名的绵谷升,将于本次众议院选举中由新潟某区推出为候选人,就此具体检讨。绵谷升的详细经历也刊登出来。学历、著作、在大众媒体上活跃几年。伯父是新潟某区选出的众议院议员绵谷义孝氏。他表明本次由于健康上的理由引退,但因为没有其他明显有力的后继者,如果依现况顺利进行的话,侄儿绵谷升氏在该选区有

375

望继续获得支持的可能性极强。上面写道，如此一来，依现任绵谷义孝地盘的强势，加上绵谷升氏的高知名度及年轻有为，绵谷升氏的当选应该没有问题。据地方"有力人士"声称："绵谷升出马的可能性有百分之九十五。详细条件正在交涉中，本人似乎也有意挺身而出，因此大致可以定案。"

上面也刊登了绵谷升的访谈。相当长的访谈。他说，自己目前尚未正式决定是否出马。确实有这回事。不过自己也有想法，并不能因为地方人士要求他出来，他就说好吧我出来，并不是这么简单就能回答的问题。或许自己所追求的政治世界，和自己被要求的东西之间，有相当的出入也不一定。因此现在开始将逐步提出对谈、调整。不过如果双方取得共识，真的要出马本次众议院选举的话，自己无论如何都会争取切实当选，当选之后也不希望只当个充数而无用的新人列阵议员。自己才三十七岁，如果今后要选择作为政治家的道路的话，来日方长。自己拥有明确的理想，也有能力向人们诉求。自己将基于相当长期的展望和战略来行动。目标暂且放在十五年后。在二十世纪之内自己必然会作为一个政治家，为促进日本这个国家确立明确的形象定位而努力。那是当前的目标。自己所想达成的是，将日本从现在这种政治边境状态中拉出，提升到一个政治上、文化上的典范位置。换句话说，为日本这个国家换新一个框架。抛弃伪善，确立理论和伦理。必要的不是不明了的字句和没有出口的修辞，而是可以掌握的、可以表明的明确意象。我们已经面临必须掌握这种明确意象的时期了，建立这样的国民、国家的共识才是现今政治家被强烈要求的任务。现在我们所拥有的无理念政治，终将使这个国家在潮流中动摇不定，变成像随波逐流的巨大水母一样的存在。自己对理想论和梦都没有兴趣。我所说的事情单纯只是"不能不做的"事，不能不做的事无论如何都必须去做。我拥有这样的具体性政策方案，而且随着状况的发展，今后将逐步明确提出。

15　正确的名字,夏天的早晨浇上沙拉油烧掉的东西,不正确的比喻

周刊大体上对绵谷升似乎做了善意的报导。绵谷升氏是头脑清晰的有能力的政治、经济评论家,他的雄辩已众所周知。既年轻教养又好,作为一个政治家未来极有展望。在这意义上,他所说的"长期的战略"可以说似乎并非纯然是梦话而是带有现实性的。多数选民也欢迎他出马。在保守性选区,离过婚且目前单身这件事虽然略成问题,但以年纪之轻和能力之强应该可以弥补该项负面缺点而且有余吧。预计也可获得相当数量的女性票源。"最重要的是"该报导最后以略带辛辣的语气做结论:"绵谷氏接续伯父选区的原有地盘出马竞选,其实也未尝不能视之为搭他所批判的'无理念政治'的便车。虽然他高调的政见自具有其说服力,但那在现实的政治活动中又能具有多少有效性,只能从今后的动向来判断了。"

我读完有关绵谷升的报导之后,就把那本周刊丢进厨房的垃圾箱。然后暂且试着把要去克里特岛所必需的衣服、杂货等塞进旅行箱。克里特岛的冬天有多冷,真是没概念。看看地图,克里特岛接近非洲。不过非洲也因地区的不同,有些地方冬天相当冷。我把皮夹克拿出来放进旅行箱。又加了两件毛衣、两条长裤。两件长袖衬衫和三件短袖衬衫。斜纹毛呢西装外套。T恤衫和短裤。袜子和内衣。帽子和太阳眼镜、游泳衣、浴巾、旅行用盥洗用具袋。放了这些之后,旅行箱的空间才好不容易填满一半左右。不过必要的东西说起来除了这些之外也想不起还有什么别的东西了。

暂且先把这些塞进去,把旅行箱盖上之后,终于有了自己现在真的要离开日本的真实感了。我正要离开这个家,离开这个国家。我一面含着柠檬水果糖,一面望着那崭新的旅行箱。一会儿之后忽然想起久美子离家出走时连旅行箱都没带走的事。她只带着小单肩包以及从车站的洗衣店取出来的衬衫和裙子,就在晴朗的夏日清晨从这里出走了。她所提的行李,比我在这里整理的行李还要少。

然后我想到水母的事。"像这种无理念政治，终将使这个国家在潮流中动摇不定，变成像随波逐流的巨大水母一样的存在。"绵谷升说。绵谷升是不是很接近地观察过真正的水母呢？大概没有吧。我有。在水族馆里虽然不是很乐意，但为了陪久美子，确实亲眼看过全世界水母的模样。久美子站在每一个水槽前，几乎没开口地，一直盯着水母沉着稳重而精巧的动作看得出神。那是第一次的约会，但她却好像完全忘了我就在她身旁似的。

那里真的是有各种各类、各色各样、大大小小不同的水母。梳水母、瓜水母、带水母、幽灵水母、水水母……久美子为这些水母而着迷。后来我甚至还买了水母的图鉴送给久美子当礼物。我想绵谷升大概不知道吧，但某种水母是确实有骨骼的，连肌肉也有。会呼吸氧气，还会排泄。也有精子和卵子。而且它们用触手和伞做出美丽的动作。并不是光会随波逐流地飘摇而已。我绝不是在为水母辩护，但它们也有它们自己生命的意志。

嘿，绵谷升，我说。你要当政治家没关系。那当然是你的自由。不是我该插嘴的问题。不过我只想说一句话：使用不正确的比喻来侮辱水母是错误的。

夜晚九点过后电话铃突然响了。但我暂时没有拿起听筒。我一面看着在桌上继续响的电话，一面想到底会是谁打来的。这次是谁想要对我要求什么呢？

不过后来我就知道是谁了。是那个打电话来的女人。不知道为什么，但我确信是她。她在那奇异的黑暗房间里渴求着我。那里现在依然飘散着那浓郁的沉重花瓣的香气。那里现在她正处于强烈的性欲中。"我为你做什么都可以噢。就算你太太不能为你做的事。"结果我没拿起听筒。电话响了十次后断了，然后又开始响了十二次。最后沉默下来。那沉默比电话铃响之前的沉默还要深。我心脏发出巨大的声

15　正确的名字,夏天的早晨浇上沙拉油烧掉的东西,不正确的比喻

音。我长久望着自己的手指尖，脑子里浮现从心脏送出的我的血，循环经过时间到达手指尖的情形。然后静静用双手覆盖住脸，深深叹一口气。

沉默中只有时钟滴答滴答干干的声音响在屋子里。我走进卧室坐在床上，又再望了一会儿新的旅行箱。克里特岛吗，我想。很抱歉，我还是决定去克里特岛噢。对于抱着冈田亨这名字活在这里我已经有点疲倦了。我作为一个曾经是冈田亨的男人，决定和曾经是加纳克里特的女人一起去克里特岛。我试着实际开口这样说出来。然而是对谁特地把这种事说出来的呢，自己也不太明白，是对某个人。

滴答滴答滴答滴答滴答，时钟这样刻着时间。那声音好像和我心脏的鼓动联动着似的。

16 笠原 May 家发生的唯一坏事，笠原 May 对稀稀烂烂的热源的考察

"嘿，发条鸟先生。"那个女人说。我一面把听筒抵着耳朵，一面看时钟。下午四点。电话铃响时，我正躺在沙发上，一面浑身是汗一面睡着。一个短暂而不愉快的睡眠。简直就像我睡着时，有人一直坐在我身体上似的触感还留在身上。那个人等我睡着后就过来一直坐在那里，又在我醒来的稍前站起来走开了。

"喂喂。"那个女人以很轻、像在呢喃似的声音说。那声音好像穿过稀薄的空气传过来似的。"我是笠原 May。"

"噢。"我说。口腔的肌肉还不太能灵活运动，因此在对方听来不知道是什么样子，不过总之我是打算这样说的。或者听起来只像是一声呻吟也不一定。

"你现在正在做什么？"她以好像在试探的声音说。

"什么也没做。"我说。然后离开听筒干咳一下。"什么也没做。正在睡午觉。"

"我把你叫醒了啊？"

"确实是把我叫醒了，不过没关系呀。反正只是午觉嘛。"

笠原 May 好像在犹豫什么似的，停了一会儿然后说："嘿，发条鸟先生，你能不能现在到我家来一下？"

我闭上眼睛。一闭上眼，黑暗中便有各种颜色和形状的光线在飘着。

"去也可以呀。"

16 笠原May家发生的唯一一坏事,笠原May对稀稀烂烂的热源的考察

"我正躺在院子里晒日光浴,所以你从后门自己进来好吗?"

"知道了。"

"嗨,发条鸟先生,你在生我的气吗?"

"不知道。"我说,"反正现在我先冲个澡,换一件衣服,再去你那里。因为我也有事想跟你谈。"

首先尽情用冷水冲淋浴,让头脑清醒过来。之后再冲热水淋浴。最后又用冷水冲。这样终于清醒了,但身体的沉重感还没消失。偶尔两脚发抖,在冲着淋浴时,有几次都不得不抓住浴巾架,或在浴缸边坐下来。也许比自己所想的更疲倦也不一定。我一面用洗发精洗着还留下一个肿包的头,一面想着在新宿街头把我打倒的年轻男人的事。我不太能理解那事件的意思。到底是什么使人这样做呢?昨天才发生的事情,却觉得好像已经是一周前或两周前发生的似的。

洗过澡用毛巾擦过身体后,刷了牙齿,对着镜子看看自己的脸。右颊上还留有蓝黑色的黑斑。那比以前既没有变坏,也没有变淡。眼球上布满细细的血丝,眼睛下面出现黑眼圈。两边脸颊向内凹陷消瘦下去,头发有些过长。简直像刚刚喘回一口气,从地下把泥土挖开,从坟墓里爬出来的新出土的尸体一样。

然后我穿上新的T恤衫和短裤,戴上帽子、深色太阳眼镜,走出后巷。炎热的一天还没结束。地上有生命的东西和有形体的东西一律都在喘着气期待午后阵雨的降临,但天上却到处见不到一片云的影子。也没有风,停滞的热气包围着后巷。就像平常那样,我在后巷没有遇到任何人。这么炎热的日子,这样糟糕的脸色实在不想遇到谁。

空屋庭院里,鸟的雕像依然如故地抬着喙睨着天空。鸟比上次看见时好像更脏了、更累了似的。那视线看起来也好像有某种更迫切的东西似的。鸟一直凝神注视着,看起来好像正在注视着浮在天空的什么异样阴惨的光景。以鸟来说,如果可能的话,倒宁愿能转开视线不看那样的东西的,但却不得不看。因为眼睛被固定了,不能不看。围

在雕像周围的高高的杂草群,简直像希腊悲剧的合唱团员似的,身体一动也不动,正屏着气息等待神旨的下达。屋顶上电视天线在那令人闷呛的热气中,无动于衷地伸出银色触角。在强烈的夏日阳光下,一切都干瘪、疲软了。

眺望了一会儿那空空庭院之后,我走进笠原May家的庭院。樫树在地上投下凉快的阴影,但她却避开那树影躺在强烈的日光中。穿着小得可怕的巧克力色比基尼游泳衣的笠原May,正仰躺在帆布躺椅上。游泳衣只是把小布片简单打个结而已的那种,我真怀疑人们穿上那样的东西真的能在水中游泳吗?她戴着和第一次见到时一样的太阳眼镜,脸上冒着大粒的汗滴。躺椅下面,放着白色大浴巾、防晒油的容器和几本杂志。地上有两个雪碧的空罐头,但其中的一个好像当烟灰缸在用的样子。草地上有一条塑胶水管,还和上次用过时一个模样,懒散地丢在那里。

我走近时笠原May坐起身来,伸出手把收音机关掉。她比上次看到时晒得黑多了。那并不像是周末到海边去晒的那种一次性晒法。而是身上每个地方,从耳垂到脚尖为止均匀而漂亮的讲究晒法。大概是每天都在这里一心一意地晒的吧。大概我在井底的时候也一直在晒吧。我看一看四周。庭院的光景和上次看到的大致一样。仔细修剪的草坪延伸着,水漏光的池子依然没水,光看着就会令人口渴似的干瘪瘪的。

我在她旁边的躺椅上坐下来,从口袋拿出柠檬水果糖。由于炎热,水果糖黏黏地附在包装纸上。

笠原May有一会儿不说一句话地注视着我的脸。"嘿,发条鸟先生,那脸上的黑斑是怎么回事?那是黑斑吧?"

"是啊。我想大概是黑斑吧。你问我怎么了,我也不知道。回过神时,不知道什么时候已经变成这样了。"

笠原May半抬起身体,一直看着我的脸。然后用手指把鼻子边

16 笠原May家发生的唯一坏事，笠原May对稀稀烂烂的热源的考察

的汗擦掉，用手指把太阳眼镜的鼻梁架往上推一点。几乎看不见深色镜片后她的眼睛。

"你想不到什么吗？在什么地方做什么然后变成这样的？"

"完全想不到。"

"完全？"

"从井里出来过一阵子之后照镜子已经变这样了。真的只是这样而已呀。"

"痛吗？"

"既不痛，也不痒。只是有一点热热的而已。"

"去看过医生吗？"

我摇摇头。"我想去大概也没用吧。"

"或许。"笠原May说，"我也讨厌医生。"

我脱下帽子，拿下太阳眼镜，掏出手帕来擦额头上的汗。我穿的灰色衬衫腋下已经被汗湿成黑色了。

"很漂亮的游泳衣哟。"我说。

"谢谢。"

"好像是利用什么废物做成的。非常有效地利用着有限的资源。"

"家里没有人在的时候，每次连上面都脱掉呢。"

"噢。"我说。

"反正脱掉这个，也没什么内容啊。"她好像在说什么借口似的。

游泳衣下面看来她的乳房确实还小，膨胀得很薄。"你穿这个游过泳吗？"我试着问看看。

"没有啊。我完全不会游泳。发条鸟先生呢？"

"会游啊。"

"多会？"

我把舌头上的柠檬水果糖转动着。"多远都可以。"

"十公里也行吗？"

383

"大概。"我想象着自己在克里特岛海岸游着的情景。"一望无际的白色沙滩和葡萄酒一样深色的海。"旅行指南书上写着。所谓葡萄酒一样深色的海,是什么样子的,我无法想象。不过似乎不坏。我又再擦了一次脸上的汗。

"现在家里人不在吗?"

"昨天到伊豆的别墅去了。因为是周末,所以大家去游泳了。说大家也只是父母亲和弟弟而已。"

"你没去呀?"

她做了一个轻微耸肩的动作。然后从浴巾里拿出 Short Hope 烟和火柴来,含在嘴上点了火。

"发条鸟先生,你脸色很糟糕噢。"

"在黑漆漆的井底下几乎什么也没吃什么也没喝地待了几天哪。脸总会变糟糕的。"

笠原 May 把太阳眼镜摘下,把脸朝向我。她眼睛旁边还留下深深的伤痕。"嘿,发条鸟先生,你生我的气吗?"

"不知道。我觉得在生你的气之前,好像还有很多事情不得不思考似的。"

"太太回来了吗?"

我摇摇头。"前几天来了一封信。说是不再回来了。而且久美子写说不再回来,那就表示久美子已经不会再回来了。"

"一旦下了决心就不容易改变的人吗?"

"不会改变。"

"可怜的发条鸟先生。"笠原 May 说着坐起身,伸出手轻轻碰我的膝盖。"好可怜好可怜的发条鸟先生。嘿,发条鸟先生,也许你不会相信,不过我其实最后是想从井底把你救出来的噢。我只是想稍微威胁一下你作弄一下你而已哟。让你觉得恐怖,让你喊叫而已哟。想试试看要到什么地步,你才会觉得好像要丧失自己的世界似的开始混

16 笠原May家发生的唯一一坏事，笠原May对稀稀烂烂的热源的考察

乱。我想试试看。"

因为不知道该说什么才好，于是我默默点头。

"嘿，你以为我认真了吗，我说要在那里把你杀掉的事？"

我把柠檬水果糖的包装纸在手中揉了一会儿揉成一团。"我也不太知道。你说的话听起来好像是认真的，又好像只是威胁。在井的上面和下面分开来说话时，声音的响法非常奇怪，所以不太能完全掌握声音表情似的东西。不过结果，我想那不是哪一种才正确的问题。你懂吗？现实这东西像是以几个层次成立的。所以你在那边的现实里或许真的想杀了我。不过在这边的现实里却并不是真心想杀我。我想那要看你是采取哪一个现实，我是采取哪一个现实的问题。"

我把揉成一团的柠檬水果糖的包装纸放进雪碧的空罐头里。

"嘿，发条鸟先生，我想拜托你一件事。"笠原May说。她指着丢在草坪上的洒水管。"你能不能用那水管往我身上浇水。要不常常洒一点水的话，热得头都要昏了。"

我从躺椅上站起来走到草坪上，拿起蓝色塑胶水管。水管热热的，软软的。然后我把藏在植物背后的自来水龙头转开，让水流出来。刚开始水管出来的水是被晒温的，几乎和热洗澡水一样，后来逐渐变凉，最后变成冷水。我让那水尽其量地浇在躺在草坪上的笠原May身上。

笠原May一直闭着眼睛让身体承受那水。"好凉好舒服噢。发条鸟先生要不要浇一点？"

"我这不是游泳衣。"我说。不过看来淋着水的笠原May真的很舒服的样子，而且一直忍耐着也太热了。于是我脱掉汗湿的T恤衫，弯下身体从头上冲水。冲的时候顺便也试着喝了一点冲进嘴里的水。又冷又美味。

"嘿，这是地下水吗？"我问问看。

"是啊，用抽水机从地下抽上来的。又冷又舒服吧？还可以喝噢。上次请保健所的人来检查过了，说完全没问题，说是现在东京都内这

样清洁的水已经很稀奇了呢。检查的人都吃了一惊。不过，还是有点担心没去喝它。因为房子盖得这么密，什么时候混进了什么都不知道吧。"

"不过想一想真不可思议。对面宫胁先生家的井干成那样，这边却汲得出这么多新鲜的水。只隔了一条狭窄的后巷，为什么会差别这么大？"

"谁知道为什么。"笠原May说着歪了一下头，"大概水脉的流向出于某种原因改变了吧，因此那边的井干涸了，这边的井却不干涸。详细的理论我是不懂。"

"你家有没有发生什么坏事？"我试着问。

笠原May皱了一下眉摇摇头。"这十年来我家发生的唯一坏事，是彻底的无聊。"

身体冲了一下水之后，笠原May一面用浴巾擦着身体，一面问我要不要喝啤酒。我说想喝。她从家里拿出两罐冰过的喜力啤酒来。她喝一罐，我喝一罐。

"发条鸟先生，你现在开始打算怎么办？"

"还没有很确定要做什么。"我说，"不过我想大概会离开这里。或许会离开日本也不一定。"

"离开日本去哪里？"

"克里特岛。"

"克里特岛？那是和她有关吗？那个叫作什么克里特的女人？"

"有一点。"

笠原May考虑了一会儿。

"把你从那井里救出来的也是那位叫作什么克里特的小姐吗？"

"加纳克里特。"我说，"是啊。加纳克里特把我从井里放出来。"

"发条鸟先生一定有很多朋友噢。"

"也不见得。我算是以朋友少出名的。"

16 笠原May家发生的唯一坏事，笠原May对稀稀烂烂的热源的考察

"可是那位加纳克里特小姐为什么知道你在井底下呢？发条鸟先生不是没有告诉任何人就进去那里面的吗？为什么她知道你的去向呢？"

"不知道。"我说，"我也想不到。"

"不过总之你要去克里特岛？"

"还没做最后决定。只是也有那种可能性而已。"

笠原May含起香烟点着火。然后用小指头触摸眼睛旁边的伤口。

"嘿，发条鸟先生，你在那井底下的时候，我大概都在这里躺着晒日光浴哟。从这里一面看那空屋的庭院，一面晒着身体，想着在井底的你的事情。发条鸟先生就在那里。在那深深的黑暗中你正饿着肚子，逐渐一点一点地朝向死亡接近。你没办法从那里出来，你在那里的事只有我知道。一想到这里，我就能够非常清清楚楚地感觉到你的痛苦、不安和恐怖。嘿，你懂吗？因为这样做，我觉得好像跟发条鸟先生这个人接近到非常近的地步。我真的没有打算要杀你哟。我说的是真的噢。不过啊，发条鸟先生，我打算再多熬下去一些。到快要到达极限的时候。到你开始心神动摇，觉得恐怖害怕得没办法了，没办法再忍耐下去为止。那样对我也好，对你也好，我想。"

"不过我却这样想，如果真正熬到快要到达极限的话，说不定你又想熬到最后也不一定。那也许是比你所想的更简单的事噢。因为如果到了那个地步，剩下来的只要推最后一把就行了。而且事后你会这样想，这样结果对我和对你都好啊。"我说。然后喝一口啤酒。

笠原May一直咬着嘴唇沉思。"或许是这样也不一定。"她稍后这样说，"那是我也不明白的事。"

我喝了最后一口啤酒，站起来。然后戴上太阳眼镜，把汗湿的T恤衫从头上套下来。"谢谢你的啤酒。"

"嘿，发条鸟先生，"笠原May说，"昨天夜里，家里人都到别墅去了之后，我也进到那井里试试看。总共待了五小时或六小时左右，一直安静地坐在那底下。"

"那么是你把那绳梯子拆掉留着的啰?"

笠原May稍微皱了一下眉。"是啊,是我留着的。"

我眼睛转向庭院草坪。吸进水的地面可以看出太阳晒过蒸起的热气。笠原May把香烟在雪碧罐头中弄熄。

"最初的两小时或三小时,我并没有特别感觉到什么。当然因为完全漆黑,是有些胆怯,不过并不觉得特别恐怖或可怕之类的。我并不是一般女孩子那样动不动就乱叫可怕的那一型噢。心想只是黑暗而已吧。发条鸟先生也在这里待过几天哪,没有什么危险的,也没有什么害怕的理由。不过,两小时或三小时过去之后,我逐渐变得不太明白自己了。在黑暗中一个人一直安静不动时,我发现身上有什么东西在我体内逐渐膨胀起来。好像盆栽里的树根逐渐成长,最后撑破那瓦盆一样,那东西在我体内一直继续变大,最后我觉得自己好像快要破成一片一片似的噢。在太阳下好好藏在我体内的东西,在那黑暗里好像吸进了特别的养分似的,开始以可怕的速度成长呢。我想办法要抑制它,但却没办法抑制住。于是我变得恐惧得不得了。我有生以来第一次觉得这样恐惧。我这个人快要被我体内那白色稀稀烂烂的脂肪块似的东西侵占了噢。它正贪婪地想把我吃掉。发条鸟先生,那稀稀烂烂的东西刚开始真的只是很小的东西哟。"

闭嘴一会儿之后,笠原May好像又想起那时候的事似的看看自己的手。"真的好恐怖噢。"她说,"我一定也好希望你能够感觉到吧。好希望你能听见那个在你体内咔啦咔啦咀嚼着的声音呢。"

我在躺椅上坐下来。然后望着包在小游泳衣里笠原May的身体。她虽然已经十六岁了,但体格看来还像十三岁或十四岁左右。乳房和臀部都还没有完全成长好。那令我想起像用最少限度的线条,以不可思议的真实感所画出来的素描一样。不过同时,她的姿态中又有某种东西令人感到老练。

"你以前有没有过被玷污的感觉?"我忽然想到试着这样问问看。

16 笠原May家发生的唯一一坏事,笠原May对稀稀烂烂的热源的考察

"被玷污?"她把眼睛眯细了似的看我。"所谓被玷污,是指身体吗? 被人家用暴力侵犯吗? 你是指这个吗?"

"肉体上,或精神上。"

笠原 May 看看自己的身体,然后视线又回到我这边。"肉体上没有啊。因为我还是处女呀。胸部被男孩子碰过是有的,不过那是隔着衣服而已。"

我默默点头。

"要问我精神上怎么样就伤脑筋了。所谓精神上的玷污是怎么回事,我不太明白。"

"我也无法好好说明。那只是单纯有没有这种感觉的问题吧。如果你没那种感觉,我想那就是没有被玷污了。"

"为什么问我这种问题?"

"我所认识的人之中有几个有这种感觉呀。而且从中产生出很多复杂的问题。不过我想问你一件事,为什么你老是在想死的事呢?"

她含着香烟,用单手灵巧地擦着火柴。然后戴上太阳眼镜。

"发条鸟先生不太想到死的事吗?"

"当然也想过。不过并不常想。只是偶尔而已。和世上一般人一样啊。"

"嘿,发条鸟先生,"笠原 May 说,"我这样想噢,所谓人,一定是拥有各自不同的东西并将其视为自己存在的中心而被生下来的噢。而那各自不同的东西就像热源一样,从每个人体内推动着每个人。当然我也有那个,不过有时候那会变得自己没办法处理。我很想把那个在我体内自己任意膨胀缩小动摇着我的感觉想办法传达给别人呢。但没有人了解。当然也怪我说法不好,不过大家都不太认真听我说的话啊。虽然装成在听的样子,其实什么都没听。所以我有时候会很生气,于是就做出一些乱七八糟的事。"

"乱七八糟的事?"

"例如把你关在井底下啦，还有骑摩托车的时候用双手从后面把开车的人眼睛蒙起来啦。"

她这样说着，用手摸摸眼睛旁边的伤口。

"那时候发生了摩托车事故，对吗？"我问。

笠原May以惊讶的脸色看着我。好像没有听清楚问题似的。不过我嘴里说的话一字不漏地应该都已经传进她耳朵里了。虽然深色太阳眼镜后面她的眼神我看不清楚，但她的脸整体上有某种毫无感觉的东西，简直像在安静的水里倒入了油时那样，迅速地扩散开来。

"那个男孩子怎么样了？"我问。

笠原May嘴上还含着香烟，看着我。准确地说，是看着我的黑斑。"发条鸟先生，我不回答这问题不行吗？"

"如果不想回答的话，不回答也可以呀。话题是你开始提起的。如果你不想说就别说。"

笠原May好像决定不下该怎么办才好似的安静地沉默下来。吸了一大口香烟的烟进胸部，然后慢慢地吐出来。把太阳眼镜有些嫌烦地摘下来，眼睛紧紧闭上，然后抬头看太阳。看着她那样的动作时，觉得时间之流好像一点一点逐渐变慢了。时间的发条好像快要停了似的，我想。

"死掉了啊。"终于像放弃什么似的，笠原May以没有表情的声音这样说。

"死掉了？"

笠原May把香烟的灰弹落地上。然后拿起毛巾擦了好几次又好几次脸上的汗。接着简直像想起了忘记说的事情一样，以飞快的语速事务性地对我解释道。

"那时候因为速度相当快。在江之岛附近。"

我沉默地看着她的脸。笠原May用双手拿着白色海滩浴巾，把它压在两边的脸颊上。手指之间的香烟升起白色的烟。因为没有风，

16 笠原May家发生的唯一坏事，笠原May对稀稀烂烂的热源的考察

那烟简直就像小型的烽火一样笔直地往上升。她好像不知道该哭出来还是笑出来似的一直迷惑着。至少在我眼里看来是这样。她在那狭小的境界边缘以不安定的姿势站立着，一直飘忽不定地摇摆着。但终究没有倒向任何一边。笠原May把表情收紧，把浴巾放在地上，吸了一口香烟。时刻已经接近五点了，但暑热还丝毫没有收敛。

"是我杀了那男孩的。不过当然并没有打算要杀他噢。我只是想要试着走到极限而已。我们以前也这样做过好几次。好像一种游戏一样。骑摩托车的时候，从后面把眼睛蒙起来，或在侧腹部稍微搔一下痒……不过以前从来没出过事。只有那时候不巧偏偏……"

笠原May抬起脸看着我的脸。

"嘿，发条鸟先生，我没有感觉自己已被玷污了。我只是不知道怎么的想要接近那稀稀烂烂而已。我想把我自己体内那稀稀烂烂巧妙地引诱出来拉扯出来把它击溃。而且为了诱出它，就真的有必要走到极限去才行啊。要不这样，就没办法把那家伙顺利拉扯出来。你不得不给它好吃的饵啊。"她这样说着慢慢摇摇头，"我想我没有被玷污。但也没有被杀。现在谁也救不了我。发条鸟先生，在我看来世界都是空的。我周围所有的一切看来都像是虚假的。不假的只有我体内那稀稀烂烂而已哟。"

笠原May长久之间做着微小而规则的呼吸。鸟、蝉、一切都没有在鸣叫。那庭院极安静。好像世界真的变成空的了。

就像忽然想起什么来似的，笠原May改变身体的方向转身向着我这边。她脸上的表情消失了。好像被什么洗掉流走了似的。"发条鸟先生和那个叫作加纳克里特的人睡过吗？"

我点点头。

"到克里特岛之后写信给我好吗？"笠原May说。

"我会写。如果我去了克里特岛的话。不过去不去还没做最后决定。"

"不过有打算去，对吗？"

"我想可能会去。"

"嘿，你到这边来，发条鸟先生。"笠原 May 说。然后身体在躺椅上坐起来。

我从躺椅上站起来，走到笠原 May 身边。

"你在这边坐下，发条鸟先生。"笠原 May 说。

我依她说的坐在她旁边。

"你的脸朝向这边让我看看，发条鸟先生。"

她从正面一直注视着我的脸一会儿。然后把一只手放在我膝盖上，一只手掌放在我脸的黑斑上。

"可怜的发条鸟先生。"笠原 May 低声呢喃地说，"你一定是承受了很多东西。在不知不觉之间，不管自己喜欢不喜欢。简直就像原野上降雨一样——闭上你的眼睛，发条鸟先生。好像粘上浆糊一样紧紧闭上眼睛。"

我把眼睛紧紧闭上。

笠原 May 亲吻我脸上的黑斑。薄而小的嘴唇。就像做得很好的容器一样的嘴唇。然后她伸出舌头，在那黑斑上所在的地方慢慢舔着。她一只手一直放在我膝盖上。从比穿过全世界的原野更遥远的地方，传来那湿湿热热的触感。然后她牵起我的手，放在自己眼睛旁边的伤口上。我轻轻抚摸那一公分左右长的伤痕。在抚摸着笠原 May 的伤痕时，她意识的波动由指尖传过来。那是像在渴求着什么似的轻微震颤。大概应该有谁来紧紧拥抱住这少女吧。大概是除了我之外的谁吧。有资格给她什么的谁。

"如果到克里特岛去的话，要给我写信噢，发条鸟先生。我喜欢收到很长很长的信。可是谁都不写给我。"

"我会写。"我说。

17 最简单的事,以最洗练的形式复仇,吉他盒子里的东西

第二天早晨,我去拍护照用的照片。坐在摄影棚的摄影用椅子上时,摄影师以职业性的眼光注视了一下我的脸,便一言不发地走进里面,去拿了像白粉之类的东西出来,在我右颊的黑斑上擦。然后退到后面,仔细地调整照明的强度和角度,以便让黑斑不那么明显。我朝向照相机的镜头,依照摄影师说的,努力在嘴角露出淡淡的微笑之类的。后天中午左右可以出来,所以请在那之后来拿,摄影师说。然后我回到家,打电话给舅舅,说我可能有几星期时间会离开这房子。很抱歉突然提出来,其实是这样的,久美子突然离家出走了,我坦白供出来。根据她后来寄回来的信,她可能不会再回来了,而以我来说,也想暂时离开这里——虽然我不知道那会是多久。我把大概情形说明完毕之后,舅舅在电话那头落入沉思,沉默了一会儿。

"我还以为久美子和你,向来相处得很好呢。"舅舅轻叹一口气之后这样说。

"说真的,我也这样以为。"我坦白说。

"如果你不想说的话,就不用说好了,只是久美子离家出走有什么特别的原因吗?"

"我想大概是因为久美子有了情人吧。"

"你有这种感觉吗?"

"不,几乎没有感觉到。不过她自己这样写,在信上写的。"

"原来如此。"舅舅说,"那么,就是这么回事啰。"

"大概是吧。"

他又再叹一次气。

"我没什么问题。"我好像要安慰舅舅似的以明朗的声音说,"只是想短期内暂时离开这里。想换个地方改变一下心情,也想慢慢考虑一下以后的事情。"

"已经决定去什么地方了吗?"

"我想大概会去希腊。有朋友住在那边,以前就邀过我,说要不要去玩。"我说了谎话,因此又觉得有点厌烦。不过现在要对舅舅把真实的事情全盘准确而容易让人了解地说出来,怎么想都不可能。倒不如完全是谎话,还比较容易。

"嗯。"他说,"那没关系呀。反正我那房子以后也不打算租给别人,所以你东西都照样放在那里好了。你还年轻,可以重新再开始,就暂时到远方去轻松一下好了。你说是希腊啊……希腊不错吧。"

"很多事情很抱歉。"我说,"不过,如果有什么情况,在我不在的时候你想把房子租给别人的话,现在有的东西就随便处理掉没关系。反正没有任何重要的东西。"

"那没关系。以后的事情我会考虑怎么样做才好。不过上次你在电话上提到过的'流的沉淀'之类的,和久美子的事有关系吗?"

"是啊。有一点。被这么一说,我也有一点觉得不对劲。"

舅舅好像沉思了一下似的。"最近,我想到你那边露一次面好吗?我也有点想亲眼看看那是什么样子。已经好久没到那边去了。"

"随时都可以呀。因为我没有任何事情。"

挂上电话之后,我心情忽然变得很厌倦。几个月之间所有奇怪的流,把我运到这里来。现在我所在的世界,和舅舅所在的世界之间,好像隔有一层眼睛看不见的厚厚高高的墙一样。那是隔开一个世界和别的世界的墙。舅舅在那边的世界,我在这边的世界。

两天后他到家里来了。舅舅看见我脸上的黑斑,也没有特别说什么。大概不知道该说什么才好吧。只是有点觉得奇怪地眯细了眼睛而已。他带了一瓶上等苏格兰威士忌和在小田原买来的什锦鱼糕礼盒当礼物。我和舅舅坐在檐廊吃着鱼糕,喝着威士忌。

"其实,檐廊这空间还是很好啊。"舅舅说着,连点了几次头,"因为公寓当然是没有檐廊的,所以我常常很怀念这里呢。不管怎么说,檐廊有檐廊的情调啊。"

舅舅眺望了一会儿浮在天空的月亮。好像有人刚刚才擦亮过的白色新月。那种东西实际上居然可以继续浮在空中,这令我觉得实在有点不可思议。

"对了,你这个黑斑是什么时候,在什么地方长出来的?"舅舅若无其事地问。

"我也不太清楚。"我说。然后喝一口威士忌。"回过神时,已经出现在这里了。大概一星期以前吧。但愿能够解释得更详细一点,但伤脑筋的是没办法解释啊。"

"去看过医生了吗?"

我摇摇头。

"我还有一点不太明白的地方,那个和久美子的离家出走之间,有没有什么关系呢?"

我摇摇头。"不过这个黑斑,总之是在久美子离家出走之后出现的。以顺序来说的话是这样。至于因果关系方面,我也不清楚。"

"我倒没听说过脸上会突然长出黑斑来的。"

"我也没听说过啊。"我说,"不过,我没办法说清楚,我觉得好像渐渐习惯这个黑斑的存在了。当然这种东西刚出现的时候,一开始我也吓了一跳,打击非常大。光看到自己的脸就觉得不舒服,如果这东西一辈子都在这里的话,该怎么办呢,我想。不过经过几天之后,不知道为什么,变得不太在意起来了。甚至开始觉得也没有那么坏吧。至于要问为什么,我也不清楚。"

"噢。"舅舅说。然后以好像有点怀疑似的眼光,长久望着我右颊的黑斑。

"嗯，既然你这样说，大概就这样好了，没关系吧。因为反正这是你的问题。如果有必要的话，我想我是可以帮你介绍一个医生的。"

"谢谢。不过目前我没打算去看医生。我想看医生大概也没用吧。"

舅舅交抱着双臂，看了一会儿天空。像平常一样看不见星星。只有清晰的新月孤独地挂在那里而已。"我好久没有跟你像这样慢慢聊天了。因为我想就算不管你们，你和久美子两个人还是会顺利和睦地过下去吧。而且我这个人本来就不太喜欢管别人的闲事。"

"这个我很了解。"我说。

舅舅把杯子里的冰块咔啦咔啦地摇了一会儿，喝一口之后放了下来。"你的周围，这一阵子到底发生了什么，我不太清楚。不管是流沉淀了，还是房屋风水怎么样，或久美子离家出走，或突然有一天脸上出现了黑斑，或要到希腊去住一阵子。这些都没关系。是你的太太离家出走，是你的脸上长黑斑。我这样说也许有点过分，不过，又不是我太太离家出走，又不是我脸上长黑斑，对吗？所以如果你不想详细解释的话，也不用特别去解释。我也不多说什么。只是噢，我这样想而已，什么事情对自己最重要，我想你还是重新再好好地、好好地想一次比较好噢。"

我点点头。"我想了很久也很多啊，可是很多事情非常繁杂地紧紧纠缠在一起，没办法一一解开。我还不知道该怎么解开才行。"

舅舅微笑着。"这个确实有顺利解开的秘诀。因为不知道那秘诀，所以世上大多的人就做了错误的决断。而且失败之后，就东埋怨西埋怨，或怪到别人头上。这种例子我实在看得太多了，坦白说我不太喜欢看到这些。所以我才敢大胆提出这种好像自以为是的话来，所谓秘诀，首先要从不重要的地方开始着手解决哟。换句话说，如果想从 A 到 Z 排列顺序的话，不是从 A 开始，而是从 XYZ 一带

17 最简单的事，以最洗练的形式复仇，吉他盒子里的东西

开始噢。你说事情实在太复杂了，纠缠在一起无从着手。不过我想那是因为你大概是想从最上面解决事情吧。当你想要决定什么大事的时候，首先最好从好像无关重要的地方开始。从谁一看就知道、谁一想都明白的真的看来像傻瓜一样的地方开始。然后在那像傻瓜一样的地方花上一大堆时间。

"我做的当然不算什么大买卖哟。只是在银座拥有四五家店而已。从社会一般的眼光来看是小家子气的，并不值得沾沾自喜。不过如果把话题集中在成功或失败这点来说的话，我连一次都没失败过。那是因为我是实践了那类似秘诀一般的东西过来的。其他人都把任何人看起来都明白似的傻瓜一样的地方轻易地跳过了，想要早一点往前进。不过我不这样。我在看起来像傻瓜一样的地方花最长的时间。因为我知道在这样的地方花越长的时间，后来就进行得越顺利哟。"

舅舅又喝了一口威士忌。

"打个比方来说噢，现在要在某个地方开一家店。不管餐厅也好，酒吧也好，什么都好。你试着想象一下噢，自己正要在什么地方开一家店的时候。地点有几个选择。可是你必须从其中决定一个。那该怎么办才好？"

我试着想了一下。"嗯，大概要——估算一下每个选项的情形吧。如果是这个地点的话租金多少，贷款多少，每个月要偿还多少，客席可以容纳多少，每天客人回转数大概多少，每客单价多少，人工费多少，损益分歧点多少……大概是这些吧。"

"因为做这些，所以大多数的人都失败了。"舅舅笑着说，"我教你我是怎么做的。如果你觉得一个地点好像不错的话，你就站在那个地点前面，一天三小时或四小时，好几天好几天又好几天，只是一直安静眺望走过那条路的人的脸。你什么都不用想，什么都不用算，你只要看着是什么样的人、什么样的脸走着通过那里就好了。至少要花一星期吧。在那期间，你必须看上三千个人或四千个人的脸。或者有

时候还要花更长的时间。不过，在那期间你会忽然明白过来。突然像云消雾散变晴朗了似的明白过来哟。那到底是一个什么样的地方这件事。还有那地方到底在渴求什么这件事。如果那个地方所渴求的东西跟自己所渴求的东西完全相反的话，那就没戏唱了。只好到别的地方去，又再重复做同样的事。不过如果你发现那个地方所渴求的东西，和自己所渴求的东西之间有共通点或妥协点的话，那么你已经抓住成功的尾巴了。接下来你只要紧紧抓着不放就行了。不过为了要抓紧它，你不能不像个傻瓜一样，不分下雨天也好，下雪天也好，都站在那里，以自己的眼睛亲眼盯着人的脸才行噢。计算之类的留到以后还有的是机会。我这个人哪，应该算是比较现实的人。我只相信自己两只眼睛所看过认可的事情。所谓道理、吹嘘、计算，或什么主义、什么理论之类的，大概都是不能用自己的眼睛看东西的人才需要的。而世上大多数的人，都不会用自己的眼睛看东西。为什么，我也不知道。如果想做的话应该谁都做得到的啊。"

"并不只是有魔力的触碰而已噢。"

"那也有。"舅舅微笑着说，"不过也不只是那样。我觉得你该做的还是凡事从最简单的地方开始想。比方说，就以一直站在某个地方的街角看人的脸来说吧。根本没必要慌张着急地决定什么。或许蛮辛苦的，但有必要花时间一直守着才行。"

"你是说，我要在这里暂时留久一点吗？"

"不，我说的不是叫你去那里，或留在这里。我觉得如果你想去希腊，就去好了。如果想留在这里，就留下来好了。那是要你安排顺序、自行决定的事啊。只是，我一直觉得你跟久美子结婚是一件好事。我觉得对久美子也是一件好事。但为什么会突然像这样变糟了，我实在不太能理解。你大概也还不太能理解吧？"

"不太能。"

"那么，我想你还是先训练自己用自己的眼睛看东西比较好，直

17 最简单的事,以最洗练的形式复仇,吉他盒子里的东西

到你清楚地理解什么为止。不可以害怕花时间喏。好好地花很多时间,在某种意义上是以最洗练的形式复仇噢。"

"复仇?"我有点吃惊地问,"什么意思?这所谓的复仇。到底要对谁复仇呢?"

"嗯,你不久就会明白那意思了。"舅舅笑着说。

我们坐在檐廊一起喝酒,总共大约一小时多。然后舅舅站起来,说坐了好久了啊,便回去了。剩下我一个人之后,我靠在檐廊,恍惚地眺望着庭院和月亮。有一会儿时间,我可以把舅舅为我留下来的现实性空气一般的东西,满满地吸进脑里。因此真的好像好久以来没有这么轻松了。

不过几个小时过去之后,那空气逐渐变稀薄,周遭又再被一层淡淡的哀愁外衣似的东西包住了。结果我还是在这边的世界,舅舅在那边的世界。

凡事从最简单的地方开始想,舅舅说。但我无法区别什么地方是简单的地方、什么地方是难的地方。所以第二天早上,上班高峰时间过后,我就出门搭电车到新宿去,然后决定站在那里。实际上,是一直不动地只是眺望着人的脸。虽然我不知道那样做有什么用处,但我想大概比什么都不做要好一点吧。如果看人们的脸看到厌烦为止,也能算是简单事情的一个例子的话,就实行那一个例子试试看应该没错。至少应该是没什么损失的。顺利的话,说不定可以从中得到什么对我来说是"简单事情"的启示也不一定。

第一天,我在新宿车站前的花坛边坐下来,花了两小时一直看着眼前经过的人们的脸。但经过那里的人数,未免太多了,而且脚步也未免太快了。要想慢慢看谁的脸都很困难。再加上坐在那边很久之后,有一个像流浪汉一样的男人走过来,一直执拗地不停对我说些什么。警察好几次从我前面经过,眼睛骨碌碌地不时瞄瞄我。因此我放

弃车站前面，决定找别的可以更悠闲地看行人的适当场所。

我钻过护栏转到西口，暂且到处逛逛之后，发现高层大楼前面有一个小广场。广场上有一张雅致的长椅，可以坐在那里尽情地好好看行人。行人数没有车站前么多，而且也没有口袋塞着小瓶威士忌的流浪汉。我在甜甜圈店买了甜甜圈和咖啡。用那代替中饭，在那里坐了一整天。然后在黄昏的高峰时段之前回家去。

刚开始，我眼睛老是看到头发稀薄的人。受了和笠原May一起打工为假发厂商做调查时的影响。眼睛自然而然就会追踪秃头的人，并立刻把他们分类为松或竹或梅。甚至想现在就去打电话给笠原May，说可以一起再去打工呢。

不过经过几天之后，我终于可以什么都不想地光看人的脸了。经过那里的人们，大多是进出高层大楼办公室的男女上班族。人们穿着白色衬衫，打着领带，提着皮包，女性多半穿高跟鞋。其他也有到大楼里的餐厅或商店来的人们，还有带着家人小孩为了到最高层瞭望台而来的。也有一些是从某个地方要到某个地方去而步行移动的人们。不过大体上来说，人们走路的速度不太快。我漫无目的地，只是恍惚地看着他们的脸。偶尔有人因为某种理由引起我的兴趣时，我就集中精神专注地看，眼睛追踪那身影。

一星期之间，我每天持续这样做。人们都去上班之后的十点左右，我搭电车到新宿，坐在广场的长椅上，到四点为止，在那里几乎动也不动，一直安静看着人的脸。其实只要实际去做做看就知道了，一个接一个地用眼睛追逐由眼前过往的行人的脸，头脑竟可以像拔掉了栓子一样变成空洞洞的。我没有跟任何人讲话，也没有任何人来跟我讲话。我什么也没想，什么也不思考。有时候觉得自己好像已经变成石头长椅的一部分了似的。

不过只有一次，有一个人来跟我讲话。一个装扮给人感觉很好的中年瘦女人。穿着一件非常合身的鲜艳红色连衣裙，戴着一副玳瑁边的深色太阳眼镜和一顶白色帽子,拿一个白色编织的手提包。腿很漂亮,穿着一双看起来跟很高没有一丝污点的白色皮凉鞋。妆容虽然浓,但并不至于令人生厌。那个女人问我,是不是有什么困难的事情。我说没有什么。好像每天都在这里看见你,到底在做什么呢,她问。在看人的脸,我回答。看人的脸有什么目的吗,她问。没有什么特别的目的,我回答。

她从手提包里拿出维珍妮牌女士香烟来,用小小的金色打火机点上火。并向我敬一根。我摇摇头。然后她摘下太阳眼镜,什么也没说地频频看着我的脸。准确地说,她是在看着我的黑斑。我则相对地注视她的眼睛。不过从那里面读不出什么样的感情动向来。只是一对准确地发挥着功能似的黑眼珠而已。她的鼻子尖端小小的。嘴唇细薄,上面仔细地擦了口红。很难看出年龄,不过大概四十五岁吧。猛看第一眼虽然显得更年轻些,但鼻子旁边的线有一种独特的倦怠方式。

"你有钱吗?"她问。

"钱?"我吃惊地说,"为什么?这钱到底指什么?"

"只是问问而已呀。有没有钱?不是为钱所困吧?"

"目前并没有特别困难。"我说。

女人好像在吟味着我所说的话似的,嘴唇往旁边弯曲着,一直小心注意地看着我。然后点头。再戴上太阳眼镜,把香烟丢在地上,利落地站起身,看也不看后面地走掉了。我吃了一惊,望着她消失在人群里。也许头脑有点奇怪吧。不过以这样来说,穿着打扮又未免太整齐了。我把她丢掉的香烟用鞋底踩熄,慢慢转身看一圈周围。我的周围充满了和平常一样的现实世界。人们各怀着目的,由某个地方往某个地方移动着。我不知道他们是谁,他们也不知道我是谁。我深呼吸,又再开始什么也不想地看着那些人的脸。

我总共持续坐在那里十一天。每天喝着咖啡,吃着甜甜圈,光是一直安静地持续看着从眼前通过的几千人的脸。除了和那向我开口说话的穿着打扮漂亮的中年女人无意义的短暂谈话之外,我在那十一天里没有和任何人讲过一句话。既没有做任何特别的事,也没有发生任何特别的事。不过当那十一天几乎空白地过去之后,还是没有到达任何地方。我还是依旧活在复杂纠缠、令人迷茫的道路中走投无路。连最简单的结都解不开。

不过在第十一天的傍晚发生了一件奇怪的事。那天是星期天,我在那里比平常坐到晚一点,继续看人们的脸。星期天到新宿来的人和平常种类不同,而且也没有高峰时段。我眼睛忽然停在一个提着黑色吉他盒子的年轻男人的身上。他个子不高也不矮。戴着黑色塑胶框的眼镜,长发垂肩,穿着蓝色牛仔裤和粗棉衬衫,以及相当陈旧的白布鞋。他笔直地面朝着前方,以好像在想什么似的眼神从我前面横穿而过。看见那个男人的眼睛时,有什么敲打着我的意识。心脏发出小小的声音。我认识那个男的,我想。以前在哪里见过那个男的。不过到想出那是谁来为止花了几秒钟时间。他是那夜在札幌的酒吧唱歌的男人。不错,是那个男的。

我立刻从长椅站起来,赶快追上去。那个人说起来算是以比较缓慢的步伐走着,因此并不难追上。我配合那个男人的步调,距离十米左右跟在他后面。我很想出声叫他。你就是三年前在札幌唱过歌的人吧,我在那里听过你的歌喔,我会这样说吧。"是吗?那真感谢。"他会这样说吧。可是那以后要说什么才好呢?"说真的,那一夜我太太接受了堕胎手术。而且她最近离家出走了。她一直跟别的男人睡觉呢。"这样说可以吗?总之我决定顺其自然,跟在男人后面走下去。或许在走着之间,可以想到怎么办比较好也不一定。

那个男人朝和车站相反的方向走。穿过高层大楼群的地区,越过青梅街道,朝代代木的方向走。不知道他在想什么,不过看起来好像是集中精神正在深入地思考什么似的。而且好像是走得很熟的路的

17 最简单的事，以最洗练的形式复仇，吉他盒子里的东西

样子，并不回头东张西望，或犹豫不决。只是眼睛一直向着前方，始终以相同的步调继续走。我一面在他后面追，一面回想起久美子堕胎手术那天的事。三月初的札幌。地面冻结得硬硬的，雪偶尔飘飘飞飞的。我又再一次回到那街上，胸部吸进那凝冻的空气。人们吐着白色的气息又在眼前看见了。

我忽然想到，大概就是从那个时候开始有什么起了变化吧？没错。以那时候为界，我周围的流确实开始呈现变化了。现在想起来，那堕胎手术对我们两个人来说，都是具有非常重要意义的事件。不过那时候，我没有能够好好认识其重要性。或许我对堕胎行为本身太过于重视。但其实更重要的事，是在别的方面吧。

我不得不那样做。而且我想这样做对我们两个人来说都是最正确的。嗯，那里也有你所不知道的事情。我现在还无法说出口的事，也在那里。我并不是在隐瞒你那个。我只是不能确定那是不是真的事情而已。因此现在我还不能说出口。

那时候她还不确定那东西是不是真实的。而且一定不会错，那东西与其说和堕胎有关，不如说和怀孕有关。或者和胎儿有关吧。那到底是什么呢？是什么要那样令久美子混乱呢？她和我之外的男人有了关系，因此拒绝生那个孩子吗？不，不对，不可能有这种事。她自己也断言不可能有这种事了。那确实是我的孩子。不过那其中有什么不能告诉我的东西。而且那东西和这次久美子的离家出走有密切关联。一切都是从那里开始的。

不过那里面到底隐藏着什么样的秘密，我无法想象。只有我一个人，被遗留在黑暗中。我只知道一件事，那就是如果解不开那东西的秘密，久美子就永远不会回到我身边来了吧。终于我开始感到自己体内有一股像是安静的愤怒一样的东西。那是对眼睛看不见的东西的愤怒。我伸直背脊，吸进大口空气，镇定心脏的鼓动。但那愤怒像水一样无声地渗透我全身的每一个角落。那是悲哀的愤怒。我对它无处发

泄。也没办法消解。

男人以同样的步调继续走。越过小田急线的铁道。通过商店街，通过神社，穿过几处弯曲复杂的巷道。我为了尽量不要引起注意，而依各种情况采取适当相隔距离，跟在后面。他显然完全没有注意到我的存在。因为他一次也没有回头看。没错，这个男人确实有什么不平常的地方，我想。从他不回头看后面和丝毫不侧目旁观可以看出。那么专心地集中精神到底在想什么呢？或者相反地，完全什么都没想吗？

男人终于离开有人通过的道路，走进二层楼木造住宅成排的安静区域。道路狭窄、弯曲，两侧看起来相当老旧的房子，没有像样间隔地互相连接着。那里奇怪地没有人的动静。因为周边的房舍一半以上都成了空屋。空屋的玄关上钉着木板，挂着计划建筑的告示牌。而且有些地方像牙齿拔掉似的空缺着，成为生长夏草的空地，周围围着铁丝网。大概在不久的将来，这一带就会整个拆掉，然后计划兴建新的大楼了吧。还有人住的房子前面，狭窄拥挤地排列着牵牛花和其他盆栽。小三轮车丢在外面，二楼窗户外晒着毛巾和小孩用的游泳衣。有几只猫睡在窗下、门口，一副嫌麻烦似的样子看着我。时间是黄昏还算亮的时刻，却没看见人影。这里到底在地理上是属于哪一带，我不太清楚。也不知道哪一边是北哪一边是南。我想大概是在代代木、千驮谷和原宿三个车站相接的三角形之中吧，但不确定。

不过不管怎么说，那都是都市的正中央，像被遗漏忽视了似的孤零零的地区。大概因为本来路就窄，车子几乎进不来的关系吧，只有这一角，长久以来没有被开发商的手所触及。一踏进那里面，气氛感觉好像倒流了二十年或三十年的时间似的。回过神时，发现刚刚还在耳边吵闹的车子噪声，已经像不知道被吸进什么地方去了似的消失了。男人提着吉他盒子，走在那迷魂阵一般的路上，在一栋公寓似的木造建筑前面站定下来。然后打开入口的门，进入里面，关上门。门似乎没有上锁的样子。

我暂时在那里站着。手表的针指着六点二十分。然后我倚靠在对面空地的铁丝网围篱上，观察了一会儿那建筑物。那是常见的二层楼木造公寓。从入口的氛围和房间的排列方式可以看出。学生时代我也有一段期间住过这种公寓。玄关有鞋柜，厕所是共用的，有一个小厨房的一房公寓——住的都是学生或单身上班族。但那栋建筑物却感觉不到有人住的气息。听不见一点声音，看不见一丝动静。贴了合成木板的入口大门上没有名牌。看起来名牌像是不久前剥掉的，留下细长白色的空白痕迹。附近还残留着午后的热气，但每个房间的窗子却关得紧紧的，窗帘还从内侧拉上。

或许这公寓也计划在不久的将来，和周围的建筑物一起被拆除，里面已经没有住人了也不一定。如果是这样的话，那提着吉他盒子的男人又在这里做什么呢？男人进去之后，我等着看看有哪一扇窗子会突然被打开，但依然没有任何动静。

因为总不能在无人经过的巷子里一直耗时间，于是我走到那公寓般的建筑物的玄关去试着打开门。门果然没有上锁，很简单地就向内侧开了。我在那里站定一会儿，看看门口的样子，但里面很暗，没办法一眼看清楚有什么。所有的窗子都关紧了，因此有一股沉闷的热气闷在里面。还有和在那井底闻过的类似的霉味。由于热的关系，衬衫腋下湿掉一大片。耳朵后面流下一条汗筋。我干脆进到里面去，悄悄地安静地关上门。然后想从信箱或鞋柜上附的名牌（如果有的话）确认一下还有没有人住在这里。但那时候我突然发现有人在那里。有人正在盯着我看。

门口的紧右侧有一个像是高鞋柜似的东西，好像有谁躲藏在那后面。我倒吸了一口气。看看那阴暗热气深处。那人就是我所跟踪的提着吉他盒子的年轻男人。他进到这里之后，立刻在那鞋柜后面一声不响地躲藏着。心脏就在我喉咙下面一带发出像敲钉子般的声音。这个男人躲在那地方到底要干什么？也许在等我吧。或者……"你好，"我干脆出声招呼看看，"请问一下……"

但那时候，有什么顿然打在我肩上。极激烈的敲击。到底发生什么，我还搞不太清楚。那时候我所感觉到的，是令眼睛快发昏的强烈肉体上的冲击。在莫名其妙之中，我立在那里发呆。不过在下一个瞬间，我忽然了解了。是棒子。那个男人从鞋柜后面像猴子一样迅速地跳出来，用棒球棒使劲打在我肩膀上。我吓呆了，他又再挥起棒子正要扑过来。我想闪身避开但已经太迟。球棒这次打在左臂上。一瞬间手臂失去知觉。不觉得痛。简直像整条左臂完全消失在空中了似的，只有失去感觉而已。

但那时候几乎是反射性地，我往对方的身体一脚踢出。高中时代我曾经从一个空手道上段的朋友那里，非正式地学到一点空手道的初步技巧。他要我一连踢了好几天。没有什么特别的花招，只是练习尽量用力、尽量高地笔直把腿往最短距离踢起而已。万一遇到什么状况时这个最有用，他说。确实正如他所说的。男人满脑子只想着挥球棒，完全没料到有被踢的可能。我也正处于忘我状态，因此到底踢到哪里也搞不清楚，踢本身我想也没多用力，但男人却像受到打击似的弯下身来。不再挥棒，简直像时间中止在那里似的，以恍惚的眼神看着我。趁那空隙，这次我更准、更用力地往对方下腹部踢过去。男人痛苦地把身体弯折起来时，我把球棒从对方手中抢过来。这次则用劲往他侧腹部踢上去。男人想要抓住我的腿，因此我又再踢一次。而且在同一个地方又再踢一次。然后用球棒敲他的大腿。男人发出钝重的哀叫声，滚在地上。

刚开始，我毋宁算是因为恐惧和亢奋而踢了打了这男人的。为了自己不要挨打，而踢对方、打对方。但男人倒在地上之后，那自然变

17　最简单的事，以最洗练的形式复仇，吉他盒子里的东西

成一种愤怒。不久之前，我一面想着久美子的事一面走着时，体内所涌起的静静的愤怒还留在那里。而现在它被解放出来，膨胀变大了，像火焰一般地点燃起来了。那是一种接近激烈憎恨的愤怒。我再一次用球棒打男人的大腿。男人嘴边流出了唾液。我被球棒打中的肩膀和左臂逐渐叽叽叽地开始痛起来。那痛撩拨得我的怒气变得更强烈起来。男人的脸已经扭曲起来，但他仍然想要用手臂支撑着站起来。因为左手没办法使上力，于是我丢掉球棒，扑到男人身上用右手往他脸上用力揍。揍了好几次又好几次。揍到右手手指麻痹疼痛为止。想揍到对方失去知觉为止。抓住他的领子，把他的头往木地板上敲。过去我从来没有一次跟别人打过架。也没有使劲揍过别人。但不知道为什么，这次却停不下来。已经不能不停手了，虽然我脑子里这样想着。这样已经足够了。再这样下去会太过分了。这家伙已经站不起来了啊。但却停不下来。我知道自己已经分裂成两个。这边的我已经无法阻止那边的我了。我感到一阵强烈的寒意。

那时我发现男人在笑着。那个男的一面挨揍，一面朝着我嬉笑着。越被揍得厉害，越笑得放肆。而且他最后流出鼻血来，从裂开的嘴唇流出血来，一面被自己的唾液所噎呛，一面发出嘻嘻的声音笑着。这家伙头脑已经有问题了，我想。我停止揍他，站直起来。

我回头望四周时，看见黑色的吉他盒子立在鞋柜旁。我丢下继续笑着的男人不管，走过去把吉他盒子放倒在地上，拨开绊扣，打开盖子。那里面什么也没有。是空空的。既没有吉他，也没有蜡烛。男人看着我，一面咳嗽一面笑。我突然变得呼吸困难。觉得这屋子里闷热的空气一下子令人难以忍受起来。那霉味、自己的汗的触感、血和唾液的气味，还有自己体内的愤怒、憎恨，这一切都变得难以忍受了。我打开门，走到外面。然后关上门。周遭依然没有人影。只有茶色的大猫，看也不看这边地慢慢横穿过空地而已。

我希望在没有被留意之前离开那个区域。虽然不知道该朝什么方

向走才好，但在认出方向走着后，找到了往新宿车站的都营巴士的候车站。在等巴士来时勉强调整着呼吸，想整理一下脑子。但呼吸依然凌乱，脑子也理不清。我只想看人的脸而已。脑子里这样反复着。就像舅舅说过的那样，站在街角看路人的脸而已呀。而且我只是想解开最简单的结而已呀。我上了巴士之后，乘客都一起朝我这边看。他们好像受惊了似的看了一会儿我的模样。然后才把有点不舒服的眼光移开。我想大概是因为脸上黑斑的关系吧。花了一段时间之后，我才发现那是因为我的白衬衫上溅有男人的血（虽然那几乎是鼻血），还有手上拿着棒球棒的关系。我在无意识之下抓着那棒球棒，把它带出来了。

结果我把那棒球棒带回家去。然后收进壁橱里。

那一夜，我到天亮都睡不着。随着时间的流逝，被男人用球棒击打的肩膀和左臂部分肿了起来叽叽地疼痛，右手拳头上依然还留下揍了男人好几次又好几次的那种触感。我忽然发现，自己右手拳头还紧紧地用力握着，采取着战斗的姿势。即使我想要松开，手却怎么也不肯听话。最重要的是我不想睡觉。如果现在就这样睡着的话，一定没错会做讨厌的梦。为了让心情镇定下来，我坐在厨房的桌子前面，喝着舅舅留下来的威士忌酒，没加冰水或冰块，用卡式录音带听着安静的音乐。我想跟人说话。想对什么人说话。电话机就放在桌上，我望着它好几个小时。随便谁都可以，随便谁都可以，请打电话来给我啊，我想。那奇怪的谜一样的女人也好。谁都好。不管说多么无意义的脏话都好。不管说多么讨厌的不祥的话都好。总之但愿有谁来跟我说话啊。

但电话铃并没有响。我把剩下半瓶的威士忌全部喝光，窗外已经开始变亮了才上床睡觉。拜托不要让我做梦，只有今天就好，让我的睡眠空白吧，睡前我想。

17 最简单的事，以最洗练的形式复仇，吉他盒子里的东西

但不用说我做梦了。正如预料中那样糟糕的梦。那个提着吉他盒子的男人出现了。在梦中，我采取了和现实完全一样的行动。我跟在那个男人后面走，打开公寓玄关的门，用球棒打，然后揍、揍、揍、揍他。但后来则跟实际不一样。我揍完站起来时，男人依旧是一面流着口水，笑得很凶，一面却从口袋里拿出刀子来。小小的、看起来好像非常锐利的刀子。那刀子，沐浴在从窗帘漏进来的黄昏的光线中，反射出像白骨一般的白色闪光。但他并没有用那个扑上来。他脱下自己的衣服变成裸体，简直像在削苹果皮一样地，开始把自己的皮肤滑溜溜地削下来。他一面大笑着一面继续削下去。全身血淋淋的，地上形成黑黑的可怕的血池。用右手剥完左手的皮，又用剥成血淋淋的左手剥右手的皮。最后男人变成只是鲜红的肉块。但变成只是肉块之后，他还依然张开着那黑暗的洞穴般的嘴，笑着。只有眼球，在那肉块之中白白地大大地滚动着。终于好像配合着那大得不自然的笑声似的，那被剥掉的皮肤在地上爬着，一面发出滑溜溜的咻咻声，一面朝这边接近过来。我想要逃走，但脚却动不了。那皮肤爬到了我的脚边之后，就慢慢地往我身上爬上来。然后黏黏地贴在我的皮肤上。男人黏黏糊糊的血淋淋的皮肤一点一点地贴在我的皮肤上，重叠起来。血浆的气味流满了周遭。皮肤像薄膜一般覆盖了我的腿，覆盖了我的身体，覆盖了我的脸。终于眼前变成一片黑暗，只有笑声在那黑暗中空洞地响着。于是我醒了过来。

醒来时，我混乱得不得了，而且胆怯害怕。有一会儿，甚至无法恰当掌握自己的存在。我的手指微微颤抖着。但在那同时，我终于得到一个结论。

我既无法逃避，也不该逃避。那是我所得到的结论。不管去什么地方，它都一定会追到我，不管我到哪里。

18 从克里特岛寄来的明信片，从世界边缘掉落的东西，好消息小声说出来

考虑到最后，我终于没有去克里特岛。曾经是克里特的那个女人，出发到希腊前的一星期，带着装满食品的纸袋到我家来，为我做了晚餐。在吃晚餐的过程中我们几乎没有谈什么像样的话。用过晚餐收拾完毕之后，我说我觉得好像不能跟你一起去克里特岛了。我这样一说，她似乎并不怎么意外。相反地只像理所当然似的接受了。她一面用手指夹着额上变短的头发一面说：

"虽然我很遗憾冈田先生不能一起来，不过也没办法。我可以一个人去克里特岛，没问题。请您不要特别在意我的事情。"

"旅行的准备都妥当了吗？"

"我想必要的东西大概都齐全了。护照、机票预订、旅行支票、皮箱都准备好了。不过行李并不多。"

"你姐姐怎么说？"

"我们是很亲密的姐妹。要远行当然非常难过。对彼此都一样。不过加纳马耳他是坚强而聪明的人，所以她非常明白什么事情对我好。"然后她安静露出微笑看着我的脸，"冈田先生觉得留在这里比较好，对吗？"

"是啊。"我说。然后我从椅子上站起来，去用水壶烧开水准备泡咖啡。"我这样觉得。上次突然想到，我可以从这里出去，但是不能从这里逃出去。不管我去到多远，都没办法逃掉。我想你去克里特岛是很好的。因为在很多意义上你可以厘清过去，开始新的人生。但是

18　从克里特岛寄来的明信片，从世界边缘掉落的东西，好消息小声说出来

我不一样。"

"那是因为久美子？"

"大概吧。"

"冈田先生要在这里一直等久美子回来吗？"

我靠在水槽上，等着水烧开。但水一直不容易开。"说真的，我也不知道怎么办才好。也没有任何线索。不过，我渐渐有一点明白了。那就是我必须做一点什么才行。不能只是安静不动地坐在这里等久美子回来。如果我想要久美子回来的话，我必须用自己的手明确地去做才行。"

"但是，您还不知道该做什么才好，对吗？"

我点点头。

"我可以感觉到有什么逐渐一点一点地，在我周围正要具体成形。虽然很多事情还很模糊，但那里应该有某种类似联系的东西。不过不能勉强去拉它、扯它。我想只能够等各种事情变得更清楚一点再说吧。"

加纳马耳他的妹妹双手放在桌上，想了一下我所说的话。"不过等待并不是一件轻松的事噢。"

"大概吧。"我说，"那大概会比我现在在这里预想的要辛苦多了吧。一个人留在这里，抱着各种半途未解的问题，只是一直静静继续等着不知道会不会来的东西。坦白说，其实依照我真正的心情，如果可能的话，很想抛开一切，跟你两个人一起去克里特岛噢。并且把一切的一切都忘掉，开始新的生活。为了这个我还买了旅行箱，照了护照相片，也整理了行李。真的打算离开日本。但是无论如何，我也挥不掉一种这里有什么在求着我的预感或感触。我所说的'没办法逃掉'，是指这个。"

加纳马耳他的妹妹默默点点头。

"表面上看来，这是一件像傻瓜一样单纯的事。我太太因为在我之外有了别的男人而离家出走。她说想要离婚。正如绵谷升所说的那

样,这确实是世上常有的事。或许不需要多余地想东想西,只要跟你一起干干脆脆地到克里特岛去,把一切忘掉,重新开始新的人生就好了。但实际上,这件事并不如表面上看起来那么单纯——这一点我知道,你也知道,对吗?加纳马耳他也知道。或许绵谷升也知道。那里面隐藏着我所不知道的什么。我要想办法做点什么,把那个拉扯到明亮的地方把它暴露出来。"

我放弃泡咖啡,把烧热水的火熄掉,回去坐在桌子对面,看着加纳马耳他妹妹的脸。

"而且如果可能的话,我想要回久美子。以我的手,把她拉回来这边的世界。如果不这样做的话,我想我这个人,还会就这样继续迷失下去。我逐渐明白这件事了,虽然还有点模糊不清。"

加纳马耳他的妹妹望着桌上自己的双手,然后抬起脸看我。紧紧闭着没擦口红的嘴唇。终于她开口了:"我就是因为这样,所以才想带冈田先生到克里特岛的。"

"为了不让我这样做?"

她轻轻点头。

"为什么不想让我这样做呢?"

"因为很危险哪。"她以安静的声音说,"因为那是个危险的地方。现在还可以回来。我们两个人只要到克里特岛去就行了。在那边的话,我们就安全了。"

我恍惚地看着没有上眼影和假睫毛、完全崭新的加纳克里特的脸时,一瞬间,我变成不知道自己现在在哪里了。好像深深的雾团一样的东西,没有任何预兆地把我的意识完全蒙起来了。我迷失了我。我看不见我了。这里是哪里呢,我想。我到底在这里做什么呢?这个女人是谁呢?但我立刻又回到现实来。我正坐在我家厨房的桌前哪。我用厨房的毛巾擦着汗。感到轻微的晕眩。

"您没问题吧,冈田先生?"过去的加纳克里特担心地问。

18 从克里特岛寄来的明信片，从世界边缘掉落的东西，好消息小声说出来

"没问题呀。"我说。

"冈田先生，我不知道冈田先生什么时候能够要回久美子。但是如果冈田先生真的能够要回久美子的话，也不能保证因此冈田先生或久美子小姐就一定能找回像原来那样的幸福噢。一切并不能完全恢复原样吧？这件事您考虑过吗？"

我把双手手指在面前交叉，然后松开。周围听不见像声音的声音。我再一次让自己习惯所谓自己这存在。

"这件事情我也试着考虑过了。很多事物已经损坏了，或许不管怎么慌张着急也都不会复原了。或许这可能性或几率比较大。不过，也有东西不光是可能性或几率动得了的。"

加纳马耳他的妹妹伸出手，只触摸了桌上我的手一点点而已。"既然很多事情您都知道了，还想留下来的话，那么或许您就应该留下来吧。那当然是由冈田先生您决定的。虽然您不能去克里特岛我觉得很遗憾，但您的心情我很了解。虽然我想今后冈田先生身上会发生很多事情，但请您不要忘记我，好吗？如果发生什么事情，请想起我。因为我也会想起冈田先生的。"

"我会想起你的。"我说。

曾经是加纳克里特的女人再一次把嘴唇闭紧，长久在空中寻找着语言。然后她以非常安静的声音对我说："您听我说，冈田先生，正如冈田先生所知道的，这是个充满血腥的世界。如果不够强大的话就生存不下去。不过同时，不管多么微小的声音都不要听漏，要安静侧耳细听，这也很重要，您明白吗？所谓好消息，多半的情况都是小声说出来的。请您务必记得这点。"我点点头。

"希望您能顺利找到您的螺丝，发条鸟先生。"曾经是加纳克里特的女人对我说，"再见。"

八月接近终了的时候，我收到从克里特岛寄来的明信片。上面贴

413

着希腊的邮票，盖着希腊文的邮戳。那是曾经是加纳克里特的女人寄来的不会错。除了她以外，我想不起任何一个会寄明信片给我的人。但那上面并没有写寄信人的名字。我想大概还没有决定新名字吧。没有名字的人，无法写出自己的名字。不过那上面不仅仅没有名字，连一行文字都没有。只有我的姓名和住址用蓝色圆珠笔写着，盖上克里特岛邮局的邮戳而已。背面是克里特岛的海岸风景彩色照片。岩石山脉围绕着雪白的狭小沙滩，一个露胸的年轻女人在那里一个人做着日光浴。海是深蓝色的，天空浮着简直像做出来的白云。好像可以站在那上面走路似的结实的云。

曾经是克里特的女人似乎已经平安到达克里特岛了。我为她高兴。她终将在那里找到新的名字吧。而且配合新的名字，也可以找到新的自己和新的生活吧。不过她并没有忘记我。一行文字都没有地从克里特岛寄来的明信片告诉我这件事。

我当做消遣，给她写信。虽然这么说，但不知道对方的住址，也没有名字。所以本来就没打算寄出。我只是想对某个人写一封信而已。

好久没有接到加纳马耳他的联络了。她好像已经从我的世界很干脆地消失了似的。感觉上人们好像从我所属的世界的边缘一个又一个地安静掉落而去。大家都往那边一直走去，突然飘然消失了。大概那边某处有一个像是世界边缘般的地方存在吧。我每天继续过着没有特征的日子。因为实在太没有特征了，所以前一天和后一天之间逐渐区别不出来了。我既没看报纸、看电视，也几乎没有外出。只偶尔到游泳池去游泳而已。失业保险早已过期，现在是靠吃储蓄，不过生活费并不需要很多（虽然比起克里特岛生活费也许高一些），托母亲留下一点遗产的福，暂时还不至于没得吃。脸上那个黑斑也没有明显的变化。不过说真的，随着一天天的流逝，我已经逐渐变得不在意那黑斑了。如果往后的

18 从克里特岛寄来的明信片，从世界边缘掉落的东西，好消息小声说出来

人生都不得不抱着它过下去的话，我想就这样活下去吧。或许这是我不得不抱着活下去的东西吧。虽然自己也不明白为什么，但总觉得开始有点这样想了。不管怎么样，我都会在这里安静地侧耳细听。

我常常会回想起我和加纳克里特睡觉那夜的事情。但那记忆却模糊得不可思议。那一夜我和她互相拥抱，相交几次。那是没错的事实。但经过几星期后，切实的感觉似的东西却从中脱落了。我无法具体想起她的身体。也不太记得是如何跟她相交的。说起来，相比那夜的现实记忆，倒是那以前意识中——非现实中——和她相交时的记忆，对我来说反而鲜明得多。在那不可思议的饭店的一个房间里，穿着久美子的蓝色连衣裙，跨在我身上的她的身影，还好几次又好几次浮现我眼前。她左手腕上戴着两圈手镯，发出脆脆的声音。也记得自己变硬的阴茎的触感。那是过去所没有经验过的，又硬又大。她手拿起它往自己里面放进去时，好像慢慢地画着圈圈似的旋转着。我还清清楚楚记得她所穿的久美子的连衣裙裙摆，抚摸着我那肌肤的触感。不过终于在不知不觉之间，加纳克里特换成我不认识的谜一般的女人。穿着久美子的连衣裙，跨在我身上的，是那打了好几次电话来的谜一般的女人。那已经不是加纳克里特的性器，是那个女人的性器。我从那温度和肌肤触感的不同可以知道。就像进入不同房间时一样。"一切都忘掉吧。"那个女人对我低声呢喃，"像睡觉一样，像做梦一样，像躺在温暖的泥土中一样。"于是我射精了。

那明显地意味着什么。正因为意味着什么，所以那记忆才远超越现实，鲜明地留在我里面吧。但我还无法理解，那所意味的东西。我在那记忆的无限再生中一直闭着眼睛，叹了一口气。

九月初车站前的洗衣店打电话来，说洗的衣服已经好了要我

去拿。"

"洗的衣服？"我说，"我想我没有送任何衣服去洗呀。"

"不过确实有啊。请您来拿。钱已经付过了，所以只要来拿就行了。您是冈田先生吧？"

是啊，我说。电话号码也确实是我们家的。我半信半疑地到那家店去看看。洗衣店的主人依然一面用卡式收录音机听着轻音乐，一面烫着衬衫。车站前洗衣店的小世界，没有任何所谓的变化。这里既没有流行，也没有变迁。既不前卫，也不后卫。既不进步，也不后退。既没有赞美，也没有谩骂。没有增加什么，也没有消失什么。那时候正在播放的是伯特·巴卡拉克，曲子是令人怀念的《Do You Know the Way to San Jose》。

走进店里时，洗衣店老板手上还拿着熨斗，好像很迷惑似的一直盯着我的脸看。我不太知道他为什么要这样认真地看我脸。不过后来终于明白了那是因为脸上黑斑的关系。这倒也是。印象中记得的人脸上忽然多出一块黑斑来，任谁都会吃惊的。

"发生了一点事故。"我说明。

"那真是不简单啊。"老板说，好像打心里觉得可怜似的声音。他看了一下手上的熨斗，然后把它静静立在烫衣台上。简直像怀疑是否因为自己烫衣服的关系似的问："会好吗？那个。"

"不知道啊。"我说。

老板于是把包在塑胶袋里久美子的衬衫和裙子交给我。那是我给加纳克里特穿的久美子的衣服。这是短头发的女孩子留下来的吧？这么短的，我说着手指和手指之间离开三公分左右。不是噢，头发有这么长，老板说着，手指一下肩膀。穿着茶色套装，戴着红色塑胶帽子。那个人付了钱，说洗好以后打电话到你家噢。我道过谢，把衬衫和裙子带回家。我本来是打算把衣服送给加纳克里特的，当作买她身体的"酬劳"，而且送回来也没有用处。为什么还特地让加纳马耳他

18 从克里特岛寄来的明信片，从世界边缘掉落的东西，好消息小声说出来

送那些衣服去洗衣店呢？我真不明白。不过总之我把那和久美子其他的衣服一起整齐叠好收在抽屉里。

我写了一封信给间宫中尉。把我身上发生的事情大概说明一遍。对他来说或许添加麻烦也不一定，但因为想不到其他可以写信的对象。我首先为这个道歉。然后，我写到就在间宫中尉来访的同一天久美子离家出走了。她在那之前的几个月里一直和别的男人睡觉，然后我进入井底下沉思了将近三天，现在一个人独自住在这里，本田先生给我的纪念遗物只是装威士忌的空盒子而已。

一星期后他的回信寄到了。其实自从上次之后我也很奇怪地在意着你的事情，他写道。觉得好像必须跟你更久、更开肠剖腹地谈才对的。那件事我一直觉得有点挂在心头。但是那天因为突然有事，无论如何我必须在当天夜里之前回到广岛才行。所以收到你的信，对我来说某种意义上也很高兴。我觉得，大概是本田先生把我和你拉在一起的吧。本田先生大概认为让我和你见面，对我和对你都是一件好事吧。所以才以分送纪念品的名目，要我去见你。他给你的纪念遗物是空盒子这件事，我想从这点就得以说明了。要我到你那里去，也就成为本田先生送给你的纪念遗物了。

你能进入井里，这对我是极大的惊奇。因为，我的心也一直持续被井所强烈吸引。由于遭遇那样危险的情况，应该是一看到井就感到厌烦的，然而却不然，我到现在为止，依然不管在哪里看到井，都会不由得想探头看看里面。不但这样，如果是没有水的井，甚至都想下去看看呢。大概我希望在那里遇到什么吧。如果进到里面去的话，而且一直安静等候的话，或许自己能够遇到什么也未可知，有这种期待吧。我并不认为自己的人生因此就可以恢复什么。要期待这种事情，对我来说已经年岁太大了。我

所渴求的，是我的人生意义之类的东西。那是由于什么、为什么丧失的？我想亲眼查明。如果能够查明，我甚至想自己即使比现在失落更深都没有关系。不，虽然我不知道还能活几年，但我甚至想主动去承担那重担。

　　对于你太太离家出走，我也觉得很遗憾。不过关于那件事，我实在无法向冈田先生提出任何建议。我实在有太长时间在和爱情与家庭之类完全无缘的地方生活过来。因此我对这类事情没有资格说什么。但如果冈田先生心中，还有些许想要再等太太回来的心情的话，我想您就在那里像现在一样安静等候，应该是正确的吧。如果要我说出我的意见的话，这就是我的意见了。在有人离开之后，一个人留在那个地方过日子，我想确实是一件很难过的事。这点我非常了解。但是在这个世界上，没有比没有东西可以追求的寂寥感更残酷的事了。

　　我但愿能在最近再到东京一趟，和冈田先生见一面。但现在遗憾的是脚有点痛，要治好恐怕还得花一段时间。请保重身体，敬祝健康。

　　笠原 May 已经好久没出现在我眼前了，她上次到我家来是八月底的事。她像每次那样翻越砖墙，从庭院进来，并且呼唤我的名字。我们在檐廊两个人坐着聊天。

　　"嘿，发条鸟先生，你知道吗，那间空屋昨天开始拆掉了噢。那个宫胁家。"她说。

　　"这么说，是有人买了那里啰？"

　　"不知道。"

　　我和笠原 May 一起穿过后巷走到那家空屋后面去。确实房子的解体施工已经开始了。六个左右戴着工程帽的施工人员正在把防雨木板、玻璃窗拆下来，把水槽、电器产品搬出来。我和她两个人望着那

18 从克里特岛寄来的明信片，从世界边缘掉落的东西，好消息小声说出来

施工一会儿。他们似乎很习惯那样的施工，几乎都没开口，默默地极有系统地行动着。天空正上方，令人想到秋天来临的笔直白云往横向飘出几丝条纹。克里特岛的秋天不知道是什么样子，我想。那里是不是也飘着同样的云呢？

"那些人，是不是会把井也拆掉？"笠原May问。

"大概吧。"我说，"那种东西留着也没什么用。首先就很危险。"

"说不定有人在里面呢。"她以非常认真的脸色说。看着她晒得黑黑的脸时，我可以鲜明地回想起在那被强烈热气所覆盖的庭院里她正舔着我的黑斑时的触感。

"发条鸟先生，结果你没去克里特岛啊。"

"我决定留在这里等等看。"

"上次不是说过久美子已经不会回来了。没说过吗？"

"那是另外一个问题。"我说。

笠原May眯细眼睛看我的脸。她一眯细起眼睛时，眼睛旁边的伤痕就变深一些。"发条鸟先生，为什么跟加纳克里特小姐睡觉呢？"

"因为有那必要啊。"

"那也是另外一个问题吗？"

"是的。"

她叹一口气。"再见，发条鸟先生，以后再来看你。"

"再见。"我说。

"嘿，发条鸟先生，"她有点犹豫之后补充似的说，"我想我可能不久会回到学校去。"

"想回学校去了啊。"

她轻微耸一下肩。"不过是另外的学校。回原来的学校总觉得很讨厌。而且，那里离这边稍微远一些。所以我想暂时也不能和发条鸟先生见面了。"

我点点头，然后从口袋拿出柠檬水果糖来放进嘴里。笠原May

回头张望一下四周，然后含上香烟点着火。

"嘿，发条鸟先生，跟很多女人睡觉快乐吗？"

"不是这样的问题。"

"这我已经听过了啊。"

"嗯。"我说。不过除此之外说什么才好，我不知道。

"唉，算了。不过，我因为遇见发条鸟先生，才好不容易想回去学校上学的噢。这是真的。"

"为什么呢？"

"为什么噢？"笠原May说。而且又把眼睛旁边皱起来看我。"大概是想要回到正常一点的世界了吧。嘿，发条鸟先生，跟你在一起的时候，我觉得非常非常好玩喏。我没有说谎噢。也就是说，你自己非常正常，而实际上又在做非常不正常的事，而且怎么说呢……嗯，不能'预测'噢。所以在你身边，一点都不无聊。这样子，对我非常有帮助呢。不无聊这件事，也就是说，不需要考虑多余的事情就行了，对吗？不是吗？所以就这点来说，发条鸟先生，我觉得有你在真好。不过，说真的，有时候也觉得很'苦'噢。"

"怎么呢？"

"怎么说才好呢？我看着你的时候，有时候觉得你好像是为了我而拼命在跟什么斗似的。这样说虽然很奇怪，可是一旦这样想的时候，连我也会变得一起流汗挣扎噢。你了解吗？你看起来总是一副很凉快的样子，好像事情不管变得怎么样都跟自己无关似的。其实却不是这样。你也在以你的方式拼命奋斗着噢。即使别人看不出来。要不然也不会特地跑到井底下去呀，对吗？不过当然，发条鸟先生不是为了我，而是为了找到久美子小姐，而奋不顾身地跟什么莫名其妙的对手纠缠扭打着噢。所以我其实大可不必陪着你汗流浃背地苦斗的。这个我明白哟。但虽然如此，我还是觉得发条鸟先生一定也在为我奋斗着。发条鸟先生大概一面为了久美子小姐奋斗，同时结果也为很多

18 从克里特岛寄来的明信片,从世界边缘掉落的东西,好消息小声说出来

别的人而奋斗着吧。所以你才会常常看起来像个傻瓜一样。我这样觉得。不过,发条鸟先生,我看着这样的你时,有时候会觉得好苦噢。真的变得好苦噢。因为你看起来实在完全没有胜算哪。如果我无论如何必须拿钱下赌注的话,很抱歉,我想我一定会赌你输的。虽然我喜欢发条鸟先生,但我可不希望因此而破产。"

"这个我很了解。"

"我不想看着你输下去,也不想再汗流浃背下去了。所以我想回到正常一点的世界去。不过,如果我没有在这里遇上发条鸟先生的话,如果没有在这空屋前遇到你的话,我想我大概不会变成这样吧。首先就不会想要回学校去。我想一定还在不太正常的地方继续徘徊着吧。在这层意义上,是托发条鸟先生的福了。"她说,"发条鸟先生也不是完全没有用处的噢。"

我点点头。真的是好久没有被人夸奖了。

"嘿,握个手怎么样?"笠原May说。

我握住她小而晒黑的手。并重新发现那手是多么小。简直是个小孩子嘛,我想。

"再见,发条鸟先生。"她再说一次,"为什么不去克里特岛呢?为什么不从这里逃出去呢?"

"因为我不能选择哪一边下赌注啊。"

笠原May放开手,有那么一会儿好像在看一个非常稀奇的东西一样地一直看着我的脸。

"再见,发条鸟先生。以后有一天再见了。"

空屋大约在十天后就完全拆掉了。那里已经变成只是完全平坦的空地。建筑物像谎言一般变得无影无踪,连井也不留痕迹地埋掉了。庭院的花草树木被拔起,鸟的雕像也不知道被搬到什么地方去了。一定是被丢弃在什么地方了吧。对鸟来说,或许那样比较好。隔开后巷

和庭院之间的简单围篱，被高得无法窥伺里面的坚固板墙所代替。

　　那是十月中旬一个下午的事，我一个人到区营游泳池去游泳时，看见类似幻影一样的东西。那个游泳池和平常一样播放着背景音乐，但那时候播的是法兰克·辛纳屈。《Dream》或《Little Girl Blue》之类的老歌。我一面有意无意地听着那歌，一面在二十五米长的游泳池里慢慢地来回游了好几次又好几次。而就在那时候我看见了幻影。或者像是启示般的东西。

　　回过神时，我在一个巨大的井里。我游着的不是区营游泳池，而是井的底下。包围着身体的水是稠稠重重的、温温的。在那里我完全是一个人孤零零的，周围的水声以和平常不一样的奇怪方式响着。我停下游泳，安静地浮着慢慢回头看看四周，然后改成仰浮看着头上。由于水的浮力，我可以毫不吃力地浮在那里。周围被深深的黑暗所包围，只有在正上方看得见一个被切成漂亮圆形的天空。但奇怪的是并不觉得恐惧害怕。这是个井，而现在我正在井底像这样漂浮着，这像是极自然的事似的。倒不如说过去没发现这件事反而令我惊奇。这是世界上所有的井之一，而我是世界上所有的我之一。

　　被切成圆形的天空，简直像宇宙本身化成微细的碎片飞溅起来似的，无数的星星发出鲜亮的光辉。在覆盖了好几层黑暗的黑暗天棚上，星星们在无言之中刺穿出锐利的光芒。而我可以听见井上吹拂而去的风的声音。我也可以听见在那风中有人在呼唤着什么人的声音。那声音我曾经在很久以前在什么地方听过。我也想朝那声音发出声音，但声音却出不来。或许我的声音无法震动那个世界的空气吧。

　　井深得可怕。一直仰头注视着那开口部时，不知不觉之间脑子里好像上下位置颠倒逆转，感觉简直像从高高的烟囱顶上笔直往底下俯视似的。但我真的是好久没有感觉到心情这样宁静安详了。我在水中慢慢舒展着手脚，深呼吸了几次。我的身体从内侧开始温暖起来，好

18　从克里特岛寄来的明信片，从世界边缘掉落的东西，好消息小声说出来

像有什么悄悄地从下面支持着我似的感觉好轻。我被包围、被支持、被保护着。

然后不知道经过多少时间，终于无声的黎明来临了。沿着圆周边缘出现幽微的紫色光晕，色调一面变化一面慢慢扩大那领域，星星们随即逐渐失去了光辉。虽然有几颗明亮的星星暂时还留在天空的一角，但也终于变得模糊浅淡，直至被抹除消失了。我还仰躺着漂浮在重水之上，一直望着太阳的模样。并不耀眼。简直像是戴着太阳眼镜似的，我两边的眼睛由于某种力量的保护而免受太阳强烈光线的刺伤。

过一会儿，太阳由井的正上方一带射出时，那巨大的球体产生了微小而又明确的变化。以这带头，接着像时间之轴忽然激烈震动似的奇怪瞬间便降临了。我停住呼吸，凝神注视，想要看清楚现在开始正要发生什么。终于太阳的右侧角落出现了看起来简直像是黑斑一样的黑色污痕。而且那小黑斑正好像刚才新的太阳侵蚀夜之黑暗时一样，逐渐切实地削落着太阳的光。我想是日蚀吧。我眼前正要发生日蚀。

但那并不是准确意义上的日蚀。为什么呢？因为黑斑在几乎遮住太阳的一半时，便突然中止侵蚀不再动了。而且那黑斑并不像通常的日蚀可以看见的那样拥有清晰干脆的轮廓。那显然是装成日蚀的形式，而其实不应该叫作日蚀的东西。那么那现象到底应该用什么名字来称呼呢？我也没有概念。就像在接受罗尔沙赫氏测验时那样，我眯细了眼睛，试图读取那黑斑形状中所隐含的意义之类的东西。但那一方面是形状，另一方面又不是形状。一方面是什么，一方面又不是什么。我一直注视着那形状之间，逐渐对所谓自己这个存在变得没有信心起来了。我深呼吸了几次，调整心脏的鼓动之后，手指慢慢在沉重的水中动着，再一次确认黑暗中的自身。没问题，没有错。没有错，我在这里。这里既是区营游泳池，也是井底，我正目击着既是日蚀又不是日蚀的光景。

我闭上眼睛。一闭上眼睛，就可以听到远方有沉闷的声音在响着。刚开始微弱得好像听得见又像听不见的程度。听起来就像隔墙听见的人们不清楚的谈话声一样。不过终于，就像收音机波长合对了似的，逐渐可以清晰地听出轮廓来了。好消息是小声说出来的，曾经是加纳克里特的女人说。我集中精神，想努力侧耳倾听解读出那语言。但，那不是人的声音。是几匹马聚在一起混合着的鸣叫。马在那黑暗中的某个地方，好像因为什么而兴奋似的尖锐地嘶叫，用鼻子哼气鸣叫，用脚用力敲着地面。它们好像正在用各种声响动作，以十分迫切的样子，想要传达什么讯息给我似的。但我却不能理解。首先为什么这种地方会有马呢？其次它们想要对我诉说什么呢？

我没有概念。我依旧闭着眼睛，试着思索描绘应该在那里的马的模样。我所能够想起来的马，都是在马厩里，横躺在稻草堆上，一面嘴里吐着白沫一面苦闷地喘着气。不知道什么正让它们非常痛苦。

然后，我忽然想起日蚀的时候，马会纷纷死去的事。日蚀正屠杀着马。我在报纸上读过，说给久美子听过。久美子夜里很晚才回到家，我把晚餐倒掉的那一夜事。马群在逐渐缺失的太阳下混乱、恐惧着。而且它们之中可能有一些，真的因此而死去。

张开眼睛时，太阳消失了。那里已经什么都不存在了。只有被切割成清晰的圆形的虚空浮在头上而已。现在沉默覆盖着井底。那沉默好像要把周遭的一切都吸进去似的深而强。我逐渐变得呼吸困难起来，胸部吸进大口空气。我感觉出来那里面有什么气味。花的气味。大量的花在黑暗中放出的浓艳香味。那香味简直像被强迫撕碎的梦的残余般虚幻。然而下一个瞬间，我的肺里，那香味仿佛得到了强有力的触媒似的变得非常强烈，并以激烈的形势增殖下去。花粉的细针刺痛着我喉咙、鼻孔和身体的内侧。

和208号房的黑暗中所飘散着的香味一样，我想。桌上放着大花瓶，那里面的花。注入玻璃杯的苏格兰威士忌的香气也微微混合在里面。而且那个打奇怪电话的女人——"你身上有某种致命的死角噢。"我反射地环视四周。在深沉的黑暗中辨认不出任何身影。但我清楚地感觉到了。刚才还在这里,而现在已经不在的动静。她只在这里在极短暂的时间里和我共有这黑暗,作为存在的证据,留下了花香而离去。

我屏住气息悄悄继续浮在水上。水继续支撑着我的身体。简直就像在暗默中鼓励着我的存在似的。我双手的手指在胸前合起来。我再一次闭上眼睛。集中意识。耳根听得见活生生的心脏声音。那听起来好像是别人的心脏声音似的。但那是我的心脏声音。只是我的心脏声音是从别的什么地方传来的而已。你身上有某种致命的死角噢,她说。

对,我有什么致命的死角。

我不知道看漏了什么。

她应该是我所熟知的什么人。

然后就像什么忽然翻转过来似的,我一切都明白了。一切的一切在一瞬之间都暴露在白日之下了。在那光下所有的事物未免太鲜明、太简洁了。我倒抽一口短气,慢慢把它吐出来。吐出来的气,简直像烧焦的石头一样硬、一样热。没错。那个女人原来是久美子。为什么到现在都没注意到这个呢?我在水中激烈地摇头。想想看,不是太明显的事了吗?完全是太明显了嘛。久美子在那个奇怪的房间里向着我,一直疯狂拼命地想要传达那唯一的讯息给我。"请你找出我的名字吧。"她说。

久美子被关在那黑暗的房间里,渴望着被救出来。而能够救她的人除了我没有别人。在这广大的世界上,只有我有那资格。为什么呢?因为我爱久美子,久美子也爱我。而且如果那时候我能够找出她的名字的话,应该可以用隐藏在那里的什么方法,把久美子从黑暗的世界里救出来。但我没有找到。不但如此,我甚至把她呼唤我的电话铃声也沉默地抹杀了。那个机会以后也许再也不会出现第二次了。

但过一会儿之后，令身体颤抖的亢奋已静止下来，取而代之的则是恐怖无声地涌来。周围的水急速失去那温度，像水母一样黏黏稠稠的异形物，像要包住我的四周似的一起围上来。耳朵里，心脏发出巨大的声音。我可以历历想起自己在那个房间所目击过的东西。有人敲门的硬硬干干的声音还烙在耳朵上。承受着走廊下灯光的白色刀子一瞬的闪光，直到现在都令我毛骨悚然。这些一定是久美子这个人潜藏在某个地方的光景吧。而且或许，那个黑暗的房间是久美子自身所抱有的黑暗领域吧。我吞进唾液时，发出好像从外面敲着空洞时那样巨大空虚的声音。我害怕那空洞，同时也害怕试图填满那空洞的东西。

不过那恐怖也终于和来的时候一样急速地消退。我把冻僵的气息，慢慢吐出外面，再吸进新的空气。周围的水逐渐恢复温暖，随着这个可以感到身体的底部有一股类似喜悦的活生生的感情涌上来。也许再也不会见到你了，久美子对我说。不知道为什么，久美子唐突而决绝地从我身边离去。但她绝对没有抛弃我。不但如此，她其实是迫切需要我的，强烈渴求我的。但由于某种理由而无法说出口。因此才用各种方法，改变成各种形式，拼命想要传达什么巨大秘密似的东西给我。

一想到这里，我的脑部就热起来。我可以感觉到在此之前冻僵在我里面的几种东西，突然崩溃，渐渐融解了。各种记忆或意念或感触化为一体同时涌来，把我里面曾经有过的感情团块似的东西冲走流失。融解流失的东西，安静地混入水中，把我的身体在黑暗中以薄薄的膜温柔地包起来。那个就在这里呀，我想。那个就在这里，等着我伸出手。花了多少时间，我不知道。需要多少力气，我也不知道。但我必须坚持忍耐。而且必须找出朝那个世界伸出手的方法才行。那是我应该做的事。该等的时候就必须等，那是本田先生说的话。

听得见低沉的水声。有人像鱼一样从水中滑溜溜地游着过来，以

18 从克里特岛寄来的明信片，从世界边缘掉落的东西，好消息小声说出来

强壮的手臂抱住我的身体。是游泳池的救生员。我曾经跟他交谈过几次。

"你没问题吧？"他问我。

"没问题。"我说。

而且那里已经不是那个巨大的井底，是二十五米长的一如往常的区营游泳池。消毒水的气味、天花板回响着的水声在一瞬间回到了我的意识。游泳池旁站着几个人，好像发生什么事似的看着我。忽然脚抽筋了，我向救生员解释。所以才浮在那里一直不动。救生员把我拉到游泳池边上，说最好暂时离开水休息一下。"谢谢。"我向他道谢。

我靠在游泳池的墙壁上坐着，安静闭上眼睛。我身上，那幻影所带来的幸福触感，还像阴影中洒落的日光一般残留着。然后我在那日影中想道。那个就在那里。并不是一切的一切都已经从我手中滑落了。并不是一切的一切都被放逐到黑暗中去了。还有什么，什么温暖美好而贵重的东西被好好地留下来了。那个就在那里。我知道。

也许我会输。也许我会迷失。也许我什么地方都到达不了。不管多么拼死拼活地用尽力气，也许一切都已经损坏到无法挽回复原的地步了也说不定。或许我只是正在把废墟的灰捧起来，却其实只有我一个人没发现而已。或许会下赌注在我这边的人周围一个也没有吧。"没关系。"我以小声而坚决的声音朝向在那里的某个人说。

"我只能说这个。至少我有该等待的东西，有该渴求的东西。"

然后我屏住呼吸，安静地侧耳倾听。想要听取应该会在那里的微小声音。在水花的飞溅声、音乐声、人们笑声的那一头，我的耳朵听着那无声的微小声响。那里有人在唤着什么人。有人在渴求着什么人。以不成声音的声音。以不成语言的语言。

第三部　刺鸟人篇

1　笠原 May 的观点

虽然从以前就一直想，要给发条鸟先生写信吧，写信吧，不过老实说我怎么也想不起发条鸟先生真正的名字，因此最终一延再延地拖下来没写。因为如果信封上写世田谷区＊＊＊二丁目"发条鸟先生"的话，不管多亲切的邮差先生恐怕也不会帮我送到吧。确实第一次见面时，发条鸟先生应该已经明白告诉过我真正的名字了，但我却完全忘记那是什么样的名字（毕竟冈田亨这种名字好像只要下个两三次雨就会忘记的嘛）。不过上次，由于某一个小小的契机，我忽然想到，啊对了，想起来了。就像一阵风吹来，门啪哒一声打开一样。对嘛，发条鸟先生真正的名字叫冈田亨啊。

首先第一件事，我可能必须大概说明一下我现在在什么地方做什么之类的吧，不过这并不是那么简单的事。虽然这么说，我现在也并不是处于极端困难的处境。或许这处境本身倒不如说还蛮单纯而容易了解的。到这里的路，也绝不复杂难走。只要用尺和铅笔从一点到一点顺着连起线来就行了。很简单喏。不过啊——一想到要把那"从头"开始按顺序向发条鸟先生说明，不知道为什么语言这东西就完全出不来。脑子里变得跟下雪天的兔子一样雪白一片。怎么说呢？要把简单的事向谁说明这回事，在某种情况下是完全不简单的。例如就像"象的鼻子非常长"这样的事情，某个时候在某个地方说出口，听起来竟好像是完全说谎似的，对吗？我一面写这封信，一面平白浪费了几张信纸之后，终于好不容易刚刚才发现这么一回事。就像哥伦布发现新大陆一样。

就这样，虽然不想故弄玄虚，但我所在的场所是"某个地方"。从前在某个地方……的"某个地方"。我现在正在写着信的是一个小房间，房间里有书桌、床、书架和衣橱。一切都小巧简朴，没有装饰味道，和"必要的最低限度"的字眼真是完全吻合。桌上放着日光台灯、红茶杯和为了写这封信的信纸及字典。老实说字典是非必要不查的。因为，我不太喜欢字典这东西。外表看起来就不喜欢，里面的句子也不喜欢。每次翻字典总是皱起眉头想道："哼，什么嘛，这种事情不知道又有什么关系呢？"这种人不可能跟字典处得好吧。比方说"迁移＝系由某状态移往另一状态之谓"什么的，这跟我没有关系，完全没有。所以当我看见字典放在自己桌上时，心情就会变成像看见不知道什么地方的狗随便跑进我家庭院里来任意在草地上放肆大便一样。不过我想在给发条鸟先生写信时，如果有什么不懂的字就有些伤脑筋了，因此没办法才买了一本。

此外也整齐地削了一打铅笔排列着。刚从文具行买来的闪闪发亮的铅笔。虽然不是在邀功，但确实是为了给发条鸟先生写信才买的噢。不过刚削好的新铅笔感觉真棒。还有烟灰缸、香烟和火柴。虽然不像以前抽得那么多了，但偶尔会为了转换心情而抽一根（现在正好在抽一根）。桌上有的东西大概就这样了。书桌前面有窗户，挂着窗帘。虽然窗帘的花纹很可爱，但请别在意这个。并不是我觉得"窗帘花纹不错"而选的，而是本来就有的。除了有花纹的窗帘之外，这房间看起来是极其简单的。看起来与其说像十几岁女孩子的房间，不如说更像是某人善意地为初

1 笠原May的观点

级犯罪者设计的监狱样板间吧。

关于窗外看得见的东西,还不想说。关于那个我想等更以后再说。虽然并不是故意做作,不过凡事都有个所谓顺序这东西噢。我现在想跟发条鸟先生说的,只有这个房间里面而已。现在哟。

自从和发条鸟先生不再见面之后,我还经常想起发条鸟先生脸上的黑斑。突然出现在发条鸟先生右脸颊上的那个乌青斑痕。发条鸟先生有一天像狗獾般悄悄潜进宫胁家空屋的井里去,过一阵子出来后竟沾上了那斑痕噢。现在想起来好像假的一样,但那却真的是发生在我眼前的事噢。而且我从第一次看见的时候开始,一直觉得那黑斑是某种特别的记号吧。那里面大概含有什么我所不了解的很深的意义在吧。因为要不然的话,脸上是不会突然出现什么黑斑的啊。

所以最后我才会在发条鸟先生的那个黑斑上吻吻看。会有什么样的感觉呢?会有什么样的味道呢?因为无论如何都很想知道。我可不是每星期都在到处吻着身边男人的脸喏。那时候我感觉到什么,还有又发生了什么——这些我想也留着等下次再慢慢说(虽然没有自信能不能说好)。

上个周末,我到街上美容院去把好久没剪的头发剪了,那时候我在杂志上看到有关宫胁家空屋的报导。当然我非常惊讶。虽然平常我是不看周刊的,那时候碰巧眼前放着那本周刊,我随意翻一翻,竟然出现有关宫胁家空屋的报导,那当然会吃惊啊,对吗?搞不清楚报导本身到底在写什么,当然也没有写到半点有关发条鸟先生的事。不过老实说我那时候忽然想到"说不定发条鸟先生和这个有关"。这种疑问忽然轻轻地飘浮在我头脑里。因此我认真地想到,这样一来,我还是不得不给发条鸟先生写信,突然咻地一阵风吹来门便啪哒一声打开了，就是在这时候想起发条鸟先生的本名的。嗯，对了对了，是冈田亨先生嘛。

如果有"闲工夫"做这种事的话，我或许应该像以前一样一口气翻过后院的围墙，去造访发条鸟先生。并且对坐在那不起眼的厨房餐桌前，面对面慢慢说才是吧。我想那样应该是最快的。然而很遗憾的是，由于种种原因演变到现在没办法做到。因此才会像这样面对书桌，握着铅笔努力地写这封信。

我最近经常想起发条鸟先生的事。说真的，我甚至梦见过几次发条鸟先生。也梦见过那口井。都不是太怎么样的梦。发条鸟先生也不是主角，只像稍微"附带"出来一下而已。因此梦本身并没有什么深意。只是我对这件事却不知怎么地非常非常非常在意。于是正如所料的那样，那本周刊上刊登了有关宫胁家空屋（话虽这么说，但现在已经不是空屋了）的报导。

是我自己随便想象的，我想久美子小姐一定还没回到发条鸟先生家来吧。而发条鸟先生为了找回久美子小姐，大概正在那边开始做什么奇怪的事吧。这是我凭直觉的想象。

再见，发条鸟先生。下次想写的时候，再给你写信。

2　上吊屋之谜

"闻名世田谷区、上吊屋之谜"

全家自杀后留下有问题的土地由谁来买？高级住宅区一隅现在正发生什么？

摘自《＊＊周刊》12月7日号

坐落于世田谷区＊＊＊二丁目的该土地，在附近以"上吊屋"闻名。建地百余坪，位于宁静山腰住宅区的一隅，坐向朝南，通风采光良好，以住宅地而言首先就是理想地段，然而知情人士都异口同声地说"那块地就算免费我也不要"。会这么说，是因为过去住过这里的人没有一个例外，都遭遇不幸的命运。根据调查，自从进入昭和年间开始，买这块地住过的人之中，到目前为止居然总共有七人自杀，而其中大半是自己选择上吊死的或窒息死的。

（中略・目前为止自杀者之详述）

购买不吉之地的幽灵公司

在这不被认为符合偶然条件的一连串阴惨事件中，以最近的例子来说，在银座拥有老牌连锁餐厅总店的"屋顶串烧"经营者，宫胁孝二郎氏（照片1）的全家自杀事件仍令人记忆犹新。宫胁氏由于事业失败，负债累累，于两年前将店铺全部卖出，宣告破产，其后仍被地下钱庄追讨债务。结果于今年一月在高松市内的旅馆，将熟睡中的次女幸江（当时14岁）以皮带勒死，然后与妻夏子一起用带去的绳索上吊自杀。当时为大学生的长女现在行踪不明。宫胁氏于一九七二年四月购入该土地时，对相关不祥传说虽有耳闻，但却以"那只是纯属偶然"一笑置之。购入后，将长久空置的老屋拆除、整地，为慎重起见，并请来道士除厄消灾，改建成新的二层楼住宅。孩子们也明朗活泼，看起来是感情融洽的一家人，附近邻居都异口同声这样说。但从此经过十一年后，宫胁氏一家竟突然遭遇命运逆转。

作为宫胁氏贷款抵押的该土地，建物是在一九八三年秋季释出的，但债权人之间由于贷款偿还的顺序引起内部纷争，就那样一直拖延着未能处分。经过法院仲裁调停，土地于去年夏天终于进行处分。首先土地由都内中型不动产公司"＊＊土地建物"以低于实际市价许多的价格卖出，"＊＊土地建物"随即将宫胁氏所住建筑物拆毁，拟以建地转售。由于属于世田谷区的一等地，询问者颇多，但因土地所涉及的种种事故，以致到最后每每都谈不成。"＊＊土地建物"的销售课课长M氏作如下表示：

"我们确实也耳闻那些恶劣传说。但再怎么说都是最佳地段，只要定价多少低一点的话，应该可以卖出吧，我们曾经这样乐观地以为。但这块土地实际推出市场之后，却纹风不动。更不巧的是，到了一月又发生不幸的宫胁家全家自杀事件，老实说我们也很伤脑筋。"

土地终于好不容易卖掉，是在今年四月的事。"对象和价格恕不能奉告。"（M氏）因此详情并不清楚，不过根据业界内情报"＊＊土地建物"以低于购入价格许多的金额忍痛将土地放手似乎是实情。"当然买主对事情全盘了解。因为我们并不打算用欺骗的手段来卖，所以事先全部都向买主说明清楚了。"（M氏）

那么到底是谁乐意购入这样一块问题土地呢？调查并不如预料的那么顺利。根据区役所的登记，购入土地的是在港区拥有办公室、自称"赤坂研究所"的"经济研究咨询"公司，购入土地的目的是为建造公司宿舍。而且实际上也立即建造了"公司宿舍"。但这家公司是典型的纸上公司，实际到文件上写的赤坂二丁目现址一看，只是一栋小住宅大厦的一户门上挂着一块小门牌"赤坂研究所"而已，按了门铃也没人出来。

彻底警备与秘密主义

现在的"旧宫胁邸"四周以高出附近房子许多的水泥墙围起来。黑色油漆的铁门看起来大而坚固，从门外看不见里面（照片2），门柱上装有防盗用摄像头。根据附近的人说，偶尔电动门会打开，每天有装备着防弹玻璃的漆黑奔驰500SEL进出好几次，但除此之外完全看不见人的出入，也听不见任何声音。

建筑工程是五月开始的，但因为工程始终是在高高的围墙里进行，所以里面到底建了什么样的房子，附近的人都不知道。建筑期间约两个半月就出奇快速地完工了。附近偶尔会送便当到工地的餐饮外卖人员这样说："房子本身不是很大。样式也没有什么特别，感觉就像正四方体的水泥箱子一样，看起来不像普通人一般会去住的那种房子。只是园林建造公司在那里面种了相当多气派的树。我想庭院是花了不少钱吧。"

试着一一打电话给东京近郊的大园林建造公司问问看，其中一家告知有关"旧宫胁邸"工程的事。但该公司对委托主也完全一无所知。只是认识的建筑公司交给他们所要树木的清单和庭院的图面，要他们照做而已。

此外据该园林建造公司说，庭院植栽作业中还有挖井的专业公司被叫来，在庭院里挖了深井。

"在庭院一角架起木檎，把挖的泥土运上来。因为在那旁边种有一棵柿子树，施工过程看得很清楚。是把以前埋掉的古井再一次挖掘起来，因此挖掘本身似乎还算轻松。但不可思议的是，没有水冒出。

原来是一口干涸了的井，只是把它恢复原状而已，因此没有水冒出的道理。好像有什么原因似的感觉怪怪的。"

　　虽然很遗憾未能追踪到那家挖井的专业公司，但知道出入那屋子的奔驰500SEL是总公司位于千代田区的大租赁公司的所有物，从七月开始租给港区内某公司当公务用车，租赁契约订了三年。公司名称虽然不对外公布，但从情势来看，可能是"赤坂研究所"没错。500SEL全年租金推测约一千万日圆。租赁公司也提供专用司机，但这部500SEL是否附带司机就不清楚了。

　　对本刊记者的采访，附近邻居并不想多谈这栋"上吊屋"的事。当地邻居来往也不太多，或许不愿牵涉入内的心情很强烈吧，住在附近的A先生这样说。

　　"确实警备相当森严，不过没有一个可以抱怨的理由，我想附近的人也不太在意吧。因为与其保持风评不好的空屋状态，不如现在这样好多了。"

　　无论如何，到底是谁买了这住宅？而且那"X氏"到底把那里当作什么目的在使用着呢？谜只有更加深一层而已。

3　冬天的发条鸟

从那个奇妙的夏天结束到冬天来临之前，生活里并没有称得上变化的事。每天安静地天亮，再那样天黑。九月里经常下雨。十一月有几个是还会让人流汗似的温暖日子。但除了天气之外，一天和另一天之间几乎没有差别。我每天都到游泳池去做长距离的游泳，散步，一天做三次菜，让精神只集中在现实且实际的事情上。

虽然如此，偶尔孤独依然强烈地刺激着心。连喝进去的水和吸进去的空气都带有长而尖锐的刺，手上拿着的书页纸边，就像薄薄的剃刀刃般闪着白光威胁着。清晨四点安静的时刻，可以听见孤独的根叽里叽里地生长的声音。

但也有少数人是不肯放过我的。久美子娘家的人。他们有几次寄信来告诉我，久美子说已经不能与我继续婚姻生活了，所以希望我赶快同意离婚。说这样问题就可以圆满解决。刚开始的几封是高压式事务性的信。我没有回信后，变成威胁式的信，最后则变成恳求式的信。但所要求的则是同样的事。

终于久美子的父亲打电话来了。

"我并不是说绝对不离婚。"我回答道，"但在那之前，我想和久美子两个人单独见面谈谈。如果可以那样的话，离婚也没关系。如果不行，离婚就免谈。"

我把眼睛移向厨房的窗户，眺望外面延伸着的阴沉黑暗的雨空。那星期有四天连续一直下雨。整个世界黑黑地濡湿着。

我说："我和久美子是两个人好好谈过才决定结婚的。要结束时，希望也一样。"

我和她父亲的对话就那样沿着平行线进行，什么地方也没到达。不，准确地说，并不是什么地方也没到达。而是我们到达的场所不是有结果的场所。

还留下几个疑问：久美子真的希望和我离婚吗？还有她是不是托父母亲来说服我这件事呢？"久美子说已经不想见你了。"她父亲告诉我。久美子的哥哥绵谷升，以前和我见面时，也说过同样的话。那或许不完全是谎话。久美子的双亲会把事情往方便自己的方向解释。但至少就我所知，他们不会从毫无根据的方面开始捏造事实。他们不论好坏，总是很实际的人。那么，如果她父亲所说的是事实的话，久美子现在，是不是经由他们的手"藏在"什么地方呢？

但我不相信这样的事。久美子从小就对双亲和哥哥几乎不抱有所谓感情这东西，而且一直拼命努力不麻烦他们任何事。或许有什么缘故，久美子有了男人，由于那个原因而离开我。久美子在信上所写的那解释虽然我还不能完全接受，但以可能性来说，我也可以承认不是不可能。但离家出走后的久美子就那样寄身娘家，或娘家所安排的什么地方，并透过他们和我取得联络，这种事我无法接受。

我越想越搞不清楚。可以想到的一个可能性是，久美子精神上出现某种破绽，变得无法维持所谓的自己。另外一个可能性是，由于某种理由，她被强行关在某个地方。我试着把各种事实、语言和记忆全都搜集齐全，重新排列组合看看，最后我放弃再想。推测并不能为我带来任何结论。

秋天接近终了，冬天的气息正飘散在周遭。在那样的季节里，我每次都照样扫起庭院的枯萎落叶，用塑胶袋装好丢掉。架着梯子爬上屋顶，把塞在屋檐雨沟的叶子扫掉。我住的房子小庭院里虽没有种树，但两邻庭院落叶树张开大枝干，被风一吹，枯叶便纷纷散落过来。不过这种工作对我来说并不辛苦。在午后斜阳中恍惚地眺望着枯叶纷飞之间，不知不觉时间便过去了。右邻庭院里有一棵结了红色果实的大树，许多鸟偶尔会飞来竞赛般啼叫。色调鲜艳，啼声尖锐短促像要刺破空气般的鸟。

我不知道久美子夏天的连衣裙该如何整理、保管才好。我想过依照她来信所写的那样，全部处理掉。但我记得那些连衣裙久美子曾经一件件珍惜地整理保存。并不是没地方放，我想暂且就原样放着吧。

但每次打开衣橱时，我都不得不被迫想起久美子不在的事。排列在那里的连衣裙，是曾经存在过的东西执意遗留的空壳。我还清楚地记得身上穿了这些衣服的久美子的姿态，有几件衣服的具体回忆更是深刻。而回过神时，竟发现自己正坐在床上只是呆呆地望着久美子罗列的连衣裙、衬衫和裙子出神。记不得那样坐着多久了。或许是十分钟，或许是一小时也不一定。

有时一面看着那些衣服，我会想象就在我所不知道的某个地方某个男人正在脱久美子衣服的情景。脑子里浮现那手脱着她的连衣裙，脱着她的内衣。浮现那手爱抚着乳房、拨开腿的情景。我眼睛可以看见久美子柔软的乳房、白皙的腿，看见那上面某个男人的手。我并不愿意去想这种事情，但却不能不想。为什么呢？大概因为那是实际发生的事吧。而且我不得不让自己习惯那意象。我无法适当地推开现实。

绵谷升曾经担任新潟县众议员的伯父在十月初死了。在新潟市医院住院中，半夜心脏病发作，虽经医师们极力抢救，但仍在黎明时分徒然化为尸体。绵谷议员的死完全是预料中的事，曾经谣传会是离总选举不远，因此后援会的对应也极迅速。依照原先的商议由绵谷升接手地盘，绵谷前议员的集票组织不但坚强，而且原本也是保守党的票库。除非有什么重大意外，他当选应该错不了。我在图书馆看到这则新闻报导。那时候我首先想到的是，这么一来，暂时绵谷家将会为许多事忙碌而无暇顾及久美子离婚的事了吧。

紧接着次年初春就举行了解散总选举，绵谷升果然如大多数人所预料的，以大幅差距打败对立的在野党候选人而当选。这件事我从他登记候选到开票为止，都在图书馆的报纸上追踪一应的经过，但对绵谷升的当选却几乎不带有任何感情。我觉得一切都像在很久以前就决定好了的一样。现实只是随后仔细地照图样描上去而已。

脸上的黑斑既没有加大也没有变小。既没有发热，也不觉得痛。而且我逐渐忘记自己脸上有黑斑的事实。也不再为了遮掩黑斑而戴太阳眼镜或把帽子戴深。白天去买东西，每当擦身而过的人吃惊地看着我的脸，或把眼光躲开，会令我想起那存在，但习惯之后也不怎么在意了。有黑斑并不会给什么人添加麻烦。每天早上洗脸、刮胡子时，我会仔细检点黑斑的情形。但看不出有什么变化。大小、色泽和形状都还完全一样。

我脸上突然出现黑斑，只有少数人注意到。总共是四个人。车站前的洗衣店老板问过。经常去惯了的理发店老板问过。大村酒铺的店员问过。认识的图书馆柜台女孩问过。这样而已。每次我都表现出一副很困惑的样子，以"发生了一点事"之类的作为简短回答。他们也没有再追究。只说"那么要小心点"或"真难为你了"，好像过意不去似的含糊带过。

我觉得自己似乎逐渐一天天远离自己的存在。长久望着自己的手时，常常会觉得好像透明得可以看穿似的。我几乎没有跟谁开口说话。也没有谁寄信给我，打电话给我。信箱里的东西，说起来不是公共费用的缴费通知，就是广告信函。大部分的广告信函都是寄给久美

3 冬天的发条鸟

子的、名家设计品牌彩色商品目录，排满春天连衣裙、衬衫和裙子的照片。虽然是寒冷的冬天，但常常忘了点暖炉。因为分不清那是真的冷呢，还是我心中的冷呢。我经常看温度计，确定"是真的冷"之后，再点着暖炉。但不管暖炉把房间变得多暖和，有时候感觉到的冷还是依然不减。

有时候会像夏天一样翻过院子的围墙，通过曲曲折折的后巷走到过去曾是宫胁先生空屋的地方去。我穿着短外套，围巾一直围到下颌，踏着枯萎的冬草走在后巷。冰冻的风，发出短促的声音从电线间吹越而过。空屋已经完全拆除，周围被高高的墙围起。虽然可以从墙的缝隙间往里面窥探，但里面什么也没留下。没有房子，没有铺石，没有井，没有树，没有电视天线，也没有鸟的雕像。只有被碾土机牢牢压实后的平坦黑色地面冷冷地延伸着，只有一些地方像忽然想起来似的长出几丛杂草而已。过去那里曾经有井，自己还下到那底下去的事觉得好像谎言般不实。

我靠在围墙上眺望笠原 May 家。抬头仰望她房间一带。但笠原 May 已经不在那里了。她也不再出来对我招呼"你好，发条鸟先生"了。

二月中旬一个非常冷的下午，我到以前舅舅告诉过我的车站前"世田谷第一不动产公司"去看看。打开不动产公司的门时，里面有一个中年女事务员。入口附近排了几张桌子，但椅子上没坐任何人。大概大家都有事出去了。一个很大的瓦斯暖炉在屋子正中央烧得通红。屋子后面有一间小接待室似的房间，里面有个矮小的老人坐在沙发上独自专心地看着报纸。"请问市川先生在吗？"我问女事务员。"市川就是我，有什么事吗？"里面那个老人向我出声道。

我说出舅舅的名字。然后说我是他外甥。现在住在他的房子里。

"啊，原来如此，你是鹤田先生的外甥啊。"老人说着，把报纸放在桌上，摘下老花眼镜收进口袋。并从头到尾把我的脸和身体上下打量一番。他对我到底有什么样的印象我不太清楚。"请到这边来。怎么样，喝个茶吧？"

不用喝茶，请不必费心，我说。但不知道老人是听不见我说的话，还是听见了却不理会，依然叫女事务员泡茶。过一会儿事务员送来了茶，我们便在接待室里两个人面对面喝茶。暖炉熄灭了，屋子里冷冷的。墙上挂着这一带的详细住宅地图，有些地方用铅笔或签字笔做了记号。旁边挂着有凡·高画的著名的桥的月历。是某个银行的月历。

"好一阵子没见到鹤田先生了，他还好吗？"老人喝一口茶后问我。

"很好。还是很忙的样子，不太能见到他。"我回答。

"那很好。自从上次见面已经过了几年了呢。觉得好像很久没见面了啊。"老人说。然后从上衣口袋拿出香烟来，像瞄准好角度似的巧妙地擦着火柴。"蒙你舅舅的照顾，让我处理那栋房子，然后又一直帮他管理租赁的事。不过忙是再好不过了。"

姓市川的老人自己似乎不太忙的样子。大概是为了接待从前的顾客，只以半退休的身份到店里来露面吧，我想象。

"怎么样，那房子住得舒服吗？有没有什么不方便的地方？"

"房子没有任何问题。"我说。

老人点点头。"那很好。那是一栋相当好的房子噢。以房子来说虽然小一点，但住是好住的房子。住在那里的人都很顺利。你呢？顺利吗？"

"马马虎虎。"我说。至少还活着，我对自己说。"今天有一点事想请教您，因此来拜访。我听舅舅说，市川先生对这一带土地的事情知道得最清楚。"

老人咯咯地笑着。"要说清不清楚,那可是很清楚噢。你知道吗,我在这里已经做了将近四十年不动产了啊。"

"我想请教的是房子后面宫胁家住宅的事,现在已经变成空地了啊?"

"嗯。"老人说,露出好像在探寻脑子里的抽屉似的表情,把嘴唇一缩闭紧。"卖掉是去年八月的事。附加上贷款啦,权利问题啦,法律问题啦等名目,卖成了。纠纷拖了好久。结果一家公司买了,为了转卖而把房子拆毁变成空地。放着变成空屋那么久的话,地面建筑是卖不了钱的。买方不是本地公司。因为本地人是不会买的。你知道那栋房子出过很多事吧?"

"大概听舅舅提过。"

"那么你也知道吧。了解内情的人是不会买的噢。我们也不会买。幸运的话,可以巧妙地找不知情的人卖掉,但那不管赚多少钱,骗人的滋味总是不好。我们可不会做这种生意。"

我同意地点点头。"那么,那是什么地方的公司买的呢?"

老人皱起眉摇摇头。然后把中型不动产公司的名字告诉我。"可能没有好好调查,只看了地段和价格就草率地买了吧。他们以为可以轻易地赚取价差吧。然而却不是这么回事。"

"还没卖掉吗?"

"看起来好像很好卖,事实上却相当难卖。"老人抱着双臂说,"土地这东西并不便宜,又是一辈子的东西,所以想买的人大概都会多方打听调查。于是,各种因缘往事便一一被扯出来了。没有一件好事。听到那些事的话,普通人是不会买的。因为关于那块地的事这一带的人大概都知道。"

"价格变成多少呢?"

"价格?"

"宫胁先生家那块土地的价格啊?"

叫市川的老人以好像兴趣被引起来了似的眼光看我。"市价每坪一百五十万。因为那一带是一等地呀。以住宅地的环境来说是绝佳的，日照又好。有这样的价值。现在这时期土地市场不太热络，不动产景气也不太好，但那一带却没问题。普通情形的话，只要花一点时间，总会以平常价格动起来。但那里却不寻常，所以等多久还是不动。价格自然下滑。现在卖价正直线下滑到每坪一百一十万日圆。总共大约百坪出头，所以再减一点，大约正好一亿吧。"

"往后还会再降吗？"

老人很肯定地点头。"当然会降。降到每坪九十万应该没得抱怨的。因为九十是他们的买价，所以会降到那里。他们现在正觉得不妙吧，能够捞回本钱就该偷笑了。再低我就不知道了。如果他们需要现金的话，或许多少会忍痛降价便宜卖吧。如果不愁钱用也可能一直抱着不放。公司内部情况倒是不太清楚。只有一件事可以确定，就是他们现在正后悔买了那块土地。跟那块地扯上关系总没有好事。"老人说着把香烟灰咚咚地弹落在烟灰缸上。

"那家庭院里有一口井噢？"我问，"关于井的事，市川先生知道些什么吗？"

"嗯，是有一口井。"市川先生说。"是一口深井。不过不久前埋掉了噢。反正是已经干涸的井啊。留着也没用。"

"您知道是什么时候干掉的吗？"

老人一面交抱着双臂一面瞪着天花板。"好久以前的事了，所以我也想不太起来，不过战前是出过水的。不出水是战后的事。至于什么时候开始不出水了我就不清楚。只是女明星住进去的时候水已经干了，那时候曾经提到要不要把它埋掉的事。不过那话题也好像就到那样为止了。毕竟要刻意去埋井也是一件麻烦事啊。"

"就在附近的笠原先生家，井现在还出水，据说水质很好。"

"是吗？也许是这样。那一带因为地质的关系，从以前开始就涌出相当多很甜的水。而水脉这东西是很微妙的,那边明明会出水,但距离只差一点点,这边却不出水也不稀奇。不过你对那口井有什么兴趣吗?"

"老实说,我想买那块土地。"

老人抬起脸,重新把目光焦点对准我的脸。手拿起茶杯,安静地喝一口。"想买那块土地?"

我只点头,没有回答。

老人拿起香烟盒抽出一根新的烟,在桌上咚咚地敲着尖端。但只把那夹在手指间而已并不点火。他用舌尖快速地舔了一下嘴唇。"就像我刚才一直说的那样,那是一块有问题的土地哟。到现在为止,住在那里而顺利的例子一个也没有。这个你明白吧?说得清楚一点,那不管价格多便宜,买了绝没有好处。这也没关系吗?"

"这我当然知道。虽然说不管比行情便宜多少,其实我手头都还没有足够的钱买那块土地。不过只要花一些时间,总可以想到办法。所以想得到那个物件的情报。如果价格有变动,或有交易动向,希望能告诉我。"

老人暂时之间,一面望着没点火的香烟,一面沉思着什么。小声干咳了一下。"没问题,就算不急,那块土地暂时也卖不掉。真的会动也要等进入抛售价的阶段之后,依我的感觉,要到那个地步还得多花些时间。"

我告诉老人我家里的电话号码。老人把那抄进染有汗渍的黑色小手册里。手册收进上衣口袋之后,便注视着我的眼睛,然后看脸颊上的黑斑。

二月结束,三月也接近中旬时,冻结了似的寒冷,总算逐渐缓和下来,从南方开始吹起温暖的风。树上的绿芽看得见了,庭院里也出现不同种类的鸟群。温暖的日子里我开始坐在檐廊眺望庭院。三月中的一个黄昏，市川先生打电话来。他说宫胁先生的土地还没卖出，价格也稍微降下一些了。

"我不是说没那么容易卖掉吗？"他得意地说，"没关系，现在开始还会再松个一两口气。怎么样呢？你那边，有在存钱吗？"

那天夜晚八点左右我在洗脸台洗脸时，发现脸上的黑斑开始发热起来。用手指摸摸，感到以前所没有的微温。颜色也变得比平常鲜明，带有一点紫色。我屏着气长久凝视着镜子，一直凝视到自己的脸都逐渐变得不像自己的脸了。那黑斑好像正在向我强烈地渴求着什么似的。我凝视着镜子里头的自己时，镜子里头的我也同样地朝这边的我无言地凝视回来。

不管怎么样都必须得到那口井。

那是我所获得的结论。

4 从冬眠中觉醒，另一张名片，金钱的无名性

当然并不是想要，就立刻能得到土地的。现实上我所能动用的金额几乎接近零。母亲留下当遗产的钱，虽然还剩一些，但那为了生活应该不久就会消失掉。而我既没有职业，又没有可供担保的东西。给这样的人会提供贷款的银行恐怕全世界都找不到。总之这样一笔钱，我必须像变魔术一般伸手从空中抓出来。而且就在最近之内。

有一天早晨我走到车站前面，在商店买了十张连号头奖五千万日圆的奖券。并将它们一张张用图钉钉在厨房的墙上，每天看着。我有时候会坐在椅子上一直盯着看一个小时左右。好像在等待着只有我才能够看见的秘密暗号从那里浮上来似的。但几天之后我获得一个类似直觉的东西。

我不可能中这奖。

终于那直觉变成确信。散步到车站在商店买了几张奖券，光坐着等到开奖日，问题便能顺利解决，绝对没有这种事。我必须用自己的能力，凭自己的力量获得那笔钱才行。我把十张奖券撕破丢掉。然后又站在镜子前面，凝视那深处。应该有什么办法的，我试着问镜中的自己。但当然没有回答。

窝在家里东想西想累了，便出门到附近走走。三天或四天继续这种漫无目的的散步。只在附近到处走走累了后，便搭电车到新宿去。来到车站附近时，好久没这样想到街上去了。在和平常不同的风景中想事情也不错。想想已经好久没搭电车了。一面塞零钱进车票自动

贩卖机，一面感觉到做不习惯的事时那种不舒服的感觉。仔细想想最后一次上街已经是半年多前的事了——那时候，我在新宿西口发现提吉他盒的男人，并且跟踪了他。

眼前好久没见的都会杂乱将我压倒。光是看到汹涌的人潮就有点窒息感，心脏悸动得有些激烈。虽然心想高峰时段已经结束，应该不会太拥挤的，但刚开始竟然无法从中走出来。那与其说是人潮拥挤，不如说感觉像冲得山崩屋倒的巨大洪流一样。在路上走了一会儿之后，为了安定情绪，于是走进一家面临大马路有玻璃大窗的咖啡店，在窗边的位子坐下。因为还是中午以前，所以咖啡店里人并不多。我点了热可可，恍惚地望着窗外经过的人群身影。

到底时间过了多久，我不知道。也许是十五分钟或二十分钟左右吧。回过神时，我眼睛一直在追踪着由眼前拥挤的道路慢慢通过擦得闪闪发亮的奔驰、捷豹和保时捷车的影子。由于在雨后早晨的阳光中，那些车体仿佛是某种象征般，超出必要地散发耀眼的光芒。没有一丝瑕疵，没有一点灰尘。这些家伙很有钱，我进而想到。有生以来第一次想到这种事情。我对着映在玻璃上自己的脸静静地摇头。我有生以来第一次感觉到自己切实地需要钱。

到了中午休息时间，咖啡店人多了起来，于是我决定走到街上看看。并没有特定要去的地方，只是好久没有走在都会里了，想走走看。一面只想着别撞上迎面而来的人，一面从一条街走到另一条街。由红绿灯的情形和当时所想而往右转、往左转，或笔直前进。我双手插进长裤口袋，集中意识于步行这个物理性活动上。起步于从百货公司或大型商店的橱窗所串联而成的主街，穿过由装饰俗艳的色情店相连而成的后街，走过热闹的电影街，又穿过静悄悄的神社，再回到主街来。温暖的午后，人们有接近半数已经没穿大衣了。偶尔也可以感觉到风吹的舒适。而回过神时我正站在曾经见过的光景之中。我望着脚下铺地砖的路面，望着小雕像，抬头望望眼前耸立的建筑物玻璃面。我正站在巨大建筑物前面所设广场的正中央。那是去年夏天，我依舅舅的建议在持续观察过往行人的脸时的同一个地方。那时候我连续做了十天。而且偶然发现提着吉他盒的奇怪男人的踪影，我跟踪他，到一个陌生的公寓门口，结果左臂被球棒打伤。漫无目的地在新宿街头绕着走，最后我竟然又回到了那个地方。

和以前一样，我到附近的唐恩都乐买了咖啡和甜甜圈，坐在广场的长椅上吃。并且光是一直望着通过眼前的人们的脸。这样做着之间，我心情逐渐安稳地放松下来。不知道为什么，那里有一种好像在墙角发现一个和自己身体完全吻合的凹处时一样的舒适感。好久没有像这样好好正常地看人们的脸了。然后我发现自己好久没看的不只是人们的脸而已。我在这半年之间几乎什么也没看。我坐在长椅上调整姿势，重新眺望人们的姿态，眺望耸立的高层大楼，眺望云彩裂开的春天明朗的天空，眺望各色各样的广告板，把放在身边近处的报纸拿起来看。感觉随着黄昏的接近，周围的事物也逐渐恢复原来的色彩了。

第二天早晨，我同样再搭电车到新宿去。而且坐在同一张长椅上眺望过往行人的脸。到了中午便去买咖啡喝，吃了一个甜甜圈。在黄昏高峰时段之前搭电车回家。接下来的一天也完全重复一样的事。还是没有发生任何事。也没发现什么。谜依然是谜，疑问依然是疑问。但有一种自己正逐渐稍微接近什么的模糊感觉。我站在洗脸台的镜子前，可以用眼睛确定那接近。黑斑的颜色变得比以前更鲜明、更温暖。这黑斑是活着的，有时候我这样想。就像我是活着的一样，这黑斑也是活着的。

和去年夏天一样，一星期之间每天重复做一样的事。早上十点过后便搭电车上街，坐在高层大楼的广场长椅上，什么也不想地整天眺望着眼前过往的行人姿态。有时候由于某种原因，现实的声音会从我周围消失远去。那时候只有流过那里的深沉安静的水流声，传进我耳里而已。我忽然想起加纳马耳他。她确实提过听水声的事。水是她主要的动机。但我想不起来加纳马耳他对水声说过什么样的话了。也想不起加纳马耳他的脸长成什么样子了。我能够记得的，只有她那顶塑胶帽子的鲜红色而已。为什么她老是戴着红色塑胶帽子呢？

但声音终于逐渐恢复，我的视线又再回到人们脸上。

我上街后的第八天下午，一个女人来跟我搭话。那时候我手上正拿着空杯子，望着别的方向。"嗨，你。"那个女的说。我回过头仰望站在那里的女人的脸。是去年夏天在同一个地方遇见过的中年女人。她是那大约十天里唯一跟我搭话的人。虽然我并没有特别预料到会和她再见，但她实际向我开口时，我却觉得那像是一种流动趋势的自然结果似的。

女人和上次一样穿着相当高级的衣服。装扮也很像样。戴着玳瑁框深色太阳眼镜，穿着暗蓝色有垫肩的上衣、红色薄呢裙。衬衫是丝质的，上衣领襟上金色精巧细致的小胸针正闪着光。红色高跟鞋是没有装饰的简单样式，但可能值我几个月的生活费。和那比较起来，我的样子则依然很糟糕。穿的是上大学那年买的运动夹克，领子已经松掉的灰色卫衣，好些地方已经脱线的牛仔裤。原来是白色的网球鞋污迹斑斑，已经看不出是什么颜色了。

她坐在这样的我身旁，默默跷起脚，打开皮包的绊扣拿出维珍妮女士香烟盒来。和上次一样敬我一根。我和上次一样说不用。她在嘴上含了一根，用细长橡皮擦一般大小的金色打火机点火。然后拿下太阳眼镜，放进外套的胸部口袋，以在浅水池中寻找掉落硬币般的眼光探视我的眼睛。我也看看对方的眼睛。那是不可思议的眼睛。那里有深度却没有表情。

她稍微眯细眼睛。"结果又回到这里了啊？"

4 从冬眠中觉醒，另一张名片，金钱的无名性

我点点头。

烟从细长的香烟尖端升起，我看着那烟被风吹得飘飘忽忽地消失。她环视一圈周围的风景。好像要用自己的眼睛实际确认看看，我坐在这长椅上一直在看着什么似的。但那光景似乎并没有特别引起她的兴趣。她的视线再回到我的脸上，长久一直看着那黑斑，然后看我的眼睛、我的鼻子和嘴，然后眼睛又再一次转向黑斑。可能的话，似乎想要像品评狗一样把嘴巴掰开检查牙齿的排列，探头看看耳朵里面似的。

"看样子我是需要钱了。"我说。

她停了一会儿，说：

"大概多少？"

"我想大约八千万就好了。"

女人把视线从我的眼睛移开，一味地仰望着天空。看起来似乎在她脑子里计算着那金额的样子。姑且不管从什么地方先把什么拿到这里来，另一方面再把别的什么从这里挪到什么地方去，好像是那样。我在那之间看着她的妆容。像微微的意识的阴影般淡淡的眼影，和看起来也像某种象征似的睫毛的微妙弯度。

她嘴唇稍微往斜向一撇。"不是个小金额噢。"

"对我来说是觉得非常庞大的。"

她把抽了三分之一的香烟丢在地上，用高跟鞋底小心仔细踩熄。然后从薄皮包里拿出皮名片夹来，把一张名片塞进我手中。

"明天下午四点整到这里来。"

名片上只有以漆黑活字印刷的地址。地址是港区赤坂、地段编号、大楼的名字和房间号码。却没有姓名。也没有电话号码。为了慎重起见翻过背面看看，背面是一片空白。我把名片拿近鼻尖闻闻，但没有味道。那只不过是到处可见的白纸而已。

我看看女人的脸。"没有名字啊？"

女人第一次微笑。然后静静地摇头。"因为你需要的是钱，对吗？难道钱有名字吗？"

我也同样摇摇头。当然钱没有名字。如果钱有名字的话，那已经不是钱了。为钱这东西加上真正意义的，是那像暗夜般的无名性和令人惊悚的压倒性、互换性。

她从长椅上站起来。"四点能来吧？"

"那样钱就可以到手吗？"

"这个嘛。"微笑像风纹般飘在她的眼睛旁边。女人再一次眺望周围的风景，用手形式性地拂一下裙子下摆。

那个女人快步消失在人潮里之后，我望了一会儿她踩熄的烟蒂和沾在那滤嘴上的口红。那鲜艳的红色，令我想起加纳马耳他的塑胶帽子。

如果我有什么强项的话，那就是我没有可失去的东西这一点。大概。

5　半夜发生的事

少年听见那清楚的声音,是在半夜。他一觉醒来,摸索着打开台灯,四下看看房间里。墙上的钟指着两点不到。在这样的深夜时刻,世界在发生什么事呢?少年实在无法想象。

然后又再一次听见同样的声音。声音没错是从窗外传来的。有人在某个地方上着巨大发条的声音。在这样的半夜里到底有谁在上着什么发条呢?不,不对,是像上发条似的声音,但这却不是上发条的声音。一定是在什么地方啼叫的鸟声。少年把椅子搬到窗边站了上去,拉开窗帘,把窗子打开一小条缝。秋天结束的满月正大而白地浮在天空正中央,庭院风景像白天一般可以一览无遗。庭院树木和少年白天里所看见的给人印象相当不一样。那里完全看不见平常所见到的亲近感般的感觉。樫树茂密的枝叶偶尔被风吹拂而不服气似的摇动着,发出沙沙的讨厌声音。庭石比平常更白、更光滑,简直像死人的脸一样装模作样地一直仰望着天空。

鸟好像是在松树上啼叫的样子。少年身体伸出窗外抬起头看。但鸟的踪影被层层巨大的树枝所隐藏,从下面看不见。少年很想看看那是长成什么样子的鸟。把颜色和形状记住,等明天可以慢慢从图鉴上查名字。由于强烈的好奇心,少年的困意已完全消失。他最喜欢从图鉴上查鱼或鸟的资料。书架上排列着父母为他买的豪华厚重的图鉴。虽然小学还没毕业,但他已经能读夹杂有汉字的文章了。

鸟连续上了几次发条之后,又再沉默下来。少年心想除了自己之外不知道有没有别人听见这声音。爸爸和妈妈是不是听见了?奶奶是不是听见了？如果没听见的话，明天早晨我可以告诉大家。半夜两点，庭院的松树上真的有叫声像卷发条一样的鸟停在树上啼叫噢。如果能看一眼鸟也好！那样我就可以告诉大家鸟的名字了。

但鸟已经不再啼叫。停在浴着月光的松枝上，鸟像石头般守着沉默。终于冷风吹进房间，简直像在发布警告似的吹进来。少年浑身打颤，只好放弃地关上窗户。那鸟和雀或鸠都不一样，不是那么容易人前现身的鸟。少年曾经在图鉴上读过，大多的夜鸟都聪明而小心警觉。而且可能那只鸟，知道我在这里张望，所以不管等多久，应该都不会出来。他犹豫要不要去厕所。要去厕所必须走过长而暗的走廊。算了，就这样上床睡觉吧。并不是不能忍到早上的程度。

少年关了灯，闭上眼睛。但因为老是在意着松树上鸟的事而不太能睡着。虽然关了台灯，但明月的光却像在引诱人似的从窗帘的一端溢进来。再一次听见发条鸟声音时，他毫不犹豫地从床上起来。而且这次没开灯，在睡衣上穿上毛衣，悄悄爬上窗边的椅子。窗帘只打开一点点，从那缝隙间往松树的方向看。这样的话，鸟也不会知道我在偷看。

但少年这次看见的却是两个男人的身影。少年不禁倒吸一口气。两个男人像黑色影子般在松树下弯着腰。两个人都穿着深色衣服，一个没戴帽，一个戴着像棒球帽似的有帽舌的帽子。为什么在这样的深更半夜里有陌生人进入我们家庭院呢？少年觉得很奇怪。为什么狗不叫呢？也许立刻告诉父母比较好。但少年无法离开窗边。好奇心把他强留在那里。看看那两个男人要做什么吧。

好像想起来似的发条鸟开始在树上啼。几次长长地叽咿咿咿地卷着发条。但男人们并没有把注意力放在那声音上。脸也没仰起，身体丝毫不动。男人们悄悄把脸靠近地面，弯身蹲在那里。看起来像在小声商量着什么似的，但因为月光被树枝遮住，无法看清他们的脸。两个人终于像约好了似的同时站起身。两个人之间身高的差别有二十公分左右。两个人都瘦瘦的，高个子（戴帽子）的穿着长外套，矮个子的穿着合身的衣服。

小个子的男人走近松树，抬头看了树上一会儿。并将双手放在树干上，像在检查什么似的抚摸一下，抓捏一下，但终于一把抱紧树干，然后毫不费力地（在少年眼里看来）沿着树干滑溜溜地往上攀爬。简直像马戏团的特技表演一样，少年非常佩服。要爬上那松树可不简单。树干是光滑的，到上方为止没有一个可以搭手的地方。少年对庭院里那棵松树就像朋友一样了解。但为什么非要在半夜里特地去爬树不可呢？难道是要捕捉在那树上的发条鸟吗？

高个子的男人，站在松树根旁一直抬头看着。终于小个子的男人从视野里消失了踪影。不时传来松叶摩擦所发出的沙啦沙啦的声音。他似乎在那巨大的松树上继续往上攀登。发条鸟听见男人来的声音一定立刻飞走逃掉了吧。不管多会爬树，都没那么容易捕捉鸟的。如果顺利的话，或许在鸟逃走时，能瞥见一眼鸟的姿影也不一定。少年屏着气息，等着听振翅飞起的声音，但不管等多久，都没听见振翅声，也不再听到啼叫声了。

长久之间周遭毫无动静，也没有一点声音。一切都被白色非现实的月光洗掉，庭院看起来好像刚刚才完全失去水的海底一般光滑。少年像被魅惑了似的身体一动也不动地注视着松树和留在下面的高个子男人。少年的眼睛已经变成无法离开那里了。少年的吐气令玻璃泛白起雾。窗外一定很冷。男人依旧双手叉腰地一直抬头注视着上方。他好像也冻僵了似的姿势毫不改变。他一定是一面担心一面等待着小个子男人达成某种目的从松树上下来吧，少年想象。也难怪男人担心，爬上高树容易，要下来可难了——少年非常了解这点。但高个子男人突然好像丢下一切不管了似的快步离开。

少年觉得好像一个人被遗弃了似的。小个子男人消失在松树里。大个子男人不知道走到什么地方去了。发条鸟守着沉默。是不是该叫醒父亲呢？但他一定不相信自己所说的话。大概会说我又做梦了吧。少年确实经常做梦，常常会把现实和梦搞混。但这不管谁怎么说都是真的事。发条鸟、黑衣二人组都是真的。只是都在不知不觉之间消失到什么地方去了而已。如果好好说明的话，爸爸或许会了解吧？

然后少年注意到，那个小个子男人好像有点像爸爸。以爸爸来说，个子好像有点太矮了。但除了这点之外，体形和动作都和爸爸一模一样。不，爸爸不能那样高明地爬树。爸爸既没那么灵活敏捷，也没那么有力。少年越想越迷糊。

不久高个子男人又回到松树下来。这次男人双手拿着什么？是铲子和大布袋。男人把布袋轻轻放在地上，然后用铲子开始在树根附近挖洞。喳咕喳咕地周围响起干脆的声音。这次大家应该会被这声音吵醒了吧，少年想。因为这声音是那么清楚而巨大啊。

但谁也没有醒来。男人不顾周围，只一味不停地默默继续挖洞。他虽然看起来瘦弱，但似乎比外表看起来有力的样子。这只要从动铲子的方式就可以知道。动作利落而规则。男人挖完预定大小的洞后，便将铲子立着靠在松树干上。站在旁边眺望着洞穴的样子。他是不是完全忘了爬到树上的男人了呢？竟然一次也没抬头看。现在他脑子里只有那洞穴的事。少年对这个不满意。要是我的话，就会担心爬到树上的男人到底怎么样了。

从挖出来的泥土量大致可以推测那洞不是太深。大约比少年的膝部稍微深一点吧。看起来男人对所挖掘的洞的大小和形状大致满意的样子。男人终于从布袋里把一个用黑黑的布包着的东西轻轻拿出来。从男人的手势看来，那好像是软趴趴的东西。这男人现在或许正要将某种尸体埋进洞里。想到这里，少年的胸部便怦怦地跳着。但那布所包着的东西顶多只有猫那么大。如果是人的尸体的话，那也是小婴儿。

但为什么非要把那种东西埋进我家庭院不可呢？少年连自己都没留意到，嘴里积满的唾液正在被吞进喉咙深处。咕嘟一声巨大的声音令少年自己都吃了一惊。声音大得令人怀疑会不会传进外面男人的耳朵里。

然后好像是被那吞进唾液的巨大声音所刺激似的，发条鸟啼叫了。好像比以前卷着更大的发条似的，叽咿咿咿咿咿、叽咿咿咿咿咿地啼叫着。

现在开始正要发生非常重要的事了，听到那声音，少年凭直觉这样感觉。他咬紧嘴唇，无意识地摩擦着双臂的皮肤。这种事从头开始不看就好了。但已经太迟。到现在眼睛已经无法离开那光景了。他嘴巴微微张开，把鼻子抵在冷冷的窗玻璃上，一直安静守望着庭院里展开的那奇妙的戏剧。他已经不再期待家里有谁会起床走出来。不管发出多大声音，他们大概谁也不会醒过来吧，少年想。除了我之外，大概谁也没听见那声音。从头开始就注定是这样的。

高个子男人弯着身，以小心翼翼的手法把那包着什么的黑黑的布包放进洞穴底下。并站在那里，一直俯视着洞里的东西。被帽舌的影子遮住，无法窥探男人的脸，虽然如此，还是可以看出他似乎露出难过而有些庄重的表情。到底还是什么的尸体吧，少年想。男人终于下了决定似的拿起铲子，埋那洞穴。埋完之后，在那表面轻轻踏平，然后把铲子立着靠在树干上，手拿起布袋，便以缓慢的步调走到别的什么地方去了。他一次也没回头看。也没抬头看树上。发条鸟已经不再啼叫。

少年转头看看墙上的钟。定睛看可以看出时针指着两点半。少年接着有十分钟左右，从窗帘缝隙间往松树张望，看有什么动静没有，但终于忽然困起来。简直像从头上被沉重的铁盖子覆盖了一般困。虽然很想知道在树上的矮小男人和发条鸟接下来会怎么样，但已经没办法再睁着眼睛了。少年迫不及待地脱掉毛衣，钻上床便失去意识地睡着了。

6 买新鞋，回到家来的东西

从赤坂地铁站走过成排餐饮店的热闹道路，稍微爬上一条和缓斜坡的地方，就是那六层楼的办公大楼。是一栋并不特别新也不特别旧，不特别大也不特别小，不特别豪华也不特别寒酸的建筑物，一楼有旅行社，那大窗子上贴着希腊米克诺斯岛港口的海报和旧金山路面电车的海报。两张海报都像是上个月做的梦一般褪了色。三个职员在玻璃内侧似乎很忙碌地接着电话，或敲着电脑键盘。

建筑物造型没有什么特征。好像某个地方的小学生用铅笔画出的大楼的画，被用来当设计图建起来似的平凡建筑。好像要隐藏在街容中，而刻意做得那么平凡。这种说法也说得通。连依着地址号码按顺序找到这里的我，都有可能看漏而走过头。旅行社入口旁有一个不起眼的大楼门厅，那里排有大楼用户的名牌。大致看一眼，用户似乎是以法律事务所、设计事务所、进口代理店、牙科医师诊所之类，规模不太大的办公室为主。名牌中有几个还闪闪发亮，站在前面，我的脸都快清楚地映出来了，但602室的名牌则相当旧了，色调变糊了。她似乎从很久以前就开始在这里设事务所。名牌上刻着"赤坂服饰设计事务所"。那名牌的老旧多少令我的心镇静一些。

门厅深处有玻璃门，要搭电梯，必须和要造访的目的户联络，才能解除安全锁。我按了602室的门铃。电视录影机也许已经把我的影像送进室内的电视荧幕上了。我环视周围一圈，天花板角落上果然有个小型电视摄影镜头似的东西。门锁终于响起解除的鸣声，我打开门进入里面。

搭上没有任何味道和装饰的电梯上到六楼，我在依旧没有任何味道和装饰的走廊徘徊了一下后找到602室的门。确认上面刻着"赤坂服饰设计事务所"后，我只在门旁的门铃上短促地按了一声。
　　开门的是一位年轻男人。身材修长，短头发，容貌很端正，恐怕是我见过的男人里最英俊的。但真正吸引我眼光的，与其说是容貌，不如说是那服装。他穿着白得会刺痛眼睛的衬衫，系着深绿色细花领带。领带本身固然潇洒，但不只这样而已，光拿系法一件来说就没得挑剔。凹凸的松紧法，简直就像男性服饰杂志上的彩色相片一样的感觉。我就实在没办法那样高明地系领带。到底要怎样才能把领带系得这么高明呢？或许是天生的才能吧。或者只是单纯努力苦练的成果。长裤是深灰色的，皮鞋是有装饰带子的茶色轻便皮鞋。每一件看起来都像两三天前才从货架上刚拿下来的。
　　个子比我稍微矮一点，他嘴角露出愉快的微笑。好像刚刚才听完一个愉快笑话似的自然微笑。而且不是低级笑话。而是像从前外务大臣在游园会中向皇太子说出口，而周围的人便小声咯咯笑似的洗练笑话。我正要报出自己的名字时，他的头便往旁边稍微摆一下，示意什么都没必要说。他将门往内敞开，让我走进去。然后瞥了一眼走廊，便把门关上。在那之间一句话也没说。只是朝我轻轻眯一下眼睛而已。好像在说旁边有一只神经质的黑豹正在熟睡着，现在不能出声很抱歉似的。但当然到处都没有什么黑豹，只是看起来有点那种感觉而已。
　　门里面像是接待室一样。有一套仿佛坐起来很舒服的皮沙发，旁边放着老式木制衣帽架和落地灯。后面墙上有一扇门，好像是通往下一个房间的。门旁边，背靠墙放着一张式样简单的橡木事务书桌。桌上摆着大型电脑。沙发前有一张可以放电话号码簿的小几。地上铺着浅绿色地毯，那色调感觉相当好。不知从隐藏在什么地方的喇叭中小声传来海顿的弦乐四重奏。墙上挂着几张画有花鸟的美丽版画。室内没有一点凌乱，看起来很清洁。一面墙上定做的架子上排列着布料样本册、流行杂志等。这些家具配置虽然绝不算豪华也不算新，但适度的陈旧状态令人有安定沉着的温暖感。

男人引我坐在沙发上，自己绕到桌子后面坐下来。并将双手轻轻摊开，手掌朝向我这边，示意要我在这里稍微等候一下。以轻松的微笑，代替说"很抱歉"。以只立起一根手指，代替说"不会等很久"。不用言语，他似乎就可以把自己想说的事情传达给对方。我只点了一次头表示明白。跟他在一起，觉得开口好像是一件什么低级的不恰当的事。

青年像在拿易碎物似的轻轻拿起放在电脑旁的一本书，翻开读到一半的页次。一本很厚的漆黑的书。因为封面拿掉了不知道书名，但从翻开书页的下一个瞬间开始，他便百分之百集中精神在读书上。好像连我就在眼前的事也忘记了似的。我也想读什么来消磨时间，但并没有东西可读。没办法只好跷起腿，靠在沙发听着那海顿的音乐（虽然没有自信说绝对是海顿的）。感觉不错，好像声音一发出来的同时立刻就会那样被吸进空中而消失似的音乐。桌上除了电脑之外，还放着形状极普通的黑色电话机、笔碟和桌历。

我穿和昨天一样的衣服。运动夹克、游艇连帽衫、牛仔裤、网球鞋。把身边有的东西随手抓起来穿上而已。在清洁而整齐的房间里，面对这位清洁而英俊的青年，我的网球鞋显得更肮脏破旧。不，不只是显得而已，实际上就肮脏破旧。鞋跟已经磨平，变色成老鼠色，旁边还破了个洞。那上面很多东西像宿命般沾染渗透进去。因为我这一年之间，每天都穿这同一双鞋子。而且有几次翻越后巷，常常一面踏过动物的粪便一面穿过后巷，甚至下到井里。肮脏破旧倒不奇怪。试着想想，我自从辞掉公司的工作后，就从来没有刻意看过自己现在穿的是什么样的鞋子了。但像这样认真看了之后，就可以切实感觉到自己目前是多么孤独，多么和世间远远隔离。差不多该买一双新鞋子了,我想。这双未免太糟糕了。

　　海顿的曲子终于播完。像切尾蜻蜓般唐突截断的结束方式。暂时有一段沉默,接下来像是巴赫的拨弦古钢琴曲(我想大概是巴赫的,但也没有百分之百的确信)开始响起。我坐在沙发上几次交替换边跷腿。电话铃响起。年轻男人把读到中途的那页用纸片夹着合上。然后把书推到旁边拿起听筒。侧耳倾听,偶尔轻轻点头。眼睛望一下桌上的月历,用铅笔做记号,把听筒拿近桌面,像敲门般叩叩敲两下桌子。然后挂上电话。大约二十秒左右的简短电话,但他一句话也没说。这个男人从我进入这个房间到现在,一次也没发出声音。是不是不能说话。但从对电话铃响的反应,拿起听筒听对方说话的情形看来,耳朵似乎是听得见的。

　　青年好像在考虑什么似的,望了一会儿桌上的电话机,终于无声地从书桌前站起来,笔直走到我这儿,毫不犹豫地坐在我旁边,并将双手整齐地并排放在膝上。正如从容貌也可以预料到的那样,修长而高雅的手指。手背和手指关节部分当然有少许皱纹。不管怎么样都没有所谓完全没有皱纹的手指。弯曲和动作时皱纹在某种程度上是必要的。但并不多。正好只有必要的那么多而已。我无意之间看着那手。我想这个青年说不定就是那个女人的儿子。因为手指的形状非常相似。这样一想,意识到其他也有几个相似的地方。鼻子的形状相似。小而有点尖。还有眼珠的无机性透明感也相似。嘴角上那给人感觉良好的微笑又回来了。那就像由于波浪情况的不同,时而隐藏时而露出的海边洞窟一样,极自然地露出或隐藏。终于他像坐下时一样突然站起来,朝我动一动嘴唇,形状像说"请到这边"或"请进来"之类的话语。但没出声。只是嘴唇轻轻牵动,做出无声的发音形状而已。不过他即使没说出来,我也能明白他的意思。我便也站起来跟在他后面。男人打开后方的门,让我进去。

　　门里有一个小厨房,有洗手间似的地方。然后更深处还有另外一个房间。那和我刚才所在的接待室式的房间很类似。只是小了一圈。有同样适度陈旧的皮沙发、同样形状的窗户。地上依然铺着同样色调的地毯。房间中央有一张很大的作业台，有序地排列着道具箱、铅笔、设计簿。有两具只有上半身的模特儿模型。窗上挂的不是百叶帘，而是布料和蕾丝的双层窗帘。两种都完全密闭着。天花板灯关着，屋子里像阴天黄昏般阴暗，稍微离开沙发一点的地方有一盏落地灯的小灯泡亮着。沙发前的桌上有玻璃花瓶，插着白色剑兰。花像刚刚才剪下来般新鲜。水也洁净透明。听不见音乐。墙上既没挂画，也没挂钟。

要我坐在沙发上，青年还是以无言表示。我依他的指示在那里坐下后（坐起来同样舒适），他从长裤口袋里拿出潜水镜似的东西。他把那摊开在我眼前让我看。是真的游泳用的潜水镜。橡皮和塑胶制的普通潜水镜。和我去游泳池时用的大致是形状相同的东西。但为什么在这地方拿出潜水镜来，我实在搞不清楚，也想象不到。

"没有什么好害怕的。"青年对我说。准确地说，并不是"说"。只是嘴唇那样动着，手指也稍微动了一下而已。但我大体上可以准确理解他所说的意思。我点头。

"请戴上这个。等我帮你拿下为止，请你不要自己拿下来。也不能动。明白吗？"

我再点一次头。

"没有人会危害你。没问题，不用担心。"

我点头。

青年绕到沙发后面，为我戴上那潜水镜。橡皮带绕到头脑后方，调整覆盖眼睛周围的橡皮护罩。那和我经常用的潜水镜不一样的地方是什么都看不见。透明塑胶的部分涂了什么厚厚的东西。彻底的，而且是人工的黑暗将我包围。完全看不见什么。连落地灯的光在哪里都不知道。我简直被一种错觉所袭击，好像自己全身都被什么涂得满满的。

青年像在鼓励我般轻轻把手搭在我两肩上。虽然是修长而纤细的指尖,但绝不脆弱。正如钢琴家将手指安静地放在键盘上时那样具有不可思议而切实的存在感。而且我可以从那指尖感受到类似善意般的东西。准确地说不是善意,但是接近善意的东西。"没关系,不用担心。"那指尖对我诉说。我点头。然后他走出房间。黑暗中他的脚步声远去,听得见开门、关门的声音。

青年出去之后有一会儿我就保持那姿势安静坐在那里。感觉很奇怪的黑暗。在什么都看不见这一点上,和过去我在井底所经历过的那种黑暗一样,但质却完全不同。那既没有方向,也没有深度;既没有重量,也没有着手的地方。与其说是黑暗,不如说更接近虚无。我只是视力被技术性地剥夺,变成暂时盲目。身体肌肉缩紧变硬,喉咙深处一阵干渴。现在开始到底会发生什么呢?但我想起青年指尖的触感。不用担心,它这样说。于是我并没有特别理由,便觉得好像可以相信他那"语言"似的。

由于屋里实在太静,在那里一直安静屏息着时,我被仿佛世界就要那样停止脚步,一切终于都要被吞进永远的深水底下去似的感觉所捕捉。但世界似乎还好端端地继续前进。终于有一个女人打开入口的门,好像悄悄压低脚步声似的进入屋里来。

我知道那是女的,是因为轻微的香水气味。不是男用香水。而且可能是相当昂贵的香水。我想唤起对那香味的记忆。但没有自信。视力突然被剥夺之后,竟然连嗅觉的平衡也被扰乱了。不过至少,那和把我引到这里来的那位装扮良好的女人所擦的香水种类不同。女人一面发出衣服轻微摩擦的声音,一面穿过屋里走过来,在沙发上我的右边安静坐下。从那轻巧的坐法,可以知道似乎是一位个子小体重轻的女性。

女人坐在旁边一直注视着我。那视线从皮肤上可以清楚地感觉到。原来眼睛完全看不见也能感觉到对方的视线呢，我想。女人长久之间身体动也不动地凝视着我。她呼吸的气息完全听不出来。刻意缓慢，不出声地呼吸着。我保持原来的姿势笔直注视着前方。我脸上的黑斑似乎轻微地发热着。想必颜色也变鲜明了吧。女人终于伸出手，就像在接触有价值的易碎物般小心谨慎地，用手指尖碰我脸上的黑斑，并开始静静地抚摸。

我完全不知道我对此应该如何反应才好，或对方期待我有什么样的反应。现实感变得非常遥远。简直像从一种交通工具飞转到速度不同的另一种交通工具上一般，有一种不可思议的奇怪乖离感。在那乖离的空白之中，我正如空屋般存在着。就如同过去的宫胁家那样，我现在只是一栋空屋。这个女人走进空屋里来，由于某种理由，擅自触摸着墙壁啦，柱子之类的。但不管她用手触摸的理由是什么，身为空屋（只不过是空屋而已）的我对那却无法做什么，而且也没有必要做什么。想到这里我心情稍微轻松了一些。

女人一句话也没说。除了沙沙的衣服摩擦声之外，房间被深沉的沉默所包围。女人简直像要读取从老早以前就刻在上面的细密文字一般，用指尖轻轻探触我的肌肤。

终于她停止抚摸，从沙发站起来绕到我背后，用舌尖贴在那黑斑上。并像以前在那个夏天的庭院里，笠原May所做的一样，舔舔我的黑斑。不过那舔法，比笠原May成熟得多。那舌头巧妙地缠上我的肌肤。那舌头以各种强度、各种角度、各种动作，品尝、吸吮、刺激着我的黑斑。我感觉腰部一带一股黏糊糊的热疼。我不想勃起。我觉得那未免太没有意义了。但却停不住。

我想让自己和空屋这存在更吻合地重叠。我把自己想成柱子，或墙壁，或天花板，或地板，或屋顶，或窗户，或门，或石头。因为我觉得这样做比较合乎道理。我闭上眼睛，从我这个肉体——穿着肮脏网球鞋、戴着奇怪潜水镜、笨拙地勃起的肉体——离开。离开肉体并不是多么困难的事。这样一来，我变得轻松多了，可以舍弃不舒服的感觉。我是杂草丛生的庭院，是无法起飞的鸟的石像，是水已干涸的井。我知道女人在所谓我的这个空屋里面，但却无法看见那身影。不过我已经什么都不在乎了。如果这个女人想从那里面求取什么的话，给她就是了。

时间的流逝变得更不明确。在那里所有的各种时间制之中，自己现在所采取的是什么样的时间制，我逐渐搞不清楚了。我的意识慢慢回到我的肉体。和这交替似的可以感觉到女人离去的动向。她和进入这房间时一样，安静地走出房间。听得见衣服摩擦的声音，飘散着香水的香气。听得见开门的声音，听得见关门的声音。我意识的一部分还以一间空屋存在于那里。而同时我，作为我坐在这个沙发上。并想现在该怎么办才好呢？哪一边是现实呢？我还不太能确定。觉得所谓"这里"这字眼在我心中正逐渐分裂开来似的。我在这里，但我也在这里。这些对我来说好像一样真实似的。我还依然坐在沙发上，身体则浸在那奇妙的乖离之中。

稍过一会儿门开了，有人进入房间里来。从脚步声可以知道是那个青年。我记得那脚步声。他绕到我背后，为我取下潜水镜。房间阴暗，只有落地灯的小灯亮着。我用手掌轻轻按摩眼睛，让眼睛适应现实的世界。他现在穿上西装外套。领带的颜色和那混有绿色的深灰色外套很搭配。他露出微笑，温柔地握着我的手臂，让我从沙发上站起来，他打开那个房间后面的门。那是一间洗手间。有便器，里面有个小淋浴室。他让我坐在盖子掀开的便器上，把淋浴龙头转开。安静等一会儿，让水变热。准备好之后，用手指示要我冲澡。把新肥皂的包装纸拿掉，把肥皂交给我。然后走出洗手间，把门关上。为什么自己非要在这种地方淋浴不可呢？我真莫名其妙。是不是有什么要这样做的理由呢?

正在脱衣服时,我知道那理由了。我在不知不觉之间射精在内裤里了。我站在热水中,用绿色新肥皂把身体洗干净。把粘在阴毛上的精液冲洗掉。然后走出淋浴室,用大毛巾擦身体。毛巾旁边放着CK的四角短裤和T恤衫。都是我的尺寸。这么看来,我射精的事,或许是事先就被预定好的。我试着看了一会儿映在镜子里自己的脸。但头脑不太能动。总之把弄脏的内衣丢进垃圾箱,穿上为我准备的清洁而崭新的白色短裤。穿上清洁而崭新的白色T恤。然后穿上牛仔裤,把连帽衫从头套上。穿上袜子,穿上肮脏的网球鞋。穿上夹克。然后走出洗手间。

青年在外面等我。他带我回到原来的房间。

房间的样子和刚才没有改变。桌上放着看到一半的书。旁边有电脑,喇叭正播放着不知名的古典音乐。他让我在沙发坐下,为我拿来一玻璃杯冷得恰到好处的矿泉水。我只喝了一半。"觉得好像累了。"我说。但听起来不像自己的声音。而且我也没有打算要开口说这种事的。那声音和我的意志无关地、自然地从什么地方出来。但那是我的声音。

青年点点头。他从自己外套内侧的口袋拿出一个雪白的信封,好像把完全吻合的形容词放进文章里一样,把它滑进我运动夹克的内侧口袋里。然后又再一次,轻轻点头。我眼睛往窗外看。天空已经完全变暗了,霓虹灯、大楼窗里的灯、街灯、车前灯,则把街上照得光辉灿烂。我逐渐无法忍受再待在那个房间里了。我默默从沙发上站起身,走过房间,打开门走出房间。年轻男人站在书桌前看着我,但依然什么也没说,也没有阻止我擅自离开房间走出去。

赤坂见附车站挤满了下班的人潮。因为不想搭空气恶劣的电车,于是决定能走多少算多少。通过迎宾馆前面来到四谷车站。然后沿着新宿大道走，进入一家人不太混杂的小店，点了小杯生啤酒。喝一口啤酒之后发现肚子饿了，于是点了简单的料理。看看手表，时刻接近七点。不过仔细想想现在不管是几点，跟我几乎都没关系。

身体移动时，发现夹克内袋里有什么东西在里面。我一直忘了临分手时青年给我一个信封的事。是极普通的雪白信封，但拿在手上试着掂掂看，好像比眼睛看到的重得多。不只是重而已，那是感觉不可思议的重。好像有什么一直屏着气息躲在里面似的重。我犹豫了一下后打开信封——反正迟早要打开的。里面放着整齐成沓的万圆钞票。没有一丝皱纹，没有一个折痕的崭新万圆钞票。由于实在太新，看起来竟不像是真的纸币，话虽如此，却也找不到那不是真的纸币的理由。钞票全部是二十张。为了慎重起见我重新数了一次看看。没错。还是二十张——二十万圆。

我把钱放回信封，把信封放回口袋。然后拿起桌上的叉子没什么用意地看着。首先浮上脑海的，是用那钱买新鞋子。因为新鞋子是迟早都必要的。付过账走出店之后，便进入面临新宿大道的大鞋店去。选了一双极普通的蓝色运动鞋，告诉店员我的尺寸。连价格都没看。我说如果尺寸合的话，我想就那样穿着回去。中年店员（或许是老板也不一定）手法利落地把雪白的鞋带穿进两脚的鞋子之后，便问"现在穿着的鞋子怎么办呢"。我说已经不要了，请随便处理掉。但又改变主意，说还是决定带回去。

"就算脏了，但有一双好的旧鞋子，有时候还蛮方便的噢。"店员一面露出给人感觉很好的微笑一面说。好像在说像这么脏的鞋子每天都看惯了似的。并把那双网球鞋装进原来放那双新运动鞋的盒子里，为我放进手提袋。放进盒子里之后那看起来便像小动物的尸体一样。我用从信封里拿出来的没有一丝折痕的一万圆钞票付账，找回几张不太新的千圆钞票。于是提着装了旧鞋的纸袋搭小田急线电车回家。

挤在下班要回家的通勤乘客间，一面手抓着吊环，一面想着现在身上的几件新东西。新短裤、新T恤和新鞋子。

回到家，我和平常一样坐在厨房桌前喝一罐啤酒，听收音机的音乐。并想要跟谁说话。不管是谈天气也好，说政府的坏话也好，什么都没关系。总之我想跟人谈话。但很遗憾，我竟然想不起任何一个可以谈话的对象来。连猫都不在。

第二天早晨，我在洗脸台刮胡子时，跟平常一样对着镜子检点脸上的黑斑看看。看不出黑斑有什么特别的变化。我坐在檐廊，望着好久没看的小后院，什么也没做地过一天。很舒服的早晨，很舒服的下午。初春的风静静地摇着树叶。

我从运动夹克内袋拿出装了十九张一万圆钞票的信封，把它收进书桌的抽屉里。那信封在手上还是奇怪地沉重。那沉重似乎湿湿黏黏地渗进了什么意思似的。但我无法理解那意思。好像什么，我忽然想到。我所做的事情，非常像什么。我一面注视着抽屉里的信封，一面试着想那是什么呢。但想不起来。

我把抽屉关上，走到厨房去泡红茶，站在水槽前喝。然后才终于想起来。我昨天所做的事，和加纳克里特告诉我的有关应召女郎的工作不可思议地类似。到指定的地方去，和不认识的某个人睡觉，接受报酬。虽然我实际上并没有和那个女人睡觉（只是还穿着裤子射精而已），除了那个之外大体是一样。需要一大笔钱，因此把自己的肉体抛弃给别人。我一面喝着红茶一面试着想想。听得见远方狗的叫声。稍过一会儿，也听见螺旋桨飞机的引擎声音。但思绪无法理清。然后我又坐在檐廊，望着被午后阳光包围着的庭院。庭院也望腻了之后，试着看看自己双手的手掌。这个我竟然变成娼妇，我一面看着手掌一面想。我竟然会为了钱而出卖身体，到底有谁想象得到？还有竟然用那

6 买新鞋,回到家来的东西

钱,首先第一件事就买了一双新的运动鞋。

因为想呼吸外面的空气,于是决定到附近去买东西。我穿上新的运动鞋走到街上。新鞋子,好像把我变成和以前不一样的新存在似的。街上的风景和擦身而过人们的容貌,也都显得和以前有些不同。在附近的超级市场买了蔬菜、鸡蛋、牛奶、鱼和咖啡豆,用昨天晚上鞋店找的零钱付了账。我想对正在打收银机的圆脸中年女人坦白说,这钱其实是我昨天出卖身体赚来的。我收到二十万圆当报酬。是二十万圆喏。从前我在上班的法律事务所每天拼命加班,一个月也只能领到十五万多一点而已。我想这样说。但当然什么也没说。只把钱交给她,拿回装了食品的纸袋而已。

不管怎么样事情开始动起来了,一面抱着纸袋走着,我一面这样对自己说。总之现在只能牢牢抓紧不要被甩掉。这样我或许可以找到什么地方吧。至少和现在不同的地方。

我的预感没有错。回到家时,猫出来迎接我。我一打开玄关的门,猫便迫不及待地一面大声叫着,一面立起尖端有些弯曲的尾巴走到我旁边来。那是失踪将近一年的"绵谷升"。我放下购物纸袋,抱起猫。

7 仔细想的话就会知道的地方（笠原May的观点2）

你好，发条鸟先生。

发条鸟先生大概在想，现在这个时候我正在某个高中教室里，和"普通"的高中生一样摊开课本用功读书吧？确实，我在最后一次见发条鸟先生时，自己亲口说过"要转到别的学校去"，发条鸟先生这样想自然也是理所当然的。而且实际上我也去学校了。很远很远的一所私立女子高中，全体住校制的那种。不过并没有贫穷感，房间也简直像饭店一样清洁而气派，用餐是采取自己选的自助餐式，网球场和游泳池是又大又闪闪发亮的，所以当然学费也相当高，就像千金小姐的大集合那种。就像问题少女的大集合那种。这么说来到底是怎么样感觉的地方呢，发条鸟先生大概也可以想象到了吧。在山里面，和附有高级"槛栏"的高级林间学校那种。被高墙团团围住，连铁丝网都附有，入口装有大金刚都踢不坏的大铁门，有像电动"兵马俑"般的警卫二十四小时轮班交替监视。这与其说是为了不让外人进来，不如说是为了不让里面的人出去而设的。

不过或许发条鸟先生会这样问：本来就知道那么凄惨，为什么还要去那种地方呢？不喜欢的话不去不就行了吗？话是这么说。理论没错。不过啊，老实说，那时候的我并没有选择余地。由于我所引起各种麻烦问题的关系，能够以转学生接纳我的"奇特"学校除了那间之外就一间也没有了，而我又总想离开自己的家。所以明明知道是个凄惨的地方，也决心暂且进去那里再做打

7 仔细想的话就会知道的地方（笠原May的观点2）

算了。不过确实还是很凄惨。虽然有所谓像噩梦一样的比喻，但那个比这更凄惨。我就算做噩梦，浑身是汗地醒来（实际上在那里就经常做这种梦），每次甚至都想"啊，真不想醒来"呢。噩梦还比现实好得多。你知道那是什么感觉吗？发条鸟先生到目前为止是否曾经置身于恐怖得令人颤抖的最底层般凄惨的地方？

不过结果，我在那"高级饭店监狱林间学校"里只待了半年左右而已。春假回到家时，我对父母亲明白地宣告，如果还要再回去那里的话，我不如自杀。把三个左右的卫生棉条塞进喉咙深处然后猛喝水，用刮胡刀割两边的手腕，再从学校屋顶倒栽葱地跳下去。我是认真说的。不是开玩笑。虽然我父母亲两个人加起来才只有一只青蛙的想象力，不过我一认真说出来的话，他们倒知道并不只是"吓唬人"而已的噢。从"经验"上知道。

就这样我再也没有回到那没什么了不起的学校了。于是我从三月底开始到四月里便窝在家里读读书、看看电视，或什么也不做地闲着。并且一天大概想一百次左右"想跟发条鸟先生见面"。想穿过那条后巷，翻过砖墙，去和发条鸟先生说话。但是话虽如此，却不能这么简单地去见发条鸟先生。那样又会变成夏天的重复啊。所以我只是从房间里望着后巷，想着发条鸟先生现在到底在做什么。就这样春天静悄悄地来到了全世界，发条鸟先生在那里面过着什么样的生活呢？久美子小姐是不是回来了呢？加纳马耳他和加纳克里特这两个怪人怎么样了呢？猫"绵谷升"回来了吗？脸上的黑斑消失了吗？……之类的。

而一个月之后，我已经无法再忍受这种生活了。虽然不太明白为什么会变成这样，但对我来说这里已经只是"发条鸟先生的世界"了。而且在这里的我，只不过是被包含在"发条鸟先生的世界"里的我而已哟。在不知不觉之间变成那样。因此，我觉

473

得这样事态可不妙了。虽然这当然不能怪发条鸟先生，不过这样还是不行。所以我不得不去寻找一个属于自己的地方。

而且想了又想之后，我忽然想到了。

（暗示）那是发条鸟先生仔细想的话就会知道的地方。只要努力的话就能想象到的地方。那既不是学校，也不是饭店；既不是医院，不是监狱，也不是家的地方。在更远更远的有点特别的地方。那是个——"秘密"。在目前的阶段来说。

这里也是山中。也被围墙围着（虽然不是多了不起的围墙），有门，也有守门的欧吉桑，但出入完全自由。占地非常广阔，里面有个小森林，也有个大水池，黎明时分散步时常常会看到动物。狮子或者斑马之类的……这倒是谎言，而是狸子或雉鸡之类的可爱家伙。里面有宿舍，我正在那里生活。房间是单人房，虽然不比那"高级饭店监狱林间学校"，但也相当"漂亮"。嗯，关于房间我记得上次好像写过了噢？从家里带来的收录音机（大的那种，发条鸟先生还记得吗？）放在架子上，现在正播着布鲁斯·斯普林斯汀。现在是星期天下午，大家都出外游玩了，因此大声播放也没人会抱怨。

周末便到附近街上去，在唱片行选几卷喜欢的录音带买回来，这是目前我唯一的乐趣（几乎不买书。想读什么书的话到图书室去申请就行了），隔壁房间住的蛮要好的朋友买了一辆中古的小汽车，可以让我搭便车上街。老实说我已经用那部车练习过驾驶了。因为地方非常广阔，要怎么练习都行。虽然还没有驾照，但驾驶技术已经相当高明了。

不过说真的，除了买录音带之外，到街上去也没什么乐趣。虽然大家都说一星期不外出的话，头脑都会变怪，但我在大家出

7 仔细想的话就会知道的地方（笠原May的观点2）

去玩之后，却觉得像这样留下来一个人听喜欢的音乐反而轻松。在那个有车子的朋友邀请下，有一次做过类似两对约会的事。为了"试试看"。因为她是本地人，所以认识很多人。我的对象是一个大学生，人不坏，但怎么说呢？明白地说，我对很多事情的感觉之类的都还不太能好好掌握。觉得好像在很远的地方排列着各种人形标靶，而那些和我之间好像垂着好几层透明布幕似的。

老实说，我在那个夏天和发条鸟先生见面的时候，比方说坐在厨房桌子前，两个人面对面一面喝啤酒一面谈话时，我每次都这样想："如果在这里发条鸟先生突然把我推倒而要强暴我的话，我该怎么办才好呢？"我不知道该怎么办才好。当然我想我会说："不行，发条鸟先生，不是这样啦！"而且抵抗，为什么"不行"呢？我必须说明为什么不是这样，而脑子东想西想之间逐渐混乱起来，在混乱中我说不定已经被发条鸟先生完全强暴到最后了也不一定。这样想时心跳得非常厉害。这样就伤脑筋了，这有点不公平啊。我脑子里正在想这些事情，发条鸟先生完全不知道，对吗？你觉得像傻瓜一样吗？一定会这样想吧。因为真的是像傻瓜一样啊。不过，那时候对我来说那是非常、非常认真的事噢。所以我那时候，想把绳梯子拉上去，把发条鸟先生关在井底下，把井盖完全盖上。像在上封条一样。因为这样的话，发条鸟先生便不在任何地方，我也暂且不必去考虑那种麻烦事了。

不过很抱歉。我现在觉得对发条鸟先生（或许应该说对谁都一样）不应该那样。我常常会那样无法控制自己，虽然很清楚自己正在做什么，但却无法停止。那是我的弱点。

但我想，发条鸟先生是不会"强行"把我推倒而"强暴"我的。这点现在我总算也很明白了。那不是说发条鸟先生始终一贯不会把我推倒而强暴我（因为会发生什么谁都不知道），但至少不会为了使我混乱而做那种事吧。虽然我无法说清楚,不过,感觉上总觉得是这样。

嗯,算了。别再提这麻烦的强暴话题了。

总之我那样外出,去和男孩子约会,也不太能集中精神在那里。就算笑笑地谈着话,脑子也都经常会像断了线的气球般飘飘忽忽地飞到别的地方去。一件接着一件地去想没关系的事。怎么说才好呢?结果我又想暂时一个人独处。而且想要漫无目的地想一想事情。在这层意义上,我想也许我还在"康复途中"吧。

以后会再给你写信。下次我想也许可以写更多各种事情,谈更长远的事吧。

——追伸

我现在在什么地方做什么事,在收到下一封信之前请试着想想看。

8 纳姿梅格与西那蒙

猫的身上，从脸到尾巴尖端到处沾满了干泥巴。毛纠结在一起结成球状。大概是在什么肮脏的地上长久到处打滚了吧。我把兴奋得喉咙发出咕噜咕噜声音的猫抱起来，仔细检查它身上的每个细部。虽然看起来显得有些憔悴的样子，但除此之外，面貌、体格和毛相都和最后见到时没什么改变。眼睛还是漂亮的，没有受伤的痕迹。实在看不出是将近一年没回家的猫。好像一个晚上到外面痛快游玩才刚刚回来的样子。

我在檐廊上，把从超级市场买来的生鲭鱼片放在盘子里，给猫吃。猫似乎非常饿的样子，把整个喉咙都塞满，一面不时噎着把嘴里的东西吐出来，一面转眼之间就把那生鱼片吃光了。我从水槽下找出猫喝水专用的深盘子，装了满满的冷水给它，猫把那也全部喝光。并且终于舒一口气，拼命舔着自己肮脏的身体，但忽然又想到似的走到我这边来，爬到我膝上，把身体缩成一团沉沉地睡着了。

猫把前脚缩进身体内侧，把脸埋进自己尾巴里睡着。刚开始发出咕噜咕噜很大的声音，但逐渐变小，终于解开一切防备，像泥一般地沉睡了。我坐在日照充足的檐廊，注意不惊醒它，用手指温柔地抚摸那身体。由于身边不断发生各种事情，老实说，根本没有想起猫不见了的事。但像这样在膝上抱着这个小而柔软的生物，并看见那生物似乎又完全信赖我地熟睡着时，心里便热了起来。我把手贴在猫的胸部一带，试探看看那心脏的鼓动。是微弱而快速的鼓动。但那就像我的心脏一样，认真不停地刻着顺应那身体尺寸的时间。

到底猫在什么地方做了什么呢？而且为什么现在又忽然回来了呢？我无法推测。我想如果能问猫的话，该多好啊！你这将近一年来到底在什么地方？在那里做什么呢？你所失去时间的痕迹到底留在什么地方呢？

我拿了一个旧椅垫子来，把猫放在那上面。猫的身体像要洗的衣服一样累趴趴的。抱起来时猫半张开眼睛微张着嘴，但没有出声。我确定猫在椅垫上扭来扭去改变姿势，打个呵欠又再睡着之后，走到厨房去整理刚才买回来的食品。把豆腐、蔬菜、鱼整理好放进冰箱，为了慎重起见瞥一眼檐廊时，猫还是以同样的姿势睡着。因为总觉得眼神有点像久美子的哥哥，我们便开玩笑地把这猫叫作"绵谷升"，但那并不是正式的名字。我和久美子都没有再为那猫取名字，结果就那样已经过了六年之久。

但就算是半开玩笑，叫"绵谷升"这名字也实在太不适当了。因为六年之间真正的绵谷升这一存在逐渐变大了。总不能把那种名字永久强迫安在我们猫身上。在这里的期间，有必要给它取个正式的名字。越早越好。而且尽可能单纯而具体的现实的名字比较好。可以用眼睛看见，实际用手触摸到的那种名字比较好。必须把"绵谷升"这个名字的记忆、声音和意思一扫而光。

我把装过鱼的盘子收下。盘子简直像洗过擦干净了似的闪闪发亮。大概相当好吃吧！我为自己正好在猫回来的时候，碰巧买了鲭鱼回来而觉得很高兴。觉得那对猫和对我来说，似乎都是值得祝福的好预兆。我想为这猫取名为沙哇啦（鲭鱼）。我一面抚摸猫的耳朵后面，一面告诉它，怎么样，你已经不是什么绵谷升而是沙哇啦了噢。如果可能的话，我真想大声向全世界到处宣布这件事。

一直到黄昏前，我就在檐廊坐在沙哇啦旁边读书。猫好像要恢复什么似的，深深熟睡着。传来像远方的风箱般安静的沉睡鼻息，身体配合着鼻息慢慢上下动着。我不时伸出手摸摸那温暖的身体，确认猫真的在那里。一伸手就能够摸到什么、感觉到什么的温暖，是一件很奇妙的事。连我自己都没有留意到，那种触感已经失去有相当长一段时间了。

第二天早晨沙哇啦也没有消失。一醒过来，猫就在我旁边手脚往前伸得笔直，侧躺着沉沉地睡着。可能夜里醒来后，自己就仔细舔过身体，泥和毛球已经完全不见，外表恢复成几乎和以前一样了。本来是毛相就很漂亮的猫。我抱了一会儿沙哇啦的身体，然后弄早餐给它，换过饮用水，并从稍微离开的地方，试着叫"沙哇啦"。第三次猫才终于转向这边小声地回答。

我有必要开始新的一天。冲过淋浴，把刚洗过的衬衫烫好，穿上棉长裤，穿上新运动鞋。天空虽然灰茫茫不着边际地阴着，但并不特别冷，因此决定只穿厚毛衣而不穿外套。我搭电车在新宿车站下车。然后穿过地下通道走到西口的广场，坐在每次坐的长椅上。

那个女人三点过后出现。她看见我并不特别惊奇，我看见她走近也不特别惊奇。好像事先约好见面的似的，我们都没打招呼。我只稍微抬起脸而已，她只朝我微微弯曲嘴唇而已。

她穿着一身很春天的橘红色棉上衣、黄玉色窄裙。耳朵戴着两个小金饰耳环。她坐在我旁边，默默吸一根烟。跟平常一样从皮包里拿出维珍妮女士香烟，含在嘴上，用金色细打火机点火。难得这次不再敬我了。并且像在考虑什么事似的安静吸了两次或三次后，就像想测试今天的引力情况似的突然出其不意地让它坠落地上。然后轻轻拍我的膝盖。"来吧。"她说。于是站起来。我把香烟的火踏熄，依她说的跟在后面。她举起手招呼正要经过的计程车，坐进去。我在旁边坐下。她以清朗的声音告诉司机位于青山的地址及地段编号。然后在计程车穿过拥挤的道路直到青山路为止，一次也没开口。我望着窗外

479

的东京风景。从新宿西口到青山之间，盖了几栋以前没见过的新建筑物。她从皮包拿出手册来，用细小的金色圆珠笔在上面记下什么。偶尔像在确认什么似的看看手表。那是个手镯形的金手表。看起来，她身上所戴的小东西似乎大多是黄金打造的。还是所有的东西一旦戴在她身上，一瞬之间就会变成黄金呢？

她带我到面朝表参道的设计师品牌服饰店去。并为我选了两套西装。蓝灰色和深绿色薄料子的西装。穿着到法律事务所显然不适合的那种款式的西装，但手一穿进袖子，立刻就知道那是高价的东西。她一切都不加说明。我也没有特别要求说明，只是照着她说的做。那令我想起学生时代所看过的几部"艺术电影"的画面。在那种电影里，状况说明被当成会破坏真实感，而一贯被排斥。那或许是一种想法，也是对事物的看法吧。不过自己以一个活生生的人实际进入这样的世界，则是蛮奇怪的事。

我大体上属于标准体型，因此尺寸不太需要修改。只有配合袖长和裤长而已。她为搭配每套西装，选了三件衬衫和三条领带。选了两条皮带，并整批选了半打左右的袜子。用信用卡付了账，让他们全部一起送到我家。她脑子里大概已经有了我该穿什么样的衣服的明确形象了，几乎没花时间选择。我在文具行选橡皮擦时，花的时间还多一些。但对西装，她那压倒性的好品味，连我都不得不承认。她几乎是从身边顺手拿起衬衫和领带，但每件都像是经过深思熟虑后所选的，色调和花纹完全搭配，同时组合也不俗气。

然后她带我到鞋店去，为我买了两双皮鞋搭配西装。这也几乎没花什么时间。在这里她也用信用卡付账，叫他们送到我家。虽然我想只不过是两双皮鞋没必要特地要人送到家吧，不过这似乎是她经常一贯的做法。不花时间地快速选择，用信用卡付账，让他们送到家。

然后我们到钟表店去。在这里也同样重复一样的事。她配合我的西装，给我买了鳄鱼皮表带的潇洒高级的手表。一样也几乎没花什么时间。价格是五万圆或六万圆的东西。我向来都戴便宜的塑胶手表。但她对此好像不太中意的样子。这次她总算没叫人把手表送到家。只让店员包装好，默默交给我而已。

接下来我被带到男女不分的美容院去。铺着像舞蹈教室般闪闪发亮地板的宽大美容院，整面墙壁就是大镜子。椅子共有十五张左右，美发师们正拿着剪刀或梳子，像操纵木偶的师匠一般在椅子周围绕来绕去。到处布置着观叶植物，从天花板漆黑的 BOSE 喇叭里小声地播出凯斯·杰瑞些微绕圈子的钢琴独奏。她到这里来以前好像已经从什么地方先预约好了，一进店门我就立刻被带到椅子上坐定。她跟好像有点认生的瘦瘦的男美发师仔细说出各种细微指示。美发师一面以像在看聚集在大碗里的大把芹菜梗料理般的眼神，打量着镜子里映出的我的脸，一面对她的指示一一应答着。脸长得像索尔仁尼琴年轻时一样的男人，她跟那个男人说"等做好时我再回来"，便快步走出店去。

美发师在剪着头发时，几乎没有开口。只在洗头时说"请到这边"，拂掉头发时说"对不起"而已。有时美发师不知到什么地方去了，我便伸出手，轻轻摸一下脸颊上的黑斑看看。整片墙壁贴的大面镜子上映着许多人的身影，其中有我在内。而且我脸上有鲜明的黑斑。但我觉得那既不丑，也不脏。那是我的一部分。是我不得不接受的东西。偶尔可以感觉到有人的视线在那黑斑上。好像有人在看映在镜子里的我的黑斑。但因为映在镜子里的人数太多了，不知道到底是谁在看我。我只是感觉到那视线而已。

三十分钟左右剪好了。自从我辞掉工作以来逐渐长的头发又变短了。坐在会客室椅子上，一面听着音乐一面读着并不特别想读的杂志时，女人终于回来了。她对我的新发型似乎还算满意的样子。从皮包里拿出一万圆付账，带我来到外面。然后站定，正如我每次检视猫时一样，仔细把我的样子从上到下打量一番。好像在看有没有什么遗漏的地方似的。不过她的安排似乎全都已经完成了。她望一眼金手表，然后似乎松了一口气。时刻接近七点。

"去吃晚餐吧。"她说,"吃得下吗?"

我早上只吃了一片吐司,中午只吃了一个甜甜圈。"大概。"我说。

她带我到附近的意大利餐厅去。她在那里好像也是熟客的样子,我们什么也没说就被引进靠里面的安静桌子。她在椅子上坐下,我在她对面坐定后,她便要我把长裤口袋里的东西全部拿出来。我默默地照她说的做。我的现实似乎和我失散了,在这附近的某个地方徘徊似的。但愿能够好好找到我,我想。口袋里没放什么了不起的东西。我拿出钥匙,拿出手帕,拿出皮夹排在桌上。她并不特别感兴趣地看了一会儿,终于拿起皮夹来看里面。那里面应该放有五千五百圆现金的。然后还有电话卡、银行卡和区营游泳池入场证。这样而已。没有贵重稀奇的东西。没有任何需要闻闻味道、量量尺寸、摇摇看或必须沾水、照光线透着看之类的东西。她表情都没变地把那些还给我。

"明天上街去买一打手帕、新皮夹和钥匙包。"她说,"这些总可以自己选吧?还有你上次买内衣是什么时候?"

我想了一想,但记不得了。我说不记得。"我想不是最近的事,不过我算是喜欢清洁的人,以一个人独居来说,洗衣服也还算很勤快——"

"那都没关系,你也去各买一打吧。"好像对这问题不再过问似的,她以断然的口气说。

我默默点头。

"你把收据拿来的话,账由这边付。尽量买高级的东西噢。还有洗衣费也由这边付,所以只要穿过一次的衬衫就送出去洗,知道吗?"

我又再点头。如果车站前洗衣店老板听到这个一定会很高兴吧?不过,我想。然后我把像以表面张力紧紧伏贴在窗子上似的简洁的接续词,试着拉长成像样的长文章。

"不过,为什么你要特地为我买全套服装,还为我出理发钱和洗衣费呢?"

她没回答。从皮包拿出维珍妮女士香烟来,含在嘴上。一个高个子相貌端正的服务生不知道从什么地方忽然冒出来,以熟练的手势擦着火柴点上香烟。擦火柴时发出给人感觉非常好的干爽声音。仿佛可以增进食欲的声音。然后他把晚餐菜单递到我们前面。但她都不瞧菜单一眼。并说也不想听今天的特餐。"给我蔬菜沙拉、小面包和白鱼料理。沙拉酱只要浇一点,胡椒撒一点点就好。然后加碳酸的水。不需要加冰块。"因为看菜单麻烦,于是我说也要一样的就好。服务生行个礼退下去。我的现实似乎还没有找到我的样子。

"这纯粹只是因为好奇心而问的,并没有什么特别用意。"我干脆再试着问一次看看,"你买各种东西给我,虽然我不是在斤斤计较,不过请问这是有必要特地搞这么麻烦又花钱的重要事情吗?"

但依然没有回答。

"只是好奇心而已。"我重复着。

还是没有回答。她根本不理会我的问题,却似乎兴趣浓厚地望着墙上挂的油画。那是描绘意大利乡村(我想)光景的风景画。有修剪得很漂亮的松树,几家有红色调墙壁的农户沿着山丘排列。不是很大的房子。但都是给人感觉很好的房子。那里不知道住着什么样的人,我想。大概是过正常生活的正常人家吧。大概不会有莫名其妙的女人唐突地为你买西装、皮鞋和手表的事情,也没有必要为了买水都已经干涸的井而盘算大笔金钱吧。我对住在那种正常世界的人们感到切实的羡慕。如果可能的话,但愿现在就能进到画里。进入某一户人家去,让人家招待一杯酒,盖上棉被什么都不想地就那样沉沉睡着。

终于服务生来了,在我和她前面各放一杯加了碳酸的水。她把香烟在烟灰缸里弄熄。

"你再多问些别的问题呀。"女人对我说。

我在想着别的问题时,女人喝着加碳酸的水。

"在赤坂事务所的年轻男人,是你儿子吗?"我试问看看。

"是啊。"女人这次没停顿地立即回答。

"他会不会是不能开口说话呢?"

她点点头。"刚开始就不太说话的。不过快到六岁时突然变成不说话。变成完全不出声了。"

"那一定有什么理由之类的吧?"

她不理会这问题。我决定再想别的问题。

"什么都不说,那么有事情时怎么办?"

她只皱了一下眉。虽然不是完全无视我的问题,不过似乎还是没有意志回答的样子。

"他穿的衣服,一定也是你从上到下全部为他选的吧?就像为我做的一样。"

她说:"我只是单纯不喜欢看人家穿着错误而已。无论如何无论如何都无法忍受。至少我身边的人,尽可能希望他们穿正常的衣服。有正常的模样。无论是眼睛看得见的地方,还是看不见的地方,都一样。"

"那么你不在意我的十二指肠的事吗?"我开玩笑地试问看看。

"你十二指肠的模样有问题吗?"她以认真的眼神一直注视着我说。我后悔开了玩笑。

"我十二指肠目前没有什么问题。只是试着说一下而已。打个比方说。"

她又再以怀疑似的眼光一直注视着我的脸。大概在想我十二指肠的事吧。

"所以就算自己花钱,也要让人家像模像样的。只是这样而已。所以你不必在意哟。那毕竟因为我的关系。只是我个人在生理上无法忍受肮脏的服装而已。"

"就跟耳朵好的音乐家无法忍受音程狂乱的音乐一样?"

"嗯，可以这么说吧。"

"那么，你对身边的人都买衣服给他们吗，就像这样？"

"是啊。不过并没有那么多人在我身边嗒。因为再怎么不顺眼，总不能说买衣服给全世界的人吧，不是吗？"

"因为事情是有所谓限度的。"我说。

"嗯，可以这么说吧。"她承认道。

终于沙拉送来了，我们开始吃。确实沙拉酱只浇了一点点。屈指可数的几滴而已。

"其他还有什么想问的事吗？"女人说。

"我想知道你的名字。"我说，"或者说，有什么像名字之类的东西的话就好了。"

她暂时无言地嚼着胡萝卜。并且好像吃错了什么非常辣的东西似的，眉间皱纹深锁。"为什么你需要我的名字呢？总不是要写信给我吧？名字这东西说起来不是一件琐事吗？"

"不过比方要从后面喊你的时候，没有名字很伤脑筋吧？"

她把叉子放在盘子上，用餐巾静静擦拭嘴角。"说得也是。这点倒是完全没想到。这种情况也许确实很伤脑筋。"

她长久之间一直静静沉思着。在她沉思时，我默默吃着自己的沙拉。

"也就是为了从我后面喊我，有必要有个适当的名字吗？"

"嗯，可以这么说吧。"

"那么，不一定要真正的名字也可以，对吗？"

我点点头。

"名字、名字……什么样的名字才好呢？"女人说。

"好叫又简单的名字吧。可能的话，既具体又现实，手摸得到，眼睛看得见的东西比较好噢。因为那样也比较好记。"

"比方说？"

"比方说，我家的猫叫作沙哇啦。其实是昨天刚取的名字。"

"沙哇啦。"女人发出声音说。像要确认语言的发音方式似的。然后凝视了一会儿眼前的椒盐瓶组，终于抬起脸来说："纳姿梅格。"

"纳姿梅格（肉豆蔻）？"

"我脑子忽然想到的。那就当作我的名字好了。如果你不讨厌的话。"

"我倒没有什么关系……那么你儿子该叫什么呢？"

"西那蒙（肉桂）。"

"Parsley, Sage, Rosemary and Thyme ..."我像唱歌般地说。

"赤坂纳姿梅格和赤坂西那蒙——还满不错的嘛。"

赤坂纳姿梅格和赤坂西那蒙——如果笠原 May 知道我认识这些人的话，一定会很惊讶吧。要命！发条鸟先生，你为什么不能认识正常一点的人呢？为什么呢？笠原 May，我也完全没料到啊。

"这么说来，我大约一年前认识了一个叫作加纳马耳他和一个叫作加纳克里特的人，"我说，"因此遇到很多事情。不过现在两个人都不在了。"

纳姿梅格只点一下头而已。关于这点并没有陈述任何感想。

"不知道消失到什么地方去了。"我无力地补充道，"就像夏天的朝露一样。"或者黎明的晨星一样。

她把好像是菊苣的叶子用叉子送进嘴里。然后好像忽然想起从前的约会似的，伸出手拿起玻璃杯的水喝了一口。

"那么，你大概想知道关于那钱的事吧？你前天收到的钱，怎么样？不对吗？"

"非常想知道。"我说。

"我可以告诉你，不过也许说来话长。"

"到吃完甜点为止说得完吗？"

"大概很难。"赤坂纳姿梅格说。

9　在井底

沿着设在墙上的铁梯下到完全黑漆漆的井底时，我每次都用手探索着，寻找事先靠墙立着的棒球棒。那支从提吉他盒的男人那里几近无意识地带回来的球棒。在井底的黑暗中拿起那伤痕累累的陈旧球棒时，心情便会不可思议地安定下来。它也帮助我集中意识。所以我把球棒一直放在井底。因为每次都要抱着球棒上下梯子太麻烦了。

我找到球棒之后，就像站上打击位置的棒球选手一样，双手紧紧地握住那把手。确认那就是我所经常抓的球棒。然后在完全看不见任何东西的黑暗中，一一确认事物是否没变。侧耳倾听，把空气吸进肺里，用鞋底试探脚下泥土的状况，用球棒尖端敲敲墙壁确定那硬度。但那只不过是让情绪安定下来的习惯性仪式而已。井底和深海底很像。在那里所有的东西就像被压力镇压着一般静静地保持原形，并不会因为日子不同而有所改变。

头上的光被切成圆形浮在上方。黄昏的天空。我抬头仰望着，试想有关十月黄昏的世界。在那里应该有人们的生活。在那淡淡的秋光下，他们走在街上，买买东西，准备做吃的，搭电车正要回家。而且那些，是被当作没有特别考虑余地的极为理所当然的平凡事来考虑——或者没有考虑。就像我以前也做过的一样。他们是被称为"人们"的模糊存在，我也是其中的一个没有名字的人。在那光之下，人们接受谁，并被谁接受。那既是永久继续的事，也是极短暂的事，那里面应该有被包含在光里的类似亲密的东西。但我已经不被包含在内了。他们在地面上，而我却像这样在井底下。因为他们拥有光，而我却正要失去。偶尔会想到我是否就这样，再也不能重回那个世界了呢？是否再也不能感受到被光包含的那种安宁了呢？我是否再也不能抱起猫那柔软的身体了呢？想到这里，胸口深处感觉像有什么在绞着般钝钝地疼。

然而在我用鞋子胶底反复掘着柔软地面时，地表的光景却逐渐离我远去。现实感逐渐变薄，取而代之的是井的亲密包围了我。井底温暖而安静，深奥大地的温柔镇定着我的皮肤。像波纹消失一般我胸中的痛逐渐变淡。那个场所逐渐接纳我，我逐渐接纳那个场所。我握紧球棒的把手。闭起眼睛，再一次睁开眼睛，仰望头上。

然后我拉拉头上的绳子把井盖关闭（灵巧的西那蒙为我制作的，凭自己的手就可以从下面关闭盖子的滑车装置）。黑暗变成天衣无缝式的。井的入口被塞起来，光已经不存在。连偶尔听得见的风声也听不见了。我和"人们"的隔绝已成为决定性的。我连手电筒都没带。这就像是一种信仰告白似的东西。自己要将黑暗本身照单全收，我对他们显示着。

我坐在地面，背靠着水泥墙，把球棒夹在两膝之间闭上眼睛。并侧耳倾听着自己心脏的声音。在黑暗中当然没有必要闭上眼睛。反正什么也看不见。不过还是闭上眼睛。不管在多么黑暗之中，闭眼睛这行为自有它的意义。深呼吸了几次，让身体习惯深圆筒形的黑暗空间，有一股和平常一样的气味，一样的空气对肌肤的触感。虽然是曾经一度被埋掉的井，但只有在这里的空气，却在不可思议程度上和以前没有改变。有些霉臭，有些潮湿。那完全和我第一次在这井底所闻到的气味一样。这里没有季节，连时间都没有。

*

我穿着每次穿的旧网球鞋，戴着塑胶手表。是第一次潜进井底时身上穿戴过的鞋子和手表。那鞋子和手表也跟球棒一样，让我情绪安定。我在黑暗中确认这些物体是和自己的身体完全吻合密接着的。我确认没有离开自己。我睁开眼睛，停了一会儿之后又闭上眼睛。为了让自己内部的黑暗压力，和自己周围的黑暗压力逐渐一点一点地接近、融合。于是时间流逝。终于和每次一样地，逐渐无法区分那两种黑暗的差异了。眼睛是闭着的还是睁开着的，连这个都分不出来了。脸颊上的黑斑开始微微发热。我知道那开始泛起鲜明的紫色了。

我在正互相混合的不同种类的黑暗中集中意识于黑斑上，思考那个房间的事。和我在以"她们"为对象时一样，正要从自己离开。正要从蹲在黑暗中笨拙的我的肉体逃出。我现在只不过是在一间空屋里而已，在被遗弃的井里而已。我现在要从这里出去，转换搭乘速度不同的现实。双手就这样紧紧握着球棒。

现在把在这里的我和那奇妙房间隔开的东西，只不过是一面墙壁而已。而且我应该可以穿越那面墙壁。凭我自己的力量，和在这里的深深黑暗的力量。

屏住气息把意识集中在一点时，可以看见那房间的东西。我不在那里。但我可以看见那里。那是和饭店相连的房间。208号。厚厚的窗帘密密地拉上，房间非常暗。花瓶里插着满满的花，那暗示性的香气沉重地飘在房间里。入口旁边有一盏大落地灯。但那电灯泡像早晨的月亮般白白地死掉了。不过眼睛睁着一直看时，不久不知从什么地方溢出来似的极微弱的光，使在那里的东西总算逐渐可以认出形状来了。就像在电影院的黑暗里眼睛逐渐适应一样。在房间中央的小桌上，放着一瓶只减少一点点的顺风威士忌酒瓶。冰桶里有刚刚切割下来的冰块（那还留有清晰坚硬的锐角），玻璃杯里放了威士忌和冰块。不锈钢盘子冷冷地放在桌上。时刻不知道。也许是早晨，也许是黄昏，也许是深夜。或者那里本来就没有所谓时间这东西，相连房间深处的床上躺着一个女人。我耳朵听见那衣服摩擦的声音。她轻轻摇晃玻璃杯时，便发出咔啦咔啦舒服的冰块声响。可以感觉到混合在空气中飘浮着的细小花粉配合着那声音,就像活生生的生物一般颤动着身子。只要空气有一点震动,那些花粉就会哈地吹一口气。淡淡的幽暗静静地接受着花粉,被接受的花粉则将那幽暗变得更浓密。女人嘴碰着威士忌的玻璃杯,让那液体只流一点进入喉咙深处,然后想对我说什么。卧室一片漆黑,什么也看不见。只有模糊的影子移动而已。但她有什么话要对我说。我一直等着。等着她的话语。

那就是在那里的东西。

*

我像飘在虚构的空中的虚构的鸟一样地,从上面眺望那房间的光景。把那里的某些情景扩大,然后退到后面俯瞰,再接近扩大。不用说,在那里细部拥有极大的意义。那是什么形状的,什么颜色的,拥有什么样的触感?我一一按顺序确认下去。一个细部和另一个细部之间几乎没有联系。那里也失去温暖。在那个时点,我所做的事只停留在单纯的机械式罗列。但那是不坏的尝试。不坏——就像石头木片摩擦终究会产生热和火焰一样,逐渐一点一点将在那里有联系的现实化为具体成形的东西。就像将几个偶然的音重叠累积,从猛一看无意义的单调重复中逐渐形成一个音节那样……

我可以在黑暗的更深处,感觉出那微小的联系正在发生。对,这样就好。周围非常安静,他们还没有发觉我的存在。我知道隔开我和那场所的墙正逐渐像果冻般柔软地融解着。我屏着气息。**现在正是时候**。

但正当我朝着墙踏出脚步的那个瞬间,简直像被看透了似的响起敲门声。有谁正用拳头用力捶着房间的门。和我上次听过的一样的敲门声——像用铁锤在墙上笔直地钉进钉子一样,清楚而尖锐地敲门。敲法也完全一样。短间隔地两次,然后再两次。我知道女人正屏着气息。周围飘浮的花粉在震动,黑暗大大地摇晃。而且由于那声音的侵入，好不容易刚刚开始成形的我的通道便完全被切断了。

就像每次一样。

*

我再度恢复为我肉体中的我，坐在深井底下。靠着墙，手握紧球棒。正如形象逐渐对准焦点那样，这边的世界的触感逐渐回到手掌上。我感觉得出球棒的把手已被汗微微渗湿了。喉咙深处发出心脏强烈跳动的声音。耳里还鲜明地残留着像刺穿世界般坚硬的敲门声。然后听得见黑暗中有慢慢旋转门把的声音。在外面的谁（或什么）正要打开门。正要慢慢地悄悄地进入房间里去。但那一瞬间，一切意象便消失了。墙壁再度变成坚固的墙壁，我被弹回这一侧来。

我在深深的黑暗中，用球棒尖端试着敲眼前的井壁看看。那是和平常一样坚硬而冷冷的水泥墙。我被包围在那圆筒型的水泥里。**只差一点了**，我想。我逐渐接近那里。这个不会错。总有一天我会通过这阻隔而"进入"那里吧？我会比那敲门声更早潜入那房间，留步在那里吧？但到那地步到底要花多少时间呢？而且我手上还留下多少时间呢？

不过在那同时，我也害怕那事情的实现。害怕面对会在那里的东西。

我从那之后，还暂时蹲在黑暗中。不得不让心脏鼓动镇静下来。双手不得不放开球棒的把手。要从这井底的地面站起来，沿着铁梯爬上地表，我还需要多一点时间，和多一点力气。

10 袭击动物园（或不得要领的虐杀）

一九四五年八月的某个极酷热的下午，关于被一群士兵射杀的老虎群、豹群、狼群、熊群的事，"赤坂纳姿梅格"说。像纪录影片放映在雪白的银幕上一样，顺序正确，活生生地她叙述着那发生的事。那没有丝毫的暧昧不明。但那不是她实际上看到的情景。那时候纳姿梅格正站在开往佐世保的输送船甲板上，在那里实际目睹的是美国海军的潜水艇。

她从蒸汽浴般的船舱逃到甲板上站着，和其他许多人一起靠着扶手，一面吹着微风一面望着没有一点波浪的平稳海面时，那潜水艇没有任何预告也没有任何前兆，便像梦的一部分般冷不防地突然浮上海面来。首先是天线、雷达和潜望镜露出海面，其次司令塔激起波浪分开海水，终于濡湿的铁块便在夏日阳光下赤裸裸地暴露出来了。虽然说是采取名为潜水艇这限定的体裁，但那看起来更像是什么的象征性记号似的。或者像是不明白意思的比喻一样。

潜水艇像在探视猎物的样子般，暂时和输送船并排前进。终于甲板的升降口打开了，船员们一个接一个，说起来是以缓慢的动作出现在甲板上。谁都不着急。士官们从司令塔的甲板，用很大的望远镜观察输送船的样子。偶尔那镜头灿亮地反射着阳光。输送船满载着往本土的民间人士。那大半是女性和小孩，为了避开迫在眼前的败战混乱，正准备撤回祖国的伪满洲日系官吏或满洲铁路的高级职员家属。虽然在海上可能有被美国潜水艇攻击的危险，但也总比留在中国大陆的悲惨更能承受——至少在那情况实际出现在眼前

10 袭击动物园（或不得要领的虐杀）

之前。

潜水艇的司令官确认输送船没有武装，附近也没有护卫舰。并没有他们所害怕的东西。现在掌握制空权的也是他们这边。琉球已经沦陷，日本本土已经没剩多少能飞的战斗机了。不必慌张，时间在他们手中。士兵将方向盘一圈一圈地旋转着，将甲板炮朝向输送船。值星下士官确切地下达简短的命令，三个士兵操作着那炮。另外两个士兵打开后方甲板上的舱口，从那里运来沉重的炮弹。几个人将设置于司令塔附近较高一段甲板上的机关炮以熟练的手法设定好弹药箱。担任炮击的士兵们全体戴上战斗用钢盔，但其中也有上半身赤裸的。接近半数穿着短裤。仔细看时也可以看见他们手臂上刺着鲜明的刺青。睁着眼仔细看时，她看见了很多东西。

甲板炮和机关炮各一门，那虽然是潜水艇所装备的全部火力，但要击沉一艘由老朽货船改造的迟钝输送船是绰绰有余的。潜水艇载着航行的鱼雷数有限，那些是为了遭遇武装船团时准备的——如果日本还留有那样的船的话——是必须预先保留的。那是铁则。

纳姿梅格紧紧抓着甲板扶手，望着黑黑的炮身旋转着朝向这边。盛夏的太阳，将刚刚还湿答答的炮身转瞬间便晒干了。这么大的大炮还是第一次看见。在新京街上虽然目击过几次日本军的连队炮，但潜水艇的甲板炮则大到那些所无法比拟。潜水艇向输送船发出灯火信号，传达"立刻停航！现在开始要炮击，将船击沉，因此在那之前必须即速以救生艇使乘客退避"的信号（当然纳姿梅格是不会懂得灯火信号的。但记忆中她仍清楚地记得那讯息）。只是在战争最混乱的时期以旧型货船拼凑改造的输送船，并没有准备足够的救生艇。乘客和船员总数超过五百人，却只载了两艘小救生艇。连救生衣和救命用的浮板几乎都没有。

她还紧紧抓住扶手，像被魅惑住了似的凝视着那流线型潜水艇。

潜水艇像刚刚造好似的闪闪发亮，没有露出一点锈痕。她注视着司令塔上用白油漆写着的号码，注视在那上面旋转着的雷达，注视戴着深色太阳眼镜砂色头发的士官。这艘潜水艇是为了杀我们而从深海底下露出来的。但这并不特别奇怪，她想。那跟战争没有关系，是对任何人在任何地方都可能发生的事。大家都以为这全是因为战争。但并不是这样。所谓战争，只是在这里的各种东西中的一个而已。

她即使面对那潜水艇和巨大的大炮，也没有感到恐怖这东西。母亲朝向她喊着什么，但那语言没有传进耳朵。她感到自己的手臂被抓住，被拉扯。但她不放开扶手。周围的怒吼、嘈杂，像收音机的音量扭转小了一般逐渐远去。为什么这么困呢？她觉得不可思议。一闭上眼睛，意识就那样急速淡化，离开了甲板。

　　她那时候，看着日本士兵们正一面在宽广的动物园里绕着，一面——射杀可能袭击人类的动物们的光景。军官一下达命令，三八式步枪的子弹便穿破老虎光滑的毛皮，割裂内脏。夏日天空碧蓝，激烈的蝉声像夏日骤雨般从周围的林木纷纷降下。

　　士兵们始终沉默着。充分日晒过的脸上失去了血气，令他们看起来像描绘在古代土器上的画的一部分一样。几天后，最迟一星期后，苏联远东军的主力部队应该会到达新京。要阻止他们前进却完全没有办法。为了维持开战以来扩展到南方的战线，过去充沛而精锐的部队和装备大半都运走了，那大半已经沉入深深的大海底，或在热带丛林中腐朽殆尽了。坦克炮和坦克也几乎没留下。输送兵员用的卡车实际能开动的所剩无几，想修理却没有零件。即使发动总动员也只能够召集一定人数的士兵，连旧式步枪都无法发到全体士兵手中。子弹也所剩不多。曾经发出不动北方之护卫豪语的关东军，现在只不过和纸老虎一样。击溃德军的苏联强大机动部队却正通过铁路往远东阵线移动。他们装备齐全、士气高涨。伪满洲的崩溃已经迫在眉睫。

10 袭击动物园（或不得要领的虐杀）

谁都知道这件事。关东军的参谋们自己知道得最清楚。因此他们将主力部队往后方撤退，对国境附近的守备部队和开拓农民们事实上是见死不救。把许多非武装农民们赶到前方，让他们被——没有余裕养俘虏的——苏联军残杀。女性们大半选择或被迫选择与其被强暴不如集体自杀的道路。接近国界的守备部队被困在他们命名为"永久要塞"的水泥城里，经过激烈抗战后，得不到后方的支援，受到压倒性火力攻击，部队几乎在那里全灭了。参谋和高级将校多半"移动"到离朝鲜国境较近的通化新司令部去，皇帝溥仪和他的一族也火速整理行囊，搭专用列车脱离首都。曾经担任首都警备的"满洲国军"中国士兵们多半听到苏联军进攻的消息后，立刻逃出军营，或发动叛乱射杀曾经担任指挥的日本将校。当然他们没有意愿为日本舍命，去和占优势的苏联军战斗。在发生了这一连串动乱之后，日本为顾及颜面，决定将建立于荒野中的伪满洲首都新京特别市遗留在不可思议的政治空白中。伪满洲的中国高级官僚们，为了避免无益的混乱和流血，主张将新京市以非武装都市进行不流血开城投降，关东军对此退让了。

开往动物园的士兵们，也想到自己再过几天后，将难免在这里和苏联军作战而死的命运（实际上他们在武装解除后被送到西伯利亚的煤炭坑，三个人因而丧命）。他们所能做的只有祈祷不要死得太痛苦而已。千万不要被坦克的车轮血肉模糊地碾碎，在堑壕里被火焰放射器烧死，或腹部中弹长久痛苦呻吟而死。不如干脆脑部或心脏被射穿还好些。但在那之前，总之他们不得不射杀动物园的动物们。

为了节省贵重的子弹，本来动物必须用毒药"处分"掉的。担任指挥的年轻中尉也是被长官这样指示的。说是足量的毒药已经交给动物园了。他率领着完全武装的八个士兵开往动物园。动物园在从司令部步行二十分钟左右的地方。自从苏联军进攻以来，动物园大门已经关闭，入口站着两个配带刺枪的士兵。中尉把命令状给他们看过后，进入园内。

但动物园的园长却说，确实接到军方指示，要自己在非常时刻将猛兽"处分"，也知道那方法是药杀，但实际上却没有收到那毒药。听到这话，中尉莫名其妙。他本来是司令部所属的会计军官，在遇到这种非常事态被迫出来之前，并没有率领过实战部队的经验。慌慌张张从抽屉里拿出手枪，也已经几年没保养了。还不确定子弹是否能顺利射出。"中尉先生，公家的工作总是这样的。"那个中国人园长很同情似的对中尉说，"必要的东西总是没有。"

为了确认起见，动物园的主任兽医被叫来，他向中尉解释，由于补给不足，现在动物园所持有的毒药量极少，连能不能毒杀一匹马都成问题。兽医是一位三十五至四十岁之间的高个子男人，容貌端正，右脸颊有乌青斑痕。像婴儿手掌般大小和形式的黑斑。大概是与生俱来的吧，中尉想象着。中尉从园长室打电话回司令部向长官请求指示。但关东军司令部自从数日前苏联军越过国界以来，正处于极端混乱的状态，多数高级将领已经消失踪影。留下的将校们正在中庭烧毁大量的重要文件，或率领部队到野外去正拼命挖掘对抗坦克的壕沟。对他发布命令的少校，现在也不知道身在何处。该到什么地方去才能调度到足量的毒药呢？中尉也不知道。毒药这种东西，大概是由关东军的哪个部门管理的。司令部内到处转接后，最后来接的军医上校高声怒吼道："你这个大笨蛋！这是一个国家会不会灭亡的生死关头，动物园会怎么样，我怎么知道！"

我也不知道啊，中尉也想。他以怅然的脸色把电话挂掉，毒药的调度就算了吧。可以选择的路只有两条。一条是完全不杀动物就这样退回去，另一条是用枪射杀。这两条准确说来都违反命令，但结果他选择了射杀。虽然日后可能因为浪费子弹而被责骂，但至少"处分"猛兽的目的是达成了。但如果不先杀动物的话，也许会以未遂行所予

10　袭击动物园（或不得要领的虐杀）

命令而被告到军法会议中去。虽然到了这样的时期，到底军法会议这东西是否还存在倒是个疑问，不过命令就是命令。只要有军队存在，命令便不得不遂行。

要是我的话，也想尽可能不杀动物园的动物，他说给自己听——他实际是这样想。但既然没有足够的饲料可以挪来喂动物，往后的事态可能将变得更残酷——至少还没有变好的预兆。对动物们来说，干脆被射杀或许比较轻松也不一定。而且万一发生激烈战斗或空袭，让饥饿的动物逃到街上的话，必然会带来悲惨的状况。

园长将事先接到"非常时期抹杀"指示的动物名单，和园内的简易地图交给中尉。脸颊上有黑斑的兽医和两个中国杂役工人也随着加入枪杀队。中尉把接过来的名单快速浏览一眼。该感谢的是决定"抹杀"的对象动物数比预料的少。但里面也包括两头印度象。"象？"中尉不禁皱起眉头。要命！象这东西到底要怎么个杀法才好呢？

他们顺着道路，首先决定"抹杀"老虎。象则总之决定挪到最后。这些老虎是在伪满洲内大兴安岭山中捕获的，槛栏前的介绍中这样写着。老虎因为有两头，因此决定一头分配四个人。虽然中尉指示要准确命中心脏，但心脏在哪里，连他都不是很有信心。八个士兵一起拉开三八式步枪往弹药膛送进子弹时，那干干的不祥声音令周遭的风景为之一变。老虎们听到那声音后便猛然从地上站起来瞪着士兵们，从铁栏杆对面扬起精猛威吓的吟吼声。中尉为了慎重起见，也把自己的手枪从枪夹里抽出，拨开安全装置。并且为了镇静，轻轻干咳一声。这不算一回事，他想。这种事大家经常都在做。

士兵们单膝着地切实瞄准目标，在中尉一声号令之下一起扣动扳机。着实的反弹强烈撞击他们的肩膀，脑子里瞬间像被弹飞了似的变成一片空白。在人迹断绝的关闭的动物园里响起同时一起射击的轰然巨响。那巨响如同远方的雷声般不祥地由建筑物传到建筑物，由墙壁反射到墙壁,穿越树林,渡过水面,刺穿听者的心胸。所有动物都吓得屏住气息。连蝉都停止鸣叫。枪声的回音消退之后,周遭仍听不见一点声响。老虎们像被眼睛看不见的巨人用巨大的棒子猛然敲击般瞬间飞上空中,并发出巨大的声音倒在地上。然后极痛苦地拼命打滚、呻吟,从喉咙深处吐出血来。士兵们最初的齐射并没有能够制伏老虎。由于老虎在栏里不断地动着,没办法瞄准目标。中尉以没有抑扬的机械声音,再度下达进入一起射击姿势的命令。士兵们回过神来,快速拉开杠杆排出弹壳,重新瞄准目标。

中尉让部下中的一个进入虎槛内,确认两头老虎是否已经死了。它们闭着眼睛,露出牙齿,身体动也不动一下。但是不是真的死了,不确认并不知道。兽医将槛栏钥匙打开,那个才刚二十出头的年轻士兵便将上了刺刀的步枪一面挺向前方,一面战战兢兢地踏进槛栏里。样子实在很奇怪,但没有一个人笑。他用军靴的后跟轻轻踢老虎腰部附近。老虎依然一动也不动。在同一个地方再用力一点踢。老虎完全死了。另外一头老虎(雌的)也一样不动。那年轻士兵有生以来一次都没进过动物园,这是他第一次目睹真实的老虎。这点也有关系,因此对于自己现在正在这里枪杀真的老虎,实在涌不出真实感来。被带到和自己无关的地方,做着和自己无关的事,他只能当作纯粹是偶然。他站定在泛黑的血中,茫然俯视着老虎的尸体。死掉的老虎显得比活着时大得多。为什么呢?他觉得不可思议。

槛栏里的水泥地上,渗进大猫类特有的冲鼻小便臭味。在那里又混合了血腥的气味。血正从身上裂开的几个洞里大量流出,在他脚边形成黏糊糊的黑色血池。手上的步枪急速感到沉重冰冷。他想把那丢下,蹲到地上,把胃里的东西全部吐光。那样应该会轻松一些。但不可能吐。因为要是那样的话,事后恐怕会被班长揍得脸都变形(但他本人并不知道,自己会在十七个月之后在伊尔库茨克附近的炭坑,被

10 袭击动物园（或不得要领的虐杀）

苏维埃的监视兵用铲子把头割下致死）。他用手臂擦着额头的汗。感觉钢盔非常沉重。蝉好不容易重新回过神来似的，一只又一只地又开始鸣叫起来。终于也听见混合着蝉声的鸟声。那鸟简直像在上发条般以奇妙特征的声音啼叫。叽咿咿咿咿咿咿、叽咿咿咿咿咿地。他十二岁时从北海道迁移到北安的垦荒村住，直到一年前被军队征召之前，都在那里帮双亲做农耕工作。因此有关伪满洲所有鸟的事，他无所不知。奇怪的是，他不认得这种啼叫声的鸟。或许是从那个槛栏里啼叫的异国鸟吧？但那声音又好像就在附近树上传来的似的。他转过头眯细眼睛，仰望那发出声音的方向。但什么也没看见。只有枝叶茂密的大榆树，把似乎很凉的清晰影子洒落地面而已。

他像在寻求指示般看着中尉的脸。中尉点点头，命令士兵可以出来了。中尉再一次摊开园内的简易地图来看。总算把老虎解决了。其次是豹。然后大概是狼。还有熊。象则最后再考虑，中尉想道。虽然如此，还是太热。中尉对士兵说休息一下喝口水好了。全体喝了水壶里的水。然后他们背起步枪，排成队伍，无言地往豹的槛栏出发。不知名的鸟还在某个地方的树上，以毅然的声音继续卷着发条。汗水把他们短袖军服胸前和背后染黑了。全副武装的士兵列队前进时，各种金属互相碰撞的声音在无人的动物园里咔啦咔啦空虚地回响着。紧紧抓着槛栏的猴子们仿佛在预测什么似的大声叫着，割裂天空，强烈地发布警告给那里所有的动物。动物们以各自不同的方法与猴子唱和。狼朝天长号，鸟群猛拍翅膀，不知什么地方的什么大动物则像在威吓似的猛烈地用身体撞击槛栏。拳头状的云块好像想起来似的飘来，暂时把太阳藏在背后。在那八月的下午，人和动物，都在想着死的事。今天他们杀动物，明天苏维埃士兵将杀他们。或许。

＊＊＊

我们在和平常同一家餐厅里，同一张餐桌面对面谈着。账每次都由她付。餐厅深处的房间以隔间围起来，说话声不会传到外面，也听不见外面的说话声。晚餐的客人轮转次数规定一个晚上只有一次[①]，因此我们可以不必顾虑被别人打搅，一直慢慢谈到打烊时间。服务生也很机灵，除了送菜之外尽量不走近餐桌。她大概都会点一瓶年份固定的勃艮第葡萄酒。而且每次都剩下一半。

"上发条的鸟？"我抬起头问。

"上发条的鸟？"纳姿梅格把我说的话照样重复一遍，"我不明白你说什么。那是指什么？"

"可是，刚才你不是谈到上发条的鸟吗？"

她安静地摇头。"是吗？我不记得。我觉得我没说到什么鸟的事啊。"

我决定放弃。这是她每次的说话方式。我对黑斑的事也没问。

"那么你是在伪满洲出生的吗？"

她再摇一次头。"我生在横滨，三岁时父母亲把我带去伪满洲。父亲原来在兽医学校当老师，但在新京决定新设动物园要请主任兽医希望派人过去时，他自己便主动报名要去。母亲虽然不想丢掉在日本的生活到那种世界尽头般的地方去，但父亲似乎坚持说要去。也许他想与其在日本当老师，不如到更宽广的地方去考验自己吧。但我还小，不管日本也好，伪满洲也好，在哪里都没关系。动物园的生活我最喜欢。父亲身上经常有动物的气味。各种动物的气味混合为一体，每天每天就像换香水一样各有一点不同的变化。父亲每次一回到家，我就爬到他膝盖上去闻闻看那气味。

"但战争情况恶化，周围的情势变得不稳定后，父亲便决定把我和母亲送回日本。我们和别人一起从新京搭火车到朝鲜，从那里搭上特别预备的船。于是父亲就一个人留下。在新京车站挥手告别，那是

[①] 译者注：高级餐厅非速食店，不接受第二批、第三批……来客，相对的价格也高。

10 袭击动物园（或不得要领的虐杀）

我最后一次见到父亲。我从火车车窗伸出头，一直看着父亲逐渐变小，消失在月台的人潮里。父亲后来怎么样，谁也不知道。我想说不定被进驻的苏维埃军逮捕带到西伯利亚去，被强制劳动，和其他许多人一样在那里死掉了。我想在某个寒冷寂寞的土地上，连墓碑都没有地被埋掉变成骨头了。

"新京动物园的事，每个角落现在我都还记得清清楚楚噢。我头脑里可以全部想起来。连那一条条的路、一只只的动物。我们所住的宿舍在动物园的一区。在那里工作的人都认得我的脸，而且随时随地都可以自由地让我进进出出。就算是动物园休息的日子也是。"

纳姿梅格轻轻闭上眼睛，在脑子里让那光景再现。我默默等她继续说。

"不过，我所记得的动物园，真的是我记忆中那样的动物园吗？我不知道为什么没有切实的信心。该怎么说呢，有时候会觉得那未免太鲜明了。而且越想越觉得，那鲜明到底到什么地方是真实的，从什么地方开始又是我的想象力做出来的呢，我变得无法判断喏。简直就像在迷宫里迷路了似的。你有没有这种经验？"

我没有。

"现在那个动物园还在那里吗？还存在于新京市吗？"

"不知道。"纳姿梅格说。并用手指摸摸耳朵尖端。"是听说过动物园在战后完全关闭了，但现在是不是还关闭着，我就不知道了。"

长久之间，赤坂纳姿梅格对我来说，是这个世界上唯一的谈话对象。我们每星期见一次或两次，围着餐厅的桌子面对面谈话。见过几次面之后，我发现纳姿梅格是非常练达的听者。她头脑转动迅速，对于如何适时加入应答和问题以引导谈话顺利进行之类很有心得。

为了不让她觉得不愉快，我每次和纳姿梅格见面时，总是注意尽可能衣着清洁整齐。穿上洗衣店刚送回来的衬衫，打上色调搭配的领带，穿着擦亮的皮鞋。她见了我时，总是以像在厨房选蔬菜时那样的眼光，首先从上到下检点服装。如果有一点不中意的地方，就会亲自带我到什么地方的服装店去，选对的西装买给我。而且如果可能的话，当场就叫我换穿那新衣服。尤其对服装，她是不接受不完美的东西的。

因此家里的衣橱里，不知不觉之间我的衣服已经逐渐增加。新西装、外套和衬衫逐渐将久美子的连衣裙所占据的领域虽是一点一点地，却也是切实地侵蚀了。衣橱变拥挤之后，我便把久美子的衣服折起来放进纸箱，和防虫剂一起收进壁橱里。如果她回来的话，或许会怀疑她不在的时候到底发生了什么吧，我想。

我花了很长时间，将久美子的事一点一点地向纳姿梅格说明。说我不得不想办法救出久美子，把她带回这里。她在桌上托着腮看了一会儿我的脸。

"那么，你到底要从什么地方把久美子救出来呢？那个地方有没有名字呢？"

我在空中寻找着适当的语言。但那种东西哪里也没有。空中没有，地底也没有。"某个遥远的地方。"我说。

纳姿梅格微笑了。"嘿，那岂不是像莫扎特的《魔笛》一样吗？有魔法的笛子和有魔法的钟，把囚禁在远方城堡里的公主救出来。我最喜欢那出歌剧哟。看了好几次又好几次。连台词都完全记住了。'全国无人不知的刺鸟人，巴巴基诺就是我'。你看过吗？"

我又摇头。没看过。

"在歌剧里，王子和刺鸟人，乘着云在三个童子引导下去到那座城堡噢。但那其实是昼之国和夜之国的战争。夜之国想从昼之国把公主抢回来。哪一边才是正义的一边呢？主角在中途变迷糊了。是谁被囚禁了，是谁没有被囚禁呢？当然最后王子得到公主，巴巴基诺得到巴巴基娜，坏人都掉落地狱……"纳姿梅格这样说着，用指尖轻轻抚

10 袭击动物园（或不得要领的虐杀）

摸着玻璃杯的边缘。"但你现在既没有刺鸟人，也没有魔笛和魔钟。"

"我有井。"我说。

"那是说如果你能得到那个的话噢。"纳姿梅格像静静摊开高级手帕似的微笑。"你的那个井。不过，一切东西都有所谓价格这东西哟。"

每当我谈累了，或找不到语言变得无法前进时，纳姿梅格便叫我休息，取而代之谈她自己起步之初，那也是比我的事更长更复杂的话题。加上她说话不太按顺序，常会心血来潮随处跳来跳去地说。也不说明年代地前后对调，从来没听过的人突然变成重要人物出现。为了了解所谈的片段该镶入她人生的什么时期，有必要非常注意地推测，有时推测之后还不清楚。而且她会谈自己眼前所看见的情景，同时谈自己的眼前所没看见的情景。

***

他们杀了豹，杀了狼群，杀了熊。为了杀那两只巨大的熊最费周章。两只熊被射进了数十发子弹，还是激烈地用身体撞槛栏，朝士兵张牙舞爪，垂涎咆哮。两只熊说起来和容易放弃的（至少外人看起来）猫科动物们不同，对自己现在正被这样持续杀害的事实，似乎无法接受的样子。也许因此，在它们对被称为生命的这暂定状况做最终告别之前，花了超出必要的长久时间。好不容易终于熊停止了呼吸之后，士兵们当场累得几乎想坐下来。中尉把手枪的安全装置还原，用军帽擦着额头流下来的汗。在深深的沉默中，几个士兵当场不舒服地发出很大声音往地上吐唾液。他们脚下空弹壳像香烟蒂般纷纷散落一地。他们耳朵里，还残留着子弹的回音。十七个月后在伊尔库茨克的炭坑被苏维埃兵杀死的年轻士兵，眼光由尸体转开继续深呼吸着。他为了拼命压制喉咙深处想吐的感觉而费尽力气。

结果决定不杀象。实际站在眼前看来象也太巨大了。在象前面，士兵们手上拿的步枪看来只不过是小玩具而已。中尉考虑一下后决定不动象。士兵们知道了全都松一口气。真奇怪——也许一点都不奇怪——大家都打心底这么想。与其像这样杀槛栏里的动物，不如到战场上去杀人还比较轻松。就算也许反过来是自己被杀掉也没关系。

　　现在变成只是尸体的动物将经由杂役工人们的手由槛栏里拖出来，堆到货车上，运到空空的仓库去。各种大小和形状的动物，排列在仓库的地上。看着这些工作结束后，中尉回到园长室要求园长在必要的文件上签名。于是士兵们整队，和来的时候一样，一面发出铁器碰撞的声音一面列队撤走了。被血染黑的槛栏地上，杂役工人们正用水管冲洗。墙上到处附着动物们的肉片，也用刷子刷掉。工作结束时，中国杂役工人们问脸颊有黑斑的兽医，动物的尸体打算如何处理。兽医穷于回答。通常的情形，动物死了会请专门业者来处理。但在血洗首都攻防战迫在眼前的现在，不认为有谁会一通电话便赶来收拾处理动物尸体。又是<u>盛夏</u>时节，苍蝇已经黑压压地成群聚集。只有挖洞埋起来了，但现在所有的人要手挖这么大的洞显然不可能。

　　他们对兽医说，先生，如果尸体能全部让给我们的话，我们可以帮你收拾一切。用货车运到郊外去，干干净净地处理掉，也有伙伴可以帮忙，不会给先生添麻烦。不过我们想要动物的毛皮和肉，尤其是熊肉大家都想要噢。熊和老虎身上的东西可以当药用，还蛮有价值的。现在说已经太迟了，其实只要射头就行了啊。那么毛皮也更有价值呢。这可真是外行人的做法。如果一开始就全交给我们办的话，可以更有要领地帮你们解决的。兽医终于同意这个交易。只有任由他们了。再怎么说这里都是他们的国家啊。

　　终于十个左右的中国人拉着几台空货车出现，从仓库将动物尸体拖出来堆上去，用绳子捆起来，上面盖上席子。在那之间中国人几乎都没开口。表情没有丝毫改变。堆积完之后，他们便不知道把货车

10　袭击动物园（或不得要领的虐杀）

拉到什么地方去了。由于动物分量沉重，旧货车发出喘气般钝重的碾轧声。这就是那个炎热下午所实施的动物虐杀——以中国人说来是完全不得要领的——结束。事后只剩下被清扫干净的几个空槛栏。猴子们还兴奋地继续叫着莫名其妙的语言。穴熊在狭小的槛栏里激动地徘徊。鸟群绝望地拍扑翅膀，羽毛纷纷散落。蝉也继续鸣叫。

　　射杀工作结束后军队退回司令部，留到最后的杂役工人们也和堆着动物尸体的货车一起不知消失到什么地方去之后，动物园便像家具搬走后的空屋般空荡荡的。兽医坐在不出水的干枯喷水池边，仰望天空，眺望轮廓清晰的白云，并倾听蝉的鸣声。发条鸟的声音已经听不见了，但兽医并没有留意。他本来就没听见发条鸟的声音。只有后来在西伯利亚炭坑被用铲子割头的可怜年轻士兵听见而已。

　　兽医从胸部口袋掏出汗湿的香烟盒，含一根在嘴上，用火柴擦火点烟时，发现手轻微颤抖。那颤抖久久不停，擦了三根火柴才好不容易点着烟。虽说如此，但他并不是在感情上受到特别的打击。在自己眼前，一瞬之间那么多动物被"抹杀"掉，这件事情不知道为什么并没有让他感到多大的惊慌、哀愁或愤怒。实际上，他几乎什么都没有感觉。他只是非常困惑而已。

　　他一时之间，一面坐在那里抽烟，一面试图整理自己的情绪。他一直盯着放在膝上自己的双手，然后再一次抬头看天空的云。映在他眼里的世界，表面上是一如平常的世界。看不出什么特别的改变。但那应该是和以往的世界确实不同的世界。结果，自己终究是被包含在"抹杀"了熊、虎、豹、狼的世界里。那些动物到今天早晨为止还好好存在着，然而现在，下午四点，已经完全不存在了。它们被士兵的手虐杀了，连尸体都不见了。

　　那么，这两个不同世界之间，应该有什么巨大的、决定性的类似差异之类的东西。不能没有。但他无论如何都找不到那差异。他眼里所见到的世界是一如以往的同样世界。令兽医迷惑的,是自己内心那种从未有过的毫无感觉。

然后,他突然发现自己非常疲倦。试想一想,昨夜也几乎没睡。如果能够到哪个树荫下去,稍微躺下来睡一下不知道有多好,他想——如果能什么也不想地,暂时沉入静静的无意识的黑暗中的话。他看看手表。他必须为了留下的动物确保饲料。必须治疗正在发高烧的一只狒狒。该做的事还堆积如山。但暂且不管,我必须睡一觉才行。其他的事以后再想好了。

兽医走进树林里,在人眼看不见的草地上仰天躺下。树荫下的草叶凉凉的很舒服。草丛散发着童年闻过的令人怀念的香气。几只伪满洲的大蝗虫一面发出嚯嚯的威猛声音,一面从他脸上飞过。他依然躺着点起第二根香烟,幸好手已经不像刚才那么抖了。他一面将香烟的烟深深吸入肺中,一面试着想象中国人正在某个地方,将刚刚被杀死的大量动物的皮一一剥光,正在分解着肉的情形。兽医以前也看过几次中国人那样工作的详细情形。他们手法利落得可怕,工作的要领也很好。动物们片刻之间已经被分成皮、肉、内脏和骨头。那些简直像本来分别就是不同的东西,只是偶然出于某种原因才变成一体的而已。我现在睡一觉醒来后,也许那些肉已经摆在市场上了。现实这东西手法是非常迅速的。他一把抓起脚边的草,在手中揉弄了一会儿那柔软。然后将烟弄熄,随着一声长叹,把留在肺里的烟全部吐出外面。一闭上眼睛,在黑暗中,蝗虫的拍翅声听起来比实际更大。兽医被像青蛙般大小的蝗虫在他周围绕着飞似的错觉所袭。

或许所谓世界这东西,像旋转门一样只是在那里团团旋转而已吧,在变得渐淡的意识中他忽然想到。要进入那结构中的什么地方,或许只是单纯的脚步踏出方式的问题而已。在某个结构中老虎存在着,在别的结构中老虎不存在——简单说只是这样而已吧。那里面几乎没有逻辑上的连续性。而且正因为没有连续性,所谓选择途径这东

10 袭击动物园（或不得要领的虐杀）

西实际上也没有意义了。自己无法明确感觉到世界与世界间的差异，就是因为这个吧——但他的思考只进行到这里。无法再想得更深。体内的疲惫像湿毯般沉重，令人窒息。他不再想什么，只是闻着草的气味，听着蝗虫的拍翅声，感觉着像薄膜般覆盖自己身体的树荫浓度。

于是终于被吸进午后深沉的睡眠中。

输送船依照命令停止引擎，不久便安静地停在海上了。反正是以速度快为傲的新式潜水艇，要从它手里逃出的可能性是万分之一都不到。潜水艇的甲板炮和两门机关炮依然一直瞄准着输送船，士兵们已经摆好立刻将要炮击的态势，但那两艘船之间却依然飘着奇妙的宁静。潜水艇上的船员在甲板上现身，似乎有些闲得无聊的模样望着并排的输送船。他们多半甚至连战斗用的钢盔都没戴。是个无风的夏日午后。连引擎声都消沉了，除了和缓的海浪拍打船身发出忧郁的声音之外，什么都听不见。输送船向潜水艇发出讯息，表示本船为非武装的运送平民的输送船，完全未载军需物资或兵员。连救生艇都几乎未准备。潜水艇发出"那不是我方的问题"的回答。"无论避难与否，将于十分钟后开始炮击。"这是最后打出的交换信号。输送船决定不传达通信内容给乘客。那有什么用呢？或许会有几个幸运的生还者。但大部分乘客可能将和这巨大金脸盆般凄惨的船一起沉入海底。最后想喝一杯威士忌，但酒瓶在船长室书桌的抽屉里。是珍藏起来的苏格兰威士忌，但没时间去拿。船长脱下帽子，仰望天空。祈求日本军的战斗机队能突然奇迹般列队出现于天空一角。但这种事不可能发生。船长再也没有其他办法了。他又再想起威士忌。

炮击前的暂缓时间即将截止时，潜水艇甲板上突然有了奇怪的动静。排在司令塔甲板上的士官间有人慌张地交谈，一个士官下了甲板急步绕到士兵间大声传达什么命令。听到命令后分配在炮击位置上的全体士兵们，分别露出些微动摇的神色。一个士兵大大地摇头，用拳头敲了炮身几次。一个士兵脱下钢盔一直仰头凝视天空。那看来像是愤怒的动作，也像是欢喜的动作。像是失望的样子，也像是兴奋的样子。到底公布了什么，或者现在即将发布什么，输送船上的人们完全无法理解。人们像没有剧情说明书但却在看着（含有极重要讯息的）默剧的观众一样，闭着气，囫囵吞似的望着他们的动作。但愿能够猜出他们意向的一丝一毫也好。终于在士兵们间扩散开的混乱波潮逐渐平息下来，由于下士官的命令，炮弹由甲板炮上快速除去。他们旋转着方向盘将对着输送船的炮身恢复为往前方位置，将那可怕的黑洞盖上盖子。炮弹收回舱口内，船员快步退进艇内。一切动作和刚才不同而严整地进行。没有多余的动作，也没有私语。

潜水艇发出低沉而切实的吟声，"全体由甲板退下"的哨号尖锐地鸣响几声。在那之间潜水艇开始前进，好像等不及士兵们踪影从甲板上消失。舱口由内侧闭起似的，已经一面溅起巨大的白色泡沫一面开始潜水了。细长的甲板覆盖上一层海水的膜，甲板炮没入水面，司令塔一面分开深蓝色的水面一面沉下身子，最后简直像要抹掉自己曾经存在于那里的所有证据似的，连天线和潜望镜都完全消失踪影了。一时之间波纹撩乱了海面，但终于连那也收敛，留下截然不同地方似的平稳夏日午后的海面。

潜水艇和出现时一样不合理而唐突地消失之后，乘客们还以相同的姿势伫立在甲板上，望着海面出神。人们连咳嗽一声都没有。不久船长回过神来，命令航海士，航海士联络机关室，老旧的引擎像被主人踢了一脚的狗似的发出间距很长的声音开始发动起来。

输送船的船员们一面屏住气息，一面准备防备鱼雷攻击。美国人也许由于某种原因而停止花时间的炮击，改用快速的鱼雷攻击也不一定。船采取锯齿状航行，船长和航海士用望远镜在耀眼的夏日海面张望，在那里寻找鱼雷的致命性白色航迹。但鱼雷也没来。潜水艇消失二十分钟左右后，人们终于从深沉的死亡咒缚中解放出来。刚开始

10 袭击动物园（或不得要领的虐杀）

还半信半疑，但终于逐渐变为确信。自己刚从生死关头被拉回来。为什么美国人突然中止攻击呢？船长也不明白原因。到底发生了什么？（后来才知道，潜水艇在准备炮击之前，刚刚接收到司令部来的指令，除非受到对方攻击，否则应停止积极性的战斗行为。八月十四日日本政府向联合国承诺《波茨坦宣言》，提出无条件投降。）几个乘客从紧张中解放后当场跌坐甲板上高声哭出来，但大部分人是哭笑不得。他们从此经过几小时，有人经过几天，都完全陷入失心状态。尖锐刺穿他们的肺、心脏、背骨、脑浆、子宫的长而歪斜的噩梦的尖刺，永久无法拔出。

幼小的赤坂纳姿梅格在那之间，在母亲的臂弯里沉沉熟睡着。她二十小时以上一次都没中断地，像丧失意识般地继续沉睡。母亲大声叫她，拍她脸颊也不行。简直像是沉进海底般深沉的睡眠。呼吸和呼吸的间隔逐渐变长，脉搏变迟缓。耳朵仔细听时，连微弱的睡眠鼻息都听不见。但船到达佐世保时，纳姿梅格却毫无预兆地忽然醒来。好像被什么强有力的东西拉回这边的世界似的。因此纳姿梅格并没有亲眼看见美国潜水艇中止攻击消失踪影的实际情形。从头到尾，她是在很久以后听母亲说的。

输送船以刻不容缓的脚步，在第二天八月十六日上午十点过后驶入佐世保港。港内静得可怕，没有出来迎接他们的人影。设在港口附近的高射炮阵地周围也看不见人影。只有激烈的夏日阳光无言地灼烧着地面。世界的一切似乎被深深的毫无感觉所覆盖。船上的人们，简直像自己搞错踏上一个死者的国度般被这错觉所袭。事隔多年所目睹的祖国风景，他们只能无言地望着。十五日中午，天皇终战诏令由收音机播出。七日前，长崎街头被一枚原子弹焚烧殆尽。伪满洲在数日之间，以梦幻国家被吞进历史流沙之中而消失。而那位脸颊有黑斑的兽医，则踏进旋转门的另一个隔间里，虽然无心，却也变成和伪满洲的命运相同了。

11 那么下一个问题(笠原May的观点3)

你好,发条鸟先生。

就像上次的信上最后写的那样,我"现在在什么地方做什么事"你想过了没有?有点想象到了吗?

首先,我暂且从假定发条鸟先生对我现在在什么地方做什么事完全不知道——一定不知道噢——开始说起。

因为太麻烦了,所以先告诉你答案。

我现在正在"某个工厂"工作。很大的工厂。在一个面临日本海的某个地方都市,偏僻郊外的山中。虽说是工厂,但并不是像发条鸟先生所想象的,最新型巨大机械咔锵咔锵运转着,履带流动着,烟囱猛冒着浓烟的那种"勇敢的"工厂;而是占地广阔,明朗而安静的工厂。完全不冒烟。世上居然有这么广阔的工厂,我从来没有想象过。我所知道的其他工厂,只有小学时代去见习的都内牛奶糖工厂而已,只记得真是又吵又狭小,工人都脸色阴沉地默默工作的地方。所以所谓工厂,我以为都是像教科书上登的"产业革命"插画那样的地方。

在这里工作的大多是女孩子。稍微离开一点的地方还有另外一栋研究室,穿着白色实验服的男人们脸色凝重地做着产品开发工作,但以全体人数来说,那只不过占少数,其他都是十几岁后半到二十出头左右的女孩子。而且有七成左右,都是和我一样住在这个工厂用地内的宿舍里。因为每天从市区搭巴士或开车来"上班"相当"吃力",而且宿舍也很舒服。建筑物很新,房间都

11 那么下一个问题(笠原May的观点3)

是单人房,吃的也可以随自己挑选喜欢的,味道也不错,各种设备都齐全,而且相对地宿舍费又便宜。还有温水游泳池,也有图书馆,如果想的话(虽然我是不会想的),还可以学插花学茶道,还有各种体育活动。所以刚开始从家里"通勤"来的女孩子,后来也从家里搬进宿舍来了。周末大家都回家去。跟家里人吃吃饭、看看电影,跟男朋友约约会。所以一到星期六、日,宿舍就变成废墟一样。像我这样星期六、日也不回家的人似乎很少。但就如前面好像也写过的那样,我喜欢周末那种"空荡荡"的感觉。一整天读读书,放大声听听音乐,在山中散步,或像现在这样面对书桌写信给发条鸟先生。

这里的女孩子多半是本地人,也就是乡下的农家女孩,当然不是全部一样,但大多都是身体好、体格棒、个性乐天又勤快工作的女孩子。这个地区没有大企业,因此过去女孩子高中毕业后就到大都市去找工作。所以町上年轻女孩都不见了,留在町里的男人们要找结婚对象都不容易,因此人口的"过疏化"便更进一步。曾经有过这样的过程,因此町便向企业提供广阔的工厂用地,吸引工厂进来,让女孩子不要到外地去而能留在这里。我觉得这个想法还不错。因为甚至也有像我这种特地从外地来的人哪。高中毕业(里面也有像我这种中途退学的人),到这家工厂来就业,努力存钱,等到"适婚期"来临再结婚,辞去工作,生两三个小孩,都像盖章出来一样,长得像海象般胖胖的。当然也有不少结婚后还继续来上班工作的。但多半的人结婚后就辞掉工作。

我所在地方的感觉,大致可以想到了吧?

那么下一个问题是——这里到底是制造什么的工厂?

暗示:我跟发条鸟先生曾经有一次一起做过和"那"有关

的工作。两个人一起到银座去做过调查的工作,对吗?

嘿,不管怎么样,不管是发条鸟先生也好,总该知道了吧?

对,我在制造假发的工厂工作。吓一跳了吧?

我在那家上次也说过的没什么了不起的高级饭店监狱林间学校待半年后离开,然后像脚痛的狗一样在家闲着没事,那时候忽然想到那家假发厂商的工厂。"我们工厂工作的女孩子人手不足,如果你想做的话,随时都愿意雇用。"我想到负责的欧吉桑以前曾经半开玩笑地说过。我曾经看过一次那工厂的豪华说明书,工厂看起来非常好的样子,能在这种地方试着勤快工作也许不错,那时候我想了一下。根据负责的欧吉桑所说,在那里女孩子都以手工作业将假发植入。假发这东西是极"微小"的产品,因此不能像制造铝锅那样用机器啪哒啪哒快速地做。必须把真的头发非常小心非常小心地,一束一束用针植入,要不然就没办法做出高级的假发。你不觉得真是令人快晕倒的工作吗?因为人的头发你想到底有几根?以十万根为单位哟。这些全都要像插秧苗般地用手一一植入噢。不过这里的女孩子对这种事却不抱怨。这地方经常下雪,漫长的冬天农家女孩们从以前就习惯做手工赚钱,大家都不觉得这种工作有多辛苦。所以据说假发厂商因此便选择这个地方当工厂用地。

老实说,我从以前开始对这种手工的工作就不讨厌。虽然表面上也许完全看不出来,不过其实我很擅长缝东西哟。在学校时也经常被老师夸奖。看不出来吧?不过这完全是真的。所以我忽然这样想,在山中的工厂,从早到晚做着细细微微的手工,麻烦事情什么都不想地暂时过一段人生也不错嘛。学校已经厌烦透

11 那么下一个问题（笠原May的观点3）

了，可是也不喜欢什么都不做地老是让父母照顾下去（对方也会讨厌吧），但现在的我又没有"我无论如何都想做"的事……这样想下去，总之我只好就去这家工厂做做看吧。

我请父母当我的保证人，请负责的欧吉桑也帮我美言几句（我在那里打工评语还不错），顺利通过在东京总公司的面试被录用，接下来那星期就整理行李——说来也只有衣服和收录音机而已——一个人搭新干线，然后转电车咔哒咔哒咔哒地来到不起眼的小町。感觉好像来到地球的背面似的。在车站下了电车时变得好胆怯，也想到这样看来我是不是做错了？不过最后，我想我的判断并没有错。因为自从那以后经历种种，也过了半年，并没有觉得不满，也没发生问题，已经在这里安定下来了啊。

还有不知道为什么，我从很久很久以前就一直对假发很感兴趣。不，与其说感兴趣，不如说是被吸引吧。就像有一种男孩子被摩托车所吸引一样，我是被假发所吸引。到街上去一面做那市场调查，一面看到那么多秃头的人（我们公司的人称他们为头发稀薄的人），而且过去虽然没留意到，但世上真的有很多秃头（或头发稀薄的人）我切实感受到了。我个人并不是对秃头的人觉得怎么样，既不觉得"喜欢秃头的人"，也不觉得"讨厌秃头的人"。如果发条鸟先生的头发比现在稀薄（我想发条鸟先生的头发以后也会变稀薄），我就对发条鸟先生的感觉有所改变？完全没这回事。我看到头发稀薄的人时所强烈感觉到的，我想这以前好像也跟发条鸟先生说过了，是"继续在磨损"。我对这个感到非常非常有兴趣。

人类达到某种年龄之后（十九岁，或二十岁，我忘了），便面临生长的巅峰，往后就只能"维持"下去的说法，我不知道在哪里听过。那么头发掉了变稀薄，也只不过是那身体"磨损"的一环而已,一点也不奇怪。或者也可以说是理所当然的事吧。只是如果那里面有什么问题的话,"那就是世上既有年轻就秃头,也有上了年纪还完全不秃头"这一事实,对吗?因此对秃头的人来说,会想说"喂,这不太公平吧"。因为毕竟是极醒目的部分哪。那种心情,就算和头发稀薄问题没关系的我,也非常了解。

而且在多半的情形下,掉头发的量比别人无论或多或少,都不是掉头发本人的责任。我打工时,负责的欧吉桑告诉我,根据调查,人们秃头或不秃头大约百分之九十是由遗传基因决定的。从祖父或父亲那里得到"毛发稀薄遗传基因"的人,不管本人多么努力,迟早还是会"毛发稀薄化"的。所谓"有意志的地方路自通",对脱发几乎不管用。如果遗传基因想到"好了,差不多该动了"而站起来(虽然不知道遗传基因能不能坐),头发就只好纷纷掉落下去了。这要说不公平,确实是不公平噢。你不觉得吗?我觉得不公平。

总之我在遥远的假发工厂每天努力勤快地工作着。现在你知道了吧?也知道我对假发这种产品本身拥有出于个人的深厚关心了吧?下次关于工作和生活我也想再稍微详细写一点。

嗯,好了,那么再见。

12　这铲子是真的铲子吗？（半夜发生的事 2）

深沉地睡着之后的少年做了一个梦，一个非常清楚的梦。但少年很明白那是梦，因此他稍微觉得松一口气。**知道那是梦，表示那不是梦。那不会错，一定是真的发生的事。我确实可以分出那不同。**

在梦中少年走出没有人的半夜的庭院。用铲子挖起那洞穴。铲子立着靠在树干旁。由于洞穴刚刚才被高个子的奇怪男人埋掉，因此要挖起来并不太困难。但因为是才五岁的小孩，光要拿沉重的铲子就快喘不过气了。而且又没穿鞋子。脚底下非常冷。他一面呵呵地喘着气，一面还是一直挖掘到看得见男人埋布包下去的地方为止。

发条鸟已经不叫了。爬上松树的男人也从此没再出现。周遭是令耳朵疼痛程度的寂静。他们好像已经不知去向了。但结果这毕竟是梦，少年想。发条鸟和像爸爸的爬树男人不是梦，而是现实发生的事。所以这两件事之间一定没有关联。可是很奇怪。我像这样在梦里面，挖掘着刚才真的被挖过的洞穴。那么，梦和不是梦到底该怎么区别才好呢？例如这铲子是真的铲子吗？还是梦中的铲子呢？

少年越想越糊涂。所以少年不再想，只是拼命地挖洞。终于铲子尖端碰到布包了。

少年小心地挖起周围的土，以免碰伤布包，双膝跪在地上把布包从洞穴里拉上来。天空没有一片云。满月没有被谁遮挡，将湿湿的光投注到地上。梦中他感到不可思议的恐怖，这时候好奇心胜过一切强烈地支配着他。打开布包时，里面放着人类的心脏。心脏正如少年在图鉴中所看过的颜色和形状。而且那心脏还鲜明地，像刚刚被遗弃的婴儿一般，活着动着。切断的动脉虽然没有流出血来，但脉搏依然强力地鼓动着。少年耳边听得见扑通扑通很大的鼓动声。但那是少年自己心脏发出的声音。那被埋掉的心脏和少年的心脏合为一体似的互相呼应，简直像在互相诉说什么似的坚硬地鼓着脉搏。

少年调整呼吸。"这种东西一点都不可怕。"他坚定地说给自己听。这是人类的心脏，不会错。图鉴上也登出来的。谁都拥有一个心脏。我也有。少年以镇定的手势把鼓动的心脏又再用布包起来，放回洞穴底下，用铲子盖土。并且用赤脚踏平地上，以免让人知道被挖过了，把铲子照旧靠树干直立放着。深夜的地面像冰一样冷。然后少年翻越窗户，回到自己温暖亲密的房间。少年为了不弄脏床单，把脚底沾的泥土拂落在垃圾箱里，然后爬上自己的床准备睡觉。但少年发现床上已经有人。有人代替自己躺在床上，盖着棉被睡觉。

少年生气地用力掀开棉被。并想朝向那个人叫道："喂！出去呀。这是我的床啊。"但声音却出不来。因为少年在那里看见的，是他自己的身体。他自己已经躺在床上，很舒服似的发出鼻息沉睡着。少年失去语言，呆站在那里。如果我自己已经睡在这里的话，这个我又该睡哪里才好呢？这时候少年才第一次感到恐怖。一直冻僵到身体骨髓的那种恐怖。少年想大声喊叫。想尽情发出极尖锐的声音把睡着的自己还有全家人叫起来。但声音出不来。即使用尽力气，一丝声音也无法从他嘴里出来。然后他干脆把手放在睡着的自己的肩膀上用力摇摇看。但睡着的少年却没有醒来。

没办法，少年只好把毛衣脱下丢在地上，把睡着的另外一个自己使劲往旁边推，在狭小的床边勉强把身体挤上去。不能不在这里设法确保自己的场所。要不然自己或许就要被挤出这本来的世界了。姿势非常拘束，连枕头都没有，不过一旦上了床之后就变得非常困，少年除此之外没办法想得更多。他在下一个瞬间已经落入睡眠。

12 这铲子是真的铲子吗?（半夜发生的事2）

第二天早晨醒来时，少年一个人躺在床的正中间。枕头还像平常一样在他头下。旁边没有任何人，慢慢坐起身体，环视房间一圈看看。一眼看起来房间里并没有发现任何变化。同样的书桌、同样的衣橱、同样的壁橱、同样的台灯。墙上的时钟指着六点二十分。但少年知道有什么怪怪的。尽管看起来表面上一样，但这场所已经和他昨天晚上睡觉以前的场所不一样了。空气、光、声音和气味不知道什么地方都和平常各有一些不同。或许别人不会知道，但他知道。少年掀开棉被检视自己的身体看看。手指试着按顺序动一动。手指好好的能动。脚也能动。既不痛，也不痒。然后他下床到厕所去。小便后站在洗脸台的镜子前面，照照看检查自己的脸。脱掉睡衣站到椅子上，照镜子看看那又白又小的身体。但没有任何改变的地方。

不过还是有什么不一样。觉得自己好像被装进什么别的东西里面。自己知道自己还不太能适应那新的身体。可以感觉到那里好像有什么不能和原来的自己相容的东西。少年忽然觉得很胆怯，决定喊"妈妈"。但那语言无法从喉咙出来。他的声带无法震动那里的空气。简直就像"妈妈"这语言本身已经从世界消失了似的。但少年终于明白消失的不是语言。

13 M 的秘密治疗

"被超能力所污染的演艺圈事件"

摘自""月刊"12月号

（前略）

像这种在演艺圈成为一种流行的超能力治疗，多半情况是经由口头散播的，有时候并带上秘密组织的色彩。

有一位叫"M"的女明星。年龄三十三岁，十年前左右因为被起用于电视连续剧演配角而成名，从此以后便以第二主角级的女明星身份活跃于电视和电影，但六年前和经营中型不动产公司的"青年实业家"结婚。最初两年间，婚姻生活似乎没问题地顺利度过。丈夫工作顺利，她自己当明星的成绩也还不错。但后来丈夫以她的名义开始经营副业，在六本木开设晚餐俱乐部和服装店，却经营不善支票跳票，结果负债名义上由她背负。M 刚开始对经营店并没有兴趣，是在想要扩张事业的丈夫勉强说服下开始的。根据另一种说法，是丈夫用形同诈欺的手段拉她下来。而且和丈夫双亲的严重不和也由来已久。

由于这些经纬，夫妻间的摩擦便传开了，事态终于演变到分居。后来经过贷款处理的调解，两年前二人终于正式协议离婚，然而 M 不久便开始出现抑郁症的倾向，因为必须常往医院治疗而过着退休般的生活。根据 M 所属的制片公司有关人士表示，她离婚后被定期发作的重度妄想所恼，身体由于服用镇定剂而崩溃，到达已经"无法当

13　M的秘密治疗

明星"的阶段。"因为已经失去演技所需的集中力，而且容貌也衰退得惊人。本来个性是很认真的，所以会东想西想的想不开，因此精神状态就更恶化。由于金钱上以还不错的方式解决，所以不工作暂时也可以生活，算是还有救。"（同一人表示）

M是曾任大臣的名政治家夫人的远亲，夫人疼她像亲生女儿一般，这位夫人两年前介绍一位女士给她。据说那位女士以极少数的上流阶级为对象进行一种心灵治疗。M在上述政治家夫人的建议下，定期去找那位女士做了一年多抑郁症的治疗。在那里到底具体做什么样的治疗不得而知。因为M对此守口如瓶。但不管那是怎样的东西，M的病情在定期和那位女士接触之后确实大有好转，她不久便可以停止服用镇定剂了。结果身体的虚胖消失了，头发重新长齐，容貌也恢复以前的样子。精神状态复原，逐渐可以开始做一点明星的工作。于是M不再去治疗了。

但今年十月，正当噩梦记忆渐渐变淡时，只有一次没来由地M又被以前同样的症状所袭。因为不舒服而把重要工作往后延几天，在那样的状态下是没办法做好工作的。M和那位女士取得联络，托她为她做和以前一样的"治疗"。但那时由于某种原因，她已经不再做治疗。"很抱歉，我已经不能为你做什么了。我已经没有那资格，也没有那力量。不过如果你能严守秘密的话，我可以为你介绍一个人。但这件事绝对不能告诉别人。如果你透露一句的话，就会很伤脑筋，明白吗？"

于是据说她被带去某个地方，见一个脸上有黑斑的男人。年龄大约三十岁，见面时没有开口说一句话。那治疗的效果，据说"令人难以相信地完美"。M没提到那时候所支付的金额，不过推测"咨询费"是相当高的。

到这里为止是M向她所信赖的"极亲密"的人所透露的谜一样的治疗情形。她在"某家都内饭店"等候带路的年轻男人，从地下室 VIP 专用特别停车场搭上"漆黑的大轿车"后，到那个地方去是事实，至于在那里实际实施的治疗内容，始终未能掌握真相。"他们拥有很强的力量，我如果打破约定会很糟糕。"M 这么说。

M 只到那里去过一次，从此就没有再发作过。关于那治疗和谜一样的女士，虽然直接向 M 请求过采访，但正如预料被拒绝了。据消息灵通人士所说，这"组织"避开演艺圈，只以严守秘密的政界、财界相关人员为对象，由演艺圈渠道目前无法获得其他讯息。

（后略）

14 等候的男人，甩不掉的东西，人不是岛屿

夜晚过了八点周遭完全变暗后，我悄悄打开后门走入后巷。如果不扭转身子便无法通过的狭小门扉，高度只有一米不到，被巧妙伪装在围墙最角落，设计成光从外表看起来或摸起来不会被察觉的出入口。后巷和平常一样，承受着笠原May家庭院水银灯白色冷冷的光，在夜色中浮现着。

我快速关上门，急步穿过后巷。通过家家客厅、餐厅的里侧，目光越过砖墙瞥见屋里人们的身影。人们正在吃着饭，看着电视剧。各种食物的气味，从厨房窗户和抽风机飘到后巷来。有将音量降低，以电吉他练习快速滑音的十几岁少年，也看得见二楼窗边面对书桌用功的小女孩认真的脸。听得见夫妇争吵的声音。听得见婴儿痛哭的声音。某个地方电话铃正在响。就像满出容器从边缘不断溢出的水一般，现实正溢出后巷。以声音、以气味、以映象、以诉求、以回答。

为了不发出声音，我穿着平常穿的网球鞋。走的速度不能太快，也不能太慢。重要的是不要引起别人不必要的注意。在充满周围的"现实"中，不要不小心地留下足迹。我记得所有的转弯、所有的障碍物。即使在漆黑中，也不至于碰撞到什么而能穿过后巷。终于来到自家后面时，我站定下来，看看周围的情况再翻越矮墙。

房子像个巨大的动物空壳般，黑暗而安静地蹲踞在我前面。我打开厨房后门的锁，打开电灯，给猫换喝的水。并从餐橱里拿出猫食罐头打开。沙哇啦听见那声音，不知道从什么地方走来。并把头在我脚边摩擦着，然后开始美味地吃着。在那之间我从冰箱拿出冰啤酒。晚

餐每次都在"宅院"里吃西那蒙为我准备的东西，因此如果说在家吃的话，大概也只做简单的沙拉，或切奶酪吃而已。我一面喝着啤酒一面抱起猫，在自己手中确认那身体的温暖和柔软。我们分别在不同的地方度过所谓今天这一天，分别确认着各自已经回家的事实。

但回到家脱下鞋子，伸手正要打开厨房电灯时，我忽然感觉到某种动静。我在黑暗中停下手的动作，侧耳倾听，用鼻子试着静静吸入一口气。什么也没听见。但有微弱的香烟气味。似乎除了我之外，还有人在屋子里。那个人在这里等我回来。而且稍早之前，也许忍不住点了香烟。把窗户打开让烟味散出去，只抽了两三口而已吧，但仍然留下气味。可能不是我认识的人。房子是上锁的，而且我认识的人除了赤坂纳姿梅格谁也没抽烟。而纳姿梅格是不会为了见我而在黑暗中一直等候的。

我的手下意识地在黑暗中摸索棒球棒。但它已经不在这里。它现在在井底。心脏开始发出大得不自然的声音。觉得它好像逃出我的体外，浮在耳边似的。我调整呼吸。大概不需要球棒吧。如果有人要伤害我而到这里来的话，不会悠哉地在里面等。但手掌还是觉得非常痒。我的手渴求球棒的触感。猫从什么地方走来，像平常那样一面叫着一面用头用力摩擦我的脚。但猫不像平常那么饿。从叫声的调子就知道。我伸出手，把厨房电灯打开。

"对不起，我刚才喂过那只猫了。"客厅沙发上坐着的那个男人，以很习惯的口气对我说，"说起来，我一直在这里等着冈田先生，猫老是在脚边缠着叫得很烦，所以我就擅自从橱子里拿出猫食喂它。老实说我不太会应付猫。"

男人并没有从沙发上站起来。我默默看着那男人的模样。

"我擅自进来，悄悄在这里等，你大概吓了一跳吧？对不起噢，真的。不过如果打开电灯等的话，也许你会出于警戒而不进屋子里来吧。所以我就在黑暗中一直等你回来。因为我绝不会害你，所以请你不要摆出一张可怕的脸。只是，想跟冈田先生谈一点事情而已。"

是个穿西装的矮男人。虽然坐着不能准确判断，不过身高大概不会高过一百五十公分太多。年龄大约四十五到将近五十，肥肥的像青蛙般胖而秃头。以笠原 May 的分类法来说是属于"松"。耳朵上方还留着缠上去似的少许头发，但以奇怪的形状漆黑地残留着，看起来秃得更醒目。鼻子大大的，不知道是有点鼻塞或怎么，每次吸气吐气时，便发出风箱般的声音膨胀收缩着。在那上面戴着似乎度数很深的金边眼镜。说话时上嘴唇不时往外翻，露出被烟油染黄而排列不整齐的牙齿。在我所见过的人里面，确实没错是最丑几个人中的一个。不只是容貌丑而已，身上还有什么黏糊糊的、无法用言语形容的可怕感觉。那是像在黑暗中手摸到不明底细的巨大虫子的可怕感觉。这个男人，看起来与其说是实际存在的人，不如说更像从前做过却完全遗忘了的噩梦的一部分一样。

"对不起，可以抽一根烟吧？"男人问，"一直忍耐着，可是这样坐着等实在很难受。香烟这东西真不行噢。"

我因为没办法好好开口，只默默点头。那个样子奇怪的男人从上衣口袋拿出无滤嘴的 Peace 香烟含在嘴上，发出很大的干干的声音用火柴点火。并拿起脚边的猫食空罐头，把火柴丢进里面。看来他似乎拿那代替烟灰缸在用的样子。男人一副很美味的样子，将多毛的粗眉皱成一道猛吸着烟。像感动得受不了似的还发出一声微小的声音。男人猛吸进一口烟后，香烟尖端便燃烧得像煤炭般鲜红。我打开朝向檐廊的玻璃门，让外面的空气进来。外面还安静地下着雨。眼睛看不见，也听不见声音，但凭气味可以知道正在下着。

男人穿着茶色西装、白衬衫，系着钝赤色领带，但看起来全都是一样便宜的东西，全都是胡乱穿久了的陈旧东西。西装的茶色令人想到外行人凑合着重漆的老爷车的油漆，上衣和长裤都压上像航拍照片般深深的皱褶，看起来已经没有恢复原状的余地了。白衬衫整体变色成淡黄色，胸部一带有一颗扣子快脱落了。因此尺寸似乎小了一号或两号，最上面的扣子打开，领子邋遢地歪斜掀起。畸形原生动物般不可思议花纹的领带，看起来好像从奥斯蒙姐弟那样古老时代便一直以同样形状系着到现在似的。这个人对服装几乎既不用心也没敬意，是任何人一看就很清楚的。只因要出现在人前不得不穿上什么，没办法才穿上衣服而已。从那上面甚至不是不能看出类似恶意的东西。这男人或许在这些衣服迟早穿破脱落分解成纷纷丝屑之前，都打算每天每天穿一样的吧。像高山上农夫从早到晚酷使驴子，最后将它虐待而死一样。

　　男人总之将必要的尼古丁吸进肺里深处之后，放松地叹一口气，脸上露出介于微笑和轻笑正中间似的奇怪笑法。然后开口：

　　"哎呀呀，我太慢自我介绍了啊。失礼、失礼。我叫牛河。写成动物的牛，三点水的河。很容易记的姓吧？周围的人大家都叫我牛。'喂，阿牛。'被这样叫很奇怪，自己竟然渐渐觉得像真正的牛一样了。实际上在什么地方看见牛时，竟然会感觉亲密呢。名字这东西真奇怪，你不觉得吗，冈田先生？冈田在这点，真是清楚的姓啊。我也常常会想如果自己的姓像这样正常的话就好了，但是很遗憾姓名不能由自己的喜好来选择。一旦以牛河被生到这个世界，不管喜欢或讨厌，一辈子就是牛河。因此自从上小学到现在，大家都继续叫我阿牛、阿牛的。真没办法。要是有姓牛河的人，谁都会叫阿牛噢，不是吗？所以，人家常说名字会表现在身体上，我想也许是身体自然会滑溜溜地往名字靠上去吧。我这样觉得。不过总之请你记住牛河吧。如果想的话，叫我阿牛也没关系。"

　　我走到厨房去打开冰箱，拿出一小瓶啤酒回来。没有请牛河喝什么。又不是我请他到家里来的。我默默就着瓶子喝啤酒，牛河也什么都没说地将无滤嘴香烟深深吸进肺里。我也不坐在他对面的椅子,只靠在柱子上俯视他似的站着。他终于将香烟插进猫食空罐头里弄熄,抬头看我。

"冈田先生,你也许对我是怎么打开门锁进到屋里来的感到疑惑吧,不是吗?奇怪,我出门的时候明明上锁了。是啊,当然是上锁了噢,没错。不过,我也有钥匙噢。真正的钥匙。你看,这个。请看。"

牛河把手插进上衣口袋,拿出钥匙环上只有一把的钥匙来,把那亮出在我眼前。那看起来确实是我家钥匙。但我的注意力被钥匙环所吸引。因为那很像是久美子保有的钥匙环。附有绿色皮革的简单配件,金属环设计成有点特别的开合方式。

"这是真正的钥匙噢。正如你看了就知道的那样。而且钥匙环是你太太的噢。我不喜欢被误解,所以为了慎重起见事先声明,这是你太太给我的,久美子小姐给的。并不是悄悄偷来,或勉强抢来的噢。"

"久美子现在在哪里?"我的声音听起来好像有点变调。

牛河把眼镜摘下来,好像在确认镜片的模糊地方似的望了一下之后又再戴上。

"你太太在哪里我很清楚噢。老实说,因为好像是我在照顾久美子小姐。"

"你在照顾久美子?"

"说是照顾,但你不要以为是那样。请你放心。"牛河说着笑了。一笑起来脸便往左右两边不均衡地严重崩开,眼镜斜斜地扭曲。"请不要用那种脸色瞪着我。我只是当成工作之一,帮久美子的忙而已。联络兼杂用跑腿一样的,冈田先生。我只是下面的人,没有做任何了不得的事。因为太太不能外出。你明白了吗?"

"不能外出?"我又再像鹦鹉学舌般反复说。

他停顿一下,用舌尖舔了一下嘴唇。"啊,这个你不知道也没关系,至于是出不去呢,还是不想出去呢,这个我也不能说明。这个,也许冈田先生很想知道也不一定,但请你不要问我。详细情形我也不太清楚。不过请你不用担心。并不是被迫关闭起来的。因为不是电影或小说,那种事情现实中是不会发生的。"

我把手拿着的啤酒瓶小心地放在脚边。"那么你到这里来做什么?"

牛河用手掌拍了几次膝盖,然后切实地点了几次头。"啊,那个还没提到噢。一下迷糊了。特地自我介绍,却遗漏了那个真是不行。废话连篇,正事都忘了,这是我向来的老毛病,因为这样,所以老是失败。忘了说,其实我是帮久美子哥哥做事的。叫作牛河。不,名字刚才已经说过了噢。我叫阿牛。我是做像大哥绵谷升先生的秘书一样的工作。不,说是秘书,是跟所谓议员的秘书不一样的。那种是更上面的、更适合的人做的事,一样叫秘书,也有各种不同的。冈田先生,也就是像大头针跟钻子那样,我算是钻子里面比较好的钻子吧。拿妖魔鬼怪来说,应该算是下等幽灵般的家伙吧。悄悄贴在厕所、壁橱、屋角,那种脏兮兮的家伙。不过也不能奢求啊。像我这样见不得人的德性,如果站出去在外面走动的话,可真的会妨碍绵谷先生清新活跃的形象呢。那种表面对外必须由长相更有学问、容貌端正的人出面才行。一个相貌不能登大雅之堂的秃头阿伯出去说'嗯,我就是绵谷的秘书'的话,只有让世人当笑话而已。对吗,冈田先生?"

我沉默着。

"所以我啊,就帮先生把不能让人看见的,也就是说藏在背后的事一手包办了。不是表面对外的那种。地下的小提琴手,这是我的专门领域。例如久美子这一件之类的。不过冈田先生,我所谓照顾久美子的事,并不是扫地、倒茶之类的无聊打杂工作噢,请你不要这样去想。如果我的说法给你留下这种印象的话,那就是一百八十度的误解了。因为久美子小姐可是我们家先生唯一重要的妹妹啊,所以照顾这么一位重要人物,我也当作很有意义的工作在做着噢,老实说。

"不过这种事情自己说出来好像蛮厚脸皮的,可以请我喝一瓶啤酒吗？一说起话来喉咙就渴了。如果方便的话，我自己去拿。我知道地方。因为刚才在等着的时候，很失礼我已经瞄了一下冰箱里了。"

我点点头。牛河站起来走到厨房去，打开冰箱拿出小瓶啤酒，然后又坐回沙发，一副很美味的样子就着瓶子喝。巨大的喉结在领带结上像生物般地上下活动着。

"嘿，冈田先生，在一天的结尾，能喝一瓶冰得透透的啤酒，实在再好不过了。虽然世上也有啰嗦的人说什么太冰的啤酒不好喝，不，我可不这样认为。第一瓶啤酒这东西，最好冰得不太知道味道最好。第二瓶的话，确实是稍微适度地冰比较好喝。不过第一瓶，怎么说也要像冰块一样冰的我才喜欢。冰得连太阳穴都会痛的那种。这纯粹只是我个人的偏好。"

我还依旧靠着柱子站着，只喝了一口啤酒。牛河将嘴唇紧闭成一直线，暂时环视房子一圈。

"不过怎么说呢，冈田先生。你太太不在，自己倒是把家里整理得很干净啊。我真佩服。实在丢脸，我就实在不行。屋子里乱七八糟。垃圾堆、猪舍。连浴室也是一年以上没洗了。我忘了说，我老婆其实也在五年前离家出走了，所以冈田先生的心情，我如果说是同病相怜也许有语病，不过我也很了解。虽然这么说，不过和冈田先生的情况又不同，我老婆那时的情形，就算逃出去也是理所当然的。因为我作为一个老公是最差劲、最恶劣的男人，没得抱怨。她能忍到那个地步，我倒要觉得佩服呢。我是这样差劲的老公。因为一生气就揍老婆虐待她。我在外头是不揍人的。那种事办不到。正如你所看到的，我胆子很小。心脏像跳蚤一样小。到外面去总是低声下气的，被人家叫'喂，阿牛'。不管人家说什么，我都嘿嘿地赔着笑脸，没有一句怨言。装成一副您说的正是的脸色。但是啊，一回到家就揍老婆。不只是揍而已，还推她踢她。用热茶浇她，朝她丢东西，做尽各种事。小孩来劝阻，我连小孩也一起揍。还很小的孩子噢。七八岁的小孩。

而且，下手不管轻重，当真的揍噢。我是鬼。不过就算想停，也停不下来，这种事。自己压制不住自己，很伤脑筋吧。就这样五年前，五岁女儿的手臂被我太用力折断了，啪吱一下。因此我老婆终于想开了，带着两个小孩离家出走。从此以后我一次也没见过老婆和孩子。也完全没联络。真没办法，这种事，从头到尾就像是身上长出来的铁锈一样。"

我沉默着。猫来到脚边撒娇般发出短短的叫声。

"唉呀，说了些无聊话。在你疲倦的时候真对不起。你大概在想，你有什么事特地到我这里来呢？对呀。是有事的。可不是特地来跟冈田先生闲聊的。是先生，也就是绵谷先生叫我来的，要我来传个话。我就照他说的原原本本告诉你，请听着啊。

"首先第一件事，先生说他认为冈田先生和久美子小姐之间的事情，不妨再考虑一次也好。也就是说，如果双方希望的话，重新复合破镜重圆也没关系。但因为现在久美子并不想这样，现在不能够立刻怎么样。不过如果冈田先生无论如何都不想离婚，要永远等下去的话，那也可以。并不像过去那样强求离婚。所以，如果冈田先生这边有什么事要跟久美子小姐联络的话，我可以作为管道，帮你们传达。简单说就是恢复邦交，不要像过去那样针锋相对了。这是第一件事。这件怎么样？"

我在地板上坐下来抚摸着猫的头。什么也没说。牛河看了我和猫一会儿。然后又再开口：

"这倒也是。事情总是不听到最后什么也不能说。只说一件的话，不知道后面跟着要说什么。好吧，我就说到最后吧。那么第二件事。这个说起来倒有一点麻烦。其实是，上次周刊上刊登过有关'上吊屋'的报导。不知道冈田先生读过没有，这东西倒是相当有意思的读物。写得很好噢。世田谷高级住宅区一隅带有缘故的土地。多年来很多人在那里死于非命。这次得到那块土地的谜中人物到底是谁呢？在那高墙之中现在正在进行什么呢？谜又招呼着谜……

"于是啊，绵谷先生读了这个，忽然想起那个宅院就在冈田先生住的房子附近。而且渐渐想到说不定那个宅院和冈田先生之间有什么关系？所以就调查了一下——其实说来也是这个不肖牛河运动这短腿调查来的，总之我就去调查。结果该说是正如预料呢，还是不出所料呢，我知道了冈田先生每天好像从后面的通道到那个宅院去。唉呀呀，我也吓了一跳噢。该说是绵谷先生果然慧眼独具吧。

"这篇报导说起来目前虽然是一次刊完的题材，没有连载，但很难说不会又死灰复燃。毕竟以题材来说是蛮有趣的啊。所以老实说，这对先生来说是有一点困惑。也就是说如果身为他内弟的冈田先生因为什么无聊事情名字上了报纸的话，可能会变成把绵谷先生也牵涉在内的丑闻。绵谷先生毕竟也是当今名人，新闻界一定会立刻拥上来。而且先生和冈田先生之间比方久美子的这一件事，也有一点点麻烦的经过，所以结果或许自己不以为怎么样，别人却非要打破砂锅问到底。说是不怎么样的事嘛，这个啊，谁都会有一两件不想让别人知道的事吧，总归。尤其私人的事嘛。先生再怎么说，现在作为政治家正处于最重要的时期，目前这个阶段总要如履薄冰般小心再小心地希望排除障碍切实前进哪。就是这样的关系。所以呀，接下来有一点像是交易一样，如果冈田先生能和那'上吊屋'完全切断关系的话，他说或许可以再认真考虑看看让你和久美子小姐复合的事。说得快一点就是这么回事。怎么样？大体的意思你能了解吗？"

"大概。"我说。

"那么你怎么想呢，对我们所说的话？"

我一面用手指抚摸猫的喉咙一面试着思考一下。

我说："不过绵谷升为什么会想到我可能跟那宅院有关系呢？他为什么会这样想呢？"

牛河又再严重地扭曲着脸笑起来。虽然是给人感觉很奇怪的笑，但仔细看来只有眼睛像玻璃做的一般冷。他从口袋里拿出歪掉的 Peace 烟盒，用火柴点着。"啊，冈田先生，你问我这么难的问题，我也很伤脑筋哪。好像是重复老话似的，我再怎么说都只不过是个跑腿的。麻烦道理我不懂。我只是卑微的传信鸽。从那边把信衔着带来，从这边把回信衔着带回去。你明白吗？不过，我可以告诉你一件事，那个人并不是傻瓜。那个人对头脑的用法很有心得，拥有某种一般人所没有的第六感。绵谷升这个人在这个世界，比冈田先生你所想的，拥有更强大的现实力量。而且那力量正一天比一天变强。这点不得不承认。冈田先生由于跟他曾经有过各种过节好像不太喜欢他，那跟我没关系，那个归那个，完全没关系，到了这地步，很多事情已经变成不光是喜欢或讨厌了。这点还要请你了解。"

"如果绵谷升拥有强大力量的话，只需伸出手叫那周刊不要刊登报导就好了。那样事情比较简单。"

牛河笑了。而且又再深深长长地吸进香烟的烟。

"冈田先生啊，冈田先生，你不要随便乱说。你听清楚噢，我们是住在所谓日本这个极正常的民主国家，对吗？并不是四野一望无际，只能看见香蕉庄园和足球场的什么地方的独裁国家。在这个国家政治家再怎么有力，要盖掉一篇杂志的报导并不简单。那档子事未免太危险了。就算上面的人总算巧妙地让底下同意这样做，但依然有人会留下不满。难说不会发生反而招引世间耳目的事。也就是像草丛中的蛇一样。而且这种程度的题材，也不适合用那么粗野的方式处理，老实说。

"再说，虽然只在这里讲起，但这件事或许还牵涉到冈田先生所不知道的有力方面也不一定。那么就变成不只限于我们先生的事而已了，这么一来流向可就会完全改变喏，说不定。总而言之，冈田先生，就拿牙科医师来打比方吧，现在还是处于治疗着麻醉有效部分的状态。所以谁也没有特别抱怨。但不久之后麻醉退了，电钻尖端稍微啾地碰一下活着的神经，不知道什么地方的谁就会跳起来。也许认真生气的人就会出现。我说的话你明白吗？绝不是威胁，不过冈田先生在不知不觉之间，可能已经被卷进有点不妙的事情里去了，这是我牛河的意见。"

牛河似乎已经把事情都说完了。

"最好能够在受伤之前放手，是吗？"我问。

牛河点头。"这就像冈田先生正在高速公路上玩着投球游戏一样。真的很危险。"

"而且对绵谷升也造成麻烦。所以如果我能完全干净地放手退出的话，也许可以让我跟久美子取得联络吗？"

牛河又再点头。"大概是这个样子。"

我喝了一口啤酒。

"首先第一，我会凭自己的力量找回久美子。"我说，"不管发生什么，我都没打算借绵谷升的力量。他不必帮我忙就可以了。我确实不喜欢绵谷升这个人。不过，确实正如你所说的那样，这不只是喜欢或讨厌的问题，而是在那之前的问题。在那之前是我无法接受他的存在。所以不和他交易。请你这样传达。然后请不要再随便进来这里。再怎么说这都是我家。不是饭店的大堂或车站的候客室。"

牛河眯细了眼睛，从眼镜深处望了我一会儿。眼睛动也不动一下，在那里依然没有所谓感情这东西。并不是面无表情。但那里有的只是配合当场情况一时做出来的东西。然后牛河像在看看下雨的情形一般，将相较于身体比例算大的右手掌轻轻朝上。

"你说的我很清楚了。"牛河说，"我从一开始就料到可能不会那么顺利。所以得到这样的回答，我也并不特别惊讶。我的个性是不太容易受惊吓的。我也了解冈田先生的心情，话的条理清清楚楚有什么不好呢？一切都没有拖泥带水，不是 Yes 就是 No 啊，容易了解很好。如果得到的是黑白不定、拐弯抹角的回答的话，我这个传信鸽也不知道怎么消化整理带话回去，那才折腾人呢。不过噢，这个世界这种事还挺多的呢。不是我发牢骚，每天每天都像人面狮身的谜语一样。这种工作对身体不好噢，冈田先生。没有理由好。像这样活着，在不知不觉之间性格就变成弯曲迂回了。你明白吗，冈田先生？人会变得多疑，变成经常看背面的背面，变成无法相信单纯明快的东西了。真伤脑筋噢，真的。

"不过没关系哟，冈田先生，我会对我们先生这样清楚地回答。只是啊，冈田先生，事情不会这样就结束噢。就算冈田先生想要快刀斩乱麻地干净了结，也没那么简单。因为这样，所以我想我大概还会来这里拜访。虽然脏兮兮的矮冬瓜让你看了不舒服，真对不起，不过请你多少习惯一点我的存在。我个人对冈田先生并没有任何怀恨的地方。真的噢。不过不管喜欢或不喜欢，我目前这段时间是你想甩也甩不掉的东西之一。这说法好像很奇怪，但请你试着这样想一想。只是像这样厚脸皮随便登门入室的德性，以后再也不会有了。正如你所说的，这不是正常的做法噢。唉呀呀，我只有说是的、是的，叩地谢罪请求原谅了。不过啊，这次这样做我也是不得已的。请你理解。并不是每次每次都这样乱来。我也像你所看到的，只不过是个普通人哪。以后会像一般人那样先打电话。这样可以吧？电话铃先响两声就挂断，然后再铃铃重打一次。所以如果有这样的电话打来的话，你可以想这就是我，啊，那个傻瓜牛河不知道有什么事，这样想，请你好好拿起听筒。可以吧？请你一定要接哟。要不然我又会不得不自己登上门来。我个人也不想这样做，但没办法，拿人家薪水，只好摇着尾巴替人家做事，所以人家叫我去做，我就不能不尽力去做。你明白了吧？"

我没有回答。牛河把变短的香烟在猫食空罐头底部用力按熄，然后好像忽然想起来似的眼睛看看手表。"唉呀呀，好晚了。对不起，自己随便打开门锁进到别人家里来，话说个没完，而且还叩扰了啤酒。请多包涵。正如我所说的，我回到家也是没有人在的卑微之身，偶尔找到谈话对象，就禁不住坐着不走说个没完。真没出息啊。所以呀，冈田先生，一个人的生活是不宜拖太久的噢。你看，人家不是说，人不是岛屿，或者说，小人闲居为不善吗？"

牛河用手轻轻拂去膝上假想的灰尘，然后慢慢地站起来。

"你不用送我，因为我是一个人进来的，所以也一个人回去。门我会锁上。还有冈田先生，或许我多管闲事，不过世上毕竟还是有一些事情是不知道比较好的。不过这种事人家总是特别热心想知道。真不可思议啊。这终归是一般而言……以后终归还会见面吧。那个时候如果状况往好的方向改变的话，我也会觉得很高兴的。那么请休息吧。"

雨整个晚上就那样安静地继续下着。直到早晨很早，周遭转亮的时分才逐渐停下来。但那奇怪的矮小男人湿湿黏黏的气息，和他吸过的无滤嘴香烟的臭味，却和湿气一起长久之间还留在家里。

15　西那蒙不可思议的手语，音乐的献礼

"西那蒙闭上嘴巴，是在迎接六岁生日稍前的事，"纳姿梅格对我说，"正好是要上小学的那年。那年的二月里，他突然不能开口说话了。虽然是很不可思议的事，但他完全一句话都没说出口这个事实，居然一直到那天的晚上了，大家才留意到。虽然本来就是个不太说话的孩子，但也未免太过分了。忽然留意到时，说起来西那蒙从早上开始就什么也没说了。我试着想让他说话。试着对他说话、摇他，但都不行。西那蒙简直像石头一样一直沉默着。是发生了什么使他变成不能说话呢，还是他自己决心不开口说话了呢，连这个都不清楚。现在还不明白。但他从此以后不但是不说话而已，连声音本身都完全不发出来了。你懂吗？连感觉到痛也不会喊叫一声，连痒也不会发出笑声了噢。"

纳姿梅格带儿子到几个耳鼻喉科医师的地方去，但原因还是找不出来。知道的只有，那好像不是肉体上的缺陷或疾病所引起的。医师们从他的发声器官无法找到任何异常。西那蒙确实可以听见声音。只是不说话而已。"这恐怕是属于精神科的领域吧。"他们异口同声地这样说。纳姿梅格带西那蒙到认识的精神科医师那里去。但精神科医师对他持续闭口的原因也无法解释。他对西那蒙实施智商测验，但思考能力完全没有障碍。他实际上显示出相当高的智商，情绪上也没有什么特别混乱的地方。"是不是有过什么不寻常的打击之类的事情呢？"医师问纳姿梅格，"请你好好回想看看。例如目击过什么异样的事物，或有谁在家

15 西那蒙不可思议的手语，音乐的献礼

里动了暴力之类的，有没有过这种事情呢？"但纳姿梅格想不到任何一件事情。前一天儿子还照常吃饭，照常跟她说话，照常上床安详地睡着。可第二天早晨西那蒙便深深地沉入沉默的世界里去了。家庭里既没有争吵，孩子也在纳姿梅格和她母亲小心的照顾下被养育着。从来没有一次对小孩做过类似举手打他的动作。

那么只好暂时再多观察一阵子，医师说。因为在原因还不清楚之下，也没有办法治疗。请你每星期带他来这里一次。或许以后渐渐会知道原因也不一定。或者过一阵子之后，就像从梦中醒来一样，忽然又开始说话也不一定。我们只能耐心地等候了。确实这孩子是不能开口说话，但除此之外目前并没有其他问题……

然而不管怎么等候，西那蒙还是没有再从那深深的沉默的海底浮上表面来。

*

早晨九点，玄关的门发出低沉的马达声向内侧开启，西那蒙驾驶的奔驰 500SEL 开进宅地里来。汽车电话的天线从后座车窗后面，像新生的触手般突出来。我从百叶窗帘的缝隙间望着那光景。车子看起来就像无所恐惧的巨大洄游鱼一般。新的漆黑轮胎在水泥地面无声地画个圆弧，在固定场所停下。每天画着完全一样形状的弧线，在完全一样的场所固定停止。应该连五公分的误差都没有。

我正喝着刚泡好的咖啡。雨停后的天空还被灰色的云覆盖着，地面还依然黑黑冷冷湿湿的。鸟一面发出尖锐的声音，一面在地面为寻找虫子而忙着飞来飞去。过一会儿驾驶座门开了，戴着太阳眼镜的西那蒙下来。他小心地环视周围，确认没有异常后摘下眼镜放进上衣内袋。把车门关上。大型奔驰车的门发出切实关闭的声音，和其他任何车的关门声都有一些不同。而这正意味着对我来说在"宅院"的一天开始了。

从早上开始我一直在思考着昨天晚上牛河来访的事。我犹豫要不

要告诉西那蒙,关于牛河被绵谷升差遣来访,并要求我停止在这里进行着的事。但结果我决定不告诉他。至少决定暂时沉默。这是我和绵谷升之间不得不解决的问题。我不想把第三者扯进来。

西那蒙像平常一样穿着非常体面的西装。全身都是做工良好的上等西装,完全合身。服装的款式算是比较保守的,绝不显眼,但一旦穿在西那蒙身上,就好像撒上魔法金粉般显得崭新而年轻。

当然搭配当天的西装,领带不同,衬衫不同,皮鞋也不同。这些大概都是母亲纳姿梅格以那一贯的调子从头到尾挑选了买给他的吧。不管怎么说,正如他所驾驶的奔驰车的车体一样,西那蒙穿的衣服没有一点污渍,皮鞋也没有一点灰尘。我每天早晨面对他的脸时,总是打心底佩服。不,应该说是深受感动吧。在这样完美优越的外表之下,到底可能存在着什么样的实体呢?

他把两个装着食品和杂货的购物纸袋从后车厢拿出来,用两臂抱着走进屋里来。让他一抱,连极平常的超级市场纸袋看起来都像是高级艺术品一样。也许抱法有诀窍吧。或者是那之前的问题也不一定。一看见我的脸,西那蒙整张脸愉快地微笑起来。非常灿烂的微笑。简直像长时间在苍郁的森林里散步,突然走进明亮开阔的空地时那种微笑。我开口说道"早安"。他则没出声地说"早安"。从嘴唇的微小动作可以知道。然后他从纸袋拿出食品,就像脑筋好的小孩把新学到的知识记入脑袋里一样,很有要领地收进冰箱。把杂货整理好,放进柜子。然后喝我泡好的咖啡。我和西那蒙隔着厨房的桌子面对面坐下。正如从前,我和久美子每天早晨所做的一样。

*

"结果西那蒙一天也没上过学校。"纳姿梅格说,"一般学校不肯收不会说话的小孩,专收残障小孩的学校所做的我总觉得不正确。他不能开口的原因——那不管是什么原因——都和其他小孩的完全不同噢。西那蒙也不想去上学。他窝在家里一个人安静地读书，听古典音乐唱片，和那时候养的杂种狗在庭院里游戏，这样子他似乎最高兴。虽然有时候也到外面去散步，但他讨厌在附近遇到同年龄的小孩，所以对外出并不那么积极。"

纳姿梅格去学手语，用那和西那蒙做日常会话。手语不够用时便用便条纸做笔谈。但有一天，她发现即使不特地用这些麻烦手段，依然可以和儿子充分传达感情，自己几乎没有感觉到什么不方便。只要些微身体的移动或表情变化，她就可以完全明白对方正在想的事情和需求的东西。自从发现了这个之后，她已经不太在意西那蒙不说话的事了。那并不有损她和儿子之间精神的交流。当然由于声音性语言的不在，并非没有感到物理性的不方便。但那终归不过止于所谓"不便"这个次元而已，在某种意义上，由于那不便，两人之间的沟通，在质上反而更精纯化了。

工作的空当时间，她教西那蒙汉字和语言，教他计算方法。但实际上，她不得不教的事并不太多。他喜欢读书，必要的事透过读书就自己一个人学会了。纳姿梅格的职责与其说是教什么，不如说是选择他需要的书给他。因为他喜欢音乐，所以想学钢琴，但只有最初的几个月跟专门的老师学基础运指法而已，然后就没有接受正式教育，光用基础教程和录音带便学会以那个年龄小孩来说算是相当高难度的演奏技术。以巴赫和莫扎特为主，是他最喜欢主动演奏的，除了普朗克和巴托克之外，对演奏浪漫派以后的音乐他几乎都不感兴趣。最初的六年间，他的兴趣集中在音乐和读书。终于到了上中学的年龄时，他的关注转向学习语文方面。他首先选英语，然后选法语来学习，各学半年左右，就可以读简单的书了。虽然不能发音，但西那蒙的目的不在会话，而是阅读以这些语言所写的读物。然后他开始喜欢玩弄复杂的机械，买齐了各种专业工具试着组合收音机、真空管音响功放，分解修理手表。

身边的人——说到和西那蒙现实中实际有关的对象，只不过是纳姿梅格和西那蒙的父亲、外婆（纳姿梅格的母亲）三个人而已——对他凡事不开口已经完全习惯了。既不觉得不自然，也不认为异常。几年后纳姿梅格不再带儿子去看精神科医师了。因为每星期一次的面谈，对他的"症状"没有带来任何效果。而且正如医师最初所说过的那样，除了不能开口之外，其他方面西那蒙完全没有问题。他在某种意义上来说是个完美的小孩。纳姿梅格不记得命令过他做什么，也不记得曾经叱责过他什么。西那蒙自己该做的事自己决定，并以自己的方式彻底完成。西那蒙一切的一切都和普通小孩不同，比较本身便毫无意义。十二岁时外婆去世（他在那之后连续无声地哭了几天），纳姿梅格白天出外工作时，他就主动做一些煮饭、洗衣、打扫之类的家务。纳姿梅格在母亲去世后准备请女佣，但西那蒙对那强烈地持续摇头。他拒绝让新的外人加入，不喜欢改变家中的秩序。结果家庭生活的大部分都经由西那蒙的手条理井然地维持着。

*

西那蒙用双手和我说话。遗传自母亲的修长美好的手指。虽然手指长，但绝不过长。十根手指在他脸前面就像灵巧的生物般流利而没有多余地活动着，将必要讯息传达给我。

"今天下午两点有一个客人。只有这样。在那之前没有任何事。我在这里花一个小时左右把工作做完，然后回去。并在两点再带客人来。天气预告今天整天阴天，所以我想在白天还亮的时间进入井里眼睛也不会痛。"

正如纳姿梅格所说，要了解他的十根手指所诉说的语言，我不会

15 西那蒙不可思议的手语，音乐的献礼

感觉不方便。虽然我完全不懂手语这东西，但顺着他手指流利而复杂的动作解读，并不觉得痛痒不自在。也许因为他手指动作太高明了，光是一直看着就能理解那是什么意思。正如看一出以不懂的外国语演出的戏剧而感动一样。或许我虽然眼睛追踪着手指的动作，而其实却一点也没在看那些也不一定。手指动作就像建筑物的装饰性正面一样，其实也许我在不知不觉之间，已经在看那背后所有的别的什么也不一定。每天早晨和他隔桌谈话时，总想试着看出那境界来，但还不太行。假设那里有类似界线一般的东西，也是经常移动着变形着的。

简短对话或沟通结束后，西那蒙便脱下西装上衣挂在衣架上，把领带塞在衬衫里，开始打扫房子，站在厨房为我做简单的吃的东西。在那之间用小音响装置放音乐。有一星期光听罗西尼的宗教曲录音带，有一星期光听维瓦尔第的管乐协奏曲录音带。反复放好几次，到我都可以完全背诵那旋律的程度为止。

西那蒙的工作手法非常利落，没有一点多余的动作。刚开始我说要不要帮什么忙，但每次他都咧嘴微笑摇着头。确实看西那蒙的一连串动作时，会觉得让他一个人做似乎一切都可以圆滑顺利进行。从此以后我在西那蒙做早晨整理工作时，便为了避免妨碍他而坐到"假缝室"的沙发上读书。

房子不大，家具也真的只放必要的东西而已。并没有谁实际住在那里生活，因此并不特别脏，也不乱。但西那蒙每天都把每个角落用吸尘器吸过，用抹布擦家具橱柜，把每一片玻璃喷上洗洁剂擦亮。桌上打蜡。电灯泡擦干净。把屋子里所有一切的东西，放回原来应该在的位置。整理餐具柜的餐具，锅子依大小顺序整齐摆放。把橱子里叠放着的餐巾布、毛巾等四个角重新整平。咖啡杯把手方向调一致。洗脸台的肥皂位置放正，毛巾即使没有用过的痕迹仍然换新。垃圾整理成一袋，将袋口绑紧拿到某处去。配合自己的手表（可以打赌应该不会相差超过三秒）将时钟的针调正。一切事物如果稍偏离应有的样

子，便将经由他那优雅、切实的手指动作还原到应有的正确样子。如果我试着将柜子上的钟往左边移动两公分的话，他第二天早晨便会将它往右移动两公分。

但西那蒙这种举动并没有给人留下神经质的印象。那样子看起来是自然的、"正确的"。在西那蒙的脑子里这个世界——至少存在于这里的一个小世界——该有的样子或许已经鲜明地烙在上面，而维持那样子，对他来说则像呼吸一样理所当然。或者西那蒙被每件事物想要恢复本来的形状这内在的激烈欲望所驱使时，只要一伸手便在做着了也不一定。

西那蒙把做好的饭菜放进容器收进冰箱，指示我午餐该吃什么才好。我道过谢。然后他对着镜子重新打领带，检查衬衫，穿上西装上衣。嘴角浮起微笑，嘴唇动了一下对我说"再见"，转一圈看看四周，然后走出玄关。坐上奔驰车，把古典音乐录音带放进卡匣，以遥控器打开门，和进来时完全一样地画个相反弧形出去了。车子出去之后再把门关上。我依然手上拿着咖啡杯，从百叶窗帘的缝隙之间眺望着。鸟已经没有刚才叫得那么吵了，看得见低低的云有些地方裂开被风吹着飘去。但低云之上还有别的厚云。

我在厨房的椅子上坐下，把杯子放在桌上，试着环视经由西那蒙的手美好整顿过的房间。那看起来简直像一幅巨大的立体静物画一般。只有时钟安静地刻着时间。时钟的针指着十二点二十分。我一面望着刚才西那蒙坐过的椅子，一面再一次自问不告诉他们昨天晚上牛河来我家的事好不好。那到底适当吗？那会不会损伤我和纳姿梅格之间，或我和西那蒙之间类似信赖感的东西呢？

但我想暂时维持现况，看看事情的自然演变。我想知道自己现在所做的事有什么因为什么理由而令绵谷升那么生气。我到底踩到他什么样的尾巴了，还有他对此将要采取什么样的具体对抗手段，我想要知道这些。这样一来，或许可以多少接近一些绵谷升所抱有的秘密了。而且那结果，或许也可以让我更接近久美子所在的地方也不一定。

在西那蒙往右移两公分（也就是移回原来的位置）的钟的指针指着十一点稍前时，我为了进入井里而走入庭院。

*

"我对幼小的西那蒙讲潜水艇和动物园的事。昭和二十年八月我在输送船的甲板上看见的事。美国潜水艇大炮转过来正准备把我们搭乘的船击沉的时候，日本士兵们正在动物园赶尽杀绝地射杀着动物。那些事长久之间我没有对任何人谈起过，一直一个人藏在心里。并在那幻影和真实之间扩张着的幽暗迷路里默默徘徊着。但西那蒙出生时我这样想：我能够谈这些事的对象只有这孩子。我从西那蒙还不了解话语的时候开始，就将那些事对他说了好几次又好几次。我对着西那蒙将那事情一五一十地小声说着时，那些情景就像撬开盖子似的活生生地又重现在我眼前。

"等到他稍微听得懂话的时候，西那蒙便好几次要我把那故事重复说给他听。我大概把那故事重复说过一百次、两百次，或五百次了。但我不只是完全照样地反复说。我每次说的时候，西那蒙就想要知道包含在那故事里的别的小故事。想知道那树木所有的枝枝节节。所以我就在他发问之下沿着那枝节，说出那里所有的故事。就这样故事逐渐膨胀变大。

"那就像是，经由我们两个人的手所建立起来的神话体系似的东西，你懂吗？我们每天热心入迷地交谈着。关于动物园里动物们的名字，关于它们毛皮的光泽啦，眼睛的颜色啦，关于散发在那里的各种不同气味，关于士兵们每个人的名字和长相，关于他们的出身教养，关于步枪啦，子弹的重量啦，关于他们所感觉到的恐怖和渴望,关于飘在天空云的形状……我跟西那蒙交谈着,那些东西的颜色和形状便清晰可见,看得见的东西就可以用语言照样传达给西那蒙。我可以找到完全符合那情景的语言。在那里没有所谓的限度。细部永远持续,故事逐渐深入、扩大。"

她好像想起那个时候似的微笑。我第一次亲眼看见纳姿梅格那样自然地微笑。

"但是有一天,那却突然结束了。"她说,"从他无法开口说话的二月早晨开始,西那蒙就停止跟我共同拥有故事了。"

纳姿梅格停顿一会儿点起香烟。

"现在我已经知道了。他的语言被吞进那故事所在的世界,在错综复杂的道路之中消失了。从那故事里出来的东西夺去了他的舌头噢。而且那东西,在那几年后又杀了我的丈夫。"

*

风比早上增强了几分,沉重的灰色云块被笔直朝东无休止地吹着流动过去。看起来它们像朝向土地尽头沉默前进的旅人一样。叶子翩然飘落的庭院树木枝条之间,风偶尔发出不成语言的短促低吟。我在井边抬头仰望一会儿那样的天空。那时候想到久美子是否也在某个地方同样地眺望着那云呢?没有什么特别的,只是忽然这样觉得。

我沿着梯子下到井底,把绳子一拉,关上盖子。于是深呼吸两三次,手用力握紧棒球棒,在黑暗中安静坐下。完全的黑暗。对,这比什么都重要。那没有杂质的黑暗正握着钥匙。好像电视的烹饪节目一样,我想。"请注意噢,完全的黑暗是重点喏。所以太太,要尽量采用浓重而完全的黑暗噢。"还有尽量坚固的棒球棒也是,我想。于是我在黑暗中稍稍微笑着。

可以感觉到脸颊上的黑斑轻微地开始发热。我正逐渐接近事物的中心,黑斑这样告诉我。我闭上眼睛。西那蒙那天早上一面工作一面

15 西那蒙不可思议的手语，音乐的献礼

重复听的音乐旋律已经粘在我的耳朵上。巴赫的《音乐的献礼》。那像在天花板很高的大堂里留下人们的嘈杂声一般留在我的脑子里。不过终于沉默降临，就像产卵的虫子一般潜进我脑波的皱褶里去。陆陆续续地。我张开眼睛，又闭上眼睛。黑暗互相混合，于是我逐渐从自己这个容器分离而去。

就像每次那样。

16 这里也许就是终点（笠原 May 的观点 4）

你好，发条鸟先生。

上次我说到我在遥远的、深山里的假发工厂，和很多本地女孩子一起工作噢。这次继续说下去。

不过我最近却觉得在冒冷汗，人类像这样每天从早到晚埋头苦干地工作好像有点奇怪噢。你没这样想过吗？该怎么说呢？我在这里所做的工作，只是依照上面的人说这个这样做，就照着做而已。什么都不需要想。脑浆是在工作之前就先锁在保管箱里，回家时去轻松拿回来就可以了。一天有七小时左右面对操作台勤快地把毛发植入假发基部，然后在餐厅吃饭，到浴室洗澡，然后当然不能不跟平常人一样地睡觉，一天二十四小时里自己能自由支配的时间真是只有一点点而已。何况那"自由时间"里也已经相当累了，所以多半只是躺着发呆，能够静下来想事情的时候几乎等于没有。当然周末会从工作中解放出来，但那也在做堆积一星期的洗衣服、打扫、偶尔上街之间很快就结束了。曾经有一次下决心写日记，但完全没有可写的事，结果一星期就停下来了。因为每天每天都是同样事情的反复而已呀。

但虽然如此，虽然如此，对于自己这样成为工作的一部分，我完全不觉得不愉快。也没有特别感到不适应。倒不如说由于我这样，像蚂蚁似的目不斜视地工作，甚至反而觉得好像逐渐接近"真正的自己"了。怎么说呢？虽然我无法恰当说明，不过好像有一种不去想，自己反而逐渐接近自己的中心似的感觉哟。我说

16 这里也许就是终点（笠原May的观点4）

的"有点奇怪"是指这个。

我在这里"一生悬命地"工作着。不是我自夸，甚至获得了当月最优秀工作者的奖状。我说过了吧，我的手工比外表看起来灵巧噢。我们分班工作，而我加入的班成绩进步了。因为我做完自己的份额还会去帮动作慢的人工作。所以我在大家之间评语相当好呢。这种事你大概不相信吧？我这个人评语居然会不错。这个暂且算了不提。总之我想告诉发条鸟先生的是，我来到这个工厂之后，像蚂蚁先生一样，像村子里的打铁工人一样，只是努力地埋头工作。到这里为止你大概明白了吗？

然而，我每天工作的场所是个奇怪的地方。简直像是飞机仓库一样广阔，天花板高得不得了，空空旷旷的。里面大约有一百五十个左右的女孩子气势如虹地一起工作着，这倒是个相当可观的场面。又不是在制造潜水艇，何必盖一个这么夸张的地方，我觉得不妨分成几个小房间呀，但这样子或许可以让大家容易产生"有这么多人大家一起在工作着"的连带感之类的吧。或者上面的人比较容易"统一"监视也不一定。这里头一定有"某某心理学"之类的吧。桌子正如解剖青蛙之类的理化实验室一样每班各自分开，最边边坐着一位年长的班长。手一面动一面说话虽然没关系（因为再怎么说总不能一整天默不作声地工作吧），但如果太大声说话，或高声大笑，或太热心讲话时，班长就会摆一张很难看的脸过来说："弓子小姐，请你不要动嘴巴，要动手。工作好像有点落后的样子噢。"这样讽刺地提醒一下。所以大家都像半夜去寻找空巢时那样小声地说着悄悄话。

工作场所播放有线电台播的音乐。音乐种类因时间而不同。如果发条鸟先生是巴瑞・曼尼洛和空中补给（Air Supply）的乐迷的话，大概会喜欢这里吧。

我在这里花好几天，完成了一顶"自己的"假发。虽然也因等级不同而异，但制作一顶假发要花好几天。基部区分成细细的棋盘格子，在每一个十字框框里一一按顺序植入毛发。不过，这不是流水线上的作业，而是我的工作。不像卓别林电影里的工厂一样，把一定的大螺帽咔锵绞紧后，就说："嗨，下一个！"我花了好几天才把那一顶"我的假发"做好。完成时甚至想在什么地方加进我的签名呢。"某月某日，笠原May"。当然，如果被发现我在做这种事情的话，是会被骂的，所以没做。但想到我所做的假发在这个世界上的某个地方戴在某个人头上，总觉得心情蛮棒的。觉得自己这个人好像确实和什么紧紧联系着似的。

不过，所谓人生真是蛮奇妙的东西啊。因为如果三年前有人跟我说"你从现在开始三年后会到一个深山里的工厂去，跟乡下女孩子一起做假发噢"，我想我一定会哼一声笑翻天吧。我想那种事是完全无法想象的。所以反过来说，现在开始三年后谁也不知道我会做什么，对吗？发条鸟先生知道三年后自己会在什么地方做什么吗？一定不知道吧。就像现在我在这里用所有的钱跟你打赌都可以，别说三年后，就是一个月后的事都未必知道。

现在我周围的人，大多是大概知道三年后自己将在什么地方的人。或者以为自己知道的人。她们想在这里工作存钱，几年后找个适当的对象幸福地结婚。

她们的结婚对象大体上是农家子弟、商店老板的后继者，或在本地小公司上班的人。就像我前面也说过的那样，这一带年轻女孩子正"慢性"地不足，因此她们"销路"很可观，只要运气不太差，就不会卖不掉，大家都能各自找到适合的对象，皆大欢喜地结婚。真了不起。而且结婚后就像上次写过的那样，大多数人都会离开工作的地方。对她们来说，假发工厂的工作，是为了填满从学校毕业到找到结婚对象为止的几年空白时间的一个阶

16　这里也许就是终点（笠原May的观点4）

段。就像进来一下，待一阵子，然后出去的房间一样。

不过假发公司对这方面不但无所谓，反倒更欢迎像这样适度工作几年，结婚后就辞职的人。与其留下长久占位子不走，还老是闹着薪水如何、"待遇"如何、搞组织工会之类的麻烦员工，不如工人经常有一点适度的更新比较"方便"。虽然能力高到可以当班长"等级"的人，公司在某种程度上是会重视的，但普通女孩子则像"消耗品"一样。所以结婚后辞掉工作，是好像双方都有"默契"互相了解的。正出于这种种原因，对她们来说所谓三年后，是二者"择一"想象得到的。不是在这里跟大家一样一面工作一面斜眼找着结婚对象，就是已经结婚辞掉工作了，这二者之一。你不觉得这样非常"简单"吗？

像我这样悄悄想着"三年后的事情完全无法推测"的人，在这周围是没有的。她们都很努力工作。不太看得到摸鱼偷懒或讨厌工作的人。连抱怨也很少说。顶多偶尔有人对餐点的菜单有一点意见而已。当然因为是工作，所以并不完全都是轻松愉快的。比方觉得今天你想到什么地方去轻松地玩一玩，但因为有"义务"在身，不得不从九点到五点，中间夹两小时的"休息"照常工作。不过大体说来，我想大家都很快乐地工作着。那大概是因为知道，这是由一个世界移往另一个新世界之前，有限的"过渡"期间吧。因此决定在这里的期间，大家要一起吵吵闹闹高高兴兴地享乐一番。对她们来说，那只不过是一个通过地点而已呀。

但对我来说却不是。对我来说这里完全不是"过渡"期间。也不是通过地点。因为从这里要去哪里呢，我完全不知道。对我来说这里也许就是终点也不一定，对吗？所以准确地说，我在这里工作，心情并不轻松。我只是全面接受这工作而已。正在制造着假发时，只想着制造假发的事。而且是相当认真地，真的是认真得浑身冒汗地想。

虽然我没办法恰当说明，最近我偶尔会想起骑摩托车出事死掉的男孩子。老实说，在此之前很少想起。由于受到事件的打击，我的记忆之类的，不知道是咻一下奇怪地扭紧歪曲了呢，还是怎么样了，记得的尽是一些不太重要的奇怪事情。例如腋下的汗臭、无可救药的差劲脑袋、正要伸向奇怪地方去的手指，全是这一类的。但因为某种契机，渐渐也开始想起一点一点不坏的东西来了。尤其脑袋一片空白，努力往基部区植进毛发时，这些毫无"脉络"可循地，会忽然哈地一下醒过来。对了对了，就是这样嘛。时间这东西一定不是依照 ABCD 的顺序进行的，而是一下往东一下往西随便走的。

发条鸟先生，我说真的真的真的，我常常会害怕得要命。半夜里醒过来，一个人孤零零的，每个人每个地方都远远离开在五百公里之外，一片黑漆漆的，往哪边看都完全看不见前面，真的害怕得想大声喊叫出来。发条鸟先生难道没有过这种事情吗？那种时候，我会想到自己是跟某个地方联系着的。而且拼命地在脑子里排列出有联系的东西的名字。当然有发条鸟先生在里面。那后巷、那枯井、那柿子树，这些东西也全都在里面。自己在这里制造的假发也在里面。逐渐想起来的死掉的男孩子的事情也在里面。而且借着各种微小的东西（当然发条鸟先生并不是"微小的东西"，不过姑且吧），我逐渐能够一点一点地回到"这边"来了。这样的时候，我会忽然想到，如果当时能够让那个男孩子好好地看一看、摸一摸我的身体就好了。但那时候我却想："哼，才不让他摸一下呢。"嘿，发条鸟先生，我也在想，我这一生要不要就一辈子处女下去呢？想得蛮认真的。关于这件事，你怎么想？

再见，发条鸟先生。但愿久美子小姐也快点回来。

17　全世界的疲劳和重担，神灯

夜里九点半电话铃声响起。响两声断掉，过一会儿又再开始响。我想起来那是牛河打来电话的暗号。

"喂。"听得见牛河的声音。"你好，冈田先生。我是牛河。其实我已经来到你家附近了，现在过去方便吗？不，我知道已经很晚了。不过，我想直接跟你谈一下。怎么样？因为是久美子小姐的事，所以我想你也有兴趣吧。"

我一面听着那声音，一面脑子里浮现电话那头牛河的长相。那里头浮现着一副你大概不能拒绝吧的心里有数的笑容。嘴唇翻起，露出肮脏的牙齿。但确实他是正确的。

正好十分钟后牛河来了。他穿着和三天前完全同一套衣服。或者那是我想错了，是完全另一套衣服。但不管怎么样，却是同样的西装、同样的衬衫和同样的领带。全都是脏兮兮、皱巴巴、不合身的。这些被贬低的衣服，看起来像是不当地被迫承受全世界的疲劳和重担似的。就算人能够重新投胎转世，而且被保证下一次的转世能得到稀有的荣光，我也不愿变成那样的衣服。他得到我的同意之后，自己去打开冰箱拿出啤酒，摸摸瓶子确认过那冰冷程度后，把它倒进眼前看见的玻璃杯里喝起来。我们隔着厨房的桌子面对面坐下。

"那么为了节省时间，闲话少说，一开始我就单刀直入明白地向你报告。"牛河说，"冈田先生，你想不想跟久美子小姐谈话？直接地，和久美子两个人谈。那不是冈田先生一直希望的吗？你曾说不这样的话事情就免谈，不是吗？"

我对此试着考虑了一下。或者装成在考虑的样子，停顿一点时间。

"当然如果能谈的话是想谈。"我说。

"不是不可能。"牛河安静地说。并点头。

"但是有条件……？"

"没有任何条件。"说着牛河喝口啤酒，"只是今天这边也有一个新建议。请你稍微听一下。然后好好考虑看看。要不要跟久美子谈，那又是另一个问题。"

我默默看着对方的脸。

"那么我就开始说了，冈田先生，你通过某一家公司把那土地带房屋都租下了吧，那'上吊屋'的土地？因此你每个月要支付相当的金额。但那不是普通的租赁契约，而是包括几年后也买下拍卖物的特别方式租赁契约，对吗？当然那契约书没有对外公开，因此冈田先生的名字也没有被谁看过。嗯，本来就是这样设计好的。但冈田先生实际上是那块土地的拥有者，实质上付租金和付贷款完全发挥一样的功能。最后的付款金额，对了，连房子在内大约是八千万圆左右吧？而且这样下去，恐怕不到两年那土地和房子的权利就属于你了。哎呀呀真了不起。速度真快。我好佩服啊。"牛河说。而且像要确认似的看我的脸。

我还是沉默着。

"请不要问我为什么连这么细微的地方都知道。那种事，如果想知道的话，拼命奋力去调查总会知道的。只要懂得调查方法。而且大概也推测得出谁是那虚构公司背后的控制人。虽然因为很多地方像迷魂阵一样团团绕着，要调查这些还真折腾人。打个比方来说吧，就像被偷的车子油漆整个重新漆过，轮胎换新，座椅也换掉，引擎号码刮掉，却还能从什么地方找出来那样辛苦。我做的是这么费事的工作噢。是专家噢。不过，正因为这样，所以现在很多事情大概都知道。不知道的是冈田先生，你这边喏。你大概不知道自己到底在还谁钱吧？"

"钱是没有名字的。"我说。

牛河笑了。"确实没错。说得漂亮。钱确实没名字。真是名言。我甚至想写进手册里。不过冈田先生，事情可没那么顺利吧？就算税务署这地方没那么聪明。他们只会从有名字的地方扣税。于是没名字的地方，便勉强安一个名字上去。何止名字，连号码也编上。完全不必动到什么情绪哟。但那就是我们生活着的这个现代资本主义社会成立的方式。……就是这样，我现在这样谈着的钱是好好地有冠冕堂皇的名字的。"

我默默看着牛河的头。那上面随着光线的角度而产生几个奇怪的凹陷地方。

"没关系，税务署不会来。"牛河笑着说，"就算来了，在穿越这样的迷魂阵途中，也会在什么地方碰壁的。喀当一下。肿起一个大包。税务署的人嘛，也是为了工作在做的，所以并不想无谓地受伤。同样是收钱，与其从困难的地方，不如从简单的地方顺利地收钱会比较轻松愉快吧。因为不管从哪边收，成绩都没有变。尤其如果上面的人亲切地招呼指点一声'与其从这边做，不如从那边做比较轻松愉快'的话，一般人都是往那边去哟。我能够调查得这么彻底，是因为我有办法噢。不是我自夸，别看我这副德性，手腕可高明呢。我知道怎么不受伤的'诀窍'。可以咻咻地穿过黑漆漆的夜路。真的是像童谣猴子抬轿那样。提着小田原灯笼……就是这样。

"不过冈田先生，因为对象是你，所以我真的全部老实透露给你知道，就连这个我，对于你那里到底在干什么，也真的都完全搞不懂。到那里来的人，大家都付给你相当高额的钱。这点我很清楚。那么也就是说，你给了他们值得付出那种代价的特别的什么噢。到这里为止是像在下雪日数乌鸦头数一样清楚的，然而你在那里到底具体在做什么？为什么非要那么在意那块土地不可呢？这个我就不明白了。唉！真是伤透脑筋。再怎么说，那都是这件事情最关紧要的重点。然而那核心的地方却像算命的招牌一样藏得干干净净的。这真教人挂心。"

"也就是说绵谷升也挂心这个吗？"我说。

关于这个牛河没有回答，只用手指拉拉耳朵上仅剩的少许凌乱的头发。

"老实说，我只在这里说，我真的相当佩服冈田先生。"牛河说，"真的噢。这不是客套话。这么说有点失礼，不过冈田先生本来怎么看都是个普通人。说得更露骨一点，是没有可取之处吧。对不起噢，这种说法请不要介意。以世间的眼光来看的话是这样。不过噢，像这样跟你面对面说说话，我真是相当佩服。唉呀呀！真是能干哪。因为冈田先生现在多多少少让绵谷升先生动摇、困惑着啊。所以才赶紧派我来做交涉的传信鸽。普通人是很难办到这地步的。

"我啊，个人私下很中意冈田先生这种地方。不是说谎噢。我啊，正如你所看到的是个惹人厌的人，是个没什么用的东西，不过这种事我不会说谎。冈田先生的事我并不认为完全是别人的事。我这个人从世间的眼光看来是比冈田先生更没有可取之处的人。像这么个矮冬瓜，既没学历，也没教养。父亲是船桥地方做榻榻米的工人，几乎是酒精中毒，总之怎么说都是个讨厌的家伙，早点死掉就好了，小时候心里这样想，不知道是好还是坏。真的很早就死掉了，后来我就像画成画挂在看板上一样贫穷。小时候，没有任何好的回忆，一点都没有。从来不记得听过父母一句温暖的话。那么，当然变不良啰。高中总算熬毕业了，但接下来是人生大学，在黑漆漆的小路上抬轿的猴子。凭自己这个空脑袋瓜活下去。所以，我讨厌社会精英或政府官吏。说出来很抱歉，不过我最讨厌从大门堂堂步入社会，讨个漂亮老婆，衣食无忧的家伙。像冈田先生这样凭自己一个人的能力活下去的人，我喜欢。"

牛河擦火柴点上新的香烟。

"不过冈田先生，这可不会永远继续哟。人这东西是不知道什么时候会跌倒的。没有人是不跌倒的。人靠着两只脚走路，一面走着一面开始思考各种麻烦事，从进化历史来看才是不久以前的事。这个啊，会跌倒噢。尤其现在冈田先生所咬着的世界，没有一个人不跌倒。总之复杂事太多了，也好像正因为麻烦事多，所以才成立的世界哟。我是从等于绵谷升先生的伯父这上一代开始，就在这个世界一直工作到现在的。附带家具器物整个地盘都被现在的先生继续接收。在那之前做了很多危险的事。那样做下去的话，我现在不是在监狱，就是变僵冷地躺在什么地方了。不是我夸张。在适当时候被上一代的先生捡起来，所以大体上的事情都凭着这两只小眼睛切实地看过来了。这个世界不管是生手是老手，大家全都会滑溜溜地跌倒，健壮的人不健壮的人也同样会受伤。所以为了那时候着想，大家都多少保了一点险。像我这种末端的人也都好好这样做。这样预先做准备的话，就算跌倒了，也总算能够生存下去。不过如果你只有一个人哪里也不属于的话，只要跌倒一次就完了。剧终，没戏唱了。

"而且冈田先生啊，虽然这样说有点那个，不过你也快要跌倒了。这是很确定的。在我的书上啊，再往前翻个两三页，就用粗黑的大活字好好印刷着：冈田先生马上就要跌倒了。真的噢。不是在威胁吓唬你。我在这个世界，比电视里的气象预报要准得多了。所以我想说的是，凡事都有个所谓止步的时候。"

牛河在这里闭上嘴，看我的脸。

"那么，冈田先生，差不多彼此不要再互相做麻烦的猜测了，还是把话转到具体的事情上吧……就这样，闲话扯太长了，现在总算谈到那件事的提案上了。"

牛河把双手放在桌上。并把舌尖伸出来舔一下嘴唇。

"这样好吗,冈田先生,我刚才跟你提到'你差不多该把那块土地放掉退出来比较好'噢。不过也许情况是冈田先生想要放手也放不了手。例如像有约定之类的,贷款还没解决之前不能随心所欲地做之类的。"牛河在这里切断了话,像在试探似的抬头看我的脸。"怎么样冈田先生,如果是钱成问题的话,由我们这边来准备吧?如果说需要八千万的话,我们就把八千万一次凑足带过来这里。一万圆钞票整八千张。冈田先生从这里把剩下的实际贷款还清,多出来的钱往口袋里一塞就行了。于是你可以轻松地自由了。怎么样,这不是非常可喜吗?你觉得呢?"

"于是那块土地和建筑物就变成绵谷升的了,是这样吗?"

"应该是这样吧。从自然趋势来说。当然还有很多麻烦手续啰。"

我对此想了一下。"嗨,牛河先生,我不太能理解。绵谷升为什么要这样费事,想要我远离那里呢?还有他得到那土地和宅院到底打算做什么用呢?"

牛河用手掌慎重地摩擦着脸颊。"噢噢冈田先生,那种事我实在不清楚。就像一开始我也说过的那样。我只是个微不足道的传信鸽。被主人呼唤道,你去做这个,就'是是,我这就去'照做而已。而且大多都是麻烦事。记得小时候读过《阿拉丁神灯》,很同情那个被使唤照做的神灯魔法巨人,唉呀,怎么会想到自己长大后居然也会变成那样呢?真可怜哪,实在是。但不管怎么样,那是我被交代的讯息。是绵谷升先生的意思。要怎么选择就看冈田先生了。怎么样,如何?我该带什么样的答复回去才好呢?"

我沉默着。

"当然冈田先生也需要考虑的时间吧。可以呀,我们给你时间。并不是一定非要你现在立刻决定不可。本来想说请花时间慢慢考虑……不过老实说也许没有那个余裕也不一定。冈田先生,这样吧,以我牛河个人的意见向你报告噢,像这样的慷慨提议,并不是永久都会一直摆在桌上的。只要转头看一下旁边,不知不觉之间就会不见,这种情形也有可能噢。就像玻璃上的雾气咻一下就会消失一样,可能转瞬间就消失不见了。所以请你务必认真地赶紧考虑看看。这提议还不错啊,怎么样,你明白吗?"

牛河叹一口气,然后眼睛看手表。"唉呀呀,该走了。又待得太久了。啤酒也叨扰了,照例还是我一个人唠唠叨叨说个不停,真是厚脸皮啊。不过不是我找借口,到冈田先生家很奇怪自然就会长坐下去哟。一定是很舒服吧。"

牛河站起来,把玻璃杯、啤酒瓶和烟灰缸拿到水槽放下。

"我会很快再跟你联络,冈田先生。并安排你和久美子小姐谈话。这个我跟你说定了,请你期待噢。"

牛河走了之后我打开窗户,让闷在屋里的香烟气味散到外面。然后用玻璃杯装水喝。坐在沙发上,把猫沙哇啦抱到膝上,并想象牛河走出我家一步后,就脱掉虚假的伪装,回到绵谷升那里去的情形。但那是很愚蠢的想象。

18 假缝室，后继者

到这里来的女人们的底细纳姿梅格并不清楚。谁也没有自我介绍，纳姿梅格也没有问。她们口中说出的名字显然都是假名。但那里散发着金钱和权力结为一体时所酝酿出来的特殊气味。虽然女人们并没有刻意要炫耀，但纳姿梅格从那服装的种类和穿着方式，就可以一眼看穿她们所属场所的成立类型。

纳姿梅格在赤坂的办公大楼租了一个房间。顾客们大部分对隐私极端神经质，因此她尽量选择不显眼地方的外观不显眼的建筑物。而且经过各种考虑，最后决定采取服装设计工作室的形式。她过去实际上做过服装设计，而且不定数量的女性来见她也没有人会觉得奇怪。很巧的是她的顾客全都是穿高价定制衣服的三十岁到五十多岁的女性。她在屋子里摆出连衣裙、设计画或流行杂志，也把服装设计的道具、工作台和模特儿放进去，为了让人看起来像真的，实际上也确实在那里做一些洋服的设计。并把另一间小一些的房间用作假缝试穿用的房间。顾客们被带进那假缝室，在沙发上让纳姿梅格做"假缝"。

顾客名单由百货公司经营者的夫人制作。她是一个人面很广的人，但只以觉得可以信赖的人为对象，慎重选择有限的人数。她为了避免闹奇怪的丑闻，深信不得不采取由严选出来的成员组成俱乐部的形式。如果不这样的话，事情很快会传开。严格规定被选为成员的人，对外部绝口不提这"假缝"的事。她们都是口风很紧的人，而且也知道如果打破约定的话，会被俱乐部永久放逐。

她们预先以电话预约"假缝"，在指定的时刻到这里来。顾客之

18 假缝室，后继者

间不必顾虑彼此会碰面，隐私完全得到保护。谢礼当场以现金支付。金额由百货公司经营者的夫人做主决定，那是比纳姿梅格预料中大得多的金额。但只要曾经和纳姿梅格见过一次，被"假缝"过的女士们，必定还会再打电话来预约。一个都不例外。"你不必觉得这钱的事是一种负担，"夫人刚开始就对纳姿梅格说明，"因为金额越高，这些人越安心。"纳姿梅格每周三天到那办公室去，一天为一位顾客做"假缝"。那是她的限度。

西那蒙到了十六岁时，开始帮忙母亲的工作。纳姿梅格一个人要完成所有的杂务渐渐困难起来，但话虽如此，又不想雇用不认识的人。考虑之下便问西那蒙愿不愿意帮忙。他说"好啊"，甚至连母亲在做什么样的工作都没问。他早上十点搭计程车到办公室（他无法忍受跟别人一起挤地铁和巴士），做做打扫房间、把所有的东西整齐放在该放的地方、在花瓶里插花、泡咖啡、买必要东西、用卡式录音带小声播放音乐、记账簿等事情。

终于西那蒙变成办公室不可或缺的存在了，不管客人有没有来，他都经常穿着西装打着领带坐在接待室的书桌前。他不开口说话，顾客没有一个人抱怨。人们对这件事不但不觉得不方便，反而喜欢他不说话。他也接预约电话。顾客们说出自己希望的日期时间，西那蒙便敲桌面回答。叩敲一次是"No"，叩叩敲两次表示"Yes"。女人们喜欢这种简洁。西那蒙容貌端庄，是那种就那样原样化为雕像放在美术馆都行得通的青年，而且一般年轻男人往往说出口的扫兴事他也不会说。女性顾客们临走之前向西那蒙说什么，他便露微笑，把从外面世界带进来的紧张解除，减轻"假缝"后的不适应。而且不喜欢与他人接触的西那蒙，似乎对和来办公室访问的女人们交接不觉得痛苦。

到了十八岁，西那蒙拿到汽车驾驶执照。纳姿梅格找来看似亲切的私人驾驶教练，请他教不能开口的儿子驾驶技术。但西那蒙读遍了专业书，已经把驾驶方法从头到尾彻底吸收。不是靠书就能明白的几个实践上的秘诀，在他握方向盘的最初几天也都学会了，他立刻就成为熟练的驾驶者。拿到汽车驾驶执照，西那蒙便翻阅中古汽车专业杂志买了中古的保时捷。以每月从母亲那儿领到的薪水全部储蓄起来的钱当头期款（他在现实生活中完全不花钱）。他买了车之后，便把引擎擦得闪闪发亮，透过邮购买新的零件，几乎全部照样换新，装上新轮胎，整理成几乎可以出场参加像样车赛的状态。但他只开着那车从广尾家里到赤坂办公室之间经过混杂拥挤的道路，每天沿着相同的路线来回而已。因此那辆车自从交到西那蒙手上之后，时速几乎没有开过六十公里以上，变成世界稀有的保时捷911。

纳姿梅格持续做那工作七年以上。在那之间有三个顾客离开（一个因为事故死亡，一个由于某种理由被"永久放逐"，一个因为丈夫工作调动的关系搬到"远方"去了），取而代之增加了四个新顾客。同样是穿着高价衣服、使用假名的有魅力的中年女士。七年之间工作内容没有改变。她为顾客做"假缝"，西那蒙维持室内整洁美丽，记账簿，继续开保时捷。在那里既没有进展，也没有后退。大家只是逐渐一点一点增长年龄。纳姿梅格将近五十岁，西那蒙二十岁。西那蒙似乎一贯乐于做那工作似的，而另一方面纳姿梅格则逐渐被无力感所捕捉。她长年累月为顾客们体内所抱有的什么继续做"假缝"。虽然无法准确理解自己在做什么，但总之尽可能继续努力。不过纳姿梅格并不能治愈那什么。那绝不会消失。只会因她的治愈力暂时缓和活动而已。但经过数日后（大约从三天到长则十天）那又像以前一样开始活动，以这有一进一退的情形，从长期来看没有例外，会逐渐变大变强——像癌细胞一样。纳姿梅格对那成长情形像拿在手中一样可以清楚地感觉到。那些会告诉她，做什么都白费哟，不管多努力，我们最后都会胜利。他们说的是真实的。纳姿梅格没有胜算。她只能让进行稍微缓和，并且给顾客数日短暂的平稳而已。

"不只是这些人，难道世上的女人们全都抱有这样的什么吗？"

纳姿梅格自问过几次，"而且为什么到这里来的人全部都是中年的女人呢？我自己也和她们一样体内抱着那种什么吗？"

但纳姿梅格并不太想知道那答案。纳姿梅格所知道的，只是自己由于某种趋势而被关闭在这个"假缝室"的事实。人们需要她，只要人们还需要，纳姿梅格便不能离开那个房间。有时候她觉得那无力感变得很深很强烈，自己好像变成一个空壳子一样。觉得自己逐渐被磨损，快要消失到虚无的黑暗中去了。那时候她会向西那蒙坦白说出那种心情。安静的儿子，一面点头一面热心听母亲的话。他什么也没说，但光是对儿子说话，纳姿梅格心情便能奇妙地变得安稳。感觉自己不是孤独的，也不是完全无力的。"真不可思议，"纳姿梅格想，"我治愈别人，西那蒙治愈我。但谁来治愈西那蒙呢？只有西那蒙像黑洞一样一个人吞下一切的痛苦和孤独吗？"纳姿梅格只有一次把手放在西那蒙的额头上探索看看。就像为顾客做"假缝"一样。但她的手掌在那里无法感知任何东西。

纳姿梅格开始认真考虑想辞掉工作。我的力量已经所剩不多了。再这样下去我可能终究会在无力感中燃烧殆尽。但人们切实地需要她的"假缝"。纳姿梅格不能为自己一个人的方便，而干脆地把那些顾客放下不管。

纳姿梅格找到那工作的后继者，是那年夏天的事。当她看见坐在新宿大楼前年轻男人脸上的黑斑时，纳姿梅格就知道了这个。

19　迟钝麻木的雨蛙的女儿（笠原May的观点5）

你好，发条鸟先生。

现在是半夜两点半。周围的人都像木头一样沉沉睡着了。而我却睡不着，所以从床上起来写这封信。老实说睡不着的夜晚对我来说就像适合戴法国帽的相扑选手一样稀奇。平常，时间到了就会自然而然地睡着，时间到了又自然而然地醒来。虽然也有一个闹钟，但几乎没有用过。不过非常偶尔也会这样。半夜忽然醒来，就一直睡不着了。

我想像这样坐在桌前给发条鸟先生写信直到困为止。大概不久就会困起来吧。所以这封信会变很长，或变很短，连自己都不知道……虽然这么说，但不只是这次而已，每次也都在写完之前，不知道会变怎么样。

那么我这样想，世上的人们多半的人生和世界，虽然多少有例外，不过基本上大概以为会（或以为应该会）始终活在一贯的地方吧。我跟周围的人谈着时，常常会这样想。发生什么事时，不管是社会性或个人性，人们常常会说"那是因为那个是这样，所以变成那样"，多半的情况都会同意"啊是这样啊，原来如此"。可是我就不太明白。"那个是这样""所以变成那样"的意思，就像把"茶碗蒸的原料"放进微波炉按下按钮，叮一声响后打开炉门，茶碗蒸已经蒸好了一样，完全不能说明什么，不是吗？也就是在按下按钮和叮一声之间实际发生了什么，只要一关

19 迟钝麻木的雨蛙的女儿（笠原May的观点5）

上炉门就完全不知道了。"茶碗蒸的原料"在大家不知不觉之间在黑暗中曾经一度化身为焗意大利面，然后又忽然变回茶碗蒸也不一定。但我们以为把"茶碗蒸的原料"放进微波炉叮一声了，当然结果茶碗蒸就做好了。可是我觉得那只不过是推测而已。倒不如放进"茶碗蒸的原料"叮一声打开，偶尔会出现焗意大利面，反而更让我松一口气。那当然可能会吓一跳噢，不过还是可能松一口气也不一定。至少不至于太混乱，我想。因为那样对我来说，在某种意义上似乎觉得很"现实"。

虽然"那个为什么是现实的"很难以道理用语言来说明，不过假如以自己以往走过来的像道理一样的东西当作实例好好想想看的话，我想应该很清楚在那里几乎没有所谓"一贯性"这东西。首先我为什么会被生为那像雨蛙一样无聊的夫妇的女儿真是个谜。一个很大的谜。为什么呢？虽然由自己说来有点那个，因为我比那夫妇两个人加起来还要正常。不是在自夸，这真的是事实。虽然不是说自己比双亲更伟大，但至少以人来说是比较正常的。如果发条鸟先生见过那两个人的话一定会明白。他们相信这个世界是像兴建出售高级住宅的平面格局一样"首尾一贯"附有说明的。所以只要以"首尾一贯"的做法去做的话，一切最后都会顺利进行的。而且对我的没有这样做感到混乱、悲伤、愤怒。

为什么我会以这样迟钝麻木的双亲的孩子被生到这个世上来呢？为什么我由他们抚养长大，却不能变成迟钝麻木的雨蛙的女儿呢？我从很久以前就一直对此想了很多。但却无法说明。又觉得好像有什么切实的理由，但我却想不起来。这种不合道理的事其他还有很多。例如"为什么周围的人都把我当异类般地嫌恶呢？"之类的。我并没有做什么特别坏的事。我是极普通地活着的。但有一天忽然注意到，我没有被任何人喜欢过。我对这个真的是无法理解。

而且缺乏"脉络"的事导致别的非"脉络",因此发生了许多事,我想。例如和那个骑摩托车的男孩相遇发生不可收拾的事故之类。在这记忆中,或者说在我头脑里的顺序上,没有"因为这个是这样,所以变成这样"的东西。好像每次叮一声打开来时,总是砰地冒出自己都不记得曾经看过的东西。

而且自己周围到底发生了什么事情,我都完全不知道。在这样的情况下,我不去上学,只在家里闲着没事,也就是那时候跟发条鸟先生认识了。不,在那之前我就在假发公司打工做社会调查了。不过为什么是假发公司呢?那也是个谜。想不太起来了。出事的时候稍微撞到头,因此脑的配置错乱了也说不定。或者受到精神上的冲击,很多记忆都咻一下藏到什么地方去变成一种毛病了也说不定。像松鼠挖洞把松果藏起来,然后却把埋的地方就那样忘掉了一样(发条鸟先生见过这种事吗?我见过噢。小时候,我那时还笑松鼠傻呢。不知道自己有一天也会变成那样)。

总之我在假发公司做调查工作,因此对假发像宿命般地喜欢上了。这也是没有"脉络"可循的事。为什么会是假发,而不是丝袜或勺子呢?如果那是丝袜或勺子的话,我现在就不会这样努力在假发工厂工作了,对吗?如果那愚蠢的摩托车事故没发生的话,我那个夏天就不会在后巷遇见发条鸟先生吧?如果没遇到发条鸟先生的话,发条鸟先生也许就不知道宫胁先生家有井的事了,就结束了,脸上也不会出现黑斑,不会被卷进那种怪事里去……也许噢。这样一来,"世界到底什么地方有一贯性呢",我便这样想。

或者是世上有各种人,对有些人来说人生和世界是茶碗蒸式的一贯的东西,而对另一些人来说,则是焗意大利面式的走到哪里就碰到什么。我不太清楚。但只是这样想象而已,我那雨

19 迟钝麻木的雨蛙的女儿（笠原May的观点5）

蛙双亲，如果把"茶碗蒸的原料"放进去叮一声拿出来是焗意大利面的话，恐怕会对自己说："我一定是错放成焗意大利面料了吧。"或者手上拿着焗意大利面，却拼命对自己说："不不，这猛一看表面上是焗意大利面，但其实是茶碗蒸。"而且如果我对他们亲切地解释道："把茶碗蒸的原料放进去叮一下，偶尔也会变成焗意大利面。"他们也绝对不会相信，反过来还会气得要命呢，我想。这种事发条鸟先生能明白吗？

关于发条鸟先生的黑斑下次再说，以前我在信上这样写过，对吗？关于我在上面亲吻时的事。我想大概是第一封信上吧，记得吗？老实说自从去年夏天和发条鸟先生分开之后，我每次回想那时候的事，便像猫在看下雨一样地持续一直想东想西。那到底是什么呢？但老实说，我对那无法恰当说明。也许有一天更久以后——十年后或二十年后——还有这种机会的话，而且我变得更大人、更"聪明"的话，或许会对发条鸟先生恰当地说"其实啊"也不一定。但是很遗憾现在的我，觉得大概还没有具备把那"恰当明确地"化为语言的资格和想法。

不过只有一点我可以老实说，我比较喜欢没有黑斑的发条鸟先生。不，这不对。因为发条鸟先生也不是想沾上那黑斑而沾上的，这种说法有点不公平噢。也就是说，对我来说，没有黑斑的发条鸟先生就已经足够了，大概是这样吧……不过只凭这样一定也不清楚到底是怎么回事吧？

嗨，发条鸟先生，我这样想：那黑斑也许带给你什么重要的东西也不一定。但它应该也从你那里夺走了什么。好像相抵一样。而且大家如果像那样从发条鸟先生这里夺走什么的话，不久发条鸟先生就会渐渐被磨损掉吧？也就是该怎么说呢，我真正想要说的是，发条鸟先生就算没有那样的东西，我也一点都不在乎的意思。

　　老实说,我现在在这里每天这样"默默"地做着假发,我想毕竟也是因为那时候吻了发条鸟先生的那个黑斑吧。因为有那回事,所以我才会想离开那里,决心稍微离发条鸟先生远一点吧。这种说法或许会伤害到发条鸟先生,但那也许是真的。不过托那个福我才能够好不容易在这里找到了自己的地方。所以在某种意义上我该感谢发条鸟先生。虽然说在某种意义上被感谢,可能也不是多快乐的事吧。

　　就这样,我觉得我想不能不对发条鸟先生说的事,大体上好像都说出来了。现在已经快四点了。该起床的时间是七点半,因此还可以睡三个多小时。但愿能立刻睡着就好了。总之信写到这里差不多该打住了。再见,发条鸟先生,请为我祈祷能顺利睡着。

20　地下迷宫，西那蒙的两扇门

"那个宅院里放有一部电脑，对吗，冈田先生？虽然我不知道谁在用。"牛河说。

那是夜晚九点，我坐在厨房把听筒贴在耳边。

有，我简短地回答。

牛河发出好像在吸鼻子似的声音。"嗯，我们照例调查了一下，掌握到大概有的这回事。不，并不是有电脑就怎么样，当然不是对这个有意见喏。现在这个时代，对于用脑工作的人，电脑是必需的，所以有也一点都不奇怪。

"所以呀，冈田先生，长话短说的话，出于一点缘故，我就想到如果能透过那电脑跟冈田先生通讯的话该多好。于是我自己就试着做了各种调查，唉呀呀，这可不那么简单呢。光是普通线路号码还接不上呢。而且还设定成如果不悄悄打进什么特别的密码还不能运作呢。没有密码，那门就动也不动。这可就伤脑筋了。"

我沉默着。

"不过，要是被奇怪地误解可就麻烦了，所以我并没有想要进入那个电脑，或做什么坏事，或这类姑息的事。因为光是想接近那通讯功能就已经被硬邦邦地挡在外面，所以要想从那里抽出资讯来也不可能那么简单。所以那么麻烦的事，我们根本就不去想。我只是想建立起久美子小姐和冈田先生对话的网络而已。上次我不是跟你约好了吗？说我会努力让你跟久美子小姐能够直接对话，对吗？久美子小姐离家也已经有相当时日了，像这样事情拖着下去不解决也不好。这样下去冈田先生的人生或许会往奇怪的方向偏掉也不一定。不管有什么样的情况，人类面对面开诚布公地交谈是很重要的。不这样的话，总是会发生一些错误偏差，使人变得不幸。……嗯，我也尽我的力量把道理说明了，总算说服了久美子小姐。

"不过噢，久美子小姐也真不容易点头。她说不打算跟冈田先生直接说话。她说见面不用提，也不能在电话上谈。说连打电话也不要。唉呀呀！我也真没辙噢，对这个。我真是用尽各种手法跑酸了腿去劝说噢，决心真坚定啊。就像千年顽石一样硬。这样下去的话，青苔都会长出来哟。"

牛河稍微等了一下我的反应，但我还是什么也没说。"不过啊，总不能被这么一说，就'哦，这样子啊，我知道了'，简单地打退堂鼓。那样的话，我这个牛河可会被先生揍惨呢。不管对方是岩石也好，土墙也好，都得去找出一个妥协点来……那是我们所做的事。妥协点喏。如果对方不卖冰箱给我的话，至少也买个冰块回去，这种精神。于是啊，我想有没有什么好方法呢？真是绞尽了脑汁，不过人不管怎样总是会姑且考虑看看的，不久我这个不怎么样的阴暗脑袋，也像从云间看见星星一样忽然浮起一个点子来。对了，用电脑画面来谈话不就行了吗？也就是敲键盘在画面上把字排出来，这冈田先生会吧？"

我在法律事务所工作时，为了做判例调查或检查委托人的个人资料而使用过电脑。也用过通讯功能。久美子应该也在工作场所使用过。她所编辑的自然食品杂志，将各种食品的营养分析和餐点食谱之类的东西，全部记录在电脑上。

"不过啊，普通的电脑是不行的，但使用我们的机器跟那边的机器的话，应该可以做到速度还算快的相互通讯。久美子小姐也说如果用电脑画面的话倒也可以和冈田先生对话，她这样说噢。到这里为止总算有个结果。这样的话总算可以同时间互相对答，我想这算是接近对话吧。这就是我所能提供的最大限度的妥协点了。薄命猴子的智慧。怎么样呢？或许不合您的意，不过光这样我已经绞尽脑汁了。用起不中用的脑袋还蛮累人的。"

我默默把听筒换到左手拿。

"喂喂，冈田先生，有没有在听啊？"牛河以担心的声音说。

"我在听啊。"我说。

"说得简单迅速一点哪，如果能把进入那边电脑的通讯功能的密码告诉我的话，立刻就可以把跟久美子小姐的对话设定好。怎么样呢，冈田先生？"

"那有几个实际上的困难点。"我说。

"说来听听。"牛河说。

"一点是，不能确定对话对象是不是久美子。如果用电脑画面对话的话，既看不见对方的脸，也听不见声音。也许有人装成是久美子在敲键盘呢。"

"原来如此。"牛河像很佩服似的说，"这个倒没想到，但以可能性来说，并不是没有可能。不是我说客套话，凡事——怀疑是很好的噢，我怀疑，故我在。那么这样如何？冈田先生首先试着问只有久美子小姐才知道的问题。然后如果对方答得出来，那就是久美子小姐。一起生活了几年的夫妇，所以总有一件或两件只有两个人才知道的那种事吧？"

牛河说的也合道理。"好吧。不过不管怎么样，我还不知道那密码。我手还没碰过那机器。"

根据纳姿梅格所说，西那蒙对那电脑系统从头到尾彻底照自己的意思改装过。他把原来的机器性能提高，自己做复杂的相关资料集中管理系统，将程序加密，巧妙设计成别人无法轻易打开。西那蒙以十根手指坚固地支配着，绵密地管理着，通道以三次元错综形成那地下迷宫。所有的通道都有系统地刻进他脑子里，只要一按键盘操作，他就可以走捷径跳到任何喜欢的地方去。但不明底细的侵入者（也就是除了西那蒙之外的人），在找到特定情报之前，很可能会被拖着在迷魂阵里绕几个月，而且到处藏有警报装置和陷阱。这是纳姿梅格告诉我的事。"宅院"里的电脑不是很大。和赤坂办公室的电脑相当。但这些都和他们自己家里的母机网络相连线，资讯可以相互处理。在那里应该塞满从顾客名单到复杂的双重账簿、纳姿梅格和西那蒙有关工作上的机密。不过我推测不只是这些而已。

之所以这样想，是因为西那蒙实在太深刻、太亲密地和那机器相连。他经常躲在自己的小房间里工作。但偶尔由于某些原因门开着时，可以窥见他的样子，每次这样的时候，我总觉得好像在偷看别人的事，因而有些愧疚。因为他和那电脑难分难舍化为一体，显得很安详地行动着。他热心专注地敲着键盘，读着画面上浮现的文字，偶尔不满地撇撇嘴，偶尔轻轻微笑。有时候慢慢一个字一个字按着键，有时候像钢琴家在弹李斯特的练习曲般激烈快速地运指。看起来他好像正以那机器为对象一面进行无言的对话，一面透过电脑画面眺望着另一个世界的光景。那对西那蒙而言似乎是既亲密又重要的光景。我不得不想他真正的现实，或许不在这地上的世界，而是存在那地下迷宫中吧。而且在那个世界里，西那蒙或许正以澄澈的声音善辩地说话，大声地哭笑着。

"我不能从这边操作那边的电脑吗？"我问，"那样不是不需要密码吗？"

"那样不行。那样做，就算那边发出的信可以传到这边来，这边发出的信却也还是不能传进那边。问题是那芝麻开门的密码啊。如果不能解开这个，就没办法。不管用多巧妙的声色，还是不能开门让狼进来。狼敲门说'你好，我是你的朋友小白兔噢'，没有口令还是要砰一声吃个闭门羹。就像铁处女。"

20 地下迷宫，西那蒙的两扇门

牛河在电话那头用火柴点香烟。我脑子浮现他那变黄的不整齐牙齿和松垮的嘴角。

"密码是三位。英文字母或数字。或二者的组合。指示出现后十秒之内要输入密码。连续三次错误的话，电脑就会关闭，警报会响。说是警报其实不是真的哔地响，而是狼来了的足迹会立刻被发现。怎么样？做得很好吧？实际排列组合计算看看就知道了，说起来二十六个英文字母和十个数字组合的可能性将近无限，所以不知道的人根本没有胜算。"

我对此默默考虑了一下。

"嘿，有没有想到什么啊，冈田先生？"

*

第二天下午，"客人"坐着西那蒙开的奔驰离开之后，我走进西那蒙的小房间，坐在桌子前把电脑电源开关打开。电脑画面浮现蓝色冷冷的光。文字一列排开。

本电脑操作需要密码。
十秒内请输入正确密码。

我把预先准备好的三个英文字母输进去。

zoo

画面不开，警告声响起。

密码未登记。
十秒内请再输入一次正确密码。

画面上开始倒数计时,我把英文字母转换成大写,输入和前面一样的组合。

ZOO

但答案是 No。

密码未登记。
十秒内请再输入一次密码。
如果再输入一次错误密码,
电脑将自动关闭。

倒数计时开始。还有十秒。我只留第一个字母大写,剩下的两个,试着改为小写。这是最后的机会。

Zoo

响起明朗的鸣声。

密码输入正确。
请由以下项选择程序。

于是选项画面打开。我从肺里慢慢吐出空气。然后调整呼吸,将长长排列的选项往下移动,寻找选择被指定网络通讯的程序。画面上无声地排列出网络通讯的新选项。

请由以下项选择通讯程序。

我点击了 mutual（相互通讯）。

mutual 收信功能部分需要密码。
十秒内请输入正确密码。

这对西那蒙来说应该是重要的封锁。要阻止熟练的电脑侵入者进入操作，只有坚固地防守入口。而且如果那封锁是重要的话，所使用的密码也应该是重要的。我在键盘上打着。

SUB

画面不开。

密码未登记。
十秒内请再输入一次正确密码。

计时开始。10、9、8……我重复和刚才一样的顺序前进。以大写开始，小写继续。

Sub

响起明朗的鸣声。

密码输入正确。
请输入网络号码。

我抱着双臂看着讯息。不错。我已经连续解开两扇西那蒙迷宫的门了。很不错。动物园和潜水艇。然后点击鼠标，取消前进。画面恢复初期的选项。操作结束，按关闭栏，画面上浮现文字。

如无指示时，
本次操作程序，将自动记录于操作档案。
如不必记录，请选择不存档。

依牛河教的，选择不存档。

本次操作程序不记录于档案。

画面静静地死了。我用手指擦额上的汗。小心谨慎地将键盘和鼠标还原到原来的位置（差别不要超过两公分），我离开了变冷的电脑画面前。

21 纳姿梅格的故事

赤坂纳姿梅格花了好几个月，把她的发迹故事告诉我。那是一个长得无止境、充满无数插曲的故事。所以虽然我只把那极简短的（虽说如此，也没那么短）、类似概要的东西显示在这里，但那是否能够适当传达事情的骨架精髓，老实说我没有自信。但至少应该能传达她人生各个阶段所发生事件的概要。

赤坂纳姿梅格和母亲只以随身珠宝为财产，从伪满洲撤回日本来。并在横滨的母亲娘家寄居。娘家是做以台湾为主的贸易方面的工作，战前景气好时还赚钱，但长期战争之间交易大多已经散失。向来主持事业的父亲也因心脏病死去，帮父亲忙的次男也在终战稍前因被炮弹击中而死。当教师的长兄辞去工作，继承了事业，但原本性格就不适合做生意，家业终于无法再度复兴。广阔的宅院虽然留下来了，但在战后物资缺乏的时代，在那里起居生活并不是一件多愉快的事。母女总是缩着身子销声匿迹地过着日子。吃得比别人少，早晨比任何人都早起，家务杂事主动找来做。少女时代的纳姿梅格穿的衣服，一切的一切，从手套、袜子到内衣都是接收表姐妹穿过的，连铅笔都是别人丢掉的短的收集来用。早上睁开眼睛是一件痛苦的事。光想到这又要开始新的一天时，心里就痛。不管多贫穷都没关系，只要跟母亲两个人不必顾虑别人地过日子就好了。但母亲却不离开那里。"我母亲以前是个活泼明朗的人，但从伪满洲撤退回来之后却变成像个空壳子一样了。一定在什么地方丧失了生的力气。"纳姿梅格说。母亲再也不能够重新站起来。只能以女儿为对象反复谈起快乐时候的往事。所以纳姿梅格不得不学习自己一个人活下去的本事。

虽然她并不讨厌读书，但对于在高中所教的一般学科几乎都没兴趣。光把历史年号、英语语法或几何公式硬填鸭式地塞进脑袋，她无论如何都觉得对自己没有帮助。不如学会什么实际的一技之长，早一天自立，这是纳姿梅格的愿望。和悠哉快乐地过着高中生活的同班同学们不一样，她远远地离开她们。

老实说，当时她满脑子只有流行服饰的事。从早到晚她都想着洋服的事。虽然这么说，但自己实际没有余裕装扮，因此只是反复翻阅从什么地方得到的流行杂志，模仿着做速写，或者把脑子里浮现的礼服画稿不断地画在练习簿上而已。为什么会那样强烈地被服装吸引呢？那原因她自己也不明白。大概是因为在伪满洲时经常摸弄母亲衣服的关系吧，纳姿梅格说。母亲拥有很多衣服，是个讲究穿着的人。洋服与和服都多到塞不进衣橱的程度，少女时代的纳姿梅格一有空闲便把那些衣服拉出来摸摸瞧瞧的。但撤退时衣服的大半都不得不留下，塞在旅行背包里带回来的也依序换成食品了。母亲每次摊开下次不得不卖的衣服时便唉声叹气。

纳姿梅格说："设计服装对我来说是通往别的世界的秘密门扉。一打开那扇小门，就有一个只属于我的世界展开。在那里，想象力是一切。你只要强烈地想象自己想要想象的东西，就可以远离现实。而且对我来说最高兴的是，那是免费的。想象不需要花一分钱嗒。不是很棒吗？在脑子里想着美丽的洋服，把那转换成画，不只是所谓离开现实耽溺于梦想而已，对我来说也是活下去不可或缺的事。就像呼吸一样当然而自然的事。所以我想象每个人是不是多少也都在做着同样的事。但其他的人却没有这样做，想做也做不好，当我了解到这一点时，我想：'我在某种意义上和别人不一样，所以只好过不一样的生活。'"

21 纳姿梅格的故事

纳姿梅格退出高中,转到西式裁缝学校。拜托母亲筹措学费,把剩下的少数珠宝给一次处理掉。她在那里学了两年缝制、剪裁、连衣裙的设计等实际技术。从西式裁缝学校出来后,她便租公寓开始一个人生活。一面打工缝东西、编织,晚上则做女服务生,一面到服装设计专科学校上课。毕业后,在一家高级女装公司就业,按照希望被分配到设计部门。

她确实有创新的才华。不仅能画服装设计稿,同时拥有和其他人不同的看法和想法。在纳姿梅格头脑中有"想要做这种东西"的明确意象,那不是从别人那里借来的,而是从自己心中自然产生出来的东西。那些意象的细部,她可以像鲑鱼溯着河川找回源流一样,一直无限地追寻下去。纳姿梅格努力工作,没有空暇睡觉。工作既觉得快乐,而且满脑子只想早一天成为能够独当一面的设计师。她既不想出去外面玩,也不知道任何一种游玩的方法。

上司终于承认了纳姿梅格的工作成绩,对她所画的流丽而奔放的线条感兴趣。并且经过几年的见习期间之后,把一个小工作部门交给她做主管理。那在公司里是特例的拔擢。

纳姿梅格的工作实绩一年一年着实地提升。终于不仅在公司内,连业界的许多人都开始对她的才能和热力感兴趣。服装设计的世界一方面是闭塞的世界,同时也是个公平竞争的社会。自己设计的服装有多少被预订,就那样成为设计师的实力。不仅以具体数字呈现出来,而且胜负可以用眼睛清楚地看得见。她并没有刻意和别人竞争,但那实绩却令人无法忽视。

在二十多岁的前半段,纳姿梅格目不斜视地埋头工作。在那之间认识了许多人,有几个男士对纳姿梅格表示好感,她跟他们的关系既短又淡。她总是无法对活生生的人怀有深刻的关心。纳姿梅格脑子里被服装的形象占满了,对她来说真正的人不如设计的人来得更活生生、更具有肉感。

但到了二十七岁时,纳姿梅格在业界新年宴会中被介绍认识一个风貌不可思议的男人。长相本身很端庄,但头发凌乱,下颌和鼻尖像石器般尖锐,因此看起来与其说是妇女服装设计师,不如说像狂信的宗教家一样。他比她年龄小一岁,像铁丝般瘦,拥有一对无底深奥的眼睛。而且好像以让对方不自在为目的似的,以颇具攻击性的视线,环视着人们。但纳姿梅格可以在那眼睛里看见自己本身的映象。他当时还是个不知名的新进设计师,两个人是第一次碰面。不过纳姿梅格倒已经听过关于他的传言。评语是有特异才华,但傲慢任性,动不动就跟人家吵架,几乎没有人喜欢他。

"我们两个人是相似的类型。都是大陆出生的,他战后身无分文地从朝鲜搭船撤退回来。他父亲是职业军人,战后经历过相当贫困的日子。小时候母亲因为伤寒去世,因此他对女人的服饰开始怀有强烈的兴趣。虽然有才华,但为人处世却不高明得没话说。做的是妇女服装设计,但一出现在女人面前,就会立刻脸红,变得很粗暴。也就是说,我们都像是离群的动物一样。"

第二年两个人结婚,那是一九六三年的事,接下来的一年(东京奥运会那年)春天生下的孩子就是西那蒙。名字是西那蒙啊,真的?西那蒙生下来之后,纳姿梅格就把母亲接来请她代为照顾孩子。因为自己必须从早到晚拼命工作,没有空照顾幼小的孩子,所以西那蒙几乎是在外婆手中养育长大的。

自己是否曾经将丈夫作为男性真的去爱过呢,纳姿梅格也不知道。纳姿梅格缺乏下这种判断的价值基准,对男方来说也一样。他们的结合是靠一种偶然邂逅的力量和对洋服设计的共同热情。虽然如此,但结婚生活的最初十年对双方都是结果丰硕的。纳姿梅格和他结婚后便辞掉公司的工作,开始拥有独立的设计事务所。在青山路后巷里一栋小建筑物朝西的小房间,通风不良也没有空调设备,因此夏天热到连铅笔都要从汗湿的手上滑掉的程度。当然工作不是一开始就一帆风顺。因为两个人都惊人地缺乏实务能力。有时遇到恶劣对手便没办法地受骗，由于不知道业界的习惯而没有拿到订单，或犯下无法想象的单纯错误，总是无法上轨道。也曾经落入贷款累累只好半夜逃走的地步。不过纳姿梅格在偶然的机缘下，找到一个对两个人的才华评价很高，又矢志忠诚的能干经纪人，才有了突破转机。过去的烦恼好像假的一样，公司后来快速发展，营业额每年倍增，他们身无分文所建立起来的公司，在一九七〇年可以说是奇迹式的成功。连不知人情世故、傲慢的他们自己，也预料不到能有那样可观的成果。两个人增加员工数，搬到大马路边的大办公大楼，在银座、青山和新宿开出直营店。两个人所成立的原创品牌名称，经常被大众传播媒体提起，也被世间广泛地知道了。

公司变大之后，两个人分担的工作性质也改变了。洋服制作工作虽然可以说是一种创作行为，但和雕刻或写小说不一样，也是一种和许多人的利害有关的生意。不是躲在后面一个人做自己喜欢的东西就可以的。必须有人到外面去扮演"脸"的角色。生意上的交易额做得越大，这种必要性就会越增加。宴会、服装秀必须出面去招呼应酬，接受媒体采访。纳姿梅格完全不想接受这个任务，结果只好由丈夫出面。丈夫对交际应酬的笨拙也不输给纳姿梅格，因此刚开始他觉得痛苦得没办法。在不认识的人前不能好好说话，每次回来都疲劳困惫。但持续半年之后，他突然发现自己走到人前已经不再像以前那样痛苦了。虽然依然无法顺畅说话，但和年轻时候相反，他的这种沉默木讷反而吸引人们的兴趣。人们不再把他那木讷而被动的应答（那是本来天生内向所发出的），认为是不懂人间世故的傲慢，而是以迷人的艺术资质来接受。他甚至终于很乐于置身这样的处境。而且他在不知不觉之间，被抬举到那个时代文化英雄般的地位。

577

"你可能也听过他的名字吧，"纳姿梅格说，"不过实际上那时候，设计作品有三分之二都是我一个人做的噢。他的大胆而有创意的想法已经以商品的形式上了轨道，他已经想出绰绰有余的创意，把那发展膨胀成形下去则是我的任务。我们公司规模扩大之后，也没有从外头请设计师。只是帮忙的人增加而已，重要的核心部分只有我们在做。我们想做的只是不分阶级，不分一切，做我们想做的衣服而已。市场调查、成本计算、会议之类的一概没有。只想做这种东西，便照着设计，尽可能用好料子，花时间制作。其他厂商花两倍功夫的东西，我们要花四倍功夫做。其他厂商可以用三米布料做的，我们用四米。做好细密的检查，除非自己满意的东西，否则不拿出外面去。卖剩的全部丢掉。也没有折扣。当然价格也相对提高。刚开始业界的人都认为这样不可能行得通，把我们当傻瓜。但我们的服装却变成那个时代的一个象征。就像彼得·马克斯的画、糊涂塌客、崔姬和《逍遥骑士》这类东西一样。当时的服装设计真的很快乐。多大胆的东西都可以做出来，顾客也跟得上。简直像背上长了大翅膀一样，到处都可以自由地飞。"

但自从他们的工作开始进展顺利之后，纳姿梅格和丈夫的关系也逐渐疏远了。即使在一起工作，丈夫的心也不知道飘到什么地方去，她常常发现有这种情形。他的眼睛似乎已经失去过去的闪闪光辉和饥渴光彩。一不如意便随手抓起东西乱丢的激烈气性，几乎不再在脸上显露出来。偶尔落入沉思似的呆呆凝视着远方的情形也增加了。他们除了在工作场合之外几乎不再对话。他不回家的情况也变多了。虽然她多少知道丈夫在和几个女人交往，但纳姿梅格并没有特别受伤。因为两个人之间已经长久没有肉体关系（那主要是因为纳姿梅格这边失去性欲），丈夫另外有了恋人也是没办法的事，她想。

丈夫被杀是一九七五年底发生的。那时纳姿梅格四十岁，儿子

21 纳姿梅格的故事

西那蒙十一岁。他在赤坂的一家饭店房间,被用刀子刺死。早上十一点整理客房的女佣要去打扫时,用备份钥匙打开房门进入房间发现尸体。浴室简直像发洪水般血迹斑斑。全身血淋淋的,血几乎已经一滴不剩地流到体外。而且心脏、胃、肝脏、两个肾和胰脏都从身上被挖走了。杀害他的人好像将这些器官全部切下,用塑胶袋或什么装着带走了。头从胴体切断,正面朝外地放在马桶盖上。那脸也用刀子切割过。犯人似乎是先将头切割掉,然后将内脏一一切下回收的样子。

要切除人的内脏,除了需要锐利的刀刃,还得要有相当专门的技术。肋骨必须用锯子之类的锯开才行。既花时间,又会流大量的血。为什么非要特地这么麻烦地做呢?原因不明。

饭店柜台负责人说,记得前一天晚上十点左右他和女人两个人来开房间。房间在十二楼。但因为也是年底的忙碌时期,只记得对方是三十岁左右的漂亮女子,穿着红色大衣,个子不是很高——这种程度的事而已。不过那个女的只带小手包,其他没带什么。床上有性行为的痕迹。从床单上回收的阴毛和精液是他的。房间里留下大量指纹。多得没办法搜查。他所带的小皮包里,只有少数换洗衣服、化妆品、和工作有关的文件夹,以及一本杂志而已。皮夹内有十万多一点的现金,和信用卡一起被留下来,但应该带着的手册则没有找到。房间里没有争执的痕迹。

警察调查过他的交友关系,但没有符合饭店柜台负责人所描述特征的女性。有三四个女性的名字被提出来,但警察调查之下,并没有发现仇恨或嫉妒,而且她们全都有不在场证明。在流行服饰业界就算有人不觉得他人很好(当然有几个人。那不是一个被认为充满温情友爱气氛的世界),但并不至于因此便说这些人对他怀有杀意,更不认为他们拥有以刀刃将六个内脏割出的特别技术。

因为是世上知名的设计师,所以那事件被报纸、杂志广泛报导出来,成为不小的丑闻,但警察因为不愿意让这种猎奇型杀人事件太过于受到注目渲染,以各种技术上的理由,没有正式公布内脏是经由某人的手带出去的。也有一种说法是不愿意名誉受伤害的那家饭店辗转施加压力。只公布他在饭店的一个房间被刀刺杀而已。也曾经有过传言说在那里发生了"什么异常的事",但结果则不了了之。警察虽然展开大规模的搜查,但犯人始终没有被捕,连杀人动机到最后都不明白。

"那个房间到现在应该还紧紧钉起来封锁着。"纳姿梅格说。

在丈夫被杀的第二年春天,纳姿梅格将公司连直营店、库存品和品牌名全部卖断给一家大服饰厂商。她连卖断交涉律师事务所带来的文件金额都不怎么去确认,便默默盖上印鉴章。

公司放手后,纳姿梅格发现自己对洋服设计已经完全失去热情。过去和活着成同义语一般的那激烈切实的欲望水脉,唐突而完全地干涸了。虽然也曾极稀有地受委托做设计工作,成品达到一流专家的水准,但那里头已经感觉不到喜悦了。就像在吃着没有味道的食物一样。简直像他们连我的内脏也完全拔掉了似的,她想。知道她过去的热力和崭新创意的人,记忆中还把纳姿梅格当作传说般的存在,这些人的设计委托还不断进来,除了无论如何都推不掉的之外,她全都不接。她在税务师的劝告下,将卖断公司的钱转到股票和不动产投资,由于景气好的关系,那资产又逐年膨胀。

公司放手后不久,母亲便因心脏病去世。八月某个炎热的日子母亲在玄关泼水时,突然说"不舒服",便在床上躺下,发出很大的鼾声。就那样死掉了。便只剩下纳姿梅格和西那蒙两个人。从此以后的一年左右,纳姿梅格几乎足不出户地窝在家里。她好像要一次找回过去的人生中从未得到过的安静和平稳似的,坐在沙发整天望着庭院。也不怎么吃东西,一天睡十小时。照常应该到了上中学年龄的西那蒙,便代替母亲料理家务,在空闲时便弹弹莫扎特或海顿的奏鸣曲,学了几种语言。

但在那几近空白的安静一年过去后,纳姿梅格忽然在偶然之间,知道自己拥有了某种特异能力。那对她来说是完全没见过、不记得有过的奇妙能力。这是对服装设计激情消失后,取而代之在我心中产生的新东西吧,纳姿梅格想象。而且那能力实际上便代替服装设计成为纳姿梅格的新职业。虽然那绝不是她自己所追求的。

刚开始是那位大百货公司经营者的夫人,年轻时候曾经是歌剧演员,一位聪明而充满活力的女性。她从纳姿梅格尚未成名以前就格外注目她的设计家才华,经常会来看她。如果没有她的支援,也许公司在早期就垮了也不一定。由于这关系,纳姿梅格答应接下为夫人的独生女打点结婚典礼,帮母女双方选择衣服,搭配饰品的工作。那并不是特别困难的工作。

但在一面等候假缝,一面和纳姿梅格聊天时,那位夫人没有任何前兆地便双手抱起头,摇摇晃晃地倒在地板上。纳姿梅格吃了一惊,抱起她的身体,用手摸摸她右侧的太阳穴。她什么也没想,只是反射性地那样做,并可以感觉到那里有什么存在着。就像从布袋上摸里面的内容一样,她手掌可以感觉得到那东西的形状和触感。

因为不知道该怎么办才好,于是纳姿梅格便闭上眼睛准备想一点别的事情。她想起新京动物园的事。没有任何入园者的休园日的动物园。只有她以主任兽医女儿的身份特别被允许进入里面。那对纳姿梅格来说可能是一生中最幸福的时光。在那里她被保护、被爱、被承诺。那是最初浮上她脑海的印象。无人的动物园。纳姿梅格一一回想起在那里的气味、光彩、浮在天空云的形状。她一个人从一个槛栏走到另一个槛栏前。季节是秋天,天空无限高爽,伪满洲的鸟成群结队地从一个树林飞到另一个树林。那是本来属于她的世界,而且在各种意义上是永远失去的世界。不知道时间经过多久,终于夫人慢慢地站起来，向纳姿梅格道歉。夫人还惊魂未定，但激烈的头痛似乎已经过去了。过了几天，纳姿梅格收到工作的谢礼，为金额比预料中高出许多而吃惊。

那次事件过后一个月左右，百货公司经营者的夫人打电话来，邀她一起吃午餐。午餐过后夫人带纳姿梅格到自己家里，并拜托纳姿梅格说："为了确认，能不能请你再摸一次我的头看看？"因为没有理由拒绝，她便依照她的要求做。纳姿梅格坐在夫人旁边，用手掌轻轻放在她的太阳穴上。于是她可以感觉到那里又有同样的什么。她集中意识试着更具体地探索那形状。但她一集中意识，那什么便像扭动身体似的滑溜溜地变形着。这东西是活着的。纳姿梅格微微感到恐怖。她闭上眼睛想着新京动物园的事。那并不困难。纳姿梅格只要想起来就好了。想她以前为西那蒙说的故事和那光景。她的意识离开肉体，在记忆和故事的狭小空间里徘徊，然后回来。回过神时，发现夫人正牵着她的手道谢。纳姿梅格什么也没问，夫人也什么都没说明。纳姿梅格和上次一样感觉到轻微的疲劳，额头也渗出薄薄一层汗。临分手时夫人说谢谢你特地来一趟，于是要交给她一袋谢礼，但纳姿梅格郑重地，而且明白地拒绝了。这不是工作，而且上次的工作已经收到足够有余的报酬了。夫人没有勉强。

几星期后，那位夫人又介绍另外一位妇人来见纳姿梅格。年龄约四十五岁，眼睛凹陷锐利，个子矮小的女人。穿着高级服饰，但除了银质的婚戒指之外没有戴任何首饰。从气质就知道不是普通的人。百货公司经营者夫人预先告诉纳姿梅格："那位妇人希望你为她做跟我一样的事。请不要拒绝。而且默默收下谢礼。因为那从长远来看，对你和对我们来说都有必要。"

她和那位女士在后面的房间两人单独在一起，同样用手掌压在太阳穴上。那里有别的什么在。那比百货公司经营者夫人的更强，动作也更快。纳姿梅格闭目屏息，试着镇定那动作。她更努力集中意识，更鲜明地唤起记忆。她进入那皱褶细部，对那东西传送她记忆的温馨。

"于是我在不知不觉之间，开始把那个当工作来做了。"纳姿梅格说。她知道自己已经被卷进一个巨大的流里。终于，长大成人的西那蒙也开始帮她工作。

22　上吊屋之谜 2

"世田谷区名宅、上吊屋出没者"

若隐若现政治家的影子、惊人巧妙的隐情，其中藏着什么秘密？

摘自《＊＊周刊》12月21日号

正如12月7日号杂志中介绍过的，世田谷幽静住宅区有一栋被悄悄称为"上吊屋"的住宅。因为住在那里的人，结果都像约好了似的遭遇不幸而自绝生命，其中大半选择上吊作为自杀方法。

（中略——前回报导提要）

我们到目前为止的调查，只有一件事实已经明确。想查出"上吊屋"新主人习性，但无论从任何通道调查都经常碰壁。寻访负责房屋建造的建筑公司，却被严厉拒绝采访，购入土地的隧道公司在法律上完全清白，没有记录，这头的通道也无迹可寻。一切都周密巧妙地预先设计好。因而不得不令人推测其中必有什么隐情。

另一个引人注意的是，购入该土地的隧道公司设立时负责申请的会计事务所。经过调查，已知该事务所其实是政界著名会计事务所的"下包"机构，设立于五年前，换句话说，也就是似乎以它的影子部分发挥功能。这家"会计事务所"拥有几家这类"下包"机构，依目的不同而加以适当利用。一旦发生什么问题，便像蜥蜴尾巴一样断然切除。这家"会计事务所"从未受到检察厅的直接调查，"但在几件政治疑狱事件中名字曾经曝光过，当然已受到当局注目"（某报政治部记者）。那么从和这家会计事务所有关的线索当然可以推测出，"上吊屋"的新入居者和有力政治家间或许有某种关联。而且由这观点来看，高墙、使用最新电子机器的严密警卫态势、租用的漆黑奔驰车、巧妙设立的隧道公司……这些专业知识，一一向我们暗示政治家的介入。

极度彻底保密

对调查结果已经明白的几件事实感兴趣的采访小组，针对造访这"上吊屋"的奔驰车展开出入调查。根据记录，十天内奔驰车出入总次数共二十一次。一天中该车子进出大门约两次。其中有几个规律。首先车子于早晨九点开来进入大门，十点半出去。驾驶极为守时，出入时刻误差不到五分钟。但和早晨出入时间的明确相比，其他的出入则不规律。其中大多记录在下午一点至三点之间，车子进入时刻和出去时刻皆不一致。从车子进入到出去有不到二十分钟的，也有长达一小时的。

由这些迹象可以推测出以下事实：

（1）早晨规律的车子出入——意味着有人到这里来"上班"。车子四面玻璃都经过从外面看不见里面的反光处理，因此"上班者"身份不明。

（2）白天不规律的车子出入——可能意味有来访客人。往来时间的不规律可能依"客人"的方便。"客人"是单数或复数则不明。

（3）夜间家中似乎没有活动。有人在宅内与否也不明。从墙外看不见有没有灯光。

另一件想先弄明白的事实是，在实施调查的这十天内通过这扇大门的，只有那漆黑的奔驰车一辆而已。除此之外，没有一辆车子、一个人通过该入口。这是超越一般常识的不自然现象。住在这屋子里的"什么人"既不出外买东西，也不散步。人们除了坐那辆车窗反光的大型奔驰车之外不会来这里，也不会出去。换句话说，由于某种原因，他们决定绝对不对外露脸。原因是什么？为什么他们要如此费事和花费这样高的金额，彻底将一切事情藏进秘密深处呢？

顺便一提，这房子出入口仅有正面玄关一处而已。宅院后方是狭小的后巷，但这巷子不通任何地方。除非穿过谁家的土地，否则这后巷既进不去，也出不来。问附近的人，现在这后巷并没有居民在使用。也许因为这样，这房子在朝后巷的里侧并没有设后门。只有高墙像城墙般耸立着而已。

这十天内曾有推销报纸的，或被认为推销员的人，几次去按宅院门上装的对讲机，但完全没有应答的迹象，当然门也没有开过。推测就算里面有人，也以摄像头观察访问者，除非必要场合，否则不予应答吧。既没有邮件，也没有送快递的人登门送货。

就这样，要说剩下的调查方法的话，只有跟踪出入那里的奔驰车，掌握它的行踪了。要追踪耀眼地以缓慢速度在街上前进的奔驰车并不是太困难的工作，但这也只能到这辆车开进赤坂某一家一流饭店的地下停车场为止。停车场入口有穿制服的警卫，设计成没有专用卡片便无法进入里面，因此我们的车子便不能再前进了。这家饭店经常有国际会议在这里召开，因此有很多要人住宿。也有很多机会迎接来日的著名艺人住宿。作为这些时候被要求的安全对策、隐私对策，设有VIP专用停车空间，与一般住宿客人使用的停车场分开设置。使用的几部电梯也是独立专用的，运行状态由外部无法得知。也就是设计成可以完全不被人看见地订房、退房。这部奔驰车正是确保使用着这种VIP专用空间的。对本杂志的采访，饭店方面小心谨慎地简单说明，这些空间"平时"是仅以经过"严格的身份调查"、具备应有资格的法人为对象，以特别租金租赁的，至于使用条件或使用者等详细情报则无从获得。

该饭店内设有购物名店街、几家咖啡店、餐厅，也有四个结婚会场、三个会议厅。也就是经常有许多人日夜不分地出入，要在这些场所找出搭乘该奔驰车者的特定身份，除非拥有特权，否则不可能。从车上下来的人可以搭乘眼前的电梯在适当楼层出来，就那样融入人群中去。由此可知从头到尾都经过周密的机密维持体系控制着。由此显示出有过剩的金钱和政治力量的介入。由饭店方面的说明也可以知道，要订契约使用这VIP专用停车场空间并不简单。很可能这"严格的身份调查"也包含了负责外国要人警卫的保安当局的意向，这里头应该需要政治性的关系，不是光有钱就可以的。但同时也需要高额金钱则不在话下。

（后略——据说使用这宅院者，推测可能是有力政治家在背后支持的宗教组织。）

23 全世界的各种水母，变形的东西

在指定的时间，我坐在西那蒙的电脑前，用密码进入通讯网络系统。并把牛河告诉我的号码键入画面。花了五分钟接上网络。我喝着预备好的咖啡，调整呼吸。但咖啡简直没味道，吸进的空气有点粗粗的。

终于线路联系上了，可以相互通讯的信息随着轻微的呼叫声浮上画面。接下来我指定由对方付费。然后只要注意操作记录，不要在机械上留下档案，就应该不会让西那蒙知道我用过电脑了（不过我没有自信。那是他的迷宫，我只不过是一个无力的异乡人而已）。

经过比预料中长的时间，终于画面上浮出对方接受对方付费通讯的信息。这画面的另一头，爬过东京地下黑暗中长长的电缆延长线的某个地方，久美子应该在那里。她在那里应该同样坐在电脑画面前，双手放在键盘上。但我在这里现实中眼睛能够看见的，则只是发出叽里叽里轻微机械声的电脑屏幕而已。我点击鼠标选择发送信息模式，将到目前为止，已经在脑子里反复过无数次的文章打字进去。

>有一个问题。不是很难的问题。但我必须确认在那边的真的是你。问题——结婚前，两个人第一次出去时，我们到水族馆去。在那里你最热心看的东西是什么，请告诉我。

我在画面上排出文字。点击发送信息标记（在那里你最热心看的东西是什么，请告诉我⏎）。然后改为接收信息模式。

回答在咻一声时间差之后送回来。很短的回答。

＞水母。全世界的各种水母↵

我的问题和那回答上下并排在电脑屏幕的画面上。我一直注视着那文字。全世界的各种水母。那没错是久美子。但在那里的是真正的久美子这事实，反而使我觉得很难过。就像自己的内容被完全拔掉了，被掏光了似的感觉。为什么我们只能够以这种形式对话呢？但对现在的我，只能够就这样接受。我敲着键盘。

＞先从好消息开始。今年春天，猫突然回来了。虽然瘦了很多，但没受一点伤，很健康。从此以后猫没再出去，一直在家。本来应该跟你商量的，我擅自为它取了新名字。沙哇啦。表示鲭鱼的沙哇啦。我们两个过得还好。这是好消息。大概↵

停了一会儿。那是通讯的时间差还是久美子的沉默呢？我无法分出来。

＞那只猫还活着真的很高兴。因为我很担心猫↵

我为了滋润口中的干渴喝了一口咖啡。然后再度敲键盘文字。

＞其次是坏消息。虽然这么说，但除了猫回来之外，其他大体上好像全都是坏消息。第一，我还没办法解答各种谜。

我这样写。并在迅速重读画面上排出的文字后继续。

谜之一——你现在到底在哪里？在那里到底在做什么？为什么继续和我分开呢？为什么你不想见我呢？那总有什么原因吧？我们之间应该有很多事情是必须两个人见面商量的。你不觉得吗？⏎

她花了些时间才回答。我想象在键盘前，一直咬着嘴唇安静思考的久美子的脸。终于画面上的游标，随着她手指的动作而开始快速移动起来。

＞我想传达给你的，已经全部写在给你的信中了。最后希望你知道的是，现在的我在各种意义上已经不是你所知道的我了这个事实。人这东西是会出于各种原因而改变的，在有些情况下会变形而变不行了。我不想见你是因为这个。不想回你的地方去，也是因为这个。

游标一直停留在一点上，一面明灭着一面探寻语言。十五秒或二十秒，我瞪着那游标。而它在屏幕上正等待着新语言的成形。变形而变不行了？

可能的话，请尽早忘记我。正式离婚，你步上新的人生，对我们两人都是最好的路。我现在在什么地方做什么不是大问题。比什么都重要的事实是，由于某种原因，我们两人已经分别处在不同的世界了。而且那是回不了原来的地方的。希望你明白，连这样和你通讯，我也像身体被刀割着般痛苦。相信你一定无法想象⏎

我把那文字重读了几次。她的措辞毫不拖泥带水，那里充满了令人心痛的浓密确信。相信久美子这些措辞，已经在她自己脑子里反复许多次了吧？但我不得不想办法动摇那坚固确信的墙壁。就算一点点也好。我敲着键盘。

>你说的话有点含糊难懂。你所说的"变不行了"具体是怎么回事呢?那是什么意思我不太能理解。番茄变不行了。雨伞变不行了……那当然了解。是指番茄腐烂了,雨伞骨折了。但你所说的"变不行了"是指什么呢?我想不起具体的意象,除了我之外和别人有肉体关系你在信上写过,但那件事使你"变不行了"吗?当然对我来说那是个打击。但那应该和一个人"变不行了"有一些差别吧

停了很久。久美子会不会就那样消失到什么地方去呢?我不安起来。但终于画面上开始排出久美子的字。

>那件事也有关系。但不只是那样而已。

久美子写道。又落入深深的沉默。她正在抽屉里小心谨慎地挑选着语言。

那是一种显示。我说"变不行了",是指更长时间的事。那已经预先在某个漆黑的房间中,和我无关地在别人手中被决定了。但和你认识结婚时,那里看起来好像有了新的别的可能性似的。我以为这样大概就可以从某个地方的出口溜出去。但那似乎终究只不过是幻影而已。一切都有记号这东西,所以我那时就想要想办法找出我们的猫。

我长久之间望着浮在画面上的信息。但发送信息完毕的记号一直都不出现。我的画面通讯模式也还停留在接收信息的状态。久美子在思考如何继续。我说"变不行了",是指更长时间的事。久美子到底要向我传达什么呢?我把意识集中在画面上。但那里有眼睛看不见似的墙存在。画面又开始排出字来。

可能的话，希望你这样想。也就是我正慢慢地死去，得了像身体、脸形逐渐崩坏之类无药可救的不治之症。当然这是比喻。并不是实际上身体、脸形正在逐渐崩坏。但那是极接近真实的比喻。所以我才不想在你前面现身。当然这是模糊的比喻，但我所处一切的状况，我不认为你能理解。也不认为你能认同。虽然觉得抱歉，但现在的我，不想再多说什么了。只好请你把那照单全收吧

不治之症。
．．．．
我确认画面通讯模式是发送信息后开始敲键盘。

＞如果你要我接受那比喻的话，我可以照单全收。但有一件事我无论如何无法理解。假定你正如你所说的那样"变不行了"，或者得了"不治之症"，为什么那么不巧非要到绵谷升的地方去不可呢？为什么不留下来跟我在一起呢？我们不是为那个而结婚的吗？

有一阵沉默。好像可以拿在手上确认重量和硬度似的沉默。我双手手指在桌上交叉，慢慢地深呼吸。然后回答出来了。

＞我现在在这里，跟喜不喜欢无关，只因为这里和我相配。这是我不得不在的地方。我没有选择喜好的权利。就算我想见你，也不能见面。你以为我不想见你，或没有想见你吗？

一段令人窒息的空白，终于她又开始动手指。

所以希望你不要为这件事再使我痛苦了。如果你能为我做什么的话，那就是早一刻忘记我的存在。请把我和我们两个人生活过的岁月，当作不曾存在的东西从记忆中赶出。那样终究是对我们两个人最

23 全世界的各种水母，变形的东西

好的结果。我这样确信↵

我说：

＞你要我忘记一切。叫我不要再理会你了。但同时，你在这个世界的某个地方正向我求救。虽然那是非常微弱遥远的声音，但在安静的夜晚我可以清楚地听见那声音。那没错是你的声音。我想，确实有一个你正想从我这里离去。你那样做大概有那原因吧。但另一方面另一个你又拼命地想向我接近。我确实这样深信。而且我，不管你在这里怎么说，我都不能不相信正在向我求助、想接近我的那个你。不管别人怎么说，就算有什么样的正当理由，我都无法轻易忘记你、离开你，把和你生活过的岁月赶到什么地方去。因为那是实际在我的人生中发生过的事，不可能将它完全消去。因为那就像消去我自己一样。要那样做，我必须知道为什么要那样做的正当理由↵

又经过一连串空白时间。我可以清楚地从电脑画面上感觉到她的沉默。那就像比重较重的烟一样，从画面的角落泄出来低低地飘在房间里。我非常了解久美子那样的沉默。在两个人的生活中，我曾经好几次经历过、眼看过那样的沉默。久美子现在正屏着气息、皱着眉头地将意识集中在画面前。我伸出手拿起咖啡杯，喝一口变凉的咖啡。然后双手还捧着空咖啡杯，和久美子一样静静屏着气息，注视画面。我们借着沉重的沉默的联系，通过分隔两个世界的墙结合在一起。我们比什么都更需要彼此，我想。没有错。

＞我不知道↵

＞我知道。

我把咖啡杯放下，好像要抓住若隐若现的时间的尾巴似的快速敲着键盘。

我知道。我想要想办法找到你所在的地方，"正在求助"的你所在的地方。但遗憾的是现在的我还没明确要到那里的方法，和那里到底有什么在等我。自从你出走以后，长久之间，我一直在被丢进黑暗里似的心情中过着日子。但我，虽然很少但也正逐渐一点一点地接近事情的核心了。我想我正在接近那个地方。这件事我无论如何要传达给你。我正在接近那里，而且打算更接近⏎

我把双手摆放在键盘上等她的回答。

>我真的不知道。

久美子打出这些字。于是对话结束。

再见⏎⏎⏎

画面传达出对方已离开网络的信息。对话已被停止。我依然注视着画面，等待那里发生什么变化。也许久美子又改变心意回来也不一定。想到什么忘记说了也不一定。但久美子没有回来。等了二十分钟左右之后我终于放弃。保留画面站起身来，走到厨房去喝冷水。我暂时让脑子一片空白，在冰箱前调整呼吸。周遭静得可怕。甚至觉得好像全世界都在对着我的思考安静侧耳倾听着似的。但我什么都不能思考。很抱歉什么都不能思考。

我回到电脑前，在椅子上坐下，在蓝色画面上从头到尾小心谨慎地试着重新再读一次问答对话。我说了什么，她说了什么。关于那个我说了什么，她说了什么。我们的对话就那样留在画面上。那上面有不可思议的活生生的东西。我一面用眼睛追逐着排在画面上的字，一面可以听见她的声音。那抑扬、微妙的声音的调子和停顿的方式，我可以知道。游标在最后一行上还像心脏的鼓动般继续规则地明灭着。我屏着气息继续等待接下来的语言发出。但已经没有接续的语言。

我把那上面的对话全部切实地刻进脑子里之后（我判断大概不要列印出来比较好），点击鼠标选择离开通讯模式。下达指令不留记录于操作档案上，确认过操作没留下痕迹之后将电源关闭。屏幕画面变白，呼叫声静止下来。单调的机械声被吞进房间的沉默中。像被虚无的手撕扯掉的鲜明的梦一样。

然后经过多少时间，我不知道。但回过神时，我正安静地凝视着摆放在桌上自己的手。我的双手留下长久被凝视的痕迹。

我说"变不行了"，是指更长时间的事。

那到底是多长时间的事呢？

24 数羊，在圆轮中心的东西

牛河第一次到我家来的几天后，我拜托西那蒙从今以后每天带报纸来好吗。我想，好像已经到了差不多不得不和外面世界的现实接触的时候了。不管怎么想避开，时间一到他们就会从对面自己找上门来。

西那蒙点点头，然后每天早晨带三种报纸到"宅院"来。

早餐过后我便将这些报纸过目一遍。手上好久没有拿起报纸了，感觉有点奇怪。那看起来怪生疏而空虚。刺激性油墨的气味令人头痛，黑黑的细小活字群挑战般地射进我的眼睛。排列、标题和文章的调子感觉非常非现实。我好几次放下报纸，闭眼叹气。从前应该不会这样的。我应该更平常地看着报纸的。到底报纸的什么这样不同了呢？不，大概报纸没有任何不同。不同的是这个我吧。

不过继续看了一会儿报纸之后，关于绵谷升我可以明确理解一件事了。那就是他在世间正更确实稳固地建立起他的地位。他以新进众议院议员身份，除了积极从事政治活动外，另一方面也在杂志上拥有连载专栏，在综合杂志上发表意见，在电视节目中担任定期评论解说者发表言论。我开始在各种地方看到他的名字。不知道为什么，但人们似乎更加热心地倾听他的意见了。以政治家身份才新登上舞台，他的名字已经被抬高到前途有望的年轻政治家之一，在某女性杂志所举办的最受欢迎政治家投票中并被选为前列。他被视为行动派知识分子，是过去以来政治世界中所无法见到的新形态知性政治家。

我托西那蒙为我买他执笔的杂志。为了不要引起他对绵谷升这个特别人物的注意，也在其中混进几本没关系的杂志。西那蒙浏览一下那书单，并不特别关心地放进上衣口袋。第二天西那蒙将那些杂志和报纸一起放在桌上。然后像平常那样一面听古典音乐一面扫除。

我把那些杂志和报纸上绵谷升所写的文章，和有关他的报导用剪刀剪下存档。档案立刻变成厚厚的。我透过这些文章和报导，试图接近所谓"政治家"绵谷升这样一个新人。试图忘记过去存在于他和我之间不能说太愉快的私人过节，抛弃偏见，以一个读者的身份从零开始重新理解他。

但要理解绵谷升这个人的实体，毕竟还是困难的事。公平地看来，他所写的文章每一篇都不坏。这些他写得相当好，道理也通。有几篇写得非常好。将丰富的资讯利落地处理，也提出像结论的东西。那跟以前他所写的专业书的迂回曲折比起来要正常几级。至少写得比较容易懂，像我这样的人也能够理解。虽然如此，但在乍一看平易近人的文章背后，我依然不是不能忽然认出那看透人似的傲慢影子。潜藏在那里的恶意令人背脊发冷，但那是因为我知道绵谷升这个实际的人，眼里浮现那锐利冰冷的眼光和嘴形的关系，一般人恐怕很难从那文章里头感受到吧。因此我对此也尽量不去想。只追踪着在那文章里的行文而已。

但不管多么精密而公平地熟读这些，我依然无法掌握绵谷升这个政治家真正想说什么。一个个理论和主张各自正常而合理，但他将这些总合起来到底想说什么，则搞不太清楚。不管怎么将细部综合，总是浮不出明确的整体印象来。完全浮不出。但我想那不是因为他没有明确的结论。他有明确的结论。但把它隐藏着。他看起来就像在对自己方便的时候，把门只打开一个小缝，从那里走到外面一步，用很大声音告诉大家什么，说完之后又进到里面把门紧紧关起来的人一样。

例如在一家杂志上投稿的文章中，他说今天世界上压倒性的地区经济落差所带来的暴力性水压，不是以政治的、人为的力量永久压制得了的，那终将导致世界结构雪崩般的变化。

"而且酒桶的箍一旦松脱后，世界就将化为巨大的'混沌状态'，过去存在于那里被视为理所当然东西的世界共通精神语言（在此暂且称之为'共通原则'）不是停止发挥机能，就是被迫几乎接近停止的状态。而从混沌到下一世代的'共通原则'再度成形为止，恐怕需要等候比大多数人所预料的更长的岁月。以一句话简单说，有一个令我们吃惊的深长的精神危机性混沌就在眼前。而且当然随着那变动，日本战后的政治社会结构、精神结构也将被迫从根本上改变。在许多领域中状况将恢复白纸，架构将大幅度重新检讨，而开始重新构筑——在政治的领域、经济的领域、文化的领域都一样。在这里过去认为理所当然的事，谁也不存怀疑的事，现在已经不再是理所当然，那正当性将很简单地丧失。那当然也是日本这个国家变革的好机会。但很讽刺的是，这种难得的机会摆在眼前，我们手上却没有应该用作那'重新检讨'的指标的共通原则。很可能我们眼看着那致命的逆流就在眼前，却茫然呆立着。因为发现带来迫切需要共通原则这一状况的，正是共通原则的丧失消灭本身这个单纯的事实。"

那是相当长的论文，但简单整理则变成这样。

但现实中人们完全没有任何指标，是不可能行动的——绵谷升说。在这里至少需要暂定的、假设的原理模型。日本这个国家在现在的时点所能提供的模型大概是"效率"而已。共产体制长期以来不断受到正面打击，如果导致崩溃的是"经济的有效性"，那么我们处于混乱期，将其作为实务性的规范，整体敷衍下去或许也是理所当然的吧。请想一想，怎么样做凡事才会有效率呢？经过了战后的岁月，我们日本人产生了不同于过去的哲学，或类似哲学的东西了吗？但效率性是在方向性明确的时候才有效力。一旦方向性的明确被消灭了的话，那将瞬间无力化。就像在大海中央遇难而失去方向时，虽然备齐了许多有力而熟练的划桨手也是无意义的一样。效率好而朝错误方向前进，比不朝任何方向前进更糟糕。要规定正确的方向性，唯有拥有更高度职能的原则。但我们现在缺乏这个。决定性地缺乏。

绵谷升所展开的理论自有他的说服力和洞察。这点我也不得不承认。但无论重读多少遍，我还是不明白绵谷升以个人或以政治家来说到底在渴求什么。那么你说该怎么办好呢？

・・・・・・・・・・

绵谷升也在另一篇文章中提到有关伪满洲的事，我很有兴趣地读了。他写到有关帝国陆军昭和初期在那里，为了预备预想中和苏联的全面战争，检讨大量调度防寒服的可能性。陆军过去并没有在西伯利亚这种极端寒冷的地方实际作战的经验，因此冬季酷寒对策是属于急迫需要整备的领域。如果以国境纷争为契机出其不意地提升到真正的对苏战争（那不是不可能的），军方几乎等于没有为打赢冬季战争做准备。因此参谋本部设置了对苏战争假想研究班，在后勤部门进行寒冷地特殊被服的正式研究。为了掌握所谓真正的寒冷是怎么一回事，他们实际在严冬到桦太去，在酷寒中使用实战部队试穿防寒靴、大衣和内衣。对苏联现行装备和对俄战争的拿破仑军队所准备的衣服做彻底研究。而且他们获得结论："陆军现在的防寒装备要在西伯利亚顺利过冬是不可能的。"他们试算了一下，前线的士兵大约三分之二将冻伤，无法派上用场。陆军防寒被服是以比较温和的中国北方为设想对象所制造的，绝对数量也不足。研究班暂且试算制作十个师团士兵够用的有效防寒被服所必需的绵羊数（连睡眠时间都没有地计算着羊的头数，据说这是该班流行的笑话），并试算加工所需的设备规模，提交报告书。

如果日本一面受到经济制裁或实质封锁，一面又要在北方长期对苏联的战争中获胜的话，日本国内饲养的绵羊头数显然不足，因此确保满蒙地区安定的羊毛（或兔等毛皮）供给，以及加工设施被认为是不可缺少的，该报告书如此陈述道。于是为了视察状况，昭和七年到达刚建成的伪满洲的，正是绵谷升的伯父。他的任务是测算那样的供给要在伪满洲内实际做到需要多少时间。他是陆军大学毕业专攻后勤学（又称"兵站学"）的年轻技师，那是他所受命的第一个正式任务。他将这防寒被服问题当作近代兵站的模型案例来掌握，进行彻底的数字分析。

绵谷升的伯父，经友人介绍在奉天见石原莞尔，相对一夜畅饮到天亮。石原提到日本绕了中国大陆一圈，和苏联全面战争是难以避免的，要完成那战争的关键是强化后勤，也就是将新生伪满洲急速工业化，确立自给自足经济，他条理井然而热烈激昂地力说。并说到为了提高农业畜牧的组织化、效率化，由日本农业移民的重要性。石原认为伪满洲不应该像朝鲜和台湾一样明显地成为日本的殖民地，而应该成为亚洲国家的新典范。他虽然有这种意见，但伪满洲终究是日本为了对苏作战，至少对英美作战而建立的后勤基地，这认识十分现实。他相信，在现在的时点能够遂行对西欧战争（他所谓的"最终战争"）的国家，亚洲只有一个日本而已，为了让其他亚洲各国从西欧诸国解放出来，日本有协力的义务。无论如何在当时的帝国陆军将官中，没有比石原对后勤问题更关心、造诣更高的人物。大多的军人都只把后勤本身当成"娘娘腔"式的想法，认为就算整备不足也要果敢地舍身战斗才是陛下的军人之道，以贫弱的装备和稀少的人员面对强大的对手，还能赢得战果才算真正的武勋。将"以后勤无法追上的速度"驱逐强敌向前推进视为名誉。对优秀技师绵谷升的伯父来说，没有比这更愚蠢的想法。若没有后勤在背后支持，就开始发动长期战争，无异于自杀行为。苏联在斯大林的集约五年经济计划之下军备已飞跃增强和实现近代化。五年之间血腥的第一次世界大战已使旧世界的价值观崩溃。机械化战争已使欧洲各国的战略和后勤学概念为之改观。对于曾以派驻武官身份在柏林生活过两年的绵谷升的伯父来说，这种事情已经耳濡目染地深深理解。然而日本大多的军人意识，仍然停留在日俄战争当时战胜的陶醉中。

绵谷升的伯父为石原清晰的理论、世界观，以及他超凡的人格而心醉，归国后两人的亲密交情依然继续。伯父后来甚至好几次去造访从伪满洲撤退转任舞鹤要塞司令官的石原。伯父为伪满洲内绵羊饲养状况及其加工设施编写详细切实的报告书，归国后不久即向本部提出，受到很高评价。但终究因为昭和十四年的诺门坎事件惨痛败北，以及英美经济制裁的强化，而使军部的眼光逐渐转向南方，对苏假想战研究班的活动于是逐渐萎缩。本来诺门坎事件在秋初早期终结而没有发展成正式的战争，也是由于研究班提出"冬季对苏作战现阶段装备不可能遂行"的果断报告发挥作用。大本营在一开始吹起秋风时，对重面子的日本军来说算是极少见地干脆从战争退出，将不太起眼的呼伦贝尔草原的一区，以外交涉让渡给外蒙古和苏联军。

绵谷升把这段从去世的伯父生前听来的插曲放在最前面叙述，然后以后勤线的思想为模型，进展到与区域经济有关的地势学上。但我感兴趣的是绵谷升的伯父过去曾经在陆军参谋总部服务，担任过技师，和伪满洲与诺门坎战争有关的事实。绵谷升的伯父终战后曾经被麦克阿瑟占领军勒令免除公职，暂时回到新潟乡里过着隐遁生活，但终于因为免除令解除，而开始受推举进入政界，由保守党推选担任两届参议院议员，然后移到众议院。在他的事务所墙上挂着石原莞尔的书法。我不知道绵谷升的伯父是什么样的议员，以政治家来说做了什么。他也曾经一度担任过大臣的职务，在地方上具有很大的影响力，但结果似乎未能成为国政层次的指导者。而现在，他的政治地盘则被侄儿绵谷升所继承。

我把档案合上，收进书桌的抽屉里。然后双手在脑后交叉，望着窗外看得见的门。不久之后门将向内侧开启，西那蒙驾驶的奔驰应该会出现。他会像平常那样载着"客人"过来。我和"客人"以这脸上的黑斑相联系。我因为这黑斑而和西那蒙的外公（纳姿梅格的父亲）相联系。西那蒙的外公和间宫中尉、和新京这个地方相联系。间宫中尉和占卜师本田先生因为在伪满洲和蒙古国境的特殊任务而相联系，我和久美子经由绵谷升家介绍认识本田先生。而我和宫间中尉又因井底而相联系。间宫中尉的井在蒙古，我的井在这宅子的庭院里。这里曾住过中国派遣军的指挥官。一切就像圆轮般联系着，那圆轮的中心是战前的伪满洲，是中国大陆，是昭和十四年的诺门坎战争。但为什么我和久美子会被牵涉进那历史因缘中去呢？我无法理解。那些都是在我和久美子出生的很久以前发生的事。

我坐在西那蒙的书桌前，把手指放在键盘上，我还记得和久美子对话时手指的触感。那时候的我和久美子的电脑对话一定被绵谷升遥控监视着。他想从中知道什么。应该不是出于好心而为我和久美子设立好那对话的。或许他们想借通讯网络为立脚点，从外部进入西那蒙的电脑，想知道这地方的秘密也不一定。但对此我倒不太担心。因为这电脑的深度，正如西那蒙这个人的深度本身。而他们应该不知道西那蒙这个人拥有无法测知的深度。

我打电话到牛河的事务所。牛河在那里，立刻拿起听筒。

"唉呀呀冈田先生，你真会抓时间哪。老实说，我才刚刚在十分钟前，匆匆忙忙从出差的地方赶回来，从羽田机场搭计程车飞奔回来（虽然这么说，可是交通好堵呀），一切暂且不说，几乎连擤鼻子都没空，只抓起文件又要出去了。计程车还在那里等着呢。唉呀呀，简直像看准了时间打电话来似的。眼前电话铃铃响的时候，我就问自己说：'喂，这个运气特别好的人物到底是谁呀？'不过特地给这个不肖牛河打电话，不知道有何贵干哪？"

"今天晚上能不能跟绵谷升用电脑谈话？"我说。

24 数羊，在圆轮中心的东西

"跟先生啊？"牛河声调降了一级，小心地说。

"对。"我说。

"不是用电话，而是用电脑画面哪。像上次那样？"

"没错。"我说，"因为我想这样彼此都容易说上话。我想他大概不会说不要噢。"

"你有自信啊。"

"没有自信。只是这样觉得而已。"

"这样觉得。"牛河小声地反复道，"不过我请教一个冒昧的问题，冈田先生的那个'这样觉得'是不是很灵？"

"不太清楚。"我像在说别人的事似的。

牛河在电话那头沉默地深思一下。他似乎在脑子里迅速地计算着。好预兆。不坏。就算不比让地球逆转那么困难，但光要让这个男人沉默一下就不是简单的事了。

"牛河先生，你在那边吗？"我试着叫叫看。

"在呀，当然。"牛河连忙说，"像神社门前的狮子狗一样在这里呀。不能到处乱逛。不管下雨也好，猫叫也好，都好好地在这里守着献金箱啊。是的，我知道了，"牛河恢复平常的口气，"很好。我会想办法把先生好好押来。不过，要说今天晚上就未免太勉强了。如果明天可以的话，我以这秃头打赌跟你约定。明天晚上十点前，我会把椅垫子铺好，请先生在那里坐下来。怎么样？"

"明天也没关系。"我顿了一下后说。

"那么猴子牛河就这样准备吧。反正我整年都像在做忘年会干事一样。不过冈田先生，不是我爱唱哭调，先生可从来没有被勉强做过什么噢，这非比寻常噢。像叫新干线停在别的车站一样难喏。因为他是个大忙人。他要电视录影、写稿子、记者采访、接见选民、参加院会或跟人家聚餐之类的，几乎每十分钟都在行动着。好像每天都在不断搬家和换衣服一样忙乱。比差劲的国务大臣还要忙。所以'先生，明天晚上十点钟电话会铃铃地打来,请把时间预先空出来安静坐在电脑前面等候噢','是吗牛河君,那真开心,我会泡茶等候噢',不可能这样吧?"

"他不会说不要的。"我重复说。

"只是这样感觉噢?"

"对。"

"很好很好。那再好不过了。真是温暖的鼓励。"牛河以心情很好的声音说,"那么事情就这样决定,明天晚上十点等你。在平常的地方和平常一样,你和我的约定语——简直像歌词一样。请务必不要忘了密码哟。很抱歉我差不多不走不行了。计程车还在等着呢。对不起啊。真的是连擤鼻子都没时间。"

电话挂断。我把听筒放回电话机,再一次把手指放在电脑键盘上。并想象在阴暗地死着的画面另一头所有的事物。我想再跟久美子谈一次。但在那之前,我无论如何都不得不和绵谷升面对面谈话。正如行踪不明的预言家加纳马耳他过去曾经对我预言过的那样,我和绵谷升似乎无法互不相关地活下去。这么说来,过去她是否曾经对我做过并非不祥的预言呢?我试着想想。但她嘴里所说的很多事,我已经记不起来了。不知道为什么,我觉得加纳马耳他好像是一世代以前的人一般遥远。

25 信号变红，伸出来的长手

第二天西那蒙到"宅院"来的时候，不是一个人来的。副驾驶座上坐着母亲纳姿梅格。纳姿梅格最后一次在这里露面是一个多月前的事了。那时候她也没有任何前兆地和西那蒙一起来，和我吃简单的早餐，聊了一小时左右家常，然后回去。

西那蒙把西装挂在衣架上，一面听亨德尔的大管弦乐曲录音带（他这三天一直听那音乐），一面在厨房泡红茶，为还没吃早餐的纳姿梅格烤吐司。他简直像在做商品样本一样漂亮地烤好面包。然后在西那蒙和平常一样地整理着厨房时，我和纳姿梅格两个人便隔着小餐桌面对面喝茶。纳姿梅格只吃了一片薄薄地涂了黄油的吐司。外面正下着雪雨般的冷雨。她不太说话，我也没说话。只是谈了一下天气而已。但纳姿梅格好像想说什么的样子。从她的脸色和说话方式可以知道。她把吐司撕成邮票般大小地慢慢送进嘴里。我们不时看着窗外的雨。就像那是我们长年以来共同的朋友一样。

西那蒙把厨房整理好后，开始打扫房间时，纳姿梅格把我带到"假缝室"去。那跟赤坂办公室的"假缝室"做得外观完全一样。房间的大小和形状都大体相同。窗上同样挂着双重的窗帘，白天也是阴暗的。窗帘只有在西那蒙扫除的时候拉开十分钟左右而已。有皮沙发，桌上有玻璃花瓶，插着花，有高高的落地灯。房间中央放着大作业台，上面排列着剪刀、裁布边剪子、装针线的木盒、铅笔和设计簿（那上面还画有几种服装设计画），其他还并列着不知道名字和目的的专业用具。墙上挂着一面试穿用照全身的大镜子。房间一角放有换衣服用的屏风。到"宅院"来访的客人都被带到这个房间。

为什么他们要在这里做另一间和原来的"假缝室"一模一样的房间呢？我不知道理由何在。因为这种伪装在这个房子里是不需要的。或许他们（或访客）已经太习惯赤坂办公室"假缝室"的光景了，对室内装潢已经没有接受其他创意的余地也不一定。相反地或许也可以说："为什么在假缝室不行呢？"但不管那理由是什么，我个人还蛮喜欢这个房间。那是"假缝室"，不是别的房间，自己在那里被各种又杂又多的洋服裁缝工具所包围着，甚至奇怪地觉得有安心感。那虽然相当非现实，但并不是特别不自然的光景。

纳姿梅格要我坐在皮沙发上，自己也在旁边坐下。

"情况怎么样啊？"

"情况还不坏。"我回答。

纳姿梅格穿着鲜艳的绿色套装，短裙子、大六角形扣子像从前的立领套装一样连续扣到领口为止，肩部垫有面包卷般大小的垫肩。令我想起从前看过的描绘未来的科幻电影。在那种电影里出现的女人大多都穿这种衣服，生活在未来都市中。

纳姿梅格耳朵上戴着和套装完全同色的大塑胶耳环。是好像用几种颜色调和起来的色调独特的深绿色，因此那可能是为了搭配套装特别定做的。或者相反是为了搭配耳环才做了那套装的。就像配合冰箱形状做出墙壁凹洞一样。那或许也是不坏的想法，我想。她进到屋子里时，戴着即使下雨也不例外的太阳眼镜，那镜片确实是绿的。丝袜也是绿的，今天大概是绿色的日子。

她跟平常一样以一连串滑顺的动作打开皮包，拿出香烟含在嘴上，稍微弯曲一下嘴唇，用打火机点火。打火机不是绿色，而是平常那又细又贵似的金色打火机。但那金色和那绿色也很搭配。然后纳姿梅格跷起被绿色丝袜包着的腿，很小心地凝神检点过自己的双膝，拉平裙摆。然后好像以自己双膝的延长似的感觉看我的脸。

"情况还不错。"我反复说,"跟平常一样。"

纳姿梅格点点头。"会不会太累?没有想休息一阵子之类的吗?"

"并不觉得多累。我想已经慢慢习惯这种工作了,比以前轻松多了。"

纳姿梅格对此什么也没说。香烟的烟像印度人的魔法绳一样,化为笔直一根线滑滑地上升,被天花板的换气装置吸进去了。就我所知,那可能是全世界最安静而强力的换气装置。

"你呢?还好吗?"我试着问。

"我?"

"会不会很累之类的。"

纳姿梅格看我的脸。"看起来很累吗?"

从第一眼看到她的时候开始,我就觉得她好像很累的样子。听我这样说,纳姿梅格短短地叹一口气。

"今天早晨发售的周刊上,又写了这宅院的事。'上吊屋'系列。真要命,简直像怪谈电影的标题。"

"第二次报导啊?"我问。

"对,变成系列报导的第二次。"纳姿梅格说,"老实说在那之间还有另一家杂志也登了相关的报导,幸亏还没有人想到这关联。至少到目前为止。"

"那么,有什么新发现吗,关于我们的事?"

她伸手在烟灰缸里把香烟的火仔细按熄。然后轻轻摇头。成对的绿色耳环像早春的蝴蝶般飘飘地摇着。

"没写什么不得了的事。"她说。并停顿一下。"我们是谁,在这里做什么……这谁都还不知道。我把杂志留下来,如果有兴趣,你再慢慢看好了。不过听说你有个内兄,那个人是个年轻政治家,有人在我耳根悄悄告诉我,那是真的吗?"

"是真的。很遗憾。"我说,"是我太太的哥哥。"

"不见了的你太太的哥哥?"她确认着。

"你说得没错。"

"那个哥哥对你在这里做的事情，知道些什么吗？"

"他知道我每天到这里来做点什么。他指使人调查过。好像对我在做什么有所担心的样子。不过除此之外应该还不知道。"

纳姿梅格对我的回答思考了一下，然后抬起脸来问我："你不太喜欢那个哥哥吗？"

"确实不太喜欢。"

"而且他也不太喜欢你。"

"没错。"

"而现在，他对你在这里做着的事情有所担心。"纳姿梅格说，"那是为什么？"

"如果妹夫跟什么可疑的事有关联的话，可能会变成他的丑闻。他是所谓当红的人，担心这种事态也许是当然的吧。"

"所以，你内兄没有可能故意把有关这里的情报放给媒体，对吗？"

"老实说，绵谷升在想什么，我并不知道。但以常识来想，那样做他也不能得到什么吧。应该是尽量不引人注目地秘密把事情压下来才对呀。"

纳姿梅格把手指夹着的细长金色打火机长久继续一圈一圈地转着。那看起来像微风日的金色风车一样。

"为什么到目前为止你对内兄的事都保持沉默而没对我们说呢？"纳姿梅格说。

"不只是对你，我基本上对谁都没说过。"我回答道，"我跟他一开始就处不好，现在几乎是互相憎恨。不是我隐瞒。只是不觉得有谈他的必要而已。"

纳姿梅格这次叹了一口稍长的气。"但是你应该说的。"

"也许是这样。"我承认。

"我想你也料想得到，到这里来的客人中有几个与政界和财界有关。而且是一些相当有实力的人。还有各种名人。这些人的隐私不管怎么样都必须保护，因此我们极端费心注意。这个你知道吧？"

我点头。

"西那蒙花时间和精力，一个人建立起现在这种复杂精致的保密系统。确保成立像迷魂阵般的好几个模拟公司，设置几层伪装账簿，开通能够避免真面目曝光的赤坂饭店的停车场。严格的顾客管理、金钱的出入处理、这'宅院'的设计，一切都是从他脑子里想出来的东西。而且到目前为止，这个系统依照他的计算几乎完美无瑕地运作着。当然维持系统很花钱，但钱不是问题哟。重要的是能带给她们自己确实被保护着的安心感。"

"但这现在却逐渐变危险了，是吗？"我说。

"很遗憾正是。"纳姿梅格说。

纳姿梅格伸手从烟盒拿出一根烟来，但一直没点火。只是静静地夹在手指之间而已。

"更不巧的是我有个多少有点名气的政治家内兄，因此事情就更往丑闻的方向发展。"

"就是这样啊。"纳姿梅格只稍微撇一下嘴。

"那么，西那蒙对这事情怎么分析？"我问。

"他沉默着啊。像海底的大牡蛎一样。潜藏在自己里面，紧紧关闭着门，认真地在想着什么。"

纳姿梅格一对眼睛一直注视着我的眼睛，终于像想起来似的点上香烟。

纳姿梅格说："我现在也还常常想到被杀丈夫的事。为什么那个谁非要杀我的丈夫不可呢？为什么特地把饭店房间弄得那样血淋淋的，非要把内脏挖掉带走不可呢？怎么想都不明白那理由。我丈夫不是那种非要被那种特殊手法杀死不可的人哪。

"但不只是丈夫的死而已，在我过去的人生中还发生过几件无法说明的事——例如我心中产生对服装设计强烈的热情，然后又突然消失，西那蒙变成完全不能开口，还有我被卷进这种奇怪的工作中——我想这些是不是全都为了把我带到这里来，而从一开始就巧妙精密地程序化设计好的呢？我怎么也无法摆脱这种想法。觉得自己好像被从某个遥远地方伸过来的非常长的手之类的东西紧紧支配着似的。而且我怀疑所谓我的人生这东西，也许只是为了让那些事物通过，纯粹为了方便的通道而已。"

从隔壁的房间传来西那蒙用吸尘器扫除地面的声音。他像平常般用心地、有秩序地进行着那作业。

"怎么样，你有过这种感觉吗？"纳姿梅格问我。

我说："我不觉得自己被卷进什么。我在这里，是因为有这样做的必要。"

"为了吹魔笛寻找久美子小姐吗？"

"是的。"

"你有你渴求的东西。"她把绿色丝袜包着的腿慢慢换边跷起。"而且一切都有所谓代价这东西。"

我沉默着。

然后纳姿梅格终于提出结论："暂时客人不到这里来了。西那蒙是这样判断的。由于周刊的报导和你内兄的出现，信号已经从黄变成红。今天开始的预约在昨天之内已经全部取消了。"

"暂时是多久呢？"

"等西那蒙把系统的各种破绽重建起来，确定完全回避过危机之后。很抱歉，我们就是一点点险都不愿意冒。西那蒙还会照旧来。但客人不来。"

西那蒙和纳姿梅格离开时，从早开始下的雨已经完全停了。有四五只麻雀正用停车场的水洼热心地洗着羽毛。西那蒙所驾驶的奔驰车消失踪影,电动门慢慢关上后,我坐在窗边望着树木的枝叶那边看得见冬天阴云的天空,并忽然想到纳姿梅格所说的"从某个遥远地方伸过来的非常长的手"。我想象那手从低垂的阴云中伸出来的样子。简直像不祥的画册里的插画似的。

26　损伤的东西，成熟的果实

夜晚九点五十分我坐在西那蒙的电脑前，把开关打开。用密码依序解除封锁，进入通讯网络程序。然后等到十点把线路号码打进去，要求对方付费。几分钟后画面传达对方同意支付。于是隔着电脑画面，我和绵谷升相对。最后一次跟他说话，是一年前的夏天，我跟他在品川的饭店在加纳马耳他陪同下见面，谈有关久美子的事。并在互相深深憎恨之下分开。从此之后我们没有交流过一句话。那时候他还没当政治家，我脸上也还没有黑斑。感觉上那简直像是前世发生的事似的。

首先我选择发送信息。就像打网球发球时一样，我安静调整呼吸，然后双手放在键盘上。

>听说你希望我退出这个"宅院"。说你可以买下这土地和建筑物，条件是可以进一步讨论让久美子回我这里。是真的吗？

接着我表示输入结束，打进⏎键。
回答接着进来。画面以很快的速度排出字来。

>我想先解开误会，久美子回不回去你那里并不是由我决定的事。那完全是久美子自己的判断。你在前几天和久美子的谈话中自己应该已经确认过了，久美子并不是被监禁。我只是以亲人的身份提供落脚的地方，暂时保护她的安全而已。所以我能做的只有劝她，为你

们提供对话的场所而已。实际上我也已经设立起电脑网络让你和久美子可以用来对话。我具体能做的就是类似这样的事

模式切换成发送信息。

＞我这边的条件非常清楚。如果久美子回来的话，我可以干干脆脆地放弃现在我在那"宅院"所做的事。但如果她不回来的话，那就一直继续维持现状。只有这一个条件

对此绵谷升的回答很简明。

＞似乎有点重复，这不是交易。你没有资格对我开条件。基本上我们只针对可能性交谈而已。如果你放手从那"宅院"退出的话，我当然会劝说久美子，但那并不能确保久美子会回你那里。为什么呢？因为久美子是拥有独立人格的大人，我不能强制她什么。但不管怎样，如果你再继续进出那里的话，你就可以认为久美子永远也不会回去你那里了。这点非常清楚。我保证

我敲键盘。

＞你听清楚噢，你根本不必保证什么。我很明白你在想什么。你希望我退出那个"宅院"。非常希望我放手退出。不过不管我怎么做，你根本就不打算劝久美子。从一开始你就不想放开久美子的。不对吗？

答案立刻回来。

>当然你头脑里要怎么想，那百分之百是你的自由。我无法阻止

对，我用我的头脑想事情是我的自由。
我打字。

>你听清楚噢，我不是完全没有开条件的资格。你对于我在这里做什么，应该相当介意吧？因为你还不太能掌握那到底是什么，所以你很急躁不安，对吗？

绵谷升好像故意要让我等得焦急似的，这次停了很久。他要故意显示自己很有余裕的样子。

>我想你对你的资格有相当深的误解。说得更准确的话，我觉得你对自己评价过高了。你在那里做什么我不知道，也并不特别想知道。我只是站在自己社会性立场上，不想被麻烦事牵连进去，因此才说久美子的事我来尽我的力看看也好。但如果你对我的提案从头拒绝的话，我这边倒无所谓。往后我和你没关系，各自保重而已。这可能是我和你最后谈话的机会，你和久美子恐怕也不会再谈了。如果没有别的新话题，这对话我差不多想打住了。接下来我跟别人还有约

不，话还没说完。

>话还没说完。这上次也跟久美子说过了，我已经逐渐接近事情的核心了。这一年半之间，我一直在持续思考，为什么久美子非要离家出走不可？在你当上政治家逐渐成名之间，我在黑暗安静的地方不断观察推测。想过各种可能性，累积了各种假设。正如你所知，我头

脑转得不太快。但因为有的是时间，所以真的想了很多事。而且在某个时点得到这样的结论：久美子突然离家出走的背后，应该隐藏着什么我所不知道的重大秘密，如果不能解开那隐藏着的真正原因，久美子很可能便真的不会回到我这里来。而打开那秘密的关键钥匙我想正紧紧握在你手中。我去年夏天跟你见面的时候也说过同样的话。我很知道你假面具下的东西，只要我想，就可以揭发出来。老实说，我那时几乎是虚张声势，说的是没有根据的事，只是想动摇你而已。但那没错。我正逐渐接近你所抱有的真相，你应该也感觉到这件事了。所以你才介意我在做什么，甚至认为用大把金钱把土地整个买下来都可以。怎么样，不对吗？↵

轮到绵谷升说了。我交叉手指，眼睛追着画面上排出的字。

>你到底想说什么，我不太了解。我们似乎是以不同的语言在交谈。前面已经说过了，久美子讨厌你，交上别的男人，结果离家出走。而且希望离婚。虽然觉得这结果很不幸，但也是常有的事。然而你却一再不断地提出奇怪的道理，一个人把事态弄混乱。那怎么想，对双方都是时间的浪费。

不管怎么样，想从你手上收购那块土地的事根本不存在。那提案，很抱歉已经完全消失了。我想你也知道吧，今天发售的那本周刊上又登出关于"上吊屋"的第二次报导。那个场所似乎已经开始聚集世人注视的眼光了，如今那种地方已经不能出手了。而且根据我的情报，你在那里做的事已经接近终点。你在那里似乎和多位信徒也好，客户也好见面，给他们什么，相对地接受酬金。但他们大概再也不会到那里去了吧。因为接近那里有点太危险。而人们如果不来，相对的钱也不进来。那么你每个月会付不起还贷款的钱，早晚也会维持不下那个地方。我只要一直安静等着成熟的果实从树枝上掉落下来就好了。

不对吗？

这次轮到我停顿下来。我喝着预先准备好的玻璃杯里的水，重读几次绵谷升传送过来的文字。然后慢慢沉着地运动手指。

>我确实不知道那个房子能维持到什么时候。正如你所说的。但听着，到资金用尽为止还有几个月的余裕。只要有这些时日，我还可以做很多事情。包括你所料想不太到的事噢。这次可不是虚张声势。举一个例子吧。例如最近，你不会做讨厌的梦吗？

绵谷升的沉默由画面像磁力般地传过来。我磨亮着感觉，凝视电脑画面。想多少读取一些在那背后绵谷升感情的震颤。但那是不可能的。

终于画面排出字来。

>很抱歉我不吃这一套滑稽的威胁。这种迂回曲折毫无意义的痴人梦话，不妨写在你的手册上为你那些慷慨的客户们珍惜保留吧。相信大家会流着冷汗付给你大把钞票。但那也只是假设，前提是他们有一天万一又回来的话。此外再跟你多谈也无益。我想打住了。刚才已经说过，我很忙

我说：

>请等一下。我现在要说的话请你好好听。因为不是坏话，听了绝不会有损失，好吗？我可以让你从那梦中解放出来。你大概是为了这个才提出交易建议的，不对吗？对我来说，只要久美子能回到我这里就好了。这是我提议的交易。你不觉得是很好的交易吗？

我了解你想要彻底忽视我的心情。也了解你根本不想跟我交易的心情。你要用你的脑袋想什么，百分之百是你的自由。我没办法阻止。因为在你眼中看来，我确实是接近零的存在吧。但很抱歉，并不完全是零。想必你拥有比我更强的力量。这个我也承认。但是你到了晚上也总不能不睡觉，一睡觉就一定会做梦。这个我保证。而且你不能选择自己做的梦，对吗？我有一个问题：你每天晚上到底换几次睡衣？是不是多得来不及洗呢？

我停下手休息，吸进空气慢慢吐出来。然后我再一次确认排在那里的文字。寻思该接续的措辞。我可以感觉到画面深处的黑暗中，布袋里无声蠢动的东西的气息。我透过电脑的线正在接近那里。

你对死掉的久美子的姐姐做了什么，我现在可以猜到了。这不是说谎。你到目前为止一直持续在损伤各种人，今后也会损伤下去吧。但你逃不出梦。所以放弃吧，还是让久美子回来比较好。我所希望的只有这个而已。还有你最好不要再对我"装"什么了。这样做也没有意义。因为我正在切实地接近你假面具下的秘密。你在内心底下应该正害怕着。对自己的这种心情最好不要掩饰。

我按下表示发送信息完毕的"⏎"记号，几乎同时，绵谷升已经打住通讯了。

27　三角形耳朵，雪橇的铃声

没有必要急着回家。因为可能会晚归，所以离家时已经为沙哇啦放了两天份的干猫食了。也许猫会不喜欢，但至少不会饿。想到这里，觉得现在要穿过后巷翻墙回家嫌太麻烦了。老实说也没自信能不能顺利翻过砖墙。和绵谷升的对话把我消耗得筋疲力尽。身体的很多部分感到令人讨厌地沉重，头脑不能正常运转。为什么那个男人总是这样令我疲倦呢？我想躺下来睡一下。在这里睡一觉休息一下，然后再回家好了。

我从橱子里拿出毛毯和枕头，铺在假缝室的沙发上，把灯关掉，躺在那里闭上眼睛。睡觉时我想了一下猫沙哇啦。我想要一面想着猫一面睡。再怎么说，那都是回来的东西。从遥远的什么地方顺利回到我的地方来的东西。那应该是像某种祝福似的东西。我闭上眼睛想着猫脚底柔软的触感、三角形冷冷的耳朵、粉红色舌头。沙哇啦在我的意识中缩成一团安静地睡着。我手掌可以感觉到那温暖，耳朵可以听到那规则的鼻息。虽然神经比平常亢奋，但睡意仍然在不久后来临。深沉的睡眠，连梦都没做。

但半夜里我忽然醒来。觉得好像远远听见雪橇的铃声。简直就像圣诞音乐的背景音一样。

雪橇的铃声？

我从沙发上坐起身，伸手拿起放在桌上的手表。夜光表针指着一点半。似乎比想象的睡得更沉的样子。我安静侧耳倾听。只听得见心脏在体内发出扑通扑通干干的微小声音而已。也许是听错了吧。也许

27 三角形耳朵,雪橇的铃声

在不知不觉间做了梦也不一定。不过为了慎重起见我决定查查屋子里看看。我捡起脚边的长裤穿上,蹑着脚走到厨房去。走出房间后声音听得更清楚了。确实是像雪橇铃声般的声音。那似乎是从西那蒙的小房间传来的。我站在那门前侧耳倾听一会儿,试着敲敲门看看。或许在我睡着的时候西那蒙又回来了也不一定。但没有反应。我打开一点门,从缝隙间探望里面。

在黑暗里,看得见高度大约在腰部悬空浮着白色的光。光是切成四方形的。电脑屏幕正发着光。铃声,则是机械运转的反复呼叫声(以前从来没听过的新呼叫声)。电脑在那里呼叫着我。我像被引导着似的在那光的前面坐下,读着画面所浮上来的信息。

你正在访问"发条鸟年代记"。
请从文档 1 到 16 中选择号码。

有人打开电脑的电源,正在访问"发条鸟年代记"的文档。这个屋子里除了我之外应该没有别人。那么是谁从外部操作使机械启动了呢?如果是这样的话,能够做到这种事的人除了西那蒙之外没有别人。

"发条鸟年代记"?

雪橇的铃声般明朗轻盈的呼叫声一直持续鸣响着。简直像圣诞节早晨一样。它似乎在渴求我选择。我犹豫一下后,没有特别理由地选择了#8。呼叫声立刻停止,像在展开卷轴似的屏幕上展开了文档。

28 发条鸟年代记#8（或第二次不得要领的虐杀）

兽医早晨六点前醒来，用冷水洗过脸后便一个人准备吃早餐。夏天的早晨天亮得早，园内的动物们大半已经醒来了。从敞开的窗户和平常一样可以听见它们的声音，它们的气味随风飘过来。光从那声音的回响方式和气味，兽医不必看外面都可以说中当天的天气。那是他早上的习惯之一。首先侧耳倾听，从鼻子吸进空气，让自己习惯正在来临的一天。

但今天和昨天以前应该有什么不同才对。当然不能没有不同。因为里头少了几种声音和气味。虎、豹、狼、熊——它们昨天下午，被士兵们抹杀掉排除掉了。睡一觉醒来之后，那件事虽然感觉像是从前做过的慵懒噩梦的一部分似的，但却是真的发生过的现实。鼓膜被枪弹震动过的疼痛还隐约留着。不可能是梦。现在是一九四五年八月，这里是新京的市区，突破国界的苏联坦克部队正一刻一刻地迫近。那是和眼前所有的洗脸盆、牙刷差不多一样切实的现实。

听见了象的声音时，他稍微松一口气。对了，象总算是活下来了。担任指挥的年轻中尉，光从他还会把象从一群被抹杀的动物名单中去除来看，就表示幸亏他还是个拥有正常神经的人。他一面洗脸一面这样想。自从渡海来到伪满洲以来，兽医遇到很多狂热而一板一眼的年轻军官，总是不得不对他们屈服。他们多半出身农村，一九三〇年代不景气时代在贫困悲剧的围绕下度过少年时代，被灌输夸大妄想的国家观念。长官所下达的命令不管是怎么样的东西，都毫不怀疑地去遂行。如果以天皇陛下之名被命令"笔直挖洞直到巴西"的话，会立即拿起铲子开始工作的年轻人。也有人称他们为"纯粹",但兽医则尽可能想用不同的词汇。不管怎么说,比起挖洞挖到巴西,还是用枪杀死两头象要容易多了。生为医师的儿子在都市里长大,并在大正时代比较自由的气氛下受教育的兽医,跟他们总觉得不太搭调。但是担任枪杀队指挥的中尉,语言虽然听得出有轻微的地方口音,但比其他年轻军官则是正常得多的人。既受过教育,也懂得分寸。从谈吐和举止动作,兽医就知道。

总之象没有被杀,光是这点也许就不能不感谢了,兽医这样告诉自己。士兵因为不必杀象,想必也松一口气吧。但那些中国人也许觉得很遗憾。因为如果象死了,可以得到大量的肉和象牙。

兽医用水壶烧开水,用毛巾蒸脸刮胡子。然后一个人喝茶、烤面包、涂黄油吃。在伪满洲食物绝称不上充足,但还算是比较丰富的,这对他和对动物园的动物来说都值得庆幸。动物们虽然为了饲料分配的逐渐减少而愤怒,但比起食物已经见底的本土动物园来,事态还算好得太多。未来会怎么样没有人知道。但至少现在,动物和人还不必尝到强烈的饥饿滋味。

妻子和女儿不知道怎么样了,他想。如果依计划进行,她们所搭的火车应该已经到达釜山。釜山有他在铁路公司上班的堂兄弟一家住在那里,母女在能够搭上回本土的输送船之前应该会住在那个家里。兽医一觉醒过来看不到那两个人的身影觉得很寂寞。没有平常早晨准备出门前的热闹声音,屋子里空虚地沉静。这里已经不是他所爱的、所属于的家庭。但同时,自己一个人被留在官舍里,兽医也不是没有感觉到一种奇妙的喜悦。对"命运"这东西不可动摇的强大力量,他现在在自己体内正逐渐深切地感觉到。

命运是兽医宿业的毛病。他从很小的时候,就明显很奇怪地怀有这种想法:"自己这个人终究是被外部力量支配着活着的。"或许,那是因为他右颊上所带有的鲜明的黑斑的关系吧。他小时候强烈地憎恨别人没有而自己有的那刻印般的黑斑。每次被朋友们嘲笑、被陌生人盯着瞧时，他都想死掉。他想如果用刀子把那部分剥掉该有多好。但随着成长，他慢慢学会把那脸上的黑斑，当作无法分割的自己的一部分，以"不能不接受的东西"来安静接受的方法。这件事也许也是他对命运形成宿命性谛观的主要原因之一吧。

命运的力量平常只是如同通奏低音般，安静、单调地为他的人生光景加上一层彩色的边线而已。他在平常的生活中很少意识到那存在。但一旦有某种加减（那到底是怎么样的加减他也不清楚。那上面几乎看不出任何像规则性的东西。）变得强烈的时候，那力量会把他赶进一种类似麻痹的深沉谛观中。那时候他会放下一切，让自己不得不随波逐流。因为他凭经验知道自己这时候无论想什么、做什么，事态也丝毫不会改变。命运是不管有什么可以取得的都会把那份额取走，非要等到将那取到手，否则什么地方也不去。他这样深信着。

虽然这么说，但这与其说意味着他是一个缺乏生气的被动的人，不如说他是一个有决断力的人，一个一旦决定了什么便会努力去贯彻的努力的人，职业上是个技术优越的兽医，也是个热心的教育者。虽然稍微欠缺创造性灵感，但从小学业就很优异，也被推选为班干部。在工作场上受到重视，许多年轻人尊敬他。他并不是所谓世间一般的"命运论者"。只是尽管如此，他有生以来，无论如何也都无法怀有自己主动去做什么决断的真实感。他觉得自己经常常都是在命运使然之下"被迫做决断"。即使觉得这次总算顺利依照自己的自由意志做了决断，后来试着回想时，也经常发现实际上那也是由于外力预先安排好让自己"被迫做决断"的。那只是巧妙地被伪装成"自由意志"的形式而已。或者他以主体性决断的事，仔细看来实际上全是些不需要决断的琐碎小事而已。他觉得自己就像被掌有实权的摄政者强制盖国玺的名义上的国王一样。正如伪满洲的皇帝一样。

兽医打心底里爱着妻子和女儿。他相信这两个人是自己有生以来所遇到的最美好的东西。他尤其溺爱这独生女。他打心底里相信如果是为了她们，自己死都可以。兽医在脑子里想象过很多次自己为这两个人而死去的情景。他觉得那似乎是一种非常甜美的死法。但同时兽医工作完毕回到家里看到妻子女儿的身影时，又曾经感觉过这两人终究是和自己没有关联的个别存在。觉得她们好像存在于离自己非常遥远的地方，她们其实是他所不知道的什么。那样的时候，兽医便想，这两个女人终究也不是我所选择的东西。虽然如此，但他还是毫不保留、毫无条件地强烈爱着这两个人。这对兽医来说是极大的矛盾，永远无法解除的（他这样觉得）自我矛盾。感觉就像是在他的人生中被设计好的巨大陷阱一样。

但独自一个人被留在动物园的官舍之后，兽医所属的世界变成更单纯而容易了解了。他只要考虑照顾动物的事就可以。妻子和女儿不管怎么样已经离开自己身边。我暂时不必考虑她们了。在兽医和命运之间已经没有任何介入，只剩下他和命运了。

无论如何，一九四五年八月的新京街头，正被巨大的命运力量所支配。在那里扮演最重要的角色，而且今后还要发挥更大影响力的，不是关东军，不是苏联军，不是共产党军队，也不是国民党军队，而是命运。那在谁的眼里都一目了然。在那里所谓个人的力量之类的东西，几乎没有任何意义。那命运在前一天埋葬了虎、豹、狼、熊，救了象。那接下来到底要埋葬什么救什么，已经没有任何人能够预测了。

他走出官舍开始准备给动物们分发早餐。他想大概没有人会来工作了吧，但却看见两个没见过的中国少年在办公室里等他。两个都是十三四岁左右，皮肤黑黑，身架瘦瘦的，眼睛像动物般骨碌碌转着。少年们说，他们被指使到这里来帮先生工作。兽医点点头。他问了两个人名字，但少年们并没有回答。好像耳朵听不见似的，表情丝毫没变。让少年来这里的显然是昨天为止在这里工作的中国人。他们已经看出未来的情势，还是停止和日本人有任何关联比较好，但认为小孩子应该不妨碍吧。那是他们对兽医表达好意。他们知道兽医一个人是照顾不了那些动物的。

兽医给两个少年各两片饼干之后，开始着手差使他们给动物分发早餐的工作。让他们牵骡拉车从一个槛栏往另一个槛栏绕着走，给各种不同的动物不同的食物，换新的水。不可能连打扫都做。只用水管大概冲一冲粪尿，没有余裕再做除此之外的工作了。反正动物园已经关闭，多少臭一点也没有人抱怨。

结果因为没有了虎、豹、熊、狼，工作轻松多了。要照顾大型肉食动物的饲料是很吃力的工作，而且危险。兽医一面以难过的心情通过空空的槛栏前面，一面也暗地里不得不对它们不在怀有安心的感觉。

八点工作开始，十点过后结束。兽医因为激烈劳动而筋疲力尽。工作结束后少年们便无言地消失。他回到办公室，向园长报告早上的工作结束了。

中午以前中尉和昨天一样，带着同样的八个士兵又来到动物园。他们依然全副武装，一面从老远之外就发出金属碰撞的声音一面前进。军服被汗湿变黑，从周围的树木上传来激烈的蝉鸣声。但士兵们今天不是为了杀动物而来的。中尉向园长简单地敬礼，然后说："请告诉我这个动物园里可以使用的拖车和拉车骡马的状况。"园长说，现在这里只剩一匹骡子和一台拖车而已。因为一辆卡车和两匹干活用的马两星期前已经交纳出去。中尉点点头，说根据关东军司令部的命令，今天要征收那匹骡子和拖车。

"请等一下。"兽医急忙插嘴，"那是每天早晚分配动物饲料时需要的。雇用的满洲人已经全部不见了。没有骡子和拖车，动物会饿死的。现在这样都已经很勉强，快不行了。"

"现在大家都快不行了。"中尉说。中尉眼睛红红的，脸上胡子没刮，形成薄薄的一层黑影。"对我们来说，首都防卫是先决事项。如果没办法的话，就请把它们放出槛栏吧，危险的肉食动物已经处分掉了，剩下的放出去在安全上应该也不妨碍。这是军方的命令。其余的事就请你们自己适当判断。"

他们不由分说，便把骡子和拖车拉走了。士兵们消失后，兽医和园长互相看着对方。园长拿起茶来喝，只摇着头，什么也没说。

四小时后士兵们让骡子拉着拖车回来了。拖车上载着货物，上面盖着肮脏的军用帆布罩子。骡子由于炎热和货物的沉重而喘着气，流着汗。八个士兵佩带的步枪上了刺刀，押着四个中国人同行。中国人都是二十岁前后的年轻人，一律穿着棒球制服，手用绳子绑在背后。四个人似乎被殴打得很厉害，脸上留下黑青的瘀痕。一个右眼肿起几乎睁不开眼，一个嘴唇流血染红了制服。制服胸部没有写名字，还留着名牌扯掉的痕迹。背上都有个号码。四个人的背号分别是1、4、7、9。为什么在这样的非常时期中国人还穿着棒球制服呢？为什么被痛殴之后还被士兵押着来呢？兽医不明白原因。那看起来就像是精神异常的画家所描绘的不存在于这世上的想象中的光景似的。

中尉对园长说，可以借用铲子和铁锹吗？中尉的脸看起来比刚才更憔悴、更苍白了。兽医带他们到办公室后面的材料仓库。中尉选了两把铲子和两个铁锹，让士兵拿着。然后他要兽医跟着来，一个人走到路外，走进附近的树林里去。兽医依着他的话跟在他后面。中尉一走进去，大蝗虫便从草丛里发出声音飞起来。周围散发着草的香气。混合着令人平静的蝉鸣，偶尔从远方传来象那警告似的尖锐叫声。

中尉什么也没说地往树林里前进一会儿，终于找到一个开阔的空地似的地方。那是一个为了让小孩子可以和聚集成群的小动物一起玩而准备建成广场的地方。但由于战况恶化，建筑材料缺乏，计划便无限期地推延了。树木被砍清，露出圆形地面。太阳就像舞台照明般只把那个部分清晰地照出来。中尉站在那正中央环视四周一圈。然后用军用靴底在地面用力地绕圈子刮着。

"我们从现在开始，要暂时驻屯在这园里。"中尉弯下身，一面用手挖起泥土一面说。

兽医点点头。虽然他不知道他们为什么非要驻屯动物园不可，但他决定控制自己不发问。对军人最好什么也不问，这是他到新京城里之后凭经验学到的规则。在多半的情形下发问只会引起对方愤怒，反正也得不到什么正常的回答。

"首先，要在这里挖个大洞。"中尉像在说给自己听似的说。然后站起来，从胸部口袋拿出香烟，含一根在嘴上。他也敬兽医一根，用火柴点上两人的烟。两个人频频吸着烟，将那里的沉默埋掉。中尉又用靴底在地面绕圈子刮着。在地上画出什么图形，又把它抹消。

"请问你生在哪里？"中尉终于问兽医。

"神奈川县。一个叫作大船的地方，靠近海边。"

中尉点点头。

"中尉是哪里出身？"兽医问。

没有回答，中尉只眯细了眼睛，看着从手指之间上升的香烟的烟而已。所以向军人发问也没用嘛，兽医重新想道。他们总是只发问，但绝对不会回答问题。可能连问他们时间都不会回答吧。

"有电影制片厂。"中尉说。

花了一点时间才明白原来他是在说大船的事。"是的，有一个大制片厂。虽然我没进去过。"兽医说。

中尉把变短的香烟丢落地上踏熄。"但愿能顺利回去就好了，回日本不能不过海。也许大家都要死在这里也说不定。"中尉眼光依然落在地面这样说道，"怎么样，你害怕死吗，兽医先生？"

"那大概要看怎么个死法吧。"兽医考虑一下后回答。

中尉从地面抬起脸，兴趣浓厚地看着对方。他似乎预料的是其他回答吧。"确实是这样，要看怎么个死法噢。"

两个人再度沉默一会儿。看起来中尉好像站在那里就会睡着似的。他显得那样疲劳。终于一只大蝗虫像鸟一样高高飞起，留下啪哒啪哒的急躁声音消失到远处的草丛里去了。中尉看一眼手表。

"差不多必须开始工作了。"他像在说给谁听似的说。然后朝向兽医说："请你暂时跟我在一起。也许还有什么事要拜托你。"

兽医点点头。

士兵们把中国人带到那树林里，解开手上绑着的绳子。伍长用棒球棒——到底为什么军队会带着棒球棒呢，这对兽医来说是个谜——在地面画一个大圆圈，用日本语命令在这里挖一个这样大的洞穴。穿着棒球制服的四个中国人拿起铁锹和铲子，默默挖掘着洞穴，士兵们在那之间便各分四个人一组交替休息，在树荫下躺下睡觉。他们到现在为止好像没有好好睡的样子，就那样穿着军装在草丛里一躺下来，立刻发出鼾声开始睡觉。没有睡的士兵们腰间端着装有刺刀的步枪摆出立刻可以用的架势，在稍微离开一点的地方监视着中国人干活。担任指挥的中尉和伍长也交替地到树荫下去假寐。

不到一个小时，便挖出一个直径四米左右的洞穴。深度到达中国人的脖子一带。一个中国人用日本语说"让我们喝水"。中尉点头后，一个士兵便用桶子汲了水提来。四个中国人用勺子轮流美味地喝着。一桶水几乎快喝光了。他们的制服被血、汗、泥土沾得变成乌黑。然后中尉叫两个士兵去把拖车拉来。伍长掀开帆布罩子，那上面堆积着四具尸体。那四个人也穿着同样的棒球制服，看起来像是中国人。他们被射杀了，那制服被流出的血染黑，上面开始飞着大苍蝇。从血的僵硬情形来看，死掉似乎已经接近一天了。

中尉朝向挖完洞的中国人命令，把尸体丢进洞穴里。中国人依然什么也没说地从拖车上卸下尸体，面无表情地一一丢进洞穴里。每具尸体撞到洞底时，便发出咚的一声钝钝的无机的声音。死掉的四个人背号是2、5、6、8。兽医记住那号码。尸体全部丢进洞穴里之后，四个人便被紧紧绑在附近的树干上。

中尉举起手，以认真的表情看着手表。然后好像在渴求什么似的暂时眼望着天空的一角。看起来他就像站在月台上，正在等候致命般迟到的列车站员一样。但他其实并没有看什么。只是让时间过去几许而已。然后他向伍长发出简短的命令，用刺刀刺杀四个人中的三个（背号1、7、9）。三个士兵被选出，各站在中国人前面。士兵们比中国人脸色更苍白。中国人看起来要指望什么，但似乎已经太过于疲劳了。伍长向中国人一一敬烟，但谁也没抽。他把香烟再收回胸前口袋里。

中尉带着兽医，到稍微离开其他士兵的地方站住。"你最好也切实地看一看。"中尉说，"因为这也是一种死法。"

兽医点点头。这个中尉不是对我，而是对他自己说的，兽医想。

中尉以平静的声音向兽医说明："以杀法来说，用枪杀比较简单省事，快速得多，但上面命令珍贵的弹药就算一发也不要浪费。弹药是为苏联人保留的，用在中国人身上太可惜了。但用步枪刺杀，一句话说起来容易，做起来可不简单。兽医先生在军队里学过刺刀术吗？"

自己是以兽医入营到骑兵部队的，因此没受过刺刀术训练，兽医说。

"用刺刀正确杀人，首先要刺进肋骨下的部分——也就是这里。"中尉用手指着自己的腹部稍高的一带。"把内脏剜一圈似的又深又大地剜，然后朝心脏刺上去。并不是一股劲地刺进去就行的。士兵们都被灌输过太多次了。用刺刀的白刃战和夜袭并列为帝国陆军的拿手招

28 发条鸟年代记#8(或第二次不得要领的虐杀)

数——说得快一点，是因为比坦克、飞机、大炮都不花钱。但不管说是怎么灌输训练过，因为训练的对象是稻草人，和活生生的人不同，是不流血的，也不会哀叫，肠子也不会出来。实际上这些士兵们还没有杀过人。我也没有。"

中尉向伍长点头。伍长下达命令后，三个士兵首先采取直立不动的姿势。然后端枪把刺刀向前伸，瞄准目标。一个中国人（背号7）用中国话说了什么类似诅咒的话，往地上吐口水。但那口水没到达地面，无力地落在自己的制服胸部。

士兵们在下一声号令时，将刺刀尖端使劲往中国人肋骨下刺进去。并像中尉说的那样，用刃尖扭转似的往内脏绞一圈，然后尖端往上刺上去。中国人的哀叫声不是很大。那与其说是哀叫，不如说是深沉的呜咽。好像留在身体里的气息全部一次从什么空隙间吐出似的声音。士兵们拔出刺刀，退到后面。然后依伍长的命令，再一次准确地重复同样的动作。刺入刺刀、回转、刺上、拔出。兽医无动于衷地望着。他被自己正开始分裂着的错觉所袭。自己是刺对方的人，同时也是被对方刺的人。他可以同时感觉到那步枪刺出的手感和被切割内脏的疼痛。

中国人到完全死掉为止花了比预料更长的时间。他们身体的内容已经被切割得支离破碎，大量的血流出地面，内脏一面已经被拔出了，一面还继续发出轻微的痉挛。伍长用自己的刺刀割断把他们绑在树上的绳子，让没参加刺杀的士兵们帮忙，把倒在地上的三个人的身体拉去丢进洞穴里。身体摔到地面时也同样发出钝重的声音。但那和刚才丢进尸体时的声音似乎有些不同。也许是因为还没有完全死掉吧，兽医想。

最后只留下背号4的中国人而已，三个脸色发青的士兵扯起脚边大片的草叶，用它们擦着血淋淋的刺刀。刺刀上粘着色调奇怪的体液和肉片似的东西。他们为了让那长刃恢复原来的雪白，不得不用好几

629

片又好几片的草叶。

为什么只留下这个男的（背号4）不杀呢？兽医觉得很奇怪。但他已经决定什么也不问了。中尉又拿出香烟，抽着。也敬兽医一根。兽医默默地接受，含在嘴上，这次自己擦火柴。手虽然没发抖，但已经不太能知道到那上面有什么感觉了。简直像戴着厚手套擦火柴似的。

"这些家伙是伪满洲士官学校的学生。他们拒绝执行新京防卫任务，昨天半夜杀了两个日系指导教官后逃走。我们在夜间巡逻中发现他们，当场射杀了四个，逮捕了四个。只有两个人趁着黑暗逃脱了。"中尉用手掌抚摸着脸颊的胡须。"他们想穿着棒球制服逃走。大概以为穿军服会被知道是逃兵而被逮捕吧。或者怕穿伪满洲军队的军服会被共产党军队逮捕也不一定。总之在军营里，除了军服之外只有这士官学校的棒球制服。所以把制服上的名牌扯掉，穿上了准备逃。也许你也知道，这个士官学校的棒球部相当强噢。还去过台湾和朝鲜参加友谊赛。于是那个男的，"说着中尉指着被绑在树干上的中国人，"他是球队的主将4号打击手，大概是这次逃走计划的主谋。他用球棒把两个教官打死，日系教官们知道营内的气氛不稳，所以决定尽可能不给他们武装。但没想到棒球的球棒。两个人头都被打破了，几乎当场立即死掉。被打了个正着，所谓的just meet。用这根球棒。"

中尉命令伍长把球棒拿过来。中尉把那根球棒交给兽医。兽医用两手握着，像站上打击位置时一样在眼前举起球棒看看。一根很普通的棒球棒。并不是多高级的东西。手工粗糙，木纹也杂乱。但很扎实沉重，被频繁用过的样子。手握的部分被汗渗透变黑了。看不出是刚刚才杀过两个人的球棒。大约感觉过那重量之后，兽医把那球棒还给中尉。中尉拿起来，以一副很熟练的手势轻轻挥了几次球棒。

"你打棒球吗？"中尉问兽医。

"小时候常常打。"兽医回答。

28 发条鸟年代记＃8（或第二次不得要领的虐杀）

"长大后打吗？"

"没打。"中尉呢？兽医想问，但把那话吞了回去。

"上面命令我用这同一根球棒打死这个男的。"中尉一面用球棒尖端咚咚地轻轻敲着地面，一面以干干的声音说，"以牙还牙，以眼还眼噢。因为是你，所以我敞开心扉老实跟你说，真是无聊的命令。到现在还杀这些家伙，到底又能怎么样呢？已经是没有飞机，没有战舰，像样的士兵大多死掉了。新型的特殊炸弹把广岛在一瞬之间就消灭掉。我们不久后不是被赶出伪满洲，就是被杀掉，中国还是中国人的。我们已经杀了够多的中国人了。再增加尸体数也没什么意义。但命令就是命令。我身为军人，不管什么样的命令都不得不服从。就像杀虎、豹一样，今天不得不杀这些家伙。唉，请你好好看吧。兽医先生。这也是人死的一种方式。你是医师，所以对刀刃、流血、内脏大概习惯了，但用球棒打死大概没看过吧？"

中尉命令伍长，把背号４的打击手带到洞穴旁边。他像原来那样手被反绑在背后，眼睛遮起来，双膝跪地。他是一个高个子体格魁梧的男人，手臂粗壮，有普通人的大腿么粗。然后中尉喊了一个年轻士兵，把球棒交给他。"用这个把那男的打死。"中尉说。年轻士兵直立敬礼。从中尉手中接过球棒。但球棒拿在手中却像失了魂似的呆站在那里不动。他似乎无法掌握所谓用球棒打死中国人这行为的实体。

"以前打过棒球没有？"中尉问年轻士兵（是一个后来在伊尔库茨克附近的炭坑被苏联监视兵用铲子割头的男人）。

"没有，我没有。"士兵大声回答。他所出生的北海道开拓村和所成长的伪满洲开拓部落都同样贫穷，周围没有一家人买得起棒球或球棒。他们只是无意义地在原野奔跑，用棍子当武士刀打着玩，或捉捉蜻蜓度过少年时代。这辈子从出生到现在既没打过棒球，也没看过棒球比赛。手上拿球棒当然是有生以来的第一次。

中尉教士兵握球棒的方法，教他挥棒的基础知识。自己实际挥了几次示范。"听好噢,重要的是腰部的回转。"他慢慢咬字清楚地说,"球棒往后举,下半身扭转过来,让身体回转。球棒的头部随后自然地跟过来。嘿你!听懂我说的没有?想要挥棒的意识太强的话,力量会总是只集中在手的前面。这样挥棒自然就失去力气。不是用手臂,而是用下半身的回转好好地完全挥出去。"

士兵想必不能理解中尉的指示,但他依然照着命令脱下沉重的军服,练习了一会儿挥棒。大家都在一旁观看。中尉补充几个重点,矫正士兵的挥棒。他教法相当高明。终于教到虽然握棒笨拙但也能在空中挥出咻一声的程度了。年轻士兵小时候每天是在农务中锻炼过来的,因此再怎么说臂力总是很强的。

"嗯,这样大概行了吧。"中尉用军帽擦着额上的汗说,"你听好噢,尽量使劲让他一棒就轻松过去噢。不要耗时间让人家痛苦受罪噢。"

我也不愿意用什么棒球棒打死人哪,中尉很想说,到底是什么地方的谁想出这馊主意?但指挥官总不能对部下开口说出这种话。

士兵站在眼睛被蒙起来跪在地上的中国人后面,举起球棒。黄昏强烈的日照把那球棒的粗影子长长地照落地上。好奇怪的光景,兽医想。正如中尉所说的,我完全无法适应用球棒打死人这种事。年轻士兵把球棒举在空中好长一段时间。看得见那尖端大大地颤抖着。

中尉向士兵点头。士兵拉紧球棒,吸一口大气,将那球棒用劲使力往中国人脑后部打去。令人吃惊的像样一挥。依照中尉所教的用下半身回转,将球棒烙印的部分往耳后直击。球棒挥满到最后,听得见头盖骨破碎所发出的嘎啦一声钝重的声音。中国人连声音都没发出。他以奇怪的姿势在空中一度静止,然后像想起什么似的沉重地往前倒下。从耳朵流出血来,脸颊贴在地面就那样一直不动了。中尉看一眼手表。年轻士兵两手还紧紧握着球棒,张开嘴巴看着空中。

中尉是个谨慎心细的人,他就那样等了一分钟。并确定中国人已经丝毫不动之后对兽医说:"麻烦你,帮我确定一下那个男的死了没有,好吗?"

兽医点点头走到中国人旁边去,弯下身把眼罩拿下。那眼睛睁得大大的,黑眼珠朝上,正从耳朵流出鲜红的血。半开的嘴巴深处看得见纠结的舌头。由于被打击,头朝奇怪的角度扭曲,从鼻孔溢出浓厚的血块,染黑了干干的地面。一只眼尖的大苍蝇钻进那鼻孔里准备产卵的样子。兽医为了慎重起见抓起他的手腕,用手指试探动脉的鼓动。但鼓动已经停止了。至少在该有脉动的位置,完全摸不到鼓动了。那个年轻士兵只挥了一次棒(那是有生以来的第一次),这个强壮的男人气息便已经断了。兽医望了一眼中尉那边,点头示意,没问题,已经死了不会错。然后慢慢站起来。忽然感觉到照在背上的阳光变得好强烈的样子。

就在这时,那个中国人4号打击手好像醒过来似的,忽然坐起身子,没有一丝犹豫地——在人们眼中看来——抓紧兽医的手腕。一切都在一瞬间发生。兽医还搞不清楚是怎么回事。这个男人已经死了不会错。但中国人不知道从哪里吹出生命最后的一滴力气,简直就像被千斤顶抬起来似的,紧紧扣握住兽医的手。而且眼睛依然睁得大大的,黑眼珠朝上,像要把兽医一起带去做伴的样子,往那洞穴里倒下去。兽医像叠在他身上似的掉落洞穴里。他的身体下面,传来对方肋骨折断的声音。但中国人这样还是紧紧握着兽医的手不放。士兵们从头到尾看在眼里,但全部吓慌了,只呆呆站在原地不动。中尉第一个回过神来飞奔跳进洞穴。从腰间拔出自动手枪来,枪口对准中国人的头连扣两次扳机。干干的枪声连续响遍周遭,太阳穴射开巨大的黑洞。他已经完全失去生命了。虽然如此,中国人还是不放手。中尉弯下身,一只手还拿着手枪,把那尸体的手指一根一根花时间撬开。在那之间,兽医在洞穴底下,被穿着棒球制服的八个无言的中国人尸体所包围。洞穴底下,蝉声听起来和在地上听见时相当不同。

兽医的手好不容易才从尸体手上解开之后，士兵们把他和中尉拉出那墓穴。兽医趴在草上喘了几次大气，然后看看自己的手腕。那上面还留着五根手指的鲜红手印。在那炎热的八月下午，兽医身体感到冻彻骨髓般的强烈冷气。我大概再也无法把这股寒气赶出体外了吧，他想。那个男人真的，认真地，想要把我一起带到什么地方去呢。

中尉把手枪安全装置复原，慢慢放进腰间的枪匣里。对中尉来说，对人射枪这也是第一次。但他尽量努力不去想这件事。至少暂时战争还在继续着，人将继续死去。很多事情以后再深入想吧。他把右手掌的汗用长裤擦擦，然后命令没有参加处刑的士兵，把丢弃尸体的洞穴埋掉。现在已经有无数的苍蝇在周围肆无忌惮地绕着飞了。

年轻士兵还紧紧握着球棒以失了魂的状态呆站在那里。他的手无法从球棒上放开。中尉和伍长，都放任他站在那里。他望着应该已经死去的中国人突然抓紧兽医的手腕，连成一体掉落墓穴里，中尉从后面追来跳进洞穴用手枪射击，然后同伴的士兵们用铲子和铁锹埋洞穴。但实际上他什么也没在看。他只是侧耳倾听发条鸟的声音。鸟叫声从昨天下午同样的树林某处传来，同样是那卷发条般的叽咿咿、叽咿咿咿咿的叫声。他抬头环视周遭，像要看准从哪个方位传来的声音。但依然到处都看不见发条鸟。喉咙深处感到一阵恶心想吐，但并不像昨天那么强烈。

在侧耳倾听着发条鸟声音的时候，各种片段的意象在他眼前出现又消失。那个年轻会计中尉被苏联军解除武装之后被引渡到中国方面，追问这次处刑责任而被处以绞首刑，据说伍长在西伯利亚的收容所得了黑死病死掉。他被丢进隔离的小屋，一直放着不管直到死掉。其实伍长只是因为营养失调昏倒而已，并没有感染黑死病——至少在被丢进那小屋以前。脸上有黑斑的兽医一年后死于事故。他虽然是平民，但因为和军队一起行动而被苏联军拘留，同样送到西伯利亚的收容所。在强制劳动的西伯利亚炭坑，进入深深的直立洞穴里作业时，

28 发条鸟年代记#8（或第二次不得要领的虐杀）

穴里出水，他和其他众多士兵一起被溺死。而我——那个年轻士兵看不见自己的未来。不只是未来而已。连现在在自己眼前发生的事，不知道为什么，他都不觉得看起来像是真的。他闭上眼睛，只是侧耳倾听发条鸟的声音。

然后他忽然想起海，从日本渡海过来伪满洲时，从船的甲板上所看到的海。那次他是有生以来第一次看到海，也是最后一次。那是八年前的事。他可以记起那潮风的气味。海，是他到目前为止的人生中所见过最棒的东西之一。辽阔、深沉，远超越一切预测的东西。那会随着不同时刻、不同天气、不同场所而变色、变形、改变表情。那在他心中勾起深沉的悲哀，同时也安静地治愈心灵的创伤。不知道什么时候才能够再看见那海，他想。然后士兵让拿在手上的球棒掉落地上。球棒摔在地面发出干干的声音。球棒没有了之后，恶心变得比刚才稍微强烈些。

发条鸟还继续在啼叫。但其他的任何人都没听见那声音。

*

"发条鸟年代记#8"在这里结束了。

29 西那蒙遗失的联结

"发条鸟年代记#8"在这里结束了。

我用鼠标点击结束,回到原来的画面,从下一个选项中用鼠标点击了"发条鸟年代记#9"。我想继续读那文章。但画面没有打开,取而代之却浮出这样的信息:

"发条鸟年代记#9"不能在 R24 号线上访问。
请选择其他文档。

我试着选择#10看看。但结果还是一样。

"发条鸟年代记#10"不能在 R24 号线上访问。
请选择别的文档。

#11也是一样。结果只弄清楚那上面的所有文档都不能访问。虽然我不知道"R24号线"是什么样的东西,但总之似乎由于某种原因或原理,而封锁了其他文档的样子。在打开"发条鸟年代记#8"的当时我还被许可访问所有的文档。但现在选完#8并打开和关闭之后,任何一扇门都已经被紧紧地封锁起来了。或许这程序是不许连续选择文档访问也不一定。

我面对画面,想了一下接下来该怎么办。但没办法。这是依照西那蒙的头脑和原理所建成并发挥功能的精巧致密世界。我不知道那游戏规则。我放弃地关闭电脑。

首先这"发条鸟年代记＃8"是西那蒙所述说的故事应该不会错。他在《发条鸟年代记》这个题目下在电脑里写下十六个故事，而我碰巧选了那其中第八个故事来读。我大概回想自己刚才读过故事的长度，单纯地试着乘以十六倍看看。绝不算短的文本。如果实际要整理成活字印刷的话，应该会成为一本很厚的书。

"＃8"这号码意味着什么呢？因为从"年代记"这个名称来看，也许故事是依照年代顺序一一连续下去的也不一定。＃7的续是＃8，＃8的续是＃9这样。这是妥当的推测。但也不一定是这样。故事依照完全不同的顺序排列也不是没有可能。相反地也有可能从现在到过去倒溯上去。更大胆地假设的话，一个故事也许只是从各种不同的版本给予不同号码平行并列而已也不一定。但不管怎么说，我选择的是＃8，母亲纳姿梅格以前告诉过我的，新京动物园的动物被士兵们射杀是在一九四五年八月的事，这＃8则确实是那个故事的延续。那第二天，以同一个动物园为舞台的故事。故事的主角也是纳姿梅格的父亲，西那蒙的外公，那位没有名字的兽医。

故事到什么地方为止是真实的，我无法下判断。是否从头到尾都是西那蒙手下纯粹的创作，或有几个部分是实际发生的事，这也不清楚。母亲纳姿梅格对我说，兽医从此之后便"毫无消息"了。所以首先那故事全部是事实的可能性就没有。但有几个细部是历史上的事实则可以考虑。在那混乱时期，新京动物园内举行了伪满洲士官学校学生的处刑，尸体埋在洞穴里，担任指挥的日本军官战后被处刑的可能性是有的。伪满洲士兵的逃走和反叛在当时并不稀奇，被杀的那些中国人穿着棒球制服——就算是相当奇怪的设定——也并不是没有可能的事。西那蒙知道那事件的存在，把在那里的外公身影重叠起来，写成他的故事也是有可能的。

　　但原本西那蒙为什么要写这故事呢？为什么他非要赋予它以故事的体裁呢？为什么那些故事非要按上"年代记"这个标题不可呢？我坐在假缝室的沙发上，一面把设计用的彩色铅笔拿在手中团团转着，一面试着想想看。

　　要找出答案，也许必须看完那里所有的故事才行吧？在光读完＃8一篇之后，虽然模糊，但我可以推测西那蒙在那里面所渴求的东西。很可能西那蒙正认真地探究所谓自己这个人存在的理由。想必他是在追溯自己尚未出生以前的事。

　　为了这个，他有必要将自己的手所无法触及的几个过去的空白填满。他想凭自己的手创作出故事，充当那遗失的联结。以从母亲那里一再反复听来的一个故事当作踏脚板，西那蒙从那里派生出新的故事，想将被谜包着的外公身影在新设定之中再创造。而故事的基本风格，则承接他母亲的故事而来。也就是说，在那里事实可能不是真实，真实可能不是事实。很可能故事的什么部分是事实，什么部分不是事实，这件事对西那蒙来说应该不是那么重要的问题。对他来说，重要的不是他外公在那里做了什么，而是应该做了什么。而且当他有效地说着那故事的时候，他同时也变成知道了那故事。

　　而且那故事以"发条鸟"这字眼当作关键语，以年代记（或非年代记）一直到达现在不会错。但"发条鸟"这字眼不是西那蒙创作出来的。那在以前在青山的餐馆里，他母亲纳姿梅格对我说的故事中已经无意识地说出口过了。而在那个时点纳姿梅格应该还不知道我被叫作"发条鸟"的事。那么，我和他们的故事是由于偶然的一致而结合在一起的。

　　但我并没有切实的信心。也许纳姿梅格对于我被叫作"发条鸟"的事出于某种原因已经知道了，而且那字眼在潜意识的领域里作用着、侵蚀着她的（或母子二人共有的）故事，那不是被固定成形的故

29 西那蒙遗失的联结

事，而是像口头传承般一面接受着变化一面继续增殖、继续变形、继续存在的故事也不一定。

但就算那是偶然的一致，在西那蒙的故事中，"发条鸟"这个存在拥有很大的力量。人们被只有特别的人才听得见的那鸟声所引导，迈向不可避免的毁灭之路。在那里，就像兽医始终一贯持续感觉到的那样，人类的自由意志这东西是无力的。他们就像人形娃娃背上被上了发条后放在桌上一样从事着没有选择余地的行为，朝向没有选择余地的方向前进。在听得见那鸟声的范围内几乎所有的人都强烈地被破坏、丧失。多半的人死去。他们就那样从桌子边缘掉落下去。

西那蒙一定是监视着我和绵谷升的对话。也同样监视着几天前我和久美子的对话，恐怕凡是那电脑上所发生的一切他都无所不知。而且西那蒙等到我和绵谷升对话结束后，把"发条鸟年代记"的故事显示在我面前。那显然不是偶然或当场想到的。西那蒙是拥有清楚目的而操作着机械，想把那故事中的一篇让我看到。并暗示我在那里同时还存在着很长的故事群的可能性。

我在沙发上躺下，抬头看着假缝室幽暗的天花板。夜既深且重，周遭静得令人心痛。白色天花板看起来像是整个把房间盖住的厚冰盖似的。

我和那位应该算是西那蒙外公的没有名字的兽医之间，存在着几个共通点。我们共有着几个东西——脸上的黑斑、棒球棒、发条鸟的叫声。还有，西那蒙故事中出现的中尉，令我想起间宫中尉的身影。间宫中尉也在同一个时期在新京的关东军总部服役。但现实的间宫中尉不是会计军官而是属于制作地图的单位，终战后没有被绞首处刑（他怎么说都是被命运作弄而被死拒绝的人），只在战斗中失去一只手臂回到日本来。但我无论如何都无法抹去那个指挥处刑的中尉其实可能就是间宫中尉的印象。至少那是间宫中尉也不奇怪。

然后还有棒球棒的问题。西那蒙知道我在井底放着棒球棒的事。所以那球棒的意象,正如"发条鸟"这字眼一样,有从后来"侵蚀"他的故事的可能性。但假设就算是那样,关于棒球棒还是有无法那么单纯说明的部分。在那被关闭的公寓玄关用球棒朝我殴打过来的提吉他盒的男人……他在札幌的酒吧里用蜡烛火烧手掌给我看,后来用球棒殴打我,又变成被我用球棒殴打。而且把那球棒交付到我手中。

还有为什么我脸上非要被烙上和西那蒙的外公一样颜色、一样形状的黑斑不可呢?那也是他们的故事被我的存在"侵蚀"而产生的结果吗?现实的兽医脸上难道没有黑斑吗?但纳姿梅格没有任何必要对我捏造关于自己父亲那样的事实。首先第一点,纳姿梅格之所以在新宿街上"发现"我,也是因为我们二人共有那黑斑的关系。事情简直像三次元的谜团一样交错复杂纠结不清。在那里真实不一定是事实,事实不一定是真实。

我从沙发上站起来,再一次走到西那蒙的小房间去。并坐在电脑桌前,手肘支在桌上注视着西那蒙的电脑屏幕画面。西那蒙也许在那里。在那里他沉默的语言,化成几个故事正活生生地呼吸着。在思考、追求、成长、发热着。但画面像月亮一样继续在我面前深沉地死着。那存在的根,在迷宫的森林里消失了踪影。四方形玻璃屏幕,还有应该在那深处的西那蒙,已经不再准备朝向我述说什么了。

30 房子这东西是不能信任的（笠原 May 的观点 6）

你好吗？

上封信的最后，我写到想对发条鸟先生说的话好像都说完了。很有一点"这样就没了"的意味，对吗？不过经过一段时间想到各种事情之后，又觉得还是再多写一点什么比较好，所以才又这样偷偷摸摸像蟑螂一样半夜起来，面对书桌写起信来。

是这样的，我最近不知道为什么，经常想到宫胁先生一家人的事。在那空屋从前住着的，被债主穷追不舍，最后不知道在什么地方自杀的可怜的宫胁先生一家的事。杂志上确实写着只有最大的女儿没有死，但行踪不明……我在工作的时候，在餐厅吃饭的时候，在房间一面听音乐一面读书的时候，不知道怎么搞的脑子就会忽然浮现那一家的形象。虽然还不至于纠缠着不离去，但只要脑子一有空隙（老实说，有很多空隙），就会从那里滑溜溜地溜进来，就像从窗外进来的烧柴烟味一样，暂时停留一阵子。这一星期或两星期经常有这种情形。

我从生下来就一直住在那里，隔着后巷眺望那一栋房子活到现在。从我房间的窗户可以笔直看到那家的正面。我是从上小学后才有自己房间的，那时候宫胁先生一家已经住在那新盖的房子里了。在那里经常可以看到人影，晴朗的日子晒很多洗的衣服，两个女孩在庭院里大声叫着黑色大牧羊犬的名字（我现在想要想那名字，但怎么都想不起来），天一黑，窗里就亮起看起来好像很温馨的灯光,然后随着时间渐渐晚了,那灯便一盏又一盏地关掉。大女孩学钢琴,小女孩学小提琴(大的比我大,小的比我小)。生日或圣诞节时就开派对之类的,聚集了好多朋友,看起来总是很热闹。只看过那静悄悄废墟般空屋的人,想必无法想象那样的情景吧。

休假日主人经常在庭院里整理花树。宫胁家主人好像很喜欢亲手做清扫屋檐、遛狗、给汽车打蜡之类花时间的工作。我永远无法理解人为什么会去喜欢那样麻烦的事情,不过那怎么说都是个人的自由,而且一个家里有一个那样的人一定是一件很好的事噢。还有去滑雪好像也是全家人共同的"兴趣",一到冬天,他们就把滑雪板绑在大车的车顶上,很开心地不知道开到什么地方去(我是一点都不喜欢滑雪,不过这也总之暂且不提)。

这样一说,听起来好像是到处都有的极普通的幸福家庭的样子。不只是听起来,他们实际上真的就是到处都有的极普通的幸福家庭。在那里没有一件会叫人说"唉呀,这到底是什么?"而皱起眉头,或歪起脖子的事。

附近的人虽然在背后悄悄说"那样不干净的地方免费送我都不想住",但就像刚才说过的那样,宫胁家就像画成画裱成框,用鸡毛掸子掸过一样和平的一家。全家四口,就像从前故事里"后来大家都过着幸福快乐的日子"结局的延续一样,真的是过着非常幸福快乐的生活,至少看起来比我家要幸福十倍左右。还有偶尔在门口碰面的那两个女孩子,也都是给人感觉很好的人。我常常想如果有那样的姐妹在我家的话该有多好。总之好像经常笑声不断,连狗都一起笑着的样子,是这种感觉的家。

这种幸福会在什么地方忽然扑哧一下被切断消失,我真是无法想象。但有一天我忽然发现,在那里的人一个都不剩地(连德国牧羊犬在内)像被强风吹走似的,咻一声就消失了,只剩下

30 房子这东西是不能信任的（笠原May的观点6）

一栋房子。有一段时间——说起来也只不过是一星期左右——附近的人，谁也没留意到宫胁家全家消失的事。我到了傍晚也没看见灯亮，虽然觉得奇怪，但想到大概是跟平常一样全家到什么地方去旅行了吧。然后我母亲说，在什么地方听人家说他们好像是"趁夜逃走"的。我不太明白所谓"趁夜逃走"，记得还问过那是什么意思。以现在的说法就是"蒸发"了。

不管是趁夜逃走或是蒸发了，住着的人一旦消失之后，宫胁家的形象看起来便不可思议地不同了。因为我过去从来没有看过所谓空屋这东西，因此不知道平常的空屋到底看起来是什么样子。不过所谓空屋这东西大概就像被遗弃的狗一样，或者像蝉蜕之后的空壳子一样，感觉一定是很可怜的"无精打采"的样子。但宫胁先生家的那空屋却完全不是这样。那房子并不"无精打采"。那房子在宫胁先生离家的同时，就摆出一副"我已经不认识什么宫胁先生这个人了"的冷漠脸色。至少在我看起来是这样。那就像一只不懂得恩情的笨狗一样。总之那栋房子在宫胁先生离家的同时，就开始和宫胁先生一家的幸福没有任何关系，忽然变成一栋"自己本身的空屋"了。我觉得那样未免太过分了。虽说是房子，但应该也是和宫胁先生一家人在一起的那时候过得最快乐啊。他们很勤快地清洁打扫，而且大体上来说，房子也是宫胁先生盖起来的啊。你不觉得吗？房子这东西真是完全不能信任的。

发条鸟先生也知道，房子在那以后没有住过一个人，到处都是鸟粪地被遗弃了。几年之间我就从我房间的窗户眺望着那空屋过日子。面对书桌一面做功课，或者假装做功课，一面不时瞭着那空屋。晴朗的日子、下雨的日子、下雪的日子、刮台风的日子都一样。因为那就在窗外，只要一抬眼自然就会看到啊。而且很奇怪眼睛就是躲不开。我经常在桌上托着下巴呆望着那房子三十分钟之久。怎么说呢？不久以前那里还充满了大家的笑声，雪白的晒洗衣物就像电视上洗衣粉的广告一样被风吹得飘飘扑扑的噢（宫胁先生的太太虽然不能说到了"异常"的程度，但怎么想都比一般人更喜欢洗衣服）。然而那却在一瞬之间啪地消失到什么地方去了，庭院杂草丛生，已经没有人会想起宫胁先生一家幸福日子的情景了。我觉得那真是不可思议的事。

我要声明一下，我跟宫胁先生一家人并不亲密。老实说，几乎没有开过口，只是在路上碰面时稍微会打招呼而已。虽然如此，但由于每天从窗户热心眺望的关系，我觉得宫胁先生一家的那种幸福营生好像变成我自己的一部分似的。就像家族相片的角落里加进一个没关系的人似的。而且甚至曾经觉得我的一部分也和那些人一起"趁夜逃走"，消失到什么地方去了似的。不过怎么说呢？那种感觉很奇怪。自己的一部分居然可能跟不太认识的一些人"趁夜逃走"而消失这种事。

奇怪的事情顺便再继续提一件吧。老实说这一件是非常怪的事。

说实话，我最近常常觉得自己好像变成久美子小姐了。我真是发条鸟先生的太太，出于某种原因而逃开你，到这深山里，一面在假发工厂工作，一面躲着活下去。但由于各种原因，我暂且用笠原May的假名戴上面具，装成不是久美子小姐。而发条鸟先生则在那简陋的檐廊一直等候着我的回去……怎么说呢？非常有这种感觉。

嘿，发条鸟先生，你会妄想吗？不是我自夸，我常常会。经常会。严重的时候也曾经一整天都一面被妄想的云笼罩着一面工作。反正是单纯的作业，所以也不妨碍工作，不过周围的人偶

30 房子这东西是不能信任的（笠原May的观点6）

尔也会脸色怪怪的。也许我在愚蠢地自言自语也不一定。不过那很讨厌，你就算不想去想，妄想这东西也会像生理期一样，要来的时候就自己来了。并不能在门口简单地说"对不起，我现在很忙，请你下次再来"。真伤脑筋。不过总之，我常常假装成久美子小姐的样子，但愿发条鸟先生不要生气才好。因为我也不是故意想要那样的。

渐渐困起来了。我现在开始要抛开一切，好好地睡个三四小时，然后起床，又开始努力工作一天。一面听着无害的音乐，一面跟大家一起拼命制作假发。请不用担心我。我虽然一面妄想，但也一面顺利地做着各种事。我祈祷发条鸟先生一切顺利。但愿久美子小姐能回家来，恢复以前的平静幸福。

再见。

31 空屋的诞生，换乘的马

第二天早晨到了九点半、十点都还见不到西那蒙出现。那是前所未有的事情。自从我在这个地方开始"工作"以来，他一天也不例外地，准时于早晨九点开启大门，让奔驰车炫亮的鼻尖出现在那里。随着这样的西那蒙日常准时登场，我的一天也明确地开始了。我在那完全确定的每日生活的定型中，正如人们习惯于引力和气压的存在一般地完全习惯了。在那种西那蒙严守的规律之中，除了所谓单纯的机械式之外，似乎有什么抚慰我、鼓励我的温暖的东西。因此看不见西那蒙身影的早晨，就像虽然画得很高明，但却缺少了焦点的平凡风景画一样。

我放弃地离开窗边，削了苹果代替早餐吃。然后想到也许电脑上会浮出什么信息也不一定，于是到西那蒙的工作室探头看看。但画面依然是死寂的。没办法，我像西那蒙平常做着的那样，一面听巴洛克音乐带，一面在厨房洗洗东西，用吸尘器吸吸地，擦擦窗户。为了消磨时间，把各种活儿故意多花功夫仔细地做。连换气扇的叶片都擦。虽然如此，时间还是过得很慢。

到了十一点，我已经想不到还有什么事可做了，因此我在假缝室的沙发上躺下来，决定将自己托付给那缓慢的时间之流。我尽量想成西那蒙一定只是因为某种事情而稍微迟来而已。也许车子在途中故障了。也许遇到难以置信的交通阻塞也不一定。但那是不可能发生的。我可以用我所有的钱打赌。西那蒙的车子才没有故障，他把交通阻塞的可能性也都事先计算进去。如果发生了预料之外的事

31 空屋的诞生，换乘的马

故的话，也应该会用汽车电话跟我联络。西那蒙没有到这里来，是因为他决定不来。
※ ※ ※ ※ ※ ※ ※ ※

一点之前，我试着打电话到纳姿梅格赤坂的事务所，没有人接。试了几次都一样，然后我打电话到牛河的事务所。但代替呼叫铃的是录音，告诉我现在那号码已经是空号。真奇怪，才两天前我还拨那号码打电话跟牛河谈过。我放弃地回到假缝室的沙发。这一两天之间，人们好像全约好了，决定不接受我的联络似的。

我又走到窗边去，从窗帘缝隙眺望外面。两只看起来很活泼的冬季小鸟飞来停在树枝上，头机灵地环视周围，然后突然好像对那里所有的东西不再留恋了似的毫不迟疑地飞走了。除此之外没有别的会动的东西。房子感觉简直像才刚刚建成的新的空屋一样。

*

接下来的五天之间，我一次也没走到"宅院"去。想要下到井底的念头，也不知道为什么已经失去了。我不知道为什么。正如绵谷升所说的那样，我在不久的将来即将失去那井。如果"客人"就这样继续不来的话，以我手头的资金要维持宅院顶多两个月。所以在它还在自己手上的时候，应该尽可能频繁利用井才对。呼吸变得很困难。突然之间，我开始感觉那地方像是一个错误的、不自然的地方似的。

我不再去宅院，而漫无目地在外面闲逛。下午就到新宿西口的广场去，坐在每次坐的长椅上，无所事事地只是消磨时间。但纳姿梅格并没有出现在我前面。我也想去赤坂她的事务所拜访看看。我在电梯前按了门铃，安静地望着监视摄像头的镜头。但不管等多久都没有回答。因此我终于放弃。也许纳姿梅格和西那蒙都决定跟我断绝关系了吧。也许那对奇怪的母子已经离开即将沉没的船只，逃到什么安全的地方去了吧。这件事出乎意料地令我心情感到悲哀。就像被真的家人在最后关头背叛了似的心情。

第五天中午过后，我到太平洋饭店的咖啡厅去。那是我去年夏天和加纳马耳他及绵谷升见面谈话的地方。我既不是怀念那时候的事，也不是特别喜欢那咖啡厅。但我就在没有特别理由和目的之下，几乎是无意识地从新宿搭上山手线在品川下车。然后从车站走过陆桥进入饭店，坐在靠窗的桌子点了小瓶的啤酒，吃较迟的午餐。并且像是在望着无意义的一串长数字值般恍惚地望着陆桥上来来往往的人群。

我从洗手间回来时，看见拥挤的客人席后方有一顶红帽子。跟加纳马耳他每次都戴的塑胶帽子一模一样的红色。我被吸引似的朝向那桌走过去。但走近一看，那是不同的女人。是一个比加纳马耳他更年轻、个子更高大的外国女人。帽子也不是塑胶的而是皮制的。我付了账走到外面。

我手伸进深蓝色短外套口袋里，暂时在附近走走看。我戴着和外套同色的毛线帽，为了不让黑斑太醒目而戴上深色太阳眼镜。十二月的街头洋溢着季节独特的生气，车站前的购物中心挤满了穿着厚衣服的购物者。是一个安稳的冬天下午。感觉光线鲜明，各种声音好像比平常听来更短促清晰。

看见牛河的身影，是在品川车站的月台等电车的时候。他正好跟我隔着铁道面对面，等着相反方向的山手线电车。牛河还是跟平常一样穿着有点怪的衣服，系着华丽的领带，歪着秃顶且长相恶劣的头，热心地读着什么杂志。我在品川车站人潮拥挤之中能够立刻发现牛河，是因为他看起来和周围的人显然不同。我以前只在自己家厨房里见过牛河，时刻都在夜里，每次都只有单独两个人而已。在那里牛河看起来显得非常非现实。但假定是在外面的世界，假定时刻是在中午，假定是混合在大量不特定的群众之中，牛河却依然和往常一样看起来非现实而奇怪,显得好像从周围清晰地浮上来。那里似乎飘散着和现实风景绝不相融合的异形空气。

我把人潮拨开,撞到什么人,一面被怒骂着,一面跑下车站的阶梯。跑上对面的月台,寻找牛河的身影。但他到底是站在月台的什么方位,我忽然迷失了那位置。车站又大又长,人数太多。不久电车来了,门开了,吐出一群无名的人,吞进另一群无名的人。在我找到牛河的身影之前开车的铃声已经响起。我暂且跳上那往有乐町的电车,从一个车厢往下一个车厢走着,寻找牛河的身影。在第二节车厢的门附近牛河正站着读杂志。我一面调整呼吸,一面在他前面站一会儿,但牛河似乎完全没有感觉到。

"牛河先生。"我开口招呼。

牛河从杂志上抬起脸,隔着厚厚的眼镜镜片,以一副在看什么可疑东西的眼神看我的脸。在白天的光线下近看起来,牛河的样子比平常更落魄。疲劳好像挡不住的汗脂般从皮肤湿湿黏黏地渗出来。眼睛浮上泥水般的混浊,耳上残余的稀少头发,像从废屋的瓦片空隙里探出来的杂草一般。从翻起的嘴唇间闪现的牙齿看起来比我记忆中的更脏,排列更恶劣。上衣依然皱巴巴的。好像刚才还在什么地方的仓库角落缩成一团睡着,才刚刚起来的样子。并不是要强调那印象,但连肩膀上都沾着锯屑似的灰尘。我拿下毛线帽,摘下太阳眼镜放进大衣口袋。

"噢,这不是冈田先生吗?"牛河以干干的声音说。并且好像把变零散的东西重新整合在一起似的调整姿势,把眼镜再戴好,轻轻干咳一下。"唉呀呀……又在奇怪的地方见面了啊。那么,嗯……今天没去那里呀?"

我默默摇头。

"原来如此。"牛河说。然后除此之外什么也没再问。

从牛河的声音感觉不到平常惯有的力气。说话的方式也比平常慢，成为特征的饶舌也消失了。那是因为时刻的关系吗？在明亮的白昼光线下，他无法获得本来的能量吗？或者牛河真的已经筋疲力尽了也不一定。两个人并排说话时，我好像从上面俯视他一样。从明亮的地方由上往下看时，他头形的歪斜就更明显了。看起来就像发育过度、形状崩坏、决定处分掉的果园水果一样。我想象有人拿球棒把它一击打破的情形。浮现那头盖骨像成熟果实一样啪地裂开的情形。我并不想去想象那种事情，但那意象却浮在我脑子里，无法停止而鲜明地扩展下去。

"嘿，牛河先生，"我说，"方便的话，我想跟你两个人单独谈一下。我们下电车找个安静的地方坐下来好吗？"

牛河似乎有些犹豫地皱了一下眉。然后举起粗短的手臂瞄了一眼手表。"这个嘛……我也很想跟冈田先生慢慢谈的……不是说谎噢。不过其实我现在，非去一个地方不可。也就是说，有事情停不下来。所以这次就算了，等下次再专程……要不就这样子吧？怎么样？"

我简短地摇头。

"只要一下子就好了。"我一直注视着对方的眼睛说，"不会花你很长时间。牛河先生。我也知道你很忙，不过虽然你说等下次再专程，但我觉得或许我们之间已经没有下次了。你不觉得吗？"

牛河好像在说给自己听似的小声嘀咕着，把杂志卷起来插进大衣口袋里。他花三十秒左右在脑子里加加减减。然后说："好吧。我知道了。在下一站下，一面喝个咖啡谈三十分钟左右吧。不能停的事情，由我这边来想办法解决。跟冈田先生在这里碰巧遇见也是一种缘分。"

我们在田町站下了电车，走出车站，走进眼前看见的第一家小咖啡店。

"老实说，我本来打算不再见冈田先生了。"咖啡送来之后牛河开始说，"再怎么说，很多事情都已经结束了啊。"

"结束?"

"老实说,我已经在四天前辞掉绵谷先生那里的工作了。是我自己说要辞而请他让我辞的。从以前就想这样做了。"

我把帽子和外套脱下放在旁边的椅子上。店里甚至有点热,但牛河并没有脱外套。

我说:"就是因为这样,前两天我打电话到你的事务所也没有人接啊?"

"是啊。电话拔掉了,事务所也收起来了。人要走的时候,就干脆早一点走比较好。我讨厌拖拖拉拉的,就因为这样,现在我是不被谁指使的自由之身。说得好听一点是自由职,用另外一种说法则叫作失业者噢。"牛河说着微笑起来,但那微笑和平常一样只有表层而已。眼睛一点笑意都没有。牛河在咖啡里加奶精和一匙砂糖,用汤匙搅拌着。

"冈田先生,一定是想问我有关久美子小姐的事吧。"牛河说,"久美子小姐在哪里、在做什么之类的。怎么样?不是吗?"

我点点头。

然后我说:"不过在那之前,我想听听为什么你会突然辞掉绵谷升那里的工作。"

"冈田先生真的想知道这种事吗?"

"我有兴趣。"

牛河喝一口咖啡后皱起眉头。然后看我的脸。

"是吗?不,如果你叫我说的话,我当然会说。但那并没有什么特别趣味可言喏。老实说,我从一开始,就没有那种想要追随绵谷先生一辈子的心。就像以前也说过的那样,这次绵谷先生的候选是连日常家具用具全盘一起接收的选举地盘让渡,我也被包括在内,由上一代转到绵谷先生的地方。那是一种不错的移动。客观看来,与其跟着已经可以看到前途末路的上一代,不如在升先生这边未来发展性更大。我觉得升先生这个人如果照这样走下去的话，在这个世界上会变成一个大人物噢。

"不过虽然如此，我就是完全没有'我就跟定这个人了'的心情——或者叫作忠诚心也可以——不知道为什么。我这个人，说起来也许很奇怪，并不是没有所谓忠诚心这东西的。我被上一代的绵谷先生殴打、脚踢，被当成污垢、耳屎一样对待。跟那比起来，这次的绵谷先生要亲切多了噢。不过冈田先生，世间这东西还真奇怪，我对上一代总是默默地唯命是从，到哪里都跟到底，但对绵谷先生却有一点办不到。你知道为什么吗？"

我摇摇头。

"那终究啊，这样说起来就太露骨了，不过我想是因为我和绵谷先生是从根本上很像的人。"牛河说。并从口袋里拿出香烟来，擦火柴点火。慢慢吸进香烟，慢慢吐出来。

"当然我和绵谷先生外貌不同，出身不同，头脑也不同。就算开玩笑地拿来相提并论，也未免不同得太失礼了。不过啊，可是噢，只要剥掉一层皮的话，我们大致上是同类。这我从第一眼看见他的时候开始，就像朝着太阳打伞一样的，啪一张开就全知道了。喂喂，这男人表面上是知识分子公子哥儿，但其实是个假道学，没什么了不起的家伙。

"不，不是说因为假道学就不行噢。在政治世界这东西啊，冈田先生，是一种炼金术。我见过太多不合身份的下贱欲望却结出了不起果实的例子。相反的例子也看了很多。也就是见过看起来高洁大义似的东西却结出腐烂果实的例子。老实说，也难说那一边比较好。在政治这个世界，不是凭道理这样那样，而是出来的结果就是一切。但这个绵谷升先生，这样说也许太怎么样了，连以我的眼睛看起来，都糟糕透了，站在那个人前面，我的下流看起来都显得像微不足道的猴子一样。这个我还赢不了他，我想。这种情形在同类之间只要一瞬间就

31 空屋的诞生,换乘的马

一目了然了。低级的说法很对不起,不过就像阴茎的大小一样。大的家伙就是大。你懂吗?

"嘿,冈田先生,一个人要恨另一个人的时候,你觉得什么样的恨最强烈呢?那就是,自己强烈渴望却得不到的东西,看见别人毫不吃力就轻易得到的时候噢。在自己无法踏进去的世界,却眼睁睁看着别人只靠着一张脸孔护照就大摇大摆地踏进去时,尤其那个人如果越靠近你身边,那憎恨就越强烈,就是这么回事。而对我来说那就是绵谷先生。他本人如果听到的话,也许会大吃一惊吧。怎么样?冈田先生有没有感觉过这种憎恨?"

我确实曾经对绵谷升感觉过憎恨,但那和牛河所说的憎恨在定义上却偏离了,我摇摇头。

"那么,冈田先生,现在开始其实要进入久美子小姐的话题了。有一次先生把我叫去,说要我照顾久美子小姐,给了我这样一个值得感谢的任务。绵谷先生并没有告诉我久美子小姐的详细情形是怎么样。他只告诉我,那是他妹妹,结婚生活不顺利,现在正分居一个人生活,这个程度而已。说是身体情况也不太好。因此我暂时依照命令事务性地去解决那件事。每个月从银行汇入公寓租金,安排定期打扫的帮佣,这些不怎么紧要的杂事。因为我也很忙,所以对久美子小姐的事刚开始几乎没什么兴趣。偶尔实际上有事时,打个电话简单说几句而已。不过久美子小姐怎么说都是个非常沉默寡言的人。感觉好像一直安静地关闭在房间的角落里似的。"

牛河说到这里休息一下,喝一口水,瞄一眼手表。然后又郑重其事地点上新的香烟。

"不过光到这里事情还没完。这时候,冈田先生你的事又突然纠缠进来了啊。就是那个上吊屋的事噢。周刊上登出那篇报导时绵谷先生把我叫去,说他有点挂心,让我去调查一下,看看冈田先生跟那篇报导上的宅院有没有关联。因为绵谷先生也很清楚,关于那方面的秘

653

密调查，我的手腕还不错，当然就轮到我出场了。于是我就像一条狗一样拼命地去挖，调查出来了噢。然后接下来的发展冈田先生也很清楚。不过唉呀，我倒是吓了一跳噢。虽然我预料可能是跟政治家有关吧，不过却没料到会挖出那样的大人物。我想这种说法真是失礼，不过这就叫作用小虾钓大鲷噢。不过这件事，我没向绵谷先生说，只摆在自己心里。"

"于是你就利用这个机会顺利地换乘了一匹马，是吗？"我问。

牛河朝天花板吹出香烟的烟，然后看我的脸。那眼光中微微露出刚才所没有的奇特兴味。

"唉呀，第六感真灵啊，冈田先生。说得快一点完全没错。我对自己这样说：喂！牛河，要换工作地方的话，就是现在啰。不过先当一阵子浪人，接下来要去的地方大体已经决定了。暂且先搁置一段冷却期间。我也想休息一下，再怎么说，立刻从右边转到左边也未免太露骨了啊。"

牛河从上衣口袋拿出面纸来擤鼻子。并把那纸揉成一团塞回口袋。

"那么久美子的事怎么样了？"

"对了对了，久美子小姐的事继续下去噢。"牛河像想起来似的说，"在这里坦诚告白哟，我到目前为止一次也没见过久美子小姐。没有被赐予拜见的荣耀。只通过电话而已。那个人哪，冈田先生，不只我而已，她跟任何人都完全不见面。至于跟绵谷先生是不是有见面我就不知道了。那有一点像个谜，不过除了他之外大概谁都没见过吧。连定期去的帮佣都不太碰面，我这是从帮佣那里直接听来的。需要买什么东西或办什么事的联络全部用便条纸写。有人要去看她也避不见面，据说几乎都不开口。我也曾经实际去过那公寓看看样子。久美子小姐应该是在里面的，但那里完全没有住人的气息动静传出来。真的是静悄悄的。问过同一栋公寓的人，大家也说从来没见过久美子小姐的脸。久美子小姐在那公寓里一直那样生活着。已经一年以上了,准确地说是一年五个月左右了啊。她一定是有什么不想外出的理由吧。"

"久美子小姐的那公寓在什么地方,你一定不肯告诉我吧?"

牛河慢慢地大摇着头。"虽然我觉得很抱歉,不过只有这个请包涵。这是一个像死胡同一样的小世界,那会影响我个人的信用。"

"到底久美子身上发生了什么事?关于这个你知道什么吗?"

牛河不知道为什么犹豫了一下。我什么也没说,只是安静看着牛河的眼睛。感觉周围的时间流动好像变慢了似的。牛河发出很大声音再擤一次鼻子。然后站起一半,又再坐回椅子上,并叹一口气。

"你听着噢,这只不过是纯粹的想象。但在我想象中,那个绵谷家可能本来就有一点麻烦问题。是什么样的问题具体我并不清楚。不过总之久美子小姐也许从以前就感觉到或知道了,才想离开那个家的。这时候冈田先生出现了,两个人相爱结婚,最后长久过着幸福的日子,非常恭喜……能这样的话,真是没话说,然而却不能这样。绵谷先生不知道为什么不想把久美子小姐从自己手上放开。怎么样,到这里为止,你有没有想到什么?"

"有一点。"我说。

"于是,我随便继续想象噢,绵谷先生想从冈田先生手上勉强把久美子小姐夺回自己的阵营。也许在久美子小姐和冈田先生结婚时,并不觉得那么珍惜久美子小姐。但随着时间的流逝,可能久美子小姐的必要性便清楚地浮现了。于是先生重新下决心要夺回久美子小姐,他尽了力,实际上也成功了。至于用什么手段,我不清楚。不过在那拔河过程中,过去存在于久美子小姐身上的某种东西大概损坏了吧。我这样想象。过去一直支撑着久美子小姐的支柱似的东西在什么地方啪吱地折断了吧。这终究只不过是我随便推测而已。"

我沉默着。女服务生过来在玻璃杯加水,把空咖啡杯收下。在那之间牛河一面望着墙壁一面吹烟。

我看着牛河的脸。

"那么,也就是说,你想说绵谷升和久美子之间有性关系之类的东西吗?"

"不,我没有这样说。"牛河手上拿着点着的香烟在空中摇了几次。"不是说可以闻到这种气味哟。先生和久美子小姐之间有过什么,现在有什么,我都完完全全不知道。只有这个是无法想象的。只是,其中似乎存在着什么歪斜的东西,我这样觉得。还有据说绵谷先生和离婚的太太之间完全没有正常的性生活,这毕竟只是背后的传言而已哟。"

牛河伸手要拿咖啡杯,但又作罢而喝水。然后用手摸摸肚子旁边。

"唉,最近胃的情况不太好。非常不好。好像会隐隐抽痛。这个啊,其实是家族的毛病。我们家人大家都一定会胃痛。所谓DNA的玩意儿。我们家真的是只遗传一些没什么好处的东西哟。秃头、蛀牙、胃痛、近视之类的。这简直就像塞满了诅咒的新年福袋一样嘛。真受不了。去看医生一定没有什么好听的话,所以就不去了。

"不过冈田先生,也许我多管闲事,要从绵谷先生手中夺回久美子小姐也许没有那么简单喏。首先第一,现在这个阶段久美子小姐并不想回到你那里去。而且久美子小姐说不定已经和过去冈田先生所知道的久美子小姐不一样了。也许有一点改变也不一定。而且呀,这说法也许真的很失礼,不过假定冈田先生现在能够找到久美子小姐,而且顺利带回去,到时候所要接受的事态,恐怕也不是你的力量所能承受的吧,我总觉得是这样。那么这种半途而废的事做了也没用。久美子小姐自己不回去你那里,说不定也是为了这个。"

我沉默着。

"噢,虽然经过各种事情,不过能遇到冈田先生真的很有意思。我觉得你有某种不可思议的人格似的东西。如果冈田先生哪一天要写自传的话，我愿意为冈田先生奋发努力，让我也能分到一章，不过真可惜这种事情大概不太可能。那么就在这里高高兴兴分手，就这样结束好吗？"

牛河好像很疲倦的样子，背靠在椅子上，安静地摇几次头。

"唉呀，我又有点说太多了。很抱歉，我这份咖啡也请一起付。因为我现在是个失业者啊……这么说来，冈田先生也是失业者啊。彼此好好干吧。祈祷你幸运噢。冈田先生如果心血来潮的时候，也请为牛河祈祷幸运啊。"

牛河站起来，一转身背对着我走出咖啡店。

32　加纳马耳他的尾巴，剥皮的波利斯

在梦中（虽然这么说，但正在做梦的我，当然不知道那是梦）我和加纳马耳他面对面喝着茶。长方形的房间从一端到另一端看不见边那样又宽又长，里面整齐地排列着数目可能超过五百张的正四方形桌子。我们坐在正中央一带桌子中的一张。那地方除了我们之外没有别人。令人联想到寺院的那种高高天花板下，横架着无数粗梁，从梁上到处垂下像盆栽植物般的什么东西。那看起来像假发。但仔细看则是真正人类的头皮。从内侧粘着变黑的血可以知道。一定是一剥下来就从梁上垂下来风干着吧。我们喝的茶里会不会滴下还没干透的血来呢？我提心吊胆。实际上许多地方都有血滴落的声音，听起来简直像漏雨似的。那在空旷的房间里声音格外响。不过我们桌子上方垂挂的头皮似乎血已经干了，好像并没有滴下来的迹象。

茶像开水般热，碟子上的汤匙旁边各放有三块颜色极浓艳的绿色方糖。加纳马耳他放了两块到杯子里，慢慢用汤匙搅拌。但怎么搅拌方糖都不溶解。不知道从什么地方走出一只狗来，坐在我们桌子旁边。但仔细一看，那狗的脸是牛河。身体是矮矮胖胖圆嘟嘟的大黑狗，但从脖子以上是牛河。不过那头和身体所被覆的则同样是长得卷卷乱乱的黑色短毛。"唉呀呀，这不是冈田先生吗？"样子像狗的牛河说，"你看哪，怎么样，头上毛发很茂盛吧？其实我一变成狗之后就长出毛来了。唉呀呀真不得了。连睾丸也比以前大，胃也不再隐隐抽痛。眼镜没戴了吧？衣服也不用穿了。没有比这更开心的事了。一想到为什么以前没想到，就觉得好不可思议哟。要是能更早变成狗就

好了。怎么样，冈田先生，你要不要变成狗啊？"

加纳马耳他拿起剩下的一块绿色方糖，往狗的脸上使劲丢过去。方糖打中牛河的额头发出声音，从那里流出血来把牛河的脸染黑了。那血像墨一般漆黑。但牛河好像并不痛的样子。他就那样笑嘻嘻地立起尾巴，什么也没说地走到别的什么地方去了。他的睾丸确实异样地大。

加纳马耳他穿着运动外套。她把领子在前面密密合拢重叠起来，但我知道那里面什么也没穿。轻微闻到女人裸体皮肤的气味。而且当然她戴着红色塑胶帽子。我拿起杯子喝一口茶。但没有味道。只有热而已。

"啊，你在呀，真好。"加纳马耳他以松了一口气的声音说。好久没听见她的声音了，听起来觉得好像比以前明朗几分的样子。"这几天，我打了好几次电话给你，但你好像一直不在家，不知道发生了什么事，前后的情况也不清楚，我还正担心着呢。你看起来很好，真是再好不过了，听到你的声音我松了一口气，但不管怎么样，真的是好久没问候了。要一一详细谈起经过情形太长了，因为在电话上我就大概简单说吧。其实这么长的期间我去旅行了，正好一星期前好不容易才刚回来。喂喂，冈田先生……听得见吗？"

"喂喂。"我说。回过神时不知道什么时候我已经拿着听筒抵在耳朵上。而加纳马耳他则在桌子对面拿着听筒。电话声音简直像状况不佳的国际电话一样，听起来好遥远。

"我在那之间一直不在日本，在地中海的马耳他岛上。有一天我忽然感觉到：'对了，我必须回到马耳他岛，再一次置身于那水边才行。那个时期来到了。'那是我最后跟冈田先生在电话上谈过之后。你还记得吗，我说不知道克里特去哪里了，打电话给你的时候？不过老实说，我没有打算离开日本这么久的。我想两星期左右就回来的。所以也没有特地跟冈田先生联络。几乎没有告诉谁，也没带什么就上了飞机。但实际到了当地看看之后,我却离不开那里了。冈田先生去过马耳他岛吗?"

没有,我说。和这大概相同的对话,我记得几年前和同一个对象交谈过。

"喂喂。"加纳马耳他说。

"喂喂。"我也说。

我觉得应该有什么要对加纳马耳他说的,但却不太想得起来。动了一下脑筋之后好不容易才想起来。我重新握好听筒。"对了,我一直有事想跟你联络。老实说猫回来了。"

加纳马耳他沉默了四秒或五秒。"猫回来了?"

"是的。你跟我一开始是为了找猫而见面的,所以我想还是告诉你比较好吧。"

"猫是什么时候回来的?"

"今年初春。然后一直在我家。"

"那只猫外表看来没有什么特别的改变吗?你没觉得和失踪前有什么不一样的地方吗?"

不一样的地方?

"这么说来,我觉得尾巴的形状跟以前好像有一点不一样……"我说,"当我抚摸回来的猫时,忽然想到以前尾巴好像弯曲得更深吧。不过也许是我弄错了。因为已经失踪接近一年了啊。"

"但是同一只猫不会错,对吗?"

"不会错。因为是养了很久的猫,总会知道是不是同一只。"

"原来如此。"加纳马耳他说,"不过我老实说,很抱歉那只猫真正的尾巴在这里。"

这样说着,加纳马耳他把听筒放在桌上,滑溜溜地脱下外套赤裸着身体。她外套里面果然什么也没穿。她拥有和加纳克里特大小差不多相同的乳房,长着形状差不多相同的阴毛。但她没有拿下塑胶帽子。然后加纳马耳他一转身背对着我。她的屁股上确实附着猫的尾巴。那尾巴配合她身体大小而比实物大很多，但形状本身则和沙哇啦的尾巴一样。而且尖端也有同样切实的弯曲，仔细看那弯曲方式时，确实比现在沙哇啦的尾巴更真实而有说服力。

"请你仔细看看。这是真正失踪的猫的尾巴。现在那个是后来做的。看起来好像一样，但仔细看是不同的。"

我想伸手摸摸那尾巴时，她很快地摇着尾巴躲开我的手。她依然赤裸着便跳上一张桌子。扑哧一声从天花板上滴落一滴血来，落在我伸到空中的手掌上。那是和加纳马耳他的塑胶帽子一样鲜艳的红色。

"冈田先生，加纳克里特所生的孩子名字叫作科西嘉。"加纳马耳他从桌上对我说。那尾巴锐利地摇摆着。

"科西嘉？"我说。

"人家说人不是岛屿哟。"不知道从什么地方黑狗牛河中途插进来搅局。

加纳克里特的孩子？

我在这里浑身是汗地醒了过来。

真的是很久没做过这么鲜明而又连续的长梦了。而且也很久没有做过这么奇怪的梦了。从醒过来之后有一阵子我胸口还怦怦地发出很大的声音。我冲了个热水澡，拿出新睡衣换上。时刻是半夜一点过后，但已经不困了。为了让心情放轻松，我从厨房柜子深处拿出陈年白兰地酒注入玻璃杯喝。

然后我走到寝室寻找沙哇啦的踪影。猫在棉被里缩成一团熟睡着。我掀开棉被，用手拿出猫的尾巴仔细检查那形状看看。我一面回想那尾巴尖端的弯曲情形一面用手指确认时，猫一度嫌麻烦地伸伸腰，随即又立刻沉沉睡着了。那是不是和过去叫作绵谷升时代的沙哇啦的尾巴完全一样呢？或者不一样呢？我变得没有切实的信心了。但附在加纳马耳他屁股上的尾巴，确实像是真正的绵谷升的尾巴。我还历历记得在梦中出现的那颜色和形状。

加纳克里特所生的孩子名字叫作科西嘉，加纳马耳他在梦中说。

第二天我没有到远的地方。早晨到车站附近的超级市场，一次买了许多食品，站在厨房做午餐。喂猫吃了大尾的生沙丁鱼。下午到好久没去的区营游泳池游泳。也许是接近年底的关系，游泳池人并不太多。可以听见从天花板扩音机播出的圣诞音乐。慢慢游完一千米时，脚背开始抽筋，因此决定停下来。游泳池墙上有大型圣诞装饰。

回到家，信箱很稀奇地有厚厚的信在里面。那是谁的来信呢？不用翻到背面看寄信人名字。用那样气派的毛笔字写信封的人除了间宫中尉之外没有别人。

*

许久没有问候，真是十分过意不去，间宫中尉写的。照例是非常客气非常有礼地写的。读着信时反倒让我觉得过意不去。

　一面想着这件事非写不可、非说不可，但出于种种原因实在鼓不起面对书桌提笔的力气。拖拖拉拉之间转眼又到了今年将近岁暮时节了。然而自己年事已高，不知何时即将迎接死亡之身，总不能永久往后拖延下去。也许这封信会比预料的长也不一定，但愿不会给你添麻烦。

　去年夏天，我送本田先生的纪念遗物到府上时，向冈田先生谈起蒙古之行的长话，其实尚有后续存在。可以说是后日谈吧。我去年谈起时，这后续的部分保留起来完全没有对冈田先生提起，是有几个原因。第一因为要全部一次说完有点太长，不知你是否记得，当时我不巧有急事，没有说完的时间余裕。但同

32 加纳马耳他的尾巴，剥皮的波利斯

时那时候的我，也还没有将那后续的部分坦白说给谁听的心理准备。

但和冈田先生分别之后，我开始想道，眼前的事搁一边也罢，真正的结尾没有必要隐藏，应该坦白告诉冈田先生的。

我在一九四五年八月十三日的海拉尔郊外激烈攻防战中被机关枪击中，倒在地上时被苏联军的T34坦克车轮碾过失去左臂。并在意识不清下被移送赤塔的苏联军医院接受手术，总算留住一条命。正如我以前说过的那样，我属于新京参谋本部兵要地志班，本来苏联参战后决定立刻撤退到后方，但我打算一死而志愿调到离国界近的海拉尔部队，站在部队的先头，拿着地雷准备对苏联坦克队来个肉弹攻击挑战。但正如本田先生过去在哈尔哈河畔对我预言的那样，我没有那么容易死。没有丧命，只失去左臂。我想我所率领部队的士兵可能全体在那里战死了。虽说是接受上级命令所做的事，但那真的是空虚的自杀行为。我们所用的可怜的携带式地雷对大型T34来说实在是起不了作用。

我之所以能够接受苏联军那样优厚的治疗，是因为我在意识不清时用俄语说了呓语的关系。这是后来听说的。前面也说过，我有俄语基础知识，在那之后我在新京闲暇的参谋总部服勤期间也努力磨炼，在战争接近末期时已经可以说流畅的俄语会话了。新京城里住着许多白俄人，也有俄国女孩当女服务生，不缺练习会话的对象。失去意识之间那自然脱口而出。

苏联军从一开始，占领伪满洲之后，就打算把俘虏的日本士兵送到西伯利亚去强制劳动。就像欧洲战争结束后对德军士兵所做的一样。虽然以胜利收场，但由于长期战争，苏联经济正濒临严重危机，所有的地方都有人手不足问题。作为成人男性劳动力，是确保俘虏的最优先事项之一。因此需要很多翻译，而那人

数却压倒性不足。因此能说俄语的我便免于一死,被最优先送进赤塔医院。如果我没有用俄语说呓语的话,也会被丢弃在那里,很干脆地死掉也不一定,并在海拉尔的河岸连墓碑都没有地被埋葬掉吧。命运这东西真是不可思议。

后来我便作为翻译要员接受严格的身份调查,历时数月接受思想教育,之后被送到西伯利亚的炭坑。在那之间的事情我就省略不细述了。我在学生时代曾经偷偷藏着读过几本马克思的著作,对共产主义思想的基本精神并不全然不赞同,但现在的我,却因为看过太多事情,而无法再热心投入。我所属的部署因为和情报部有关,对斯大林和那傀儡独裁者在蒙古国内实施怎么样的血腥镇压,我非常清楚。我就算可以相信那思想本身,但对将那思想或大义付诸实行的人们和组织已经无法信任。对我们日本人在伪满洲所做的事也一样。在建设海拉尔秘密要塞的过程中,为了保守该设计秘密,不知道多少中国劳动者被灭口,你一定无法想象。

而我,则目击俄国军官和蒙古人所做的地狱般的剥皮光景,之后又被丢落蒙古的深井底下,在那奇异的鲜烈光线中,丝毫不保留地丧失了生之热情。那样的人如何能相信思想和政治这东西呢?

我以翻译身份,担任沦为俘虏在炭坑从事劳动的日本兵和苏联方面的联络人。在西伯利亚其他收容所状况如何,我不知道。但我所在的炭坑每天都有人死掉。在那里人们死去是不缺原因的。有营养失调,有劳动过度,有塌方事件、出水事件,有因卫生设施不足所发生的传染病,有难以相信的严寒冬天,有看守者发起的暴动,有轻微的抵抗和因而引起的强烈镇压,也有日本人自己之间的私刑杀人。人们有时候互相憎恨、怀疑,有时恐惧、绝望。

32　加纳马耳他的尾巴，剥皮的波利斯

死者数目增加，劳动者数量逐渐减少之后，便从什么地方用铁路悄悄运来新的士兵。他们穿着破破烂烂的衣服，消瘦衰弱，其中有两成受不了严酷的炭坑劳动，在最初数周之间便死掉了。死掉的人全都丢进深深的竖穴废坑里。就算要挖墓地，也因为几乎所有季节地面都结冻，铲子的刃完全使不上力。废坑当作墓穴是最恰当的场所。又深又暗，因为寒冷又没有气味。我们常常在那里从上面撒石灰。穴渐渐埋满之后，上面像盖上盖子般被覆泥土和石头，再移到下一个竖穴。

不只死掉的人而已，有时连还活着的人也为了杀鸡儆猴而被丢进那里去。苏联军的看守们会把采取反抗态度的日本兵带到外面，装进袋子里打，把手脚打到骨折，然后丢进那黑暗的无底洞里。我这耳朵还可以听见他们悲痛的喊叫声。那真是人间地狱。

炭坑作为重要的战略设施，由党中央派遣局员指导，由军队实施严厉警备。位于顶端的政治局员据说是斯大林的同乡出身，但还年轻，充满野心，而且是个冷酷而严厉的人，他的行动只依据提高炭坑产量数字的念头。劳动人数的消耗则完全不在他的考虑范围。只要生产量数字提高，党中央便承认该处为优良炭坑，会优先增派更多劳动力过来作为奖赏。因此就算死者人数多，相应地要多少也都能够补充。他们为了提高成绩，而逐一去开采通常不会出手的危险矿脉。当然事故数目也更增加了，但他们对这种事却毫不在意。

冷酷的并不只是上面的人而已。现场看守的人几乎自己都是囚犯出身，既没受教育，又令人吃惊地固执而残忍。从他们身上几乎看不到同情心或情爱之类的东西。我甚至怀疑大地尽头般的西伯利亚的寒气，在长久之间是否已经把他们改变成人类以外的别种生物了呢？他们不知道在什么地方犯了罪，被送到西伯利

亚监狱，在那里服完长久惩役，现在已经无家可归，也没有家人了，就那样在当地娶妻生子，在西伯利亚落地生根了。

被送到炭坑来的不只是日本兵而已，还有许多俄国囚犯也被送到这里来。他们多半是斯大林所肃清的政治犯和原来的将校们。他们之中有受过高等教育的，包括不少看起来相当高雅的人。其中虽然人数不多，但也夹杂有女人和小孩。可能是各自离散的政治犯家族吧。女人们做些煮饭、打扫、洗衣服的工作。年轻女孩则也有被迫做类似卖春工作的。此外不仅是俄国人，还有波兰人、匈牙利人和其他肤色略黑的外国人（想象中大概是亚美尼亚人或科威特人吧），被用铁路送来。居住区分为三区。一区是聚集日本兵俘房的最大居住区，另一区是聚集其他囚犯和俘房的居住区。此外还有囚犯以外的人住的地区。在炭坑工作的一般坑夫和专家、警备部队的军官、看守和他们的家人，或普通俄国市民住在那里。另外车站附近有军队的大驻屯地。俘房或囚犯禁止在那里往来。地区和地区之间隔有厚厚的铁丝网，有持机关枪的士兵在巡逻着。

只是我因为拥有翻译联络员的资格，平日有时有事会造访总部，只要亮出许可证，基本上可以在地区之间自由往来。总部附近有铁路车站，在那前面勉强形成一条街。有几家卖日用品的商店、饮食店、从中央来的官员和高级军官住宿的旅舍，有让马喝水的地方，广场上飘扬着苏维埃联邦的大红旗，旗下停着一辆装甲车，全副武装的年轻士兵无事可做，总是懒洋洋地靠在机关枪上。在那前方有一栋新盖的军医院，大门口照例立着斯大林的大雕像。

我遇见那个人是在一九四七年春天。雪终于融解的季节，我想大概是五月初。我被送到那里之后很快已经过了一年半的岁月。那个男人身上穿着俄国囚犯的衣服，和十个左右的同伴正在

32 加纳马耳他的尾巴，剥皮的波利斯

做着车站修补工程。用铁锤敲碎石头，用那碎石铺着道路，铁锤敲打坚硬石头所发出的吭吭声响彻周遭。我从管理炭坑总部报告回来时，正经过车站前面。被担任工程监督的下士官叫住，说通行证拿出来。我从口袋拿出通行证交给他。身材高大的军曹疑心颇重地看了一会儿，显然不识字。他把正在劳动的一个囚犯叫来，让他读出许可证上的文字。那个囚犯和正在周围工作的一伙人不同，看起来像是受过教育的样子。但那竟然是那个人。我一看到他的脸，忽然脸色苍白，不禁快要窒息。我好像真的快要溺水一样变得无法呼吸。

那是谁呢？就是在哈尔哈河对岸让蒙古人剥山本皮的那个俄国军官。他瘦巴巴的，头秃到顶上，缺了一颗门牙。而且身上穿的不是一尘不染的军服，而是满是污垢的囚犯服，脚上不是闪闪发亮的长靴，而是有破洞的布鞋。眼镜镜片肮脏而划痕累累，镜架也弯曲了。但没错就是那个军官。不会看错。那个男人也重新注视我的脸。大概因为我太茫然地呆立住了，所以觉得奇怪吧。我想我跟九年前比起来，也和他一样地消瘦、苍老。头发也夹杂了些白发。但他似乎也想起了我。脸上露出惊愕的神色。他以为我已经在蒙古的井底腐烂了吧。而对我来说，竟然会在这西伯利亚的炭坑镇上遇见穿囚犯服的军官，简直做梦也没想到。

但他立刻把惊讶收敛起来，以镇静的声音向那个脖子上挂着机关枪的文盲军曹读出许可证内容。我的名字，职务是翻译，有可以越区移动的资格。军曹把许可证还给我，抬起下颌说我可以走了。我走一会儿之后回过头来。男人也正在看着我这边。看起来他脸上似乎轻微露出微笑。不过那也许只是我的错觉也不一定。我的脚颤抖了一阵子，无法好好走路。那时候的恐怖一瞬之间又在我心中历历地苏醒了。

那个男人也许因为什么事情而失足，成了囚犯被送到西伯

667

利亚来，我想象。那在当时的苏维埃绝不是稀奇的事。在政府内部、党内、军队中，炽烈的抗争极多，在斯大林病态猜疑心下一一被追讨。丧失地位的人在简单的裁判中不是立即被枪杀，就是被送进收容所，结果哪一种比较幸运只有神才知道。免于死刑的，结果都只是苛酷地被劳役至死。我们日本兵是战时俘虏，只要能活下去，还有回到祖国的希望。但被放逐的俄国人几乎毫无这种希望。那个男人很可能也会在这西伯利亚地方空虚地腐朽掉。

但只有一件事令我担心。那就是他现在掌握了我的姓名和住的地方。而且在战争结束前，虽说是在自己也不知情的状况下，和山本一起参加过秘密作战，渡过哈尔哈河，进入蒙古领土做过谍报活动。如果那个事实由他口中漏到谁耳里的话，我将处于很糟糕的立场。但他终究没有秘密揭发我。后来才知道，其实那时候他正在悄悄拟订一个很大的计划。

一星期后我又在车站前看见他。他穿着同样脏的囚犯服，脚上系着铁链，用铁锤敲碎着石头。我看他的脸，他也看我的脸。他把铁锤放在地上，像穿军服时一样把背挺得笔直地朝向我。这次他脸上丝毫不迟疑地露出微笑。那是极轻淡的微笑，但笑还是笑。只是那笑里藏着令人背脊冻僵似的冷酷。那是在观望着山本被剥皮时的眼神。我无言地通过那里。

苏联军司令部里，只有一个我熟悉、可以问他话的军官。他在列宁格勒大学和我一样专攻地理学，年龄也和我相同。他一样对制作地图的工作感兴趣，我们因此经常会找些借口，两个人聊一些和地图制作有关的专业话题来消磨时间。他个人对关东军所制作的伪满洲作战地图私下抱有兴趣。当然他的长官在旁边时不能谈这个。只有趁他们不在的时候才能做专家同好的轻松对话。他有时会给我食物。也会让我看他留在基辅的妻子相片。他

32 加纳马耳他的尾巴,剥皮的波利斯

是我被拘留在苏联那段时期唯一稍微有一点亲密感的俄国人。

我有一次若无其事地试着问他在车站从事劳动的一群囚犯的事。我说我看见其中有一个看起来气质不像普通囚犯的男人,会不会以前曾经拥有过很高的地位。于是我把他的外貌特征详细描述出来。这个名叫尼可拉的人,脸色有点难看地看着我。

"人家叫他剥皮的波利斯。"他说,"为了你好,最好不要对那个人有兴趣。"

我问为什么呢,这件事尼可拉好像不太愿意讲。但因为我平常想到的时候会给他行些方便,所以尼可拉终于有点为难地告诉我剥皮的波利斯被送到炭坑来的原因。"我说的话你不要告诉任何人噢。"尼可拉说,"那个男人不开玩笑,一本正经。我丝毫都不想跟他有关。"

据尼可拉说是这样的:剥皮的波利斯本名叫波利斯·葛洛莫夫,果然正如我想象的,是内务省的秘密警察,NKGB 的少校。他在乔巴山掌握实权就任蒙古首相的一九三八年,被派遣到乌兰巴托担任军事顾问,在那里以贝里亚所率领的苏维埃秘密警察为模范,组织蒙古秘密警察,弹压反革命势力,显露了不凡手腕。人们经由他们之手被驱集,被送进收容所,受到拷问。稍微有点嫌疑的人,稍微有一点可疑余地的人,便一个也不留地毫不容情地被抹杀。

在诺门坎战争结束,东方危机已暂时被回避之后,他立刻被召回中央。这次被派到苏联占领下的波兰东部,在那里进行旧波兰军的肃清工作。他在那里得到"剥皮的波利斯"的绰号。因为他用从蒙古带来的男人,实施活剥人皮的拷问。当然波兰人到死都怕他。被迫目睹别人被剥皮的人都一一自白招供。德军突然突破国境,俄国开始对德战争时,他从旧波兰退回莫斯科。许多人因为被怀疑与希特勒组织暗通而被逮捕,糊里糊涂地被处刑,

送进收容所，这时波利斯依然是贝里亚的心腹，用他最得意的拷问令人瞩目地活跃着。斯大林和贝里亚为了模糊未能事先预测纳粹入侵的责任，并确立指导体制，不得不挖掘那些内部阴谋说。在残暴拷问阶段多数人无意义地被杀。虽然不清楚是真是假，但据说那时期波利斯和他的部下蒙古人至少剥了五个人的皮。传言说他把那些皮夸耀地挂在屋里当作装饰。

波利斯在残酷的同时，也是个非常小心谨慎的人。他以那小心谨慎禁受住所有谋略和肃清活了下来。贝里亚把这样的他简直当儿子般疼爱。但也许有些得意忘形吧，有一次他做得太过分了。那失败是致命的。他把某个坦克部队队长，以在乌克兰战斗之际和德国亲卫队坦克部队内通的嫌疑逮捕调查，并在那途中把他杀掉了。烙热铁钳插进身体各处致死。耳洞、鼻孔、肛门和阴茎，所有的地方。然而那位军官却是某位高级别共产党干部的侄子。而且在那之后经过红军参谋总部细密调查，确定那位军官完全清白。当然那位党干部极为愤怒，丢了面子的红军可不沉默退缩。这下子连贝里亚也没办法再庇护他了。波利斯即刻被解任，受到审判，和那蒙古副官一起被宣判死刑。但NKGB尽全力为他成功减刑（蒙古人被绞首），波利斯被送到西伯利亚收容所接受强制劳动。据说贝里亚那时悄悄对狱中的波利斯传信说，你要想办法在那里自力更生待一年，一年里我会串通红军和党，一定让你恢复原来的地位。至少依尼可拉说是这样。

"你知道吗，宫间，"尼可拉悄悄地说，"在这里很多人普遍都相信波利斯总有一天会重返中央。贝里亚一定会在不久之后把他从这里救出去。确实这收容所现在是由党中央和红军在管理着，所以贝里亚也不会冒失地出手。但不能就此安心。风向转眼会改变。如果现在那个家伙在这里受到什么小委屈的话，到时候，世人一定可以看到可怕的复仇行动。世间傻瓜虽然很多，但

32 加纳马耳他的尾巴，剥皮的波利斯

没有一个傻瓜会在自己的死刑执行命令书上自己签名。所以他在这里是被当作肿瘤般小心翼翼伺候的客人。总不能让他带用人住饭店，表面上还照样给他套上锁链，派给他轻一点的劳动。但现在私下也给他单独的房间，烟酒随他高兴地供应。要是让我说的话，那种家伙像毒蛇一样。让他活着对国家对谁都没有好处，最好有人半夜把他喉咙割了算了。"

有一天我在车站附近走着，上次那个大个子军曹又把我叫住。我拿出许可证正要给他看时，他却摇摇头没拿，并对我说立刻到站长室去。我莫名其妙地走到站长室看看，那里没有站长的踪影，只见穿着囚犯服的波利斯·葛洛莫夫在等着我。他坐在站长的桌子边喝着茶。我就那样站定在门口。波利斯脚上已经没有脚镣了。他用手示意要我进去。

"嗨，间宫中尉，好久不见了啊。"他一面咧着嘴很开心地笑着一面说。他向我敬烟，我摇头拒绝。

他自己叼起烟用火柴点着。"不知不觉已经过了九年，或八年了呢。总之你还活得好好的，真是再好不过了。能再遇见老朋友真的很高兴。尤其在这大屠杀的战争之后，不是吗？不过你到底是怎么从那可怜的井里出来的？"

我一直紧闭着嘴，沉默不语。

"那算了，总之你总算好好逃出那里，而且在什么地方失去了手臂。又不知道什么时候变成俄语流畅。真是再好不过了。一只手臂算什么，重要的是还活着。"

自己不是想活而活着的，我回答。

听见这话波利斯大笑。

"间宫中尉，你真是个有意思的男人。不想活的人竟然这样平安无事地活着。唉呀呀，真有意思。但我的眼睛可没那么容易上当噢。一个人独自从那口深井里逃出来，还渡过河回到伪

满洲，不是普通人能办到的。不过你不用担心，我不会对谁说出来。

"但我现在，很不幸失去了原来的地位，正如你所见到的，以一介囚犯被收容在这里。不过我并不打算永久在这世界尽头拿着铁锤敲石头。我现在虽然这个样子，但在中央还显然储备着实力哟，利用那力量在这里我也一天天在增加力量。所以我剖开心胸坦白告诉你，其实我想跟你们日本兵俘虏保持良好关系。再怎么说，这炭坑的业绩总要依赖多数勤勉的日本兵俘虏诸君的劳动力。我想不管做什么，都不能忽视你们的力量而前进。而且为了事情顺利进展，我想借重一下你的力量。你曾经属于关东军谍报机构，也有胆识，俄语又通，如果你能帮我当中介人的话，我会尽可能给你和你的同胞方便，这绝不是坏事噢。"

"我到目前为止从来没有做过一次间谍，以后也不打算当间谍。"我明白地回答。

"我并没有叫你当间谍。"波利斯好像在安慰我似的说，"让你误解我也伤脑筋，你听清楚噢，我说我是为了你们好，要尽量给你们方便喏。我提出建立良好关系的建议，而且只是拜托你方便的话为我介绍一下。间宫中尉你听好噢，我可以把那没什么了不起的佐治亚人臭政治局员从椅子上整下来，不是说谎噢。怎么样？你们应该恨死了那个家伙吧？而且把那家伙赶走之后，第二天破晓你们就可以得到部分的自治了。你们可以成立委员会，营运自主的组织，那么至少，就不必再像目前这样受看守者无意义的虐待了。你们不是从老早以前就这样希望了吗？"

确实如波利斯所说的。我们长久之间就向当局这样提出请求，然而却被不屑一顾地拒绝了。

"那么你会要求什么回报？"我问道。

"没什么大不了的。"他笑笑地两手一摊说，"我所要求的是

32　加纳马耳他的尾巴，剥皮的波利斯

和你们日军俘虏诸君保持紧密关系。为了把几个我觉得很难交心的同志驱逐出这里，我需要你们日本兵的协助。而且我们的利害有几个部分是共通的噢，怎么样？你们跟我联手起来不好吗？美国人常说的 give and take。跟我合作没有坏处，我也绝没有打算欺骗你们。当然我知道我没有资格请你喜欢我，我们之间也有一点点不幸的回忆。但我是这样一个看得出讲信用的老实人，一旦约定的事我一定会做到，所以过去的事这次就让它付诸流水，好吗？

"在这几天内，我希望这个提案能得到切实的答案。这有一试的价值，因为你们应该已经没什么可担心会失去的，对吗？你听我说，间宫中尉，这件事请你一定要保密，只告诉可以信任的人。老实说在你们之中，有几个帮助政治局员的告密者在里面卧底，你要注意绝对不能传进他们耳里，如果被知道的话，可能会很糟糕。在这里我的力量还不能算十分周全。"

我回到收容所，试着把这话悄悄跟一个男人说了。他原来是中校，脑筋好又有胆量。镇守兴安岭要塞一直到终战最后都没有举白旗的部队队长，现在是日军俘虏集团背后的指导者，连俄国人对他的存在都不得不另眼看待。我把在哈尔哈河和山本的那件事隐藏没说，只对他介绍波利斯是以前秘密警察高级将领，以及他的提案。中校似乎对放逐政治局员，让日军俘虏胜利取得自治权的可能性感兴趣。我强调波利斯是个残忍而危险的男人，善于权谋策术，不能随便疏忽地信任他。"也许是这样，但确实如那个人所说的，我们已经没有任何可以失去的东西了，不是吗？"中校对我说。被他这样一说，我也没话回答。确实这交易不管发生什么，都不可能比现在更糟糕吧。但结果，那是我大错特错，所谓地狱这东西真是没有底的。

几天后，我总算安排好让中校和波利斯两个人避开众人耳

673

目单独见面的场所,并一起同席担任翻译。经过三十分钟的会谈,最终成立秘密协约,他们握了手。那以后经过情形怎么样,我并不清楚。他们为了不引起注意而避免直接接触,似乎以频繁的加密信来往作为秘密联络手段。因此我也没有机会再站在他们之间了。中校和波利斯在那期间都采取彻底秘密主义。但那对我来说是求之不得的,可能的话我并不愿意再和波利斯有任何关联,当然后来才知道,那种事情是不可能的。

大约一个月后,波利斯依照跟我约定的那样把佐治亚人政治局员依中央指示调到别的地方,两天后另外从莫斯科送了该局别的人员进来。而且在那两天后,三个日军俘虏在一夜之间被人勒死。他们表面上做成是自杀的样子,早晨被发现时是从屋梁上用绳子上吊的,但无疑却是被同为日军俘虏的伙伴以集体暴力杀害的。他们可能就是波利斯所说的告密者吧。但关于那事件没有任何追究或处分便不了了之。那时候,波利斯手中已经几乎掌握了收容所的所有实权。

33 消失的球棒，回来的《鹊贼》

我穿着毛衣和短外套，把毛线帽拉到深及眼睛，翻过后院的围墙，落脚在安静无人的后巷。离天亮还有一段时间，人们还没有起床。我蹑着脚悄声走过后巷，来到"宅院"。

屋里还和我六天前离开时一样。用过的餐具还原样留在厨房水槽里。既没有留言条，电话答录机也没有留言。西那蒙房间里电脑画面还是冷冷地死着。空调设备像平常那样保持一定室温。我脱下外套，拿下手套，然后烧开水泡红茶喝。吃了几片加奶酪的饼干代替早餐。然后把水槽里的餐具洗了，收进柜子里。到九点，西那蒙依然不见踪影。

我走出庭院打开井盖，弯身往里面探望。里面是和平常一样的深深黑暗。我现在对这口井已经像对自己身体的延长般，知道得一清二楚了。那黑暗、气味、安静都变成我的一部分。在某种意义上，我对那口井所知道的比我对久美子所知道的还详细。我当然还记得很清楚久美子的事。一闭上眼睛就可以想起那声音、脸孔、身体，直到动作细微的地方为止。因为毕竟六年之间，和她在同一个屋子里生活过来。但与此同时，我也觉得对久美子好像有些部分记得不是那么鲜明了。或者对自己所记得的事，没有以前那么有明确的信心了。就和无法准确地记得回来的猫尾巴的弯曲方式一样。

我在井边坐下，双手插进外套口袋里，试着重新环视四周一圈。好像立刻就要下起冰冷的雨和雪了似的。虽然没风，但空气是冷冷的。成群的小鸟像在画暗号图文般以复杂的类型在空中飞舞几次，然后迅速飞走消失。终于传来大型喷射机隐约的引擎声，但被厚厚的雪遮住完全看不见踪影。这么阴暗的话，就算白天进入井底，也不必担心上来时太阳光刺眼。

但在那之后，我依然有一会儿没有做什么特别的事，只一直安静坐在那里。不急。一天才刚开始，连中午都还没到。我依然坐在井边。任由自己漫无目的地让各种思绪浮上头脑。以前在这里的鸟的雕像到底被运到什么地方去了？它现在是否被装饰在别家的庭院，依然身不由己地为那想要飞上青天的无益的永久冲动所支配呢？或者在宫胁先生的空屋去年夏天被拆毁时也被当垃圾丢弃了呢？我好怀念那鸟的雕像。由于没有了那雕像，我觉得和这个庭院像失去了过去那种微妙的呼应感似的。

过了十一点，再想脑子也浮不出什么之后，我下到井底。沿着梯子一步步下到井底，跟平常一样做深呼吸，确定周围空气的样子。空气没有改变。有点霉臭，但氧气没问题。然后我伸手探索立在墙边的**棒球棒。但到处都找不到球棒**。它消失了。完全不留痕迹地消失了。

我在井底的地面坐下，背靠着墙壁。

我叹了几次气。像迷迷糊糊吹过没有名字的干涸山谷的风一样，漫无目标地空虚叹息。连叹气都累了时，我用双手试着一直来回摩擦自己的脸颊。到底是谁把那球棒拿走了？西那蒙吗？那是我所想到的唯一可能性。除了他之外没有人知道那球棒的存在，而且应该也没有人会下到这井底来。但为什么西那蒙非要把我的球棒拿走不可呢？我在黑暗中空虚地摇头。那是我所不能理解的事。不，那是我所不能理解的许多事之一。

总之今天只好没有球棒了，我想。没办法。球棒本来也只像是护身符一样的东西而已，没问题。那东西没有也完全没问题。刚开始时，我什么也没带，还不是好好到达那个房间了嘛。我这样说服自己后，拉起绳子把井盖关闭起来。并把双手合抱在膝盖上，在深沉的黑暗中安静闭上眼睛。

但和上次一样，意识不太能集中，很多思绪悄悄潜进我脑子里，妨碍集中。我为了把这些赶出思想之外，决定只想游泳池的事。我所经常去的区营二十五米室内游泳池的事。我试着想象自己正在那游泳池以自由式来回游着的情景。忘记了速度，只是安静地慢慢一直继续游着。为了不发出多余的声音，不溅起多余的水花，将手肘安静地从水中抽出，由指尖轻轻插入。像在水中呼吸一样，把水含入口中慢慢吐出。游了一会儿之后，感觉自己的身体好像搭乘着缓慢的风一样，自然地在水中流动着。传进耳里的只有我呼吸的规则声音。我像在空中飞的鸟一样浮在风中，安静地俯视地上的光景。看见远处城市小小的人影和河的流水。我被包围在安稳的心情中。甚至可以说很陶醉。游泳这件事，是我人生中所发生的最棒的事之一。那虽然没有解决我所抱有的任何问题，但也没有破坏任何事。而且不会被任何事情破坏。游泳。

听得见什么，我忽然感觉到。

回过神时，在黑暗中我耳朵听得见像虫子的振翅声般嗡嗡嗡嗡嗡嗡的低沉单调的吟声。但和真正虫子的振翅声不同。是更机械式人工的东西。那波长就像短波的调子忽高忽低似的微妙变化。我屏住气息倾听，试着判断那是从什么地方传来的。那声音好像从黑暗中的某一点传来，同时又像从我自己的头脑里传来。深深的黑暗中非常难以发现那区别界线。

当我集中精神在声音上时，不知不觉落入睡眠。其中完全没有所谓"困"这个阶段性认知。就像不经意地走在走廊上时，身体便被迅速一抓，被拉进不认识的房间里去似的，我真是唐突地落入睡眠。那一如深沉泥层般的昏睡到底抓住我包围我有多久，我不知道。我想不是很久。也许是一瞬间。但当我因什么动静而忽然恢复意识时，我知道自己已经在别的黑暗中了。空气不同，温暖不同，黑暗的深度和性质不同。那黑暗混合着幽微而不透明的光。而且鼻子闻到熟悉的花粉尖锐刺鼻的气味。我已在那奇异的饭店房间里。

我抬起头，看看周围一圈，倒吸一口气。

我穿过墙壁了。

我坐在铺了地毯的地上，靠在贴了壁纸的墙上。双手交叉放在膝上。就像那睡眠深得可怕一样，我完全鲜明地醒过来。那对比太极端了，因此我稍微花了一点时间才适应自己的觉醒。心脏发出很大的声音，快速地反复收缩。**没错，我在这里**。我终于能够到达这里。

在被好几层网所覆盖的细密黑暗中，房间的样子看起来和我记忆中的完全没有改变。但随着眼睛逐渐习惯黑暗之后，细微部分逐渐看出各有一些不同。首先电话机位置变了，从床头柜上移到枕头上，悄悄埋身在枕头上。然后酒瓶里威士忌减少了许多，现在只有底部剩下一点而已。冰桶里的冰也完全融解，变成混浊的旧水。玻璃杯里干干的，手指一碰便发现上面粘着一层白色灰尘。走到床边拿起电话机，把听筒贴在耳朵上听听看。但那完全死了。房间似乎长久被舍弃、遗忘了似的，完全感觉不到人的气息。只有花瓶里的花还同样保持着奇怪的新鲜度。

床上还留着有人躺过的痕迹。床单、被子和枕头的形状有些凌乱。我伸手到被子里检查看看，但已经没有余温，也没留下化妆品的气味。我感觉有人离开这张床后似乎已经经过很长时间。我坐在床边，慢慢再看周围一圈，侧耳倾听。但什么也听不见，看起来就像被盗墓者运走尸体后的古代坟墓一样。

这时出其不意地电话铃响了。我的心脏简直像惊惧的猫般就那样依原形冻僵了。空气锐利地震动，浮在那里的花粉尘像被打扑似的醒过来。在黑暗中花瓣微微仰起脸。电话？但电话刚才还像深埋土里的石头般死着。我调整呼吸，压抑心脏的鼓动，确认自己确实是在这房间里，没有移动到任何地方。伸手轻轻接触那听筒，停了一会儿，然后慢慢拿起来。铃声总共响了三次或四次吧。

"喂喂。"但我手拿起来的同时电话已经死了。那种无法复原的死的沉重像沙袋般留在手中。"喂喂。"我反复着干干的声音。但我的声音被厚厚的墙壁似的东西反弹回来，就那样弹回来了。我把听筒放回原位，然后再一次拿起来抵在耳边听听看。听不见声音。我坐在床边，屏着气等候电话铃再度响起。铃声没有再响。我望着空中的灰尘又再像原来那样失去意识，昏倒在黑暗中沉潜下去的样子。脑子里试着让铃声再现。那是在现实中发生的事吗？我现在已经不太有信心了。但要是这样的话，可就没完没了了。必须在什么地方画一条线才行。要不然连在这里的我的存在都变不切实了。**铃声确实响了，没错**。而且在下一个瞬间又死了。我试着轻轻干咳。但那干咳的声音，也在转瞬之间死在空中。

我站起来，试着在房间里再走一次。看看脚边的地，抬头看天花板，在桌子旁坐下，轻轻靠着墙壁看看。无意义地转转门把，试着拨拨落地灯的开关。但当然门丝毫不动，照明依然是死的。窗户由外面封闭起来。我试着仔细倾听。那沉默像光滑的高墙一样。虽然如此，但还是可以感觉到那里有什么好像要欺骗我的迹象。全都屏着气息，紧紧贴着墙壁，消掉皮肤颜色，让我察觉不出那存在似的。所以我也假装没留意到那个。我们各自巧妙地蒙骗着对方。我试着再干咳一次。用手指试着触摸嘴唇。

我决定再检查一次房间。试着再拨弄一次落地灯开关。灯没亮。打开威士忌盖子，试着闻闻留下的气味。和平常一样的气味。是顺风。盖上盖子，把那放回桌上原来的位置。为了慎重起见再次拿起听筒贴在耳边。它简直无法更死地坚固地死着。在地毯上慢慢走，确认鞋底的触感。耳朵贴在墙上，集中精神看能不能听见什么。当然什么也没听见。然后我站在门前，一面想着不行吧，一面试着旋转把手。门把手简单地往右旋转。但我对那事实，有一阵子还无法接受。刚才还像水泥般固定着丝毫不动的。我把一切回归为一张白纸，试着从头开始再确认一次。手放开，手伸出去，把门把手往左右旋转。它在我手中滑顺地左右旋转着。有一种像舌头在口中膨胀似的奇怪触感。

门开了。

我把旋转的把手往前轻轻一拉，耀眼的光从门缝间射进屋里。我想到棒球棒。如果有那球棒的话，我就可以比较镇定。**算了，忘记那球棒吧**。我干脆放胆把门大大地打开。并往左右探看，确定没有任何人后，走到外面。铺了地毯的长走廊。在那稍微前面一点看得见一个花插得满满的大花瓶。那个吹口哨的服务生敲门时，我躲在那后面藏身的花瓶。记忆中，走廊相当长，中途有几度转弯和分岔。我碰巧遇到吹口哨的服务生，跟在他后面才能来到这里。房间的门上挂着208的号码牌。

我一面确认着脚下，一面朝花瓶的方向走出去。但愿能到达绵谷升出现在电视上的那个大堂就好了，我想。那里有很多人，而且也在活动着。如果顺利的话，或许可以在那里找到什么线索也不一定。但那就像没有罗盘而踏进广大沙漠里一般。如果不能到达大堂，也回不到208室的话，我也许将被关闭在这迷宫般的饭店里，也回不了现实世界。但我没有闲工夫迷路。这也许是最后的机会了。半年来每天在这井底持续等待，终于门在我前面打开了。而且井不久后将被别人从我手中夺走。现在一犹豫退缩的话，到目前为止的努力和岁月都将无谓地浪费了。

转过几个弯。我肮脏的网球鞋无声地踏在铺满地毯的走廊。听不见人声、音乐和电视声，也听不见空调、换气扇或电梯的声音。饭店简直像被时间遗忘的废墟般深沉死寂。我转了许多弯，经过许多门。有几处岔路，但我每次都选择右侧。这样的话，想折回来时，只要往左往左继续走，应该就可以回到原来的房间。但方向感已经完全消失，无法掌握自己是朝什么方向前进。门的号码是不照顺序随意乱排的，无从捉摸，没有一点帮助。那些号码在要记住之前已经纷纷掉落到意识之外消失了。偶尔觉得看见刚才见过的相同号码。我站定在走廊正中央调整呼吸。我好像在森林里迷了路似的，难道只是在同样的地方团团转着圈子吗？

正当我不知如何是好地站定下来时，听见远远有熟悉的声音传来。是吹口哨的服务生，音程切实的清晰口哨。没有别人能吹这么棒的口哨。他和以前一样吹着罗西尼的《鹊贼》序曲。虽然是用口哨不容易吹的旋律，但他一点也不辛苦地吹得完美纯熟。我朝着口哨的方向往走廊前进。口哨声逐渐变大、变清晰起来。他似乎正走在走廊上往这边来的样子。我找到柱子背后，躲藏起来。

吹口哨的服务生手上端着银托盘，上面依然放着顺风酒瓶、冰桶和两个玻璃杯。服务生朝正前方，脸上表情好像听自己的口哨声听得着了迷，快步从我前面通过，并没有眼看这边。好像在说正在赶时间，连一秒钟也不能浪费。**一切都一样**，我想。肉体好像被时间的逆流推回去似的。

我立刻跟踪在服务生后面。银色托盘随着口哨声舒服地轻轻摇摆着，炫亮地反射着天花板的灯光。《鹊贼》旋律像咒语或什么似的反复好几次又好几次。所谓《鹊贼》到底是怎么样的歌剧呢，我想。对那歌剧我所知道的，只有序曲单纯的旋律和那不可思议的题名。小时候我家有托斯卡尼尼指挥那序曲的唱片。比起克劳迪奥·阿巴多指挥的年轻现代而流畅美丽的演奏来，那就像激烈格斗后，将强敌制伏，正准备开始慢慢勒死对方似的血涌肉跃的演奏。但《鹊贼》真的是偷东西的鹊鸟的故事吗？等到各种事情都有个着落之后，我要到图书馆去查查音乐辞典，我想。如果有出全集唱片的话也不妨买来听。不，会怎么样呢？那时候也许我已经不会想知道这种事了也不一定。

吹口哨的服务生像机器人一样脚步不乱，切实地继续走，我稍微隔一段距离在那后面跟踪。不过我不用想也知道，服务生在往什么地方走。他似乎正要送新的顺风、冰块和玻璃杯到208号房间。而且服务生实际停下来的，也正是208号前面。他把托盘移到左手，确认门上的号码，挺直背脊端正姿势后，事务性地敲门。三次，然后又三次。

里面对敲门是否有反应我听不见。我躲在花瓶后面，窥视着服务生的样子。时间流逝着，但服务生简直像在挑战忍耐力的极限一般，直立在门前的姿势没有改变。也没有再敲门，只是安静地等候开门而已。终于，简直像祈祷被听见了似的，门从内侧打开一条小缝。

34　让别人想象的工作（剥皮的波利斯　续）

波利斯遵守约定，他给我们部分自治，新设立了以日军俘房代表所组成的委员会。中校成为领导。过去苏联人看守和警卫兵所做的那种横暴行为现在也禁止了，所内治安改由委员会负责维持。为了不引起争执，并达成目标生产量，其他事情不再插嘴，这是新政治局员（也就是波利斯）表面上的姿势。这种猛一看显得民主的改革，对我们俘房来说应该是一个大好消息。

然而事情却没这么简单，在欢迎新改革之余，包括我在内，都疏忽了，没能看穿那背后所隐藏的波利斯设计好的狡猾阴谋。

新上任的政治局员，在以秘密警察为后盾的波利斯前面完全抬不起头，这对波利斯很方便。他将收容所和炭坑镇改变成依照自己意思的地方。于是阴谋和恐怖转眼间已变成家常便饭了。波利斯从囚犯和看守中选出体格高大残忍的家伙加以训练（这地方是不缺这些人才的）。组织类似亲卫队的团体。他们以枪、刀和十字镐为武器，在波利斯命令下胁迫、伤害对立的人，有时甚至带出去凌虐致死。但谁也没办法对他们出手。军方派遣一个中队来当炭坑警备的士兵，对那些家伙的胡作非为，也睁一只眼闭一只眼地假装没看见。那时连军队也无法轻易对波利斯出手了。军方决定退到后面悠哉地只在车站和军营附近警备，基本上对炭坑和收容所里所发生的事装作不知道。

在那亲卫队组织里有一个特别得波利斯宠爱的蒙古囚犯，大家叫他"鞑靼人"。他经常如影随形地跟在波利斯后面。据说

"鞑靼人"过去是蒙古角力大赛的冠军,右脸颊上有一块拉扯变形的火伤大疤,据说是拷问的伤痕。波利斯现在已经脱掉囚犯服住进雅致官舍里,拿女囚犯当女佣使用着。

根据尼可拉的说法(他已经越来越少说话了),他所认识的几个俄国人在夜里人不知鬼不觉地消失了。表面上当作行踪不明或事故处理,其实一定都是被波利斯的手下悄悄"解决掉"的。只因不服从波利斯的意向或命令,人们便会面临生命危机。几个人想把这里所进行的不当行为直接向党中央陈诉,结果却失败,被抹消了。"听说那些家伙故意示狠,连七岁小孩也杀。"尼可拉苍白着脸悄悄告诉我,"而且是在父母眼前被集体殴打死的。"

波利斯刚开始时,在日本人地区出手还没那么露骨。他首先完全掌握在那里的俄国人,全力倾注,在自己的地盘上牢牢站稳。在那期间,好像打算把日本人的事交给日本人管似的。因此改革后最初几个月间,我们尝到了短暂的平稳滋味。那对我们来说简直像是风筝般平稳安静的日子。应委员会的要求,劳动的苛酷情形比以前稍微有一点改善,也不必再恐惧看守的暴力。在我们之间甚至是来到这里之后,第一次产生类似希望的感觉。人们以为从此以后事情会逐渐变好。

其实波利斯在那几个月的蜜月期间,并不是完全没有对我们做什么。他在悄悄布棋。他将日本人委员会的成员,一个一个或威胁或收买,在水面之下逐渐收归他的旗下。但因为他避免露骨的暴力,非常慎重地进行,所以我们完全没发现他的那种企图。而当发现的时候,已经太迟了。也就是说波利斯在所谓自治的名目下,让人们松懈下来,实则在建立起更有效率的钢铁支配体制。他的计算如同恶魔般绵密而冷静。我们周围确实不再看到无意义而无用的暴力影子。但取而代之地却产生了新一类单凭冷酷计算的暴力。

34 让别人想象的工作（剥皮的波利斯 续）

他花了大约半年确立固若磐石的支配体系，然后方向一转，便开始压制我们日本俘虏。当时曾经是委员会核心般存在的中校，首先成为牺牲者。中校因为几个问题，当代言人为争取日本兵俘虏的利益，和波利斯正面对立，结果被抹杀了。那时委员会里还没有被波利斯拉拢的，只剩中校和他的几个伙伴而已。中校在夜间被压住手脚，闷住声音，用湿毛巾蒙在脸上窒息致死。那当然是依波利斯的命令做的。波利斯杀日本人时，绝不会玷污自己的手。而是命令委员会指使日本人杀，中校的死被当作病死简单处理掉。是谁直接下手的我们大家都知道，但却不能开口。那时候我们知道我们之中已经有波利斯的间谍混在里面了，变成不能在人前疏忽大意地开口说话。中校被杀之后，日本人委员会的首长，由委员会互选，让波利斯所指派的人就任。

由于委员会的变质，劳动环境又逐渐恶化，结果还是恢复了原来的恶劣状态。我们为了换得自治，而承诺波利斯增加产量，结果却逐渐给我们造成重大负担。以达成目标产量为名目，阶段性往上提高，结果我们反而被迫从事比以前更苛酷的劳动。事故件数增加，许多士兵成为胡乱采煤的牺牲品而客死异乡，空虚地化为白骨。所谓自治，结果只是过去由俄国人所做的劳务管理换成由日本人自己接收而已。

当然这在俘虏之间引起了不满。过去曾经互相平分苦难的小社会里，现在产生了不公平感，产生了深刻的憎恨和猜疑。供波利斯指使的家伙被分派较轻的劳动并获得较多的小惠，其他人则不得不过着与死为邻的苛酷生活。然而还不能大声抱不平。因为公然反抗就意味着死。或许会被丢进极寒冷的惩罚房，因冻伤和营养失调而丧命也不一定。或许半夜睡觉的时候，会被"暗杀队"以湿毛巾蒙死也不一定。或在炭坑工作时被从背后用十字镐砍头，丢进竖穴里也不一定。谁也不知道在黑暗的炭坑深处发生了什么事。只在不知不觉之间又消失了一个人而已。

　　我对引介中校给波利斯不得不感到有责任。当然就算我不介入，波利斯也会从别的管道侵蚀进我们之间来吧，迟早总会发生同样的状况吧。但并不因此就能稍减我心中的痛苦。我那时下了错误的判断，以为出于好心，却做错了事情。

　　有一天，我突然被叫到波利斯用来当事务所的建筑物去。很久没有跟波利斯见面了。他和在站长室见面时一样坐在桌子前喝着茶。他背后和平常一样，像屏风般站着腰佩大型自动手枪的鞑靼人。我一进屋里，波利斯便转向后面示意鞑靼人出去。于是剩下我们两个人单独相处。

　　"怎么样间宫中尉，我很守约定，对吗？"

　　是啊，我回答。确实是守约。很遗憾那不是谎话。他对我约定的事确实实现了。就像跟恶魔订的契约一样。

　　"你们得到了自治。而我得到了权力。"波利斯双手大大地摊开，笑笑地说，"彼此得到各自要的东西。采煤量比以前增加，莫斯科也高兴。八方圆满，没得话说。就因为这样，我对你这个介绍人非常感谢。而且我想非要报答你不可噢，真的。"

　　不用感谢，也不需答礼，我回答。

　　"我们是老交情了，你也不必这样不领情。"波利斯一面笑着一面说，"我就有话直说好了，我考虑让你当我的部下，放在身边。也就是说，在这里帮我工作。在这块土地上很遗憾能思考事情的人极端不足。在我看来，你虽然只有一只手臂，但头脑似乎很灵光。所以如果你愿意做我秘书之类的工作，对我会非常有帮助，我也会尽量给你方便，让你在这里的生活过得轻松愉快。你一定可以活着回到日本。在这里跟在我身边绝不会有损失。"

　　如果是平常的话，这种事我可能会当下拒绝。我并不打算

34　让别人想象的工作（剥皮的波利斯　续）

变成波利斯的手下，出卖伙伴，只有自己过得好。如果拒绝他的提议而被波利斯杀掉的话，那毋宁是我所希望的。但那时候我脑子里有了一个计划。

"那么我要做什么样的工作呢？"我说。

波利斯要求我做的工作并不简单。不得不解决的杂务堆积如山。最大的工作，是波利斯个人储蓄财产的管理。波利斯把从莫斯科或国际红十字会送来的食品、衣物、医药品的一部分（大约全体的四成之多）纳入私囊，放进秘密仓库，再把它们分别卖到各地。他又把采掘的煤炭一部分用货车运到别的地方，经由黑市流出去。燃料慢性不足，需求不断。他买通铁路人员和站长，为了自己的生意几乎为所欲为地调动列车。对负责警备的军方士兵，也给他们食物和钱，让他们睁一只眼闭一只眼。由于那样的"营业"，他已经储蓄了惊人的财产金额。他对我说那些全都会转为秘密警察的运作资金。他们的活动需要不留公开记录的大量资金，而自己在这里则秘密地暗中调度那些资金。但那是谎言。当然其中有若干作为往上缴纳的资金送到莫斯科吧。但我深信一半以上应该都变成他个人的资产。我虽然不清楚详细情形，但他那些金钱似乎透过秘密管道汇到了外国银行账户，或换成了黄金。

不知道为什么，他似乎彻头彻尾地信任我这个人。现在想起来很不可思议，他似乎没有想过我会对外泄露他的那个秘密。他对俄国人或其他白人经常都怀着满腹猜疑，以严厉冷酷的态度面对他们，但对蒙古人或日本人似乎反而抱以可以放手不管的信赖感。或许他想我就算泄露秘密也没什么害处吧。根本上我到底要向谁坦白供出那秘密才好呢？我周围已经只剩波利斯的同伙或手下而已了。而且那些家伙都分别得到波利斯不端行为的多余利益。他为了私利私欲而在黑市交易食物、衣服、医药品，造成这些物资不足，导致毫无任何力量的囚犯和俘虏饱受涂炭之苦，并因而纷纷死去。而且他们所有的邮件都会被检查，并禁止和外界的人接触。

我总之热心而忠实地为波利斯执行秘书任务。我从头开始为他重新整理他那混乱到极点的账簿和库存目录，将物资和金钱流动有系统而条理井然地整理得一目了然。什么东西在什么地方有多少，这些有什么样的价值变动，都可以立刻查出来地分别制作各种类别的账簿。制作长长的收买者名单，算出那"必要经费"。我从早到晚不休息地为他工作。结果，使得我完全失去原来就不多的朋友。当然被这样想也是不得已的，人们把我当作波利斯手下令人轻蔑的卑鄙小人（可悲的是，现在他们可能还这样认定我吧）。尼可拉也已经不再跟我说一句话。以前关系亲密的两三个日本俘虏，现在看到我的影子也都回避开。相反地也有因为波利斯喜欢我而来接近我的人，但这些家伙我这边倒不敢领教。就这样我在收容所里逐渐变得更孤立、更孤独了。我之所以没有被杀掉，是因为有波利斯这个后盾。我是波利斯眼中重要的宝，人们都很清楚，如果我被杀的话，波利斯轻易饶不了他们。必要时波利斯会变得多么残酷。他有名的剥皮伎俩在这里也成为传说。

但我在收容所里变得越孤立，波利斯就越信任我。他对我条理分明的工作状况感到非常满足，也不惜称赞。

"真是太了不起了。如果有很多像你这样的日本人的话，日本迟早会从这战败的混乱中再度站起来。但苏维埃却不行。很遗憾几乎没有什么前途。甚至皇帝时代还比较好。至少皇帝陛下对麻烦的理论不必一一去伤脑筋。我们列宁从马克思的理论中只把自己能理解的部分方便地提出来，我们斯大林又从列宁的理论中只把自己能理解的部分——那只是极少量——方便地提出来。于

34 让别人想象的工作（剥皮的波利斯 续）

是在这个国家，变成能理解的范围越狭窄的家伙掌握越大的权力。那是越狭窄越好。你听好噢，间宫中尉，要在这个国家生存下去只有一个手段。那就是不要去想象什么。想象的俄国人一定会破灭。我当然才不去想象。我的工作是让别人去想象。那是我吃饭的本钱。这个你最好也记住。至少在这里的期间，每当想要想象什么时，就想起我的脸吧。然后想这样不行，想象是会要命的噢。这是我的黄金忠告。想象就交给别人去做吧。"

就这样一转眼之间半年多过去了。一九四七年迎接秋天的结尾时，我变成对他来说不可或缺的存在。我接下他活动的实务性部分，"鞑靼人"和亲卫队接下暴力的部分。波利斯还没被莫斯科秘密警察叫回去。但那时他似乎已经不再那么想回莫斯科了。他似乎已经在那收容所和炭坑建立起他自己坚固的领土，又在那里生活得很舒服，被强有力的私设军队保护着，又逐渐累积起财富。或许莫斯科的高阶层，也觉得与其把波利斯叫回莫斯科，不如把他放在那里以坚固支配西伯利亚地盘。莫斯科和波利斯之间有频繁的书信来往。虽然这么说，但并不是透过邮件递送。而是由密使——经由铁路运来的。个子高高，拥有像冰一般冷的眼睛的人们。他们进入他的房间之后，室内温度便会一下子降低似的。

另一方面，从事劳动的囚犯们则依然以高几率继续死去，他们的尸体和前面所述的一样被一一丢进竖穴里去。波利斯严格检定囚犯的能力，肉体羸弱的人在最初阶段被毫不留情地彻底残酷驱使，减少营养量，让他们消耗至死，以减少人口。然后把那食物转分给强壮的人们，以提高生产力。收容所彻底变成效率万能、弱肉强食的世界。强者抢夺更多，弱者一一倒下。劳动力不足时，又从别的地方把囚犯像家畜般用载货列车塞满运来。糟糕的时候在运送途中已经死掉两成左右，但这谁也不在乎。新来的大多是从西边运来的俄国人或东欧人。对波利斯来说值得庆幸的是，西方依然继续实施着任性的暴力政治。

我的计划是杀波利斯。当然抹杀他一个人，我们所处的状况并不保证会好转。也许依然是继续半斤八两的地狱吧，但不管怎么样，我不能容许波利斯这种人存在于这个世界。正如尼可拉所预言的那样，他简直就像毒蛇一样的存在。必须有谁去割断他的脖子。

我不惜自己的生命。如果刺杀不成波利斯，自己却死了的话，那也是我本来的愿望。但我不许失败。必须等到确定确实杀得了他的瞬间来临，毫无差错地一举断了他的气根才行。我以他秘书的身份一面装成忠诚地工作着，一面虎视眈眈地瞄准那机会。但前面已经提过波利斯是个极小心谨慎的人。他旁边白天晚上都紧紧跟着那个鞑靼人。而且就算波利斯一个人在的时候，没有武器且独臂的我又怎么能杀他呢？但我很有耐心地等待时机来临。如果什么地方有神在的话，我相信迟早机会总是应该会来的。

这是一九四八年初的事，日军俘虏终于可以回国的传闻传遍收容所里。到春天就会有船来接我们回去了。我试着问波利斯这件事。

"没错，间宫中尉，"波利斯说，"这传言是真的。你们全体，在不久的将来就可以回归日本了。国际舆论高涨，总不能永远使役你们。但怎么样，中尉，我有一个提案，不是以俘虏，而是以一个自由的苏维埃市民，你想不想留在这个国家？你为我做了很多事，你不在之后要找后继的人很困难。你回日本也是身无分文，与其辛辛苦苦过，不如跟在我身边一定可以比较轻松。听说日本没什么东西可吃，好多人都陆续饿死呢。要是留在这边，

34 让别人想象的工作(剥皮的波利斯 续)

金钱、女人、权力,什么都齐全。"

波利斯的提案是认真的。我对他个人的秘密知道太多了,他也许也想到把这种人从身边放走是有些危险吧。如果拒绝的话,他也许为了灭口而消除我也不一定。但我并不害怕。他提的事固然值得感谢,但留在故乡的双亲和妹妹也令我挂念,我说自己还是想回国。波利斯只耸耸肩,没再多说什么。

回国日逐渐接近的三月某一夜,适合杀他的机会终于来到我眼前。那时房间里只有我和波利斯,平常跟着他的鞑靼人离开座位。夜晚九点前,我和平常一样正在整理账簿,波利斯正在书桌写信。他很少这么晚还在办公室。他一面啜着玻璃杯里的白兰地,一面用钢笔在信纸上运笔。衣帽架上挂着他的皮大衣和帽子,装手枪的皮套子也一起挂着。手枪不是配给苏联军的大型手枪,而是德国制瓦尔特PPK。据说波利斯是在多瑙河渡河战之后,从俘虏的纳粹亲卫队中校那里取得那把枪的。手枪擦得很漂亮,枪把上有闪电般SS的标记。他在保养擦拭那把枪的时候,我每次都很用心注意地观察,知道那弹匣里总是装有八发实弹。

他把那把枪那样挂在衣帽架上是绝对稀奇的。因为小心谨慎的波利斯面对书桌工作时,总是把它藏在立刻可以拿出来的右手边抽屉里。但那一夜他不知道为什么很高兴而且话很多,也许因为这样吧,竟疏忽了平日的用心。那对我来说是求之不得的机会。过去我在脑子里反复想过好几次那动作,怎么样可以用单手拨开安全装置,怎么样可以快速把第一发子弹送进弹药室。我下定决心站了起来,假装要去拿文件。通过那衣帽架前。波利斯正热心地写着信,并没有看我这边。我快步走过去时悄悄从枪套拔出枪来。不是很大的枪。它服帖地收在我的手中。握起来很舒服,安定性很好,光拿在手上就知道是一把很优越的手枪。我站在他前面,拨开安全装置,把枪夹在两腿中间,用右手把枪栓滑到前面，将子弹送进弹药室。由于发出轻微干脆的声音，波利斯终于抬起脸来。我把枪口笔直对着他的脸。

波利斯摇头叹气。

"对你很抱歉，不过那枪里没有装子弹。"他把钢笔盖起来之后这样说，"有没有装从重量就知道。你可以上下轻轻摇看看。七点六五毫米口径的子弹八发大约有八十克的自重。"

我不相信他的话。我迅速瞄准他的额头，毫不犹豫地扣了扳机。但只有咔嚓一声脆脆的声音。正如他所说的，那里面并没有装子弹。我把枪放下，咬着嘴唇。已经什么都不能思考了。波利斯打开书桌的抽屉，从那里抓出一把子弹，放在手掌上给我看。他预先把子弹从手枪的弹匣取出。他对我设计了陷阱。一切只是一出滑稽剧。

"我老早就知道你想杀我。"波利斯安静地说，"你在脑子里想象过无数次自己在杀我的情景，对吗？我以前应该对你说过，想象是会要命的。不过算了。因为不管怎么样你都杀不了我。"

然后波利斯拿起手掌中的两颗子弹丢到我脚边。两颗子弹分别滚落我脚边。

"那是实弹喏。"他说，"不是骗你的。你可以装上射我。这对你是最后机会。如果你真想杀我的话，就好好瞄准。但如果失败的话，我在这里做过的事、我的秘密，你就不能告诉世界上的任何人。请你跟我约定。这是我们的交易。"

我点点头。我跟他约定了。

我把枪夹在两腿之间，按下释放钮拔出弹匣，将两发子弹装进去。用单手做这个并不简单，而且我的手又在微微抖颤着。波利斯以冷漠的脸色望着我那一连串的动作。他的脸露出微笑。我把弹匣插入枪把后，切实地瞄准他两眼正中央，压抑住手指的颤抖后扣了扳机。巨大的枪声在屋里轰然响起。但子弹似乎掠过

34 让别人想象的工作（剥皮的波利斯 续）

波利斯的身边，穿进墙壁里去了。白色涂漆化成粉末飞溅四周。虽然只从两米外的距离射击，但我却没射中。我的射击绝不差劲。驻屯新京时还相当热心地练过射击。就算只有独臂，我的右手握力也比别人强，而且那把瓦尔特枪在手中很吻合，应该是瞄得很准的枪。我无法相信自己没命中。我举起枪，再一次瞄准。并深深吸入一口气。我非杀这个人不可，我对自己说。杀了这个人，我这一路活下来才有意义。

"好好瞄准噢，间宫中尉，因为那是最后一颗子弹。"波利斯脸上依然浮着微笑。

这时鞑靼人听见枪声，手上端着大型手枪冲进屋里来。波利斯制止鞑靼人。

"不要出手。"他以锐利的声音说，"我让间宫射我。如果他能顺利杀了我，那时候就随你的便。"

鞑靼人点点头，把枪口一直对着我。

我用右手握着瓦尔特枪，笔直伸出去，瞄准像看透人似的冷冷微笑的双眼正中央，冷静地扣下扳机。我切实地镇住手中的反作用力，射出完美的一发。但子弹还是紧紧贴着他的头掠过，只粉碎后方的台钟而已。波利斯连眉毛都没动一下。他依旧靠在椅背上，以那蛇般的眼睛始终凝视着我的脸。手枪发出巨响滚落地上。

有一阵子谁也没开口，谁也没移动。但过一会儿波利斯从椅子上站起来，慢慢弯下身，从地上捡起我掉落的瓦尔特手枪。他望着手中的枪深思，然后安静地摇头，把它放回衣帽架上的枪套里。接着又好像表示安慰似的轻轻拍两次我的手臂。

"我说过你杀不了我吧？"波利斯这样对我说。然后从口袋拿出骆驼牌香烟盒叼一根烟在嘴上，用打火机点着。"不是你的射击不行。只是你无法杀我。你没有那种资格。所以你让机会溜走了。虽然很可怜，但你必须带着我的诅咒回故乡。你听好噢，你到哪里都得不到幸福。你往后既无法爱人，也无法被爱。那是我的诅咒。我不杀你哟。但那不是基于好意。我到目前为止杀了很多人，往后还会再杀很多人。但我不会不必要地杀。再见间宫中尉，一星期后你可以离开这里到海参崴。祝你一帆风顺。我大概不会跟你再见了。"

　　那是我最后一次见到剥皮的波利斯。第二周我离开了收容所，搭上火车被送到海参崴，到那里又再经过几道复杂的转运，于第二年年初终于回到了日本。

　　我这冗长的话，对冈田先生到底有什么意义呢，老实说我并不知道。也许一切都只不过是老人语无伦次的重复啰嗦而已。但我无论如何都想告诉你这些事。我觉得非说不可。正如你读完信就会明白的那样，我是一个输得体无完肤的人，一个失败者。没有任何资格的人。由于预言和诅咒，既不会爱上任何人，也不会被任何人爱上。我只是一具行尸走肉，从今往后也只有在黑暗中消失而已。但由于这件事终于能够交付给冈田先生，至少我觉得可以怀着比较安稳的心情消失而去了。

　　请不要挂念，勇敢地步上美好的人生吧。

35 危险场所，电视前的人们，空虚的男人

门朝内侧打开一条小缝。服务生双手端着托盘，轻轻行一个礼，走进房间。我躲在走廊的花瓶后面，一面等他出来，一面寻思接下来该怎么办才好。我可以跟服务生交错地进到那个房间去。**208号房间里有人在**。而且如果这一连串的事和上次一样地进行的话（现在正在进行中），门应该没有上锁。或者把进入房间的事延后，而先跟踪服务生也可以。**那样我就可以到达他所属的地方吧**。

我的心在这两者之间摇摆着。结果决定跟踪服务生。那208号房间里可能隐藏着什么危险。而且是会带来致命结果的危险。我还记得很清楚黑暗中响起的坚硬的敲门声和那刀子般白色暴力式的闪光。我必须非常小心谨慎才行。首先看看那个服务生究竟到什么地方去吧。然后再回到这里来就好了。不过，怎么回事？我把手伸进长裤口袋里找找看。口袋里放有皮夹、零钱、手帕和短圆珠笔。我拿出圆珠笔来，在手掌上画一条线，确定有墨水出来，然后在墙上做记号就好了，我想。这样我就可以沿着那记号找回这里来。应该可以，大概可以。

门开了，服务生走出来。出来时他手上没有任何东西。连托盘也一起放在房间里了。他关上门后端正姿势，一面再用口哨吹起《鹊贼》，一面空着手快步沿来时的路走回去。我从花瓶背后出来跟在他后面追踪而上。来到岔路时，我用圆珠笔在奶油色墙壁上画下小小的×记号。服务生一次也没回头，他走路有独特的走法。好像在为"世界饭店服务生走法竞赛"做示范表演似的。好像在说所谓饭店服

务生就是要这样的走法似的，他抬着头，收着下巴，挺直背，配合着《鹊贼》的旋律，手臂一面很有节奏地摇摆着，一面大步走过走廊。他转过几次弯，上下几次短阶梯。光线因场所的不同，忽而变亮，忽而变暗。在许多处墙壁的凹陷地方，形成各种形状的影子。我为了不让他发现，隔着适当距离走，但跟在他后面并不是多困难的事情。因为即使在转弯角有一瞬间会看不见他的踪影，也不会听不见那明朗的口哨声。

服务生像溯流而上的鱼终于来到安静的水潭一般，穿过走廊，进入宽广的大堂。是我曾经在电视上见过有绵谷升影像的那个人群拥挤的大堂。但大堂现在却静悄悄的，只有一小群人聚集在大型电视荧幕前而已。电视正播着NHK的新闻节目。吹口哨的服务生接近大堂时，为了不妨碍大家而停止吹口哨。并笔直横越过大堂，消失到员工用的门里去了。

我假装在消遣时间似的，在那大堂里闲逛一下。在几个空沙发之一坐下，抬头看看天花板，试试脚下地毯的状况。然后走到公共电话那边去，试着投入零钱。但电话和房间的电话一样是死的。然后我拿起饭店的内线电话，试着按208的按键。但那电话也是死的。

然后我在稍微离开一点距离的椅子上坐下，若无其事地观察电视机前人们的样子。总共有十二个人在那里。九个男的，三个女的。大多是三十几岁或四十几岁的人，只有两个是五十五岁左右。男的穿着西装或外套，打着朴素的领带，穿着皮靴。除了身高和体重的差别之外，看不出他们一个一个有什么特征性要素。女的全是三十五岁左右，三个都穿着类似的工整服装，仔细地化了妆。简直像刚从高中同学会的聚会回来似的，但从各自坐在分开的椅子上来看，却又不像互相认识的样子。看来在那里的人是各自聚在那里的，大家都只一直默默看着电视画面出神。既没有意见交换，没有眼光交流，也没有点头示意。

35 危险场所，电视前的人们，空虚的男人

我坐在离他们稍有一段距离的地方，看了一下那新闻节目。没有什么特别引人兴趣的新闻。某个地方道路开通了，县长剪彩。市面销售的粉蜡笔被发现含有有害物质，正在进行回收。旭川正下大雪，由于视野不佳和道路结冰，观光巴士和卡车相撞，卡车司机死亡，到温泉旅行的团体观光客有几个在途中受伤。播报员以克制的口气，像在分发低点数扑克牌似的按顺序读出这些新闻。我想起本田先生家的电视。这么说来，那电视总是转在 NHK 的频道上。

对我来说，那些新闻画面都极现实，而同时也完全不现实。我同情那个因意外事故而死亡的三十七岁卡车司机。谁都不愿意在下大雪的旭川内脏破裂地痛苦而死。不过我私下既不认识那个卡车司机，那个卡车司机私下也不认识我。所以我并不是同情他个人。只是对唐突降临在一个人身上的暴力性死亡，感到普遍性的同情而已。那种普遍性对我而言可以说是现实的，也可以说是完全不现实的。眼睛离开电视画面，试着再一次环视整个空旷的大堂。但没看见那里有什么可以成为线索的东西。既看不见饭店员工的踪影，小酒吧也还没开始营业。墙上只挂着一幅画了什么地方山景的大油画而已。

视线转回来时，电视画面上大大地映出曾经见过的男人的脸。**那就是绵谷升的脸哪**。我在椅子上挺直身子侧耳倾听。**绵谷升发生了什么事**？但新闻的开头部分我听漏了。相片终于消失，画面恢复男播报员的身影。他系着领带，穿着大衣，手上拿着麦克风。站在一栋大楼门口。

"只知道经由……之手，现在被送进东京女子医大医院，正接受集中治疗室的治疗，但因为头盖骨陷落的重伤而完全丧失意识。医院方面对于有没有生命危险的疑问，只重复回答目前的阶段还无法说什么。具体病况目前还需要花一段时间才能发表。记者从东京女子医大医院正门口向您报导。"

于是画面回到摄影棚里的播报员。他面对着镜头，读出刚刚拿

到手的原稿。"众议院议员绵谷升氏被暴徒袭击身负重伤。根据刚刚得到的讯息，事件是在今天上午十一时半发生的，绵谷升议员正在东京都港区办公大楼内事务所的一个房间里和人会面时，有个年轻人侵入，用棒球棒猛烈殴打他的头部数次……"（这时画面映出绵谷升事务所的大楼）"……而使他负重伤。男人假装成访客，用长制图筒装棒球棒带进事务所，什么也没说地袭击绵谷升议员。"（画面映出行凶的事务所房间。椅子倒在地上，附近看得见黑黑的血迹）"因为事发突然，绵谷升和周围的人都没有来得及抵抗，男人确认绵谷升议员已经完全丧失意识之后，手上仍然拿着球棒离开现场。根据目击者描述，犯人身穿深蓝色短大衣，戴深蓝色滑雪用毛线帽、深色太阳眼镜，身高约一百七十五公分，脸颊右侧有黑斑似的东西，年龄推测大约三十岁。警察虽然追踪犯人的去向，但犯人逃出后便混入人群中，行踪不明。"（警察正在查证现场。接着映出赤坂热闹的街头）

棒球棒？黑斑？我咬着嘴唇。

"绵谷升氏以新进新锐经济学家、政治评论家闻名，今年春天，接收伯父绵谷××氏的地盘，当选众议院议员，从此以后便以实力派年轻政治家、政论客身份受到很高评价，虽然是新任议员，但未来展望很受瞩目。警察正从政治背景关系和个人恩怨双方面可能性展开调查。再重复报告。众议院议员绵谷升氏今天上午被暴徒用棒球棒袭击，身负重伤，被送进医院。详细情形尚未明朗。接下来为您报告下一则新闻……"

好像有人关掉电视电源。播报员的声音扑哧地消失。沉默包围了周围。人们好像回过神来似的各自放松姿势。他们似乎是为了看那关于绵谷升的新闻而聚集到电视前面的。电视一关掉，并没有人站起来。没有叹息也没有咋舌，连干咳的人都没有。

到底是谁用球棒殴打绵谷升呢？犯人的外表特征和我一模一样——穿深蓝色短外套，戴深蓝色毛线帽、太阳眼镜。脸上有黑斑。

还有身高、年龄。**然后还有棒球棒**。但我把那棒球棒一直放在井底,但它不知消失到什么地方去了。如果让绵谷升的头盖骨陷落的是那根棒球棒的话,一定有人从井底将它带走,再用它殴打绵谷升的头。

有一个女人忽然眼睛转向我。瘦瘦的,颊骨上的眼睛像鱼一样的女人。长耳垂正中央戴着白色耳环。她朝向后面长久看着我。和我视线相遇也不避开,表情没变。然后旁边的秃头男人也追随着她的视线看到我这边来。男的个子和车站前那洗衣店老板相似。一个又一个地,人们转向我这边。他们似乎终于发现我在那里和他们同席。被他们注视着时,我不得不意识到自己穿着深蓝色短外套,戴着深蓝色毛线帽,身高一百七十五公分,年龄三十出头。**而且我脸的右侧有黑斑**。不知道为什么,他们已经知道我是绵谷升的内弟,而且我跟他感情不好(甚至还憎恨他)。这些不知道为什么他们似乎已经都知道了。从他们的视线中可以看出来。我不知道该怎么办才好,紧紧握住椅子把手。我没有用棒球棒殴打绵谷升。我不是会做那种事的人,而且首先我已经没有棒球棒了。但他们大概不会相信我的话吧。**他们会完全相信电视所说的**。

我慢慢站起来,就那样往来时的走廊方向走去。最好快一点离开这里。我在这里不受任何人欢迎。我走了一会儿后回头看后面,看见有几个人站起来,跟在我后面走过来。我加快步调笔直横越过大堂,朝走廊走。我必须回到208号房间。嘴里干干渴渴的。

我终于穿过大堂脚踏进走廊时,饭店内的一切灯光便无声地熄灭了。简直像被斧头猛烈一砍,使黑暗的厚重帐幕落到地上一样,没有任何预告,周围便被漆黑的黑暗所覆盖。后面有人发出惊吓的声音。那声音听起来比想象中更近。那声响的核心里,有像石头般坚硬的憎恨种子。

我在黑暗中前进。一面用手摸索着墙壁,一面小心翼翼地慢慢走。我必须尽量远离他们才行。但我碰撞到小桌子,把花瓶之类的东西打翻。那东西发出巨大声音，滚落地上。我在那惊动下跌趴在地毯上。然后又急忙站起来，用手探索着走廊的墙壁，再度前进。这时外套衣角像被钉子勾住般，被使劲往后一拉。一瞬间莫名其妙。然后我才明白过来。是有人抓住我的外套下摆正想拉过去。我毫不迟疑地脱下外套，就那样跌跌撞撞地穿过黑暗。用手探索着转过转弯角，一面跌撞着一面上下阶梯，又再转弯。途中碰到很多人的脸和肩膀，踩空阶梯而撞到脸。但并不感觉痛。只是有时眼睛深处感觉到尖锐的晕眩而已。**不能在这里被捕**。

周围没有一丝光线。也没看见停电时应该会发生作用的应急灯光。在那左右不分的黑暗中我拼命地穿越，终于站定下来调整呼吸，试着侧耳倾听后面的声音。但什么也听不见。只听见自己心脏强烈的鼓动。我叹一口气在那里蹲下来。他们也许放弃追踪了吧。而且在黑暗中再往前进，可能只有陷入更深的迷魂阵中吧。我靠在墙上让心情稍微镇定下来。

但到底是谁关掉电灯的呢？我不认为那是偶然。我一脚踏进走廊，人们逼近我的背后时，真的就在那一瞬间电灯熄灭了。大概是在那里的什么人，为了把我从危险中救出而这样做的。我脱下毛线帽，用手帕擦擦脸上的汗，然后又再度戴上帽子。身体各个部分仿佛想起来似的开始痛。但似乎并不到受伤的程度。然后我看一眼手表的夜光针，但想起手表停了。手表在十一点半的地方停了。那是我下到井里的时刻，同时也是绵谷升在赤坂事务所被谁用球棒殴打的时刻。

或许我真的用球棒殴打了绵谷升呢？

在深沉的黑暗中，感觉那也似乎以一个理论上的"可能性"存在着。在实际的地面上，我也许实际上真用球棒殴打了绵谷升使他身负重伤。**而且也许只有我没留意到**。也许我心中强烈的憎恨使我不知不觉之中擅自走到那里去用力挥棒。不，**不是走去的**，我想。要走去赤坂，必须搭小田急线电车，在新宿转地铁才行。在不知不觉之间能做到这些吗？那是不可能的——**除非有另一个我存在，否则不可能。**

但如果绵谷升真的死了，或变得不能再振作起来，那么那个牛河真是有先见之明。因为他竟然在极稀罕的时间改辙易弦了啊。我不得不佩服他那动物性的敏锐嗅觉。牛河的声音仿佛还在耳边响着："不是我自夸，冈田先生，我的鼻子很灵。鼻子闻一闻就知道了。"

"冈田先生。"就在身边，有人在叫我的名字。

我的心脏像被弹簧弹了起来似的跳到喉头上来。那声音是从什么地方传来的，我搞不清楚。我身体僵硬地环视周围。但当然什么也看不见。

"冈田先生，"那声音重复道，是男人低沉的声音，"你不用担心。我是站在你这边的。我们上次曾经在这里见过，你记得吗？"

那声音我确实记得。是那个"没有脸的男人"。但我很小心地没有立刻回答。

男人说："你必须早一刻离开这里。灯亮之后他们一定会找到这里来。我带你走捷径，请跟我来。"

男人打开手上铅笔形袖珍手电筒。虽然是一小道光，但足够照亮脚边。"这边。"男人催促似的说。我从地上站起来，赶紧跟在男人背后。

"一定是你在那个时候把灯光关掉的吧？"我朝男人背后问道。

他没有回答，但也没有否认。

"谢谢你。那正是危险的时候。"我说。

"他们是危险的人。"男人说，"可能比你想象中更危险。"

我问他："绵谷升真的被殴打成重伤吗？"

"电视上那样说。"没有脸的男人似乎小心翼翼地选着措辞回答。

"但不是我做的。我那时候正一个人潜入井底。"我说。

"如果你这样说的话，一定是这样吧。"男人好像在说当然的事似的。他打开门，一面用手电筒照着脚边，一面小心地一级一级踏上那里的阶梯。我跟在他后面走。因为是很长的阶梯，所以在途中自己都搞不清楚是在上升或在下降了。到底那真的是阶梯吗？

"不过有人能证明那时候你在井里吗？"男人也不回头地质问我。

我沉默着。到处都没有这样的人。

"那么就什么也别说地赶快逃走比较聪明。他们深信你就是犯人。"

"那些人是谁呢，到底？"

男人上到阶梯尽头后，转向右边，前进一会儿后打开门，走到走廊。然后站住，安静地侧耳倾听一会儿。"快点走吧。抓着我的上衣。"我依他说的抓住他上衣的下摆。

没有脸的男人说："他们总是热心地看电视。所以当然你在这里会被讨厌。他们最喜欢你太太的哥哥。"

"你知道我是谁噢？"我说。

"当然知道。"

"那么久美子现在在哪里，你也知道吗？"

男人沉默。我好像在玩什么游戏似的紧紧抓着他的上衣下摆，转过黑漆漆的转弯角，快步下了短阶梯，打开一扇秘密小门，穿过天花板很低的过道般的路，又走入另一条长走廊。没有脸的男人所持续走过的复杂而不可思议的路程，对我来说感觉像是无限延伸的胎内巡回似的。

"你听好噢，这里发生的事我并不是全部都知道。因为这是个非常广阔的地方。大堂是我所负责的中心。有很多事我不知道。"

"你知道吹口哨的服务生吗？"

"不知道。"男人立刻说，"这里没有一个服务生。没有吹口哨的，也没有不吹口哨的。如果你在什么地方看见服务生的话，那并不是服务生，而是装成服务生的什么。我刚才忘了问你，你想去208号房间，是吗？"

"是啊。我要去见在那里的一个女的。"

35 危险场所，电视前的人们，空虚的男人

男人对此没发表什么意见。既没问对方是谁，也没问有什么事。他只以熟练的脚步在走廊上往前走，我则像被领航船引导着一般，穿过黑暗中复杂的水路。

终于男人在没有任何预告之下，突然站定在一扇门前。我从后面撞上他的身体，差一点跌倒。撞上时，对方肉体的触感奇怪地轻而稀薄。感觉简直像碰到空壳子似的。但他立刻调整姿势站直，用袖珍手电筒的光照出贴在门上的房间号码。那里浮现出 208 的数字。

"没有锁。"男人说，"这灯你拿着。我在黑暗中也能走回去。进入房间之后把门锁上，谁来了都不能打开。有事就快点办完，赶快回到原来的地方去。这里是危险场所。你是侵入者，算得上友方的只有我一个人而已。请记住。"

"你是谁？"

没有脸的男人好像把什么移交给我似的轻轻把手电筒放在我手中。"我是空虚的人。"男人说。于是在黑暗中把没有脸的脸一直不动地朝向我，等着我说话。但我那时候怎么也无法找到正确的语言。男人终于无声地从我面前消失了。他刚刚还在那里，下一个瞬间已经被吸进黑暗中了。我试着用手电筒灯光朝那边照照看。但只有白墙壁模糊地浮在黑暗中而已。

正如男人所说的那样，208 号房间的门没有上锁。门把手无声地在我手中旋转。为了慎重起见，我把手电筒的灯熄掉，蹑着脚步悄声踏进房间里，在黑暗中探视室内的样子。但房间里和以前一样，静悄悄的。也完全没有活动的东西的迹象。只听见冰桶中冰块移动发出小小的咔嗒一声而已。然后我打开手电筒的开关，把背后的门锁上。脆脆的金属声在房间里格外大声地回响。房间正中央桌子上放着新的尚未开封的顺风威士忌酒瓶、新的玻璃杯和装了冰块的新冰桶。银色托盘在花瓶旁边，好像等了很久似的妖艳地反射着手电筒的灯光。仿佛

和那呼应着，花粉的气味瞬间增强。空气变得浓密，我感觉周围的引力好像增强了几分。我背靠着门，让光照着空中，有一会儿就那样窥视着周围的动静。

这里是危险场所。你是侵入者，算得上友方的只有我一个人而已。请记住。

"请不要照我。"从后面房间传来女人的声音，"你答应我不要用那灯光照我好吗？"

"我答应。"我说。

36 《萤之光》①，解除魔法的方法，早上有闹钟会响的世界

"我答应。"我说。但我的声音听起来就像听录音里自己的声音似的，发声方式说不上什么地方有点生疏。

"请你好好说你不照我的脸，好吗？"

"我不照你的脸。我答应你。"我说。

"真的答应？没有骗我？"

"我不说谎。会守诺言。"

"那么，你可以调两份威士忌加冰块拿来吗？放很多冰块。"

话音虽然有点甜，像少女般舌尖稍微缩紧的发声方式，但声音本身则是性感成熟的女人声。我把手电筒横着放在桌上，调整呼吸，在那光中调酒。打开顺风酒瓶，用冰夹把冰块夹进玻璃杯，然后注入威士忌。自己的手现在在做什么？我不得不在脑子里一一想着确认。配合着双手动作，巨大的影子在墙上摇晃着。

我右手拿着两杯威士忌加冰块，左手拿着手电筒一面照着脚下，一面走进房间深处。感觉房间的空气比刚才冷一些。我在黑暗中自己都不自觉地流着汗，那汗逐渐开始变冷似的。然后我想起在途中已经把外套脱下丢掉了。

我依照约定的那样，把手电筒熄掉放进长裤口袋里，用手探索着把一个杯子放在床头桌上。并拿着自己的杯子，在稍微离开些的一张扶手椅上坐下。在漆黑之中我仍记得家具的大概摆设位置。

似乎听见床单摩擦的沙啦沙啦的声音。她在黑暗中安静坐起身子，靠在床头板上拿起玻璃杯。在空中轻轻摇一摇杯子发出冰块的声

音，然后喝了一口酒。在黑暗中，那听起来就像广播剧的音效一般。我只把玻璃杯中的威士忌拿来闻一下气味而已，但嘴巴没有沾酒。

"相当久没跟你见面了。"我开口说。我的声音比刚才稍微让自己习惯一些了。

"是吗？"她说，"我不太清楚。什么相当啦，很久之类的。"

"在我记忆中应该有一年五个月没见了吧，准确地说。"我说。

"哦？"女人没什么兴趣地说，"我记不清楚，准确地说。"

我把玻璃杯放在脚边的地上，跷起腿。"不过我刚才来的时候，你不在这里噢？"

"不，我在这里，像这样躺在床上啊。因为我任何时候都一直在这里呀。"

"可是我没搞错，是到208号房间来。这是208号房间吧？"

她把冰块在玻璃杯中转着圈子。并吃吃地笑着。"我想你一定是搞错了。没错，是到什么别的地方错误的208号房间去了。一定的。没错，只能这样想。"她说。

她的声音里有某种不安定的东西，那使我心情有点不安。也许这个女人喝醉了吧。我在黑暗中把毛线帽脱掉，放在膝上。

"电话死掉了噢？"我说。

"是啊。"她好像很倦怠似的说，"被他们杀死了。我以前是喜欢打电话的。"

"是他们把你关在这里吗？"

"不知道。我不太知道。"女人轻轻笑着。一笑起来，她的声音在那空气的缭乱中也摇晃着。

"自从上次来这里之后，我有很长一段时间在想你的事噢。"我朝

---

① 编者注：日本民谣，改编自苏格兰歌曲《友谊地久天长》。电影《魂断蓝桥》中的著名插曲《离别的华尔兹》采用的亦是同样的曲调。

着她所在的方向那样说,"你到底是谁?还有在这里做什么?"

"好像很有意思噢。"女人说。

"于是想象过很多事情,不过还没有切实的信心。只是想象着而已哟。"

"哦?"她似乎很佩服似的说,"是吗?没有切实的信心,但是在想象着啊?"

"是啊。"我说,"老实说,我想你就是久美子。虽然最初没有发现,但逐渐这样觉得了。"

"是吗?"她稍微停顿一会儿然后以愉快的声音说,"我真的是久美子吗?"

一瞬间我迷失了事物的方向。感觉自己好像做了完全错误的事情似的。觉得我来到错误的地方,对着错误的对象,说着错误的话。一切都是无谓的时间消耗,无意义的兜圈子。但我总算在黑暗中重新调正姿势。我为了确认现实而用双手握紧膝上的帽子。

"也就是说,只有把你当作久美子,过去的种种事情才解释得通。你从这里打过几次电话给我。我想那时候你可能想要告诉我什么秘密。久美子所藏着的秘密。也许是实际的久美子在实际的世界里无论如何都不能对我说的事情,你想在这个地方代替她告诉我。用简直像暗号般的语言。"

她暂时沉默着。玻璃杯一倾斜又喝了一口酒,然后开口说道:"是吗?嗯,如果你这样想的话,也许是这样也不一定。我其实可能是久美子。虽然我还不太清楚。那么……如果是那样的话,如果我是久美子小姐的话,我在这里用久美子小姐的声音,也就是透过她的声音跟你说话也没关系,对吗?是这样吗?虽然事情有一点复杂,没关系吗?"

"没关系。"我说。我的声音再度有点失去沉着和现实感。

女人在黑暗中干咳。"那么,不知道顺利吗?"她说。然后又吃吃地笑。"那不太简单喏。你着急吗？可以慢慢来吗？"

"不知道。大概吧。"我说。

"等一下噢。对不起。嗯……我很快可以准备好。"

我等候。

"那么，你是为了找我而来这里的吗？为了见我？"久美子那很认真的声音在黑暗中响起来。

最后一次听见久美子的声音，是我帮她拉上连衣裙背后拉链的那个夏天早晨。久美子那时耳朵后面擦了不知道谁送的新古龙水。而且离家出走后就没有再回来。黑暗中的声音，像是真的，又像是装的，把我一瞬间带回到那个早晨。我可以闻到那古龙水的气味，脑子里浮现久美子背上白皙的肌肤。黑暗中记忆沉重而浓密。也许比现实更沉重而浓密吧。我用力握紧手中的帽子。

"准确地说，我不是为了见你而来这里的，是为了带你回去而来这里的。"我说。

她在黑暗中小声叹息。"为什么那么想要带我回去？"

"因为我爱你。"我说，"而且你也同样爱着我，需要我。这个我知道。"

"你蛮有自信的嘛。"久美子——久美子的声音——说。那里面没有讽刺的意味。但同时也没有温暖。

听得见相邻房间冰桶里冰块变换位置的声音。

"但为了带你回去，我必须解开几个谜才行。"我说。

"你现在开始能慢慢地思考吗？"她说，"你不是没有多少时间的余裕吗？"

确实正如她所说的。我没有多少时间的余裕，非思考不可的事情太多了。我用手背擦额上的汗。但总之这可能是最后的机会了，我对自己说。思考啊。

"这个我希望你能帮我忙。"

"是吗？"久美子的声音说，"也许我办不到也不一定。不过反正试试看吧。"

"首先第一个疑问，为什么你非要离家出走不可呢？为什么非要离开我不可呢？我想知道那真正的理由。跟其他男人有关系的事，我从你的来信中确实读过。读过好几次又好几次。那暂且可以当作一个说明。但我总觉得那不是真正的理由。我无法接受。虽然我不是说这是谎言，但……总之，我觉得那只不过是一种比喻而已吧。"

"比喻？"她好像真的很惊讶似的说，"我不太明白，不过跟别的男人睡觉这种事到底能成为什么的比喻呢？例如说？"

"我想说的是，那看起来好像是为了说明而做的说明。那说明没有任何结论……只是摸到了表面而已。越读信我越这样觉得。应该有什么更根本性的真正理由。而且那可能牵涉到绵谷升。"

我在黑暗中感觉到她的视线。这个女人看得见我的身影吗？

"你说牵涉，是指怎么样？"久美子的声音说。

"也就是说，这一连串发生的事很复杂，有很多人出现，陆续发生一件接一件不可思议的事，如果从头按顺序思考的话会莫名其妙。但稍微离远一点来看的话，事情的主干却很清楚。那就是你从我的世界移到绵谷升的世界这回事。重要的是那转变。如果你真的和其他某个男人有肉体关系，那也只不过是附带性的事而已。表面上装出来给人看的而已。我想说的是这个。"

她在黑暗中安静地倾斜玻璃杯。注视那声音一带时，觉得她身体的动作似乎可以模糊地看出来。不过那当然是错觉。

"人为了传达真实，不一定会传送讯息哟，冈田先生。"她这样说。那已经不是久美子的声音。但也不是最初甜甜的少女声音。那是完全新的别的谁的声音。那里面含有一种镇静的略带知性的发声方式。"就像人为了显示自己真正的身影不一定要和谁见面一样噢。我说的事你明白吗？"

"不过久美子总之想向我传达什么。那不管是真实也好，不是也好，她是想要说什么的。那就是对我而言的真实。"

我周围黑暗的密度有些许加深的感觉。就像黄昏海潮无声地逐渐涨满一般，黑暗的比重正增加着。我必须赶快才行，我想。我的时间已经所剩不多了。如果电灯再亮起来，他们也许会找我找到这里来。我把脑子里慢慢成形的东西，放胆换成语言试试看。

"这虽然只是我的想象，不过绵谷家的血液遗传中有某种倾向。那是什么样的倾向，我无法说明。但是有某种倾向。这使你害怕。所以你才对生孩子感到害怕。怀孕的时候惊慌起来，因为你为这种倾向会出现在自己孩子身上而感到不安。但你无法把这秘密向我坦白说出。事情就从这里开始。"

她什么也没说，安静地把玻璃杯放回桌上。我就那样继续说："还有你姐姐并不是食物中毒而死的。她是由于别的原因而死的，我想。是绵谷升使她死的，而你知道这个。你姐姐在死以前，应该有对你说什么。应该有给你留下类似警告的话。绵谷升可能拥有什么特别的力量。他对加纳克里特可能相当暴力地使用了那力量。加纳克里特总算能够从那里复原了。但你姐姐却不行。住在同一个屋子里，没地方可逃。你姐姐因无法忍受而选择了死。而你父母亲一直隐瞒着她自杀的事。是这样吗？"

没有回答。她在黑暗中屏着气息一直沉默着。

我继续说："虽然不知道为什么，绵谷升在某个阶段由于某个契机飞跃地增强了那暴力性的能力。透过电视和各种媒体，变得可以将那扩大的力量转向广大社会。而现在他正使用那力量，将不特定多数人在黑暗中隐藏在潜意识中的东西引到外面。他想把这个拿来为政治家的自己所利用。那真是很危险的事。他所引出来的东西，宿命性地混合着暴力和血。而且那和历史深处最深的黑暗笔直联系着。那结果将伤害许多人，丧失很多东西。"

她在黑暗中叹息。"请你再为我调一杯酒，好吗？"她以安静的声音说。

我站起来走到床头桌去，拿起她变空的玻璃杯。在黑暗中我已经能够不觉得不便地做出这些动作了。然后我走到有门的房间，打开手电筒，调了一杯新的威士忌加冰块。"那是你的想象噢？"

"我是把想到的几件事联系在一起。"我说，"我无法证明。没有任何根据说这是正确的。"

"不过我想继续听。如果还有继续的话。"

我回到后面的房间，把那玻璃杯放在桌上。熄掉手电筒，坐回自己的椅子。并集中意识继续说：

"你对你姐姐身上实际发生了什么事，并不明确知道。你知道姐姐在死前想要给自己什么警告，但那时候你还太小，无法理解详细内容。但你模糊地知道，绵谷升以某种方法玷污伤害你姐姐的这件事。而且你想自己的血统中隐藏着某种黑暗秘密似的东西，或许自己也并非和那无缘。所以你在那家里总是孤独的，总是紧张的。在莫名其妙的潜在不安中悄悄过着日子。就像那水族馆的水母一样。

"大学毕业后，你经过一番摩擦争执，终于跟我结婚，离开了绵谷家。而且在我们两人过着平稳日子之间，你逐渐一点一点忘记过去的黑暗不安。你走入社会，逐渐慢慢恢复成一个新人。暂时看来一切都会很顺利的样子。但遗憾的是没有那么容易结束。有一天，你感觉到自己在不知不觉之间又被应该已经摆脱的黑暗力量逐渐拉近了。知道这一点之后你大概混乱了吧。不知道该怎么办才好。所以你想知道真相，而不顾一切地去绵谷升那里跟他谈。并去见加纳马耳他，请求援助。但只有对我却无法坦白说出口。

"那大概是在怀孕后开始的吧。我这样觉得。那一定是像转折点一样的东西。所以，我在你堕胎那夜在札幌街上，受到弹吉他的男人的第一次警告。怀孕也许刺激唤醒了你身上潜在的什么。而绵谷升可能一直在静静地等着那个在你身上发生。因为他可能只能以那样的形式和女性产生性的交流。所以想把那种倾向表面化后的你,从我这边强拉夺回自己那边。他无论如何需要你。绵谷升需要你继承过去你姐姐所扮演过的角色。"

我说完之后,深深的沉默填满了空白。那是我想象的全部。某些部分是在那之前模糊想到的,剩下的部分是在黑暗中一面说着时,浮上脑子里来的。也许黑暗的力量为我填补起想象的空白也不一定。或者这个女人的存在帮助了我也不一定。但依然不变的是我的想象没有任何根据。

"相当有趣的说法。"那个女人说。她的声音又恢复成有点甜的少女声音。声音转换的速度逐渐加快。"是吗?噢。于是,我把被玷污的身体隐藏起来,悄悄离你而去。《魂断蓝桥》、《萤之光》、罗伯特·泰勒和费雯丽……"

"我要把你从这里带回去。"我打断她的话说,"我要把你带回原来的世界。带回有尾巴尖端弯曲的猫,有小小庭院,早上有闹钟会响的世界去。"

"怎么做?"她问我,"怎么把我从这里带出去,冈田先生?"

"跟童话一样啊。只要解除魔法就行了。"我说。

"原来如此。"那声音说,"不过,冈田先生,你以为我是久美子小姐,想把我当久美子小姐带回去。但是,如果我不是久美子小姐的话,到时候怎么办?你也许正要把完全不一样的东西带回家去哟。你的信心真的是切实的吗?是不是再好好慎重考虑一次比较好呢?"

我握紧口袋中的手电筒。在那里的除了久美子之外不可能是别人,我想。但却不能证明。那结果只是一个假设而已。口袋里我的手黏黏地冒着汗。

"我要带你回去。"我以干干的声音重复道,"我是为了这个来到这里的。"

听得见轻轻的衣衫摩擦的声音。她似乎在床上变换着姿势。

"没有搞错,你能明白地这样说吗?"她好像为了慎重起见再度确认。

"我能明白地这样说。我要带你回去。"

"不用重新考虑吗?"

"不用重新考虑。我已经下定决心了。"我说。

她好像在确定什么似的长久沉默着。然后下了决定大叹一口气。

"我有一件礼物要送你。"她说,"虽然不是什么了不起的礼物,不过也许有用处。你不要开灯,慢慢伸手过来。慢慢伸到桌上来。"

我从椅子上站起来,像在探索那里虚无的深度似的,右手安静地伸到黑暗中。手指可以感觉到空气突出的刺激。于是我的手终于接触到那东西。当我知道那是什么时,我喉咙深处空气像被压缩的石棉般变硬。那东西是棒球棒。

我握住那球棒把手的地方,笔直伸向空中看看。那似乎确实是我从提吉他盒的年轻男人那里拿过来的球棒。我确认着那握的方式和重量。大概没错。是那根球棒。但在探手仔细检查之间,发现球棒的烙印稍上方一带,有什么脏东西附着在上面。那似乎是人的毛发。我用手指抓抓看。那粗细和软硬不会错,是真正的人的毛发。血像糨糊般变硬的地方,似乎有几根黑色头发粘在上面的样子。有人用那球棒强烈地打击过谁的——可能是绵谷升的——头。我好不容易才把一直哽在喉咙深处的空气吐出来。

"那是你的球棒吧?"

"大概是。"我把感情压制住说。我的声音在深沉的黑暗中又开始带有少许不同的回响。简直就像有人躲藏在黑暗中,代替我说的一样。我轻轻干咳。并且确认过在说话的真的是我之后继续说:"不过好像有人用它殴打过人的样子。"

她一直紧闭着嘴。我把球棒放下,夹在两脚之间。

我说："你应该知道得很清楚。有人用这球棒殴打了绵谷升的头。电视上的新闻报导是真的。绵谷升陷入意识不清的状态，正在住院中，也许会死也不一定。"

"他不会死的。"久美子的声音对我说。毫无感情地、简直像在告知写在书上的历史事实一般。"但意识可能不会恢复了。也许会一直在黑暗中徘徊吧。谁也不知道那是什么样的黑暗。"

我伸手摸索着拿起脚边的玻璃杯。并把那里面的东西含进口中，什么也没想地喝进去。没有味道的液体穿越我的喉咙，下到食道。毫无理由地感到寒冷。在不远的长长黑暗中，有什么慢慢地接近这里来似的讨厌触感。我的心脏像在预感般加速鼓动。

"快没有时间了。如果有事情要告诉我的话，请快告诉我。这里到底是哪里？"我说。

"你来过好几次了，也找到来这里的方法了。而且你没有受伤地活下来。你应该很清楚这里是哪里呀。而且这里是哪里，到现在已经不是那么重要的问题了。重要的是——"

这时，传来敲门的声音。像在墙上敲打钉子般坚硬、干脆的敲门声。两次。然后再两次。和上次一样的敲门声。女人倒吸一口气。

"快逃。"清楚的久美子的声音对我说，"现在你还可以穿过墙壁。"

我所想的真的是正确的吗？我不知道。但在这地方的我非要胜过那东西不行。这是对我而言的战争。

"我这次哪里也不逃了。"我对久美子说，"我要带你回去。"

我放下玻璃杯，把毛线帽戴在头上，拿起夹在两脚间的球棒。并慢慢朝门走去。

37 只不过是一把现实的刀子，事先预言的事

我一面用手电筒照着脚下，一面无声地朝门的方向前进。球棒握在我的右手。走路途中门再度被敲响。两次，然后再两次。比刚才更坚硬、更强烈的敲法。我藏身在门附近的墙边，在那里屏息等待。

敲门声消失后，周围简直像什么事也没发生过一般，再度被深深的沉默所覆盖。但隔着门可以感觉到门另一侧有人存在的动静。那个人站在那里，和我一样地屏息倾听。想要在沉默中听取呼吸声，或心脏的鼓动声，或思考的动向。我静静地不让呼吸扰乱周围的空气。**我不在这里**，我这样告诉自己。我不在这里，我不在任何地方。

终于门锁打开了。那个人一切动作都小心翼翼地花时间做。将接触东西的声响细细分解、延长成听不出意思的程度。听得见门把手旋转，然后门铰链辗转的细微声音。心脏在身体里收缩的速度加快。我尽量努力镇压着。但并不顺利。

有人进到房间里来。空气微微波动。将意识集中让五感敏锐时，发现有一股轻微的异物气味。身上穿的厚布料，屏息压制的呼吸，浸在沉默中的兴奋，混合为一体的奇怪气味。他带着刀子吗？大概带着吧。我记得那鲜明泛白的闪光。我压制着呼吸，一面消灭动静，一面用双手紧紧握住球棒。

那个人进入屋里后便把门关上，从内侧上锁。然后背着门，慎重地探视屋里的样子。握紧球棒把手的我双手因流汗而湿湿黏黏。可能的话，真想把手掌在长裤上擦擦。但只要有一点多余的动作，就难保不会带来致命的结果。我想到宫胁先生空屋庭院里的雕像。为了消灭

气息，我让自己同化为那只鸟的姿势。那里是夏天的庭院，周围满溢着耀眼的阳光，我是鸟的雕像，安静不动地一直静静凝视着天空，就那样僵硬在那里。

那个人准备了手电筒。他拨开开关，黑暗中射出一道细长笔直的光。不是很强的光。和我所带的差不多一样的小型袖珍手电筒。我安静不动地等着那光从我前面移过去。但对方并不立刻从那里行动。光像探照灯般一一按顺序照出房间里所有的东西。花瓶的花、桌上的银托盘（还依然闪着妖艳的光）、沙发、落地灯……那光掠过我的鼻尖，照在我鞋子前方五公分左右的地上。光像蛇的舌尖般绕着舔着房间的每个角落。等待的时间仿佛将永远继续下去似的。恐怖和紧张化为尖锐的疼痛，像锥子般刺着我的意识。

不能想任何事，我想。**不可以想象**。间宫中尉信上这样写着。**想象在这里是会要命的。**

手电筒的光终于慢慢地，真的是慢慢地开始往前进。男人好像要走到里面的房间去的样子。我把球棒握得更紧。回过神时手掌的汗不知什么时候已经完全干了。现在甚至反而是到了太干的地步。

对方一点一点、一步一步确认着落脚点似的往我的方向接近过来。我吸进空气，然后停止。还有两步，而且那个应该会在那里。还有两步。于是我就可以制止那回转的噩梦了。但就在这时候，我眼前的光熄灭了。回过神时，一切都已经被吞进原来的完全黑暗中了。他把手电筒的开关关掉了。我在那深深的黑暗中快速转动头脑。但头脑不能动。只有一股记忆中有过的寒气瞬间闪过身体而已。他可能已经发现我在这里了。

不能不动了，我想。不可以一直在这里不动。我想把重心往左边移动。但腿动不了。我的双腿像那鸟的雕像般紧紧贴在地上了。我弯下身子，勉强将僵硬的上半身往左倾斜。那个瞬间，右肩激烈地碰撞到什么。然后像冰雨般坚硬冰冷的东西，刺进我的白骨。

37 只不过是一把现实的刀子,事先预言的事

像被那冲击惊醒一般,腿的麻痹顿然消除。我立刻跳到左边,在黑暗中伏下身探寻对方的动静。全身的血管扩张、收缩。全身的肌肉和细胞渴求着新的氧气。右肩有一股钝重的麻痹般的感觉。但还没痛。疼痛来临是在那很久之后。我没有动。对方也没动。黑暗中我们彼此屏着气息相对着。什么也看不见,什么也听不见。

刀子没有任何前兆地再一次挥来。像飞上来的黄蜂般,迅速在我脸前掠过。锐利的刀尖从我右侧脸颊擦过。正好在黑斑那一带。有皮肤破裂的触感。但大概不是很深的伤。对方也没看见我的身影。如果看见的话,应该老早就把我制住了。我揣摩出刀子过来的地方,在黑暗中使劲挥出球棒。但球棒没有击中什么。只发出咻一声切过空中而已。但那令人舒服的凌空挥棒声音,让我心情稍微放松一点。我们还在对峙中。我被刀子划到两个地方。但不是致命伤。双方都看不见对方的身影。他拿着刀,我有球棒。

我们又开始盲目地互相探索。慎重地守候对方的出动。屏着气息瞪着黑暗等对方动作。我发现血汇成一条细流,快速流落我的脸颊。但我已经奇怪地不觉得恐怖了。**那只不过是一把刀子**,我想。**那只不过是受伤而已**。我静静等候。等候刀子再一次刺出我面前。我可以一直继续等下去。我不发出声音地吸气、吐气。喂,行动吧,我想。我在这里安静不动。想刺的话就刺啊。我不怕。

刀子不知从哪里飞来。把我毛衣领口强劲地割开。我喉咙感到那刀尖的动向。但还留下仅有的分毫空间,没有伤到我的身体。我一扭身往横向飞退,还来不及站稳姿势便往空中挥棒。球棒可能打中对方的锁骨一带。不是致命的地方。也不是能导致骨折的强烈打击。但似乎令对方疼痛的样子。可以清楚感觉到对方畏怯的反应。也听见呵一下大声吸气的声音。我稍微举起球棒,摆好姿势,然后再挥一次棒打中对方的身体。同样的方向,只是角度稍微调高,往听得见气息的那一带。

完美的挥棒。球棒打中对方的头一带，听得见类似骨头破碎的讨厌声音。第三次挥棒命中头，把对方弹了出去。男人发出奇怪的短促声音，猛然倒在地上。他躺在那里喉咙稍微鸣响着，终于那也静止了。我闭上眼睛，什么也没想，往那声音一带加上致命的一击。我不想这样做。但不能不这样做。既不因为憎恨，也不因为恐惧，而是以该做的事不得不做。在黑暗中有什么像水果般啪咯地裂开了。简直像西瓜一样。我双手握紧球棒，往前举起，就那样静静站定在那里。回过神时我的身体正止不住地颤抖着。我无法停止那微细的颤抖。然后我往后退了一步，准备从口袋里拿出手电筒来。

"不可以看。"有人大声制止我。久美子的声音从后面的房间这样叫着。虽然如此，我左手还是握着手电筒。我想知道**那个**是什么。在这黑暗中心的东西的身形，我现在在这里打倒的东西的身形，我想用自己的眼睛看看。我意识的一部分理解久美子的命令。那是我不可以看的东西。但另一方面，我的左手却擅自动了起来。

"拜托，请你停下！"她再一次大声叫着，"如果你想带我回去的话，就不要看！"

我用力咬紧牙齿，好像推开沉重的窗户似的把积在肺里深处的空气静静吐出来。身体的颤抖还停不下来。周围飘散着讨厌的臭味。那是脑浆的臭味，是暴力的臭味，是死的臭味。这些全都是我制造出来的东西。我像倒下去般坐进就近的沙发上，一时胃里翻腾着，和恶心想吐交战。但恶心胜利了。我胃中所有的东西一股脑全涌上来吐出在脚边的地毯上。吐不出东西之后，我吐了少许胃液。胃液也没了之后吐空气，吐唾液。吐着的途中，我把球棒丢落地上。球棒发出声音滚到黑暗中的什么地方。

胃的痉挛总算止住之后，我拿出手帕想擦嘴边。但手不能动。也不能从沙发上站起来。"回家吧。"我往后方的黑暗深处说，"这下子已经结束了。一起回家吧。"

37 只不过是一把现实的刀子,事先预言的事

她没有回答。

那里已经没有任何人了。我沉进沙发里,静静闭上眼睛。

力量从我的手指、肩膀、脖子、腿,一一消失而去。与此同时,伤口的痛也消失了。肉体的重量和质感无止境地无限量地继续丧失着。但我并不因此而感到不安或恐惧。我没有异议,让身体任凭瘫在那温暖巨大而柔软的东西里,让肉体完全解放。那是自然的事。当我回过神时,已经通过那果冻般的墙了。我只是任由身体随着那和缓地漂流着。**再也不会回到这里来了吧**,我一面通过那里一面想。一切都结束了。**但久美子到底从那房间到什么地方去了呢?**我必须把她从那里带回来才行。我为此而杀了他。对,我为此而不得不把他的头像西瓜一样用球棒打裂,我为此……但我什么都不能再多想了。我的意识终于被吸进深深的虚无中了。

回过神时,我依然坐在黑暗底下,像每次那样背贴着墙壁。我回到井底来了。

但那不是和平时一样的井底。那里有我所不记得有过的**什么新东西**。我集中意识,努力掌握状况。是什么不一样呢?但我肉体的感觉大多依然麻痹着,身体周围所有的各种东西,还不完全地零零散散,无法感觉。只觉得自己好像因为某种错误而被装进不对的容器里似的。虽然如此,但花了些时间后我总算可以理解了。

我周围有水。

那已经不是干涸的井了。我正坐在水里。为了稳定情绪我深呼吸了几次。这是怎么回事,**水在涌出来**。水不冷。感觉上甚至不如说是温暖的。简直像泡在温水游泳池里一样。然后忽然想起来摸摸长裤口袋。我想知道里面是不是有手电筒。我是不是还带着那个世界的手电筒回到这里来呢?**在那边发生的事是不是和这边的现实互相联系着呢?**但手不能动。连手指都不能动。手脚的力气完全丧失了。也不能

719

站起来。

我冷静地转动头脑。首先第一，水还只深到我的臀部一带。所以暂时还不必担心溺死。虽然现在身体还不能动，但那大概是因为我把力气用尽了正虚弱着吧。花一点时间休息，应该可以让力气恢复过来的。刀伤似乎也不是那么深，至少身体麻痹了，相对地也就不会感觉疼痛。从脸颊流出来的血似乎已经凝固了。

我把头靠在墙上，告诉自己。**没问题，什么都不用担心**。大概一切都结束了。接下来只要在这里让身体休息一下，然后回到原来的世界去，回到满溢着光的地上世界去就好了……**但为什么这里会突然涌出水来呢？**井长久以来已经干涸了、死掉了。而现在，井竟然唐突地复原了、取回生命了。那跟我在**那里**所做的事有关系吗？大概是这样吧。塞住水脉的栓子之类的东西，因为某种拍击而松开了也不一定。

但稍微过一会儿之后，我想到一件不祥的事实。刚开始我尽量拼命不去接受这个事实。我为了否定这个事实而试着在脑子里排列出各种可能性，努力想成这是因为黑暗和疲惫所带来的错觉，但最后却不得不承认这是事实。不管怎么巧妙地自圆其说，事实依然没有消除。

水正在涨。

刚才只到臀部。但现在水已经达到我蹲坐弯曲的膝盖下了。水位正缓慢却切实地升高着。我再一次试着让身体动起来，集中精神，拼命地挤出力气，但都没用，只有脖子能稍微弯曲而已。我抬起头仰望上方，井盖依然紧紧地关闭着。想看左手腕上戴着的手表，但办不到。

水不知道从什么地方的缝隙间涌出来。而且那速度似乎逐渐增加。最初感觉只是安静渗出的程度，但现在却已经变成快速地涌出了。仔细听时，甚至可以听见那声音。水已经到达我胸部一带。到底要涨到什么程度呢？

37 只不过是一把现实的刀子,事先预言的事

"多注意水比较好。"本田先生对我说过。我在那时候和那之后,都没有去留意那种预言。虽然没有忘记他的话(他的话的声响太奇怪了,以至于难以忘记),但也没有因此而认真去理会。本田先生对我和久美子来说,只是"无害的插曲"而已。有什么事情时,我常常会对久美子开玩笑地提到那句话:"多注意水比较好",然后我们就笑了。我们还年轻,不需要什么预言。活下去本身就像预言行为一样。但结果却像本田先生所说的那样。真想大声笑出来。**出水了,我糟糕了。**

我想到笠原May。我想象她走过来为我打开井盖的情形。非常真实地。非常清楚地。就像我可以走进那里面去那么真实而清楚。即使身体不能动,还是能够想象。除此之外我还能做什么呢?

"嗨,发条鸟先生。"笠原May说。她的声音在井里满满地回响着。我虽然不知道,但涨满水的井比没有水的井回音更深。"你在那里到底在做**什么**?还在想事情吗?"

"没有特别做**什么**啊。"我朝上面说,"说来话长,我身体不能动,而且水冒出来了。这里已经不是从前那个干涸的枯井了。我说不定会溺死呢。"

"可怜的发条鸟先生。"笠原May说,"你把自己都掏空了,拼命想要救失去的久美子。而且你**也许**真的救了久美子,对吗?而且你在那过程中救了很多人。但你却救不了你自己。而且别人也救不了你。你因为救别的一些人而把力气和命运都耗尽了噢。那种子一粒也没剩了,已经都播到别的地方去了。袋子里已经什么都不剩了。没有比这更不公平的事了,对吗?我打心底同情发条鸟先生噢,我没说谎。但那终究是你自己选择的噢。嘿,我说的话你明白吗?"

"我想我明白。"我说。

我忽然感到右肩口钝钝地疼。那是真的发生过的事啰,我想。那刀子是以现实的刀子现实地刺伤我了。

"嘿，你怕死吗？"笠原May问。

"当然。"我回答。我自己的耳朵都可以听见那声音的回音。那既是我的声音，又不是我的声音。"一想到要像这样在黑漆漆的井底渐渐死掉，当然可怕。"

"再见，可怜的发条鸟先生。"笠原May说，"很抱歉，但我什么忙都帮不上。因为我在非常远的地方。"

"再见，笠原May。"我说，"你穿游泳衣很漂亮噢。"

笠原May以非常安静的声音说："再见，可怜的发条鸟先生。"

而井盖依然和原来一样地紧紧闭着。意象消失了。但在那之后什么也没发生。那意象没有任何联系。我朝着井口大声吼叫。**笠原May，在重要关头你到底在什么地方做什么啊？**

水面已经高涨到喉头了。水面像绞首刑的绳子般绕着我的脖子周围一圈。我开始感觉到预感性的窒息。心脏在水中，拼命地刻着剩余的时间。水照这样子继续增加的话，再过五分钟左右，水就会塞住我的嘴和鼻子，终于浸满两边的肺。那样一来，我就没有胜算了。结果，我就这样唤醒了井，却在那觉醒中死去。**不是太坏的死法**，我试着这样说给自己听。世上还有很多更惨的死法。

我闭上眼睛，尽可能安静而平稳地接受正逐渐迫近的死亡。努力不要再畏怯害怕。至少我应该已经留下了几件东西。那是微小的好消息。**好消息都是小声说出来的**。我想起这句话来，很想微笑。但不能顺利做到。"不过死终究还是可怕的。"我小声地自言自语。那终于变成我最后的语言。并不是多么令人印象深刻的语言。但事到如今也不能改变了。水已经越过我的嘴巴，然后到达我的鼻子。我停止呼吸。我的肺拼着命想要吸进新的空气。但那里已经没有空气了。有的只是温温的水而已。

我准备一死。就像活在这个世界上其他所有的人一样。

38 鸭子人的故事，影和泪（笠原May的观点7）

你好，发条鸟先生。

到底这封信能不能真的寄到发条鸟先生所在的地方呢？

老实说，到目前为止所寄出的许多信是不是已经到达发条鸟先生那里了，我真的不太有自信。我所写的收信人地址是相当随便的"大概的东西"，寄件人地址也完全没有写。因此我的信也许被放在邮局"地址不详的迷途信"架子上，就那样在没被任何人过目的情况下，积满灰尘地被堆在那里吧。不过没送到就没送到吧，我过去想这样也罢。换句话说，我只是想这样子给发条鸟先生专心写信，借这样把自己的想法化为文字。只要想到以发条鸟先生为对象，我就可以相当流畅地不停写出文章来。不知道为什么。对呀……为什么噢？

不过这一封却希望能顺利寄到发条鸟先生手上。我祈祷能寄到。

非常突然，不过我想先写一点有关鸭子人的事。

前面好像已经说过，我工作的工厂基地非常广阔，里面也有森林和水池。是个非常适合没事散散步的地方。水池相当大，里面还住着水鸭子。数目全部大概有十二只左右。那些鸭子人是怎样组成家庭的，这个我就不知道了。不过也许有各种"我和那个家伙感情很好"或者不好之类的，内部也许有各种情况也不一定，不过倒是还没看见过他们吵架的样子。

因为已经十二月了，池面差不多也开始在结冰了，只是冰还不是很厚，寒冷的时候，仍然留有水鸭子可以稍微游泳的水面。如果变得更寒冷，结成结实的冰之后，跟我同一个宿舍的女孩子们说要到这里来溜冰，那么鸭子人（这种说法好像有点奇怪，不过我总是不知不觉就习惯这样叫了）就不得不到别的地方去了。因为我一点也不喜欢溜冰，所以心中暗自希望但愿不要结什么冰就好了，不过好像也不能这样。因为毕竟这里是非常寒冷的土地，只要还住在这里，鸭子人就不能不觉悟到这种事情。

　　我这一阵子每到周末就会到这里来，看鸭子人消磨时间。看着这些人时，两小时、三小时都会一转眼就过去。我穿戴着紧身衣、帽子、围巾、长统靴、附有毛皮的大衣，像猎白熊的猎人一样全副"武装"地到来，坐在石头上一个人花好几个钟头，只是呆呆看着那些鸭子人的样子。有时候也拿放久的面包喂他们。像这样多管闲事闲得无聊的人，在这里除了我之外当然没有别人。

　　不过也许发条鸟先生不知道，所谓水鸭子是非常愉快的一群人喏。一直注意看着一点都不会腻哟。为什么其他人都对这些水鸭子没什么兴趣，而要特地跑到老远去花钱看什么无聊电影呢？我实在真不懂。就拿这些"人"啪哒啪哒地飞到空中然后在冰上着地时，偶然脚会嗞——地打滑摔一跤来说，简直像电视上的笑闹节目一样。我看着那样子就会一个人咯咯咯咯地笑起来。当然鸭子人并不是为了让我笑而故意耍宝的。他们是很认真拼命生活的，却偶然会滑一跤。这种事情好帅哟。

　　这里的鸭子人，长有像小学生的长统胶鞋一样的橘红色、扁平可爱的脚，而这脚好像没有长成可以在冰上走路的样子，我看他们全都经常滑倒呢。有时也会一屁股跌坐在冰上。一定是没有止滑装置吧。所以冬天对鸭子人来说，似乎也不是多轻松愉快

38 鸭子人的故事，影和泪（笠原May的观点7）

的季节。鸭子人对冰这东西心里到底怎么想的，我不太清楚。但或许其实并不觉得那么坏。一直瞪着仔细看时总觉得有这种感觉。"又是冰啊，真没法子！"一面这样嘀嘀咕咕，一面似乎还蛮乐在其中地过着冬的样子。我很喜欢这样的鸭子人。

水池在树林里，远离任何地方。除了相当温暖的日子之外，这种季节也没有人会特地到这里来散步（当然除了这个我之外）。树林里还留下不久前下过的雪变成的冰，一走起来靴子下便发出啪哩啪哩的声音。也可以偶尔在几个地方看到鸟。于是把大衣领子立起来，把围巾一圈圈地围在脖子上，呵呵地往空中吐着白气，口袋里放着面包，一面想着鸭子人的种种事，一面走在林间的小路时，我觉得心情变得非常温暖幸福。这么说来，我甚至深深意识到这种幸福的心情已经好久没有体验了呢。

鸭子人的事就暂且到这里打住。

说实话，一小时左右前我梦见发条鸟先生，因而醒来。于是才面对书桌这样写着信。现在的时刻是……（我看了一下时钟）凌晨两点十八分。我每次都十点前上床。"各位，鸭子人，晚安。"然后就沉沉睡着，而刚才却吃了一惊醒过来。那是不是梦呢？我有一点不清楚。因为完全记不得梦的内容。或许完全没有做什么梦也不一定。但就算那不是梦也好，我耳边却清楚地听见发条鸟先生的声音。发条鸟先生大声地叫了我几次。所以我忽然惊醒跳了起来。

醒过来时，房间里并不是黑漆漆的。月光从窗外明亮地照进来。看得见非常大的月亮像银色不锈钢盘子般孤零零地浮在山丘上。好像手一伸出去就可以在上面写字的那么大的月亮。而且从窗外射进来的那月光，简直像水洼一样白白地积在地上。我从床上坐起来，拼命思考到底发生了什么。为什么发条鸟先生会用那么清清楚楚的声音，喊着我的名字呢？我的心一直不停地怦怦跳。如果我在自己家的话，就算在这种半夜里，也会啪一下穿起衣服，冲出后巷立刻跑到发条鸟先生家去的。但我现在在离那边大概有五万公里之远的山中，不管怎么想跑过去，也是办不到的事，对吗？

于是我做了什么呢？

我脱光衣服。啊？为什么要脱光衣服呢？请不要问。因为我也不太知道为什么。所以请你默默继续听吧。总之我把衣服很快地全部脱得光光的，下了床。并且在白色月光下跪在地上。房间里暖气已经熄了，应该很冷的，但我完全不觉得冷。窗外照进来的月光中好像含有什么特别的东西，有一种感觉，好像一层薄薄的胶膜般把我的身体完全吻合地包裹住保护着一样。我有一会儿之间，就那样赤裸地待在那里，然后，试着让自己身体的各个部分按顺序暴露在月光中。怎么说呢，极自然地顺其自然地那样做。因为月光真的是令人难以置信地美丽呀，不能不试着那样做。头、肩膀、手臂、乳房、肚脐、腿，然后臀部，还有那里，简直像在洗身体一样地，一一安静地让月光照照看喏。

如果有人从外面看的话，那一定是非常非常奇怪的事吧。看起来也许像个因为月光而使头脑的箍环松掉的满月变态者一样吧。不过当然没有任何人看见。不，说不定那个骑摩托车的男孩子在什么地方看着也不一定。不过那也没关系。那个男孩子已经死掉了，如果他想看的话，假如这样的东西也可以的话，我倒觉得很乐意让他看呢。

不过总而言之，那时候谁都没看见我的身影。只有我一个人这样在月光中。而且有时闭上眼睛，我就想起应该正在水池附近睡着的鸭子人的事。并想到白天里鸭子人和我共同制造的那温暖幸福的感觉。也就是说，鸭子人对我来说就像是重要的符咒或

38 鸭子人的故事,影和泪(笠原May的观点7)

护身符一样的东西。

我从那之后很长一段时间,一直安静地屈膝跪坐着。完全赤裸裸的,在月光中一个人孤零零地跪坐着。月光将我的身体染成不可思议的颜色,我身体的影子投在地板上,清晰地黑黑地拉长到墙壁的地方。那看起来并不像是我身体的影子。那看起来像是别的女人的身体。像别的、更成熟的女人的身体。那身体不像我这样的处女的,不像我这样粗粗硬硬的,那显得更丰满,乳房和乳头也更大。不过那怎么说都是我所形成的我的影子。只是拉长了、变形了而已。我一动,那影子也同样地动。我一时之间让身体做各种各样的动作,我想更仔细地盯着察看那影子和我的关系。为什么显得那么不同呢?但我不太明白那理由。越看越觉得,还是很怪。

而且发条鸟先生,从那之后就是有一点难说明的地方了。我也没有自信是不是能恰当说明。

不过总之说快一点就是,我那时候突然哭出来了。如果是电影剧本的话,就是"笠原May,在这里没有任何预兆,就用双手掩着脸,放声激烈地痛哭起来"那种感觉。但是请不要太惊讶。我过去一直隐瞒着,不过我其实是很爱哭的。有一点什么就会立刻哭起来。那是我秘密的弱点。所以没有什么特别原因就哇一声哭起来本身,对我来说并不太奇怪。我每次适当地哭一下,然后想到"差不多可以了"就会停下来。虽然会立刻哭起来,但相对地也可以立刻停下来噢。就像民谣"哭过就笑的乌鸦"那样。不过那时候,我却没能适当打住,停止哭泣。简直就像扭开水龙头一样,怎么也停不下来。因为不知道大体上哭出来的原因是什么,所以也不知道停止的方法。就像从大伤口流出血一样,没办法处理,于是眼泪便不断地接连流出来。我难以相信地哗啦哗啦流了大量的眼泪。这样下去恐怕身体的水分都要流失光,变成干巴巴的木乃伊吧,我甚至这样认真地担心起来。

眼泪继续不断地发出声音,滴落在白色的月光水洼中,好像原来就是光的一部分般咻地被吸进那里面去。眼泪滴落时在空中浴着月光,像结晶般美丽地闪闪发光。而且忽然一看时,我的影子也在流着泪。连眼泪的影子都看得一清二楚。发条鸟先生有没有看过眼泪的影子?眼泪的影子和普通一般到处可见的影子不一样,完全不一样。那好像是从什么别的遥远世界,为了我们的心而特地来到的东西。不,或者影子所流的眼泪是真的东西,我们所流的眼泪只是影子而已也不一定,我那时这样想。嘿,发条鸟先生,我想你一定不明白。十七岁的女孩子半夜里赤裸裸地在月光下潸潸流泪时,就算任何事情都有可能发生。真的这样噢。

那是大约一小时前在这个房间里发生的事。然后我就这样坐在书桌前,用铅笔给发条鸟先生写信(当然现在已经好好穿上衣服了)。

再见,发条鸟先生。我不太会讲,不过我和树林里的鸭子人一起,祝福你能温暖幸福。如果有什么事的话,请不要客气再大声喊我吧。

晚安。

39　两种不同的新闻，消失无踪的东西

"是西那蒙把你送到这里来的噢。"纳姿梅格说。

我清醒过来时，首先第一个涌上来的是各式各样歪斜形状的疼痛。刀伤的痛、全身关节、筋骨、肌肉的痛。大概在黑暗中奔跑逃走时，身体使劲撞上了各种地方吧。但那些痛还不是正当形状的痛。虽然相当接近痛，但准确地说不能算是痛。

其次我发现自己穿着没看惯的深蓝色新睡衣，躺在"宅院"的假缝室沙发上。我的身体盖着毛毯。窗帘是拉开的，明亮的晨光从窗户照进来。我推测是十点左右吧。那里有新鲜的空气，有前进着的时间。但我不太能理解这些存在的原因。

"西那蒙把你带到这里来。"纳姿梅格又重复说，"伤势不算很严重。肩膀的伤虽然不浅，但幸亏避开血管，脸上的伤只是擦伤。为了不留下伤痕，西那蒙用手头有的针线为你缝合各个伤口。他这方面很灵巧噢。过几天可以自己把线抽掉，或到医院去让人家拆线就行了。"

我想说什么，但舌头纠结在一起不太能出声。我吸进一口气，却只能吐出碍耳的声音。

"最好先别移动身体或说话。"纳姿梅格说。她在旁边的椅子上跷腿坐着。"西那蒙说你在井里时间太长。正是非常危险的时候。不过你不要问我各种事情。老实说我也什么都不知道。只是他半夜联络我，我叫了计程车，什么也没带就立刻赶到这里来。在那之前发生了什么，详细情形我也不知道。总之你穿的衣服全湿透，而且血淋淋的，所以全部都丢掉了。"

纳姿梅格好像真的是急忙赶来的，穿着比平常简朴的服装。奶油色羊绒毛衣、条纹男装衬衫和橄榄绿的羊毛裙子。没有佩戴饰品，头发简单地绑在后面，而且脸色有些困倦。虽然如此，但她依然看起来像是广告画册中的相片一样。纳姿梅格嘴上含着烟，像平常一样用发出清脆悦耳声音的金色打火机点火。并眯细眼睛，吸进香烟。我真的没有死，听见那打火机的声音时我重新这样想。也许是在千钧一发的危急关头被西那蒙从井底救出来的吧。

"西那蒙知道很多事情噢。"纳姿梅格说，"而且这孩子，和你和我都不一样，经常是很小心谨慎地思考事情的各种可能性活着的。不过这次似乎连他都没有想到那口井竟然会像这样突然涌出水来。那种事不在他思考可能性的行列中。而且正因为这样，你差一点就送掉一条命了。这孩子也真是慌了手脚，这是从来没有过的事。"

她稍稍微笑一下。

"这孩子一定是很喜欢你哟。"纳姿梅格说。

不过除此之外，我就没办法再听见她别的话语了。眼球深处疼痛，眼睑变得沉重极了。我闭上眼睛，像电梯下降一般，就那样沉进黑暗中去了。

我的身体是在那之后又过了两整天才恢复过来的。在那之间纳姿梅格陪在我身边照顾我。我既无法一个人站起来，也无法说话。什么都没吃。只偶尔喝些橘子汁，吃一点她为我切成薄片的罐头桃子而已。她到晚上就回家去，早晨又再来。因为反正夜里我也是昏昏沉睡而已。不只是夜里，连一天的大半时间我都是昏睡着度过的。似乎没有什么比睡眠对我的复原更必要了。

在那之间西那蒙一次也没在我前面露面。不知道为什么，我觉得他似乎有意避免和我碰面。我听得见他的车子进出大门的声音，保时捷独特波波波沉闷的引擎声从窗外小声地传进来。他好像已经不开那部奔驰车，而用自己的车子接送纳姿梅格，送衣服、食品来。但西那蒙却绝不进屋里来。他只送纳姿梅格到门口把东西交给她，就那样回去了。

"这宅院不久就要处理掉了。"纳姿梅格对我说，"她们还是由我来照顾。没办法。那件事我大概只好一直做到自己完全变成空壳子为止，继续一个人做下去。那大概像是我的命运一样吧。而且我想以后你大概也不会再跟我们有什么关系了。这件事结束后，你身体康复，最好赶快把我们忘记。因为……对了，我忘了告诉你一件事。关于你内兄。也就是你太太的哥哥，绵谷升先生。"

纳姿梅格从别的房间拿报纸过来放在桌上。"刚才西那蒙送了这份报纸过来。写说你内兄昨天夜里昏倒，被送到长崎的医院，然后一直意识不清。能不能复原还不清楚。"

长崎？我几乎无法理解她说的话。我想说什么，但话还是说不出口。绵谷升倒下的地方应该是在赤坂。为什么会是长崎呢？

"绵谷升先生在长崎对众人演讲，然后跟相关人员吃着饭的时候，突然崩溃般地倒下，就那样被送到附近的医院。是一种脑溢血。据说脑血管本来就有什么问题。根据新闻报导，至少目前应该是不可能再起来了。即使意识能够恢复，也可能无法顺利说话。这样一来，恐怕很难再做个政治家。年纪还轻，真令人惋惜。报纸我放在这里，等你复原以后再自己看好了噢。"

要将那事实当作事实来接受，我花了些时间。因为在那饭店大堂所看到的电视新闻的画面实在太鲜明地烙印在我的意识里了。赤坂绵谷升事务所的光景、许多警察的身影、医院的大门、播报员紧张的声音……但是逐渐地，我对自己解释，说给自己听：那个只不过是那个世界的新闻而已。我并不是在现实中的这个世界里用球棒殴打了绵谷升，所以我也不会因为那件事而在现实中被警察调查，或被逮捕。他是在大家面前因为脑溢血而倒下的，其中完全没有犯罪的可能性。而我知道这件事后,总算能够打心里松一口气。因为电视播报员所描述的殴打者长相和我酷似,我要证明自己无辜又缺乏不在场证明。

我在那里所殴打的东西,和绵谷升的昏倒之间,一定有什么相互关系才对。我把他内在的什么,或者和他强烈联系着的什么在那里扎实地扼杀了。绵谷升也许事先有了预感,继续做着噩梦。但我所做的事并没有夺走绵谷升的命。绵谷升总算在最后关头最后一步留住了性命。我其实必须断送那个男人的命根才行的。那么久美子又怎么样了呢?只要绵谷升还活着,她是不是就没办法逃出那里呢?从那潜意识的黑暗中,绵谷升还在继续咒缚着久美子吗?

我只能想到这里。意识又逐渐慢慢地变淡,我闭上眼睛睡觉。然后梦见许多切成零碎片断的神经质的梦。在梦中加纳克里特胸前抱着婴儿。婴儿的脸看不见。加纳克里特头发短短的,没有化妆。她对我说这孩子名字叫作科西嘉,父亲一半是我,另一半是间宫中尉。还说她其实没有到克里特岛去,而是留在日本,生了孩子在养育孩子。自己在不久前才好不容易找到新的名字,现在正在广岛山中和间宫中尉一起,一面种菜一面过着和平安静的生活。我听了之后并没有特别惊讶。因为至少在那梦中,那正是我暗中预料到的事。

"加纳马耳他后来怎么样了?"我问她。

加纳克里特对此没有回答。只露出哀伤的表情。然后她就消失无踪了。

第三天早晨,我总算可以靠自己的力量起来了。虽然走路还很困难,但至少可以说话了。纳姿梅格为我熬了稀饭。我吃了那稀饭,吃了一点水果。

"猫怎么样了?"我问她。那一直是我担心的事。

"西那蒙好好地照顾着猫,所以没问题哟。他每天到你家去喂猫食,换水。你什么都不用担心,只要担心自己就好了。"

"这栋宅院打算什么时候处理呢？"

"有机会就尽快。对了，大概是下个月吧。我想有些钱可以回到你手上。因为可能以比买价还低的价格处理掉，所以不会是很大的金额，不过会依你到目前为止所付贷款的比例分配，你暂时可以用那些钱生活。所以钱的事你也不必太担心。你在这里也蛮努力工作，当然应该得到些回报。"

"这房子要拆掉吗？"

"大概吧。房子拆掉，井也埋起来。好不容易才出水的，虽然觉得可惜，但现在这种时代已经没有人想要旧式的井了啊。大家都在地面埋进管子，用马达抽水。那样既方便，又不占地方。"

"这块地应该不会再有什么问题，会恢复成没有什么的普通地方。"我说，"这里已经不是上吊屋了。"

"也许吧。"纳姿梅格说。停了一会儿后轻咬着嘴唇。"不过那已经跟你跟我都没关系了，对吗？总之你暂时什么都不用多想。在这里好好休息吧。我想你还需要一些时间才能真正复原。"

她把带来的日报所刊登有关绵谷升的报导给我看。是一篇小报导。绵谷升在意识依然不清之下，被由长崎移到东京的医大医院，正在那里的集中治疗室接受看护。病况并没有变化。除此之外没有说到什么细节。那时候我想到的依然是久美子。久美子到底在什么地方？我必须回家。但我还没有恢复足够的力气可以走到家。

次日中午前我走到洗手间，三天以来第一次站在镜子前面看看。我的脸色真的很难看。与其说是活着的疲倦的人，不如说是更接近程度还好的死骸。脸颊上的伤正如纳姿梅格所说的那样，已经灵巧地被缝合起来了。白色的线将肉的裂痕适当地结合起来。长度大约两公分，但不是很深的伤。想做表情时脸颊还有些拉扯的感觉，但已经几乎不再痛了。总之我刷了牙，用电动刮胡刀刮胡子。我还没有用普通剃刀的自信。然后我忽然回过神,并把电动刮胡刀放下,再一次注意凝视镜中自己的脸。黑斑消失了。那个男人割破我右侧脸颊。正好在有黑斑的地方。伤痕确实留在那里,但斑却没有了,从我脸上不留痕迹地消失了。

第五天夜里,我又听见轻微的雪橇铃声。时刻是两点稍过的时候。我从沙发上起身,在睡衣上披一件毛衣走出假缝室。并穿过厨房,走到西那蒙的小房间去看看。我轻轻打开门往里面探视。西那蒙在那里又从画面深处呼叫着我。我坐在书桌前,读着浮在电脑画面上的信息。

你正在访问"发条鸟年代记"。
请从文档 1 到 17 中选择号码。

我打进 17 的数字,点击一下鼠标。画面打开,上面排出文章。

40 发条鸟年代记#17（久美子的信）

我从现在开始必须告诉你很多事情。不过要全部说完恐怕很花时间。也许要花几年也不一定。我从更早以前，就应该全部向你坦白说出来才对的，但是很遗憾，我没有那样的勇气。而且暗中不确定地期待着，也许事情不会变得那么糟糕。但结果却带给我们这样的噩梦。这一切都是我的责任。但不管怎么解释都已经太迟了。而且也没有那么多时间。所以现在我在这里，只想把最重要的事先对你说。

那就是我必须把我哥哥绵谷升杀死。

我现在要到他睡着的医院去，打算把维持他生命装置的电源线拔掉。我身为他的亲妹妹，夜晚可以代替护士陪在他身边。我拔掉电源，暂时也没有人会留意到。我昨天从主治医师那里听说了那装置的大概原理和结构，我会目送我哥哥死去，然后立刻到警察局去出面自首，说我故意让哥哥死掉。关于更详细的什么都不解释。我大概会对他们说我只是做了自己认为正确的事而已。我大概会当场被以杀人罪逮捕，然后送到法院审判吧。媒体会涌来，各种人会说各种话。也许会提到尊严死如何如何之类的。但我可能会什么也不说地只是闭嘴无言。我打算不做解释或辩护。我只是单纯地想了断绵谷升这样一个人的命根而已。那是唯一的真实。我可能会进监狱服刑。但那种事我一点也不害怕。因为我再怎么说都已经度过最恶劣的部分了。

如果没有你的话，我可能在更早以前就疯掉了。我可能已经完全放弃自己变成另外一个人，沦落到再也回不来的地步了。哥哥绵谷升以前对我姐姐也做过同样的事，而且姐姐自杀了。他玷污了我们。准确地说并不是肉体上玷污了。但他比那更严重地玷污了我们。

我做任何事的自由都被剥夺了，只是一个人躲在黑暗的房间里。并没有脚被锁链系住，也没有人看守着，但我却逃不出那个地方。哥哥用更强有力的锁链和看守人把我系在那里。那就是我自己。我自己就是系住我的脚的锁链、不眠不休的严格看守人。我内在当然也有一个希望从那里逃出去的我存在。但与此同时，也有另一个认为没有可能逃出去的放弃希望胆小而自我堕落的我存在。而且想逃出去的我，无论如何也无法克服另一个我。想逃出去的我之所以没有力量，是因为我的心和肉体已经被玷污了。我已经没有逃出去再回你身边的资格了。我不只是被哥哥绵谷升玷污了而已。我在那之前，自己已经把自己玷污到无法挽回的地步了。

我在上次给你的信中写过和某个男人睡过。但那信的内容并不是真实的。我在这里必须向你告白真正的事实。我所睡的对象并不是一个人，我和许多别的男人睡过。多到数不清的地步。到底是什么使我这样的，我自己也不了解。现在想起来，那或许是哥哥的影响力也不一定。他把我内在的类似某个抽屉的东西擅自打开了，从那里擅自拉出莫名其妙的什么东西来，让我和其他男人无止境地相交吧。哥哥有这种力量，而且我虽然不愿意承认，但我们两人可能在某个黑暗的地方互相联系着。

不管怎么样，哥哥到我这里来的时候，我已经把自己玷污得无法挽回了。我最后甚至得了性病。但我在那样的日子里，正如我在信中也写过的那样，无论如何都无法感觉对你做了坏事。

40 发条鸟年代记#17（久美子的信）

我觉得那对我好像是极当然的事。我想那可能不是真正的我吧。我只能这样想。但终究那是真的吗？事情有那么简单吗？那么真正的我到底是哪一个我呢？现在正在写这封信的这个我就是"真正的我"，有这样想的正当根据吗？我对所谓自己已经不太有自信了，现在也还没有。

我经常梦见你，那是非常清晰前后连贯的梦。梦中你经常在拼命寻找着我的下落。在像迷魂阵般的地方，你来到极接近我的旁边。只差一点了，在这边哪，我想大声喊叫。而且我想只要你能发现我，紧紧拥抱我的话，噩梦就一定会结束，一切又会恢复以前的样子。但我无论如何都发不出声音。而你总是在黑暗中看不见我的身影，就那样经过，不知消失到什么地方去了，每次一定都是这样的梦。不过那梦对我是很大的帮助和鼓励，至少我还有力气做梦啊。那是哥哥也阻止不了的事。总之我感觉到你正尽全力接近我身边。我想总有一天你可能会在这里找到我。并可能紧紧拥抱我，拂落我的污泥，把我从这里永久救出来。也许可以打破咒缚，把真正的我封印起来，让我不会远离到什么地方去。所以我才能够在没有出口的冰冷黑暗中，几度继续勉强燃起希望的微弱光焰。我才能够继续勉强保持自己微弱的声音。

我在今天下午收到操作这电脑的密码。有人用快递为我送这个来。我用那密码，从哥哥事务所的电脑发送出这信息。但愿能顺利发送到你的地方。

我已经没有时间了。计程车在外面等着。我现在就必须去医院了。我要在那里杀了哥哥，而且不能不接受处罚。真是不可思议，但我已经不恨哥哥了。现在的我只平静地感觉到我不得不把这个人的生命从这个世界消除而已。我想为了他自己好也不得不这样做。那是我，为了让我的生命有意义，也无论如何不能不做的事。

请好好珍惜猫。我真的非常高兴猫回来了。名字好像说叫作沙哇啦噢。我喜欢这个名字。我觉得那只猫好像是我和你之间所产生的善的见证一样的东西。我们那时候不该遗失猫的。

我已经无法再多写了。再见。

41 再见

"很遗憾不能让发条鸟先生看到鸭子人。"笠原 May 很遗憾似的说。

我和她坐在水池前面,眺望着那里厚厚的白冰。那是个很大的水池。冰上留下溜冰鞋冰刀的痕迹,像无数伤痕般历历,叫人心痛。那是星期一的下午,但笠原 May 特别为我请了假。我原来打算星期日来的,但因为有铁路事故发生而延迟了一天。笠原 May 穿着有毛皮内里的大衣,戴着色调鲜艳的蓝色毛线帽。上面有用白色毛线织出的几何图形花纹,帽子尖端有个圆球装饰。笠原 May 说那是她自己织的。说下一个冬天来临之前要为我织一顶同样的。她脸颊红红的,眼睛简直像那里的空气一样澄澈透明。我为此感到高兴。她十七岁,要怎么变都还有可能。

"鸭子人在水池完全结冰以后,就不知道一起迁移到什么地方去了。我想如果发条鸟先生能看见那些人,一定会喜欢的,好可惜。春天到了请你再来吧。下次我为你介绍鸭子人。"

我微笑着。我穿着不是很暖和的连帽粗呢大衣,把围巾卷到下颌为止,双手插在口袋里。树林里冷冰冰的。地面积雪都坚硬地结冻了,我的运动鞋在雪上走起来很滑稽地光溜打滑。我应该在什么地方买一双有防滑刻纹的雪靴才是的。

"那么你还要在这里待一阵子吗?"我说。

"是啊,我想我还会在这里待一阵子。等再过些时候,说不定我又会想好好去上学也不一定。或者不想,就跟什么人很快地结婚也不一定——虽然我想还不至于这样。"笠原 May 这样说着，吐着白气笑了。"不过总之我想暂时还会在这里待一阵子。我还需要一点时间想事情。自己真的想做什么，真的想去什么地方，我想慢慢想一想这些事情。"

我点点头。"或许这样比较好。"我说。

"发条鸟先生，你在我这个年纪左右的时候，是不是也想这种事情呢？"

"这个嘛，我好像没有很热心地想过这种事。老实说，当然应该也想过一点，不过不记得有这么认真地想过这么多。我基本上好像觉得只要普普通通地活着，各种事情就会恰当地顺利进行下去似的。不过结果却似乎没那么顺利。真遗憾。"

笠原 May 以平静的表情注视着我的脸。然后把戴了手套的双手重叠地放在膝上。

"久美子终于没有保释吗？"

"她拒绝被保释。"我说道，"她说与其出来外面被折腾，不如就这样安静地留在拘留所里面。而且久美子也不想见我。不只是我，她谁都不见。虽然她是说在一切尘埃落定之前不见。"

"什么时候开始审判？"

"应该是春天开始吧。因为久美子明白地申告有罪，不管判决怎么样，都打算就那样服刑。审判大概不会很花时间吧。缓刑的可能性很大，假定判决出来，可能也不会判很重的刑吧。"

笠原 May 拾起脚边的石头往水池正中央一带投出。石头在冰上发出声音弹落，滚向对岸而去。

"发条鸟先生还会一直等久美子小姐回来吧，回那里的家？"

我点头。

"很好啊……可以这样说吗？"笠原 May 说。

我也向空中吐出白色的大团空气。"是啊。结果，我们大概就是希望这样而把事情往这个方向推进的吧。"

事情也可能更糟,我想。

在围着水池往外扩展的树林里,遥远的地方,有鸟啼叫,我抬起头,环视四周。但那只是一瞬间的事,事后什么也没听见,什么也没看见。只是啄木鸟在树干钻洞,发出干干的声音,空虚地响着而已。

"如果我跟久美子之间能生小孩的话,我想取名为科西嘉。"我说。

"很棒的名字嘛。"笠原 May 说。

在树林里并肩散步时,笠原 May 拿掉右手的手套,插进我大衣的口袋里。我回想起久美子的动作来。她在冬天跟我一起走的时候常常会这样做。在寒冷的日子里共同分享一个口袋。我握住口袋里笠原May 的手。她的手小小的,好像深藏的灵魂般温暖。

"嘿,发条鸟先生,大家大概会以为我们是一对情侣吧?"

"也许。"我说。

"嘿,你有没有看过我全部的信?"

"你的信?"我说。我莫名其妙。"很抱歉,我从来没有收到过一封信哪。因为没有你的音讯,所以我跟你母亲联络,才好不容易问到这里的地址和电话号码。为了这个我还不得不说了各种无聊的谎呢。"

"要命,怎么会这样呢?我给发条鸟先生总共写了五百封左右的信呢。"笠原 May 朝着天空说。

笠原 May 傍晚时特地送我到车站。我们搭巴士到街上,在车站附近的餐厅一起吃披萨,然后等三辆联结的柴油电车来。车站的候车室燃烧着大暖炉,那周围聚集了两三个人,但我们没有加入他们,而只是两个人单独站在冰冷的月台上。轮廓清晰的一轮冬天的月亮,像冻成冰似的浮在天空。像中国刀般锐利的弧形上弦月。在那月亮下面,笠原 May 伸直了背,轻轻在我脸颊亲吻。我现在没有黑斑的脸上可以感觉到她那冷冷的小巧薄唇。

"再见,发条鸟先生。"笠原 May 小声说,"谢谢你特地来看我。"

我双手还插在大衣口袋,一直注视着笠原 May。该说什么才好呢?我不知道。

电车来了之后,她脱下帽子,退后一步对我说:"发条鸟先生,如果有什么事的话请大声喊我的名字噢。喊我,还有鸭子人噢。"

"再见,笠原 May。"我说。

电车发动后,上弦月还一直在我头上。电车每转过一次弯。月亮就忽而消失,忽而出现。我眺望着那样的月亮,月亮不见之后,就眺望窗外经过的几个小村庄的灯火。我脑子里浮现一个人搭巴士回到山中工厂去,戴着蓝色毛线帽的笠原 May 的身影,并浮现不知睡在什么地方草丛里的鸭子人的身影。然后我想现在自己要回去的世界。

"再见了,笠原 May。"我说。再见,笠原 May,我祈祷但愿有什么确实紧紧地守护着你。

我闭上眼睛想睡觉。但真的能睡着是在很久以后。在离任何地方任何人都很远的地方,我落入安静而短暂的睡眠。

参考文献

《满洲国的首都计划 探讨东京的现在与未来》 越泽明 日本经济评论社 昭和六十三年（1988）

BERIA STALIN'S FIRST LIEUTENANT, AMY KNIGHT, PRINCETON UNIVERSITY PRESS, 1993.